제인 에어 2

JANE EYRE

Charlotte Brontë

제인 에어 2

샬럿 브론테 | 이덕형 옮김

문예출판사

차 례

제22장 __ 7
제23장 __ 20
제24장 __ 39
제25장 __ 72
제26장 __ 95
제27장 __ 115
제28장 __ 164
제29장 __ 195
제30장 __ 215
제31장 __ 232
제32장 __ 246
제33장 __ 267
제34장 __ 291
제35장 __ 333
제36장 __ 353
제37장 __ 372
제38장 __ 409

작품 해설 __ 418
작가 연보 __ 444

W. M. 새커리 님께 바칩니다.

제22장

로체스터 씨가 내준 휴가는 겨우 일주일이었다. 그러나 나는 한 달이 지나고 나서야 게이츠헤드를 떠났다. 나는 장례식이 끝나자 바로 떠나고 싶었다. 그러나 조지아나는 자기가 런던으로 떠날 수 있을 때까지 머물러달라고 간청했다. 그녀는 마침내 누나의 입관 의식을 지휘하고 집안 문제를 처리하기 위해 찾아온 깁슨 외삼촌의 초대를 받아 런던으로 떠나게 되었다. 조지아나는 언니 일라이자와 둘만 남겨지는 게 두렵다고 말했다. 언니에게서는 실의에 빠진 자신에 대한 동정이나, 무서워서 떠는 자신에 대한 정신적 격려나 여행 준비에 관련된 도움도 얻지 못한다는 것이었다. 그래서 나는 그녀의 나약하게 겁먹은 모습과 이기적 탄식을 할 수 있는 데까지 참아주었고 열성껏 바느질을 해주고 옷들을 꾸려주었다. 사실 내가 그런 일을 해주는 동안에도 그녀는 빈둥거리곤 했다. 그래서 나는 이런 생각을 혼자 해보았다. '이 사촌 언니야, 만약 언니와 내가 앞으로 계속 살아야 할 팔자라면 우리는 완전히 다른 관계에서 일을 시작해야 할 거야. 나는 양순하게 참아주는 쪽이 되지 않을 거야. 언니에게 언니가 해야 할 일을 정해주고 그걸 하라고 다그칠 거야. 안 그러면 일은 안 한 채로 남겨둬야지. 그리고 그 장황하고 진심이라고 티끌만치도 없는 불평은 가슴에 담아두고 입 다물고 있으라고 야단할 거야. 내가 이렇게 언니의 행동을 참아주고 고분고분 들어주기로 한 것은 우리 둘의 관계가 일시적인 것이고 특히 애도 기간에 생긴 관계이기 때문이야.'

 마침내 나는 조지아나를 떠나보냈다. 그러나 이번에는 일라이자가 나더러 일주일 더 머물러달라고 요청했다. 그녀는 자기 계획을 실행에 옮기려면 시간이 많이 필요하고 다른 일에는 신경 쓸 겨를이 없다고 했다. 그녀는 곧 미지의 세계로 떠날 예정이었다. 그래서 하루 종일 그녀는 여행 가방을 채우고 서랍을 비우고 서류들을 태우면서 자기 방에 틀어박혀 있었다. 누구와도 대화를 나누지 않았다. 그녀가 나한테 바라는 것은 집안일을 돌보고 손님들을 맞이하고 조문 편지에 답장을 쓰는 것 등이었다. 어느 날 아침 그녀는 나에게 이제 내 마음대로 하라고 말했다. "그리고," 그녀가 덧붙였다. "너의 값진 봉사와 사려 깊은 처신에 정말 감사해. 너 같은 사람과 함께 사는 것과 조지아나와 같이 사는 것에는 차이가 있구나. 너는 인생에서 네 역할을 하면서 누구에게도 부담을 주지 않는구나. 내일이면," 하고 그녀는 말을 이었다. "나는 유럽으로 떠나. 아마 프랑스 릴 근처 종교 시설에 거주하게 될 거야……. 수녀원이라고 불러도 돼. 그곳에서 나는 조용히 방해받지 않는 생활을 할 거야. 나는 얼마 동안 로마 가톨릭 교리 공부에 전념할 거야. 그리고 그 교리 체계가 어떻게 짜여 있는지 주의 깊게 연구할 거야. 지금은 반신반의하고 있지만, 만약 그 교리가 만물의 움직임을 무리 없이 질서 있게 운행토록 계획된 최상의 이론이라는 것을 깨닫게 되면 로마 교회의 교의를 포용하고 나아가서 어쩌면 수녀가 될 거야."

나는 그녀의 이런 결심에 놀라지 않았고 그녀를 말릴 생각도 없었다. '그 천직은 언니에게 딱 맞는 일일 거야.' 하고 나는 속으로 생각했다. '또한 언니에게 큰 도움이 되길 바랄 뿐이야!'

우리가 헤어질 때 그녀가 말했다. "잘 가, 제인 에어, 나의 사촌. 잘살길 바란다. 넌 사리분별이 있으니까."

그래서 나도 답례를 보냈다. "언니도 마찬가지야, 일라이자 언니. 하지만 세월이 지나면 언니가 가진 것이 프랑스의 수녀원에 산 채로 감금되겠네. 하지만 그건 내가 상관할 바 아니야. 그게 언니에게 맞는 일이니까……. 난 크게 염려하지 않아."

"네 말이 맞아." 그녀가 말했다. 이 대화를 끝으로 우리는 각자 갈 길로 헤어졌다. 앞으로 그녀에 대해, 또 그녀의 동생 조지아나에 대해 다시 이야기할 기회가 없을 것 같아서 지금 여기서 그들의 근황을 말하는 게 좋을 것 같다. 지금 조지아나는 결국 낡아빠진 상류층 부자와 유익한 결혼을 해서 살고 있다. 일라이자는 실제로 수녀가 되었고, 지금은 자신이 수습 기간을 보냈던 수녀원의 원장이 되어 있다. 그녀는 그 수녀원에다 자신의 재산을 헌납했다. 길건 짧건 집을 떠났다가 다시 집으로 돌아가게 되었을 때 사람들이 느끼는 기분이 어떠한 것인지 나는 모른다. 나는 그런 느낌을 한 번도 경험한 적이 없었다.

어렸을 때 긴 산책을 마치고 게이츠헤드 저택으로 돌아갈 때 갖게 된 느낌, 춥고 울적해 보인다는 이유로 꾸중을 듣게 될 거라고 걱정하며 맛본 그 어두운 느낌은 알고 있었다. 그리고 나중에 로우드 학교에 다닐 때 교회에 갔다가 다시 학교로 돌아올 때의 느낌, 푸짐한 식사와 따뜻한 난롯불을 기대했지만 결국 두 가지 다 얻지 못할 거라고 예상하던 그 우울한 느낌도 잘 알고 있었다. 이 두 가지 느낌은 크게 매력이 있거나 즐거운 느낌이 아니었다. 내게는 가까이 다가갈수록 끄는 힘이 강해지는 자석과 같은 매력이 나를 어떤 장소로 이끌었던 경험이 없었다. 그러나 손필드 저택으로 돌아가는 일은 아직 해보지 않은 경험이었다.

여행은 지루하게 느껴졌다 — 아주 지루했다. 첫날 50마일을 달렸고 여관에서 하룻밤을 지내고 다음 날 50마일을 달렸다. 처음 열두 시간 동안 나는 마지막 순간을 맞던 리드 부인을 생각했다. 일그러지고 핏기 하나 없는 그녀의 얼굴이 눈에 떠올랐고 이상하게 변한 목소리가 들렸다. 나는 장례식 당일에 대해 생각했다. 관과 장의용 마차, 검은색 상복을 입은 소작인들과 하인들의 행렬과 — 친척은 거의 없었고 — 입을 벌리고 있던 지하 납골당과 적막한 성당과 엄숙한 장례식 예배 등에 대해 깊이 생각했다. 다음으로는 일라이자와 조지아나에 대해 생각했다. 하나는 무도회장에서 여러 사람의 주목을 끄는 대상이 된 모습이고 또 하나는 수녀원 독방에 사는 수녀가 된 모습으로 눈에 떠올랐다. 용모에서나 성격에서 어쩌면 두 자매가 그렇게 현격한 차이가 나는지 생각하며 분석해보았다. 저녁 무렵 큰 도시에 도착하고서야 이런 상념이 사라졌다. 밤이 되자 나의 상념은 완전히 방향을 바꾸는 것이었다. 여관 침대에 누워서는 앞으로의 기대를 위해 추억으로부터 떠났다.

나는 손필드 저택으로 돌아가고 있었다. 그러나 거기에 내가 얼마나 머무르게 될까? 오랫동안은 아닐 것이다. 그건 확실했다. 내가 떠나 있는 동안 나는 페어팩스 부인에게서 손님들이 떠났고 3주 전 로체스터 씨도 런던으로 떠났지만 2주 안에 돌아올 예정이라는 소식을 들었다. 페어팩스 부인은 그가 결혼 준비를 하기 위해 런던에 간 것이라고 추측하고 있었다. 그가 새 마차를 구입하기 위해 간다고 말했다는 이유에서였다. 그녀는 그가 잉그램 양과 결혼하기로 결정을 내린 것이 정말 이상하다고 말했다. 그러나 모든 사람이 말하는 내용과 자신이 직접 목격한 것으로 볼 때, 그 결혼이 곧 성사된다는 사실에는 더 이상 의심의 여지가 없다고 말했다. '그걸 의심한다면 별스럽게 의심이 많은 사람일 겁니다. 나도 두 사람의 결혼을 전혀 의심하지 않습니다.' 부인의 편지 내용을 보고 나는 그렇게 마음속으로 논평했었다.

다시 의문이 뒤따랐다. "이제 난 어디로 가야 하나?" 나는 밤새도록 잉그램 양의 꿈을 꾸었다. 새벽녘에 꾼 생생한 꿈에서 그녀가 손필드 저택 대문을 닫아걸며 내게 다른 길을 손으로 가리키고 있었고, 로체스터 씨는 팔짱을 끼고 바라보고 있었다. 보기에는 잉그램 양과 나에게 냉소가 섞인 미소를 짓고 서 있는 꿈이었다.

나는 페어팩스 부인에게 내 정확한 귀가 날짜를 통지하지 않았다. 이륜마차건 사륜마차건 나를 맞이하기 위해 밀코트까지 나와 있기를 나는 바라지 않았다. 나는 그 정도의 거리는 혼자서 조용히 걸어가기로 마음먹었던 것이다. 따라서 나는 여관 마부에게 짐 가방을 맡기고 조용히 조지 여인숙을 빠져나왔다. 6월 어느 날 6시쯤이었다. 나는 들판을 가로질러 나 있지만 지금은 사람들이 거의 다니지 않는, 손필드 저택으로 가는 옛길을 택해서 가기로 했다.

맑고 쾌적한 날씨이긴 했지만 밝고 찬란한 여름날 저녁은 아니었다. 길을 따라가는 동안 내내 건초를 만드는 일꾼들 모습이 보였다. 구름이 없는 것은 아니었지만 앞으로 날씨가 좋을 것이라고 기약하는 하늘이었다. 푸른색이 감도는 부분 — 푸른색이 보이는 곳을 말하는데 — 의 하늘은 포근하고 안정되어 있었고 구름층도 높고 엷었다. 서쪽 하늘 역시 따뜻한 색조였다. 물기가 있는 광채가 그 하늘을 차갑게 식히지 않고 있었다. 그 하늘에는 마치 불을 지펴놓은 것 같았다. 대리석 빛깔의 수증기 장막 뒤에서 타고 있는 제단 같았다. 또한 갈라진 틈새 사이에서는 황금빛 붉은 노을이 비쳐 나오고 있었다.

앞으로 가야 할 길의 거리가 줄어들수록 나는 기쁨을 느꼈다. 너무 기뻐서 한번은 발걸음을 멈추고 그 기쁨이 무엇을 의미하는지 나 자신에게 물었다. 내가 가고 있는 곳은 내 집이 아니라는 것, 영원한 안식처로 돌아가는 것도 아니라는 것, 좋아하는 친구들이 나를 보고 싶어 내 도착을 기다리고 있는 장소로 가고 있는 것이 아니라는 사실을 깨달았다. '페어팩스 부인은 틀림없이 나를 조용히 환영하는 미소를 지을 테지.' 나는 스스로에게 말했다. '어린 아델도 손뼉을 치며 달려와 네게 뛰어오를 거야. 그러나 네가 생각하는 사람은 그들이 아닌 다른 사람이라는 것, 그리고 그 사람은 너를 생각하지 않고 있다는 것을 넌 잘 알겠지.'

그러나 젊음만큼 제멋대로인 것이 어디 있는가? 무경험만큼 눈이 먼 게 무엇이겠는가? 젊음과 무경험은 나에게 다시 로체스터 씨를 보게 되는 특권을 갖는 것은, 그가 나를 거들떠보건 말건, 충분히 기뻐할 일이라고 주장하고 있었다. 그 두 가지는 첨가하여 말하고 있었다. '서둘러! 서둘러! 할 수 있을 때 그와 함께 있으라고. 기껏해야 며칠, 아니, 몇 주만 지나면 이제 넌 그 사람하고 영원히 헤어지게 될 테니까!' 그제서야 나는 새로 태어난 정신적 고뇌를 질식시켜버렸다. 그 신생아 같은 고뇌를 손으로 받아 키우라고 내 자신에게 설득할 수 없는, 그 불구아 같은 고뇌를 질식시켜 없앴다. 그러고는 앞으로 계속 달렸다.

손필드 목초지에서도 사람들이 건초를 만들고 있다. 정확히 말하면, 내가 도착할 때쯤에는 일을 마친 노동자들이 어깨에 갈퀴를 걸쳐 메고 집으로 돌아가고 있는 중이다. 이제 가로질러야 할 밭이 한두 개뿐이다. 그 길만 건너면 대문에 도착할 것이다. 길가 울타리에는 장미꽃이 가득 만발해 있지 않은가! 그러나 나에게는 꽃 한 송이 꺾을 시간적 여유가 없다. 빨리 집에 도착하고 싶을 뿐이다. 무성한 잎과 꽃들이 달린 가지들을 길가로 내밀고 있는 큰 들장미들을 나는 그냥 지나친다. 돌계단이 달려 있는 좁은 울타리 계단이 보인다. 그런데 바로 그곳에 로체스터 씨가 손에 책과 연필을 들고 앉아 있는 게 아닌가! 그는 뭔가를 쓰고 있다.

물론 그는 유령이 아니다. 그러나 내가 가진 모든 신경줄이 풀린다. 잠시 나는 내 몸을 스스로 통제하지 못한다. 이게 무슨 의미일까? 그를 전에 봤을 때 그의 앞에서 이렇게 몸이 떨리고 목소리가 안 나오고 몸을 움직일 힘을 잃을 거라고는 상상도 못했었다. 몸만 움직일 수 있게 되면 곧장 오던 길을 되돌아갈 것이다. 나를 완전한 백치로 만들 필요는 없다. 집으로 가는 다른 길을 나는 알고 있지. 그러나 그런 길 스무 개를 알아도 소용없다. 그가 나를 이미 보았기 때문이다.

"이게 누구야!" 그가 외친다. 그는 책과 연필을 치운다. "돌아왔군! 괜찮으면 이리 좀 와요."

나는 그에게 가야 한다고 생각은 한다. 그러나 어떤 식으로 가야 되는지 모른다. 나는 내 움직임을 거의 의식하지 못하고, 그저 그에게 침착한 모습을 보이기만을 간절히 바라고, 내 얼굴 근육의 움직임을 제발 통제할 수 있게 되기만을 애타게 바랄 뿐이다. 그러나 그것이 건방지게 내 의지에 반하여 반란을 일으켜, 내가 감추기로 결심한 표정을 노출시키려고 발버둥치고 있구나 하는 느낌이 든다. 그러나 나는 다행히 베일을 쓰고 있었는데 그게 마침 얼굴에 드리워져 있다. 그래서 아직까지는 간신히 예의 바르고 침착하게 행동할 수 있다. "그래, 당신이 제인 에어란 말이오? 이 시간에 밀코트에서 오는 길이오? 그것도 걸어서? 당신이 잘하는 묘기 중 하나군. 마차를 불러서 보통 사람처럼 도시의 길이든 시골 길이든 그 위를 딸그락거리며 달려오는 게 아니라 어둑어둑한 황혼과 함께 마치 꿈처럼, 그늘처럼 당신 집 근처로 몰래 들어오는 묘기 말이오. 대체 지난 한 달 동안 무얼 하다 온 거요?"

"돌아가신 외숙모와 함께 있었습니다, 주인님."

"이게 진짜 제인다운 대답이군! 착한 천사들, 부디 저를 보호하소서! 저 여인이 죽은 자들이 사는 저승에서 오고 있습니다. 게다가 어둑어둑한 황혼 녘에 여기 혼자 있는 저를 만나서 그렇게 말하고 있습니다! 내게 용기가 있다면 요정 같은 당신이 실체가 있는 존재인지 아니면 그림자인지 확인하기 위해 만져볼 텐데!…… 그러나 그러느니 차라리 늪지대에 있는 시퍼런 도깨비불을 만지자고 나서는 게 낫겠다. 땡땡이꾼! 땡땡이꾼!" 그는 잠시 말을 멈췄다가 덧붙였다. "한 달을 통째로 무단결석하다니. 틀림없이 나를 완전히 잊고 있었던 거야!"

내 주인을 다시 만나면 기쁨이 있을 것이라는 것을 나는 알고 있었다. 그가 조만간 내 주인이 아닌 존재가 된다는 두려움과 그에게 나는 아무 의미도 없는 하찮은 존재라는 것을 깨달음으로써 깨져버리는 기쁨이긴 했다. 어쨌든 로체스터 씨는 예전처럼(적어도 내 생각에는 그랬다.) 대화를 통해 상대방을 행복하게 만드는 힘을 너무나 풍부하게 소유하고 있었다. 따라서 나 같은 길 잃은 철새에게는 그가 뿌려주는 빵 부스러기를 맛보는 것만으로도 잔치 음식을 배불리 먹는 것과 같았다. 그가 마지막으로 한 말이 위안이었다. 내가 자기를 잊었었는지 아닌지가 그에게 중요한 일이었다는 사실을 암시하고 있었기 때문이다. 또한 그는 손필드를 내 집이라고 말했던 것이다……. 그게 내 집이라면 얼마나 좋을까!

그는 울타리 계단에서 움직이지 않았다. 나도 그곳을 지나쳐 가겠으니 비켜달라고 요청하고 싶지 않았다. 나는 곧 그에게 런던에 가지 않았느냐고 물었다.

"갔었지. 천리안으로 알아낸 모양이오."

"페어팩스 부인이 편지로 알려주었습니다."

"그럼, 부인이 내가 왜 갔었는지도 말해줍디까?"

"그럼요. 물론입니다, 주인님! 그곳에 왜 가셨는지 모르는 사람은 없습니다."

"제인, 그 마차를 꼭 봐야 해요. 그리고 그게 로체스터 부인에게 정확히 어울릴지, 그리고 마차의 진홍색 쿠션에 기대어 앉은 그녀의 모습이 부디카 여왕처럼 보일지 아닐지 말해주시오. 제인, 그녀와 어울리게 내 외모가 조금 더 잘생긴 모습으로 변했으면 좋겠소. 당신은 요정이니, 혹시 나를 미남으로 만들어줄 마력이나 미약(媚藥)이나 뭐 그와 같은 걸 내게 줄 수 없소?"

"주인님, 그건 마법의 힘으로는 할 수 없는 일일 겁니다." 그러고는 머릿속에서 덧붙였다. '사랑에 빠진 눈만이 필요한 마력의 전부입니다. 그런 눈에는 주인님은 충분한 미남이십니다. 오히려 주인님의 엄격한 표정이 잘생긴 외모를 능가하는 힘을 발휘하고 있습니다.' 로체스터 씨는 나로서는 이해할 수 없는 통찰력으로 말하지 않고 있는 내 생각을 이따금 읽어냈다. 그런데 지금의 경우 그는 내가 느닷없이 말한 발언 속에 숨은 뜻을 포착하지 못했다. 그는 그 나름의 독특한 미소를 보여주었다. 그 미소는 그가 아주 드문 경우에만 써먹는 미소였다. 그는 그 미소가 평범한 용도로 쓰기에는 너무 훌륭한 미소라고 생각하고 있는 것 같았다. 그것은 정말 햇살 같은 감정이었다……. 그는 지금 그런 미소를 내게 던지고 있었다.

"지나가시오, 자네트." 내 이름을 애칭으로 부르며 울타리 계단으로 내가 지나갈 수 있도록 공간을 내주었다. "집으로 올라가서 헤매다 지친 그 작은 발을 친구의 문지방 곁에 있는 방에서 쉬게 하시오."

이제 내가 할 일은 말없이 그의 지시를 따르는 일뿐이었다. 더 이상 그와 대화를 나눌 필요가 없었다. 나는 말없이 울타리 계단을 넘었고 조용히 그를 떠날 생각이었다. 그런데 갑자기 어떤 충동이 나를 꽉 사로잡았다……. 어떤 힘이 나를 돌려세우는 것이었다. 나는 말했다……. 아니, 내 속의 무언가가 내 대신, 나도 모르게 말하고 있었다.

"크나큰 친절에 감사합니다, 로체스터 주인님. 주인님께 다시 돌아오게 되어 이상하리만치 기쁩니다. 주인님이 계신 곳이면 그곳이 어디든 제 집입니다. 제 유일한 집입니다."

나는 그가 따라잡으려 했다 하더라도 도저히 따라잡을 수 없을 정도로 빠르게 걸었다. 아델은 나를 보자 너무 기뻐서 거의 넋이 나간 것 같았다. 페어팩스 부인은 평상시와 다름없이 꾸밈없는 다정한 태도로 나를 맞이했다. 레아도 미소를 지어 보였고 소피조차도 크게 기뻐하며 "봉 수아."〔좋은 저녁이에요.〕 하고 인사했다. 나는 정말 기뻤다. 친구처럼 사람들에게 사랑받고 있는 데서 오는 기쁨, 자신의 존재가 그들에게 큰 기쁨을 더해주는 데서 오는 기쁨보다 더한 행복은 없을 것이다.

그날 저녁 나는 결연히 미래에 대해서는 눈을 감아버리기로 했다. 또한 머지않아 찾아올 이별과 그에 따른 슬픔을 경고하는 소리에 대해 귀를 막아버렸다. 차 마시는 시간이 끝나자 페어팩스 부인이 뜨개질을 시작하고 나는 부인 가까이 낮게 자리를 잡았고, 아델은 카펫 위에 무릎을 꿇은 자세로 내 곁으로 가까이 다가와 편안히 자리를 잡았다. 그리하여 서로에 대한 애정이 둥근 고리를 닮은 황금의 평화가 우리를 둘러싸는 것 같았을 때 나는 우리가 서로 멀리 떨어지지 않고 또는 시간상으로 가까운 장래에 헤어지지 않게 되기를 속으로 기도했다. 그러나 우리가 그렇게 앉아 있을 때 로체스터 씨가 아무런 예고도 없이 들어왔다. 그는 그토록 다정하게 모여 있는 우리 모습을 보고 흐뭇한 표정을 짓는 것 같았다. 늙은 페어팩스 부인은 양딸이 다시 돌아와서 이제 정상을 되찾은 모양이라고 로체스터 씨가 말했다. 그러고는 아델도 제 젊은 영국 엄마를 집어삼킬 준비가 된 것 같다고 덧붙여 말했다. 그 순간 나는 혹시 그가 결혼을 하고 난 이후에도 우리를 보호해줄 수 있는 안식처, 따뜻한 햇살 같은 그의 존재로부터 멀리 떨어지지 않은 안식처에 함께 살게 해줄지도 모른다는 희망을 어렴풋이 품게 되었다.

손필드 저택으로 돌아온 후 2주 동안 불안한 평온이 이어졌다. 주인의 결혼 이야기는 전혀 오가지 않았다. 그런 행사에 대한 어떤 준비도 찾아볼 수 없었다. 나는 거의 매일같이 페어팩스 부인에게 뭔가 결정된 이야기를 들은 게 없느냐고 물었다. 페어팩스 부인도 사실은 한 번 로체스터 씨에게 신부를 언제 집으로 모셔올 생각이냐고 물어보았다고 대답했다. 그러나 그는 농담과 어색한 표정으로 대답을 대신했는데, 자기는 그게 무엇을 뜻하는지 도무지 가늠할 수 없다는 것이었다.

한 가지 사실이 특별히 나를 놀라게 했는데, 그것은 잉그램 양의 집을 오가는 방문이 없었다는 사실이었다. 확실히 그녀의 집은 다른 군 변두리에 위치하여 20마일이나 되는 거리였지만 열렬한 사랑에 빠진 연인들에게는 그까짓 거리가 무슨 문제가 되었겠는가? 게다가 로체스터 씨처럼 숙련되고 지칠 줄 모르는 기수에게는 그 정도의 거리는 아침 한나절이면 주파하는 거리였다. 나는 품을 권리도 없는 희망을 품기 시작했다. 혹시 결혼이 깨진 게 아닌가, 소문이 잘못된 게 아닌가, 당사자 중 하나의 마음이 변한 게 아닌가 하는 희망이었다. 나에게는 주인의 얼굴이 슬픈지 험악한지를 판단하기 위해 자세히 살피는 습관이 있었다. 그러나 나는 그의 얼굴에 지금처럼 한결같이 구름이 끼어 있지 않고 기분 상한 감정이 전혀 없던 적은 기억할 수 없었다. 나와 내 학생이 그와 함께 보내는 짧은 시간 동안에 혹시 내가 활기를 잃고 어쩔 수 없이 의기소침해지는 경우가 있어도 그는 시종 명랑했다. 지금보다 더 자주 내가 그의 곁에 불려 간 적이 없었고, 또 그렇게 불려 갔을 때 나에게 그가 그보다 더 친절한 적이 없었다. 아, 이를 어쩌나! 내가 그를 그처럼 사랑한 적이 없었다.

제23장

 찬란한 한여름이 영국 전역에 빛을 쏟았다. 그 무렵 계속 이어지며 보여주던 그 순수한 하늘과 빛나는 태양은 좀처럼, 파도 띠를 두른 우리의 영국 땅에 단 하루라도 선심을 쓰는 법이 없었는데 말이다. 이탈리아의 나날들이 마치 한 떼의 찬란한 철새들처럼 남쪽에서 무리 지어 날아와 영국 해안 절벽들 위에 내려앉아 쉬고 있는 것 같았다. 건초는 모두 거두어들여 보이지 않았다. 손필드 주변의 들판은 초록으로 빛났다. 길들은 하얗게 구워져 있었고 나무들은 짙푸른 신록의 절정을 이루고 있었다. 잎이 빼곡하고 짙은 색조를 띤 울타리와 숲은 그 나뭇잎 사이사이로 보이는 시원한 목초지의 밝은 색조와 멋진 대조를 이루고 있었다.

 세례 요한 축일 전날이었다. 아델은 헤이 마을 산길에서 반나절 동안이나 산딸기를 따느라 지쳐서 아직 해가 지지도 않았는데 잠자리에 들었다. 애가 잠든 것을 지켜보다 그냥 놔두고 나는 정원을 찾았다.

 하루 24시간 중 지금이 가장 감미로운 시간이었다……. "하루가 그 뜨거운 열기를 다 소진하고,"* 헐떡이는 들판과 볕에 그을린 산 정상에 이슬이 시원하게 내리는 시간이었다. 뽐내는 구름도 거느리지 않고 태양이 소박하게 지평 밑으로 내려간 자리에는 장엄한 자 줏빛이 퍼져나가고 있었다. 어떤 한 지점, 그러니까 산봉우리에서 는 빨간 보석과 난로의 불길 같은 빛으로 타오르고 있는가 하면 하 늘 가운데로 올라갈수록 높고 넓게, 부드럽게 더 부드럽게 그 자줏 빛은 확장되고 있었다. 동쪽 하늘도 나름대로 군청색을 띤 매력을 지니고 있었고 수수한 보석처럼 떠오르는 별을 간직하고 있었다. 곧 그 동쪽 하늘은 달을 자랑할 것이다. 그러나 달은 아직 지평선 밑에 있었다.

나는 잠시 포장된 길 위를 걸었다. 그러나 미묘하면서 친숙한 냄 새 — 시가 냄새 — 가 어느 창문에서인지 살며시 나오고 있었다. 나 는 서재의 창틀이 한 뼘 정도 열려 있는 것을 보았다. 그곳에서 나 를 지켜볼 수 있겠다는 생각이 들었다. 그래서 나는 그곳을 떠나 과 수원으로 들어갔다. 이 경내에서 그곳보다 더 격리되고 에덴동산 같은 구석은 없었다. 그곳은 나무들이 가득했고 꽃이 만발해 있었 다. 한쪽에는 매우 높은 담이 세워져 있어 정원 마당과 차단되어 있 었고 다른 한쪽은 너도밤나무 길이 나 있어 병풍처럼 저택 잔디밭 을 가려주고 있었다. 과수원 아래쪽엔 도랑을 파서 만든 은장 울타 리가 있었는데, 그것이 그 너머 고적한 목초지 들판과 유일한 경계 를 이루고 있었다. 그 도랑 울타리까지 월계수들이 늘어서 있었고 그 끝에는 마로니에 한 그루가 서 있는 구불구불한 산책로가 나 있 었다. 그 산책로 끝에 앉을 만한 자리가 동그랗게 마련되어 있었다. 여기서는 사람 눈에 띄지 않고 여기저기 배회할 수 있을 것이다. 꿀

---

* 토머스 캠벨의 〈터키의 숙녀〉의 한 구절을 전용한 것.

이슬이 내리고 정적이 군림하고 침침한 어둠이 몰려오는 동안, 나는 이러한 그늘진 곳을 언제까지나 드나들 수 있을 것 같은 느낌이 들었다. 그 경내의 위쪽 꽃과 과수가 잘 배치된 정원을 이리저리 산책하고 있을 때, 다른 곳보다 더 넓게 터진 곳 위로 방금 떠오른 달이 던져주는 빛에 끌려 나는 발걸음을 멈췄다……. 무슨 소리를 들었거나 무엇을 보았기 때문이 아니라 다시금 맡는 그 경고의 향기 때문이었다.

들장미, 개사철쑥, 재스민, 패랭이꽃, 장미꽃이 저녁 제사를 위해 향을 피운 지 오래였다. 그러나 이 새로운 향기는 관목이나 꽃에서 나는 향기가 아니었다. 그 향기는—내가 잘 아는 냄새—바로 로체스터 씨의 시가 향이었다. 나는 주위를 둘러보고 귀를 기울인다. 잘 익은 과일이 달린 나무들이 보인다. 반 마일 떨어진 숲에서 나이팅게일 한 마리가 우는 소리가 들린다. 움직이는 물체는 아무것도 보이지 않는다. 다가오는 발소리도 들을 수 없다. 그러나 그 향기는 더욱 강해진다. 나는 도망쳐야 한다. 나는 관목 숲으로 이루어진 쪽문을 향해 움직인다. 그런데 나는 로체스터 씨가 그리로 들어오는 것을 본다. 나는 담쟁이덩굴이 덮인 구석으로 비켜선다. 그는 오래 머물지 않을 것이다. 그가 온 곳으로 곧장 돌아갈 것이다. 그러니까 내가 조용히 앉아 있으면 그는 결코 나를 보지 못할 것이다.

그러나 그게 아니었다. 저녁 시간은 나의 경우처럼 그에게도 즐거운 시간이다. 또한 오래된 정원도 마찬가지였다. 서양 자두만큼 큰 열매가 열린 구스베리 나무 가지들을 열매를 구경하기 위해 쳐들어 보기도 하고, 담 벽에 열린 익은 체리 열매를 따기도 하고, 무리 지어 피어 있는 꽃들 위로 몸을 숙여 향기를 맡거나 꽃잎에 매달린 이슬방울을 구경하기도 하면서 천천히 걸어오고 있다. 그때 커다란 나방 한 마리가 윙윙거리며 내 곁을 지나서 로체스터 씨 발치에 있는 어떤 식물 위에 내려앉는다. 그가 그것을 본다. 그것을 관찰하기 위해 몸을 굽힌다.

'됐어. 그의 등이 내 쪽을 향하고 있어.' 나는 생각했다. '그는 온통 거기에 정신이 팔려 있어. 아마 조용조용 걸으면 눈에 띄지 않고 빠져나갈 수 있어.'

자갈길로 걸으면 자박거리는 소리가 나서 발각될 거니까 그러지 않기 위해 뗏장 가장자리를 밟고 발을 옮겼다. 그는 내가 통과해야 하는 곳에서 일이 야드 떨어진 화단들 사이에 서 있었다. 분명히 나방이가 그의 관심을 사로잡고 있었다. '무사히 지나갈 수 있을 거야.' 나는 가만히 생각했다. 그러나 아직 그다지 높이 솟지 않은 달빛에 의해 정원에 길게 드리워진 그의 그림자를 밟고 지나는 순간, 그는 뒤도 돌아보지 않고 조용히 말하는 것이었다.

"제인, 와서 이 녀석 좀 봐요."

나는 아무 소리도 내지 않았었다. 그렇다고 그의 눈이 뒤에 달린 것도 아니었다. 그의 그림자에 감각이 있단 말인가? 나는 처음에 깜짝 놀랐다. 다음 순간 그에게 다가갔다.

"이 녀석 날개 좀 봐요." 그가 말했다. "어쩐지 서인도제도 나방을 생각나게 하는군. 영국에는 이렇게 크고 화려하게 생긴 밤의 부랑자를 흔히 볼 수 없는데, 어럽쇼! 날아가버렸네."

나방은 배회하는 몸짓으로 날아가버렸다. 나도 수줍어하는 몸짓으로 그곳을 물러나고 있었다. 그러나 로체스터 씨는 내 뒤를 따라왔다. 쪽문에 이르자 그가 말했다.

"발걸음 돌려요. 이렇게 아름다운 밤에 집 안에 앉아 있는 것은 수치스러운 일이오. 지금처럼 지는 해와 뜨는 달이 이렇게 서로 만나는 동안 잠이나 자고 싶어 할 수 있는 사람은 분명 없을 거요."

내 혀는 때로 대답을 해야 할 때 꽤 신속하게 움직이는데, 어떤 변명을 할라치면 슬프게도 작동을 정지하는 때가 있다는 것이 내 약점 중 하나다. 게다가 고통을 수반하는 난처한 처지에서 벗어나려면 재치 있는 말 한마디나 그럴듯한 핑계가 필요한 결정적 순간에 이런 어눌한 약점이 영락없이 드러난다. 지금 이 순간에도 나는 로체스터 씨와 단둘이서 어두운 과수원을 산책하고 싶은 마음이 없었다. 그러나 그를 혼자 내버려두고 가겠다고 우길 만한 이유를 찾을 수가 없었다. 나는 느릿느릿 그를 따라갔다. 그러면서 그 상황에서 탈출할 방법을 강구하느라 내 머리는 분주히 회전했다. 그러나 그는 너무 차분하고 심각한 모습이어서 당황하는 내가 오히려 창피하게 느껴지기 시작했다. 불편한 상황이 지금 벌어지거나 앞으로 벌어진다면 그 상황에 대한 책임은 나에게만 있는 것 같았다. 그의 마음은 덤덤했고 차분했다.

"제인." 월계수 산책로에 서서 다시 도랑 울타리와 마로니에 나무가 있는 방향으로 천천히 발걸음을 옮기면서 그가 말을 시작했다. "손필드 저택은 여름이 되면 유쾌한 장소요. 안 그렇소?"

"그렇습니다, 주인님."

"제인도 이 집에 어느 정도 애착을 느꼈음에 틀림없는 것 같소. 자연의 아름다움을 볼 줄 아는 눈을 가지고 있고 애착을 느끼는 기관이 꽤 발달한 제인이니까."

"정말 저는 이 저택에 애착을 갖고 있습니다."

"또한 이건 어째서 그런지는 모르지만 제인은 그 바보 같은 꼬마 아델을 꽤나 좋아하고 심지어 단순한 페어팩스 부인까지도 좋아하게 된 것 같은데?"

"그렇습니다, 주인님. 각각 방식은 다르지만 저는 두 사람에 대해 애정을 느끼고 있습니다."

"그러면 그들과 헤어지게 되면 서운하겠군?"

"그렇습니다."

"안됐군!" 그가 말했다. 그러면서 한숨을 내쉬더니 말을 멈췄다. "인생지사란 늘 그런 것이오." 그는 곧 말을 이었다. "유쾌한 휴식처에 정착했구나 싶으면 휴식 시간이 끝났으니 어서 일어나 길을 가라고 명령하는 목소리가 들려오는 법이오."

"저도 제 갈 길을 가야 하나요, 주인님?" 내가 물었다. "손필드를 떠나야 하나요?"

"제인, 그래야 할 것 같소. 미안해요, 자네트. 그렇지만 정말 떠나야 할 것 같소."

이건 충격이었다. 하지만 나는 그 충격이 나를 좌절시키는 걸 방치하지 않았다.

"알겠습니다, 주인님. 떠나라는 명령이 떨어지면 준비하겠습니다."

"벌써 그 명령은 떨어졌소······. 오늘 밤 난 그 명령을 내려야 해."

"그러면 결혼을 하신단 말씀입니까, 주인님?"

"맞아요. 정확히 맞췄소. 평상시처럼 예리하게 정곡을 찌르는군."

제23장 25

"주인님, 곧 하십니까?"

"아주 빠른 시일 안에. 나의……, 다시 말해서 제인 선생. 일전에 처음으로 내가, 아니, 소문이 말하지 않았소? 노총각인 내가 내 머리를 성스러운 올가미 속으로 집어넣을 생각이라고 말한 거 기억할 거요. 즉 결혼이라는 성스러운 땅으로 들어갈 거라는 것……. 간단히 말해서 잉그램 양을 내 가슴에 품을 거라는 걸 (가슴에 꽉 차겠지. 하지만 그건 중요하지 않은 것이오……. 아름다운 잉그램 양같이 훌륭하기 그지없는 대상은 아무리 많이 가져도 물리지 않겠지만.) 제인에게 말했는데 기억하겠지. 아니, 사람이 말하고 있는데 듣고 있소, 제인? 나방을 더 보려고 머리를 돌리고 있는 거 아니오? 아이 같군! 그건 '자기 집으로 날아간' 무당벌레에 불과한 것이오. 아까 이야기를 맨 처음 꺼낸 건 제인이라는 걸 상기시키겠소. 내가 존경하는 그 분별력과 선견지명과 신중함을 발휘하며, 또 책임은 있지만 의존적인 제인 선생의 처지에 걸맞은 겸손한 태도로, 만일 내가 잉그램 양과 결혼하면 제인과 아델은 떠나는 게 낫다고 제안한 사람은 바로 제인이었소. 그 제안 속에 내 사랑하는 신부의 성품을 모욕하는 의미가 담겼던 것은 눈감아주겠소. 정말이오, 자네트. 자네트가 멀리 떠나 있어도 나는 그걸 잊으려고 노력하겠소. 그것에 담긴 지혜로움만 주목하겠소. 내가 이제까지 내 행동 원칙으로 삼았던 것이 바로 그런 지혜였기 때문이오. 아델은 학교로 가야 할 것이고, 에어 선생, 당신은 새로운 일자리를 얻어야 할 것이오."

"알겠습니다, 주인님. 저는 즉시 광고를 내겠습니다. 그리고 제 생각인데……." 나는 이렇게 말하려고 했다. "그동안 제 몸을 의지할 다른 안식처를 찾을 때까지 이곳에 머무를 수는 있는 거겠지요."

그러나 그렇게 긴 문장을 말해봤자 별 도움이 되지 않을 거라는 생각이 들어 그 말은 취소했다. 이미 내 목소리가 통제할 수 있는 상태를 벗어났기 때문이다.

"약 한 달 후면 나는 신랑이 되어 있기를 바라고 있소." 로체스터 씨가 계속했다. "그러니까 그 안에 내가 선생의 일자리와 안식처를 알아봐주겠소."

"고맙습니다, 주인님. 제가 미안하게 생각하는 것은……."

"오…… 아니오. 사과할 필요는 없소! 우리 집에 딸려 있던 사람이 선생이 한 것처럼 임무를 잘 수행한 경우라면 작은 도움일망정 마땅히 주인에게 편의를 봐주며 제공할 수 있는 도움을 달라고 주장할 권리가 있는 법이오. 사실 나는 내 예비 장모에게서 제인에게 적절하다고 생각되는 일자리 이야기를 들었소. 아일랜드 코노트 시, 비터너트 관에 살고 있는 디오니시우스 오골 부인의 다섯 따님 교육을 담당하는 자리요. 사람들 말이 그곳 사람들은 아주 따뜻한 마음씨를 가지고 있다고 하니 선생도 아일랜드를 좋아하게 될 거란 생각이 드오."

"꽤 먼 곳이군요, 주인님."

"문제될 것 없을 거요……. 선생처럼 똑똑한 숙녀라면 바다 여행이든 거리 같은 건 말이오."

"여행이 아니라 거리가 마음에 걸립니다. 게다가 바다가 장벽이라……."

"뭘 가로막는 장벽이란 말이오, 제인?"

"영국과 손필드와 그리고……."

"그리고 또?"

"바로 주인님을 가로막는 장벽 말입니다."

나는 본의 아니게 이렇게 말해버린 것이었다. 자유의지의 인가도 전혀 받지 않고 눈물이 왈칵 솟구쳐 나왔다. 그러나 소리가 들릴 정도로 울지는 않았다. 나는 흐느낌도 억눌렀다. 오골 부인과 비터너트 관 생각이 내 가슴을 차갑게 때렸다. 그리고 나와 내 곁에서 걷고 있는 내 주인 사이에 밀려들 것 같은 짠 바닷물과 거품에 대한 생각이 차가웠다. 그러나 더 넓은 대양, 천성적으로 내가 피할 수 없이 사랑하는 것과 나 사이에 가로놓인 부와 신분과 관습 등에 대한 생각이라는 대양이 가장 차갑게 때리고 있었다.

"먼 길이군요." 내가 다시 말했다.

"확실히 그렇소. 제인, 당신이 아일랜드 코노트 시, 비터너트 관에 가게 되면 다시는 당신을 보지 못할 거요, 제인. 그건 확실한 사실이오. 그 나라를 그다지 좋아하지 않으니까 난 아일랜드에 갈 일은 결코 없을 거요. 제인, 우리는 좋은 친구였소, 안 그렇소?"

"그렇습니다, 주인님."

"그런데 친구라면 헤어지기 전날 밤 얼마 남지 않은 시간을 함께 보내고 싶어 하는 법이오. 자, 그러니 저 하늘의 별들이 빛을 발하는 삶을 시작하는 동안 반 시간이라도 여기 조용히 앉아서 여행과 이별에 대해 이야기를 나눕시다. 여기 밤나무가 있고 그 늙은 뿌리 곁에 벤치가 있소. 자, 앞으로는 함께 앉아 이야기를 나눌 일이 없을 테니 오늘 밤 이곳에 편안히 앉아 이야기를 나눕시다." 그는 나를 앉히고 자기도 앉았다.

"자네트, 아일랜드까지는 먼 길이오. 나의 어린 친구를 그토록 지루한 여행길을 떠나도록 하는 게 유감이오. 그러나 내게 그 이상

할 수 있는 일이 없으니 어찌하겠소? 제인, 혹시 당신은 나와 비슷한 데가 있다는 생각이 들지 않소?"

이때쯤 되어서는 감히 나는 어떤 대답도 할 수 없었다. 내 가슴이 터질 것 같았다.

"가끔 제인에 대해 이상한 느낌을 갖기 때문이오." 그가 말했다. "특히 당신이 지금처럼 가까이 있을 때가 그렇다는 말이오. 내 왼쪽 갈비뼈 끝에 끈이 하나 있어서, 그 끈이 당신의 작은 몸, 같은 부위에 있는 유사한 끈과 도저히 풀 수 없게 단단히 묶여 있는 것 같소.* 그러니 만약 그 파도가 요란한 해협과 200마일 정도의 육지가 우리 사이를 광활하게 가로막고 있게 되면 그 결합된 끈이 끊어질까 걱정이오. 그렇게 되면 내 몸 안에서 출혈이 시작될까 봐 불안한 생각이 드는군요. 당신은 어때요……? 나를 잊겠지……."

"결코 잊지 않을 겁니다, 주인님. 아시다시피……." 나는 더 이상 말을 계속하는 게 불가능했다.

"제인, 숲 속에서 나이팅게일이 우는 저 소리 들려요? 잘 들어봐요!"

그 소리를 들으면서 나는 경련을 일으키듯 흐느꼈다. 그동안 참고 있던 것을 더 이상 억제할 수 없었다. 이제 굴복할 수밖에 없었다. 고뇌의 아픔이 너무나 날카로워 머리부터 발끝까지 떨렸다. 나는 입을 열고 나 같은 것은 차라리 태어나지 말았어야 했으며, 손필드 저택에 결코 오지 말았으면 좋았을 텐데 하는 격렬한 소망을 표

---

* 창세기 2장에서 이브의 창조를 연상시키는 장면이다. 이브는 아담의 갈비뼈 하나로 만들어졌다.

명했을 뿐이었다.

"떠나는 게 섭섭해서 그래요?"

가슴속의 비탄과 사랑이 촉발시킨 격한 감정이 이젠 자신이 주인임을 주장하며 전권을 움켜쥐려고 버둥거리며 나를 장악하고, 압도하고, 살고, 올라가서 마침내 나를 통치하겠다고 주장하고 있었다. 그랬다……. 말하겠다고 주장하고 있었다.

"손필드를 떠나는 게 슬퍼요. 손필드를 사랑해요. 비록 짧은 기간이었지만 그 안에서 충만하고 즐거운 생활을 해왔기 때문에 사랑해요. 이곳에서는 짓밟힌 적이 없어요. 돌로 변한 적이 없어요. 머리가 열등한 인간들과 함께 매장된 적이 없어요. 머리 좋고 정력적이고 고귀한 것들과 교감할 수 있는 모든 기회에서 배제된 적이 없어요. 제가 존경하고 기쁨을 느끼는 그런 분, 독창적이고 힘차고 넓은 마음을 가진 분과 가까이서 얼굴을 맞대고 대화도 나눴어요. 로체스터 주인님, 저는 주인님을 알게 되었어요. 그러나 이제 주인님과 영원히 헤어져야 한다고 생각하니 무섭고 고통스럽습니다. 하지만 제가 떠나야 한다는 것이 불가피한 일이라는 걸 압니다. 불가피한 죽음을 바라보는 기분입니다."

"대체 그 불가피성을 어디서 보았소?" 갑자기 그가 물었다.

"어디서냐고요? 주인님이 제 앞에다 보라고 갖다놓으셨어요."

"어떤 형태로?"

"잉그램 양이라는 형태로요. 고상하고 아름다운 여인……. 주인님의 신붓감 말입니다."

"내 신붓감이라니! 무슨 신부? 내겐 신붓감이 없소!"

"하지만 곧 맞이하실 거잖아요."

"그렇소. 맞이하긴 할 거요! 맞이하고말고!" 그가 이를 갈고 있었다. "그러니까 전 떠나야죠……. 직접 그렇게 말씀하셨어요."

"아니, 당신은 계속 머무르게 될 것이오. 맹세할 수 있소. 그 맹세는 반드시 지켜질 거요."

"떠나겠다고 분명히 말씀드리겠어요!" 격정 같은 것이 치솟아 나는 대답했다. "제가 주인님에게 아무 의미도 없는 존재가 되기 위해 머무를 수 있다고 생각하시나요? 제가 자동인형이라고 생각하시나요? 감정도 없는 기계 말예요. 제 입술에서 제 몫의 빵 조각을 빼앗기고, 제 생명수가 담긴 컵을 빼앗아 내던져도 참을 수 있다고 생각하시나요? 제가 가난하고, 보잘것없고, 못생기고 어리다고 해서 영혼도 없고 감정도 없다고 생각하시나요? 잘못 생각하고 계십니다! 저도 주인님처럼 영혼을 가졌고 감정도 가지고 있습니다. 만일 하느님께서 제게 어느 정도의 아름다움과 많은 부를 가지고 태어나게 하셨다면, 제가 지금 주인님을 떠나는 게 어려운 만큼 주인님도 저를 떠나는 게 어렵게 했을 것입니다. 저는 지금 관습이나 인습이라는 매체를 통해서 주인님께 말하고 있는 것이 아닙니다. 또한 심지어 육신이라는 매체를 통해서 말하는 것도 아닙니다. 주인님의 영혼에 말을 하고 있는 것은 제 영혼입니다. 두 영혼이 무덤을 지나서 하느님의 발치에 서 있는 것처럼 평등한 위치에서 말씀드리는 겁니다……. 있는 그대로의 우리 모습 말입니다."

"있는 그대로의 우리 모습이라!" 로체스터 씨가 반복했다. "그렇군." 하고 그는 덧붙이더니 나를 양팔로 감아 안았다. 그러고는 나의 입술을 자기 입술로 눌렀다. "그렇군, 제인!"

"네, 그래요, 주인님." 나도 합창했다. "하지만 그렇지도 않아요. 주인님은 결혼할 분입니다. 아니, 결혼한 거나 마찬가지이신 분이니까요. 주인님보다 열등한 사람과 결혼하시고…… 전혀 공감하는 바가 없는 사람이고…… 제 생각엔 주인님이 진정으로 사랑하는 것 같지도 않은 여자와 말입니다. 저는 주인님께서 그 여자에게 냉소를 보내는 것을 보고 들었습니다. 저도 그런 결합은 멸시하겠습니다. 그렇기 때문에 저는 주인님보다 더 나은 사람입니다. 이제 가게 해주세요!"

"제인, 어디로? 아일랜드로?"

"네, 아일랜드로 가겠습니다. 저는 제 마음을 말씀드렸습니다. 그래서 이제 어디든지 갈 수 있습니다."

"제인, 진정해요. 자포자기해서 제 깃털을 마구 찢고 있는 사납고 흥분한 새처럼 그렇게 발버둥치지 말아요."

"저는 새가 아닙니다. 어떤 그물망도 저를 잡지 못해요. 저는 독립 의지를 가진 자유인입니다. 그 의지를 지금 발휘하여 주인님을 떠나려고 하는 것입니다."

다시 한번 노력을 동원해야 나는 자유롭게 될 것 같았다. 그래서 나는 그의 앞에 똑바로 섰다.

"그렇다면 그 당신의 의지가 당신의 운명을 결정토록 하시오." 그가 말했다. "당신에게 내 손과 내 가슴과 내 전 재산의 일정 부분을 주겠소."

"그런 익살극을 펼치시니 웃음만 나올 뿐입니다."

"내 곁에서 평생을 같이하자고 부탁하겠소. 내 반쪽이 되어주고 이 지상에서의 가장 좋은 친구가 되어주시오."

"그런 운명을 얻기 위해서는 주인님은 이미 선택을 하셨을 텐데요. 또한 그것을 반드시 지키셔야 하고요."

"제인, 잠시 진정하시오. 제인은 너무 흥분했소. 나도 마음을 좀 진정시키겠소." 한바탕 바람이 일더니 월계수 산책로를 휩쓸며 지나갔고 밤나무 가지들 사이를 떨면서 지나갔다. 그러더니 그 바람은 멀리…… 멀리…… 알 수 없는 거리까지 배회하다 사라졌다. 나이팅게일의 울음소리만이 그 순간 들리는 유일한 소리였다. 그 소리를 들을 때 나는 다시 눈물이 났다. 로체스터 씨는 조용히 앉아 온화하고 진지하게 나를 바라보고 있었다. 얼마간 시간이 지나자 그가 마침내 입을 열어 말했다.

"제인, 내 곁으로 와요. 서로 설명하고 이해합시다."

"다시는 주인님 곁에 가지 않겠습니다. 이제 저는 주인님에게서 찢겨져 나왔습니다. 그래서 돌아갈 수 없습니다."

"그렇지만, 제인, 난 당신을 내 아내로서 부르는 것이오. 내가 결혼할 의사가 있는 사람은 오로지 당신뿐이오." 나는 잠자코 있었다. 그가 나를 조롱하고 있다고 생각했다.

"제인, 와요……. 이리로 와요."

"주인님의 신부가 우리 사이에 서 있습니다."

그가 일어섰다. 그러고는 성큼 내게 다다랐다.

"내 신부는 여기 있소." 그가 다시 나를 자기에게 끌어당기며 말했다. "나와 동등한 사람, 나의 닮은꼴이 여기 있소. 제인, 나와 결혼해주겠소?"

여전히 나는 대답하지 않았다. 여전히 나는 몸부림치며 그의 손에서 빠져나오려 했다. 여전히 나는 그의 말을 믿지 않았다.

"제인, 나를 의심하는 거요?"

"전적으로."

"나를 믿지 않는다는 말이오?"

"티끌만큼도 믿지 않습니다."

"제인 눈엔 내가 거짓말쟁이로 보이는 거요?" 그가 격하게 물었다. "회의론자 아가씨 같으니! 그럼 확신을 주겠소. 내가 잉그램 양에게 무슨 사랑을 품고 있겠소? 전혀 없소. 그건 제인도 아는 바요. 지금껏 그걸 증명하려고 애썼소. 일부러 내 재산이 알려진 것의 3분의 1도 안 된다는 헛소문을 퍼뜨렸소. 그리고 그 후 소문의 결과를 보기 위해 그녀에게 갔었소. 그랬더니 그녀도 그랬고 그녀의 어머니도 나를 완전히 냉대했소. 나는 잉그램 양과 결혼하고 싶지도 않고 할 수도 없소. 당신은…… 당신은 이상한 여자요……. 이 세상 사람 같지 않은 사람이오! 그런 당신을 난 내 육신처럼 사랑하오. 당신……, 가난하고 불운하고 작고 못난 그 현재의 당신에게 나를 남편으로 받아달라고 간청하오."

"어머, 저한테 말씀하시는 거예요!" 나는 외쳤다. 그의 열의 속에서……. 특히 그의 예의를 벗어버린 태도 속에서 나는 그의 진정성을 믿기 시작했다. "이 세상에 주인님 말고는 친구 하나 없고…… 그것도 주인님이 저의 친구라면 그렇다는 말입니다만…… 주인님이 주신 돈 말고는 단돈 1실링도 없는 저에게 말씀하시는 것입니까?"

"당신이오, 제인. 당신을 반드시 내 사람으로 만들어야겠소. 전적으로 내 사람으로 만들겠소. 내 사람이 되어주겠소? 네라고 말해요, 빨리."

"로체스터 주인님, 얼굴을 보여주세요. 달빛 쪽으로 몸을 돌리세요."

"왜?"

"얼굴 표정을 읽고 싶어요. 돌아서주세요!"

"자. 구겨지고 긁힌 페이지만큼이나 읽지 못하겠구나 하는 걸 알게 될 거요. 읽어봐요. 서둘러 보기나 해요. 힘드니까."

그의 얼굴은 잔뜩 흥분되어 있었고 몹시 붉었다. 얼굴 근육들이 마구 움직이고 있는 것 같았고 눈에서는 이상한 광채가 번득였다.

"오, 제인, 당신은 지금 나를 고문하고 있소!" 그가 소리쳤다. "그렇게 날카롭지만 충직하면서 관대한 표정을 짓다니 나를 고문하는 것이오!"

"어떻게 제가 그럴 수 있겠어요? 주인님의 말씀이 진심이고 그 청혼이 꿈이 아닌 현실이라면 제 유일한 감정은 주인님에게 감사하겠다는 것과 헌신하겠다는 것뿐입니다. 그런 감정이 어찌 고문 행위가 될 수 있겠습니까."

"감사!" 그가 외쳤다. 그러고는 거친 말투로 덧붙였다. "제인, 빨리 나를 받아줘요. 에드워드라고 불러요. 내 이름을 불러요……. 에드워드, 당신과 결혼하겠어요 하고 말해봐요."

"진심이세요? 정말 저를 사랑하세요? 진정으로 제가 아내가 되기를 바라세요?"

"진심이오. 당신을 만족시키기 위해 맹세가 필요하다면 맹세하겠소."

"그렇다면, 주인님, 결혼하겠어요."

"에드워드라고 해요. 내 귀여운 신부!"

"사랑하는 에드워드!"

"내게 와요. 이제 내게 완전히 와봐요." 그는 말하고 자신의 뺨을 내 뺨에 갖다 대며 극히 낮은 소리로 내 뺨에 대고 말했다. "내 행복이 되어줘요……. 나는 당신의 행복이 될 테니."

잠시 후 그는 말을 덧붙였다. "하느님, 부디 용서를 빕니다! 인간들아, 제발 나를 방해하지 말아다오. 나는 그녀를 얻었으니 꽉 붙잡을 거다."

"방해할 사람은 아무도 없습니다, 주인님. 제겐 간섭할 친척이 한 명도 없습니다."

"아무도 없다는 것……. 그게 가장 잘된 일이오." 그가 말했다. 그런데 만일 내가 그를 덜 사랑했었다면 나는 환희에서 나오는 그의 말투와 표정을 야만스럽다고 생각했을 것이다. 그러나 바로 그의 곁에 앉아, 이별이라는 악몽에서 벗어나 결혼이라는 천국으로 부름을 받았으니, 나는 풍부한 냇물에서 내게 마시라고 주어진 그 축복만을 생각했다. 그는 몇 번이고 "제인, 행복해요?" 하고 물었고 나도 몇 번이고 되풀이해서 "네" 하고 대답했다. 그러고 나서 그는 중얼거렸다. "이건 속죄가 될 거야……. 속죄가 돼. 나는 친구도 없고 춥고 위로받을 길이 없던 그녀를 발견하지 않았는가? 그녀를 지켜주고 소중히 여기고 위로해줄 것 아닌가? 내 가슴엔 사랑이 있고 내 결심엔 일관성이 있지 않은가? 하느님의 심판정에서 보상을 받을 거야. 나의 창조주께서는 내가 하는 일을 허락하실 것을 난 알아. 세상 사람들의 심판은 어떻지? 그들과는 연을 끊어 사람들의 의견? 무시해버려."

그러나 그날 밤 무슨 일이 일어났지? 달은 아직 지지 않았는데, 우리는 온통 어둠 속에 있었다. 나는 가까이 있었지만 주인님의 얼굴을 거의 볼 수 없었다. 그런데 밤나무를 괴롭힌 것은 무엇이었지? 그 나무는 몸을 비틀며 신음하는 것이었다. 그러는 동안 월계수 산책로를 바람이 포효하더니 우리에게 휘몰아치고 있었다.

"들어가야 할 것 같군." 로체스터 씨가 말했다. "날씨가 변하고 있군. 제인, 나는 당신과 함께라면 아침까지도 앉아 있을 수 있었는데."

'저도 그러고 싶었어요.' 나는 속으로 생각했다. 아마 그렇게 말할 수 있었을 것이다. 그러나 내가 쳐다보고 있던 구름에서 납빛 생생한 섬광이 뛰어나왔다. 다음 순간 탁! 우지직! 하더니 요란한 우르릉 소리가 뒤따랐다. 나는 로체스터 씨의 어깨에 기대어 부신 눈을 숨길 생각만 했다. 비가 힘차게 쏟아졌다. 그는 나를 데리고 급히 산책로를 올라가 정원을 통과하여 집으로 들어갔다. 그러나 우리는 현관문을 통과하기도 전에 몸이 흠뻑 젖었다. 그가 현관홀에서 내 숄을 벗겨주고 내 헝클어진 머리에서 물기를 털어주고 있을 때, 마침 페어팩스 부인이 자기 방에서 나왔다. 처음에 나는 부인을 보지 못했다. 로체스터 씨도 마찬가지였다. 램프는 켜져 있었다. 시계는 12시를 치고 있었다.

"빨리 젖은 옷을 갈아입어요." 그가 말했다. "그리고 가기 전에, 잘 자요! 내 사랑, 잘 자요!"

그는 내게 여러 번 키스했다. 그의 품을 벗어나 눈을 들었을 때 그곳에는 페어팩스 과부가 창백하고 심각하고 놀란 표정으로 서 있었다. 나는 부인에게 그저 미소만 지어 보이고 2층으로 뛰어올라갔다. '설명은 다음에 해도 되겠지.' 나는 생각했다. 그러나 방에 도착했을 때, 부인이 일시적이겠지만 자기가 목격한 것을 오해할지도 모른다는 생각에 마음이 불편했다. 그러나 너무 기쁜 나머지 다른 모든 감정들은 곧 지워버렸다. 바람이 시끄럽게 불고 있었지만, 천둥이 가까이에서 깊은 굉음을 내며 부서졌지만, 번개가 맹렬하게 빈번히 번쩍였지만, 2시간 동안 폭풍이 진행되는 동안 비가 폭포처럼 쏟아졌지만, 나는 전혀 공포감을 갖지 않았고 거의 겁도 먹지 않았다. 그렇게 돌아가고 있는 가운데 로체스터 씨는 세 번이나 내 방을 찾아와 괜찮은지 마음이 편한지 어떤지를 물었다. 그것이 위안이었다. 무엇보다도 그것이 힘이 되어주었다.

다음 날 아침 내가 침대에서 나오지도 않았는데, 아델이 달려와 간밤에 과수원 아래쪽에 있는 높은 마로니에 나무에 벼락이 떨어져 그 반쪽이 쪼개져 나갔다고 재잘거렸다.

제24장

잠자리에서 일어나 옷을 입으면서 나는 지난밤에 일어났던 일을 놓고 생각했다. 그게 꿈이었던 게 아닌가 하는 생각이 들었다. 로체스터 씨를 다시 만나 사랑과 약속의 말을 다시 하는 것을 들을 때까지는 그 모든 것이 현실이라고 확신할 수 없었다.

머리를 가지런히 빗질하면서 나는 거울 속의 내 얼굴을 바라보았다. 그랬더니 그 얼굴이 이제 못난 얼굴이 아니라는 느낌이 들었다. 얼굴 모습 속에는 희망이 있었고 얼굴색에는 생명이 있었고, 눈은 마치 기쁨의 샘을 보고 그 빛나는 잔물결에서 빛을 빌려온 것 같았다. 전에 나는 자주 주인의 얼굴을 바라보기를 꺼려했었다. 내 얼굴을 보고 기쁨을 느낄 수 없을 것이라는 우려에서였다. 그러나 이제 내 얼굴을 그의 얼굴 앞에 들어 올려도 그 표정으로 그의 애정을 식도록 하지 않을 수 있겠다고 확신했다. 나는 서랍에서 수수하지만 깨끗하고 가벼운 옷을 꺼내 입었다. 이제까지 이 옷처럼 내게 잘 어울리는 옷은 없었던 것 같았다. 그 어떤 옷도 이렇게 행복한 기분에서 입어본 적이 없었기 때문이다.

홀로 달리다시피 내려왔을 때 나는 찬란한 6월 아침이 전날 밤의 폭풍우의 뒤를 이어온 것을 보고도 놀라지 않았다. 또한 열린 유리문을 통해 신선하고 향기로운 미풍의 숨결을 느끼고도 놀라지 않았다. 내가 그처럼 행복하니 자연도 기뻐하는 게 당연했다. 어떤 여자 거지와 그녀의 어린 아들이 마당의 길을 올라오고 있었다. 둘은 다 창백하고 남루한 모습이었다. 나는 달려가서 그들에게 마침 지갑에 가지고 있던 돈을 다 꺼내주었다. 삼사 실링의 돈이었다. 좋건 나쁘건 그들도 내 기쁨을 나누는 게 당연했다. 까마귀들이 울어댔다. 그들보다 더 명랑한 새들도 노래하고 있었다. 그러나 기쁨이 넘치는 내 마음만큼 즐겁고 그만큼 음악적인 것은 없었다.

페어팩스 부인이 슬픈 얼굴로 창밖을 내다보며 심각한 어조로 "에어 선생님, 아침 드시러 오세요." 하고 말해 나를 놀라게 했다. 식사하는 동안 그녀는 말이 없었고 냉랭했다. 그러나 나는 그 자리에서 그녀에게 사실을 말할 수 없었다. 주인이 설명할 때까지 나는 기다려야 했고 부인도 그래야 했다. 나는 먹을 수 있는 만큼 먹고 곧 급히 2층으로 올라갔다. 공부방에서 나오고 있는 아델과 마주쳤다.

"어디 가니? 공부할 시간인데."

"로체스터 씨가 아이들 방에 가 있으라고 하셨어요."

"그분 어디 계신데?"

"이 방에요." 자신이 방금 나온 방을 가리키며 아델이 말했다. 방에 들어가보니 그가 그곳에 있었다.

"이리 와서 내게 굿 모닝 해요." 그가 말했다. 나는 기뻐서 앞으로 갔다. 내가 받은 것은 차가운 말 한마디나 악수 정도가 아니라 포옹과 키스였다. 그가 그렇게 솔직히 애정을 표현하며 나를 애무하는 것이 자연스럽고 정다웠다.

"제인, 활짝 핀 꽃 같아요. 미소 짓고 있군. 아름답소." 그가 말했다. "오늘 아침 정말 예쁘군. 이게 내 창백했던 요정인가? 이게 내 겨자씨 요정*인가? 보조개가 있는 뺨, 장미 같은 입술, 공단같이 부드러운 갈색 머리, 빛나는 갈색 눈…… 이런 것들을 가진 이 작고 밝은 소녀가 내 요정이란 말이오?" (독자여, 내 눈은 초록색이다. 그러나 이런 실수를 용서하기 바란다. 로체스터에게 그때 내 눈이 다시 새로 염색한 눈으로 보였던 모양이다.)

"제인 에어입니다, 주인님."

"곧 제인 로체스터가 될 거요." 그가 첨부했다. "자네트, 하루의 오차도 없이 앞으로 4주만 지나면 그렇게 될 거요. 내 말 듣고 있소?"

나는 듣고 있었다. 그러나 도대체 무슨 말을 하는지 이해할 수 없었다. 어지러웠다. 그 선언이 내 몸 전체에 던져준 감정은 기쁨의 감정과는 다른, 그 어떤 더 강한 것이었다. 강타하여 기절하게 하는 그런 무엇이었다. 이건 거의 두려움이라는 생각이 든다.

"얼굴이 빨갛더니 이제 하얗군, 제인. 그건 왜 그러지?"

"제게 다른 명칭을 주셨기 때문입니다……. 제인 로체스터라고요. 매우 이상하네요."

"그래요, 로체스터 부인." 그가 말했다. "젊은 로체스터 부인……. 페어팩스 로체스터의 어린 신부, 그게 당신이오."

"결코 그럴 순 없어요, 주인님. 있을 법한 일 같지 않아요. 사람은 이 세상에서 완벽한 행복은 결코 누릴 수 없어요. 저는 다른 인간들과 다른 운명을 타고나지 않았어요. 그런 운명이 제게 찾아왔

---

* 셰익스피어의 〈한여름밤의 꿈〉에 나오는 요정 중 하나.

다고 상상하면 동화 같아요. 백일몽 같아요."

"그걸 내가 실현해줄 수 있고 또 그럴 참이오. 오늘부터 시작하겠오. 오늘 아침 런던에 있는 내 일을 봐주는 은행가에게 보관하고 있는 보석들을 보내달라고 편지를 냈소. 손필드 가의 여자들이 물려받은 세습 보석들이오. 하루 이틀 후면 당신 무릎 위에 그 보석들을 쏟아부을 거요. 결혼을 앞둔 귀족의 딸에게나 제공되는 모든 특권과 관심이 제인 것이 되게 하겠소."

"오, 주인님……. 보석에 대해서는 신경 쓰지 마세요! 전 그런 말 듣는 걸 좋아하지 않아요. 제인 에어에게 보석은 부자연스럽고 어색해요. 저는 그런 것들은 갖고 싶지 않습니다."

"내가 직접 당신 목에 다이아몬드 목걸이를 걸어주고 그 이마에 어울리는 장식 고리를 얹어줄 거요. 자연의 여신은 적어도 이 이마 위에 귀한 신분이라는 특허장을 찍어주신 것이오. 또한 그 아름다운 손목에는 팔찌를 끼워줄 것이고 요정 같은 그 손가락에는 반지들을 끼워줄 거요."

"안 됩니다. 안 돼요, 주인님! 다른 화제를 생각하십시오. 다른 이야기나 하십시오. 다른 어조로 말예요. 제가 미인이라도 되는 것처럼 말씀하시지 마세요. 저는 그저 못생긴 퀘이커 교도 같은 가정교사입니다."

"내 눈에는 제인은 미인이오. 내 가슴속 열망과 부합되는 미인이오……. 섬세하고 환상 같은."

"하찮고 보잘것없다는 뜻이겠지요. 주인님께서 꿈을 꾸고 계신 거예요. 아니면 빈정거리고 계신 겁니다. 제발 비꼬지 마세요."

"세상 사람들이 당신을 미인으로 인정하게 만들겠소." 그는 말을 계속했다. 한편 나는 그가 끌고 가는 말투에 정말 불편해지고 있었다. 그가 스스로를 속이고 있든가 아니면 나를 속이고 있다고 느꼈기 때문이다. "내 제인을 공단과 레이스로 차려입히고 머리엔 장미꽃을 꽂게 하겠소. 그리고 내가 가장 사랑하는 그 머리는 귀한 베일로 덮어주겠소."

"그러면 저를 못 알아보실 거예요, 주인님. 그렇게 되면 저는 더 이상 주인님의 제인 에어가 아니라 어릿광대 옷을 입은 원숭이에 불과할 거예요. 빌려온 깃털을 뒤집어쓴 어치일 거예요. 그런 궁전 귀부인처럼 차려입은 제 모습을 보느니 차라리 무대용 장신구로 잔뜩 모양을 낸 당신, 로체스터 주인님을 보는 게 낫겠어요. 그런 모습의 주인님을 제가 멋지다고 부르진 않을 거예요. 주인님을 아무리 사랑해도 말입니다. 저는 주인님을 너무 사랑하는 나머지 아첨하지 않아요. 저를 치켜세우지 마세요."

그러나 그는 내 반대에는 아랑곳하지 않고 자기가 꺼낸 화제를 이어나갔다. "오늘 당장 당신을 마차에 태워 밀코트로 가야지. 그러니 당신이 직접 옷을 골라야 해요. 4주 안에 결혼한다고 나는 말했소. 결혼식은 저 너머 교구 성당에서 조용히 치러질 것이오. 식이 끝나면 즉시 당신을 도시로 데려갈 거요. 거기서 잠시 머문 뒤 나는 내 보물 제인을 태양과 가까운 지역으로 데려갈 것이오. 프랑스의 포도밭과 이탈리아의 들판으로 말이오. 내 보물이 옛날이야기와 현대의 기록에 나오는 온갖 유명한 곳들을 구경하도록 할 거요. 또한 도시 생활을 맛보도록 할 거요. 다른 사람들과 공정한 비교를 통해 자신의 가치를 평가하게 되도록 해주겠소.."

"여행을 하게 되나요? 주인님과 함께?"

"파리, 로마, 나폴리, 플로렌스, 베니스, 비엔나에 머물도록 하겠소. 내가 두루 방랑했던 모든 땅을 다시 당신이 밟도록 해주겠소. 내 발자국이 찍힌 곳 모두를 당신의 요정발도 밟도록 하겠소. 10년 전 나는 반미치광이처럼 유럽을 휘젓고 다녔소. 혐오와 증오와 분노를 길벗 삼아서. 이제 치유되고 정화된 나는 바로 하나의 천사를 달래주는 벗 삼아 유럽을 다시 방문할 거요."

나는 그의 말에 웃음을 터뜨렸다. "저는 천사가 아니에요." 내가 주장했다. "죽을 때까지도 천사는 되지 못할 거예요. 저는 저 자신일 거예요. 로체스터 주인님, 저한테서 천사를 기대하지도 마시고 요구하지도 마세요. 그런 것을 얻지 못하실 겁니다. 제가 주인님에게서 그런 것을 얻어내지 못하는 것이나 같아요. 저는 그런 것은 기대하지 않아요."

"그러면 나한테서 무엇을 기대하는 거요?"

"잠시 동안은 지금 그대로의 모습이시겠지요……. 아주 짧은 기간은요. 그러고 나면 차갑게 식으실 거예요. 그러다가 변덕을 부리실 거고 다음에는 엄해지실 거고. 그렇게 되면 저는 주인님을 기쁘게 하기 위해 법석을 떨 겁니다. 그러다가 주인님께서 제게 많이 익숙해지시면 어쩌면 저를 다시 좋아하시게 되겠지요. 사랑한다가 아니라 좋아한다고 했습니다. 주인님의 사랑은 여섯 달이나 아니면 그 정도도 못 가서 거품처럼 꺼져버릴 거라는 생각이 듭니다. 사람들이 쓴 책에서 남편의 열정이 지속되는 최대 기간은 그 정도로 정해져 있다는 걸 읽은 적이 있습니다. 어쨌거나 결국 저는 친구로서, 말벗으로서 제가 사랑하는 주인님께 결코 기분 나쁜 존재가 되지 않기를 희망합니다."

"기분 나쁜 존재라니! 그리고 당신을 다시 좋아하게 된다니! 나는 제인을 다시, 또다시, 계속해서 좋아할 것이라고 생각하고 있소. 그리고 제인이 나를 좋아할 뿐만 아니라 진심과 열정과 일편단심으로 사랑한다고 고백하게 만들 거요."

"하지만 주인님, 변덕은 없으신가요?"

"그저 얼굴 때문에 맘에 든 여자들이라면, 난 그런 여자들에게는 바로 악마 그 자체일 거요. 그들에게 영혼도 가슴도 없다는 걸 알게 되거나 따분하고 쩨쩨하고 어쩌면 바보 같은 머리에 천하고 성미까지 나쁜 싹수가 보이면 그렇다는 말이오. 그러나 맑은 눈과 말을 재치 있게 하는 혀와 불로 만들어진 영혼과 굽혀지되 부러지지 않는 성품을 가진 여자……, 나긋나긋하면서도 안정되고 순종적이면서도 지조가 있는 성품 앞에서는 나는 영원히 다정하고 성실한 남자요."

"그런 성품을 경험한 적이 있으세요, 주인님? 그런 사람을 사랑해본 적이 있으세요?"

"지금 그런 성품을 사랑하고 있소."

"하지만 저 이전에 말입니다. 정말 어떤 관점에서 제가 그 까다로운 기준에 부합된다면 하는 말입니다."

"제인 같은 사람은 한 번도 만난 적이 없소. 제인은 내 마음에 들었고 나를 압도하고 있소……. 당신은 굴복하는 것같이 보이는데, 그 나에게 전달하는 유순한 느낌이 좋소. 내 손가락에 그 부드러운 비단 실타래를 감고 있는 동안 그것은 내 팔에 찌릿한 전율을 일으키며 가슴까지 찡하게 만든단 말이오. 나는 영향을 받았소……. 정복당한 거요. 그 영향력은 내가 표현할 수 없을 정도로 감미로운 것이오. 그 정복당한 경험은 내가 얻을 수 있는 어떤 승리보다 더 큰 마력을 지니고 있소. 왜 웃는 거요, 제인? 그 까닭 모를 이상한 표정 변화는 무엇을 의미하는 것이오?"

"무슨 생각을 하고 있었느냐 하면,(이런 생각을 한 것 용서하세요. 저도 모르게 떠올랐으니까요.) 자기들을 매료시킨 여자를 각기 가지고 있었던 헤라클레스와 삼손*을 생각하고 있었어요."

"그런 생각을 하고 있었어요? 귀여운 요정 같으니……."

"그만하세요, 주인님! 앞의 두 사람이 현명치 못하게 행동했던 것처럼 주인님도 지금 그다지 현명한 발언을 하지 못하고 계십니다. 그러나 그들도 결혼했었을 거라고 가정하면, 구혼자였을 때 부드럽게 대했던 것을 남편이 되고 나서는 분명히 엄격한 잔학함으로 벌충했을 겁니다. 주인님도 그렇게 되실까 봐 걱정이 됩니다. 앞으로 1년 후 제가 주인님께 불편하거나 들어주기가 즐겁지 않을 부탁을 한다면 어떻게 응하실지 궁금합니다."

"자네트, 지금 부탁해요……. 하찮은 부탁이라도 지금 해봐요. 부탁받는 게 내 소원인데……."

"그러면 정말 부탁하겠습니다, 주인님. 부탁드릴 청은 이미 준비가 되어 있습니다."

"말해봐요! 그런데 그런 표정으로 올려다보며 미소만 짓고 있으면 그 부탁이 무언지도 알지 못하면서 들어주겠다고 맹세하게 되고 그렇게 되면 나만 웃음거리가 되는 거지."

"전혀 그렇지 않습니다, 주인님. 제 부탁은 경우 이렇습니다. 보

---

* 헤라클레스는 리디아의 여왕 옴팔레에 의해 노예가 되고, 삼손은 자신의 힘의 비밀을 델릴라에게 누설한다.(사사기 13~16장)

석을 가지러 사람을 보내지 말아주십시요 하는 거하고 저에게 장미꽃 화관을 씌우지 말아달라는 겁니다. 차라리 거기 주인님이 가지고 계신 평범한 손수건 가장자리에 황금빛 레이스를 둘러주시는 게 더 낫겠습니다."

"차라리 '정련된 황금에다 금으로 도금하는'* 게 더 낫겠군. 알겠소. 그럼 제인의 부탁을 받아들이겠소. 대신 이건 당분간이오. 은행가에게 보낸 지시는 시정하겠소. 그러나 제인은 아직 내게 본격적인 부탁은 아무것도 안 했소. 그저 선물을 취소하라고 했을 뿐이오. 다시 부탁을 해보시오."

"그러면, 주인님, 하겠습니다. 어느 한 가지 점에서 몹시 큰 호기심을 자극하는데, 그 호기심을 충족시키는 친절을 베풀어주시겠습니까?"

그는 불안한 표정을 지었다. "뭐요? 뭔데?" 그가 급히 말했다. "호기심은 충족시키기가 위험한 부탁이지. 하지만 모든 요청을 다 들어주겠다는 맹세는 안 했으니 다행이지만……."

"주인님, 이 부탁을 들어주는 데는 위험이 있을 수 없습니다."

"제인, 말해봐요. 하지만 어떤 비밀에 대해 물어보는 것이 아니라 차라리 내 재산의 반을 달라는 부탁이었으면 좋겠소."

"이제는 아하스에로스 왕**이 되셨군요! 주인님 재산 절반을 제

---

* 셰익스피어의 〈존 왕〉에 나오는 표현. 바이런의 〈돈 주앙〉에서도 나온다. "황금에 도금하거나 백합에다 흰 칠을 하는 것은 어리석은 짓"이라고 셰익스피어는 말하고 있다.
** 자신의 아내 와스디를 내쫓고 가난한 유대 소녀 에스더를 두 번째 아내로 삼았던 페르시아의 왕. 에스더는 유대인 해방을 간청했다.

가 뭣하러 원하겠어요? 저를 땅에 투자나 하고 싶어 하는 유대인 고리대금업자로 생각하세요? 그보다 저는 주인님 속마음을 죄다 알고 싶을 따름이에요. 주인님께서 저를 가슴속에 받아들여주셨으니 그런 비밀로부터 저를 제외시키지 않으시겠지요?"

"제인, 들을 가치가 있는 것이면 기꺼이 내 비밀 모두를 보라고 환영해드리겠소. 하지만 제발 쓸데없는 짐을 짊어지려고 하지 말아요! 독약을 원하지 말아요. 내게 부담이 되는 솔직한 이브는 되지 말아요!"

"왜 안 되나요, 주인님? 조금 전만 해도 제게 정복당하는 것이 너무 좋다고 하셨잖아요. 억지 설득이 얼마나 즐거운지 모르겠다고 말씀하셨어요. 그러니까 제가 주인님의 고백을 이용하는 게 좋겠다고 생각하지 않으세요? 제 능력이 얼마나 되는지 시험하기 위해 필요하면 주인님께 말을 걸고 주인님을 구슬리고 애원하고, 나아가서 울고 토라지는 태도까지 보이는 게 낫지 않을까요?"

"그런 실험은 얼마든지 하라고 허락하겠소. 쳐들어와서 이용해 봐요. 그러면 게임은 끝날 테니까."

"그럴까요, 주인님? 곧 항복하실걸요. 지금 표정이 얼마나 굳어 있는지 몰라요! 눈썹이 제 손가락만큼이나 두터워졌어요. 이마는 아주 무서운 시에서 제가 한때 '푸른 파일이 박힌 천둥 시렁'이라고 마음속으로 형상화했던 것과 닮았네요. 혹시 그게 결혼한 후의 주인님 표정 아니에요?"

"만약 그게 결혼 후의 아내로서의 당신 표정이라면, 나는 기독교인으로서 순수한 요정 아니면 불의 요정과 결혼하고 산다는 생각을 곧 포기할 거요. 자, 어쨌든 물어보겠다는 거 뭐야, 이 귀염둥이야? 말해봐!"

"그거에요. 이제야 좀 무례해지시는군요. 아첨보다는 그런 무례함이 더 제 맘에 들어요. 저는 천사보다 '귀염둥이'가 되겠어요. 제가 묻고 싶었던 것은, 주인님이 잉그램 양과의 결혼을 원하고 있다고 믿게 하려고 대체 왜 그리 많은 수고를 하셨느냐는 거예요."

"그게 다야? 천만다행이군. 더 난처하게 만드는 것이 아니어서!" 이제야 그가 찌푸렸던 이마를 폈다. 그러고는 위험을 벗어나서 기쁜 듯 나를 내려다보면서 미소를 지으며 내 머리를 쓰다듬었다. "그건 고백할 수 있겠군." 그가 계속했다. "제인을 좀 화나게 할지도 모르지만, 제인. 그리고 제인, 당신은 화가 나면 불의 정령처럼 변한다는 걸 목격했어. 어젯밤 제인이 운명에 대항하여 반기를 들고 자기 지위가 나와 동등하다고 주장했을 때 제인은 서늘한 달빛 속에서도 활활 불타오르더군. 자네트, 여하튼 잉그램 양에게 청혼하라고 나를 부추긴 건 바로 당신이었어."

"물론 그랬습니다. 하지만 제발 괜찮으시면 본론을 말씀하십시오. 주인님. 잉그램 양은요?"

"좋아. 내가 잉그램 양에게 구혼한 척한 것은, 내가 제인을 열정적으로 사랑하는 것만큼 제인도 나를 사랑하게 만들고 싶었던 거요. 그 목적을 달성하기 위해서 도움을 청할 최상의 원군은 질투심이라는 걸 알았기 때문이오."

"대단하셔라! 그런데 이제 보니 쩨쩨하시군요. 제 새끼손가락 끝마디보다 전혀 클 것도 없네요. 그런 행동은 지독히 창피하고 치욕적인 불명예에 해당됩니다. 잉그램 양의 감정에 대해서는 생각도 하지 않으셨나요?"

"그녀의 감정은 오직 한 가지, 자만심에 집중되어 있소. 그 자존심은 무너져야 할 필요가 있어요. 제인, 그래, 질투는 느꼈소?"

"그런 것에 마음 쓰지 마세요, 로체스터 씨. 알아봤자 별 재미도 없으실 거예요. 다시 한번 진심으로 대답해주세요. 그런 부정직한 농간으로 인해 잉그램 양이 받게 될 상처는 생각하지 않으셨나요? 그녀가 배신당하고 버림받았다고 생각하지 않을까요?"

"있을 수 없는 일이오! 그와는 반대로 그녀가 나를 어떻게 차버렸는지 말하지 않았소? 내가 파산할 지경이라는 걸 알자마자 그녀의 열정은 식어버렸소. 아니, 꺼져버렸던 거요."

"정말 기묘한 꿍꿍이속을 지니고 계시군요, 로체스터 주인님. 어떤 점에서 주인님의 행동 원칙은 기이한 것이 아닌가 염려되네요."

"제인, 내 원칙은 한 번도 훈련받은 것이 아니오. 관심의 부족으로 인해 좀 비뚤어진 것인지도 모르오."

"다시 한번 진지하게 여쭤볼게요. 얼마 전까지 제 자신이 느꼈던 그 쓰디쓴 고통을 다른 사람이 겪고 있다는 걱정 같은 거 할 것 없이, 제게 특별히 주어진 크나큰 행복을 제가 누려도 되는 건가요?"

"누려도 돼, 착한 아가씨야. 나에 대해 당신처럼 순수한 사랑을 간직하고 있는 사람은 세상에 없소. 제인, 나는 그 즐거운 감동을 내 영혼에 새겨놓았소. 당신의 애정에 대한 믿음을 새겨놓은 거요."

나는 내 어깨 위에 놓인 그의 손에 내 입술을 돌렸다. 나는 그를 몹시 사랑했다. 사랑한다는 말을 해도 된다고 생각하는 이상으로 사랑했고…… 말로는 표현할 수 없을 정도로 사랑했다.

"더 부탁할 게 있으면 부탁해보시오." 그가 이윽고 말했다. "당신의 부탁을 받고 그걸 들어주는 게 내 기쁨이오."

나는 다시 부탁할 것을 준비했다. "페어팩스 부인에게 주인님 의도를 전달해주세요, 주인님. 지난밤 홀에서 저와 주인님이 함께 있는 모습을 보고 충격을 받았을 거예요. 제가 그분을 다시 만나기 전에 주인님께서 설명 좀 해드리세요. 그렇게 착한 부인에게 오해를 받는 것은 괴로운 일이에요."

"당신 방에 가서 보닛을 쓰시오." 그가 대답했다. "당신을 데리고 오늘 아침 밀코트로 갈 참이오. 당신이 마차를 타고 갈 준비를 하는 동안 내가 노부인에게 어떻게 돌아가는지 이해시키겠소. 자네트, 당신은 사랑을 위해 세상을 다 버리고 그 버린 것을 잘했다고 생각하고 있구나 하고 그 부인이 생각할까?"

"아마 자기 자리를 망각한 여자라고 생각할 거예요. 주인님도 자기 자리를 망각하고 계시다고 생각할 거고요."

"자리라고! 자리라! 당신 자리는 내 가슴속에 있소. 그리고 지금이건 앞으로건 당신에게 모욕을 주려는 자들의 목덜미 위가 당신 자리요. 자, 가봐요."

나는 곧 옷을 차려입었다. 그러고는 로체스터 씨가 페어팩스 부인의 방에서 나오는 소리를 듣고 황급히 그 방으로 내려갔다. 노부인은 성경에서 그날의 교훈이 될 부분, 그날 아침에 읽을 분량을 읽고 있었다. 성서가 그녀 앞에 펼쳐져 있었고, 그 위에 그녀의 안경이 놓여 있었다. 로체스터의 선언으로 중지되었던 그녀의 과업을 그녀는 그때 잊고 있는 것 같았다. 반대편 빈 벽에 고정된 그녀의 눈은 뜻하지 않은 소식으로 촉발된 놀람, 조용했던 마음이 나타내는 놀람이 역력했다. 나를 보자 부인은 몸을 일으켰다. 애써 미소까지 지어 보였고 몇 마디 축하 인사를 입에 담는 것이었다. 그러나 미소는 이내 사라지고 인사말은 하다가 포기하고 말았다. 그녀는 안경을 쓰고 성서를 덮은 뒤 의자를 탁자 뒤로 뺐다.

"너무 놀랐어요." 부인이 시작했다. "에어 선생님, 무슨 말을 해야 할지 모르겠어요. 내가 꿈을 꾼 건 아니겠지요? 가끔 혼자 앉아 있다가 반쯤 잠이 들어 일어나지도 않은 일들을 공상하는 적이 있거든요. 졸다가 15년 전에 죽은 사랑하는 남편이 찾아와서 내 옆에 앉아 있다는 공상을 한 적도 여러 번 있어요. 심지어 그가 옛날에 그랬던 것처럼 '앨리스' 하고 내 이름을 부르는 것을 들은 적이 있어요. 자, 로체스터 씨가 선생님에게 청혼했다는 게 정말 사실인지 말해줄 수 있지요? 그렇게 웃지 마세요. 하지만 바로 5분 전에 그분이 이 방에 들어와 앞으로 한 달 지나면 선생님이 자기 아내가 될 거라고 말씀하셨다는 생각이 드네요."

"같은 말씀을 제게도 하셨어요." 내가 대답했다.

"그랬군요! 그래, 그 말씀 믿으세요? 청혼을 받아들이셨나요?"

"네."

그녀는 당황하여 나를 바라보았다.

"난 생각지도 못했어요. 그는 자존심이 강한 사람이에요. 로체스터 가문 사람들은 모두 자존심이 강해요. 그분의 부친은 적어도 돈을 좋아하셨어요. 그분 역시 돈에 빈틈이 없는 사람이라고 불려왔어요. 그런 분이 선생님과 결혼하실 의도라고요?"

"제게 그렇게 말씀하셨어요."

그녀는 내 온몸을 훑어보았다. 그 눈에는 그 수수께끼를 풀기에 충분히 강력한 마력을 찾았다는 눈빛이 담겨 있지 않았다.

"난 이해할 수 없네요!" 그녀가 말을 계속했다. "그렇지만 선생님이 그렇다고 하시니 이 일이 사실이라는 데는 의심의 여지가 없네요. 어떻게 일이 풀릴지 난 모르겠군요. 정말 모르겠어요. 이런 경우에는 종종 신분과 재산이 비슷해야 하는 것이 바람직하지요. 게다가 두 분 나이 차이가 거의 스무 살이나 나요. 그분은 거의 선생님의 아버지뻘이 되지요."

"전혀 그렇지 않아요, 페어팩스 부인!" 나는 약이 올라 소리쳤다. "아버지 같다니 말도 되지 않습니다! 우리가 함께 있는 것을 본 사람은 누구도 단 한순간도 그렇게 생각하지 않을 겁니다. 로체스터 씨는 젊어 보여요. 스물다섯 살 난 청년처럼 젊어요."

"그분께서 선생님과 결혼하려는 것은 정말 사랑 때문일까요?" 부인이 물었다. 나는 부인의 차갑고 회의적인 태도에 너무 상처를 받아 눈물이 눈으로 올라왔다.

"마음을 아프게 해서 미안해요." 부인이 말을 이었다. "하지만 선생님은 아직 어리고 남자를 잘 몰라요. 그래서 주의하라고 당부하고 싶은 거예요. '반짝이는 거라고 다 금은 아니다.'라는 속담이 있지요. 이번 일에서는 선생님이든 저든 우리 두 사람의 기대와 다른 결과가 발생하지나 않을까 정말 걱정이 됩니다."

"왜요?…… 제가 괴물입니까?" 내가 말했다. "로체스터 씨가 저에게 진지한 애정을 품는다는 것이 불가능한가요?"

"아닙니다. 선생님은 훌륭하세요. 그리고 최근에는 더 많이 좋아지셨어요. 그리고 아마도 로체스터 씨가 선생님을 좋아하실 겁니다. 나는 선생님이 그분에게 애완동물 같은 역할을 하는 것을 눈여겨보아왔어요. 그분이 표가 나게 선생님을 좋아하는 걸 보고 다소 불안해지기도 했고, 선생님을 위해서도 조심시켜야 되겠다고 생각한 적이 여러 번 있었어요. 그러나 일이 잘못될 가능성도 있다는 것을 암시하고 싶진 않았어요. 그런 생각이 선생님에게 충격을 주고 어쩌면 기분을 상하게 할 수도 있다는 걸 나는 알았어요. 선생님은 매우 신중하고 철저히 겸손하고 분별력을 발휘하는 분이니까 스스로를 보호할 수 있다고 믿고 싶었어요. 지난밤 선생님을 찾아 집 안 곳곳을 돌아다녔지만 어디서도 찾을 수 없었어요. 주인님 또한 찾을 수가 없어서 제 속이 얼마나 탔는지 말도 못해요. 그러다 12시에 선생님이 그분과 함께 들어오는 걸 보았어요."

"그랬군요. 이젠 걱정 마세요." 내가 초조해져서 그녀의 말을 끊었다. "모든 게 잘됐으니 이제 됐어요."

"모든 일이 끝에 가서 다 잘됐으면 좋겠지만." 그녀가 말했다. "하지만 정말이지 아무리 조심해도 지나치지 않을 겁니다. 로체스터 씨를 멀리하려고 노력하세요. 그분뿐만 아니라 선생님 자신도 믿지 마세요. 그런 신분의 신사들은 자기 집 여자 가정교사와 결혼하는 게 흔한 일이 아니니까요."

나는 정말로 화가 나기 시작했다. 다행히 아델이 뛰어들어왔다.

"저도 데려가주세요. 저도 밀코트에 데려가주세요!" 아델이 외쳤다. "로체스터 아저씨가 안 데려간대요. 새 마차엔 자리가 넉넉한데도 그래요. 선생님, 저도 데려가달라고 부탁 좀 해주세요."

"그럴게, 아델." 우울한 경고를 하던 부인을 떠나게 된 것을 기뻐하며 급히 아이를 데리고 나왔다. 마차는 준비되어 있었다. 사람들이 마차를 현관 앞에 대기시켜놓고 있었다. 주인은 포장도로 위를 걸어오고 있었다. 파일럿이 그의 앞뒤로 뛰어다니며 그를 따르고 있었다.

"아델하고 같이 가도 되겠어요? 그렇죠, 주인님?"

"안 된다고 애한테 말했소. 귀찮은 건 질색이야! 당신하고만 가겠소."

"이왕이면 아델도 가게 해주세요, 주인님. 그게 더 나을 것 같아요."

"낫긴 뭐가 낫소. 방해만 될 텐데."

그의 표정과 목소리는 모두 단호했다. 페어팩스 부인의 경고에 담겼던 오싹함과 그녀의 의심에 담겼던 찜찜한 습기가 나에게 엄습했다. 뭔가 비현실적이면서 불확실성을 가진 뿌연 것이 나의 희망을 포위해 들어왔다. 나의 그에 대한 지배 의식은 반쯤 무너지고 말았다. 나는 더 이상 간청할 것 없이 기계적으로 그의 말을 따르려고 했다. 그러나 나를 마차에 오르도록 도와주면서 그는 내 얼굴을 보았다.

"무슨 일이오?" 그가 물었다. "환하던 햇살이 다 가셔버렸는걸. 정말 아이가 가기를 바라오? 아이를 두고 가면 마음에 걸릴 것 같소?"

"데리고 가는 게 훨씬 편하겠어요, 주인님."

"그럼 빨리 가서 보닛을 쓰고 오너라. 번개처럼 빨리 돌아와!" 그가 아델에게 소리쳤다.

아델은 그의 말에 복종하느라 전속력으로 뛰어갔다.

"결국 아침 한나절 방해받는 것이니까 별문제 없겠군." 그가 말했다. "이제 곧 나는 당신을……, 당신의 생각, 대화, 함께하는 시간을 모두 죽을 때까지 내 것이라고 주장할 참이니까."

마차에 올라타자 아델은 나의 중재에 대한 감사 표시로 내게 키스했다. 하지만 아이는 즉시 반대쪽 구석에 앉혀졌다. 그러자 아이는 내가 앉아 있는 쪽을 기웃거렸다. 바로 옆에 매우 엄한 로체스터 씨가 앉은 것은 너무나 갑갑한 일이었다. 그가 지금처럼 까다로운 기분을 발휘하는 상태에서는 아델은 그에게 구경한 것을 속삭이지도 못할 것이고 아무런 질문도 감히 던질 수 없었다.

"아이를 제 옆에 오게 해주세요." 나는 다시 그에게 간청했다. "아이가 거기 있으면 아마 주인님께 방해가 될지도 몰라요. 이쪽에 공간이 넉넉해요." 그는 아이를 마치 애완용 강아지처럼 넘겨주었다. "아이를 곧 학교에 보내겠소." 그가 말했다. 그러나 그는 이제 미소를 짓고 있었다.

아델은 그의 말을 듣자 '선생님은 없이 혼자서' 학교에 가는 거냐고 물었다.

"그렇다." 그가 대답했다. "완전히 혼자서 가게 될 거야. 왜냐하면 네 선생님을 내가 달에 데려갈 테니까. 그래서 그곳 분화구 꼭대기 사이의 하얀 계곡 한 곳에 동굴을 찾아서 선생님하고 나하고 단 둘이만 살 거다."

"거긴 선생님이 먹을 게 없어요. 아저씨는 선생님을 굶길 거예요." 아델이 말했다.

"아침저녁 식사를 위해 나는 만나를 모아올 거다. 선생님 먹으라고 달의 벌판과 산허리에는 만나가 하얗게 깔려 있단다, 아델."

"몸을 따뜻하게 해야 되는데, 그럼 불은 어떻게 하지요?"

"달에 있는 산에서는 불이 올라온단다. 선생님이 춥다고 하면 선생님을 산꼭대기로 데려가서 분화구 가장자리에 눕도록 하겠다."

"얼마나 힘들까. 불편하기도 하고! 그럼 옷은 어쩌지요? 닳아서

해질 텐데요. 새 옷은 어디서 구하죠?"

로체스터 씨는 당황한 척했다. "흠!" 그가 말했다.

"아델, 너 같으면 어떻게 하겠니? 좋은 수가 있나 머리를 짜내봐라. 가운 대신 하얀 구름이나 분홍색 구름은 어떨까, 아델? 그리고 스카프는 무지개에서 잘라내면 아주 예쁠 것 같고."

"선생님은 지금 그대로가 훨씬 예쁘세요." 얼마 동안 생각하고 나서 아델이 결론을 내렸다. "게다가 달에서 아저씨하고만 단둘이 사시면 선생님은 지루해하실 거예요. 제가 만일 선생님이라면 아저씨와 가는 것에 동의하지 않을 거예요."

"선생님은 동의했어. 맹세까지 했는데."

"그러나 선생님을 그곳으로 데려가실 수 없어요. 달까지 길이 없어요. 온통 공기뿐예요. 아저씨나 선생님은 날 수 없어요."

"아델, 저 들판을 보아라." 우리는 손필드 역내를 벗어나 밀코트로 가는 시원한 도로 위를 경쾌히 달리고 있었다. 길의 흙먼지가 폭풍으로 다 씻겨 있었고 양편 울타리와 키 큰 나무들은 초록으로 빛나고 있었고, 비를 맞아 생기가 나는 모습이었다.

"아델, 보름 전쯤이었단다. 저녁 무렵 저 들판을 걷고 있었지. 과수원 앞들에서 건초작업을 하던 나를 네가 도왔던 날 저녁이었다. 하루 종일 목초를 갈퀴질하느라 피곤해서 울타리에 앉아 쉬고 있었지. 거기서 작은 책과 연필을 꺼내서 오래전에 내게 일어났던 한 가지 불행한 사건을 적어보고, 앞으로는 행복한 나날만 다가오기를 바라는 소망을 적고 있었단다. 나뭇잎에 비친 햇살이 사라질 시간이라 나는 빨리 서두르며 적고 있었어. 그런데 그때 무언가가 나타나더니 내가 있는 곳에서 2야드쯤 떨어진 곳에 멈추더군. 나는 그걸 쳐다보았지. 머리에 베일을 쓴 작은 형체였어. 나는 가까이 오라고 손짓을 했어. 그랬더니 그것이 곧바로 날아와 내 무릎 위에 섰어. 나는 아무 말도 하지 않았어. 그것도 내게 단어로 된 말은 하지 않았어. 그러나 나는 그것의 눈빛을 읽었고 그것도 내 눈빛을 읽었어. 우리의 무언의 대화는 이런 취지를 지니고 있었어.

'저는 요정입니다. 요정의 나라에서 왔습니다. 여기 온 용무는 당신을 행복하게 만들어드리는 것입니다. 저와 함께 이 세상을 벗어나 한적한 장소로 가셔야 합니다. 이를테면 달과 같은 곳으로요.' 그러고는 헤이 산 위로 떠오르는 저기 저 초승달 끝을 가리키며 고갯짓을 하더군. 요정은 내게 우리가 살 수 있는 설화석고 동굴과 은빛 계곡에 대해 얘기했어. 나는 따라가고 싶다고 말했어. 하지만 아까 네가 내게 말했던 것처럼 비행에 필요한 날개가 내게는 없다는 것을 요정에게 상기시켰어.

'아.' 요정이 대답하더군. '그것은 중요하지 않아요. 여기 이 부적이 어려움을 모두 없애줄 겁니다.' 하고 요정은 예쁜 반지 하나를 내밀며 말하더군. '그것을 네 번째 손가락에 끼세요. 그러면 나는 당신의 것이 되고 당신은 내 것이 될 거예요.' 요정은 달을 향해 가자고 내게 다시 고갯짓을 했어. 아델, 바로 그 반지가 1파운드 금화로 모습이 바뀌더니 지금 내 바지 주머니 안에 들어 있단다. 하지만 곧 그 금화를 다시 반지로 바꿀 생각이다."

"하지만 우리 선생님이 그 요정하고 무슨 상관이 있지요? 난 요정 같은 것 좋아하지 않아요. 그리고 아까는 달에 데려가고 싶은 사람은 선생님이라고 하셨잖아요?"

"선생님이 요정이란다." 무슨 비밀이라도 속삭이듯 그가 말했다. 그러나 나는 아델에게 그의 농담에 신경 쓰지 말라고 말했다. 아델은 나름대로 어느 정도의 순수한 프랑스 사람의 회의주의를 입증하며 "새빨간 거짓말"이라고 일축했고, 그가 말하는 요정 이야기는 무슨 내용이든 진지하게 받아들이지 않겠다고 선언했다. 또한 아델은 "요정 따위는 없고 있다 해도" 그의 앞에 결코 모습을 드러내거나 반지를 내밀거나 혹은 달에 가서 살자고 제안하지도 않을 것을 확신한다는 것이었다.

밀코트에서 보낸 시간은 내겐 좀 괴로운 시간이었다. 로체스터 씨는 억지로 나를 어떤 실크 옷가게로 데려갔다. 거기서 여섯 벌의 옷을 고르라는 지시를 받았다. 나는 그게 싫어서 다음으로 연기하자고 간청했다. 안 된다는 것이었다. 당장 모두 사야 된다는 것이었다. 힘을 주어 속삭이며 표현한 간청을 통해 나는 여섯 벌을 두 벌로 줄였다. 그러나 그는 그 두 벌을 자기가 고르겠다고 우겼다. 나는 초조한 심정으로 그가 화려한 옷들이 걸린 곳을 두리번거리는 모습을 지켜보았다. 그는 가장 화려한 자수정색 실크 의상과 분홍색 최고급 공단 의상에 눈을 고정시켰다. 나는 다시 속삭임을 계속하며 차라리 금빛 가운과 은빛 보닛을 한꺼번에 사주는 게 좋겠다고 말했다. 그가 고른 옷들은 분명 감히 입을 엄두도 나지 않을 것 같았다. 그가 돌처럼 완강했기 때문에 아주 어렵사리 그를 설득하여 수수한 검정 공단 옷과 진주빛 실크 옷을 고르도록 그의 마음을 바꾸게 했다. "당분간은 이걸로 넘어가겠소." 그가 말했다. "하지만 앞으로는 화려한 꽃밭처럼 반짝이는 당신 모습만 보겠소."

실크 옷가게에서 그를 데리고 나왔을 때 나는 기분이 좋았다. 다음으로 보석 가게에서도 그랬다. 그가 내게 더 많이 사줄수록 성가시고 타락하는 기분이 들어 내 뺨은 더욱 달아올랐다. 마차에 다시 올랐을 때 열도 나고 피로해서 몸을 뒤로 기대고 앉았다. 그리고 그동안 어둡고 밝은 사건들이 급박하게 돌아가는 통에 까맣게 잊고 있던 일을 기억해냈다. 삼촌 존 에어 씨가 리드 부인에게 보낸 편지와 그가 나를 양녀로 받아들여 유산 상속자로 삼는다는 일이었다. '사실 그렇게 되면 좀 안심이 되겠구나.' 나는 생각했다. '좀 자립만 할 수 있으면 로체스터 씨가 입혀주는 대로 이렇게 인형 차림이 되거나 또는 매일같이 주변에 황금비가 쏟아지는 속에 앉아 있는 다나에*가 되는 일은 결코 참을 수 없을 거야. 집에 도착하자마자 마데이라로 편지를 써야겠어. 그래서 존 삼촌에게 결혼을 하려고 하고 있으며 누구와 결혼한다는 것도 알려줘야겠어. 로체스터 씨를 재산 승계인으로 만들 날이 올 것이라는 전망만 가져도 지금처럼 로체스터 씨의 보호를 받는 생활을 더욱 잘 견딜 수 있을 텐데.' 이 생각을 바로 그날 나는 실행에 옮겼다. 이런 생각에 다소 안도감을 느끼며 나는 다시 한번 과감히 내 주인이자 연인의 눈을 바라보았다. 그동안 그의 얼굴과 눈을 피했지만 그의 눈은 매우 집요하게 내 눈을 찾고 있었다. 그는 미소를 지었다. 그 미소는 행복한 사랑에 빠진 회교 군주가 자기의 황금과 보석으로 치장시킨 여자 노예에게 하사하는 미소 같았다. 나는 계속 내 손을 찾아 헤매는 그의 손을 힘껏 잡아서 그에게 밀쳐버렸는데 어찌나 격하게 힘을 썼던지 내 얼굴이 빨개졌다.

"그런 식으로 보지 마세요." 내가 말했다. "그렇게 보시면 언제

---

*   제우스가 반하여 황금 소나기로 변신하고 찾은 처녀.

까지나 제 옛날 로우드 학교 프록코트 교복만 입겠어요. 그리고 라일락 무늬 무명옷을 입고 결혼하겠어요. 주인님은 진주색 실크로 잠옷을 만들어 입으시든 검정색 공단으로 몇 벌의 조끼를 맞춰 입든 마음대로 하세요."

그는 껄껄 웃으며 두 손을 비볐다. "보고 듣기만 해도 퍽 재미있군." 그는 외쳤다. "특이한 걸까? 톡 쏘는 걸까? 거창한 터키 군주의 모든 후궁과 가젤 영양의 눈과, 회교도의 천국에 있는 육감적인 미녀들 전부를 준다 해도 이 어린 영국 아가씨 한 명과 절대로 바꾸지 않겠어!"

동양적인 비유가 다시 나의 화를 돋우었다. "후궁을 대신하는 자리라면 주인님을 조금도 참지 못할 겁니다." 내가 말했다. "그러니까 제발 저를 후궁과 동일한 인간으로 생각하지 마세요. 만약 그런 부류의 여자를 좋아하시면 지체 없이 이스탄불 바자회에 가보세요, 주인님. 거기 가셔서 주인님께서 여기서는 만족스럽게 쓸 줄 모르시는 듯한 그 넘치는 돈을 노예들을 많이 사는 데나 쓰세요."

"그러면 내가 그렇게 많은 살 덩어리와 그렇게 여러 종류의 검은 눈을 사려고 흥정하는 동안 당신은 뭘 할 거요, 자네트?"

"저는 노예가 될 사람들, 그러니까 후궁에 살 거주자들에게 자유를 가르치는 선교사가 될 준비를 할 거예요. 저는 후궁 출입이 허용될 테니 거기서 반란을 선동하겠어요. 그렇게 되면 말꼬리 세 개를 군기 삼아 휘날리는 군사령관 격인 주인님은 순식간에 우리 손에 족쇄가 채워져 구금될 것입니다. 또한 이제까지 독재자가 윤허한 것 중에서 가장 관대한 칙서에 주인님이 서명하기 전까지는 저도 주인님의 결박을 풀어주는 데 동의하지 않을 겁니다."

"나는 순순히 당신의 자비를 빌 것이오, 제인."

"로체스터 씨, 그런 눈으로 자비를 빌면 저는 자비를 베풀지 않을 겁니다. 그런 표정을 짓고 계시는 한 주인님께서는 강압에 의해 칙서에 서명하시긴 했지만 구속에서 풀려나는 순간 제일 먼저 하실 일이 칙서의 조항을 위반하는 일이 될 거라는 확신이 들기 때문입니다."

"그래, 대체 거기에 무슨 조항을 담고 싶은 거요? 혹시 성당의 제단 앞에서 거행되는 결혼 예식 말고 사적인 결혼 의식을 하자고 내게 강요하는 건 아닌지 걱정되는군. 내 생각에 당신은 특이한 조건을 그 계약에 담을 것 같소. 무슨 조건을 넣을 거요?"

"주인님, 저는 마음이 편하기만을 바랄 뿐입니다. 여러 가지 의무에 시달리고 싶지 않습니다. 주인님이 제게 셀린 바렝에 대해 말씀하셨던 것 기억하세요? 그 여자에게 주신 다이아몬드나 캐시미어 의상들이 기억나세요? 저는 주인님의 영국판 셀린 바렝이 되고 싶지 않아요. 저는 아델의 가정교사로 계속 일할 거예요. 그렇게 해서 제 숙식비와 거기에 더해서 연봉 30파운드를 벌겠어요. 그 돈으로 제 옷장을 채울 겁니다. 주인님이 제게 주실 것은 단지……."

"단지 뭐요?"

"저를 존중하는 자세입니다. 그런 존중하는 자세를 제가 주인님께 돌려드리면 서로의 빚은 없어지는 것입니다."

"허, 타고난 냉정한 건방짐과 순수한 내적 자존심에서 당신과 필적할 만한 사람은 없을 거요." 그가 말했다. 우리는 손필드 저택에 접근하고 있었다. "오늘 나와 함께 식사해주겠소?" 저택 대문 안으로 들어설 때 그가 물었다.

"고맙습니다만 사양하겠습니다, 주인님."

"'고맙습니다만'이 무슨 뜻인지 물어도 되겠소?"

"주인님과 저는 지금까지 한 번도 함께 식사한 적이 없습니다. 그런데 이제 와서 왜 함께 식사를 해야 하는지 그 이유를 모르겠습니다. 다만……"

"다만 뭐요? 당신은 토막 난 문장을 좋아하거든."

"다만 어쩔 수 없을 때가 되면 같이 식사하겠습니다."

"당신 혹시 나를 사람 잡아먹는 도깨비나 송장 파먹는 귀신으로 생각하는 거 아니오? 그래서 나와 식사하기를 두려워하는 거 아니오?"

"그런 생각은 전혀 해보지 못했습니다, 주인님. 그러나 앞으로 결혼까지 남은 한 달 동안은 평소와 같이 행동하고 싶습니다."

"힘든 가정교사 일은 당장 그만두게 될 거요."

"설마! 주인님, 용서하십시오. 저는 그만두지 않을 겁니다. 평소처럼 일을 계속할 겁니다. 그리고 지금까지 그랬던 것처럼 낮 시간 동안에는 주인님 근처에 얼씬하지 않겠습니다. 저를 보고 싶으시면 저녁에 부르시면 됩니다. 그러면 그때 뵈러 가겠습니다. 하지만 딴 때는 안 됩니다."

"바로 이런 때가 나를 위로하기 위해, 아델의 말처럼 '마음의 평정을 되찾기 위해' 담배가 피우고 싶은 순간이군. 코담배 한 모금 말이오. 그런데 마차 안에는 불행하게도 담뱃갑도 코담배합도 없구려. 어쨌든 귀를 기울여요. 그리고 지금은 당신의 시간이라고 속삭이라고. 그러나 곧 내 시간이 될 거요. 그리하여 당신을 잘 잡아서 소유하고 간직할 수 있게 되면, 비유컨대, 당신을 여기 이 시곗줄에

제24장 63

(그는 자기 회중시계 줄을 만졌다.) 이렇게 묶어버릴 거요. 분명히 그럴 거요. 귀여운 내 사랑, 내 보석을 잃지 않게끔 가슴에 달고 다닐 거요."*

그는 마차에서 내가 내리는 것을 도우며 이렇게 말했다. 그리고 그가 아델을 안고 밖으로 나오는 동안 나는 2층으로 물러나는 데 성공했다.

그는 저녁이 되자 당연히 자기 있는 데로 오라고 나를 불렀다. 나는 그가 내게 해줄 일을 준비해놓고 있었다. 그와 보내는 모든 시간을 머리를 맞대고 대화만 하는 것으로 보내지 않기로 결심했기 때문이다. 나는 그의 멋진 목소리가 기억났다. 노래를 잘하는 사람들이 흔히 그러하듯 그도 노래하기를 좋아한다는 것을 나는 알고 있었다. 나 자신은 노래를 잘 부르지 못했다. 또한 그의 까다로운 판단에 의하면 훌륭한 연주자도 아니었다. 그러나 나는 멋진 노래나 연주가 있을 때 그것을 듣는 데서 기쁨을 느꼈다. 낭만의 시간, 황혼이 별들이 박힌 푸른 깃발을 격자창에 드리우기 시작하자마자 나는 일어나 피아노 뚜껑을 열고 그에게 노래 한 곡을 불러달라고 간곡히 부탁했다. 그는 나에게 변덕쟁이 마녀 같다고 말하면서 다음 기회에 부르겠다고 하는 것이었다. 그러나 나는 지금 같은 시간은 없을 거라고 우겼다.

"내 목소리를 좋아해요?" 그가 물었다.

"몹시 좋아합니다." 사실 나는 그의 민감한 허영심을 충족시키고 싶지 않았다. 그러나 이번 한 번만은 마음이라도 편하자는 이유

---

* 로버트 번스의 〈귀여운 내 사랑〉이라는 시를 인용해서 말하고 있다.

에서 그 허영심을 달래주고 자극시키기로 마음먹었다.

"제인. 그러면 당신이 반주는 해야 하오."

"알았습니다, 주인님. 제가 해보겠어요." 내가 시도는 했다. 그러나 이내 피아노 의자에서 쫓겨나고 "솜씨 없는 작은 계집애"라는 소리만 들었다. 이건 바로 내가 바라던 일이었는데, 이렇게 소탈하게 한쪽으로 밀려나자 그가 내 자리를 차지하더니 스스로 반주하기 시작했다. 그는 노래도 잘했지만 연주도 잘했다. 나는 서둘러 창가 구석 자리로 물러났다. 그곳에 앉아 고요한 나무들과 어슴푸레한 잔디밭을 내다보고 있는 동안 감미로운 음색으로 다음과 같은 노래가 감미로운 반주에 맞춰 흘러나왔다.

> 인간의 가슴이 불 켜진 제 복판에서
> 이제껏 느꼈던 최고의 참사랑이
> 활기 띠기 시작한 온 혈관에
> 밀물 같은 생명의 피 부어주었네.
>
> 그녀 오면 그날은 희망이었고
> 그녀 가면 그날은 고통이었네.
> 그녀 발걸음 늦어지는 날이면
> 내 혈관 온통 얼어붙었네.
>
> 사랑했듯 사랑받게 된다면
> 말로 표현되지 않는 축복이라 꿈꾸었네.
> 열렬하게 또 그만큼 맹목으로

그러기 위해 노력했었네.

그러나 우리의 삶 사이에 놓인
공간은 길도 없이 멀었고
초록빛 바다 파도들의 거품을 품은
경쟁만큼 위험했었네.

그리고 황야나 숲을 가로지른
도적 들끓는 길처럼
권력과 정의, 근심과 분노가
우리의 영혼 사이를 가로막았네.

위험은 무릅쓰고 장애물은 경멸하고
불길한 징조 무시해버렸네.
위협하고 성가시고 경고하는 모든 것
맹렬히 지나쳐버렸네.

내 무지개 올라타고 빛처럼 빠르게
꿈길인 양 날아갔었네.
그 어린이 같은 소나기와 광선이
찬란하게 눈앞에 나타났었네.

어둠을 머금은 구름 위로 여전히
부드럽고 경건한 기쁨 밝게 빛났네.

자욱하고 불길한 재앙이 몰려와도
이제 더 이상 상관하지 않겠네.

내가 공격한 모든 것들이
강력하고 빠르게 날개를 달고
복수를 다짐하며 다가온다 해도
달콤한 이 순간 개의치 않겠네.

오만한 증오가 나를 때려눕히고
장애가 곧바로 접근해오고
분노로 찌푸린 고통을 주는 권력이
영원한 적개심을 맹세한다 하더라도.

내 사랑은 나에 대한 고귀한 믿음으로
그 작은 손을 내 손 안에 넣었네.
결혼의 성스러운 끈이 맹세했네.
우리의 본질을 얽어매겠다고.

내 사랑은 보증의 키스로
함께 살고 함께 죽을 것을 맹세하였네.
마침내 말로 할 수 없는 행복을 얻었네.
사랑하는 만큼 사랑받게 되었네!

그는 일어나서 내게 다가왔다. 그의 얼굴은 온통 충혈되어 있었고 매의 눈을 똑 닮은 그의 큰 눈은 광채를 발하고 얼굴의 이목구비에는 부드러움과 격정이 어려 있는 것이 보였다. 나는 순간적으로 움찔했지만 곧 정신을 차렸다. 부드러운 장면과 과감한 애정 표현은 나타내고 싶지 않았다. 그런데 나는 그 두 가지가 다 일어날 위험에 처해 있었다. 방어 무기를 준비해야 했다. 나는 날카롭게 혀의 날을 세웠다. 그가 나에게 당도했을 때 나는 무뚝뚝하게 물었다.

"그 노래의 주인공이 지금 누구와 결혼하겠다는 거지요?"

"그가 사랑하는 제인이 하는 질문치고는 이상한 질문인데."

"정말! 그건 매우 자연스럽고 필요한 질문이라고 생각했는데요. 그 사람은 자기 미래의 아내가 자기와 함께 죽을 거라고 말했어요. 그런 이교도적인 생각이 의미하는 게 뭐지요? 저 같으면 남편과 함께 죽을 생각이 없어요. 그 사람은 제 말을 믿어도 될 거예요."

"아, 그 사람이 바라고 기원했던 것은 그 '저'라는 사람이 그와 같이 사는 것이오! 죽음은 그 '저'라는 사람에게 해당되는 말이 아니오."

"그건 맞는 소리예요. 물론 저도 그 사람과 마찬가지로 죽을 때가 되면 의당히 죽을 거예요. 하지만 저는 그때를 기다릴 거예요. 남편이 죽으면 산 채로 같이 묻히는 인도의 여자처럼 서둘지 않을 거예요."

"노래 가사의 주인공이 나타낸 이기적인 생각을 용서하고 그 용서를 화해의 키스로 입증해도 되겠소?"

"아니요. 사양하겠습니다."

그러자 그가 나를 "쌀쌀맞은 아가씨"라고 부르는 소리가 들렸다. "자기를 칭찬하는 그런 가사를 들었다면 다른 여자는 골수까지 녹아버렸을 거구만." 하고 그가 말을 첨가했다.

나에게는 천성적으로 쌀쌀한 구석, 아주 부싯돌같이 단단한 구석이 있으며 앞으로도 종종 그런 면을 발견하게 될 거라고 나는 분명히 말했다. 게다가 앞으로 남은 4주가 지나기 전에 내 성격에 들어 있는 여러 가지 거친 점을 그에게 보여줄 결심을 했다고 말했다. 그러니까 그 기간 동안 그가 나와 어떤 종류의 거래를 했는지를 충분히 알아야 할 것이며 그 거래를 취소할 시간이 아직 남아 있다고도 말했다.

"좀 더 차분하게 이성적으로 말할 수는 없소?"

"원하신다면 차분해질 수 있어요. 하지만 이성적으로 말하는 일이라면 지금 제가 하는 것이 이성적이라고 자부합니다."

그는 짜증을 내고 핏! 하고 경멸하고 쳇! 하고 코웃음을 쳤다. '잘하시는군.' 하고 나는 생각했다. '마음껏 화내고 조바심을 내세요. 그러나 이러는 것이 당신과 함께 살아가기 위한 최상의 계획이라고 확신합니다. 나는 말로 할 수 없을 정도로 당신을 사랑합니다. 그러나 부질없는 감상에 빠지진 않겠습니다. 그래서 이런 바늘처럼 날카로운 재담을 통해 당신을 심연의 변방에서 구출해내겠습니다. 나아가 이 날카로운 바늘의 도움을 받아 당신과 나 사이의 거리를 유지하겠습니다. 그것이 우리에게 진정 상호 이익이 될 거예요.'

나는 점점 더 그를 상당히 화나게끔 만들었다. 그가 화가 나서 방의 다른 편 끝으로 가버렸을 때 나는 그 틈을 타서 일어나 늘 하던 자연스러운 존경심을 발휘하며 "안녕히 주무세요, 주인님." 하고 인사하고는 조용히 옆문을 통해 방을 나왔다.

나는 이렇게 시작한 내 행동 요령을 결혼까지 남은 기간 내내 밀고 나갔다. 그건 대성공이었다. 확실히 그는 좀 신경질적이 되고 무뚝뚝하게 행동했다. 그러나 전체적으로 볼 때 몹시 재미있어한다는 것을 알 수 있었다. 내가 양처럼 순종만 했다거나 염주비둘기처럼 다정다감하게 굴었더라면 그의 판단을 덜 기쁘게 했을 것이고 그의 상식을 덜 충족시켰을 것이고 심지어 그의 취향에 덜 부합했을 것이다.

　물론 다른 사람들 앞에서 나는 전처럼 공손하고 조용한 태도를 유지했다. 다른 형태의 행동은 필요하지 않았기 때문이다. 내가 이처럼 그를 허탈하게 만들고 괴롭힌 것은 오직 저녁의 대화하는 시간뿐이었다. 그는 시계가 7시를 치기만 하면 정확하게 나를 부르는 일을 계속했다. 이제 그는 내가 앞에 나타나면 "내 사랑"이니 "사랑하는 이여"니 하는 달콤한 말을 입술에 올리지 않았다. 나를 두고 하는 제일 좋은 말이라고 해봐야 "약 올리는 꼭두각시," "악독한 요정," "도깨비," "바꿔치기한 못난이" 같은 말들이었다. 그가 애무를 하면 이제 나는 얼굴을 찌푸렸다. 손을 잡으면 그의 팔을 꼬집고, 뺨에 키스하려 하면 그의 귀를 심하게 비틀었다. 그래도 괜찮았다. 현재로서는 내 이런 거친 애정 표현이 다정한 애정 표현보다 분명히 내 마음에 들었다. 페어팩스 부인도 내 행동을 좋게 생각하고 있다는 것을 알았다. 나에 대한 부인의 걱정은 사라졌다. 그래서 나는 내가 잘하고 있다고 확신했다. 그러나 로체스터 씨는 내가 자기를 뼈와 가죽만 남을 정도로 지치게 한다고 투덜댔다. 지금의 내 행동에 대해 이제 얼마 안 있어 때가 오면 단단히 복수하겠다고 위협했다. 나는 그의 이런 협박을 듣고도 몰래 숨어서 웃었다. '지금 내가 당신을 이성적으로 억제시키고 있어요.' 나는 생각했다. '앞으

로도 그럴 수 있을 거라고 확신해요. 한 가지 방법이 효능을 잃으면 다른 방법을 고안하셔야 합니다.'

그러나 결국 내 모든 일이 다 쉬운 것은 아니었다. 종종 그를 괴롭히기보다 즐겁게 해주고 싶다는 생각이 들곤 했다. 내 미래의 남편이 내게 세상 전부가 되어가고 있었다. 일식이 인간과 거대한 태양의 사이를 가로막는 것처럼, 그는 나와 종교에 대한 모든 생각 사이를 가로막았다. 그즈음 나는 하느님께서 창조하신 한 인간 때문에 하느님을 볼 수 없었다. 오직 그 인간을 우상으로 삼아버린 것이다.

제25장

청혼한 그 달이 지나갔다. 마지막 남은 시간은 이제 시간 단위로 헤아려지고 있었다. 앞으로 다가오는 그날, 그 신부의 날을 뒤로 미루기란 불가능했다. 그날의 도래를 위한 모든 준비는 완벽했다. 적어도 나는 더 이상 할 일이 없었다. 꾸리고 잠그고 끈에 묶인 여행 가방들이 내 작은 방 벽을 따라 한 줄로 놓여 있었다. 내일 이맘때가 되면 가방들은 런던으로 먼 여행길에 오를 것이다. 그리고 나도 (만약 하늘의 뜻이라면), 아니, 내가 아니라 아직 내가 모르는 사람, 즉 제인 로체스터라는 사람도 여행길에 오를 것이다. 행선지 주소를 적어 넣은 표찰 딱지를 못으로 박아 넣을 일만 남아 있었다. 네 장의 작은 정사각형 표찰 딱지들이 서랍 위에 놓여 있었다. 각 표찰에는 로체스터 씨가 직접 쓴 "로체스터 부인, ○○○호텔, 런던"이라는 수취인 주소가 적혀 있었다. 나는 아직 그 글씨를 직접 써넣을 엄두가 나지 않았고 다른 사람이 써주는 것도 그랬다. 로체스터 부인! 그런 사람은 아직 존재하지 않았다. 적어도 내일 아침 8시가 좀 지나야 태어날 사람이었다. 나는 적어도 그녀가 세상에 태어났다는 확신을 가질 때까지는 기다릴 참이었다. 그 후라야만 그녀에게 로체스터 부인이 가질 모든 권리를 양도할 참이었다. 내 화장대 맞은

편 벽장 안에서 로체스터 부인이라고 명명된 옷가지가 내 로우드 학교 검정색 모직 프록코트와 밀짚모자가 걸려 있던 자리를 대신 차지하고 있는 것, 그것만으로도 충분했다. 본래의 주인을 빼앗긴 옷걸이에 걸린 진주색 예복과 안개 같은 면사포가 내게 어울리지 않았기 때문이다. 나는 벽장 안에 걸려 있는 유령처럼 낯선 이 예복을 감추려고 벽장문을 닫아버렸다. 밤 시간, 그것도 9시라는 밤 시간이었기 때문에 예복은 어두컴컴한 방 안에서 유령처럼 희미한 빛을 발하고 있었다. "너 혼자 여기 두고 나가야겠다, 하얀 꿈아." 나는 말했다. "몸에 열이 난다. 바람 부는 소리도 들리고, 문밖으로 나가 바람을 쐬야겠어."

몸에 열이 나는 것은 허겁지겁 결혼 준비를 한 것 때문만은 아니었고, 엄청난 변화……, 내일 시작될 새로운 생활에 대한 기대 때문만도 아니었다. 물론 이 두 가지가 다 의심의 여지없이 내 마음을 불안하고 흥분하게 만들었고, 그 때문에 그 늦은 시간에 서둘러 어두운 저택 경내로 나가게 만든 것은 사실이었다. 그러나 그 두 가지 말고 또 다른 세 번째 이유가 훨씬 더 내 마음에 영향을 미쳤다.

나는 가슴속에 이상하고 불안한 생각을 품고 있었다. 나로서는 이해할 수 없는 일이 일어났던 것이다. 나 이외에 그 사건을 알거나 본 사람은 아무도 없었다. 바로 그 전날 일어난 사건이었다. 그날 밤 로체스터 씨는 외출 중이었고 아직 돌아오지 않고 있었다. 30마일쯤 떨어진 곳에 있는, 두세 개의 농원이 딸린 자신의 자그마한 사유지에 볼일이 있었던 것이다. 영국을 떠날 계획이 있었기 때문에 그전에 그가 직접 해결해야 하는 일이었다. 나는 그가 돌아오기를 기다렸다. 그래서 마음의 짐을 덜고 그를 통해서 나를 당황하게 만들었던 수수께끼 같은 사건을 해결하기를 열망했다. 독자여, 그가 돌아올 때까지 기다려주시기 바란다. 그러면 내가 그에게 비밀을 털어놓을 때 독자도 그 비밀의 내용을 나눠 갖도록 하겠다.

나는 과수원을 찾았고 바람에 쫓겨 그곳 은신처로 갔다. 바람은 하루 종일 남쪽에서 세차게 있는 힘껏 불어왔지만 비 한 방울 날아오지 않았다. 밤이 다가와도 바람이 잦아들기는커녕 점점 더 기세를 올리며 포효하는 소리를 높였다. 나무들의 몸통은 요동치지도 않으며 꾸준히 한 방향으로만 쏠리고 있었고, 한 시간에 한 번도 잔가지들을 뒤로 들어 올리지 못했다. 나뭇가지 끝자락들을 북쪽으로만 굽게 만드는 바람의 압력은 집요했다. 구름이 여기저기서 표류해 들어와 재빨리 무리를 지었다가 다시 꼬리를 물고 신속히 움직였다. 7월 그날 밤 파란 하늘은 잠시도 모습을 드러내지 않았다.

허공에다 천둥 같은 요란한 소리를 내며 폭주하는 무한히 강렬한 대기의 위세에다 괴로운 마음을 내맡기고 그 바람 앞으로 달려가는 행위에는 어떤 거친 쾌감이 없는 것도 아니었다. 월계수 산책로를 내려오다가 나는 부러진 밤나무와 마주쳤다. 나무는 검고 쪼개진 상태로 서 있었다. 가운데가 갈라진 나무 몸통은 무시무시한 모습으로 입을 벌리고 있었다. 그러나 둘로 갈라진 반쪽 동강이 각기 완전히 분리된 것이 아니었다. 단단한 나무 밑동과 튼튼한 뿌리가 아래에서 두 동강 난 양쪽을 떨어져나가지 않은 상태로 지탱해주고 있었다. 물론 생명을 함께 나누는 일은 이미 끝장난 상태였다. 수액도 더 이상 흐를 수 없었다. 양쪽에 달린 큰 나뭇가지들도 죽어 있었다. 다음 겨울 폭풍우가 몰아치면 두 쪽 중 한쪽 혹은 두 쪽 모두를 거꾸러뜨릴 게 분명했다. 여하튼 두 반쪽 동강들이 하나의 나무를 이루고 있다고 말할 수 있었다. 이제 그것은 폐목이었다. 그러나 완전한 폐목은 아니었다.

"너희들 그렇게 서로 꽉 붙잡고 있는 건 잘하는 짓이다." 내가 말했다. 그 괴물처럼 쪼개진 것들이 생명체여서 내 말을 알아듣기라도 하는 것처럼 내가 말하고 있었다. "긁히고 타고 그을린 것처럼 보이지만, 너희들에겐 아직 살아 있다는 의식이 좀 남아 있다는 생각이 드는구나. 충직하고 정직한 뿌리에 달라붙어 솟아 있으니 말이다. 그러나 더 이상 푸른 잎사귀는 갖지 못할 거다. 너희들의 잔가지에 새들이 찾아와 둥지를 틀고 목가적인 노래를 부를 일은 없을 거다. 이제 너희들에게는 기쁨과 사랑의 계절은 끝났어. 그러나 너희들은 쓸쓸하진 않구나. 비록 각자가 썩어갈망정 서로 동정해줄 친구가 있으니." 그것들을 올려다보고 있을 때 그 틈새를 메우고 있는 밤하늘 자락 속에서 일순간 달이 모습을 드러냈다. 둥근 달의 얼굴은 피처럼 붉으면서 반은 구름으로 가려져 있었다. 달은 당황하고 겁먹은 눈길을 나에게 힐끗 던지는 것 같았다. 그러다가 달은 금세 깊은 구름층 속으로 묻히고 말았다. 손필드 저택 주변에서는 바람이 잠시 멎었다. 그러나 바람은 저 멀리 숲과 냇물 위에서는 사납고 우울한 울부짖음을 쏟아내고 있었다. 그 소리를 듣자니 어찌나 슬픈지 나는 다시 달리기 시작했다.

나는 과수원 여기저기를 배회하며 나무뿌리 주변 풀밭을 온통 뒤덮다시피 떨어진 사과들을 주워 모았다. 그러고는 익은 것과 익지 않은 것들을 구분했다. 나는 그것들을 집으로 들고 와 저장실에 넣어두었다. 그런 다음 벽난로 불이 지펴져 있는지 확인하기 위해 서재로 갔다. 때는 여름이었지만 이렇게 우울한 저녁이면 나갔다

들어온 로체스터 씨가 불이 밝게 타는 것을 좋아한다는 사실을 알고 있었기 때문이다. 불은 지펴져 있었다. 지펴진 지 꽤 오래되었는지 잘 타고 있었다. 나는 그의 안락의자를 벽 난롯가에 갖다 놓았다. 다음으로 그 가까이에 바퀴 달린 탁자를 밀어다 놓았다. 커튼도 내리고 양초도 가져와 켤 준비를 해두었다. 모든 준비를 마치자 어쩐지 더 초조해지면서 조용히 앉아 있을 수 없었다. 심지어 집 안에 머물러 있을 수가 없었다. 방에 있는 작은 시계와 홀의 낡은 시계가 동시에 10시를 쳤다.

"너무 늦어지는군!" 나는 말했다. "정문까지 달려가봐야지. 이따금 달빛이 비치니까 멀리까지 길이 보일 거야. 그가 지금 돌아오고 있을지 몰라. 그러니까 그를 만나면 이 불안한 시간을 얼마간 줄일 수 있을 거야."

정문 위로 우거진 큰 나무들 위쪽에 선 바람이 사납게 울부짖고 있었다. 그러나 오른편 왼편 할 것 없이 길은 내가 볼 수 있는 한 정적에 싸여 있었다. 이따금 달이 얼굴을 내밀 때마다 흘러가는 구름 그림자만 보일 뿐, 길은 움직이는 점 하나 없이 그저 길게 이어진 뿌연 선이었다.

그 길을 바라보는 동안 어린애 같은 눈물이 내 눈을 침침하게 했다. 실망과 초조의 눈물이었다. 나는 창피해서 눈물을 닦았다. 나는 그 자리에서 멈칫거렸다. 달은 제 방으로 들어가 완전히 은거해버리고 짙은 구름 커튼을 쳐놓았다. 밤은 캄캄해졌다. 비가 돌풍을 타고 세차게 내리기 시작했다.

"제발 그가 돌아왔으면! 제발 돌아왔으면 좋겠다!" 나는 신경불안증과 같은 예감에 사로잡혀 외쳤다. 나는 그가 차 마시는 시간

전에 돌아올 것이라고 예상했었다. 그러나 벌써 캄캄한 밤이었다. 무슨 일이 그를 붙잡아놓고 있을까? 사고라도 난 것일까? 지난밤 사건이 다시 머리에 떠올랐다. 나는 그것을 재앙에 대한 경고로 해석했다. 내 희망이 너무 과분해서 실현되지 않을 것 같아 겁이 났다. 최근에 너무 많은 축복을 만끽했으니 이제 분명 내 운이 정점을 지나 기울어지는 게 틀림없다고 상상했다.

"그래, 집으로 돌아갈 순 없어." 나는 생각했다. "이렇게 궂은 날씨에 그는 밖에 나가 있는데 나만 난롯가에 앉아 있을 수는 없어. 가슴을 졸이며 가만있으니 차라리 팔다리를 고생시키는 게 낫지. 앞으로 더 나가서 그를 마중해야지."

나는 앞으로 걸어갔다. 빨리 걸었지만 멀리 가지는 못했다. 4분의 1마일도 가기 전에 말발굽 소리가 들려왔다. 말을 탄 사람이 전속력으로 달려오고 개 한 마리가 그 곁을 달려오고 있었다. 불길한 예감 따윈 저리 가라! 바로 그였다. 자기 말 메스루를 타고 그가 이리 오고 있었고 그 뒤를 파일럿이 따르고 있었다. 그가 나를 보았다. 달이 하늘의 푸른 들판을 열어놓고 그 위를 물기를 머금은 광채를 발하며 운행하고 있었다. 그는 모자를 벗고 머리 위로 흔들었다. 이제 나도 그를 마중하기 위해 달렸다.

"자!" 손을 뻗고 안장에서 몸을 굽히면서 그가 외쳤다. "당신, 나 없이는 못 살아. 그건 분명해. 내 구두 앞쪽을 밟고 올라타요. 양손을 이리 주고. 자, 껑충!"

나는 하라는 대로 했다. 기쁨이 나를 민첩하게 만들었다. 나는 그의 앞자리로 뛰어올랐다. 그는 환영의 인사로 내게 후련한 키스를 선물했다. 나는 어떤 뽐내고 싶은 승리감도 느꼈지만 될수록 그걸 삼키고 억제했다. 그가 기쁨을 억누르고 물었다. "이 시간에 나를 마중 나오다니, 자네트, 무슨 일이 있소? 뭐가 잘못되기라도 했소?"

"아뇨. 하지만 주인님이 다시는 돌아오시지 않을 거란 생각을 했어요. 집에 앉아서 기다리는 일은 견딜 수가 없었어요. 더구나 이렇게 비바람이 치기 때문에."

"비바람이라, 과연 그렇군! 정말 당신, 인어처럼 물을 뚝뚝 떨구고 있군그래. 내 망토를 잡아당겨 몸을 감싸요. 하지만 제인, 몸에 열까지 있는 것 같소. 뺨과 손이 불덩이 같은데. 다시 한번 묻겠는데, 무슨 일이 있소?"

"이젠 아무 일 없어요. 두렵지도 않고 불행하지도 않아요."

"그럼 지금까진 두 가지 다였단 말이오?"

"좀 그랬어요. 주인님, 그 점에 대해서는 천천히 말씀드리겠습니다. 아마 왜 제가 고통스러웠는지 아시면 저를 비웃기만 하실 거예요."

"내일이 지나면 내 당신을 마음껏 비웃겠소. 그때까지 감히 그러지 않겠소. 내 소중한 보물은 아직 내 것이라는 보증이 없으니까. 이건 당신을 두고 하는 말이오. 지난 한 달 동안 뱀장어처럼 미끌미끌하며 빠져나가고 들장미처럼 가시 돋친 모습이 아니었소? 어디 한 군데 손을 대면 찔러댔으니까. 이제야 길 잃은 양을 품에 안은 것 같소. 그동안 당신은 우리를 벗어났다가 목동을 찾으러 헤매던 양과 같았소. 안 그렇소, 제인?"

"전 주인님을 원했어요. 하지만 우쭐대진 마세요. 손필드 저택에 다 왔네요. 이젠 내려주세요."

그는 포장길 위에 나를 내려주었다. 존이 말을 데려가자 그는 현관까지 나를 따랐다. 그러고는 빨리 가서 마른 옷으로 갈아입고 서재로 돌아오라고 내게 말했다. 계단 쪽으로 가면서 나를 멈춰 세우고는 늦지 않겠다는 약속을 하라고 강요했다. 나는 약속대로 5분 후 그와 다시 합세했다. 그는 저녁을 먹고 있었다.

"자리에 앉아 식사 벗이 되어주어요, 제인. 신의 뜻대로 되면 아마 이 식사가 당신이 손필드 저택에서 먹는 마지막에서 두 번째 식사가 될 거요. 한동안 말이오."

나는 그와 가까운 곳에 앉았다. 그러나 식사는 할 수 없겠다고 그에게 말했다.

"제인, 여행을 가게 되어 그러는 거요? 런던으로 가게 된다는 설렘이 식욕을 앗아간 거요?"

"오늘 밤은 제 앞날이 명확히 그려지지 않습니다, 주인님. 머릿속에 무슨 생각이 들어 있는지도 잘 모르겠어요. 삶의 모든 것이 비현실 같습니다."

"나는 예외요. 나는 충분히 실체가 있소⋯⋯ 만져봐요."

"주인님이야말로 모든 것 중에서 가장 환영 같아요. 주인님은 단순히 꿈입니다." 그가 웃으면서 손을 내밀었다. "이 손도 꿈이오?" 그는 손을 내 눈앞에 가까이 가져오며 말했다. 그는 둥글고 근육질이면서 억센 손뿐 아니라 길고 강한 팔을 가지고 있었다.

"그래요. 만져지긴 하지만 그건 꿈입니다." 내 얼굴 앞에서 그 손을 내리게 하면서 내가 말했다. "저녁 식사를 다 마치셨습니까, 주인님?"

"그렇소, 제인."

나는 벨을 울려 상을 치우라고 지시했다. 다시 둘만 남게 되자 나는 난롯불을 휘저었다. 나는 주인님의 무릎 근처 낮은 자리에 앉았다.

"자정이 가까웠습니다." 내가 말했다.

"그렇군. 하지만 제인, 결혼식 전날 밤엔 잠을 자지 않고 나와 밤을 새우겠다고 한 약속 기억하겠지."

"그랬습니다. 그래서 적어도 한두 시간은 그 약속을 지킬 거예요. 잠자리에 들고 싶지 않군요."

"그래, 준비는 다 마친 거요?"

"죄다 마쳤습니다, 주인님."

"나도 마찬가지요." 그가 대답했다.

"모든 일을 다 해결했소. 내일 성당에서 돌아와서 반 시간 안에 손필드를 떠날 거요."

"좋습니다, 주인님."

"제인, '좋습니다' 하고 말할 때 그 미소는 너무 유별난 미소요! 양쪽 뺨의 밝은 색 홍조는 어떻고! 눈도 반짝이는 게 이상해! 몸은 괜찮아요?"

"괜찮다고 믿습니다."

"믿는다고! 무슨 일이오? 무엇을 느끼고 있는지 말해봐요."

"말할 수 없습니다, 주인님. 제 느낌은 어떤 말로도 전달할 수 없습니다. 전 지금 이 시간이 영원히 끝나지 않기를 바랄 뿐입니다. 다음 시간을 어떤 운명이 찾아와 메울지 누가 압니까?"

"제인, 그건 신경과민증이오. 당신 너무 흥분했고 너무 피로했었던 거요."

"주인님은 마음이 편안하고 행복하세요?"

"마음이 편안하냐고? 아니. 하지만 행복하오. 마음속 깊이까지."

나는 그의 얼굴에서 행복의 표시를 읽으려고 그를 쳐다보았다. 그 얼굴에는 열이 있었고 빨갰다.

"제인, 당신의 비밀을 나에게 말해봐요." 그가 말했다. "마음을 짓누르는 짐이 있으면 내게 털어놓고 털어버려요. 무엇을 두려워하는 거요? 내가 좋은 남편이 아닌 남자로 판명될까 봐?"

"제 생각과 거리가 가장 먼 추측이군요."

"이제 들어가려는 새로운 세계가 걱정스러워요? 당신이 발을 들여놓으려는 새로운 삶이 두려워요?"

"아닙니다."

"제인, 나를 어리벙벙하게 만들고 있구려. 슬픔이 깃든 그 대담한 표정과 말투가 나를 당혹스럽고 고통스럽게 하고 있소. 설명 좀 해봐요."

"그렇다면, 주인님, 잘 들어보십시오. 지난밤에 집을 나가 외부에 계셨죠?"

"그렇소. 그건 나도 알아요. 그런데 내가 집을 비운 사이에 무슨 일이 일어났다고 아까 암시한 것 같은데……. 아마 전혀 중요한 일이 아닐 거요. 간단히 말해 바로 그 일이 제인의 마음을 어지럽히고 있는 모양이오. 그걸 말해봐요. 혹시 페어팩스 부인이 무슨 말을 한 게 아니오? 아니면 하인들이 말하는 소리를 들은 건 아니오? 그래서 당신의 민감한 자존심에 상처를 받은 건 아니오?"

"아닙니다, 주인님." 시계가 12시를 쳤다. 나는 방 안에 있는 작은 시계의 차임벨 소리와 둔탁하게 울려 퍼지는 홀의 시계 소리가 잦아들기를 기다렸다. 그러고 나서 이야기를 계속했다.

"어제 하루 종일 저는 무척 바빴습니다. 그 끝없는 소란 속에서도 매우 행복했어요. 주인님도 짐작하시듯 저는 새로운 세상이나 기타 등등에 대해 노심초사해서 고통받는 체질이 아닙니다. 주인님을 사랑하기 때문에 주인님과 함께 산다는 희망을 갖는다는 것만으로도 영광으로 생각하고 있습니다. 안 돼요, 주인님. 지금은 저를 애무하지 마세요. 방해받지 않고 이야기를 하게 해주세요. 어제 저는 하느님의 섭리를 굳게 믿었어요. 주인님과 제가 다 잘되도록 여러 일들이 잘 진행되고 있다고 믿었어요. 기억하시겠지만 어제는 날씨가 좋았어요. 평온한 대기와 하늘이 여행 중이신 주인님의 안전과 안락에 대해 걱정하는 걸 금하더군요. 저는 차를 마시고 난 뒤 주인님을 생각하며 포장길을 산책했어요. 상상 속에서 주인님은 제가까이 계시다고 생각했어요. 실제로 옆에 계시지 않으셨어도 그립지 않았어요. 저는 앞으로 제 앞에 펼쳐질 삶을 생각했어요. 그건 주인님의 삶이기도 했어요. 그 삶은 저 혼자의 삶보다 더 넓고 역동적인 것이었어요. 좁은 수로가 있는 얕은 여울보다 냇물이 흘러드는 깊은 바다만큼 광대하고 역동적인 삶 말예요. 저는 도덕가들이 왜 이 세상을 쓸쓸한 황야라고 부르는지 의아했어요. 제게는 세상이 장미꽃처럼 꽃을 피우고 있어요. 해질 무렵 공기가 서늘해지면서 하늘은 흐려지기 시작했어요. 저는 집 안으로 들어갔어요. 소피가 저를 2층으로 불렀어요. 자기들이 방금 찾아온 결혼 예복을 구경하라는 것이었어요. 그 예복이 든 상자 속에서 저는 주인님의 선물을 발견했어요. 주인님의 그 왕자다운 사치에 걸맞게 런던에다 주문한 면사포였어요. 아마 제가 보석 선물은 안 받을 테니까 저를 속여서 그 못지않게 비싼 선물을 받게 하려는 속셈이었다고 생각했어요. 저는 그것을 펴보고 미소를 지었어요. 그리고 어떻게 하면 주인님의 귀족 취향과, 귀족 부인들이 쓰는 용품으로 비천한 신부를 변장시키려는 노력을 놀려먹을지 궁리했어요. 저는 제 비천한 머리를 덮을 면사포로 쓰려고 제가 손수 준비한, 자수 하나 안 놓인 실크 레이스 사각천을 주인님께 가지고 가면 어떨까 생각했습니다. 그리고 그런 사각천이야말로 남편에게 재산도 미모도 연줄도 선물할 수 없는 여자에겐 족한 것이 아니냐고 물을 계획이었어요. 저는 주인님이 어떤 표정을 지으실지 분명히 눈에 그렸고, 공화주의자처럼 성급하게 답변하시는 것을 들었어요. 그리고 자신은 부자나 귀족과 결혼해서 재산을 늘리거나 신분을 상승시킬 필요성을 오만하게 배격한다는 소리도 들었습니다."

"어찌 그리 내 마음을 잘 읽는 거요, 마녀 아가씨." 로체스터 씨가 끼어들었다. "그런데 면사포에서 자수 장식 말고 무엇을 발견했소? 그렇게 슬픈 표정을 짓다니, 독이나 단검이라도 발견했소?"

"아닙니다. 주인님. 그런 게 아닙니다. 면사포의 섬세함과 풍요로움 말고는 페어팩스 로체스터라는 사람의 자부심밖에는 아무것도 발견하지 못했습니다. 그리고 그건 전혀 겁나지 않았습니다. 저는 악마의 모습에도 익숙해 있기 때문입니다. 어쨌든, 주인님, 날이 어두워지자 바람이 불기 시작했습니다. 어제저녁부터 바람이 거칠고 세차게 불었어요. 오늘 같은 바람은 아니지만, 어제 분 바람은 '음침한 신음 소리'를 담고 있어서 훨씬 더 오싹했어요. 주인님이 집에 계셨으면 좋겠다고 생각했어요. 저는 이 방으로 들어왔습니다. 빈 의자와 꺼진 난로가 선뜻하게 하더군요. 잠자리에 들고도 얼마 동안 저는 잠을 잘 수 없었습니다. 불안한 감정이 고개를 드는 통에 괴로웠습니다. 여전히 기세를 올리는 바람이 제 귀에는 어떤 애처로운 소리를 덮고 밖으로 새지 않게 하는 것 같았습니다. 그 애처로운 소리가 집 안에서 들리는 것인지 집 밖에서 들리는 것인지 처음에는 분간할 수 없었습니다. 그러나 바람이 잘 때마다 의심스러우면서도 서글픈 소리는 되돌아왔습니다. 마침내 그 소리는 멀리서 개가 울부짖는 소리임에 틀림없다고 판단했습니다. 그 소리가 그치자 저는 기뻤습니다. 잠이 들었을 때 저는 계속 꿈속에서 어둡고 강풍이 부는 밤 속에 있었습니다. 또한 주인님과 함께 있고 싶다는 꿈을 계속 꾸었고, 우리 두 사람 사이를 갈라놓는 어떤 장벽이 있다는 이상하고 후회가 섞인 생각을 했습니다. 잠이 들고 처음에 저는 구불거리는 미지의 길을 따라가는 꿈을 꾸었어요. 칠흑 같은 어둠이 저를 에워쌌어요. 빗방울이 저를 때렸어요. 저는 어린아이 하나를 맡아 키우는 일을 하고 있었어요. 아주 작은 아이였는데, 너무 어리고 약해서 걷지도 못했어요. 그 아이가 차가운 내 품에 안겨 벌벌 떨면서 내 귀에 구슬픈 울음을 울어댔어요. 그런데 그때, 주인님, 주인님께서 제 앞쪽 저 먼 길을 가고 있는 것이 보였어요. 그래서 저는 주인님을 따라잡으려고 최선을 다했어요. 주인님의 이름을 필사적으로 부르고 또 부르며 제발 걸음을 멈추라고 애원했어요. 그러나 제 발걸음은 족쇄를 채운 듯 무겁기만 했고 제 목소리 또한 알아들을 수도 없게 점점 작아졌어요. 그러는 사이에 주인님이 발걸음을 내디딜 때마다 제게서 자꾸 멀어진다는 생각이 들었습니다."

"이제 내가 이렇게 당신 가까이 있는데도 그 꿈 내용이 여전히 당신 기분을 그렇게 우울하게 만들고 있단 소리요, 제인? 신경과민증 환자 같으니! 그런 꿈 같은 근심은 잊어버리고 오직 실제의 행복을 생각해요! 자네트, 당신은 나를 사랑한다고 말하고 있어요……. 그래, 그 말을 나는 잊지 않겠소. 제인도 부인하지 못할 거요. 그 말이 입술에서만 우물거리는 알아들을 수 없는 소리로 사라지는 일은 절대 없을 거요. 그 소리가 아직도 똑똑히 부드럽게 내 귓가에서 울리고 있소. '당신과 함께 산다는 희망을 갖게 된 것을 영광으로 생각해요, 에드워드. 당신을 사랑하기 때문이에요.' …… 너무 경건했는지 모르지만 음악처럼 감미로웠소. 제인, 나를 사랑하고 있어요? 반복해봐요."

"사랑합니다, 주인님. 온 마음을 바쳐 사랑합니다."

"좋소." 그가 잠시 침묵을 지키다 말했다. "이상하다. 그 말이 왠지 내 가슴을 고통스럽게 파고드는군. 왜 그럴까? 그건 당신이 매우 진지하게, 종교적인 힘을 실어 그 말을 했기 때문인 것 같소. 그리고 지금 나를 올려다보는 당신의 눈길이 신뢰와 진실과 헌신의 극치이기 때문인 것 같소. 어떤 혼령이 내 가까이 와 있기라도 한 듯 감당키 어려운 눈길이오. 제인, 악한 표정을 지어봐요. 그런 표정을 어떻게 짓는지 잘 알지 않소? 사납고 수줍으면서 사람 화 돋우는 미소 좀 지어봐요. 그리고 나를 미워한다고 말해봐요. 나를 놀려 성나게 해봐요. 슬프게 하는 것 말고 무엇이든 해봐요. 슬픈 것보다는 화나는 게 더 좋으니까."

"이야기를 끝내고 실컷 놀리고 성나게 해드리겠어요. 하지만 제 얘기 끝까지 들어보세요."

"제인, 난 당신이 얘기를 끝낸 줄 알았소. 당신이 우울했던 이유가 꿈 때문이구나 하고 생각했었소!"

나는 머리를 저었다. "뭐요! 그럼 할 애기가 더 있다는 거요? 뭔가 중요한 건 아니라고 믿겠소. 미리 말하는데 난 믿지도 않겠다는 걸 경고해두겠소. 자, 계속해봐요."

그의 불안해하는 기색, 무엇을 우려하는 데서 오는 초조한 태도가 나를 놀라게 했다. 그러나 나는 이야기를 계속했다.

"저는 또 다른 꿈을 꾸었습니다. 주인님. 손필드 저택이 황량한 폐허가 되어 박쥐와 올빼미들의 은거지로 변해버린 꿈이었어요. 당당했던 건물 전면 중에서 남은 것이라곤 높이 솟은 허약하게 보이는 조개껍데기 같은 벽뿐이라는 생각이 들었어요. 저는 달빛이 비치는 밤에 풀이 무성한 경내를 방황하더군요. 어떤 곳에서는 대리석 벽난로 위로 엎어지고 어떤 곳에서는 쓰러진 처마 조각에 걸려 넘어졌어요. 숄을 두르고 있던 저는 아직도 그 모르는 아이를 안고 있더군요. 팔이 아파 죽겠는데도 아이를 어디에도 내려놓을 곳이 없었어요. 아이의 무게 때문에 앞으로 가는 것이 방해를 받았지만 계속 안고 있어야 했어요. 그때 멀리 길 위에서 말이 내달리는 소리가 들렸어요. 저는 주인님이라고 확신했어요. 주인님은 여러 해 동안 집을 떠나 있기 위해 먼 나라를 향해 출발하고 계셨어요. 저는 위험을 무릅쓰고 미친 듯 서두르며 얇은 담을 기어올랐어요. 담 꼭대기에서 주인님의 모습을 한 번만이라도 보기 위해 애가 탔기 때문이었어요. 발밑에서 돌들이 굴러떨어지고 제가 쥐고 있던 담쟁이 넝쿨 가지들은 내려앉았어요. 아이는 무서워시 제 목에 매달려 기의 제 목을 조를 정도였어요. 마침내 저는 담의 꼭대기에 다다랐어요. 하얀 길 위에 점처럼 보이는 주인님을 보았습니다. 그 점조차 점점 작아지더군요. 바람이 어찌나 세차게 부는지 전 견딜 수가 없었어요. 저는 좁은 담 윗면에 주저앉았어요. 무릎 위에 있는 겁먹은 아이를 달래어 조용하게 만들었어요. 주인님은 길모퉁이를 돌고 계시더군요. 그 마지막 모습을 보려고 저는 몸을 앞으로 굽혔어요. 그 순간 담이 무너지고 제 몸이 흔들렸어요. 아이는 무릎에서 굴러떨어지고 저도 중심을 잃고 떨어졌어요. 잠에서 깨어난 거죠."

"제인, 이제 얘기를 마친 거지?"

"주인님, 모두 서론이었습니다. 본론은 이제부터예요. 잠에서 깨어났을 때 어떤 빛 때문에 눈이 부셨어요. 아, 날이 밝았구나 하고 저는 생각했어요. 그러나 제 생각이 잘못된 것이었어요. 그건 다만 촛불이었어요. 저는 소피가 들어와 있었구나 하고 생각했어요. 화장대 위에 촛불이 놓여 있었고, 잠자리에 들기 전에 제 결혼 예복과 면사포를 걸어놓았던 옷장문이 열려 있었어요. 거기서 바스락거리는 소리가 들렸어요. 저는 '소피, 거기서 뭐 해?' 하고 물었어요. 대답하는 사람이 아무도 없었어요. 그러나 어떤 형체가 옷장에서 나오는 것이었어요. 그 형체는 촛불을 높이 들어 올리고 옷걸이 못에 걸려 있던 제 옷들을 살피더군요. '소피! 소피!' 저는 다시 외쳤어요. 여전히 정적뿐이었어요. 저는 침대에 일어나 앉아 몸을 앞으로 기울였어요. 처음에는 놀랐고 다음에는 당황했고 그 다음에는 몸 안의 피가 혈맥 속에서 얼어붙는 것 같았어요. 로체스터 주인님, 그 인간은 소피가 아니었어요, 레아도 아니었어요. 페어팩스 부인도 아니었어요. 아니었어요. 아니었어요. 확실해요. 그건 아직도 제가 확신하는데…… 그 이상한 여자 그레이스 풀도 아니었어요."

"분명 그들 중 한 명이었을 거요." 내 주인이 끼어들었다.

"아니에요, 주인님. 그렇지 않다고 엄숙히 단언합니다. 제 앞에 서 있던 그 형상은 손필드 저택 경내에서 제가 그전까지 한 번도 본 적이 없는 사람이었습니다. 키나 모습이 제가 처음 보는 사람이었어요."

"제인, 모습이 어땠는지 설명해봐요."

"주인님, 키가 크고 몸집이 거대한 여자 같았어요. 숱이 많은 까만 머리가 등까지 길게 늘어져 있었습니다. 무슨 옷을 입었는지는 알지 못합니다. 하얗고 길게 늘어져 있었어요. 가운인지 침대보인지 장막인지 구분할 수 없습니다."

"그녀의 얼굴은 보았소?"

"처음에는 보지 못했습니다. 그러나 그 여자는 곧바로 걸려 있던 제 면사포를 들었습니다. 들고 한참 들여다보더니 그걸 자기 머리에 올리고 거울 쪽으로 걸어가더군요. 바로 그 순간 어두운 타원형 거울에 비친 그녀의 얼굴과 이목구비 등을 꽤 똑똑히 보았습니다."

"그래, 그 모습들이 어땠소?"

"무시무시하고 유령 같았습니다⋯⋯. 주인님, 아, 그런 얼굴을 본 적이 없었습니다. 그건 변색된 얼굴이었어요⋯⋯. 야만인의 얼굴이었습니다. 희번덕거리던 그 빨간 눈과 검게 부풀어 오른 무서운 이목구비를 잊을 수 있다면 좋겠어요!"

"제인, 유령들은 보통 창백한 모습인데."

"그 여자는 사줏빛이었습니다, 주인님. 입술은 부풀어올라 있었고 검은색이었습니다. 이마에는 주름이 깊게 파여 있었고 까만 눈썹은 핏발 선 눈 위로 굵게 뻗어 올라가 있었습니다. 그 모습이 제

게 무엇을 상기시켰는지 말씀드릴까요?"

"말해보시오."

"끔찍한 독일 귀신이요…… 흡혈귀요."

"아! 그것이 무슨 짓을 했길래?"

"주인님, 그 괴물은 야윈 자기 머리에서 면사포를 벗겨내더니 그걸 두 조각으로 찢고 바닥에 팽개치더니 마구 짓밟더군요."

"그 다음은?"

"커튼을 젖히고 밖을 내다보더군요. 아마 동이 튼 것을 확인하는 것 같았어요. 귀신은 촛불을 들고 문으로 갔거든요. 그런데 그 괴물은 제 침대 옆에 멈춰 서더니 타는 듯 이글거리는 눈으로 저를 응시했어요. 그리고 촛불을 제 얼굴 가까이 가져다 댔어요. 그러고는 제 눈 바로 밑에서 그걸 꺼버렸어요. 그녀의 소름 끼치는 얼굴이 제 얼굴 위에서 불꽃처럼 이글거렸어요. 전 기절하고 말았어요. 평생 두 번째로 기절한 거지요……. 두 번째에 불과해요. 공포감에 의식을 잃게 된 거지요."

"정신이 들었을 때 누가 당신 옆에 있었소?"

"아무도 없었습니다, 주인님. 날만 훤히 밝아 있었습니다. 저는 일어나서 물로 머리를 감고 세수를 하고 물을 한참 들이켰습니다. 기운이 하나도 없었지만 병이 난 건 아니었습니다. 저는 주인님 말고는 누구에게도 그 여자를 본 것을 말하지 않겠다고 결심했습니다. 주인님, 자, 이제 그 여자가 누군지 뭐하는 사람인지 말씀해주십시오."

"과도하게 흥분된 머리가 만들어낸 허상일 거요. 그건 분명하오. 내 보물인 당신을 잘 간수해야겠군. 당신같이 신경이 예민한 사람은 험한 꼴을 감내할 수 있게끔 만들어지지 않았군."

"주인님, 분명히 말씀드리지만 제 신경은 결함이 없습니다. 그 여자는 실물입니다. 그리고 그 사건도 실제로 일어났어요."

"그러면 전에 꾼 꿈은 어떻소? 그것들도 실제로 일어난 것이오? 손필드 저택이 지금 폐허란 말이오? 극복할 수 없는 장애물 때문에 내가 지금 당신과 헤어졌소? 눈물도 없이, 작별의 키스도 없이, 말 한마디 없이 내가 지금 떠나가고 있소?"

"아직은 아닙니다."

"그럼 곧 내가 그럴 거란 말이오? 자, 이제 우리 두 사람을 떼려야 뗄 수 없게 엮어줄 날이 이미 시작되었소. 일단 결혼으로 결합되면 그런 심적인 공포는 더 이상 반복되지 않을 거요. 그 점은 내가 보증하겠소."

"주인님, 심적인 공포라니요. 저도 단순히 그런 거라고 믿을 수 있었으면 좋겠습니다. 어느 때보다 지금 그랬으면 좋겠습니다. 주인님조차도 그 무서운 방문자의 신비를 설명하실 수 없으니 더욱 그렇습니다."

"제인, 나도 설명할 수 없으니 그 여자는 실존 인물이 아닌 게 틀림없을 거요."

"그러나 주인님, 저도 제 자신에게 그렇게 말하고 자리에서 일어나 방을 둘러보았어요. 밝은 아침 햇살 속에서 친숙한 물건들의 명랑한 모습을 보며 용기와 위안을 얻으려고 그렇게 둘러보고 있을 때였어요. 바로 그때 그곳, 그 카펫 위에서 제가 가정했던 것이 거짓이라고 분명히 말하는 물건을 보게 되었어요. 면사포 말예요. 위에서 아래까지 둘로 찢어진 면사포 말예요!"

나는 로체스터 씨가 놀라며 몸을 떠는 것을 감지했다. 그는 황급히 나를 팔로 안았다. "천만다행이요!" 그가 외쳤다. "만일 어젯밤 어떤 악독한 존재가 당신 가까이 왔었는데 해를 입힌 게 면사포뿐이라면 다행한 일이오. 오, 무슨 일이 일어날 수도 있었을 것을 생각하면!"

그는 가쁜 숨을 몰아쉬었다. 그러고는 내가 숨을 제대로 쉴 수도 없이 나를 꼭 껴안았다. 몇 분간 침묵이 흐른 후 그는 명랑하게 말을 계속했다.

"자, 자네트, 그것에 대한 모든 것을 당신에게 설명하겠소. 그건 반은 꿈이고 반은 현실이오. 어떤 여자가 당신 방에 들어온 건 분명하오. 그 여자는 그레이스 풀이었소. 분명 그 여자였을 거요. 당신도 그 여자를 이상한 사람이라고 부르고 있소. 당신이 알고 있는 모든 것으로 보아 당신이 그 여자를 그렇게 부르는 것도 당연한 일이오. 그 여자가 내게 무슨 짓을 했지요? 메이슨에게도 어떤 짓을 했었지요? 잠들었다 깼다 하는 상태에서 당신은 그 여자가 들어와서 하는 행동을 본 거요. 하지만 사실 당신은 열 때문에 정신이 다소 혼미한 상태였소. 그래서 그 여자 모습이 아니라 다른 유령의 모습을 본 것으로 생각했던 거요. 풀어헤친 긴 머리와 부풀어오른 것 같은 얼굴과 엄청나게 큰 키 같은 건 전부 당신의 상상력이 만들어낸 허구에 불과하오. 악몽의 결과물이오. 앙심을 먹고 면사포를 찢은 것은 실제로 일어난 일이오. 그것은 그녀다운 행동이오. 내가 왜 그런 여자를 집에 두고 있느냐고 당신이 물을 것을 나는 알고 있어요. 우리가 앞으로 결혼하고 정확히 1년이 될 때 말해주겠소. 그러나 지금은 아니오. 제인, 이제 만족해요? 그 수수께끼에 대한 내 해명을 받아들이겠소?"

나는 깊이 생각했다. 사실 그런 해명이 가능한 유일한 해명인 것처럼 보였다. 나는 만족하진 않았지만 그를 기분 좋게 하기 위해 만족한 것처럼 보이려고 노력했다. 물론 확실히 안심이 되긴 했다. 그래서 만족스런 미소로 대답을 대신했다. 이제 새벽 1시가 훨씬 지났기 때문에 나는 그에게서 떠날 준비를 했다.

"아이 방에서 소피가 아델과 자고 있는 게 아니오?" 내가 초에 불을 붙이는 동안 그가 물었다.

"그렇습니다, 주인님."

"그러면 아델의 작은 침대에 당신이 들어갈 자리야 넉넉할 거요. 오늘 밤은 가서 아델과 함께 자시오, 제인. 방금 당신이 말한 사건 때문에 당신이 불안해해도 그건 당연한 일이오. 그래서 나는 당신이 자지 않았으면 해요. 아이 방에 가서 자겠다고 약속해요."

"기꺼이 그렇게 하겠습니다, 주인님."

"방 안에서 문을 단단히 잠그시오. 위층에 올라가서 내일 아침 제시간에 깨워달라고 부탁한다는 구실로 소피를 깨워요. 8시 전까지 옷을 차려입고 아침 식사를 마쳐야 하기 때문이라고 하시오. 자, 이젠 더 이상 침울한 생각은 하지 마시오. 자네트, 쓸데없는 걱정은 쫓아버리라고요. 바람이 얼마나 부드러운 속삭임으로 수그러들었는지 들리지 않소? 창유리를 때리는 빗방울 소리도 이젠 없소. 여기 봐요.(그가 커튼을 올렸다.) 아름다운 밤이오!"

정말 그랬다. 하늘의 절반이 맑고 얼룩진 곳이 없었다. 서쪽으로 방향을 튼 바람 앞에 집합한 구름들이 이제 긴 은빛 대열을 이루어 동쪽으로 행군해오고 있었다. 달은 평화롭게 빛을 던지고 있었다.

"자," 로체스터 씨가 내 마음을 읽고 싶은 듯 내 눈을 응시하며 말했다. "이제 나의 자네트의 기분이 어떤지 모르겠군?"

"밤이 평화롭군요, 주인님. 저도 그렇습니다."

"오늘 밤은 이별이니 슬픔이니 하는 꿈은 꾸지 않고 행복한 사랑과 축복된 결혼에 대한 꿈을 꾸겠군."

그의 이러한 예측은 절반만 들어맞았다. 나는 정말 슬픈 꿈을 꾸지 않았다. 그러나 기쁜 꿈도 거의 꾸지 않았다. 아예 잠을 자지 않았기 때문이다. 어린 아델을 품에 안고 아이가 자는 모습을 지켜보았다. 너무나 고요하고 너무나 차분하고 너무나 순진했다. 그런 상태로 나는 아침이 밝기를 기다렸다. 나의 모든 생명력이 깨어나 내 몸 속에서 움직이고 있었다. 해가 뜨자마자 나도 일어났다. 내가 자리를 뜨려 할 때 아델이 내게 매달리던 것이 기억난다. 내 목을 감고 있던 아이의 작은 손을 풀면서 아이에게 키스했던 생각이 난다. 나는 아이를 보면서 이상한 감정에 북받쳐 울음을 터뜨렸다. 그 울음소리가 아직 곤하게 자고 있는 아이를 방해할까 봐 아이 곁을 떠났다. 아이는 내 과거 삶의 상징처럼 보였다. 내가 지금 차려입고 만나러 가는 그 남자는 비록 두렵긴 하지만 내가 사모하기도 하는 내 미지의 미래의 형상이었다.

제26장

소피가 내게 옷을 입혀주기 위해 7시에 왔다. 소피는 그 일을 수행하는 데 정말 긴 시간을 소비했다. 시간이 너무 오래 걸리자 내가 늑장을 부린다고 생각한 로체스터 씨는 초조해서 하인을 보내어 왜 내가 내려오지 않느냐고 물었다. 소피는 결국 평범한 정사각형 면사포를 브로치를 사용하여 내 머리에 묶어주었다. 나는 될수록 서둘러 그녀의 손길에서 벗어나려고 노력했다.

"잠깐!" 그녀가 프랑스어로 소리쳤다. "거울을 보세요. 거울을 한 번도 안 보셨어요."

그래서 나는 문에서 몸을 돌렸다. 예복을 입고 면사포를 쓴 내 모습이 거울에 보였다. 그 모습은 평소의 내 모습과 너무 달라서 거의 낯선 사람의 모습으로 보였다. "제인!" 하고 부르는 목소리가 들려 나는 급히 내려갔다. 나를 맞이하려고 로체스터 씨가 계단 발치에 서 있었다.

"느림보 같으니." 그가 말했다. "안달이 나서 머리에 불이 붙었소. 그런데도 당신은 그렇게 늑장을 부리다니!" 그는 나를 식당으로 데려갔다. 내 몸을 위아래로 날카로운 눈으로 살피더니 말했다. "백합처럼 아름답군. 내 인생의 자랑거리일 뿐만 아니라 내 눈이 소망하던 그런 모습이오." 그러면서 아침 먹을 시간을 10분 주겠다고 말하면서 벨을 울렸다. 최근에 새로 고용한 정복 하인이 호출에 응했다.

"존이 마차를 준비하고 있나?"

"네, 주인님."

"짐은 다 내려왔나?"

"지금 내려오고 있는 중입니다, 주인님."

"자네가 성당으로 가게. 가서 우드 씨(신부님일세)와 성당 서기가 그곳에 있는지 알아보고 돌아와 내게 알리게." 독자도 아시는 바와 같이 성당은 저택 정문 바로 맞은편 너머에 있었다. 하인은 곧 돌아왔다.

"우드 신부님은 성당 부속실에서 예복을 입고 계십니다, 주인님."

"마차는 어찌 됐나?"

"말들에게 마구를 채우고 있습니다."

"마차까지 성당에 갈 필요는 없어. 하지만 우리가 돌아오는 즉시 떠날 수 있도록 준비하고 있으라고 이르게. 여행 가방과 짐들은 정돈해서 안에 올려놓고 가죽 끈으로 묶어놓으라고 하게. 마부더러는 마부석에 앉아 대기하고 있으라고 하게."

"알겠습니다, 주인님."

"제인, 준비 됐소?"

나는 일어섰다. 신랑 들러리, 신부 들러리, 시중을 들어줄 친척, 예식 진행을 위한 전례관 등은 한 사람도 없었다. 오직 로체스터 씨와 나뿐이었다. 우리가 나갈 때 페어팩스 부인이 홀에 서 있었다.

그녀에게 말을 걸고 싶었지만 내 손은 강철 같은 손아귀가 꽉 잡고 있었다. 나는 따라가기조차 힘든 그의 발걸음을 서둘러 따라갔다. 로체스터 씨의 얼굴을 보니 어떤 목적에서건 단 1초의 지체도 용납하지 않겠다는 느낌을 주고 있었다. 나는 다른 신랑들도 그와 같은 표정을 짓는지 의아했다. 그는 단 한 가지 목적에만 몰두한 채 엄숙한 결의에 찬 표정이었다. 시종 그런 표정을 지으면서 이글거리고 번쩍이는 눈빛을 발하고 있었다.

그날의 날씨가 맑았는지 궂었는지 기억이 나지 않는다. 포장도로를 걸어 내려가면서 나는 하늘도 땅도 바라보지 않았다. 내 가슴도 내 눈과 함께 행동했다. 내 가슴과 눈이 다 로체스터 씨의 몸 안으로 이주한 것 같았다. 성당으로 가는 동안 그가 사납고 무서운 눈길을 얽어맨 그 보이지 않는 대상이 무언지 알아내고 싶었다. 그 강력한 힘에 맞서 그가 저항하고 있는 생각을 나도 느끼고 싶었다.

그는 성당 쪽문 앞에서 걸음을 멈췄다. 내가 몹시 숨이 차서 허덕이는 모습을 발견한 모양이었다. "내가 사랑에 빠져 잔인한가요?" 그가 말했다. "잠깐 쉽시다. 제인, 내게 기대요."

지금도 내 앞에 조용히 서 있던 그때 그 고색창연한 잿빛 성당의 모습과 첨탑 주변을 맴돌던 까마귀 한 마리의 모습과 불그스름하게 빛나던 아침 하늘이 생생하게 기억난다. 그리고 성당 묘지의 초록빛 봉분들도 어렴풋이 기억난다. 또한 낯선 사람 두 명이 근처 나지막한 언덕을 배회하며 이끼 낀 몇몇 묘비에 새겨진 비명을 읽고 있던 모습도 기억난다. 내가 그들을 주목한 것은 그들이 성당 뒤편을 돌아 사라지면서 우리를 쳐다보았기 때문이다. 나는 그들이 성당 옆문으로 들어와 결혼 예식을 볼 거라는 것을 의심치 않았다. 로체스터 씨는 그들을 미처 보지 못했다. 그는 내 얼굴만 열심히 바라보고 있었다. 아마 내 얼굴에서 순간적으로 핏기가 사라지고 있었기 때문일 것이다. 나 자신도 내 이마에 땀방울이 맺히고 양 볼과 입술이 차가워지는 것을 느꼈다. 내가 원기를 회복하자…… 곧 회복되었는데…… 그는 성당 현관으로 통하는 길로 나를 천천히 안내했다.

우리는 조용하고 소박한 성당 안으로 들어갔다. 신부님이 하얀 예식 가운을 입고 나지막한 제단에서 기다리고 있었고 서기도 그 옆에 서 있었다. 모든 것은 조용했다. 저 먼 구석에서 두 그림자가 움직일 뿐이었다. 내 짐작이 옳았다. 조금 전의 낯선 두 사람이 우리보다 앞서 조용히 성당 안에 들어와 있었다. 그들은 지금 등을 우리 쪽으로 돌리고 로체스터 가문의 지하 납골묘 앞에 서서 난간 너머로 세월의 때가 묻은 낡아빠진 대리석 묘를 보고 있었다. 묘석에 새겨진 무릎 꿇은 천사가 청교도 혁명으로 일어난 내전 당시에 마스턴 무어*에서 살해된 데이머 드 로체스터와 그의 부인 엘리자베스를 수호하고 있었다.

우리의 자리는 제단 앞 영성체대 난간 앞이었다. 뒤쪽에서 조심스럽게 다가오는 발소리를 듣고 나는 어깨너머로 그쪽을 힐끗 보았다. 낯선 사람 중 하나가…… 분명히 신사였는데…… 성단소를 향해 다가오고 있었다. 결혼 예식이 시작되었다. 결혼의 의미에 대한 설명이 끝나자 신부는 한 발짝 앞으로 나와 로체스터 씨 쪽으로 몸을 약간 굽히고 말을 이었다.

---

* 청교도 혁명 당시 크롬웰이 크게 승리한 장소로 요크 근방에 있다. 로체스터의 조상이 이 전투에서 왕당파에 속했다가 죽임을 당했다고 서술하고 있다.

"두 사람에게 묻고 명하겠습니다. (그러니 모든 사람들의 가슴속 비밀이 밝혀지는 무서운 심판의 날에 답하듯 대답하십시오.) 혹시 두 사람 중 어느 한쪽이라도 이 결혼을 통해 합법적으로 결합할 수 없는 장애 사유를 알고 있다면, 지금 여기서 고백하십시오. 두 사람도 알듯이 하느님의 말씀이 허락하는 방식이 아닌 다른 식으로 결합하는 많은 사람들은 하느님에 의해 맺어지는 게 아니기 때문입니다. 그렇게 되면 그들의 결혼은 합법적인 결혼이 될 수 없습니다."

신부는 관습대로 생각하는 시간을 주었다. 신부의 질문이 있고 난 후에 주어지는 이 정지된 시간이 누군가의 대답으로 소란해지는 경우가 있을까? 없을 것이다. 아마 백 년에 한 번은 있을지도 모른다. 주어진 시간이 지나자 신부는 성서에서 눈을 떼지도 않고 잠시 호흡을 고른 뒤 다시 식을 진행했다. 그가 이미 로체스터 씨를 향해 손을 내민 상태이고 그의 입술은 이미 "그대는 이 여자를 그대의 아내로 맞겠습니까?"라고 말하고 있었다. 바로 그때였다. 가까운 곳에 있던 누군가가 또렷또렷한 음성으로 외쳤다.

"이 결혼은 계속될 수 없습니다. 장애 요소가 있음을 선언합니다."

신부는 고개를 들어 발언한 사람을 쳐다보더니 아무 말도 못하고 서 있었다. 서기도 마찬가지였다. 로체스터 씨는 발밑에서 지진이 일어난 것처럼 약간 몸을 떨었다. 발을 더 단단히 디디고 머리와 시선을 돌리지도 않은 채 "진행하시오" 하고 말하는 것이었다.

그가 굵고 낮은 억양으로 그렇게 말하자 깊은 정적이 흘렀다. 이윽고 우드 신부가 말했다.

"주장된 사실과 그 사실이 진실인지 거짓인지를 밝히는 조사가 없이는 예식을 진행할 수 없습니다."

"이 결혼식을 끝내십시오." 우리 뒤의 목소리가 끼어들었다. "나는 내 주장을 입증할 수 있습니다. 이 결혼에는 극복할 수 없는 장애가 존재합니다."

로체스터 씨는 듣고는 있었지만 개의치 않았다. 그는 완강하고 단호한 자세로 서 있었다. 자신의 몸을 움직이진 않았지만 내 손은 꼭 붙잡고 있었다. 내 손을 잡은 손이 얼마나 뜨겁고 강했던가! 이 순간 그의 창백하고 단단하고 거대한 이마는 얼마나 깎은 대리석을 닮았던가! 그 밑에 있는 그의 눈은 얼마나 침착하고 경계하면서도 사납게 번뜩였던가!

우드 신부는 당황하며 쩔쩔매는 것 같았다. "장애 사유의 내용이 뭡니까?" 그가 물었다. "극복될 수 있거나 해명할 수 있는 것이지요?"

"아닙니다." 대답이 있었다. "극복될 수 없는 것이라고 말씀드렸습니다. 이건 신중하게 드리는 말씀입니다."

발언 당사자는 앞으로 나와 난간에 기대섰다. 단어 하나하나를 또박또박 침착하고 안정되게, 그러면서도 목소리를 높이지 않고 말을 계속했다.

"장애 요인이란 이미 이전에 결혼한 적이 있다는 것입니다. 로체스터 씨에겐 현재 살아 있는 부인이 있습니다."

나지막하게 발언된 그 말을 듣자 내 신경계통에 진동이 일어났다. 천둥소리에도 그것은 진동한 적이 없었다. 내 피는 그 말이 지닌 미묘한 폭력을 감지했다. 서리나 불 앞에서도 그런 폭력은 느껴본 적이 없었다. 그러나 나는 침착했고 기절할 위험에 빠지지 않았다. 나는 로체스터 씨를 바라보았다. 그가 나를 보도록 만들었다. 그의 얼굴 전체는 색이 없는 바위였다. 그의 눈은 섬광이며 동시에 부싯돌이었다. 그는 아무것도 부인하지 않았다. 모든 것을 문제 삼지 않으려는 것 같았다. 아무런 말도 미소도 없이, 내가 사람이란 사실마저 망각한 것처럼 그는 그저 팔로 내 허리를 감싸 안은 채 자기 옆구리에 못을 박아 고정시키려고만 했다.

"당신 대체 누구요?" 그가 침입자에게 물었다.

"내 이름은 브릭스라고 합니다. 런던 ○○○가에서 일하는 사무변호사입니다."

"그래, 당신은 나한테 아내 한 사람을 억지로 떠맡기고 싶은 거요?"

"선생님 부인의 존재를 상기시키고 싶습니다. 선생님께서는 인정하지 않으시지만 법이 인정한 부인입니다."

"어디 한번 그녀에 대해 설명해보시오. 그녀의 이름, 그녀의 부모, 그녀의 거주지 같은 것 말이오."

"그렇게 하겠습니다." 브릭스 씨는 침착하게 주머니에서 서류를 꺼낸 뒤 다소 공식적이면서 비음이 섞인 목소리로 낭독했다.

"나는 다음 사실을 확인하고 증명합니다. 서기 ○○○○년 10월 20일(지금부터 15년 전입니다.) 영국 ○○주 손필드 저택과, ○○주 펀딘 저택의 소유주 에드워드 페어팩스 로체스터는 자메이카 스패니시타운 ○○교회에서 무역상 조너스 메이슨과 그의 크리올 출신의 아내 앙투아네타의 딸인 내 동생 버사 앙투아네타와 결혼했음. 결혼 기록은 그곳 교회 등기부에서 찾을 수 있을 겁니다. 지금 그 사본이 제 수중에 있습니다. 리처드 메이슨 서명."

"그 문서가 진짜라면 내가 결혼한 적이 있다는 것을 증명할지 모르겠소. 그러나 거기 내 아내라고 언급된 여자가 아직 살아 있다는 것은 입증하지 못합니다."

"석 달 전까지는 살아 있었습니다." 변호사가 대답했다.

"당신이 그걸 어떻게 알지요?"

"그 사실을 증언할 사람이 있습니다. 그 사람의 증언은 선생님도 부인하지 못하실 겁니다."

"그자를 데려와보시오. 아니면 꿰지든지."

"우선 그 사람을 데려오겠습니다. 그 사람은 바로 여기 와 있습니다. 메이슨 씨, 수고스럽지만 이리 나오세요."

그 이름을 듣는 순간 로체스터 씨는 이를 악물었다. 그는 또한 온몸에 강한 발작적 경련을 일으키고 있었다. 그의 바로 곁에 있었기 때문에 나는 분노와 절망의 경련이 그의 온몸에 간헐적으로 번지고 있는 것을 느꼈다. 이제까지 뒤에서 머뭇거리고 있던 두 번째 낯선 사람이 이제 가까이 다가왔다. 창백한 얼굴 하나가 변호사의 어깨너머를 바라보고 있었다. 그렇다. 바로 메이슨이었다. 로체스터 씨는 몸을 돌려 그를 노려보았다. 그의 눈은 내가 자주 이야기했듯이 검은 눈이었다. 이제 그 눈이 황갈색, 아니, 핏빛을 띠고 있었다. 얼굴은 붉게 달아올랐고, 올리브색 뺨과 색깔이 없던 이마도 번져 올라오는 심장의 불덩이의 영향을 받은 듯 붉게 빛을 발하고 있었다. 로체스터 씨는 몸을 움직이더니 자신의 강한 팔을 들어 올렸다. 그는 메이슨을 후려갈겨 성당 바닥에 팽개치고 무사비하게 구타하여 숨통을 끊어놓을 수도 있었을 것이다. 그러나 겁에 질린 메이슨은 뒤로 움츠리며 힘없이 애원했다. "제발, 참게!" 로체스터의 얼굴에 차가운 경멸의 빛이 떨어지고 있었다. 마름병이 식물을 고사시키듯 그의 격정도 사그라졌다. 다만 이렇게 물었다. "네게 무슨 할 말이 있다는 거냐?"

메이슨의 창백한 입술에서 들리지도 않는 응답이 새어나왔다.

"똑똑히 대답하지 않으면 죽을 줄 알아. 다시 묻겠다. 할 말이 뭐야?"

"로체스터 님, 로체스터 님." 신부가 끼어들었다. "여기는 성스러운 곳이라는 것을 잊지 마십시오." 그러고는 그가 메이슨에게 점잖게 물었다. "당신은 이분 부인이 아직 살아 있는지 없는지를 아십니까?"

"용기를 내서 다 말하시오." 변호사가 재촉했다.

"지금 그녀는 손필드 저택에 살고 있습니다." 메이슨은 더 또렷또렷한 어조로 말했다. "지난 4월에 내가 그곳에서 보았습니다. 내가 그 애의 오빠입니다."

"손필드 저택에서 봤다고요!" 신부가 외쳤다. "있을 수 없는 일입니다! 나는 이 인근에서 아주 오래 살아온 사람입니다, 선생. 그러나 로체스터 씨 부인이 그곳에 살고 있다는 이야기는 들어본 적이 없습니다."

로체스터 씨의 입 언저리가 냉혹한 미소로 일그러지는 것이 보였다. 그가 중얼거렸다.

"안 돼……. 절대로! 누구도 그것에 대해 듣지 못하게……, 그런 이름을 가진 여자에 대해 듣지 못하도록 내 조심했건만." 그는 생각에 잠겼다. 10분 동안 자신과 의논하는 모양이었다. 드디어 결심을 하고 나서 그 결심을 발표했다. "이제 됐소. 총신에서 발사된 총알처럼 즉시 모든 사실을 쏟아내겠소. 우드 씨, 성경을 덮고 성복도 벗으시오. 존 그린(성당 서기에게), 자네는 성당에서 나가게. 오늘은 결혼식이 없네." 서기는 지시에 따랐다.

로체스터 씨는 거침없이 무모하게 말을 계속했다. "중혼(重婚)은 추한 말이오! 그러나 나는 중혼자가 되려고 했소. 그러나 운명이 내 허를 찔렀소. 아니면 신의 섭리가 나를 제지했던 거요. 아마 후자겠지. 지금 이 순간 나는 악마나 마찬가지 놈이오. 저기 내 신부가 내게 말하고 싶겠지만, 난 분명 가장 준엄한 하느님의 심판을 받아 마땅한 놈이오······. 꺼지지 않는 불에 던져지고 죽음을 모르는 구더기에게 갉아 먹히는 벌을 받아 마땅한 놈이오. 신사분들, 내 계획은 다 수포로 돌아갔소! 이 변호사와 그 의뢰인이 말한 것은 사실이오. 나는 결혼을 했었소. 내가 결혼한 여자는 살아 있소! 우드 신부, 저기 저 저택에 로체스터 부인이라는 사람이 살고 있다는 이야기는 들어본 적이 없다고 했죠. 그러나 아마 당신도 그곳에서 끊임없는 감시를 받는 수수께끼 같은 미치광이 여자가 살고 있다는 쑥덕공론은 들어봤을 거요. 어떤 사람들은 그 여자를 내 배다른 사생아 여동생이라고 하고, 또 어떤 사람들은 내가 버린 정부라고 수군거리는 소리도 들었을 거요. 당신에게 이제 사실을 말하겠소. 그 여자가 바로 15년 전에 나와 결혼한 내 아내요. 이름은 버사 메이슨이고, 이 사람, 즉 여기 팔다리를 떨고 있고 뺨은 창백하지만 여러분에게 얼마나 용감한 정신의 소유자인지를 보여준 결의에 찬 이 남자 동생이오. 이봐, 딕, 기운을 내서 두려워하지 마! 자네를 때리느니 차라리 여자를 때리겠네. 버사 메이슨은 미친 여자요. 그리고 그녀는 미치광이 가문 출신이오. 3세대에 걸쳐 백치와 미치광이가 나온 가문이오. 크리올 출신인 그녀의 어머니도 정신병자에다 술주정뱅이였소! 그 딸과 결혼하고 난 후에 안 일이오. 그들은 그런 사실에 대해 결혼 전에 철저히 침묵했었소. 버사는 착한 딸답게 엄마의 그 두 가지 면을 그대로 빼어 닮았던 거요. 처음엔 퍽 매력적인 동반자였소. 순수하고 현명하고 겸손했지요. 그때엔 참 행복하다고 상상도 할 수 있었소. 풍성한 장면을 체험했는데! 오, 만약 여러분이 거기까지만 안다면 내 삶은 정말 천국 같은 삶이었을 거요. 그러나 여기서 더 이상의 설명을 할 의무는 없겠군. 브릭스 씨, 우드 신부, 메이슨, 모두 함께 저 저택으로 가서 풀 부인의 환자, 내 아내를 방문합시다! 그러면 내가 속아서 어떤 사람을 배우자로 맞아들였는지, 내가 결혼 서약을 깨뜨리고 적어도 인간적인 대상과 공감을 찾을 권리가 있는지 없는지 판단할 수 있을 거요. 우드 신부, 이 아가씨를," 하고 그는 나를 쳐다보고 나서 말을 계속했다. "당신만큼이나 이 메스꺼운 비밀에 대해 모르고 있었소. 이 아가씨는 모든 게 공정하고 합법적이라고 생각하고 있었소. 비열한 사기꾼과의 거짓 결혼이란 덫에 걸렸다는 생각은 꿈에도 하지 못했을 거요. 사악하고 미치고 짐승으로 변한 아내와 결혼했던 사기꾼 말이오! 자, 모두 나를 따라오시오!"

여전히 내 손을 꽉 잡은 채 그는 성당을 나섰다. 세 명의 신사가 그 뒤를 따랐다. 저택 정문 앞에 마차가 대기하고 있는 것이 보였다.

"마차는 차고에 갖다둬, 존." 로체스터 씨가 냉랭하게 말했다. "오늘은 쓸 일이 없으니까."

우리가 들어서자 페어팩스 부인, 아델, 소피, 레아가 우리를 맞아 축하 인사를 하기 위해 앞으로 나섰다.

"돌아가, 모두!" 주인이 소리쳤다. "축하 인사 집어치워! 누가 축하 인사 받는댔어? 난 안 받아! 15년 전에 했어야지, 지금은 늦었어!"

그는 그들을 지나쳐 계단을 올랐다. 여전히 내 손을 잡고 있었고 신사들에게는 자기를 따라오라는 몸짓을 보였다. 그들은 그가 하라는 대로 했다. 우리는 첫 번째 계단을 올라 복도를 지나서 3층으로 올라갔다. 로체스터 씨가 자신의 마스터키로 낮고 검은 문을 열자 우리는 벽걸이 장식이 달린 방으로 들어가게 되었다. 거대한 침대와 아름다운 캐비닛이 있었다.

"메이슨, 이 방을 알겠지." 우리를 안내한 그가 말했다. "그녀가 자네를 물고 칼로 찔렀던 곳이 여기 아냐?" 그가 벽걸이를 들어 올리자 제2의 문이 나타났다. 이 문 역시 그가 열었다. 창문이 없는 그 방에는 높고 튼튼한 방책이 설치된 난로에 불이 피워져 있었다. 그리고 천장에 연결된 줄에 등불이 매달려 있었다. 그레이스 풀이 난로 위로 몸을 굽히고 있었다. 분명히 뭔가를 조리하고 있는 것 같았다. 그 방 저쪽 끝 깊은 그늘 속에는 사람의 형상을 한 무언가가 이리저리 뛰어다니고 있었다. 얼핏 보았을 때 그것이 짐승인지 사람인지 구별할 수 없었다. 그것은 네 발로 바닥을 기는 것같이 보였다. 어떤 이상하게 생긴 야생동물처럼 덤벼들 자세로 으르렁거리고 있었다. 그러나 그것은 몸에 옷을 덮고 있었다. 숱이 많고 검은 회색으로 변한 머리칼이 마치 짐승의 갈기처럼 머리와 얼굴을 가리고 있었다.

"굿 모닝, 풀 부인!" 로체스터 씨가 말했다. "어떻게 지내나? 내가 맡겨놓은 건 오늘 좀 어때?"

"우리 둘 다 괜찮습니다, 주인님. 감사합니다." 끓는 음식을 조심스럽게 시렁에 올려놓으며 그녀가 대답했다. "좀 골을 내기도 하지만 폭악하진 않습니다." 사납게 울부짖는 소리가 부인의 그 호의적인 대답이 거짓이었음을 알려주는 것 같았다. 옷을 입은 그 하이에나가 몸을 일으키며 뒷발로 우뚝 섰다.

"아, 주인님. 주인님을 봤어요!" 그레이스가 소리쳤다. "여기 계시지 않는 게 좋겠어요."

"그레이스, 몇 분만 있다 갈게. 몇 분만 있게 해줘."

"주인님, 그러면 조심하세요! 제발, 조심하세요!"

그 미친 여자는 고함을 질러댔다. 그녀는 얼굴을 덮고 있던 덥수룩한 머리의 가운데를 가르고 손님들을 사납게 노려보았다. 나는 그 자줏빛 얼굴과 퉁퉁 부은 이목구비를 금세 알아보았다. 풀 부인이 앞으로 나섰다.

"막지 마." 로체스터 씨가 그녀를 옆으로 밀어내며 말했다. "지금은 칼을 가지고 있지 않은 것 같군. 나도 경계심을 늦추지 않고 있어."

"그녀가 뭘 가졌는지는 아무도 모릅니다, 주인님. 정말 교활하니까요. 그 술책을 헤아리기란 사람의 분별력으로는 불가능합니다."

"우린 나가는 게 좋겠습니다." 메이슨이 속삭였다.

"자넨 꺼져!" 그의 매제가 소리쳤다. "조심하세요!" 그레이스가 외쳤다. 세 명의 신사들은 동시에 뒤로 물러났다. 로체스터 씨는 나를 자기 등 뒤로 끌어갔다. 갑자기 미친 여자가 튀어 올라 난폭하게 그의 목을 붙잡고 그의 뺨을 이로 무는 것이었다. 두 사람은 엉켜서 싸웠다. 그녀는 몸집이 큰 여자여서 키도 남편과 비슷했다. 게다가 뚱뚱했다. 그 격투에서 그녀는 남자 같은 힘을 구사했다. 로체스터가 운동선수처럼 날렵했지만 그녀는 여러 번 그의 목을 질식시킬 정도로 졸랐다. 그가 그녀를 제대로 가격했더라면 그녀를 꼼짝 못 하게 할 수도 있었을 것이다. 그러나 그는 그녀를 때리지 않았다. 그냥 붙잡고 씨름하기만 했다. 마침내 그는 그녀의 팔을 제압했다. 그레이스 풀이 그에게 끈을 갖다주자 그는 그녀의 두 손을 등 뒤로 돌려 결박했다. 그리고 마침 곁에 있던 밧줄을 이용하여 그녀를 의자에 묶었다. 그 작업이 진행되는 동안 그녀는 지독한 비명을 질러댔고 극도의 발작을 하며 앞으로 돌진하려는 자세를 취했다. 그 작업을 끝내고 나서 로체스터 씨는 구경꾼들을 향해 돌아섰다. 그는 쓰디쓰면서 동시에 쓸쓸한 미소를 지으며 그들을 바라보았다.

"저게 내 아내요." 그가 말했다. "그런 것이 내가 아는 유일한 부부 간의 포옹이오. 그런 것이 내 무료함을 달래줄 유일한 애정 표현이오! 그래서 나는 이 사람을, 이 젊은 여인을 원했던 것이오. (그는 내 어깨 위에 손을 얹었다.) 악마의 행패를 침착히 바라보며 지옥의 입구에서도 심각하고 차분하게 서 있는 이 젊은 여자 말이오. 나는 입을 뗄 수 없이 맛없는 라구* 스튜를 먹고 나서 입맛을 달래기 위해 이 여인을 원한 것이라고나 할까, 뭐 그런 겁니다. 우드 신부, 그리고 브릭스 씨, 이 차이를 보시오! 이 맑은 눈과 저 빨간 눈알을 비교해보시오. 이 얼굴과 저 가면을 비교해보시오. 이 형체와 저 큰 덩어리를 비교해봐요. 그런 후에 복음을 선하는 성직자이고 법을

---

* 고기 야채를 넣어 만든 일종의 스튜.

다루는 변호사인 당신들이 나를 심판하시오. 그리고 '남을 판단하는 대로 너희도 하느님의 심판을 받으리라'라는 성서의 구절을 명심하시오. 자, 이제 모두 나가시오. 나는 내 이 소중한 것의 입을 좀 더 막아버려야겠소."

우리는 모두 방을 나왔다. 로체스터 씨는 그레이스 풀에게 뭔가를 더 지시하기 위해 좀 더 머물렀다. 계단을 내려오고 있을 때 변호사가 내게 말을 붙였다.

"숙녀분께서는 아무 잘못이 없습니다." 그가 말했다. "댁의 삼촌께서도 정말 아직 살아 계신다면 메이슨 씨가 마데이라로 돌아가서 이 소식을 전하면 기뻐하실 겁니다."

"제 삼촌이라고요! 그분이 어떻다고요? 그분을 아세요?"

"메이슨 씨가 압니다. 에어 씨는 몇 년 동안 자메이카의 수도 펀찰 교역소의 소장이었습니다. 댁의 삼촌께서 댁과 로체스터 씨 사이에 예정된 결혼 소식이 담긴 그 편지를 받았을 때, 마침 자메이카로 돌아가는 도중 건강을 회복하기 위해 마데이라 제도에 머물던 메이슨 씨가 우연히 그 자리에 있었던 것입니다. 에어 씨는 편지에 담긴 소식을 메이슨 씨에게 말했지요. 여기 제 고객인 메이슨 씨가 로체스터라는 이름의 신사를 안다는 사실을 댁의 삼촌도 알게 되었던 것입니다. 댁께서도 당연하다고 생각하시겠지만 메이슨 씨는 깜짝 놀라 괴로워하면서 모든 진실을 털어놓았습니다. 이런 말을 전해 유감이지만 댁의 삼촌께서는 지금 병석에 누워 계십니다. 사실은 폐병입니다만, 그 병의 정체와 병의 진행 단계를 고려해볼 때 아마 다시는 병석에서 일어나지 못할 것 같습니다. 그래서 그분이 몸소 서둘러 영국으로 달려와 걸려든 덫에서 댁을 구해낼 수 없었습

제26장 109

니다. 그러나 그분은 메이슨 씨에게 한시바삐 이 사기 결혼을 막을 수 있는 조치를 취해달라고 간청했던 겁니다. 그래서 그분은 제게 메이슨 씨 일을 맡겼습니다. 저는 최대한 일을 신속히 처리했고 너무 늦지 않은 것을 다행으로 생각하고 있습니다. 그 점에 대해서는 당연히 댁도 다행이라 생각하시겠지요. 댁이 마데이라에 도착하기 전에 이미 댁의 삼촌께서 돌아가실 가능성이 높다는 확신만 들지 않았다면 저는 댁도 돌아가는 메이슨 씨를 따라가라고 충고했을 것입니다. 그러나 현재 상황으로 보아서는 에어 씨에게서 직접 소식이 오든, 다른 사람이 전해오든, 무슨 소식이 올 때까지 그냥 영국에 남아 있는 게 더 낫겠다고 저는 생각합니다. 우리가 여기 더 남아 있을 이유가 있습니까?" 그가 메이슨 씨에게 물었다.

"아니요. 없습니다. 그만 갑시다." 메이슨 씨가 초조한 모습으로 답했다. 작별 인사를 위해 로체스터 씨를 기다리지도 않고 두 사람은 현관문을 빠져나갔다. 신부는 그 오만한 교구민과, 충고인지 비난인지는 모르지만, 몇 마디 나누기 위해 머물렀다. 임무가 끝나자 그 역시 떠났다.

나는 이제 내 방으로 물러왔고 반쯤 열린 내 방문 앞에 섰을 때 성당 신부가 가는 소리를 들었다. 사람들이 다 떠나고 나자 나는 방문을 닫고 아무도 침입하지 못하도록 빗장을 걸었다. 나는 눈물을 흘리거나 슬퍼하지 않았다. 그러기엔 너무나 마음이 평온했다. 나는 결혼 예복을 기계적으로 벗기 시작했고, 어젯밤 이게 마지막이라고 생각하며 입었던 나사 가운으로 바꿔 입었다. 그러고 나서 자리에 앉았다. 힘이 하나도 없었고 피곤했다. 나는 탁자에 양팔을 기대고 그 팔 위에 머리를 떨어뜨렸다. 이제야 생각을 했다. 지금까지 나는 인도되었거나 끌려다니며 듣고 보고 움직이고 있었다……. 이어지는 사건들, 연달아 공개되는 사건의 폭로를 지켜봤을 뿐이다. 이제 내게 생각할 기회가 온 것이었다.

그날 아침은 꽤 조용한 아침이었다. 미친 여자를 담고 있던 짧막한 장면을 제외하면 모든 것이 그랬다. 성당에서의 사건은 시끄럽지 않았다. 격정의 폭발도 없었고 시끄러운 언쟁도 없었고 논쟁도 없었다. 도발이나 도전도 없었고 눈물도 없었고 흐느낌도 없었다. 몇 마디 말이 오갔고 조용한 목소리로 결혼을 반대하는 이유가 발언되었다. 그에 대해 로체스터 씨가 단호하고 짧막하게 몇 마디 질문을 던졌고 답변이 있었고 해명이 이어졌고 증거가 제시되었다. 이어 우리 주인이 공개적으로 사실을 시인했고, 모두가 살아 있는 증거물을 목격했다. 그런 다음 방문객들이 떠났고 모든 것이 끝났다.

나는 여느 때처럼 내 방 안에 있었다. 눈에 띄는 변화가 전혀 없는 그대로의 나 자신이 있을 뿐이었다. 나를 때리거나 할퀴거나 불구로 만든 것은 없었다. 그런데 어제의 제인 에어는 어디로 갔을까? 그녀의 인생은 어디 있단 말인가? 그녀의 미래는 어디에 있단 말인가?

열정적이면서 기대에 부풀었던 여인, 거의 신부가 될 뻔한 제인 에어는 다시 춥고 외로운 아가씨로 되돌아와 있었다. 그녀의 삶은 창백했고 그녀의 앞날은 적막했다. 크리스마스 철의 서리가 한여름에 내린 것이었다. 하얀 12월의 눈 폭풍이 6월 위를 소용돌이치며 지나간 것이었다. 얼음이 익은 사과를 매끈하게 감싸고 흘러온 눈발이 꽃을 피우는 장미를 부숴버리고 목초지와 밀밭 위는 얼음 휘장으로 덮여 있었다. 어젯밤까지도 가득 찬 꽃들로 홍조를 띠고 있던 오솔길은 오늘 앞에서는 사람이 밟지 않은 눈으로 덮여 길의 기능을 상실하고 있었다. 열두 시간 전만 해도 열대우림처럼 무성한 잎 향기를 내뿜으며 출렁이던 숲도 이제 겨울철 노르웨이의 소나무 숲처럼 쓸쓸하고 황량하고 하얗게 펼쳐져 있었다. 내 희망은 모두 죽어 있었다······. 마치 이집트라는 땅에서 태어난 모든 맏아들에게 어느 날 밤 닥친 음흉한 운명의 칼을 맞은 모습이었다. 나는 내가 소중히 간직했던 소망을 바라보았다. 어제만 해도 그처럼 꽃을 피우며 빛을 발하던 소망들이었다. 그 소망들은 이제 뻣뻣하게 굳어 다시는 소생할 수 없는 차갑고 검푸른 시체가 되어 누워 있었다. 나는 내 사랑을 바라보았다. 그 감정은 내 주인의 감정이었다······. 그가 창조한 감정이었다. 그 사랑은 내 가슴속에서 싸늘한 요람 위의 병들어 고통받는 아이처럼 떨고 있었다. 그 사랑은 병과 고통에 사로잡혀 있었다. 그것은 로체스터 씨의 품을 찾을 수가 없었다. 그것은 그의 가슴에서 따스한 온기를 얻어낼 수 없었다. 아, 그 사랑은 더 이상 그에게 향할 수 없었다. 신뢰는 메말라 죽어버리고 믿음도 파괴되어 자취가 없었다! 로체스터 씨는 나에게 이제까지의 로체스터 씨가 아니었다. 내가 생각했던 그런 로체스터 씨가 아니었기 때문이다. 나는 그를 악한 사람이라고 단정하고 싶지 않았다. 그가 나를 배신했다고 말하고 싶지도 않았다. 그러나 때가 묻지 않은 진실한 특성은 그의 인상에서 사라지고 없었다. 또한 그의 앞에서 나는 사라져야 했다. 그 점을 나는 절실히 인식했다. 언제, 어떻게, 어디로 가야 할지는 아직 알 수 없었다. 그러나 그 사람 자신이 서둘러 나를 손필드 저택에서 내보낼 것은 의심치 않았다. 그는 내게 참된 애정을 가질 수 없는 사람인 것 같았다. 그건 다만 충동적 격정에 불과했다. 그것이 좌절된 것이었다. 따라서 그는 더 이상 나를 원하지 않을 것이다. 이제 나는 그의 앞을 지나가는 것조차 두려워해야 했다. 내 모습이 그에게는 혐오스럽게 느껴질 것은 틀림없었다. 아, 내 눈이 어쩌면 그렇게 멀었던가! 내 행동은 어쩌면 그렇게 허약했단 말인가!

나는 눈을 가리고 눈을 감았다. 소용돌이치는 어둠이 내 주위에서 넘실거리는 것 같았다. 그러자 그 어둠과 같이 검고 혼란된 흐름을 타고 여러 상념이 밀려왔다. 자포자기 상태로 늘어지고 노력도 들이지 않은 채 나는 말라붙은 거대한 강바닥에 내 자신을 눕힌 것 같았다. 저 멀리 산악지대에서 홍수가 일어나는 소리가 들리고 강한 물살이 닥쳐오는 것을 느꼈다. 일어날 마음도 없었고 도망칠 힘도 없었다. 나는 기절한 상태로 누워 있었다. 죽기를 갈망했다. 오직 한 가지 생각만이 여전히 내 안에서 살아 있는 것처럼 고동치고 있었다. 하느님에 대한 기억이었다. 그것이 무언의 기도를 만들어냈다. 그러나 마땅히 속삭임으로 나와야 할 그 기도의 말이 내 빛이 없는 마음속에서 이리저리 방황하고 있었다. 그 기도를 표현할 기력을 찾을 수 없었다.

"어려움이 가까이 왔으니 멀리하지 마옵소서.* 도와줄 자 아무도 없나이다." 급류가 가까이 오고 있었다. 그것을 피하게 해주십사고 하늘에 애원하지 않았기 때문에, 두 손을 모으지도 무릎을 굽히지도, 입술을 움직이지도 않았기 때문에 마침내 급류는 다가왔다. 급류의 물살은 마음껏 힘을 과시하며 나를 덮쳤다. 고독한 내 삶, 잃

---

* 시편 22장 11절. "나의 하느님, 왜 저를 버리시나이까?"

어버린 내 사랑, 꺼져버린 내 희망, 치명타를 맞은 내 신뢰에 대한 모든 의식이 내 머리 위에서 하나의 우울한 덩어리가 되어 마음껏 힘차게 요동치고 있었다. 그 고통스러운 시간은 말로 표현할 수 없다. "물살이 내 영혼 속으로 흘러들었고 나는 깊은 수렁으로 가라앉았다. 나는 발 디딜 곳을 분간하지 못했다. 나는 깊은 물로 빠져들었다. 홍수의 물길이 내 위로 범람했다." 이 말은 내게 사실이었다.

제27장

내가 머리를 든 것은 오후의 어떤 시점이었다. 주위를 둘러보니 서녘 하늘의 해가 기울어지고 있다는 표시를 저쪽 벽 위에다 미끄러뜨리고 있는 것이 보였다. 나는 "앞으로 어찌해야 하나?" 하고 자문했다.

그러나 내 마음이 대답하는 것이었다……. "손필드를 당장 떠나라." 그 대답이 어찌나 신속하고 무섭게 나오는지 나는 귀를 막았다. 지금 당장은 그런 말을 감당할 수가 없다고 나는 말했다. "내가 에드워드 로체스터의 신부가 아니라는 것은 내 슬픔 중에서 제일 하찮은 부분이야." 나는 단언했다. "지극히 찬란했던 꿈에서 깨어나 그 꿈이 온통 텅 빈 허망한 것이었다는 사실을 자각한다는 건 소름은 끼치지만 참을 수 있고 극복할 수 있는 일이야. 그러나 그를 결정적으로, 즉시, 완전히 떠나야 한다는 것은 견딜 수 없구나. 그건 도저히 해낼 수 없는 일이야."

그러나 그때 내 안의 어떤 목소리가 그건 할 수 있는 일이라고 단언하고 있었다. 또한 그 목소리는 내가 그렇게 하게 될 거라고 예언하는 것이었다. 나는 나의 결단력과 뒹굴며 싸웠다. 나는 내 앞에 깔려 있는 게 훤히 보이는 더 무서운 고생길을 피하기 위해서 차라리 내 힘이 빠지기를 바랐다. 그러나 폭군으로 변한 양심이 내 열정의 목을 움켜쥐고, 그 수렁에 이제 겨우 가냘픈 발만 담갔을 뿐인데 엄살이 뭐냐고 조롱하듯 말하며, 자신의 무쇠팔로 너 따위는 고통의 심연으로 처박아버리겠다고 단호히 말했다.

"그러면 나를 벗어나게 좀 해줘!" 내가 외쳤다. "누가 날 좀 도와주게 해줘!"

"안 돼. 너 혼자의 힘으로 벗어나야 해. 누구도 너를 도와주지 않아. 네 스스로 오른쪽 눈을 뽑아야 해. 스스로 오른손을 잘라버려야 해.* 네 심장이 제물로 쓰여야 해. 네가 사제가 되어 네 심장에 못을 박아야 해."

무자비한 심판관에게 찾아드는 고독과 그토록 무서운 목소리를 채워주는 침묵 앞에서 나는 공포를 느껴 갑자기 벌떡 몸을 일으켰다. 똑바로 서는 순간 머리가 어지러웠다. 지나친 흥분과 허기 때문에 몸이 아파오는 것을 감지했다. 아침 식사를 하지 않았기 때문에 그날 고기 한 점, 물 한 방울 입술을 통과하지 않았던 것이다. 이상하게 비통한 심정이 되어 있었다. 이렇게 긴 시간 동안 방에 틀어박혀 있는데도 내 안부를 묻는다든가 아래로 내려오라고 권하는 전갈 하나 오지 않는구나 하는 생각이 들었다. 심지어 아델조차도 와서 문을 두드리지 않았고 페어팩스 부인조차 나를 찾지 않았다. "운명에게 버림받은 사람은 항상 친구들도 잊는다."** 하고 나는 빗장을 풀고 밖으로 나오며 중얼거렸다. 나는 어떤 장애물에 걸려 비틀거

---

* 마태복음 5장 28~30절. 예수의 산상수훈에서 빌려온 표현이다.
** 영국 속담.

렸다. 머리는 여전히 어지러웠고 눈이 침침했고 팔다리에도 힘이 없었다. 나는 얼른 힘을 되찾지 못했다. 나는 쓰러졌다. 그러나 바닥에 쓰러진 게 아니었다. 어떤 뻗은 팔이 나를 잡아주었다. 올려다 보았다……. 로체스터 씨가 나를 부축하고 있었다. 그는 내 방 문턱 건너편에 의자를 놓고 앉아 있었던 것이다.

"마침내 나왔군." 그가 말했다. "실은 오랫동안 여기 앉아 당신을 기다리며 귀를 기울이고 있었소. 그런데 움직이는 소리 하나, 흐느끼는 소리 하나 못 들었소. 그런 죽음 같은 정적이 5분만 더 지속되었다면 난 도둑처럼 빗장을 강제로 열려고 했소. 그래, 나를 피하는 거요? 방에 틀어박혀 혼자 슬퍼하겠다는 거요? 차라리 내게 와서 나를 맹렬히 비난하는 편이 낫겠소. 당신은 격정적인 성격이오. 나는 그런 격렬한 장면이 벌어지기를 예상했었소. 뜨거운 눈물이 비처럼 쏟아질 걸 대비하고 있었소. 나는 다만 그 눈물이 내 가슴 위로 떨어지기를 바랄 뿐이었소. 그리고 지금은 무감각한 방바닥과 젖은 손수건이 그 눈물을 죄다 받아들였구나 하고 생각했었소. 그런데 내 생각이 틀렸군. 전혀 울지 않았군! 하얀 볼과 빛이 없는 눈만 보이는군. 눈물 흔적은 볼 수도 없구려. 그러니까 가슴속으로 피눈물을 흘렸단 말이오?

그래, 제인, 비난의 말은 한마디도 안 할 작정이오? 쓰디쓰고 마음에 사무치는 말은 안 할 작정이오? 감정에 상처를 입히고 격정을 자극하는 말은 하나도 하지 않을 작정이오? 내가 앉혀놓은 그 자리에 앉아서 지치고 무기력한 표정으로 나를 바라보고만 있을 참이오?

제인, 이렇게 당신에게 상처를 줄 의도는 전혀 없었소. 어린 새끼 암양을 친딸처럼 소중히 여기며, 자기 빵을 먹이며 자기 컵의 물을 먹이고 자기 가슴에 품고 다녔던 사람이 어떤 실수로 도살장에서 그 양을 죽였다고 쳐도, 그 사람도 지금 내가 실수를 후회하고 있는 것만큼은 후회하지 못할 거요. 나를 좀 용서해주지 않겠소?"

독자여! 나는 당장 그 자리에서 그를 용서했다. 그의 눈에는 너무나도 깊은 회한이 서려 있었고 그의 목소리에는 너무나도 참된 아쉬워하는 모습이 있었고 그의 태도에는 너무나도 남자다운 힘이 들어 있었다. 그것들 말고도 그의 표정과 태도 전체에는 여전히 변치 않는 깊은 사랑이 있었다. 나는 그의 전부를 용서했다. 그러나 말로나 외형적으로 나타내는 용서가 아니었다. 다만 마음속 깊은 곳에서 용서했다.

"제인, 내가 나쁜 놈이라는 걸 알았지요?" 얼마 안 있어 그가 생각에 잠긴 표정으로 물었다. 내가 계속 침묵을 지키며 다소곳이 있는 것이 의아했던 모양이었다. 그건 내 의지라기보다 몸에 기운이 없었던 탓이었다.

"알고 있습니다, 주인님."

"그러면 솔직히 혹독하게 말해요. 나를 봐주지 말아요."

"그럴 수 없습니다. 지치고 기운이 없습니다. 물이나 좀 마셨으면 합니다." 그는 몸까지 부르르 떨며 한숨을 내쉬더니 나를 팔에 안고 아래층으로 내려갔다. 처음에 나는 그가 나를 어느 방으로 데려가는지 알지 못했다. 내 흐릿한 시야에는 모든 게 아직 뿌옇게 보였다. 이윽고 나는 난롯불의 기운이 되살려주는 온기를 느꼈다. 여름이었는데도 방에 틀어박혀 있었더니 온몸이 얼음처럼 식은 상태였다. 그가 내 입술에 와인을 갖다 댔다. 그것을 조금 마시자 기운이 되살아났다. 그런 다음 나는 그가 주는 음식을 먹었다. 곧바로 나는 내 자신이 되어 있었다. 나는 서재에 있었다. 그의 의자에 앉아 있었다. 그가 내 가까이에 있었다. "이런 지독한 고통을 겪을 것 없이 지금 죽을 수 있으면 그게 내겐 좋을 거야." 하고 나는 생각했다. "그러면 로체스터 씨의 가슴에서 내 심장의 끈을 꺼내어 애써 끊어버리는 수고는 할 필요가 없을 텐데, 그를 떠나야 할 것 같아. 떠나고 싶지 않고 떠날 수도 없지만."

"제인, 이제 몸이 어떻소?"

"훨씬 나아졌습니다, 주인님. 곧 괜찮아질 겁니다."

"제인, 와인을 다시 좀 들어요."

나는 그의 말을 따랐다. 그러자 그는 가는 잔을 탁자에 내려놓고 내 앞에 서더니 주의 깊게 바라보았다. 갑자기 몸을 돌리며 그는 격정에 휩싸여 알아들을 수도 없는 말을 내뱉었다. 그는 빠른 걸음으로 방을 돌아다니더니 다시 돌아왔다. 키스를 하려는 것처럼 그가 나를 향해 몸을 숙였다. 그러나 나는 애무 같은 것은 이제 금지되었다는 사실을 기억했다. 나는 내 얼굴을 돌리며 그의 얼굴을 옆으로 밀었다.

"뭐요, 이건! 이건 어떻게 된 거요?" 그가 급히 외쳤다. "아, 알겠소! 버사 메이슨의 남편과는 키스를 할 수 없다, 이거요? 내 품은 이미 임자가 있고 포옹도 주인이 따로 있다 이거요?"

"어쨌든 제가 들어설 여지도, 제가 주장할 권리도 없습니다, 주인님."

"제인, 그건 왜? 이야기를 많이 하는 수고는 내가 덜어주겠소. 내가 대신 대답하지. 이미 내겐 아내가 있기 때문이라고 대답하려

했겠지. 내 짐작이 맞아요?"

"네."

"만약 그렇게 생각한다면 당신은 분명 나를 이상한 사람으로 생각하고 있다는 소리요. 나를 음모나 꾸미는 난봉꾼으로 여기고 있는 게 틀림없소……. 의도적으로 놓은 덫에 당신을 걸려들게 해서 당신의 정절을 빼앗고 자존심을 탈취하기 위해 사심 없는 사랑을 불러일으킨 비열하고 저급한 탕아로 여기고 있음에 틀림없소. 이러한 내 말에 무어라고 답하겠소? 아무 말도 할 수 없다는 것은 나도 알고 있소. 첫째로 당신은 아직 기운을 못 차리고 있소. 숨을 제대로 쉬기 위해 할 일이 많소. 둘째로 당신은 나를 비난하거나 욕하는 일에 익숙하지가 못해요. 게다가 눈물의 홍수를 막는 문이 열려 있어서 만일 말을 많이 하다가는 눈물이 왈칵 쏟아질 거요. 또한 당신은 훈계를 하거나 비난을 퍼붓거나 소동을 피우려는 욕망이 없는 사람이오. 당신은 행동으로 어떻게 보여줄 것인가를 생각하고 있는 사람이오. 말은 아무 소용없다고 생각하는 사람이오. 나는 당신을 알아요……. 그래서 경계하고 있는 거요."

"주인님, 저는 주인님께 불리한 행동은 하고 싶지 않습니다." 내가 말했다. 그런데 내 불안정한 목소리가 문장을 줄이라는 경고를 보내는 것이었다.

"당신의 말에 담긴 의미가 아니라 내가 한 말에 담긴 의미에서 당신은 나를 파멸시킬 계획을 세우고 있소. 내게 기혼자라고 말한 거나 마찬가지 말을 당신은 한 거요. 기혼자이기 때문에 당신은 나를 피할 것이고 나더러는 비키라고 말한 거나 다름없소. 당신은 나와의 키스를 방금 거부했소. 나와는 완전히 남남이 되겠다는 의사 표시요. 그래서 이 지붕 아래서는 오직 아델의 가정교사로 살아갈 작정이란 뜻이오. 만일 내가 친절한 말 한마디라도 건넨다든가 친절한 감정을 내보여 다시 당신을 내게 기울어지게 하려 한다면 당신은 이렇게 말하겠지. '저 남자는 거의 나를 자기 정부로 만들었어. 그에게는 얼음이나 돌이 되어야 해.' 그러다가 당신은 진짜 얼음과 돌로 변할 거요."

나는 답변을 주기 위해 목을 가다듬고 안정시켰다. "주인님, 제 주변의 모든 것이 바뀌었습니다. 그러니 저 역시 변해야지요. 그건 의심의 여지가 없습니다. 감정의 격한 기복을 피하고 끊임없이 이어질 추억과 연상과의 싸움을 피하려면 방법이 하나밖에 없습니다. 아델이 새 가정교사를 맞이하는 겁니다, 주인님."

"아, 아델은 학교로 갈 거요. 그건 이미 결정된 일이오. 그리고 나는 이 손필드 저택과 관련된 끔찍한 추억과 연상들로 당신을 시달리게 할 생각은 추호도 없소. 이 '아간의 천막'*과 같이 저주받은 곳, 확 터진 하늘의 빛에 살아 있는 오싹한 시체의 분위기를 던져주는 오만한 지하 납골당 같은 이 저택에 대한 추억과 연상으로 시달리게 할 생각은 없다오. 우리가 상상하는 무수한 악귀들보다 훨씬 더 사악한 진짜 악귀가 살고 있는 이 답답한 저택 말이오. 제인, 당신은 이 저택에 살지 않게 될 거요. 나도 그래요. 사실 악마 같은 인간이 살고 있다는 걸 알면서도 당신을 손필드 저택으로 오게 한 게 잘못이었소. 당신을 만나기 전에 나는 여기 사람들에게 집 안에 있

---

* 여호수아 7장 15~25절. 아간은 부정한 것을 훔쳐 자기 천막에 숨겼다. 결국 그는 사형선고를 받는다. 이 말을 들은 온 이스라엘이 그를 돌더미로 만들고 가족들까지 다 돌로 몰살시키다. 로체스터는 자신을 지나치게 저주하고 있다.

는 그 저주받은 존재에 대해 입도 뻥끗하지 말라고 지시했던 거요. 새로 오는 가정교사가 자신이 어떤 사람과 한집에서 살게 되는지 알게 되면 아델에겐 어떤 입주 가정교사도 구해줄 수 없을 거라는 걱정이 앞섰기 때문이었소. 그리고 내 본래의 계획에는 애초부터 그 미친 여자를 다른 곳으로 옮겨야 한다는 생각은 용납되지 않았소. 물론 내게는 이곳보다 훨씬 더 고적하고 은폐된 펀딘 장이라는 고택이 하나 더 있소. 숲 한가운데 위치한 그 집이 건강에 해롭다는 사실 때문에 내 양심이 위축되고 나를 망설이게 만들었소. 그녀를 그곳으로 옮기려는 계획에서 발을 빼게 만들지만 않았더라면 아마 나는 그곳에서 그녀를 안전하게 살 수 있도록 했을 거요. 그곳으로 그녀를 옮겨놓았더라면 고택의 축축한 벽이 그녀를 보호하는 의무를 쉽게 덜어주었을 거요. 하지만 모든 악인에게도 단점은 하나 있는 법이오. 그런데 내 단점은 그런 간접 살인은 좋아하지 않는다는 것이오. 내가 아무리 미워하는 대상이라도 그렇소.

그러나 그런 미친 여자가 당신 바로 가까이에 있는데도 그것을 숨겼던 것은, 아이를 망토로 감싼 후 주변을 독으로 오염시키는 우파스* 옆에 눕혀놓는 것과 같은 일이었소. 그 악귀 같은 미친 여자의 주변은 독으로 오염되어 있소. 지금까지 늘 그랬었소. 어쨌든 나는 손필드 저택을 폐쇄할 생각이오. 정문에 못질을 하고 아래쪽 창문들은 널빤지로 둘러막을 작정이오. 풀 부인에게 연봉 200파운드를 주고 내 아내와 이곳에 살게 할 거요. 당신이 그 끔찍한 마녀를

---

* 자바 섬에 서식하는 나무로 주변 여러 마일에 걸쳐 모든 생명체를 죽이는 것으로 알려져 있다.

그렇게 불렀으니 나도 그렇게 부르는 거요. 그레이스는 돈만 주면 무슨 일이든 할 사람이오. 그리고 그녀는 그림스비 정신 요양원에서 일하는 자기 아들도 데려와 도움을 받기 위해 옆에 두고 함께 생활할 거요. 정신병 발작이 일어나면 내 아내라는 미친 여자는 자신을 관장하는 악귀의 지령에 따라 밤에 잠자는 사람들의 침대에 불을 지르고 칼로 찌르고 뼈에서 살점이 찢겨져나가도록 물어뜯는 각종 악행을 저지르는 사람이오……."

"주인님," 내가 그의 말을 가로챘다. "불행한 부인에 대해 너무 가혹하게 말씀하시고 계셔요. 온통 증오심만 가지고 말씀하시네요. 복수심에 불타는 혐오감만 가지고요. 잔인해요. 부인이 미친 건 어쩔 수 없는 일이잖아요?"

"제인, 내 귀여운 사람(이렇게 불러야겠소. 사실 그러니까.) 당신은 잘 모르는 것을 말하고 있소. 당신은 또다시 나를 잘못 판단하고 있는 거요. 내가 그녀를 미워하는 것은 그녀가 미쳤기 때문이 아니오. 만일 당신이 미쳤다고 가정하면 내가 당신을 혐오할 것 같소?"

"그러실 거라고 생각합니다, 주인님."

"그럼 잘못 생각하는 것이오. 당신은 나에 대해 아무것도 모르고 있고, 내가 할 수 있는 사랑에 대해서도 아무것도 모르고 있소. 당신 몸의 원자 하나하나는 내 몸의 그것처럼 소중하오. 그 몸이 고통을 겪든 병에 걸리든 내겐 여전히 소중한 것이오. 당신의 정신 또한 내게는 보물이오. 만약 당신이 헛소리를 한다면 감금용 조끼가 아니라 내 품 안에다 감금할 거요. 분노에 휩싸여 나를 움켜쥐어도 그건 내게는 매력으로 느껴질 거요. 만일 당신이 오늘 아침 그 여자가 한 것처럼 내게 난폭하게 덤벼든다면 나는 당신을 품에 안으며 받아들일 거요. 적어도 나를 속박하는 것만큼 당신이 귀엽다는 태도로 그럴 거요. 그녀에게 그랬던 것처럼 혐오감을 느끼며 당신으로부터 움츠러들며 당신을 피하지 않을 거요. 발작이 일어나지 않는 평온한 시간엔 나 말고 어떤 감시원이나 간호인도 당신에게 붙이지 않을 거요. 지칠 줄 모르고 시종 다정한 모습으로 내가 당신 옆을 지키겠소. 그 보답으로 당신이 미소 한번 지어 보이지 않는다 해도 상관없소. 그리고 나는 당신의 눈이 더 이상 나를 알아보는 눈빛을 갖지 않게 되더라도 그걸 응시하는 일을 전혀 지루하게 생각하지 않을 거요. 그런데 내가 왜 이런 생각을 하는 거지? 손필드에서 당신을 이주시키는 일에 대해 이야기하다 만 것 같은데. 당신도 알다시피 신속한 출발을 위해 모든 것이 준비되어 있소. 당장 내일 떠나도록 하겠소. 제인, 이 집 지붕 밑에서 보내는 걸 하룻밤만 더 참아달라고 부탁할 뿐이오. 그러고 나면 이 지긋지긋한 비참과 공포와 영원히 작별하는 것이오! 갈 곳은 이미 마련해놓았소. 지겨운 기억들과 반갑지 않은 방해와 심지어 거짓과 중상모략에서 벗어난 안전한 은신처가 되어줄 거요."

"주인님, 그러면 아델도 함께 데리고 가세요." 내가 끼어들었다. "길동무가 되어줄 거예요."

"제인, 대체 그게 무슨 소리요? 아델은 학교에 보낸다고 당신에게 말했을 텐데. 그리고 내가 아이를 길동무 삼을 일이 뭐가 있소. 더구나 내 친자식도 아니고 그저 프랑스 무용수의 사생아에 불과한 아이를……. 그 아이와 관련하여 왜 그렇게 내게 귀찮게 조르는 거요? 도대체 왜 아델을 내 길동무로 지정하느냔 말이오?"

"주인님께서 은둔 생활을 말씀하셨어요. 그런데 은둔과 고독은 무료해요. 주인님께는 너무 무료해요."

"고독! 고독이라니!" 그는 신경질적으로 그 말을 반복했다. "이거 정말 설명을 들어야겠군. 대체 얼굴에 왜 그렇게 스핑크스 같은 표정을 짓고 있는지 난 모르겠소. 제인, 당신이 내 고독을 함께 나눠야 해요. 알겠소?"

나는 고개를 가로저었다. 그가 더욱 흥분 상태로 빠져들고 있었기 때문에 그의 말에 동의하지 않는다는 무언의 표시를 그 정도로 하는 데에도 다소 용기가 필요했다. 그는 빠른 걸음으로 방 안을 이리저리 왔다 갔다 했다. 그러더니 갑자기 어느 한 지점에 뿌리라도 내린 듯 멈춰 섰다. 그는 오랫동안 사나운 눈길로 나를 바라보았다. 나는 그 시선을 피해 난롯불에 시선을 고정시켰다. 차분하고 진정된 모습을 계속 유지하려고 노력했다.

"이제야 제인의 성격 속에 들어 있는 엉킨 마디가 나오기 시작하는군." 그가 마침내 말했다. 표정과는 달리 내가 예상했던 것보다는 차분하게 말하는 것이었다. "이제까지는 그 비단 실타래가 술술 잘 풀리고 있었소. 그러나 나는 그 실이 엉키고 꼬일 것임을 줄곧 알고 있었소. 바로 지금처럼 말이오. 이제 초조와 분노와 끝없는 고민이 모습을 드러낼 차례군! 제기랄! 내게 삼손의 힘의 일부라도 있어서 그 힘으로 엉킨 곳을 밧줄처럼 잘라버리면 좋으련만!"

그는 다시 걷기 시작했다. 그러나 곧 정지했는데 이번에는 내 바로 앞에서 멈췄다.

"제인! 이유를 들어보겠소?" 그는 몸을 숙이고 그의 입술을 내 귀 가까이로 가져왔다. "정 당신이 말을 듣지 않으면 난 폭력을 행사하겠다는 말이오." 그의 목소리는 쉰 목소리였다. 표정도 참을 수 없는 속박을 깨고 난폭하고 방자한 행동으로 뛰어들기 직전에 있는 사람의 표정이었다. 나는 한순간만 더 방치하면, 그가 한 번 더 미친 듯이 흥분해서 충동적인 폭력을 구사한다면 그때는 나로서는 속수무책일 거라는 것을 깨달았다. 지금 이 순간, 순간적으로 지나가는 이 짧은 시간이 그를 가라앉히고 억제시키기 위해 내게 남은 유일한 시간이었다. 그가 혐오스럽고 방종하고 공포스러운 행동을 하기만 하면 내 운명은 영원히 봉인되며 끝장날 판이었다. 그의 운명도 마찬가지였다. 그러나 나는 두렵지 않았다. 조금도 두렵지 않았다. 나는 내면의 힘을 느꼈다. 나를 도와줄 영향력을 느꼈다. 위태로운 극한 상황이었다. 그러나 나름대로 매력이 없는 것도 아닌 상황이었다. 마치 인디언이 카누를 타고 격류를 미끄러지듯 넘어갈 때 느끼는 그런 매력이었다. 나는 주먹을 꽉 쥔 그의 손을 잡았다. 그러고는 일그러진 손가락을 펴주며 그를 달래주듯 말했다.

"앉으세요. 원하시면 얼마든지 오래 이야기를 해드리겠어요. 하실 말씀이 있으시면 모두 들어드리겠어요. 이치에 닿는 말이건 안 닿는 말이건 모두를요." 그는 앉았다. 그러나 곧바로 이야기하라는 허락을 받지는 않았다. 나는 얼마 동안 이미 쏟아지려는 눈물과 투쟁을 벌이고 있었기 때문이다. 눈물을 억누르려고 무진 애써왔던 것이다. 내가 우는 모습을 그가 보기를 원하지 않을 거라고 생각했기 때문이다. 그러나 이제 눈물이 원하는 만큼 자유롭게 그리고 오래오래 쏟아지게 놔두는 게 더 낫겠다는 생각이 들었다. 쏟아지는 내 눈물이 그를 괴롭힌다면 많이 나올수록 더 좋은 일이었다. 그래서 나는 눈물에게 양보하고 실컷 울기 시작했다.

그러자 바로 그가 진지하게 나더러 진정하라고 애원하는 소리를 듣게 되었다. 그러나 나는 그가 그처럼 격해 있는 한 그럴 수 없다고 말했다.

"제인, 나는 화가 난 게 아니오. 나는 다만 당신을 너무 사랑하고 있는 거요. 그런데 당신은 그렇게 단호하고 얼음같이 차가운 표정으로 그 창백한 작은 얼굴을 냉혹하게 굳히고 있어서 난 도저히 참을 수가 없었소. 자, 그치고 눈물을 닦아요."

누그러진 그의 목소리는 그가 진정되었음을 말해주고 있었다. 따라서 이번엔 내가 진정할 차례였다. 그때 그는 자기 머리를 내 어깨 위에 기대려고 하는 것이었다. 그러나 나는 허락하지 않았다. 그러자 그는 나를 자기 쪽으로 끌어당기려고 했다. 그러나 그것도 허락되지 않았다.

"제인! 제인!" 그가 말했다……. 그렇게 외치는 그의 말투에 어찌나 쓰디쓴 애감이 담겨 있었던지 내 모든 신경에 전율이 왔다. "그러면 나를 사랑하지 않을 거요? 당신이 소중하게 여겼던 것은 그저 내 지위와 내 아내라는 자리였단 말이오? 이제 나는 당신의 남편 될 자격이 없다고 당신이 생각하고 있으니 마치 내가 두꺼비나 원숭이라도 된 것처럼 내 손이 닿기만 해도 움찔하는군요."

이런 말이 내 마음을 몹시 아프게 했다. 그러나 내가 어떻게 행동하고 무슨 말을 할 수 있단 말인가? 아마 아무 행동도 하지 말고 무슨 말이건 하지 말았어야 했다. 그러나 그의 감정을 그처럼 아프게 한 것에 대한 자책감이 엄습하는 바람에 나는 내가 상처를 준 부위에 진통제를 떨어뜨리고 싶은 욕망을 억누를 수 없었다.

"주인님을 정말 사랑합니다." 내가 말했다. "그 어느 때보다 더 사랑합니다. 그러나 그런 감정을 보이거나 그런 감정에 빠져도 안 됩니다. 이번이 그런 감정을 표해야 하는 마지막 기회입니다."

"마지막 기회라니, 제인! 그게 무슨 소리야! 나와 같이 살고 매일 보면서, 게다가 아직 나를 사랑하면서도 늘 차갑게 대하고 멀리하는 게 가능하다고 생각해요?"

"불가능합니다, 주인님. 그럴 수 없다고 저도 확신합니다. 그래서 오직 한 가지 방법밖에 없다고 생각합니다. 그러나 그 방법을 말씀드리면 주인님은 노발대발하실 겁니다."

"오, 그걸 말해요! 내가 노발대발해도 당신은 우는 기술이라는 게 있어요."

"로체스터 주인님, 저는 주인님을 떠나야 합니다."

"제인, 얼마나 오래? 머리 빗기 위해 단 몇 분? 머리가 좀 헝클어져 있군. 아니면 세수할 동안? 얼굴에 열이 있는 것 같소."

"아델하고도 작별하고 손필드 저택과도 작별해야 해요. 주인님과 한평생 작별해야 해요. 낯모르는 사람들 사이에서 낯선 환경에서 새로운 삶을 시작해야 합니다."

"물론이오. 그래야 한다고 내가 말하지 않았소? 나에게서 떠난다는 그 말도 되지 않는 말은 못 들은 걸로 하겠소. 당신이 나의 일부가 되어야 한다는 뜻이겠지. 새로운 삶에 대해서 말인데, 그건 괜찮은 생각이오. 결국 당신을 내 아내로 만들 테니까. 나는 결혼한 게 아니오. 당신을 로체스터 부인으로 만들겠소……. 실질상으로나 명목상으로나 로체스터 부인이란 말이오. 당신과 내가 살아 있는 한 나는 오직 당신만을 따라다닐 거요. 당신을 프랑스 남부로 데려가겠소. 지중해 연안에 있는 하얀 담으로 둘린 별장을 가지고 있소. 그곳에 가서 행복하고 안전하게 보호되고 천진난만한 생활을 누리게 만들겠소. 당신을 유혹하여 실수를 저지르게 하거나…… 내 정부로 삼으려 한다는 걱정은 하지 말아요. 왜 고개를 젓는 거요? 제인, 제발 이성적으로 생각하시오……. 그렇지 않으면 정말 난 다시 미쳐 날뛸 것이오."

그의 목소리와 손이 떨렸다. 그렇지 않아도 큰 콧구멍이 더 팽창하고 있었다. 눈은 광채를 발하고 있었다. 그럼에도 나는 여전히 과감하게 말했다. "주인님, 주인님의 부인께서는 살아 계십니다. 그건 오늘 아침 주인님께서도 인정한 사실입니다. 주인님이 바라시는 대로 제가 주인님과 같이 산다면 저는 주인님의 정부가 되는 것입니다. 달리 말하는 것은 궤변입니다……. 거짓입니다."

"제인, 나는 온화한 기질의 남자가 아니오. 당신은 그걸 잊고 있소. 나는 오래 참는 사람도 아니고 침착하고 냉정한 사람도 아니오. 나와 당신 자신에 대한 연민에서라도 제발 내 맥박에 손을 대고 지금 어떻게 뛰고 있는지 느껴봐요. 그리고…… 제발 조심해요!"

그는 손목을 드러내어 내게 내밀었다. 뺨과 입술에 핏기가 가시고 납빛으로 변하고 있었다. 어디를 보나 나를 고통스럽게 하는 것이었다. 그가 그처럼 싫어하는 반발 행위를 함으로써 그를 그토록 흥분으로 몰아간다는 것은 잔인한 처사였다. 그러나 굴복한다는 건 절대 불가능한 일이었다. 극한 상황에 몰렸을 때 인간이 본능적으로 하는 일을 나도 했다……. 인간보다 높은 곳에 계시는 존재에게 도움을 구한 것이다. "하느님, 도와주소서!"라는 말이 나도 모르게 입술에서 터져 나왔다.

"난 바보야!" 로체스터 씨가 갑자기 외쳤다. "난 결혼하지 않았다고 계속 떠들기만 하고 그 이유를 설명해주지 않았어. 그 미친 것

제27장 129

의 본색이나 그녀와 나의 지옥 같은 결합에 따른 여러 가지 여건에 대해 제인이 아무것도 모르고 있다는 걸 잊고 있었어. 아, 내가 아는 모든 것을 제인이 알면 제인도 나와 의견을 같이할 거야, 그건 확실해. 자네트, 손을 내 손 위에 올려놓으시오. 당신이 내 곁에 있다는 걸 입증하기 위해 시각뿐 아니라 촉각의 증거를 얻기 위해서요. 이제 간단한 몇 마디 말로 모든 진상을 밝히겠소. 내 말을 들어 줄 수 있소?"

"네, 주인님. 원하시면 몇 시간이고 들어드리겠어요."

"제인, 단 몇 분이면 되오. 내가 우리 집 장남이 아니라는 걸 혹시 들었거나 달리 알고 있었소? 내게 한때는 형님이 있었다는 소리 말이오."

"페어팩스 부인이 한 번 제게 말한 게 기억납니다."

"우리 아버지는 탐욕적이고 뭐든 손에 넣으려고 하던 사람이었다는 말은 들어보았소?"

"그런 취지의 내용을 좀 알고 있었습니다."

"제인, 그런 분이었기 때문에 재산을 한데 모으려는 것이 그의 결심이었던 거요. 재산을 쪼개어 그중 상당한 몫을 내게 준다는 것은 생각만으로 못 견딜 일이었기에 전 재산을 형인 로랜드에게 물려줘야 한다고 결정을 내린 것이었소. 그러나 그는 또 하나의 아들이 가난뱅이가 된다는 생각 또한 견디지 못했던 거요. 부잣집 딸과의 결혼을 통해 내가 먹고살 만한 재산을 가져야 한다는 것이었소. 그는 일찌감치 내 배우자를 찾아주었소. 서인도제도의 농장주이자 무역상*인 메이슨 씨라는 사람이 아버지의 오랜 지인이었소. 아버지는 메이슨 씨의 재산이 실속 있고 막대하다고 확신했소. 또한 그에게 아들들과 딸이 있으며 딸에게 3만 파운드를 물려줄 능력과 의지가 있다는 것을 그에게서 직접 들었던 것이오. 그것이면 충분했소. 대학을 졸업하자 나는 이미 정해진 신부와 결혼하기 위해 자메이카로 보내졌던 거요. 아버지는 메이슨의 재산에 대해서는 한마디도 하지 않고 다만 그녀의 빼어난 미모가 스패니시타운의 자랑거리라고만 말하셨소. 그런데 그건 거짓말이 아니었소. 직접 가서 보니 그녀는 브랜치 잉그램 양처럼 키가 크고, 가무잡잡하고 당당해 보이는 미녀라는 걸 나도 알게 되었소. 그녀의 가족들은 내가 좋은 집안의 혈통을 타고난 사람이라는 이유로 나를 얻고 싶어 했소. 그녀도 마찬가지였소. 그들은 여러 차례 파티를 열고 찬란한 의상을 걸친 그녀를 내게 보여주었소. 그녀와 단둘이만 만난 적은 거의 없어서 사적인 대화는 별반 나누지 못했소. 그녀는 내게 애교를 부렸고 내 호감을 사기 위해 자신의 매력과 교양을 아낌없이 과시했던 거요. 그녀 주변의 온갖 남자들이 그녀를 흠모했고 나를 부러워했소. 나는 현혹되고 자극을 받았던 것이고, 내 오관이 자극을 받았던 것이오. 물정에 어둡고 미숙하고 경험도 없었던 나는 그녀를 사랑한다는 생각을 했던 것이오. 사교석상에서의 백치 같은 경쟁, 젊음의 정욕, 경솔함, 젊음의 맹목 등으로 인해 서둘러 일을 저지르지 않을 정도로 멍청한 바보란 없는 법이오. 그녀의 친척들이 나를 부추겼소. 경쟁자들이 나를 자극했소. 그녀가 나를 유혹했소. 내가 어디에 와 있는지 미처 깨닫기도 전에 결혼은 성사되었던 거요. 아, 그때의 내 행동을 생각하면 나라는 인간을 존중할 수 없소! 고뇌스러운 내

---

* 사실은 노예무역상이지만 점잖게 표현한 대목이다.

내면의 경멸감이 나를 압도하고 있소. 그녀를 나는 사랑하지도 존중하지도 않았고 심지어 그녀를 알지도 못한 거요. 그녀의 성격에 단 한 가지 장점이라도 있는지 모르고 있었소. 그녀의 마음과 태도에 정숙함이나 자비로움이나 솔직함이나 우아함, 그 어느 것 하나도 발견하지 못했소. 그런데도 난 그녀와 결혼을 한 거요. 정말 무지하고 천박하고 두더지 눈을 한 돌대가리……, 그게 나였소! 죄의식을 좀 벗어난다면 나는…… 아니, 지금 내가 누구에게 이야기하고 있는 거야.

장모 되는 사람은 한 번도 본 적이 없었소. 나는 그녀가 죽은 것으로 알고 있었소. 신혼 기간이 끝나자 나는 내 실수를 알아차렸소. 장모가 미쳐서 정신병자 수용소에 감금되어 있었던 거요. 그곳에 그녀의 남동생도 수용되어 있었소. 완전한 벙어리 백치라고 했소. 당신이 만났던 그녀의 오빠도(그의 모든 친척들을 나는 혐오하지만, 이자만은 좀 머리가 모자라도 내가 미워할 수가 없었던 사람이오. 불쌍한 여동생에게 지속적인 관심을 보였고 한때 애완견처럼 나를 따라다니며 애착을 보인 걸 보면 그래도 마음속에 티끌만 한 애정이라는 것을 지니고 있기 때문이오.) 언젠가 때가 되면 아마 같은 비참한 상태가 될 거요. 아버지와 형은 이 모든 사실을 이미 알고 있었던 거요. 그런데도 3만 파운드라는 돈만 생각했던 거요. 그래서 둘이 짜고 내게 음모를 꾸몄던 거요.

이런 것들은 정말 넌더리 나는 비밀의 발견이었소. 그런 기만적인 비밀을 은폐한 것 말고는, 그런 비밀이 있다고 해서 내가 아내를 비난할 구실로 삼지 말았어야 했소. 그녀의 성격이 나와는 완전히 다르다는 사실을 알게 되었을 때도 마찬가지였소. 그녀의 취향은 내가 정말 싫어하는 것이었고 기질도 천박하고 저급했고 편협했었소. 고상한 일에는 이상하리만큼 끌리는 능력이 없었고 폭넓게 정신세계를 확장시킬 능력도 없었소. 난 단 하루 저녁도, 아니, 하루에 단 한 시간도 그녀와 편안하게 지낼 수 없다는 사실을 깨달았소. 우리 부부 사이에는 다정한 대화 자체가 불가능했소. 내가 무슨 화제를 꺼내든 거칠고 진부하고 악의에 차고 어리석은 대답을 그녀에게서 들을 뿐이었소. 그때 나는 앞으로 결코 조용하고 안정된 집안을 꾸려나갈 수 없겠다는 느낌을 갖게 되었던 거요. 그녀의 난폭하고 터무니없는 불같은 성질이 폭발하거나, 어리석고 앞뒤가 상치되고 까다로운 지시 사항이 성질을 건드리면 하인들이라도 견딜 수 없었기 때문이오. 그러나 나는 그럴 때조차 꾹 참았소. 나는 가급적으로 비난을 피했고 충고를 줄였소. 그리고 후회와 혐오의 감정을 몰래 혼자서 삼켜버리려고 노력했소. 나는 내가 느끼는 반감도 억눌렀소.

제인, 나는 지긋지긋한 그 상세한 이야기로 당신을 괴롭히지 않겠소. 어떤 강력한 어휘로도 내가 하고 싶은 말을 표현할 수 없을 거요. 어쨌든 나는 그 여자와 그 저택 2층에서 4년을 살았소. 그 기간 동안 그녀는 정말 내게 무던히도 많은 시련을 주었소. 마침내 그녀의 본색이 무르익더니 끔찍한 속도로 발전해가기 시작했소. 그녀의 악덕이 신속하게 고약한 냄새를 풍기며 싹트기 시작했소. 그 악덕이 어찌나 강한지 무자비한 대응만이 그걸 억누를 수 있었소. 그런데도 나는 무자비한 대응은 하고 싶지 않았소. 지능은 얼마나 낮았던지! 성벽은 얼마나 대단했던지! 그런 악독한 성벽이 얼마나 끔찍한 사건들을 빚어냈던지! 버사 메이슨은 수치스러운 그 엄마의 딸답게 흉측하고 창피스럽고 고통스러운 사건들로 나를 질질 끌고 다녔던 거요. 절제심도 없고 정숙하지도 않은 아내에게 얽매여 사는 남편에게 꼭 생겨나게 되어 있는 사건들 말이오.

그러는 사이에 내 형이 세상을 떠났소. 그리고 그 4년이 끝나갈 무렵 아버지도 돌아가셨소. 나는 이제 충분히 부자가 되었소······. 어느 면에서 무서운 빈곤에 이른 것이나 마찬가지로 가난했소. 내가 눈으로 본 중에서 가장 천박하고 불순하고 타락한 성벽의 소유자가 나와 연관되어 법적으로 사회적으로 나의 일부분이라고 불렸기 때문이오. 그런데 나는 어떤 법적 소송을 통해서도 그녀를 내게서 떼어낼 수 없었소.* 내 아내라는 그 여자가 미쳤다는 사실을 의사들이 마침 발견해주었소. 그녀의 무절제한 행동 속에 이미 그런 정신이상의 싹이 일찌감치 피어나고 있었던 거요. 제인, 이야기가 마음에 들지 않는 모양이오. 표정도 아픈 사람 같소. 나머지 이야기는 다른 날로 연기하면 어떻겠소?"

"아닙니다, 주인님. 지금 다 하세요. 주인님께 연민이 느껴져요······. 연민을 강렬히 느끼고 있어요."

"제인, 누군가에게서 연민이라는 말을 듣는 것은 해롭고 모욕적인 언사인 것이오. 그 말을 던진 사람에게 달려들어 같은 말을 되돌려도 정당화되는 말이오. 그러나 그것은 냉담하고 이기적 심성의 소유자에게만 해당하는 연민이오. 그런 연민은 남의 불행에 대한 이야기를 듣고 순수하지 않고 잡종 같은 저 혼자서 잘난 체하며 느끼는 통증인데, 그 불행을 견디고 있는 사람에 대한 무식한 경멸이

---

* 영국에서는 1857년 이전에는 이혼에 관한 법규가 없었다.

섞인 그런 감정이오. 제인, 그러나 당신의 연민은 그런 연민이 아니오. 당신의 연민은 지금 당신의 얼굴을 가득 채우고 있고 눈에 흘러넘치고 있고, 당신 가슴을 부풀어오르게 하고, 내 손 안에 있는 당신의 손을 떨리게 만드는 감정이오. 당신의 연민은 고통을 겪고 있는, 사랑의 어머니와 같은 감정이오. 그 고통은 사랑이라는 숭고한 감정을 출산하는 진통이오. 내가 그걸 받아주겠소, 제인. 연민이 낳은 그 딸을 자유롭게 태어나게 해요. 내 양팔이 그 딸을 받아주려고 기다리고 있소."

"됐습니다, 주인님. 이야기나 계속하십시오. 그녀가 미쳤다는 것을 알고 나선 어떻게 하셨습니까?"

"제인, 나는 절망의 변방까지 갔었소. 나와 그 절망의 심연 사이를 가로막고 있는 것은 다만 자존심의 찌꺼기였소. 세상 사람들의 눈에는 나는 분명히 더러운 불명예를 뒤집어쓰고 있는 모습이었소. 그러나 나는 내 눈으로 보기에 깨끗하게 되기로 결심했소. 그래서 마지막 순간까지 그녀의 죄악에 오염되지 않으려고 저항했소. 그리고 그녀의 정신적 결함과 연결된 끈에서 벗어나려고 몸부림쳤소. 아무리 그래도 세상 사람들은 내 이름과 내 몸을 그녀와 연관 짓는 것이었소. 여전히 나는 매일 그녀를 보았고 그녀의 목소리를 들었소. 그녀가 내뱉는 호흡(진절머리 나요!)이 내가 숨 쉬는 공기와 뒤섞였소. 게다가 나는 그녀의 남편이라는 사실이 기억났소. 그 기억은 그때나 지금이나 말로 형언할 수 없을 정도로 증오스러웠소. 또한 나는 그녀가 살아 있는 한 다시는 더 훌륭한 다른 아내의 남편이 될 수 없다는 걸 알았소. 그녀가 나보다 다섯 살이나 연상이었지만(그녀의 가족과 우리 아버지는 그녀의 정확한 나이까지도 내게 속였소.) 나만큼 오래 살 가능성이 많았기 때문이오. 정신에 병이 든 만큼이나 몸은 건강했기 때문이오. 그렇게 해서 나는 불과 26세라는 나이에 희망을 잃고 말았소.

  어느 날 밤 나는 그녀의 고함 소리에 잠에서 깨었소……. 그녀가 미쳤다고 의사들이 선언한 후부터 그녀는 당연히 감금되어 있었소. 찌는 듯이 더운 서인도 제도 특유의 밤이었소. 종종 그곳 기후가 만들어내는 허리케인에 앞서 찾아오는 날씨를 묘사할 때 그런 표현을 썼소. 침대에서 잠을 잘 수가 없어 나는 일어나 창문을 열었소. 공기가 유황을 끓인 수증기 같았소……. 어디에도 상쾌한 바람은 한 점도 없었소. 모기떼가 앵앵거리며 몰려들어와 방 여기저기를 음울하게 날아다녔소. 거기서 내 귀로 들을 수 있는 바다는 지진처럼 둔탁한 소리를 내고 있었소. 검은 구름이 그 바다 위를 덮고 있었소. 달이 뜨거운 대포알처럼 넓고 붉게 파도 속으로 지면서, 소란한 태풍으로 인해 몸을 떠는 온 세상 위에 마지막 핏빛 시선을 던지고 있었소. 나는 그 분위기와 장면에 의해 신체적으로 영향을 받았소. 그리고 내 귀는 그 미친 것이 아직도 날카롭게 내지르는 욕설로 터져 나갈 지경이었소. 그런 욕설을 퍼부으면서 귀신도 놀랄 어조로 순간순간 내 이름을 섞어 외쳐대는데 이건 정말! 공공연히 매춘하는 어떤 매춘부도 그보다 더 추잡한 말을 구사한 적이 없을 거요. 방 두 개만큼이나 떨어져 있었지만 나는 그녀가 하는 말을 모두 들었소. 서인도제도 가옥의 얇은 칸막이벽만이 늑대처럼 울부짖는 그녀의 고함 소리를 조금 막아주는 장애물이었소.

  '이런 삶은,' 마침내 나는 혼잣말을 했소. '지옥이지 뭐야! 이건 지옥의 공기야……. 저 고함은 바닥도 없는 지옥의 구덩이에서 올라오는 소리야! 할 수만 있다면 이런 지옥에서 내 자신을 구해낼 권리가 내게 있어. 이승에서의 삶에 따르는 고통들은 지금 내 영혼에 짐만 되는 이 무거운 육신과 함께 떠나게 되겠지. 광신자의 그 영원한 불구덩이도 난 하나도 무섭지 않아. 어차피 지금보다 더 형편없는 미래는 없을 테니까. 이 모든 것에서 벗어나 하느님의 품으로 가게 해다오!'

나는 무릎을 꿇고 앉아 이 말을 했소. 그리고 총알이 든 한 쌍의 권총이 담긴 트렁크를 열었소. 나 자신을 쏠 참이었소. 그러나 그런 생각을 품은 것은 잠시뿐이었소. 미친 상태는 아니었기 때문에 자살에 대한 소망과 그 방법을 촉발시켰던 미묘하고 진한 절망의 위기 상황이 곧 사라졌기 때문이오.

유럽을 방금 떠난 바람이 대양 위를 넘어 불어와 열린 창문으로 돌진해 들어왔소. 폭풍이 일더니 물결처럼 흐르면서 천둥을 만들고 번개를 번쩍거리게 했소. 그런 다음 공기가 깨끗해지는 것이었소. 그때 나는 하나의 결심을 구상하고 완전히 결심을 굳혔소. 나의 젖은 정원에 서서 물을 뚝뚝 흘리고 있는 오렌지 나무 밑과, 흠뻑 젖은 석류나무와 파인애플 사이를 거닐고, 찬란한 열대지방의 여명이 내 주위를 밝히는 동안 나는 다음과 같이 추리해나갔소. 제인, 이제 잘 들어요. 그때 나를 위로하고 내가 갈 바른 길을 보여준 것은 진정한 지혜의 신이었소.

유럽에서 불어온 달콤한 바람이 여전히 생기를 되찾은 나뭇잎들 사이에서 속삭이고 있었소. 그리고 대서양은 찬란한 자유를 만끽하며 천둥 같은 파도 소리를 내고 있었소. 오랫동안 말라버리고 타버린 내 가슴이 그 소리를 듣고 벅차오르더니 살아 있는 피로 가득 차면서…… 내 존재는 새로운 삶을 열망했고…… 내 영혼은 한 모금의 새로운 물을 갈망했소. 나는 희망이 되살아나는 걸 보았소. 또한 부활이 가능하다고 느꼈소. 내 정원 끝머리에 있는 꽃 아치문에서 나는 하늘보다 더 파란 바다를 바라보았소. 그 너머에 구세계가 있었소. 맑은 전망이 이렇게 열리고 있었소. '떠나라!' 희망이 말했소. '다시 유럽에서 살아라. 그곳에선 네가 달고 다니는 그 더러운 이름이 무엇인지, 또 네가 어떤 더러운 짐에 묶여 있는지 알려지지 않았다. 그 미친 것을 영국으로 데려가도 좋아. 그녀를 적절히 감시하고 경계하면서 손필드 저택에 감금해. 그리고 너는 원하는 땅을 여행하며 네가 좋아하는 온갖 새로운 인간관계를 맺으라고. 너의 오랜 고통을 그렇게 무시하고, 너의 이름을 그렇게 더럽히고, 너의 명예를 그렇게 능욕하고, 너의 젊음을 그렇게 고갈시킨 그 여자는 네 아내가 아니야. 너 또한 그 여자의 남편이 아니야. 그녀의 상태가 요구하는 대로 보호 조치나 취해. 그러면 너는 하느님과 인간들이 네게 요구하는 모든 일을 다 한 거야. 그 여자의 정체, 그 여자와 너와의 관계를 망각 속에 묻어버려. 살아 있는 누구에게도 그 두 가지를 알게 해서는 안 돼. 그 여자를 안전하고 편안하게 살게 해. 점점 저질화되어가는 그녀를 은밀히 숨겨놓고 그 곁을 떠나.'

나는 정확히 그 지혜의 암시적 제안을 따랐던 거요. 우리 아버지와 형은 내가 결혼한 사실을 자기들 지인들에게 알리지 않았소. 이미 끔찍하게 혐오스러운 내 결혼의 결과를 체험하고 있었고 처갓집 식구들의 성격과 체질로 미루어볼 때 끔찍한 미래가 내게 열리고 있다는 것을 예상하고 있었기 때문에, 나는 그들에게 내 결혼을 처음 알리는 편지에다 이 결혼을 비밀에 부쳐달라는 긴박한 부탁을 했었소. 아버지가 내게 정해준 아내지만, 그녀의 계속된 창피한 행동으로 인해 아버지도 그녀를 며느리로 인정하는 일조차 창피해서 얼굴을 붉혀야 했던 거요. 따라서 아버지는 자신과 그녀의 가족 관계를 공포하고 싶어 하기는커녕 나 못지않게 그걸 숨기려고 했었소.

그 후 나는 그녀를 영국으로 데려왔소. 그런 괴물을 데리고 배에 탄 그 여행은 끔찍한 항해였소. 마침내 그녀를 손필드 저택까지 데려와 그 3층 방에 안전하게 모셔놓았을 때 나는 가슴이 후련했소. 그 후 10년 동안 그녀는 그 골방을 사나운 짐승 우리로 만든 것이오. 악귀의 소굴로 만든 거요. 그녀의 간병인을 구하는 일은 다소 힘들었소. 충직함을 믿어도 되는 사람을 구하는 게 필수적이었기 때문이오. 그녀가 미쳐 날뛰면 내 비밀이 노출되는 것은 불가피한 일이었기 때문이오. 게다가 그녀는 며칠, 어떤 때는 몇 주 동안이나 제정신으로 돌아올 때가 있었소. 그 시간을 그녀는 나를 욕하는 것으로 메웠소. 마침내 나는 그림스비 정신 요양원에서 일하던 그레이스 풀을 고용하게 되었던 거요. 그녀와 카터 의사(메이슨이 칼에 찔려 고통받던 날 밤 그 상처를 치료해주었던 의사 말이오.) 두 사람만이 내 비밀을 알고 있는 사람들이오. 사실 페어팩스 부인도 무언가를 수상쩍게 생각했을지 모르겠소. 그러나 정확한 진상에 대해서는 정확히 알지 못하고 있을 거요. 그레이스는 대체로 훌륭한 감시자로 판명되었소. 그러나 도저히 고칠 수 없는 그녀 자신의 결점, 그녀의 그 지긋지긋한 직업에 흔히 따라다니기 마련인 결점 때문에, 불침번을 설 때 긴장감이 해이해지고 임무 수행이 마비되는 경우가 한두 번이 아니었소. 그 미친 여자는 교활하고 악의적인 데가 있소. 감시자가 잠시 한눈을 팔면 그걸 반드시 이용했소. 한 번은 칼을 숨기고 있다가 자기 오빠를 찔렀고, 또 한 번은 골방 열쇠를 손에 넣어 숨기고 있다가 어둠을 틈타 방을 빠져나왔소. 그녀는 방을 두 번 빠져나왔는데 첫 번째 시도에서는 침대에서 자는 나를 불태워 죽이려 했고 두 번째 시도에서는 유령처럼 당신 방을 찾았던 거요. 그날 그녀가 당신 결혼 예복에다 화풀이한 것에 대해 나는 늘 당신을 지켜주신 하느님께 감사하고 있소. 아마 그 예복이 자신이 신부였던 옛 추억을 희미하게 떠올리게 한 거겠지. 그러나 혹시 그때 무슨 일이 일어날 뻔했는가를 생각하면 견딜 수가 없소. 오늘 아침 내게 덤벼들었던 그 미친 여자가 그 시뻘건 얼굴을 내 비둘기 둥지에 들이밀고 있었다는 생각만 하면 피가 다 굳어버리는 것 같고……."

"주인님," 나는 그가 말을 멈춘 틈을 타서 물었다. "부인을 여기에 데려다 놓으신 후에는 무엇을 하셨나요? 어디로 가셨나요?"

"어디로 갔었느냐고, 제인? 나는 도깨비불로 변신했소. 어디로 갔느냐고? 나는 늪의 요정처럼 이곳저곳을 멋대로 방랑했소. 유럽을 찾았고 그곳 모든 나라들을 돌아다니며 정도를 벗어난 삶을 살았소. 내 한결같은 소망은 내가 사랑할 수 있는 착하고 똑똑한 여자를 추구하고 발견하는 것이었소. 손필드에 두고 온 분노의 화신과 정반대되는 여인을 찾아다닌 거요."

"주인님, 하지만 결혼하실 수는 없었잖아요."

"나는 결혼을 할 수 있고 또 해야 한다고 결심했고 그렇게 확신하고 있었소. 내가 당신을 속였던 것처럼 속이는 것이 내 원래 의도는 아니었소. 내 사정을 솔직히 털어놓고 공개적으로 구혼할 의도였소. 자유롭게 사랑하고 사랑받는 것이 지극히 당연한 일로 보였기 때문에, 내가 떠맡은 그 저주 덩어리에도 아랑곳없이 내 처지를 이해하고 나를 받아들일 수 있는 여자가 있을 것을 의심치 않았소."

"그래서요, 주인님?"

"제인, 당신이 그렇게 캐물을 때 당신은 늘 나를 미소 짓게 만드는군요. 당신은 부지런한 새처럼 눈을 뜨고 계속 몸을 초조하게 움직인단 말이오. 말로 하는 대답이 답답하게 느릿느릿 흘러나온다는 듯이, 그리고 차라리 내 마음속의 메모장을 읽고 싶다는 듯이 말이오. 그러나 이야기를 진행하기에 앞서 '그래서요, 주인님?' 이 대체 무슨 의미인지 말해주시오. 당신이 매우 자주 쓰는 짤막한 말이지만, 그건 종종 나를 끊임없이 이야기하도록 끌고 간단 말이오. 왜 그러는지 난 잘 모르겠소."

"제 의도는……. 그 다음은 어떻게 되었으며, 어떤 식으로 대처하셨으며, 그 일은 어떤 결과가 되었느냐는 뜻이었어요."

"정확히 말하시는군. 그래, 지금은 뭘 알고 싶은 거요?"

"마음에 드는 어떤 사람을 발견하셨는지, 그리고 그녀에게 청혼을 하셨는지, 또 뭐라고 그쪽에서 말했는지, 뭐 그런 거를 알고 싶어요."

"마음에 드는 여자를 발견했는지 어쩐지는 얘기해줄 수 있고 그녀에게 청혼을 했는지 어땠는지는 말해줄 수 있소. 그러나 여자 쪽에서 말한 것은 아직 운명의 여신의 기록부에는 적혀 있지 않았소. 10년 동안 나는 여기저기를 헤매고 다녔소. 처음에는 어느 나라 수도에서 살고 다음에는 다른 수도에서 살았소. 때로는 상트페테르부르크에서 지내기도 했고 파리에 더 자주 거주했소. 이따금 로마, 나폴리, 피렌체에도 가서 살았소. 많은 돈과 유서 깊은 이름의 여권이 있었기 때문에 나는 내가 원하는 친구들을 선택할 수 있었소. 어떤 사교 모임도 나를 배격하지 않았소. 나는 영국 숙녀들, 프랑스 백작 부인들, 이탈리아 귀부인들, 독일 백작 부인들 중에서 내 이상형의 여인을 찾았소. 그러나 찾을 수가 없었소. 때로 스쳐 지나가는 짧은 순간, 내 꿈을 실현해주겠다고 공언하는 시선을 보았고 음성을 들었고 형상을 보았다고 생각한 적이 있었소. 그러나 곧 나는 내가 잘못 생각한 것을 깨달았소. 내가 몸과 마음 모두 완벽한 여자를 구했다고 생각하진 말아요. 나는 다만 나에게 맞는 여자를 동경했던 거요. 집에 두고 온 크레올 출신의 여자와 정반대되는 여자를 동경했다는 말이오. 그러나 그런 동경은 헛된 것이었소. 그 모든 여자들 중에서 내가 만일 영원히 자유로운 삶을 살 수 있다면 청혼하고 싶다는 생각이 든 여자는 한 명도 없었소. 나는 이미 맞지 않는 결혼이 얼마나 위험하고 끔찍하고 지긋지긋한가를 경고받았기 때문이오. 실망이 나를 무모하게 만들었소. 나는 쾌락을 시도했었소⋯⋯. 방탕은 결코 아니고⋯⋯. 난 그걸 증오했고 또 지금도 증오하고 있소. 그건 인디언 메살리나* 같은 그 미친 것의 속성이었으니까. 그녀의 그런 삶과 그녀에 대한 뿌리 깊은 혐오감이 나를 강력하게 억제해주었소. 방탕에 가까운 쾌락은 나를 그녀와 그녀의 악덕을 모방하는 것같이 느껴지게 해서 나는 그걸 피했소. 그러나 혼자서 살 수는 없었소. 그래서 정부를 두고 살기로 했고 정부와 사는 것을 시도해봤소. 내가 선택한 첫 번째 여자가 바로 셀린 바렝이었소⋯⋯. 그건 머리에 떠오르기만 해도 자신을 걷어차버리고 싶게 만드는 그

---

* 로마 클라우디우스 황제의 아내로 과도한 성욕을 지닌 여자의 별칭이다. 여기서 인디언은 서인도 제도를 말한다.

런 관계였소. 그녀가 어떤 여자이고 그녀와 나의 관계가 어떻게 끝났는지는 당신도 이미 알고 있소. 그녀 뒤를 두 명의 여자가 이어받았소. 하나는 이탈리아 여자 자친타였고 또 하나는 독일 여자 클라라였소. 둘 다 유별난 미인으로 여겨졌던 여자들이었소. 그러나 몇 주일이 지났을 때 그런 미모가 내게 무슨 의미가 있었겠소? 자친타는 방종하면서 성질이 포악했소. 나는 3개월 만에 그녀에게 싫증이 났소. 클라라는 정직하고 조용했소. 하지만 침울하고 생각이 없으며 무뚝뚝했소. 내 취미에 맞는 것이 전혀 없었소. 충분한 액수의 돈을 주어 괜찮은 장사를 하게 한 다음 점잖게 그녀를 떼어버릴 수 있어서 기뻤소. 그런데 제인, 지금 당신 얼굴을 보니 나를 그다지 좋게 생각하지 않는다는 표정을 짓고 있군요. 나를 냉혹하고 무절제한 난봉꾼으로 생각해요? 그래요?"

"주인님, 실로 옛날엔 가끔 주인님을 좋게 생각했는데, 지금은 그렇게 좋게 생각하진 않습니다. 그런 생활을 하시면서 잘못되었다는 생각은 전혀 하지 않으셨나요? 한 정부와 살다 바로 다른 정부와 사는 그런 생활 말예요. 그런 일을 당연한 일에 불과한 것처럼 말씀하고 계시는군요."

"그런 생각은 내게도 있었소. 그리고 나도 그런 것을 좋아하지 않아요. 그것은 아주 천한 삶의 방식이었소. 다시는 그런 생활로 돌아가고 싶은 마음을 가지면 절대 안 되오. 정부를 고용하는 것은 노예를 사는 것 다음으로 나쁜 일이오. 그 둘은 다 흔히 특성으로 보나 지위로 보나 열등하긴 마찬가지요. 그런 열등한 자들과 친하게 지낸다는 것은 타락이오. 셀린, 자친타, 클라라와 보냈던 시간들은 이제 회상하기조차 지겹소."

나는 이 말의 진실성을 느꼈다. 이 말에서 나는 확실한 추론을 끌어냈다. 다시 말해서 만일 내가 내 자신을 잊고 그의 어떤 핑계와 자기 정당화와 어떤 유혹에 끌려, 지금까지 내게 주입되어온 교훈을 망각하고 이 가엾은 여인들의 전철을 밟았더라면, 분명히 어느 날 때가 되면 지금 그의 마음속에서 자기 기억을 모독하고 있는 것과 같은 감정으로 나를 바라보았을 것이라는 추론이었다. 나는 이 확신을 입 밖에 내놓지 않았다. 느끼는 것만으로도 충분했다. 나는 시련이 닥치는 날 내게 도움이 되도록, 가슴속에 남아 있도록 하기 위해 그 확신을 내 가슴에 각인시켜놓았다.

"제인, 지금 왜 '그래서요, 주인님?' 하고 묻지 않은 거요? 아직 이야기가 끝나지 않았는데. 또 표정은 왜 그리 심각한 거요? 아직도 나를 못마땅하게 생각하는 모양이군. 이제 본론으로 들어가야겠소. 지난 1월이었소. 정부들과의 관계를 다 청산하고 용무가 있어 영국으로 돌아왔소. 쓸데없이 방랑하던 외로운 생활의 결과물인 비통하고 적막한 심정과 실망으로 침식되어 모든 인간, 특히 모든 여성에 대한 시큰둥한 반감을 품고 돌아왔던 것이오……. 이제 지적이고 충실하고 남을 사랑할 줄 아는 여인에 대한 생각은 그저 꿈에 불과하다는 걸 깨닫기 시작했기 때문이오.

서리처럼 차가운 어느 겨울 오후 나는 손필드 저택을 바라보며 말을 달리고 있었소. 지긋지긋한 이 저택 말이오! 나는 어떤 평화로움도…… 어떤 기쁨도 그곳에서 기대하지 않았소. 그때 나는 헤이 마을 산길 울타리 계단 위에 조용하고 작은 형상이 홀로 앉아 있는 것을 보았소. 나는 맞은편에 있는 가지를 친 버드나무처럼 그 형상을 무심코 지나치려고 했소. 그 형체가 내게 어떤 존재가 될지 아무런 예감도 없었소. 내 인생의 여자 중재자, 착하든 악하든 나의 수호천사가 소박하게 변장하고 나를 기다리고 있다는 내면의 경고도 없었소. 메스루가 넘어지는 사고 때문에 그 형체가 내게 다가와서 진지하게 도움의 손길을 내밀었을 때도 나는 그 형체에 대해 모르고 있었소. 그 형체는 어린아이같이 가냘픈 여자였소! 마치 홍방울새 한 마리가 내 발치로 깡충 뛰어와 자기 작은 날개에 내 몸을 기대라고 하는 것 같았소. 나는 시큰둥했소. 그러나 그 형체는 가려고 하지 않았소. 이상한 인내심을 발휘하며 내 곁에 서서 일종의 권위를 발휘하며 바라보고 말했소. 내겐 도움이 필요했소. 그 작은 손의 도움도 필요했었소. 그래서 나는 도움을 받았소.

그 나약한 어깨를 누르는 순간, 무언가 새로운 것……, 신선한 활력과 감각이 내 몸속으로 살며시 스며들었소. 이 요정이 틀림없이 내게 돌아올 거라는 사실, 또한 그녀가 저 아래 내 집에 속해 있다는 사실을 알고서는 나는 기분이 좋았소. 그렇지 않았다면 그녀가 내 손 밑에서 빠져나가 어스름한 산울타리 뒤로 사라지는 것을 보면서 나는 야릇한 후회 같은 것을 느꼈을 거요. 제인, 나는 그날 밤 당신이 돌아오는 소리를 들었소. 물론 당신은 내가 당신을 생각하며 눈이 빠지게 기다렸다는 것을 몰랐을 거요. 다음 날도 나는 반 시간 정도 모습을 드러내지 않고 복도에서 아델과 놀고 있는 당신의 모습을 관찰했소. 지금 돌이켜보니 그날은 눈이 내렸소. 그래서 당신은 밖에 나가지 못했던 거요. 나는 내 방에 있었소. 문이 조금 열려 있어서 두 사람의 소리도 듣고 모습도 볼 수 있었소. 얼마 동안 아델은 당신의 곁으로 나타나는 주의를 끌고 있었소. 그러나 나는 당신 생각이 다른 곳에 가 있다고 상상했소. 그러나 당신은 아델과 인내심을 가지고 놀아주고 있었소. 사랑하는 제인. 당신은 아델에게 말을 걸며 오랫동안 그 애를 즐겁게 해주고 있었소. 마침내 아델이 당신 곁을 떠나자 당신은 즉시 깊은 몽상에 빠져들고 있었소. 당신은 천천히 복도를 거니는 것이었소. 이따금 창문을 지나칠 때 이따금 눈을 밖으로 돌려 펑펑 쏟아지는 눈을 보는 것이었소. 흐느끼는 바람 소리에 귀를 기울이기도 하면서 다시 천천히 걸으며 몽상에 젖어들었소. 그 몽상이 어두운 몽상이 아닐 것이라고 나는 생각했소. 가끔 당신 눈에 즐거운 빛이 감돌고 당신 모습에 부드러운 흥분이 담겨 있었기 때문이었소. 그건 당신의 생각이 쓰디쓰고 불쾌하고 울적한 어떤 것을 곰곰이 생각하는 모습이 아니라는 것을 말해주고 있었소. 당신의 표정엔 오히려 어린 아가씨 특유의 달콤한 상념이 들어가고 있었소. 그 영혼이 순조로운 날갯짓을 하며 비상하는 희망의 여신을 따라 이상향 천국으로 날아오를 때 보이는 표정이었소. 현관홀에서 하인에게 말을 하는 페어팩스 부인의 목소리가 당신의 몽상을 깨뜨리는 것이었소. 자네트, 그 순간 당신이 혼자서 얼마나 야릇한 미소를 지었는지 알아요? 그 미소에는 많은 의미가 담겨 있었소. 그 미소는 날카롭고 자신의 몽상을 가볍게 떨쳐버리는 미소 같았소. 그 미소는 이렇게 말하고 있는 것 같았소. '내 멋진 몽상은 다 좋았어. 하지만 그건 비현실적인 몽상이라는 것을 잊어서는 안 돼. 내 머릿속엔 온통 장밋빛 하늘과 꽃들로 가득 찬 푸른 에덴동산이 들어 있지만 그 바깥쪽 내 발치 너머엔 내가 가야 할 거친 길이 놓여 있다는 것. 그리고 내 주변엔 내가 마주쳐야 할 검은 폭풍이 몰려오고 있다는 것을 나는 잘 알아!' 당신은 아래층으로 달려 내려갔고 페어팩스 부인이 어떤 일을 부탁했소. 아마 일주일치 가계부 정리 같은 일이었을 거요. 시야에서 당신이 사라지자 나는 신경질이 났소. 초조하게 나는 저녁이 오기를 기다렸소. 그때가 되면 나는 당신을 내 앞에 부를 수가 있었으니까. 그때 내 생각이었는데, 유별나고 완전히 새로운 성격, 그것이 당신의 성격이었소. 나는 그 성격을 더 깊이 탐색하고 더 잘 이해하고 싶었소. 당신은 수줍어하면서 동시에 자립심이 강한 모습과 태도를 하고 그 방으로 들어왔소. 복장이 이상했소……. 지금의 복장과 거의 같았소. 나는 당신에게 말을 하게 했소. 오래지 않아 당신은 이상하리만큼 상반된 면을 가지고 있다는 것을 발견했소. 당신의 복장과 태도는 규율에 얽매인 것처럼 보였소. 전체적인 몸가짐은 아주 숫기가 없었지만 전체적으로는 타고난 세련미가 감돌고 있었소. 그건 사람과의 접촉이 전혀 없었던 데서 기인하는 것 같았소. 무례나 실수로 인해 자신에게 불이익이 돌아오게끔 눈에 띌까 봐 몹시 두려워하고 있었소. 그러나 내가 말을 던지자 당신은 질문자의 얼굴을 향해 날카롭고 대담한 눈, 반짝이는 눈을 들어 올렸소. 그 시선에는 상대방을 꿰뚫어보는 힘이 담겨 있었소. 내가 꼬치꼬치 캐묻자 당신은 선뜻 솔직히 대답하는 것이었소. 곧 당신은 나를 어려워하지 않는 것 같았소……. 제인, 내 지금 생각인데 당신은 그때 벌써 나와 당신 사이에 어떤 공감대가 존재한다는 것을 느꼈던 것 같소. 무섭게 생기고 성미가 까다롭게 생긴 그 집 주인과 말이오. 즐겁고 편안해하며 당신의 태도가 너무 빨리 평온해지는 걸 보고 나는 놀랐소. 원래 호통치는 버릇이 있는 내가 침울한 표정을 지어도 당신은 놀라거나 두려워하거나 당황하거나 불쾌해하지도 않는 것이었소. 그저 나를 빤히 바라보거나, 가끔 형용할 수 없는 천진스러움과 총명함이 깃든 품위 있는 태도로 미소만 지어 보였소. 나는 그 모습을 보고 흡족했고 자극을 받았소. 나는 내가 본 것을 좋아했고 더 보기를 바랐소. 그러나 오랫동안 나는 당신을 멀리했소. 또한 당신과 같이하는 자리도 드물게 마련했소. 나는 지적인 미식가였소. 그래서 이 새롭고 입맛을 돋우는 대상과 친교를 맺는 데서 오는 만족감은 뒤로 미루고 싶었소. 게다가 만약 내가 그 꽃에 마음대로 손을 대면 곧 그 꽃이 시들어 신선하고 달콤한 매력이 사라져버리지나 않을까 하는 두려움이 한동안 뇌리를 떠나지 않아 괴로웠소. 그때만 해도 나는 당신이 잠시 피었다 지는 꽃이 아니라 깨뜨릴 수 없는 보석을 깎아 만든 찬란한 꽃 모양을 닮은 보석이라는 것을 알지 못했소. 내가 당신을 피하면 당신이 나를 찾을 것인지 어떨 것인지 알고 싶었소. 그러나 당신은 나를 찾지 않았소. 당신은 공부방 안에 있는 의자나 이젤처럼 그저 공부방만 지켰소. 내가 우연히 당신과 마주치면 경의를 표하며 인사만 했지 더 이상 아는 척도 하지 않고 그냥 지나쳤던 것이오. 제인, 그 무렵 당신이 습관적으로 짓던 표정은 무엇을 깊이 생각하는 표정이었소. 당신은 병약한 사람이 아니어서 낙담하고 있는 표정은 아니었소. 그러나 희망이 별로 없고 실질적 즐거움이 전혀 없었기 때문에 들떠 있는 표정도 아니었소. 나는 당신이 나를 어떻게 생각하는지 궁금했소. 그걸 알아내기 위해 나는 다시 당신을 관찰하기 시작했소. 대화를 나눌 때면 당신 시선에 기뻐하는 뭔가가 있었고 태도에는 상냥함이 있었소. 나는 당신이 사귐성도 있는 가슴을 지녔다는 걸 알았소. 조용한 공부방과 권태로운 일상이 당신을 수심에 차 있는 사람으로 보이게 했던 거요. 나는 당신을 대하는 기쁨을 맛보기로 했소. 친절은 곧 감정을 자극했소. 당신의 얼굴 표정은 부드러워졌고 목소리도 온화해졌소. 나는 감사가 담긴 행복한 어조로 내 이름이 당신 입술에 의해 발음되는 것이 좋았소. 제인, 그때에 이르러서는 나는 당신과 우연히 마주치는 일을 즐기곤 했소. 당신의 태도에는 뭔가 묘하게 주저하는 기색이 있었소. 그리고 나에게 힐끔 던지는 눈길에는 뭔가 약간 괴롭다는 표시와 떠도는 의심이 서려 있었소. 내 변덕스러운 행동이 무엇을 의미하는지 모르고 있었소. 내가 주인 행세를 하며 엄하게 나올 것인지, 아니면 친구 행세를 하며 다정하게 나올 것인지 모르고 있었소. 나는 벌써 당신이 너무 좋아져서 첫 번째 변덕을 부릴 수가 없었소. 내가 진심을 담아 내 손을 당신에게 내밀자 꽃처럼 아름다운 빛과 축복이 당신의 젊고 동경 어린 얼굴에 나타났었소. 그때 그 자리에서 당신을 내 가슴으로 끌어안고 싶은 충동을 피하느라 꽤 떠들어댔소."

"주인님, 그 무렵 이야기는 더 이상 하지 마세요." 내 눈에서 흘러나오는 눈물을 몰래 훔치며 나는 그의 말을 방해했다. 그의 말은 내게 고문이었다. 내가 해야 할 일, 그것도 곧 해야 할 일을 알고 있기 때문이다. 이 모든 그의 추억과 그의 감정 노출은 내가 할 일을 더 어렵게 만들고 있을 뿐이었다.

"알았어요, 제인." 그가 대답했다. "지금 이 현재가 더 확실해졌고 미래가 이렇게 더 밝아졌는데 과거를 곰곰이 반추하는 게 무슨 소용 있겠소?"

이렇게 정신 나간 주장을 듣고 내 몸은 떨렸다.

"상황이 어떻게 되었는지 이제 당신도 알 거요, 안 그래요?" 그가 계속해서 말했다. "나는 청년 시절과 성년 시절의 절반은 입에 담을 수도 없는 비참함 속에서 지냈고 나머지 절반은 무서운 고독

속에서 지냈소. 그리고 나서야 내가 진정으로 사랑할 수 있는 사람을 난생처음으로 발견한 거요. 바로 당신을 발견한 거요. 당신은 나의 공감대요. 나보다 더 훌륭한 내 반쪽이오. 내 착한 천사요. 나는 강한 애착의 끈으로 당신에게 묶여 있소. 나는 당신을 착하고 재능 있고 사랑스런 사람이라 생각하오. 열렬하면서 진지한 사랑이 내 가슴속에 잉태되었소. 그 사랑이 당신에게 쏠리고 당신을 내 생명의 중심부와 생명의 샘으로 끌어당기고 있소. 그 사랑은 나의 삶으로 당신을 감싸고 있소. 그러고는 순수하고 기운찬 불꽃으로 타오르면서 당신과 나를 녹여 하나로 만들고 있소.

이런 사실을 느끼고 알았기 때문에 나는 당신과 결혼하기로 결심했던 거요. 이미 아내가 있다고 내게 말하는 것은 공허한 조롱이오. 내가 다만 몸서리치게 하는 악귀와 산다는 건 이제 당신도 아는 바요. 당신을 속이려고 했던 건 내 잘못이오. 그러나 나는 당신의 성격에 들어 있는 고집이 두려웠소. 일찌감치 당신 속에 주입된 편견이 두려웠소. 나는 비밀을 털어놓는 위험을 감수하기에 앞서 당신을 안전하게 확보해놓고 싶었소. 그게 비겁했던 거요. 나는 지금 하는 것처럼 처음부터 당신의 고결함과 아량에다 호소했어야 했소. 고뇌로 가득 찼던 내 인생을 솔직히 털어놓고, 좀 더 고결하고 훌륭한 사람을 찾으려는 내 허기와 갈증을 설명했어야 했소. 당신에게 내 결심이 아니라(결심이라는 단어는 너무 약하오.) 진실한 사랑을 제대로 해보고 싶은 거역할 수 없는 성향이 내게 있다는 것을 밝혔어야 했소. 그래야 그 사랑에 대한 보답으로 나도 진실하고 제대로 된 사랑을 받는다는 걸 밝혀야 했소. 그런 다음 당신에게 내 정절 서약을 받아주고 내게 그 서약을 달라고 요청했어야 했소……. 자, 정절 서약을 내게 주시오."

침묵이 흘렀다.

"제인, 왜 아무 말이 없는 거요?"

나는 시련을 겪고 있었다. 뻘겋게 달구어진 무쇠 손이 내 몸속의 중요한 내장 기관들을 움켜쥐는 것이었다. 끔찍한 순간이었다. 몸부림과 칠흑과 뜨거운 불길이었다! 이제껏 살았던 어떤 인간도 내가 받은 사랑보다 더 훌륭한 사랑은 받기를 바랄 수 없을 것이다. 이처럼 나를 사랑하는 사람을 나도 절대적으로 숭배했다. 그런데 나는 사랑과 우상을 버려야만 한다. 무서운 한 개의 단어에 내 용납할 수 없는 의무가 담겨 있었다. "떠나!"라는 단어였다.

"제인, 내가 당신에게 뭘 원하는지 알아요? 다만 이런 약속이오. '로체스터 씨, 당신의 것이 되겠어요.'라고."

"로체스터 씨, 나는 당신의 것이 되지 않겠습니다."

다시 긴 침묵이 흘렀다.

"제인!" 그가 다시 시작했다. 그 조용한 말투가 나를 슬픔으로 압도했고 불길한 공포로 나를 차가운 돌로 변화시켰다. 이 조용한 목소리는 바닥에서 몸을 일으키는 사자의 헐떡임이었다. "제인, 당신은 세상의 한쪽 길로 가고 나는 다른 쪽 길로 가게 할 작정이오?"

"그럴 작정입니다."

"제인." 그가 몸을 굽혀 나를 안으며 말했다. "지금 한 말 진심이오?"

"그렇습니다."

"그럼, 지금은?" 그가 부드럽게 내 이마와 뺨에 키스를 했다.

"제 말은 진심입니다." 재빨리 포옹에서 완전히 벗어나며 내가 말했다.

"아, 제인, 이건 냉혹해! 이것이…… 이것이 부도덕하다, 이거지. 나를 사랑하는 것은 부도덕한 일이 되지 않을 텐데."

"순종하면 부도덕한 일이 될 것입니다."

사나운 표정이 그의 눈썹을 치켜올리며 그의 얼굴을 가로질렀다. 그는 자리에서 일어났다. 그러나 그는 아직 자제력을 발휘하고 있었다. 나는 내 몸을 지탱하기 위해 내 손을 의자 등받이에 올려놓고 있었다. 몸이 떨리고 두려웠다. 그러나 나는 마음을 다잡았다.

"제인, 잠깐만. 당신이 떠나고 났을 때 내 끔찍한 삶을 단 한 번만 바라봐줘요. 당신과 함께 모든 행복도 찢겨나갈 거요. 그러면 뭐가 남지? 아내랍시고 저 위에 있는 미친 여자만 갖게 될 거요. 차라리 나를 저 너머 성당 묘지에 묻힌 아무 시체에 넘기고 가는 편이 낫겠소. 제인, 난 어찌 해야 되겠소? 어디 가서 동반자와 어떤 희망을 찾아야 한단 말이오?"

"제가 하는 것처럼 하세요. 하느님과 주인님 자신을 믿으세요. 천국을 믿으세요. 거기서 저를 다시 만날 거라는 희망을 가지세요."

"결국 양보하지 않겠다는 거군요?"

"하지 않겠습니다."

"그럼 나더러 비참하게 살다가 저주받은 채 죽어라, 이거요?" 그의 언성이 높아졌다.

"죄짓지 않고 사시라고 충고합니다. 평온한 죽음을 맞기를 기원하고요."

"그럼 내게서 사랑과 순수함을 앗아가겠다, 이거요? 나를 욕정에 대한 탐욕 속으로 다시 팽개치겠다 이거군. 악을 직업 삼으라 이

거군."

"로체스터 주인님, 저도 그런 운명을 붙잡으려 하지 않듯이, 그런 운명을 주인님께 정해주고 싶지 않습니다. 우리는 노력하고 인내하도록 태어났습니다. 저와 주인님은 그 점에선 마찬가지입니다. 저는 그렇게 행동하고 있습니다. 제가 주인님을 잊기 전에 주인님은 저를 잊으실 겁니다."

"그런 말은 나를 거짓말쟁이로 만드는 말이오. 내 명예를 훼손하고 있소. 나는 변할 수 없는 인간이라고 선언했는데, 당신은 내 면전에서 내가 곧 변할 거라고 말하고 있소. 그런 행동은 당신의 판단이 얼마나 왜곡되어 있고 생각이 얼마나 고집불통인지를 입증하고 있소! 하찮은 인간의 법을 어기는 것보다 한 인간을 절망에 빠뜨리는 것이 더 낫단 말이오? 더구나 그 법을 어겨도 피해를 입는 사람이 하나도 없는데도? 나와 같이 살아도 그 때문에 마음이 상할까 봐 두려워할 친척도, 친지도 당신에겐 없지 않소."

이건 맞는 말이었다. 그리고 그가 말하는 동안 내 양심과 이성이 내게 반역자로 돌변하여 내게 그를 거절하면 그건 죄짓는 일이라고 비난했다. 양심과 이성은 거의 감정에 못지않게 큰 소리로 말하고 있었다. 이렇게 시끄럽게 외치는 것이었다. "아, 제발 응해라!" 그것이 말했다. "그의 불행을 생각해라. 그의 위험을 생각해. 홀로 남겨졌을 때 그가 처박힐 상황을 생각해. 저돌적인 그의 성격도 생각해. 절망적인 상황에 따라올 무모한 행동도 깊이 생각해봐. 그를 위로하고 구원하고 사랑해줘. 그를 사랑한다고 말하고 아내가 되어주겠다고 말해. 세상에 너를 보살펴줄 사람이 어디 있니? 네 행동으로 인해 상처받을 사람이 누가 있어?"

그러나 내 대답도 여전히 이에 굴하지 않았다. '난 내 스스로를 보살필 거야. 더 외로울수록, 친구가 없으면 없을수록, 떠받쳐주는 사람이 없을수록 나는 더 나 자신을 존중할 거야. 하느님이 내려주시고 인간이 승인한 법을 지킬 테야. 제정신이어서 미치지 않았을 때 내가 받아들인 원칙을 지킬 거야. 지금 그런 것처럼. 법과 원칙은 본래 유혹이 존재하지 않는 시간을 위해 존재하는 게 아니야. 그것들은 지금 같은 시간, 즉 몸과 영혼이 법과 원칙을 향하여 너무 엄격하다고 반란을 일으켰을 때를 위해 존재하는 거야. 그것은 엄정하고 감히 침범할 수 없는 것이어야 해. 내 개인적 편의를 위해 법과 원칙을 위반할 수 있다면 그것들이 무슨 가치가 있겠어? 그것들은 가치가 있어……. 나는 항상 그렇게 믿어왔어. 내가 지금 그것을 믿을 수 없다면 그건 내가 미쳤기 때문이야. 완전히 미쳤기 때문일 거야. 미친 상태란 혈관에 불이 당겨지고 심장은 맥박을 셀 수 없을 정도로 빨리 뛰는 상태를 말해. 그러니까 지금 내가 이 순간에 지켜야 할 것은 이미 다짐해놓은 기존의 생각과 이미 기정사실화된 결심뿐이야. 나는 거기에 발을 들여놓았어.'

정말 그랬다. 로체스터 씨도 내 얼굴 표정에서 내가 그렇게 다짐하고 결심한 것을 알아차렸다. 그의 분노는 극에 달했다. 결과야 어찌 되든 그는 잠시 동안 분노에 지배되어야 했다. 그는 방을 가로질러 와서 내 팔을 붙잡고 내 허리를 움켜쥐었다. 이글거리는 눈빛이 나를 잡아먹을 것 같았다. 그 순간 나는 육체적으로 용광로 통풍구의 불꽃에 노출된 나무 그루터기처럼 무기력함을 느꼈고, 정신적으로는 여전히 내 영혼의 주인이었고, 동시에 궁극적인 안전에 대한 확신을 가지고 있었다. 내 영혼은 다행히 눈이라는 통역관을 가지고 있었다. 종종 의식이 없지만 그래도 충직한 통역관이었다. 나는 내 눈을 들어 그의 눈을 응시했다. 나는 그의 불타는 얼굴을 들여다보는 동안 나도 모르게 한숨을 내쉬었다. 그의 팔이 조이는 힘은 고통스러웠다. 과다하게 사용한 내 체력은 거의 탈진된 상태였다.

"결코," 그가 이를 갈며 말했다. "이렇게 연약하면서도 굴하지 않는 것은 결코 없었어. 손아귀 안에서 겨우 갈대처럼 느껴지는 것이!(그는 나를 잡은 힘으로 나를 흔들었다.) 내 손가락 하나와 엄지만으로도 그녀를 꺾어놓을 수 있어. 그러나 내가 그 몸을 꺾은들, 몸을 찢어버린들, 부숴버린들 그게 무슨 소용이 있겠는가? 저 눈을 보라고. 저 안에서 단호하고 사납고 자유로운 것이 나를 내다보고 있어. 용기보다 더한 힘을 가지고……, 엄연한 승리를 장담하며 내게 저항하고 있어. 내가 저 둥지에다 무슨 짓을 해도 도저히 저것을 잡을 수 없어. 사납고 아름다운 창조물이여! 저 허약한 감옥을 찢어내고 갈아버려도 내 무도한 유린은 그 안에 갇힌 죄수를 도망하게 할 뿐이야. 저 집의 정복자는 될 수 있겠지. 그러나 진흙으로 만든 그 집의 소유주가 나라고 선언하기도 전에 거기 살던 주인은 이미 하늘나라로 도망쳐버릴 거야. 요정 아가씨, 내가 원하는 건 의지와 생명력과 미덕과 순수함을 지닌 당신이지, 부서지기 쉬운 당신의 몸만은 아니야. 당신이 원하기만 하면 당신은 자발적으로 부드럽게 날아와 내 가슴에 둥지를 틀 수 있을 거야. 당신의 의지에 반하여 내가 억지로 포획하면 당신은 향수처럼 내 손아귀에서 도망칠 거야. 당신의 향기를 들이마시기도 전에 사라지겠지. 아! 자, 제인, 내게 와줘!"

이렇게 말하고 그는 내 몸을 잡았던 손을 풀고 나를 놓아주었다.

그러고는 나를 바라볼 뿐이었다. 그 바라보는 표정이 미친 듯이 끌어안던 것보다 더 저항하기 힘들었다. 그러나 백치 같은 사람이나 지금 같은 상황에서 굴복했을 것이다. 나는 이미 그의 격분에 과감히 대항하여 좌절시킨 것이다. 나는 그의 슬픔에서 도주해야 했다. 나는 문으로 갔다.

"제인, 가는 거요?"

"주인님, 가겠습니다."

"나를 떠나는 거요?"

"네."

"내게 돌아오지 않을 거요?"

"네."

"돌아오지 않겠다고? 나를 위로하고 구원해주지 않겠다는 거요? 내 깊은 사랑과 열렬한 구애와 미친 듯한 기도가 당신에겐 아무것도 아니란 소리요?"

얼마나 처절한 비애가 그 목소리에 서려 있었던가! 단호한 어조로 "떠나겠습니다"를 반복하는 일이 또 얼마나 힘들었던가!

"제인!"

"로체스터 주인님!"

"그러면 가시오. 동의하오. 그러나 나를 고뇌에 빠뜨려놓고 이곳을 떠난다는 것을 명심하시오. 방에 올라가서 내가 한 말을 다시 한번 생각해보시오. 그리고 제인, 내 고통에 눈길을 한 번만 줘보시오……. 나를 생각해요."

그는 돌아서 물러나 소파 위에 얼굴을 묻었다. "아아, 제인! 당신은 내 희망이고 내 사랑이고 내 아내요!"라는 말이 그의 입술에서 비통하게 터져 나왔다. 그리고 깊고 강한 흐느낌이 터져 나왔다.

나는 이미 문에 다다랐다. 그러나 독자여, 나는 다시 발걸음을 돌렸다. 물러날 때처럼 단호하게 돌아갔다. 나는 그의 옆에 무릎을 꿇고 앉아 그의 얼굴을 쿠션에서 내게로 돌렸다. 나는 그의 뺨에 키스했다. 손으로는 그의 머리를 쓰다듬었다.

"하느님의 가호가 있기를 바랍니다, 사랑하는 주인님." 내가 말했다. "하느님께서 주인님을 해악과 죄악에서 가호하시고 인도하시고 위로해주시기를 빌겠습니다. 그리고 그동안 베푸신 지난 친절에 대해 충분히 보상해주시기를 빌겠습니다."

"귀여운 제인의 사랑이 내게는 최상의 보상이 되었을 거요." 그가 대답했다. "그게 없었다면 내 가슴은 터져 있을 거요. 그러나 제인은 내게 자기 사랑을 줄 거요. 확실해. 고귀하게, 아낌없이 줄 거요."

그의 얼굴은 붉게 달아올랐고 눈에서는 불꽃이 번뜩였다. 그는 벌떡 일어섰다. 양팔을 내미는 것이었다. 그러나 나는 그 포옹을 피했다. 즉시 방을 나왔다.

"안녕히 계세요!" 그를 떠날 때 내 가슴이 외치는 인사였다. 절망이 더해진 외침이 있었다. "안녕! 영원히!"

그날 밤 나는 잠을 잘 생각을 하지 않았다. 그러나 자리에 눕자마자 잠이 엄습했다. 잠 속에서 나는 어린 시절의 장면들로 실려가 있었다. 나는 꿈에 게이츠헤드 저택의 붉은 방에 누워 있었다. 캄캄한 밤이었는데 내 마음은 이상한 공포에 휩싸여 있었다. 오래전 나를 기절시켰던 그 불빛이 꿈속에서 되살아나 미끄러지듯 벽을 기어

올라 어둑어둑한 천장 한가운데에서 떨리면서 멈추는 것 같았다. 나는 머리를 들어 바라보았다. 그러자 지붕이 높고 희미한 구름으로 변했다. 그 어슴푸레한 빛은 달이 운무를 가르고 나오려고 할 때 그 운무에다 전해주는 그러한 빛이었다. 나는 달이 등장하는 모습을 지켜보았다. 달의 둥근 표면에 어떤 운명의 말이 쓰여질 것처럼 이상하기 그지없는 기대감을 가지고 지켜보았다. 달이 구름 사이로 나타났다. 여태껏 그런 모습으로 등장한 달은 없었다. 먼저 손 하나가 검은 구름 주름을 찌르며 관통하더니 그 주름들더러 저리 물러들 가라고 손짓하는 것이었다. 그러자 달이 아니라 하얀 인간의 형체가 찬란한 이마를 동쪽으로 기울이며 파란 하늘에서 빛을 발했다. 그 형체는 나를 계속 응시했다. 그것은 내 영혼에 말을 걸었다. 그 목소리는 측량할 수 없이 먼 곳에서 들려왔지만 너무나 가까운 목소리였다. 그 목소리는 내 가슴속에다 대고 속삭이는 것이었다.

"내 딸아, 유혹에서 도망쳐라!"

"엄마, 그러겠어요."

나는 몽롱한 꿈에서 깨어나 그렇게 대답했다. 아직 밤이었다. 그러나 7월의 밤은 짧았다. 자정이 지나면 곧 새벽이 닥친다. "내가 해야 할 일은 아무리 일찍 시작해도 이른 게 아냐." 하고 나는 생각했다. 나는 일어나 옷을 입었다. 신발 외에는 아무것도 벗은 게 없었다. 나는 몇몇 속옷가지와 목걸이를 넣어두는 작은 갑, 반지 등을 서랍 어디에서 찾아야 할지 알고 있었다. 그런데 이 물건들을 찾다가 며칠 전 로체스터 씨가 억지로 받으라고 강요했던 진주 목걸이와 마주쳤다. 나는 그것을 내버려두었다. 그건 내 것이 아니었다. 그건 허공에서 녹아 없어진 가상의 신부 것이었다. 나는 다른 물건들을 챙겨 짐 보따리에 넣었다. 20실링(이게 내가 가진 전부였는데)이 들어 있는 지갑을 주머니에 넣었다. 나는 밀짚 보닛을 쓰고 끈을 동여맸다. 숄은 핀을 꽂아 걸쳤다. 나는 짐 보따리를 집어 들었고 아직 신고 싶지 않은 슬리퍼를 집어 들고 내 방에서 몰래 빠져나왔다. "안녕히 계십시오, 친절한 페어팩스 부인!" 하며 그녀의 방문을 조용히 지나치며 속삭였다. "잘 있어라, 사랑하는 아델!" 나는 아이 방 쪽을 힐끗 쳐다보며 말했다. 안으로 들어가 아이를 안아주겠다는 생각은 허용할 수 없었다. 나는 하나의 예민한 귀를 속여야 했다. 내가 알기로는 그 귀가 지금 귀를 기울이고 있는지도 몰랐다.

로체스터 씨 방 앞에서 내가 정지만 하지 않았다면 그냥 지나쳐 버리고 말았을 것이다. 그러나 그 방 앞에 이르자 일순간 내 심장이 박동을 멈추고 내 발도 어쩔 수 없이 정지하는 것이었다. 그 안에는 잠이라는 것이 없었다. 그 안에 있는 사람은 초조하게 이쪽 벽에서 저쪽 벽까지 왔다 갔다 걸어 다니고 있었다. 내가 귀를 기울이고 있는 동안 그는 반복해서 탄식을 내뱉고 있었다. 이 방 안에는 내가 선택만 하면 내 천국이 있었다. 일시적인 천국이 있었다. 사실 들어가서 이렇게만 말하면 되는 것이었다.

"로체스터 씨, 죽을 때까지 평생 당신을 사랑하고 당신과 함께 살겠습니다." 그러면 환희의 샘이 내 입술로 솟아나올 것이다. 또 다음과 같이 생각했다. '지금 잠을 주무실 수 없는 친절한 내 주인님이 초조하게 날이 밝기를 기다리고 계시겠지. 아침이 되면 나를 부르러 사람을 보낼 테지만 나는 떠나고 없을 거야. 나를 찾으라고 사람을 풀겠지. 다 소용없지. 그러면 버림을 받았다고, 자기의 사랑이 퇴짜 맞았다는 느낌이 들겠지. 그러면 그분은 괴로워할 거야. 아마 자포자기 상태가 될 거야.' 나는 이런 생각도 했다. 내 손이 그의 방 빗장 쪽으로 가려고 했다. 나는 얼른 회수하고 그곳을 빠져나왔다.

계단을 돌아 내려올 때의 내 심정은 적막했다. 나는 내가 어떻게 해야 할지를 알고 있었기 때문에 기계적으로 진행했다. 우선 부엌에서 옆문 열쇠를 찾았다. 오일 병과 깃털을 찾았다. 그러고는 열쇠와 자물쇠에 오일을 발랐다. 나는 약간의 물과 약간의 빵을 먹었다. 어쩌면 먼 길을 걸어야 할지도 몰랐기 때문이었다. 게다가 최근에 이미 많이 떨어진 체력이 고갈되어서는 안 될 일이었다. 나는 모든 일을 소리 하나 내지 않고 해치웠다. 나는 문을 열고 나와서 가만히 그 문을 닫았다. 어슴푸레하게 튼 새벽이 마당에서 희미하게 몸을 드러내고 있었다. 저택의 큰 문들은 굳게 닫혀 있었고 자물쇠가 채워져 있었다. 그중 쪽문 하나가 빗장만 걸려 있었다. 나는 그 쪽문을 통해 집 밖으로 나갔다. 그 쪽문도 닫았다. 이제 손필드 저택을 완전히 빠져나온 것이다. 들판 너머 1마일 떨어져 큰길이 있었다. 밀코트로 가는 길과 정반대 쪽으로 뻗어 있는 길이었다. 한 번도 가본 적이 없지만 종종 쳐다보면서 그게 어디로 이어지는지 궁금했던 바로 그 길이었다. 나는 그리로 발걸음을 돌렸다. 어떤 상념도 지금은 용납되지 않았다. 단 한 번의 눈길도 뒤쪽으로 던져서는 안 될 일이었다. 앞을 향하는 눈길도 마찬가지였다. 과거는 천국처럼 달콤하면서 죽음처럼 슬픈 페이지였다. 그걸 한 줄만 읽어도 내 용기는 녹아 없어지고 내 정력은 파괴되고 말 것이다. 미래는 흉흉한 공백이었다. 대홍수가 쓸고 간 뒤의 세상 같은 어떤 것이었다.

나는 해가 뜬 후까지도 들판과 산울타리와 오솔길들을 따라 걸었다. 아름다운 여름날 아침이었던 것으로 믿어진다. 집을 나설 때 신었던 신발이 곧 아침 이슬에 젖었던 기억이 난다. 그러나 나는 떠오르는 태양도 미소 짓는 하늘도 깨어나고 있는 자연도 바라보지 않았다. 아름다운 풍경을 통과하여 단두대로 끌려가는 사람은 길가에서 미소 짓는 꽃들에 대해서가 아니라 단두대 발판과 도끼날을 생각하며, 자신의 뼈와 혈관이 절단될 일과 끝에 가서 입을 딱 벌리고 있는 무덤밖에 생각하지 않는 법이다. 그래서 나도 쓸쓸한 도피와 집도 절도 없는 방랑에 대해 생각했다. 그리고 아, 나는 두고 온 것을 생각했다. 그건 어쩔 수 없었다. 이제 나는 그를 생각했다······. 그의 방에서 떠오르는 해를 바라보며 내가 곧 찾아와 자기의 아내가 되어 함께 살겠다고 말할 것이라는 희망에 부풀어 있는 그의 모습을 생각했다. 나는 그의 아내가 되고 싶었다. 나는 돌아가기를 갈망했다. 아직 너무 늦지 않았다. 아직 나는 나를 상실했다는 고통을 그에게서 덜어줄 수 있었다. 아직 내가 도주했다는 사실이 발각되지 않았을 것이라고 확신했다. 아직 돌아가서 그를 위로해주고 그의 자랑이자 그의 구원자가 될 수 있었다. 그가 자포자기에 빠질지도 모른다는 두려움이 내가 자포자기에 빠지는 것보다 더 내 가슴을 얼마나 아프게 찔러댔던가! 가시 박힌 화살촉이 내 가슴에 박힌 것 같았다. 그걸 뽑으려고 하자 가슴이 찢어지는 것 같았다. 회상까지 고개를 들고 일어나 그 화살촉을 더욱 안으로 밀어 넣는 바람에 통증은 극에 달했다. 주변의 관목 숲과 잡목 숲에서 새들이 노래하기 시작했다. 새들은 짝들에게 충정을 바치고 있었다. 새들은 사랑의 귀감이었다. 나는 무어지? 가슴에선 통증을 느끼며 미친 듯이 원칙을 지키려는 노력의 한가운데에서 나는 내 자신이 싫었다. 자화자찬으로는 아무 위안도 얻지 못했고 심지어 자존심으로도 아무 위안이 없었다. 나는 내 주인에게 해를 입히고 상처를 주고 떠난 것이었다. 내가 보기에도 나는 싫었다. 그러나 여전히 나는 돌아서서 한 발짝도 뒤로 옮기지 않았다. 하느님이 나를 인도하고 있는 게 틀림없었다. 내 의지와 양심은 어땠느냐고? 격렬한 슬픔이 전자를 짓밟아버렸고 후자는 질식시킨 상태였다. 나는 나의 외로운 길을 걸으며 엉엉 울었다. 그리고 나는 정신 나간 사람처럼 빠르게, 빠른 걸음으로 나아갔다. 탈진 상태가 안에서 시작하여 사지까지 퍼지더니 내 온몸을 사로잡았다. 그리하여 나는 쓰러졌다. 나는 몇 분 동안 내 얼굴을 젖은 뗏장 위에 대고 땅 위에 누워 있었다. 여기서 죽는구나 하고 나는 좀 두려웠다……. 아니면 죽기를 희망하고 있었는지도 모른다. 그러나 나는 이내 일어났다. 다시 손과 무릎으로 기어 앞으로 나아가다가 다시 두 다리로 일어섰다. 다시 마음을 다잡고 열심히 큰길에 도착했다.

큰길에 도착했을 때 울타리 밑에 앉아 쉬어야 했다. 거기 앉아 있는 동안 바퀴 소리가 들리더니 마차가 오는 것이 보였다. 나는 일어서서 손을 들었다. 마차는 섰다. 어디 가는 마차냐고 묻자 마부는 그곳에서 멀리 떨어진 장소의 이름을 댔다. 로체스터 씨와 아무런 관련이 없는 장소라는 확신이 들었다. 그곳까지 얼마면 데려다 주겠느냐고 물었다. 마부는 30실링이라고 말했다. 20실링밖에 없다고 말했더니 그러면 그렇게 해보자고 마부가 말했다. 그는 마차가 비어 있으니 안으로 들어가 앉으라는 배려까지 해주는 것이었다. 내가 마차에 오르자 문이 닫히고 마차는 제 갈 길을 굴러갔다.

친절한 독자여, 부디 귀하께서는 내가 그때 느낀 감정을 제발 느끼지 말기를 바란다! 귀하의 눈에서는 내 눈에서 쏟아진 것과 같이 그처럼 폭풍우 같고 뜨거워 델 것 같은, 가슴을 후비는 눈물이 절대로 흘러나오지 않기를 바란다! 그때 내 입술에서 흘러나온 것같이 너무도 절망적이고 고통스러운 기도로 하느님께 호소하지 않게 되기를 바란다! 귀하는 나처럼 온 정성을 다해 사랑하는 사람을 불행하게 만든 도구가 될까 봐 제발 두려워하지 말기를 바란다.

제28장

이틀이 지났다. 여름날 저녁이었다. 마부는 나를 위트크로스라는 곳에 내려놓았다. 내가 준 돈으로는 더 이상 멀리 태워줄 수 없다는 것이었다. 나도 이 세상천지에서 단 1실링도 더 구할 수가 없었다. 벌써 마차가 1마일은 내게서 멀어져가고 있다. 나는 혼자다. 그 순간 나는 안전하게 보관하려고 마차 좌석 주머니에 두었던 짐 보따리를 두고 내린 사실을 깨닫는다. 짐 보따리는 그 주머니 안에 있다. 틀림없이 거기 있다. 자, 이제 나는 완전히 알거지가 된 것이다.

위트크로스는 작은 도시도 아니고 작은 촌락도 아니다. 네 개의 길이 만나는 곳에 돌기둥 푯말이 세워져 있다. 하얀색으로 칠해진 것이 아마 먼 곳에서나 어두울 때 잘 보이라고 그렇게 해놓은 것이라는 생각이 든다. 돌 푯말 위에는 네 개의 팔이 뻗어 나와 있다. 거기에 적혀 있는 내용에 의하면 그 팔이 가리키는 가장 가까운 소도시도 10마일은 떨어져 있다. 가장 먼 곳은 20마일 이상 떨어진 곳이다. 이런 소도시 중에서 잘 알려진 이름을 통해 내가 지금 내린 곳이 어느 읍에 있는 도시인지 알 수 있었다. 황야가 어둡게 깔려 있고 산악 지형으로 둘러싸인 북중부 지방이다. 나는 이런 것을 눈으로 보고 있다. 내 뒤쪽과 오른쪽과 왼쪽 모두에 황무지 벌판이 넓게 펼쳐져 있다. 내 발치 앞으로 보이는 깊은 계곡 너머로 먼 산들이 물결을 이루고 있다. 이곳은 인구가 희박한 게 틀림없다. 이 여러 길들 위에는 지나가는 사람이 하나도 보이지 않는다. 길들만 동서남북으로 하얗고 넓게, 고적하게 뻗어 있다. 모두 황야를 가르는 길들이다. 거칠고 무성한 히스 관목이 길 가장자리까지 쳐들어와 자라고 있다. 그러나 우연히 어떤 여행자가 지나갈지도 모른다. 나는 지금 누구의 눈에도 띄고 싶지 않다. 낯선 사람들은 푯말 아래에서 분명 아무 할 일도 없는 길 잃은 사람처럼 머뭇거리고 있는 나를 보면 의아해할 것이다. 그리고 질문을 해올지도 모른다. 그러면 나는 선뜻 믿을 수 없게 들리는 대답을 해서 의혹만 자극할지 모른다. 이 순간 그 어떤 끈도 나를 인간 사회와 연결해주지 않는다. 어떤 매력도, 어떤 희망도 나를 동료 인간들이 사는 곳으로 불러주지 않는다. 나를 본 어떤 사람도 나에 대해 친절한 생각을 품거나 잘되기를 기원하지 않을 것이다. 나에게는 만인의 어머니인 자연 외엔 친척이라곤 하나도 없다. 나는 그 어머니의 품을 찾아 안식을 청할 것이다.

나는 곧장 히스 덤불 속으로 들어갔다. 나는 갈색 황무지 허리를 깊은 도랑 모양으로 파고들어간 움푹 팬 곳을 목표 삼아 계속 걸었다. 검푸르게 자라는 히스 관목 속에 무릎까지 빠지며 물결을 헤치듯 걸어갔다. 히스 덤불이 물길처럼 굽이를 이룰 때마다 나도 방향을 맞춰 돌아가서 구석진 모퉁이에 이끼가 까맣게 덮인 울퉁불퉁한 바위 하나를 발견하고는 그 아래로 가서 앉았다. 황무지의 높은 둔덕이 내 주변에 있었다. 그 바위는 내 머리를 보호했고 그 위로는 하늘이 있었다.

여기에서조차 어느 정도 시간이 지나서야 나는 마음의 평정을 찾았다. 나는 야생동물이나 사냥꾼이나 밀렵꾼이 나를 발견할지도 모른다는 막연한 두려움을 느꼈다. 갑자기 바람이 일어 황무지를 휙 하고 휩쓸 때면 나는 황소가 돌진해오는 게 아닌가 하고 눈을 들어 위를 보았다. 한 마리 물떼새가 휘파람 소리를 내도 나는 그게 사람이라고 상상했다. 그러나 저녁이 더 기울어 밤이 되면서 깊은 정적이 온 누리를 지배하자 나는 그러한 두려움은 근거 없는 것임을 깨달았고 마음이 차분해지자 자신감을 되찾았다. 그때까지 나는 아직 생각하는 기능을 찾지 못했었다. 다만 귀를 기울이고 경계하고 겁에 떨기만 했었다. 이제 나는 생각하는 기능을 다시 찾았다. 어떻게 할 것인가? 어디로 가야 하나? 할 수 있는 것이 아무것도 없고 갈 곳도 없으니, 아, 이건 참을 수 없는 질문들이었다! 피곤하고 떨리는 팔다리로 사람들이 사는 곳까지 가려면 아직도 한참을 가야 하는 처지가 아닌가! 잠자리라도 얻으려면 차가운 적선을 애원해야 하지 않는가! 마지못해 베푸는 동정을 구해야만 하지 않는가! 내 이야기를 경청하게 하고 내 욕구가 한 가지라도 충족되려면 어떤 혐오감을 촉발시킬 것이 아닌가!

   나는 히스 관목을 만져보았다. 말라 있었다. 그러나 여름날의 더운 온도로 인해 따뜻했다. 나는 하늘을 보았다. 하늘은 순수했다. 터진 틈새 바로 위로 다정한 별 하나가 반짝이고 있었다. 이슬이 내렸다. 그러나 어찌나 부드럽게 내렸던지 기분이 상쾌했다. 속삭이는 미풍도 없었다. 어머니 자연은 내게 인자하고 친절해 보였다. 비록 버려진 몸이지만 자연은 나를 사랑한다고 나는 생각했다. 인간들에게선 불신과 거절과 모욕만 기대할 수 있는 처지였지만 나는 딸이 어머니를 따르듯 자연에 매달렸다. 적어도 오늘 밤만은 그 어머니의 손님이 되고 싶었다. 나는 자연의 자식이었으니까. 어머니는 돈이나 대가를 받지 않고 나를 재워줄 것이다. 나는 아직 빵 한 조각을 지니고 있었다. 정오 무렵 지나던 시골 마을에서 우연히 남아 있던 동전 한 닢(마지막 동전이었다)으로 샀던 롤빵 중 남은 것이었다. 잘 익은 월귤나무 열매들이 검은 옥구슬처럼 히스 덤불 속 여기저기서 반짝이고 있는 것이 보였다. 나는 그 열매를 한 움큼 따서 빵과 함께 먹었다. 아까까지 배를 쥐어뜯게 하던 허기가 충족되지는 않았지만 이러한 은둔자의 식사에 의해 많이 가라앉았다. 다 먹고 나서 나는 저녁 기도를 올렸다. 그러고 나서 잠자리를 골랐다.

바위 옆의 히스는 매우 깊었다. 그곳에 눕자 양쪽 발이 히스에 파묻혔다. 히스 덤불이 양쪽으로 높이 자라 있었기 때문에 밤공기가 침입할 좁은 틈새밖에 남아 있지 않았다. 나는 숄을 두 겹으로 접어서 그걸 침대보 삼아 내 몸 위를 덮었다. 약간 솟은 이끼가 낀 바닥이 내 베개였다. 이렇게 자리 잡고 눕자 적어도 밤이 시작되는 시각에는 춥지 않았다.

내 휴식은 충분히 축복으로 가득 찬 휴식일 수도 있었을 것이다. 다만 슬픈 내 가슴이 그 휴식을 망가뜨리고 있었다. 내 가슴은 상처가 아직 입을 벌리고 있다고, 내출혈을 일으키고 있다고, 그 속에서 소리를 튕기는 줄이 다 끊어졌다고 슬퍼하고 있었다. 그 가슴은 로체스터 씨와 그의 운명 때문에 떨고 있었다. 내 가슴은 강렬한 연민으로 그에게 통곡을 보내고 있었고 끝없는 동경으로 그를 원하고 있었다. 두 날개가 부러진 새처럼 무기력하면서도 그를 찾겠다는 헛된 시도를 하며 찢긴 날개 끝을 떨고 있었다.

이러한 고문 같은 생각으로 기진맥진해진 나는 결국 일어나서 무릎을 꿇고 앉았다. 이미 밤이 와 있었다. 밤의 행성들이 떠 있었다. 안정되고 고요한 밤이었다. 너무나 평온해서 공포감은 거기 낄 수도 없었다. 하느님은 도처에 계시다는 것을 우리는 안다. 그러나 우리는 하느님의 피조물이 가장 웅대한 규모로 우리 앞에 펼쳐질 때 하느님의 존재를 가장 절실히 느낀다. 그리고 하느님의 무한성과 전지전능함과 만유편재를 가장 명확히 읽을 수 있는 것은 그분이 창조한 세계가 조용히 행로를 따라 굴러가는 구름 한 점 없는 밤하늘에서이다. 나는 일어나 무릎을 꿇고 로체스터 씨를 위해 기도했다. 눈물로 흐려진 눈으로 하늘을 올려다보니 거대한 은하수가 보였다. 나는 은하수의 실체와, 그 안에 얼마나 많은 천체들이 우주 공간을 마치 부드러운 빛처럼 휩쓸고 지나가고 있는가를 생각하면서 하느님의 권능과 위력을 느꼈다. 그리고 그분에게는 자신이 만든 피조물을 구할 능력이 있을 거라고 확신했다. 그리고 하느님께서는 이 대지를 파멸시키지 않을 것이며 또 이 대지가 소중히 여기는 하나의 영혼을 파멸시키지 않을 것임을 확신하게 되었다. 나는 내 기도를 감사 기도로 바꿨다. 생명의 원천이신 하느님은 영혼의 구원자이시기도 했다. 로체스터 씨는 안전했다. 그도 하느님의 피조물이니 하느님의 보호를 받을 것이다. 나는 다시 그 언덕진 곳의 가슴팍에 둥지를 틀었다. 얼마 안 있어 잠이 들어 슬픔을 잊었다.

그러나 다음 날 궁핍은 창백하고 헐벗은 채 나를 찾아왔다. 작은 새들이 둥지를 떠난 지 한참 되고, 벌들이 이슬이 마르기 전에 히스 꿀을 모으러 낮이 달콤하게 무르익은 시간 속으로 나온 지 한참 되고, 긴 아침 그림자가 짧아지고 태양이 대지와 하늘을 가득 채우고

나서야 나는 일어나 주위를 둘러보았다.
　얼마나 고요하고 덥고 완벽한 날이었던가! 이 펼쳐진 황무지는 얼마나 멋진 황금빛 사막이었던가! 어디를 보나 햇빛뿐이었다. 나는 그 안에서, 그 위에서 살고 싶었다. 도마뱀 한 마리가 바위 위를 기어가고 있는 것이 보였다. 벌 한 마리가 감미로운 월귤들 사이를 분주히 오가고 있었다. 그 순간 나는 차라리 내가 도마뱀이나 벌이었으면 좋겠다고 생각했다. 그러면 이곳에서 적절한 음식과 영원한 안식처를 찾을 수 있을 것이다. 그러나 나는 사람이었다. 그리고 사람의 욕구를 가지고 있었다. 그런데 그런 사람의 욕구를 충족시켜 줄 게 아무것도 없는 이곳에 더 이상 지체할 수 없었다. 나는 자리에서 일어났다. 그리고 내가 떠나는 잠자리를 돌아다보았다. 미래에 대한 희망이 없는 나는 다만 이렇게 소망했다. 즉 밤새 내가 자는 동안 나의 창조주께서 나에게 내 영혼을 내놓으라고 요구하셨으면 좋았을 텐데 하는 생각이었다. 내 나약한 몸이 죽음에 의해 운명과 싸우는 일을 면제받아 지금 조용히 썩어가고만 있다면 좋았을 텐데……. 그래서 이 황야의 흙과 평화롭게 뒤섞이고 있다면 얼마나 좋을까 하는 생각이었다. 그러나 아직 모든 욕구와 고통과 책임과 함께 생명을 나는 가지고 있었다. 그러니 그 짐을 짊어지고 가야 했고 욕구는 충족시켜야 했고 고통을 참아내고 책임은 완수해야 했다. 나는 다시 길을 떠났다. 위트크로스로 다시 돌아온 나는 이제 열을 내뿜고 높이 솟은 해를 피할 수 있는 길을 따라갔다. 그 밖의 다른 조건을 보고 길을 선택하고 싶은 생각이 전혀 없었다. 나는 오랫동안 걸었다. 그리고 걸을 만큼 걸었다는 생각과 녹초가 될 만큼 지쳤으니 양심상 그 피로에 굴복하는 게 낫겠다는 생각과, 그러니까 이 억지 행보를 좀 늦추고 근처에 보이는 돌 위에 앉아서 저항하지 말고 심장과 사지를 괴롭히고 있는 무감각에 굴복하자는 생각을 하고 있었다. 그때 종소리가 들렸다. 마을 성당의 종소리였다.

나는 그 소리가 나는 쪽으로 몸을 돌렸다. 한 시간 전에 내가 그 변화무쌍한 모습을 보지 못하고 지나친 낭만적인 야산들 사이, 바로 그곳에 조그마한 마을과 첨탑이 보였다. 오른쪽 계곡 전체가 목초지, 밀밭, 그리고 숲으로 가득 차 있었다. 그리고 반짝이는 시냇물이 다양한 색조의 신록과 익어가는 곡식과 어두침침한 숲과 맑고 양지바른 풀밭 사이를 구불구불한 선을 그리며 흘러가고 있었다. 덜커덕거리는 바퀴 소리에 이끌려 내 앞에 보이는 큰길까지 오게 된 나는 짐을 잔뜩 실은 마차가 언덕 위로 힘들게 올라가는 것을 보았다. 그곳에서 그리 멀지 않은 곳에 두 마리의 소들과 그걸 모는 사람을 보았다. 사람들의 생활과 사람들의 노동이 가까이에 있었다. 나도 열심히 노력해야 한다. 저 사람들처럼 살려고 애쓰고 허리가 휘도록 땀을 흘리며 살아가야 한다.

오후 2시경에 나는 그 마을로 들어섰다. 한쪽 거리의 끝에 빵 몇 조각을 진열장에 전시해놓은 작은 가게가 있었다. 빵 한 쪽만이라도 먹고 싶다는 생각이 간절했다. 그것만 요기하면 어쩌면 어느 정도의 원기를 회복할 것 같았다. 그걸 먹지 않으면 더 이상 걸음을 옮기는 것이 어려울 것이다. 동료 인간들 사이로 돌아오자마자 얼마간의 힘과 활력을 되찾겠다는 욕망이 내게 되돌아왔다. 작은 마을 한길 위에서 배가 고파 기절하는 게 창피한 일이라는 생각이 들었다. 이 롤빵 한 개를 사기 위해 내가 내놓을 수 있는 것이 내게 아무것도 없단 말인가? 나는 곰곰이 생각했다. 마침 나는 목에 조그

마한 손수건을 두르고 있었다. 장갑도 끼고 있었다. 나는 극단적인 궁핍에 빠져 있는 남녀들이 어떻게 살아가는지 거의 알지 못했다. 이런 물품 중 어느 하나가 받아들여질지 알지 못했다. 아마 받아들여지지 않을 것이다. 그러나 시도는 해봐야 한다.

나는 그 가게로 들어갔다. 한 여자가 그곳에 있었다. 점잖게 차려입은 사람이 들어오는 것을 보자 여자는 숙녀가 한 분 오신 걸로 생각했는지 공손히 앞으로 나섰다. 나를 어떻게 맞을까? 부끄러움이 나를 사로잡았다. 준비했던 부탁의 말을 혀가 내뱉지 않겠다는 것이었다. 반쯤 낡은 장갑, 구겨진 손수건을 감히 내놓을 수가 없었다. 그런 것을 내놓는 일이 터무니없는 일이라고 느껴졌다. 나는 너무 피곤해서 잠깐 앉았다 가겠으니 허락해달라고 요청했다. 손님을 기대했다가 실망한 그녀는 차갑게 내 부탁을 들어주었다. 그녀는 의자 하나를 가리켰다. 그 의자에 풀썩 주저앉았다. 나는 울고 싶은 강한 충동을 느꼈다. 그러한 감정 노출이 얼마나 부적절한 것으로 보일까 생각한 나는 울음을 꾹 참았다. 곧 나는 그녀에게 물었다.

"혹시 이 마을에 옷을 만들거나 옷 수선하는 사람이 있나요?"

"네, 두세 명 있어요. 들어오는 일감으로 보면 충분한 숫자지요."

나는 생각했다. 이제 본론을 이야기하도록 내몰리고 있었다. 궁핍과 얼굴을 맞대야 할 상황이었다. 나는 아무것도 가진 게 없는 사람의 위치에 섰다. 친구도 동전 한 푼도 없는 사람이었다. 무언가를 해야만 했다. 무슨 일? 어디든 가서 문의해봐야 했다. 어딘데?

"혹시 이 근방에 하녀를 구하는 집이 있을까요?"

"없어요. 잘 몰라요."

"이 마을의 주된 생업은 뭔가요? 사람들이 대개 뭘 하나요?"

"어떤 사람들은 농장 일꾼 노릇을 하지만 대부분 올리버 씨의 바늘 공장이나 주물 공장에서 일해요."

"올리버 씨가 여자도 쓰나요?"

"아뇨, 그건 남자들 일예요."

"그럼 여자들은 무얼 하나요?"

"몰라요."가 그녀의 대답이었다. "이 사람은 이런 일, 저 사람은 저런 일을 하겠죠. 가난한 사람들은 할 수 있는 거면 아무거나 해야 하니까요."

그녀는 내 질문이 귀찮은 모양이었다. 사실 그녀를 귀찮게 할 무슨 권리가 내게 있단 말인가? 이웃 사람 한두 명이 들어왔다. 내 의자가 분명히 필요했다. 나는 떠났다.

나는 큰길을 따라 걸었다. 가면서 나는 오른편과 왼편의 모든 집들을 바라보았다. 그 어느 집으로도 들어갈 만한 핑계를 발견할 수 없었고 동기를 알아낼 수도 없었다. 나는 한두 시간 동안 그 작은 마을을 터덜터덜 돌아다니며 때로는 꽤 멀리까지 갔다가 다시 돌아오기도 했다. 몹시 피곤하기도 하고 음식을 먹지 못했기에 몹시 고통스러워서 큰길을 벗어나 골목길로 들어선 후 울타리 아래 주저앉았다. 그러나 채 몇 분도 안 되어 일어서서 뭔가를 찾아 나섰다. 어떤 방편이나 적어도 정보라도 줄 사람을 찾아 나선 것이다. 그 길 끝머리에 몹시 단정하고 눈부시게 꽃이 피어 있는 정원을 가진 작고 예쁜 집 한 채가 서 있었다. 나는 그 앞에서 발을 멈췄다. 무슨 일이 있어서 내가 그 하얀 문으로 다가가 반짝이는 문고리를 건드린단 말인가? 어떤 방법으로 그 집 사람들의 관심을 사서 도움을 얻을 수 있단 말인가? 어쨌든 나는 가까이 다가가 문을 노크했다. 온화하게 생긴 데다 깨끗한 옷을 입은 젊은 여자가 문을 열었다. 희망을 잃은 가슴과 쓰러지기 직전의 몸뚱이에 기대될 수 있는 그런 목소리, 비참할 정도로 낮고 더듬거리는 목소리로 나는 혹시 이곳에서 하녀를 구하지 않느냐고 물었다.

"아뇨." 그녀가 말했다. "우리는 하녀를 두지 않아요."

"그럼 무슨 일이든 좋으니 제가 일자리를 얻을 수 있는 곳 좀 말해줄 수 있나요?" 내가 말을 계속했다. "저는 이곳 사람이 아닙니다. 아는 사람이 한 명도 없습니다. 무엇이든 할 일이 필요합니다."

그러나 나를 위해 생각을 해주거나 나를 위해 일할 곳을 찾아주는 것은 그녀가 할 일이 아니었다. 게다가 그녀의 눈으로 보기에 나의 정체와 처지와 내가 하는 이야기가 얼마나 의심스러운 것으로 보였을까. 그녀는 고개를 저으며 "아무런 정보를 주지 못해 미안하다"고 말하고는 아주 조용히 예의 바르게 하얀 문을 닫았다. 그러나 그것은 나를 쫓아버리는 거나 매한가지였다. 그녀가 문을 좀 더 오래 열고 있었더라면 나는 빵 한 조각을 구걸했을 것이라고 믿는다. 이젠 온몸에 기운이 하나도 없었기 때문이었다.

그 인색한 마을로 다시 돌아간다는 것은 참을 수 없었다. 게다가 그곳에서는 도움받을 가능성이 전혀 없어 보였다. 차라리 나는 발걸음을 돌려 그리 멀지 않은 곳에 보이는 숲으로 가고 싶었다. 울창한 숲 속 그늘이 반가운 피신처를 제공할 것 같았다. 그러나 나는 몸이 아프고 기운이 없었고, 배가 아우성치며 안달하는 바람에 속이 몹시 쓰렸기 때문에, 본능적으로 음식을 얻어먹을 기회가 있는 주거지 주변을 계속 헤매게 되었다. 허기라는 맹금류가 부리와 발톱으로 옆구리를 쪼아대는 동안, 고독은 고독이 아니었고 휴식도 휴식이 아니었다.

　나는 인가들이 있는 곳으로 다가갔다가 거기를 떠났다. 그리고 다시 돌아왔다. 그러고는 다시 물러나 배회했다. 나는 고립된 내 운명에 관심을 가져달라고 요청할 권리도 없고 그런 관심을 기대할 권리도 없다는 자의식으로 인해 계속 그곳에서 물러났다. 그렇게 길을 잃고 굶은 개처럼 방황하는 동안 오후가 저물었다. 어떤 밭을 건너가고 있을 때 나는 앞에 있는 성당 첨탑을 보았다. 나는 그곳을 향해 발걸음을 재촉했다. 성당 경내 정원 한가운데에 작지만 잘 지어진 집이 하나 있었다. 그것이 사제관이라는 걸 나는 의심치 않았다. 친구 하나 없는 곳에 도착하여 일자리를 원하는 타관인들이 때로 일자리를 소개받거나 도움을 얻기 위해 성직자를 찾는다는 말이 기억났다. 스스로 돕기를 원하는 사람을 돕거나 적어도 조언으로 돕는 것이 성직자의 본분이었다. 이곳이라면 뭔가 조언을 얻을 권리가 내게 있다는 생각이 들었다. 그래서 새로 용기를 동원하고 허약하지만 남아 있는 모든 힘을 모아서 그 집을 향해 전진했다. 그 집에 도착하여 부엌문을 두드렸다. 어떤 늙은 부인이 문을 열었다. 나는 이곳이 사제관이냐고 물었다.

　"그래요."
　"신부님이 계신가요?"
　"안 계세요."
　"곧 돌아오시나요?"
　"아뇨. 출타 중이세요."
　"멀리 가셨나요?"

"그리 먼 곳은 아니에요. 3마일이나 될까……. 갑자기 아버님이 돌아가셔서 불려 가셨어요. 지금 마시 엔드에 가 계신데 아마 2주 정도는 계시다 오시겠지요."

"그럼 집에 다른 숙녀분은 안 계신가요?"

"안 계십니다. 저밖에 없어요. 제가 가정부예요." 누가 구제해주지 않아서 쓰러질 지경이었지만, 독자여, 그녀에게 구원을 요청하는 일은 참을 수 없을 정도로 싫은 일이었다. 그래서 나는 힘없이 거기서 물러났다.

다시 한번 손수건을 목에서 풀어 들었다. 또다시 그 작은 가게에 있는 빵 조각들을 생각했다. 아, 뻣뻣한 빵 조각 한 개만 얻었으면 좋겠다! 허기로 인한 통증을 진정시킬 수 있게 한 입이라도 먹을 수 있으면 좋겠다! 본능적으로 나는 다시 얼굴을 마을로 돌렸다. 나는 다시 가게를 찾아 들어갔다. 가게 여자 말고도 다른 사람들이 있었지만 나는 과감하게 부탁했다. "이 손수건을 드릴 테니 빵 한 개만 주실 수 있나요?"

그녀는 나를 보았다. 분명히 의심하는 눈치였다. "그런 식으로 빵을 팔진 않아요."

거의 필사적으로 나는 반 조각이라도 달라고 요청했다. 그녀는 다시 거절했다. "그 손수건 어디서 났는지 알게 뭐예요." 그녀가 말했다.

"그럼 장갑을 받으시겠습니까?"

"안 받아요. 그걸로 뭘 하게요?"

독자여, 이런 세세한 이야기를 꼬치꼬치 말하는 것은 유쾌한 일이 아니다. 어떤 사람들은 괴로웠던 과거의 경험을 되돌아보는 것이 즐겁다고도 말한다. 그러나 나로선 지금도 지금 내가 언급하는 그 시절을 되새겨보는 것은 견딜 수 없는 일이다. 육체적인 고통과 뒤섞인 정신적 타락은 너무나 괴로운 회상이어서 기꺼이 반추할 수가 없다. 나는 나를 냉대했던 사람들 누구도 비난하지 않았다. 그런 냉대는 기대할 수 있는 일이며 어쩔 수 없는 일이었다는 느낌이 들었다. 보통 거지는 자주 의혹의 대상이 된다. 잘 차려입은 거지는 필연적으로 그런 대상이 된다. 확실히 내가 구걸한 것은 일자리였다. 그러나 그 일자리를 마련해주는 것은 누구의 일이었는가? 틀림없이 그때 처음 나를 보거나 내 정체에 대해 아무것도 모르는 사람들이 할 일은 아니었다. 빵 값 대신 손수건을 받지 않겠다고 했던 가게 여자의 경우만 해도, 그 제안이 불길하게 느껴졌고 그 교환이 이득이 되지 않을 수도 있었기 때문에 그녀의 행동은 정당한 것이었다. 이제 이야기를 줄이겠다. 이 화제는 이제 지긋지긋하다.

어두워지기 직전이었다. 나는 어떤 농가를 지나쳤다. 그 농가의 열린 문 앞에서 농부가 앉아서 빵과 치즈로 저녁 식사를 하고 있었다. 나는 발을 멈추고 말했다.

"빵 한 조각만 주시겠어요? 배가 너무 고파서 그럽니다." 그는 놀란 시선을 내게 던졌다. 그러나 아무 대답도 없이 빵 덩어리에서 두껍게 한 조각 잘라내더니 내게 주었다. 지금 상상해보니, 그 사람은 나를 거지로 생각하지 않고, 그저 자기 갈색 빵을 마음에 들어 하는 이상한 여자로 생각했던 것 같다. 그의 집이 안 보이는 곳에 이르자마자 나는 앉아서 그것을 먹었다. 나는 지붕 아래서라도 잠자리를 마련하겠다는 희망은 가질 수 없었다. 그래서 앞서 말했던 그 숲에서 잠자리를 찾았다. 그러나 그날 밤은 비참했고 휴식은 깨어졌다. 땅은 축축했고 공기는 차가웠다. 게다가 여러 차례 방해꾼들이 내 근처를 지나가는 바람에 나는 반복해서 잠자리를 옮겨야 했다. 안정감이나 평온함은 내 편이 되어주지 않았다. 아침이 다가오면서 비가 내렸다. 그 후 하루 종일 궂은 날씨였다. 독자여, 그날에 대한 상세한 설명은 내게 요청하지 않기를 바란다. 전과 마찬가지로 나는 일자리를 찾았고, 전과 다름없이 퇴짜를 맞았고, 전과 다름없이 굶주렸다. 음식물이 내 입에 들어간 것은 단 한 번뿐이었다. 어느 오두막집 문에서 계집아이 하나가 차가운 죽 반죽을 돼지 여물통에 막 쏟아 넣으려는 것을 보았다.

"그거 내게 주지 않겠니?" 내가 물었다.

그 아이는 나를 응시했다. "엄마," 아이가 소리쳤다. "어떤 여자가 이 죽을 달래!"

"아가, 그래?" 안에서 대답하는 목소리만 들렸다. "여자 거지면 그걸 줘라. 돼지도 그건 먹고 싶어 하지 않으니."

소녀는 굳은 죽 덩어리를 내 손에 쏟았다. 그래서 나는 그것을 게걸스럽게 먹어치웠다.

비가 내리는 가운데 황혼이 짙어지고 있을 때 나는 호젓한 좁은 길에 멈춰 섰다. 한 시간 이상을 그 길을 따라왔던 것이다.

"기력이 완전히 소진되었어." 나는 독백하듯 혼잣말을 했다. "더 이상은 가지 못할 것 같아. 오늘 밤도 갈 곳 없는 신세가 되겠지? 비가 이렇게 내리고 있으니 내 머리를 차고 젖은 땅에 올려놓아야겠지? 달리 방법이 있을 수 없을 거야. 누가 나를 받아주겠니? 하지만 그건 대단히 끔찍할 거야. 이렇게 배고프고 어지럽고 춥고 쓸쓸한 감정만 남았으니 이건 희망이 완전히 사라진 상태야. 아마

십중팔구 나는 아침에 밝기 전에 죽을 거야. 그리고 죽을 거라는 전망을 못 받아들일 이유도 없잖아? 왜 가치도 없는 생명을 유지하려고 발버둥 치지? 그건 로체스터 씨가 아직 살아 있다는 걸 알거나 믿기 때문이야. 또한 굶어 죽거나 얼어 죽는 일은 내 본성이 손 놓고 그냥 받아들일 수는 없는 운명임을 알고 있고 믿고 있어. 오, 하느님! 좀 더 견디게 해주십시오. 저를 도우시고 인도하소서!"

내 흐려진 눈은 희미하고 안개 낀 풍경 위를 방황했다. 마을에서 많이 벗어나 있다는 것을 알았다. 마을은 전혀 보이지 않았다. 마을을 둘러싸고 있는 경작지 자체도 사라져 있었다. 사거리와 샛길을 통과하다 보니 다시 황무지가 펼쳐진 곳 가까이까지 오게 된 것이다. 히스 벌판을 제대로 개간하지 않아 밭이라고 해봤자 히스 벌판과 같이 황량하고 생산성이 없는 몇몇 뙈기밭들이 나와 어둑어둑한 언덕 사이에 놓여 있었다.

'사실, 큰 도로나 사람들이 많이 다니는 길보다 차라리 저 너머에 가서 죽는 게 나아.' 나는 깊이 생각했다. '혹시 이곳에 까마귀들이 살고 있다면 그 까마귀와 갈가마귀들이 내 뼈에서 살점을 뜯어먹는 것이, 구빈원 관에 감금되어 극빈자 무덤에서 썩어가는 것보다 나을 거야.'

그러고 나서 나는 언덕 쪽으로 몸을 돌렸다. 거기에 도착했다. 이제 안전하지는 않지만 내가 누울 수 있고 적어도 몸을 숨길 수 있는 움푹 팬 곳을 찾는 일만 남아 있었다. 하지만 황량한 벌판의 표면이 평평했다. 색조의 차이밖에 없었다. 골풀과 이끼가 습지 위를 덮고 있는 곳은 초록색이었고 메마른 땅에 히스만 자란 곳은 검은색이었다. 날이 어두워가고 있었지만 이런 차이는 아직 감지되었다. 물론 단순한 명암의 교차로 감지된 것일 뿐이었다. 해가 기울자 동시에 색채도 퇴색해버렸다.

　내 눈은 아직도 침울한 언덕 위와 황량하기 짝이 없는 풍경 속에서 사라지고 있는 황무지 가장자리를 따라 헤매고 있었다. 그때 멀리 습지와 언덕마루 사이의 한 지점에서 불빛 하나가 튀어나왔다. '도깨비불이군' 하는 것이 내 최초의 생각이었다. 그래서 그 빛이 곧 사라질 것을 예상했다. 그러나 불빛은 꾸준히 지속되었다. 뒤로 물러나거나 앞으로 전진하지도 않았다. "그러면 저게 방금 지핀 화톳불인가?" 나는 자문했다. 나는 그 불빛이 퍼져나가는지 지켜보았다. 그러나 그러지도 않았다. 불빛은 줄어들지도 않았지만 커지지도 않았다. '이건 어떤 집의 촛불일지도 몰라.' 하고 나는 짐작했다. '촛불이라고 해도 난 그곳까지 갈 수 없어. 너무 멀어. 하긴 그곳이 1야드도 안 되는 거리에 있다 해도 무슨 소용이 있을라고? 문을 두드리기만 해도 면전에서 쾅 닫힐 텐데.'

　나는 서 있는 곳에 풀썩 주저앉았다. 그 자리에 누운 뒤 얼굴을 땅바닥에 묻었다. 한동안 조용히 누워 있었다. 밤바람이 언덕 너머로 그리고 내 위로 쓸고 지나더니 멀리 가서 신음 소리를 내며 잦아들었다. 갑자기 비가 내리기 시작하더니 다시 내 몸을 흠뻑 적셨다. 내가 다만 조용한 얼음으로 굳어질 수 있다면, 죽음이라는 다정한 무감각 상태로 굳어질 수 있다면 비는 내 위를 계속 때렸을 것이다. 그래도 나는 그 때리는 매를 느끼지 못했을 것이다. 그러나 아직 살아 있는 내 육신은 빗물의 오싹한 영향력 앞에서 떠는 것이었다. 얼마 안 있어 나는 일어섰다.

　불빛은 아직 거기 있었다. 빗속에서도 희미하지만 일정하게 빛을 발하고 있었다. 나는 다시 걸으려고 노력했다. 나는 빛을 향해 탈진한 사지를 천천히 끌었다. 불빛은 넓은 늪지대를 지나 언덕 위로 나를 비스듬히 인도했다. 겨울이었다면 그 늪지대는 통과할 수 없었을 것이다. 한여름인 지금도 늪지대는 질퍽거리고 흔들거리고 있었다. 여기서 나는 두 번이나 넘어졌다. 그러나 그때마다 나는 일어나서 힘을 짜냈다. 이 불빛은 나의 외로운 희망이었다. 반드시 그곳까지 가야 했다.

늪지대를 지나자 황무지 위로 하얀 땅이 보였다. 가까이 가보니 그것은 도로 아니면 밟아서 다져진 좁은 길이었다. 그 길이 불빛 쪽으로 곧장 이어지고 있었다. 불빛은 이제 작은 언덕과 나무들 사이를 뚫고 빛을 발하고 있었다. 형태와 잎의 특징으로 보아 어둠 속에서도 나무들이 전나무라는 것을 식별할 수 있었다. 가까이 가자 내 별이 사라졌다. 어떤 장애물이 그 빛과 나 사이로 끼어들었던 것이다. 나는 손을 내밀어 앞의 검은 덩어리를 만져보았다. 나는 그게 낮은 담장의 거친 돌들이라는 것을 알아차렸다. 담장 위로 울타리 말뚝 같은 것이 박혀 있었고 그 안에는 가시투성이의 높은 울타리가 쳐져 있었다. 나는 더듬어 나아갔다. 또 다시 희끄무레한 물체가 내 앞에서 반짝였다. 문이었다. 작은 쪽문이었다. 그것을 건드리자 돌쩌귀에 달린 문이 열렸다. 문 양쪽에는 검은 관목들이 서 있었다. 서양호랑가시나무 아니면 주목이었다.

문 안으로 들어가서 관목들을 지나치자 집의 윤곽이 시야에 들어왔다. 까맣고 낮고 다소 길이가 긴 집이었다. 그러나 나를 인도하던 불빛은 어디에도 없었다. 사방이 어두웠다. 이곳에 사는 사람들이 다 잠자리에 든 것일까? 틀림없이 모두 자고 있을 거라는 걱정이 앞섰다. 문을 찾느라 나는 모퉁이를 돌았다. 그러자 땅바닥에서 1피트 높이에 있는 작은 마름모꼴 격자창 유리에서 다시 그 친숙한 불빛이 새어 나오고 있었다. 창문은 담쟁이덩굴이나 기어오르는 식물이 자라고 있어서 한층 더 작아 보였다. 식물 잎들은 그 벽면을 무성하게 뒤덮고 있었다. 뚫린 창문은 커튼이나 덧창이 불필요하다고 생각될 정도로 발이 쳐져 있고 좁았다. 몸을 숙여 그곳 위로 뻗어 있는 잎이 달린 줄기를 옆으로 치웠더니 안이 훤히 들여다보였다. 방 안이 선명하게 보였다. 모래 빛깔의 바닥에 깨끗이 정돈된 방이었다. 호두나무 찬장에는 백납 그릇들이 가지런히 진열되어 있었고 그 그릇들이 타고 있는 토탄 난로의 붉은 반사광을 되비춰주고 있었다. 시계 하나와 하얀 소나무 널빤지로 만든 탁자와 몇 개의 의자들이 보였다. 내게 횃불 역할을 해주었던 바로 그 촛불이 탁자 위에서 타고 있었다. 불빛 옆에선 나이가 지긋한 부인이 스타킹을 뜨고 있었다. 다소 거칠어 보이지만 주변의 모든 것처럼 철저히 깔끔해 보이는 부인이었다. 나는 이런 물건들을 대충 훑어보았다. 그들 물건들에는 특별한 게 전혀 없었다. 벽난롯가에 훨씬 더 흥미를 끄는 사람들이 보였다. 그들은 난롯가를 채워주고 있는 장밋빛 평화와 온기 속에 조용히 앉아 있었다. 두 명의 젊고 우아한 아가씨들이었다. 모든 점에서 숙녀들이었다. 한 명은 낮은 흔들의자에 앉아 있었고 또 한 명은 더 낮은 걸상에 앉아 있었다. 둘 다 검은 상장(喪章)을 달고 있었고 능직으로 짠 검은 상복을 입고 있었다. 그 칙칙한 복장이 두 숙녀의 하얀 목과 얼굴을 이상하리만치 돋보이게 했다. 거대한 늙은 사냥개가 육중한 머리를 한 아가씨의 무릎 위에 기대고 있었고 또 한 아가씨의 무릎에는 검은 고양이가 푹신하게 누위 있었다.

　이런 수수한 부엌방에 저런 사람들이 살고 있다니 이곳은 이상한 장소가 아닌가! 저들은 누구일까? 탁자 옆에 앉아 있는 나이 든 부인의 딸들일 가능성은 없었다. 그 부인은 촌사람처럼 보였지만 아가씨들은 너무나도 고상하고 교양이 있어 보였다. 두 아가씨의 얼굴처럼 생긴 얼굴을 나는 어디서도 본 적이 없었다. 그러나 계속 응시하다 보니 얼굴의 모든 생김새가 왠지 친숙해 보였다. 그들을 미인이라고 부를 수는 없었다. 그렇게 말하기에는 너무 창백하고 심각해 보였다. 두 아가씨들은 모두 책을 보며 몸을 숙이고 있었기 때문에 둘 다 엄숙할 정도로 생각에 잠겨 있는 것처럼 보였다. 두 사람 사이의 작은 탁자 위에는 두 번째 촛불이 켜져 있었고 두꺼운 책 두 권이 놓여 있었다. 두 사람은 자주 그 책들을 참조했다. 얼핏 보기에 자신들 손에 들고 있는 작은 책들과 그 책들을 비교하고 있는 것 같았다. 마치 사람들이 번역 일을 할 때 도움을 받기 위해 사전을 참고하는 것과 비슷한 모습이었다. 방 안의 모든 사람들이 마치 그림자들이고 난롯불이 지펴진 방은 한 폭의 그림처럼 보일 정도로 방 안 풍경은 정적 그 자체였다. 너무 조용해서 난로 받침대 위에 재가 떨어지는 소리까지 들릴 정도였다. 어두컴컴한 구석에서는 시계가 똑딱였다. 심지어 부인의 뜨개질바늘 소리까지 시시각각 들리는 것 같았다. 그래서 마침내 한 사람의 목소리가 방 안의 그 이상한 정적을 깼을 때 나는 그 내용을 충분히 들을 수 있었다.

　"이것 좀 들어봐, 다이애나." 읽기에 열중하던 아가씨 한 명이 말했다. "프란츠와 늙은 다니엘이 밤에 함께 만났어. 그런데 프란츠가 자신의 잠을 깨운 무서운 악몽을 이야기하고 있어. 들어봐!" 그녀는 나지막한 목소리로 뭔가를 읽어 내려갔다. 그 내용 중 알아들을 수 있는 단어는 하나도 없었다. 내가 모르는 언어였기 때문이다. 프랑스어도 아니고 라틴어도 아니었다. 그리스어인지 독일어인지도 구분이 안 갔다.

"이건 강렬해." 그녀가 읽기를 마치고 말했다. "난 여기가 정말 좋아." 동생의 낭독을 듣기 위해 고개를 들었던 또 하나의 아가씨가 난롯불을 바라보면서 동생이 읽었던 내용 중 한 줄을 반복하는 것이었다. 그 언어와 작품이 뭔지는 훗날에 와서야 알게 되었다. 여기서는 한 줄만 인용하겠다. 물론 내가 처음 그 구절을 들었을 때는 아무런 의미도 없는 낭랑한 놋쇠 두드리는 소리에 불과했다.

"'다 트라트 헤어포어 아이너, 안추제텐 비 디 슈테르넨 나흐트.'〔그러자 밤하늘의 별처럼 생긴 사람이 걸어 나왔다.〕 멋있어! 멋있다고!" 그녀가 검고 깊은 눈을 반짝이며 말했다. "네 바로 앞에 강력한 힘을 가진 그 희미한 대천사가 서 있는 것 같지 않니! 그 구절은 백 페이지의 과장된 문장들만큼이나 가치가 있어! '이히 바게 디 게당켄 인 데어 샬레 마이네스 초르네스 운트 디 베르겐 미트 뎀 게비히테 마이네스 그림스.'*〔나는 내 분노의 저울로 생각의 무게를 달았고, 내 분노의 무게와 견주어 행동의 무게를 달았다.〕 여긴 정말 맘에 들어!"

두 사람은 다시 조용해졌다.

"그런 식으로 말하는 나라도 있어요?" 뜨개질을 하던 노부인이 말했다.

"그럼, 한나. 영국보다 훨씬 큰 나라야. 거기서는 다른 말은 쓰

---

* 실러의 희곡 〈군도(群盜)〉 제5막에 나오는 구절.

지 않아."

"그렇군요. 정말이지 그 나라 사람들은 서로 어떻게 알아듣는지 모르겠네요. 아가씨들이 그곳에 간다면 그 사람들 말을 알아듣겠어요?"

"아마 일부는 알아들을 거야. 하지만 전부는 아니야. 우리는 한나가 생각하는 것만큼 똑똑하지 못해. 독일 말은 못하니까. 도움을 주는 사전이 없으면 읽지도 못한다고."

"그러면 그 공부가 무슨 소용이 있는 거지요?"

"장차 때가 되면 그걸 가르치려고 해. 적어도 소위 기초라도 가르치고 싶어. 그러면 지금보다 돈을 조금 더 벌 수 있을 거야."

"정말 그렇겠군요. 하지만 오늘 밤은 공부 그만하세요. 충분히 했어요."

"그런 것 같아. 좀 피곤하네. 메리, 넌 어때?"

"죽을 지경이야. 하여간 선생님도 없이 사전만 가지고 외국어 공부를 한다는 건 힘든 작업이야."

"그래, 맞아. 특히 까다롭지만 멋진 독일어 같은 언어는 더 그래. 세인트 존 오빠는 언제 집에 돌아올지 모르겠군."

"이제 얼마 안 있어 돌아올 거야. 지금 정각 10시야.(그녀는 허리띠에서 작은 금시계를 빼서 들여다보았던 것이다.) 비가 많이 오네. 한나, 거실에 가서 난롯불 좀 살펴봐주겠어?"

부인이 일어났다. 그녀가 문을 열자 열린 문틈 사이로 희미하게 복도가 보였다. 곧이어 그 안쪽 방에서 부인이 난롯불을 뒤적이는 소리가 들렸다. 곧 그녀가 돌아왔다.

"아, 아가씨들!" 그녀가 말했다. "이젠 저 방에 들어가는 게 정말 괴롭네요. 빈 의자를 구석에 밀어놓은 걸 보니까 너무 쓸쓸해요."

그녀는 앞치마로 눈물을 닦았다. 아까까지 진지한 표정을 짓고 있던 두 아가씨들은 이제 슬픈 표정이 되었다. "하지만 어르신께서는 지금 더 좋은 곳에 계세요." 한나가 계속했다. "다시 여기로 돌아오시기를 바라서는 안 돼요. 게다가 어르신보다 더 조용한 임종을 맞은 사람은 없을 거예요."

"아버지께선 우리들 이야기는 전혀 하시지 않았다고 했지?" 숙녀 중 하나가 물었다.

"그럴 시간도 없었어요, 아가씨. 순식간에 돌아가셨으니까요. 아가씨 아버님 이야기예요. 어르신께선 그 전날 조금 몸이 편찮으셨을 뿐예요. 별로 문제 될 것이 없었어요. 세인트 존 도련님이 아가씨 중 누구 하나 부르시고 싶으냐고 묻자 어르신께선 껄껄 웃으셨어요. 다음 날, 그러니까 보름쯤 전이었어요. 어르신께선 다시 머리가 좀 무거워진다고 하셨어요. 그러고는 잠자리에 드셨다가 다시는 못 깨어나셨어요. 아가씨 오라버니가 그 방에 가서 살펴보려고 했을 땐 이미 완전히 돌아가신 뒤였어요. 아, 아가씨들! 그게 어르신의 마지막이었어요. 아가씨들과 세인트 존 도련님은 돌아가신 두 어른들에겐 남다른 자식들이었어요. 돌아가신 마님은 아가씨들과 똑같았어요. 책도 많이 읽으신 분이었어요. 마님은 메리 아가씨의 모습과 판박이였어요. 다이애나 아가씨는 아버님을 닮았고요."

나는 두 자매가 어찌나 닮았는지 대체 그 늙은 부인(나는 그제야 그 부인이 그 집 가정부라고 결론을 내렸다.)이 두 사람을 어떻게 구분하는지 알 수 없었다. 둘 다 하얀 안색과 날씬한 체격을 가지고 있었고 개성 있고 지성이 넘치는 모습이었다. 분명히 그 중 하나가 다른 쪽보다 머릿결이 좀 더 까맣고 머리를 빗은 모양도 달랐다. 메리의 엷은 갈색 머리채는 둘로 갈라져 매끄럽게 땋아져 있었다. 다이애나의 좀 더 검고 치렁치렁한 머리는 굵게 곱슬곱슬하면서 목까지 덮고 있었다. 시계가 10시를 쳤다.

"아가씨들, 저녁을 들고 싶지요?" 한나가 말했다. "세인트 존 도련님도 돌아오시면 식사를 하고 싶어 할 거예요."

그녀는 식사 준비를 시작했다. 숙녀들도 일어났다. 거실로 물러나려는 것 같았다. 이 순간까지 나는 그들의 모습을 보는 데 열중하고, 그들의 용모와 대화가 너무 강렬한 흥미를 일으켰기에 내 자신의 비참한 처지를 깜박 잊고 있었다. 그런데 이제 그 비참한 신세가 다시 내 의식에 떠올랐다. 그들과 대조되어 내 신세가 더 적막하고 더 절망적인 것으로 보였다. 그런데 이 집 거주자들 마음을 움직여 나를 위해 걱정을 해주고, 내 궁핍과 불행은 가장한 것이 아니라는 것을 믿어달라고, 내 방황 대신 안식을 보장하게끔 그들을 설득한다는 것이 얼마나 불가능한 일처럼 보였던가! 더듬더듬 문을 찾아 한참 망설이다 문을 두드렸을 때 나는 내가 마지막으로 한 생각이 망상이라는 느낌을 가졌다. 한나가 문을 열었다.

"무슨 일이지요?" 그녀가 들고 있는 촛불로 나를 훑어보며 놀란 목소리로 물었다.

"이 집 주인 아가씨들과 이야기 좀 할 수 있을까요?" 내가 말했다.

"할 말 있으면 내게 하세요. 어디서 왔나요?"

"다른 곳에서 여기 처음으로 왔어요."

"이런 밤에 여기 무슨 용무가 있나요?"

"헛간이든 어디든 하룻밤 묵을 곳과 먹을 빵 한 조각이 필요합니다."

내가 우려했던 감정, 즉 불신이 한나의 얼굴에 떠올랐다. "빵 한 조각은 주겠어요." 그녀는 잠시 잠자코 있다가 말했다. "그러나 우리는 떠돌이한테는 잠자리를 제공할 수 없어요. 여긴 그런 일에 맞지 않을 거예요."

"제발 아가씨들과 얘기 좀 하게 해주세요."

"아니, 그렇게 못해요. 아가씨들이 당신에게 무슨 일을 할 수 있겠어요? 얼굴을 보아하니 지금 떠돌아다니면 안 될 것 같은데. 몹시 아파 보여요."

"하지만 아주머니께서 저를 쫓아버리면 전 어디로 가지요? 무얼 하지요?"

"내 판단으로는 어디 가서 무엇을 해야 할지는 댁이 아실 것 같은데. 나쁜 짓만 하지 않으면 돼요. 그게 전부예요. 여기 1페니가 있으니, 자, 가서……."

"1페니로는 먹을 것을 얻을 수 없어요. 그리고 저는 더 이상 걸어갈 힘도 없어요. 문을 닫지 마세요! 오, 제발!"

"닫아야겠어요. 비가 들이치고 있어요."

"제발 젊은 숙녀들에게 말씀해주세요. 제가 그분들을 좀 만나게 해주세요."

"정말이지 그러지는 못하겠어요. 그렇게 억지를 부리지 마세요. 억지가 아니면 그렇게 시끄럽게 굴지도 않을 텐데. 물러가세요."

"하지만 여기서 쫓겨나면 전 죽을 거예요."

"죽지 않아요. 이런 밤 시간에 보통 사람 집을 찾아다니다니 뭔가 못된 계획을 품은 게 아닌가 걱정되네요. 혹시 다른 패거리들, 이를테면 가택 침입자나 그 비슷한 부류들이 이 근처 어디에 숨어 있으면 그네들에게 말하세요. 이 집엔 우리들 여자만 있는 게 아니라 신사도 한 분 계시고 개들과 총을 가지고 있다고 말예요." 이 시점에서 정직하지만 굽힐 줄 모르는 가정부는 문을 꽝 닫고 안에서 빗장까지 걸어버렸다.

이것이 클라이맥스였다. 표현할 수 없이 아픈 상심에서 오는 고통⋯⋯, 진정한 절망에서 오는 격통이 가슴을 찢으며 울렁이게 했다. 실로 나는 탈진 상태였다. 한 발짝도 움직일 수 없었다. 나는 젖은 현관 계단에 풀썩 주저앉았다. 나는 신음했다⋯⋯. 양손을 움켜쥐었다⋯⋯. 나는 너무나 고통스러워 울었다. 오, 이 죽음의 망령아! 오, 이렇게 무섭게 다가오는 이 최후의 시간! 아, 이 고립⋯⋯, 같은 인간에게서 이렇게 추방되다니! 희망의 닻뿐만 아니라 불굴의 발판까지도 사라졌다. 적어도 잠시 동안은 그랬다. 그러나 마지막으로 기운을 내기 위해 안간힘을 썼다.

"나는 다만 죽을 수는 있다." 내가 말했다. "또한 나는 하느님을 믿는다. 그러니까 묵묵히 하느님의 의지를 기다려보자."

이런 말을 머릿속으로만 한 게 아니라 실제로 발음해냈던 것이다. 그리고 내 모든 불행을 가슴속으로 되돌려 밀어 넣으며 거기에 조용히 잠자코 남아 있도록 강요하는 노력을 쏟았다.

"모든 인간은 죽습니다." 어떤 목소리가 바로 옆에서 들려왔다. "당신이 여기서 궁핍으로 죽게 되면 맞이할 그런 운명처럼 모든 인간이 너무 늦은 운명이나 너무 때 이른 운명에 처해지는 것은 아닙니다."

'대체 누가, 무엇이 말하는 걸까?' 예상치 못한 목소리에 나는 소스라치게 놀라며 자문했다. 나는 이미 어떤 일이 일어나도 거기서 어떤 도움에 대한 희망도 찾아낼 수 없는 지경이었다. 어떤 형상이 가까이에 있었다. 하지만 칠흑처럼 캄캄한 밤이어서, 내 약해진 시력으로는 그 형상이 무언지 식별할 수 없었다. 그 새로 나타난 사람은 문으로 달려가 요란하게 오랫동안 문을 두드렸다.

"세인트 존 도련님이세요?" 한나가 소리쳤다.

"그래, 나야 빨리 문 열어."

"비를 맞았으니 축축하고 추우시겠어요. 날씨가 워낙 험한 밤이니까요! 들어오세요. 동생들이 오빠 걱정 많이 했어요. 주변에 나쁜 사람들도 돌아다니는 것 같고요. 구걸하는 여자도 이제껏 있었어요. 아직 안 갔을 거예요. 저기 누워 있네. 일어나요! 창피한 줄 알아요! 당장, 가요!"

"조용히 해, 한나! 저 여자에게 할 말이 있어. 저 여자를 들이지 않았으니 한나는 의무를 다했어. 이제 저 여자를 집에 들이는 게 내 의무야. 아까 한나와 저 여자가 이야기하는 걸 들었어. 이건 특별한 경우라는 생각이 들어. 적어도 자세히 알아봐야겠어. 아가씨, 일어나시오. 자, 앞장서서 들어가시오."

나는 어렵사리 그의 지시대로 했다. 곧 나는 깨끗하고 밝은 부엌의 난롯가에 섰다. 몸이 떨리고 아팠다. 그들에게 내 모습이 천생 유령처럼 보이고 험상궂고 비바람에 시달린 모습으로 보일 거라는 생각이 들었다. 두 숙녀와 그들의 오빠 세인트 존 씨와 늙은 가정부 모두는 나를 뚫어져라 응시하고 있었다.

"세인트 존 오빠, 누구예요?" 숙녀 중 하나가 물었다.

"몰라, 문간에서 발견했다." 그가 대답했다.

"안색이 창백해요." 한나가 말했다.

"흙이나 죽음처럼 창백하구나"가 대답이었다. "저러다 쓰러지겠다. 자리에 앉혀라."

정말 나는 머리가 휙 하고 돌면서 쓰러지고 말았다. 그러나 의자가 나를 받았다. 아직 의식을 잃은 건 아니었다. 그러나 말은 할 수 없었다.

"아마 물을 좀 마시게 하면 나아질 거다. 한나, 물 좀 가져와. 극도로 탈진한 상태군. 몸도 마르고 핏기가 하나도 없군!"

"유령 같아!"

"어디 아픈 거야, 아니면 그저 굶은 거야?"

"굶은 것 같아. 한나, 그거 우유야? 이리 줘. 빵 한 조각하고."

다이애나가(내 쪽으로 몸을 기울일 때 나와 난로 사이로 늘어진 긴 고수머리를 보고 나는 그녀를 알아보았다.) 빵 조각을 조금 떼어 우유에 적신 뒤 내 입에 갖다 댔다. 그녀의 얼굴은 내 얼굴 가까이에 있었다. 나는 그 얼굴에 연민의 빛이 감도는 것을 보았고 그녀의 빠른 호흡 속에 동정심이 담긴 것을 느꼈다. 그녀의 간결한 말에도 향기 같은 따스한 감정이 담겨 있었다. "먹어보세요."

"그래요. 먹어보세요." 메리도 온화하게 말했다. 또한 메리의 손은 내 젖은 보닛을 벗기고 내 머리를 들어 올렸다. 나는 그들이 주는 것을 먹었다. 처음에는 힘없이 먹었지만 곧 허겁지겁 먹었다.

"처음부터 너무 많이 주면 안 돼. 그만 주어라." 오빠가 말했다. "그만하면 충분해." 그는 우유 잔과 빵 접시를 치웠다.

"조금 더 줘요. 세인트 존 오빠. 더 달라고 간절히 원하는 눈빛이에요."

"당장은 됐어. 이제 말을 할 수 있나 한번 시켜봐라. 이름부터 물어봐라."

나는 말할 수 있다는 생각이 들었다. 그래서 대답했다. "제 이름은 제인 엘리엇입니다." 정체가 드러나는 것을 피하기 위해 가명을 쓰겠다고 결심한 지 오래였다.

"어디 살아요? 친구들은 어디 있나요?"

나는 입을 열지 않았다.

"혹시 아는 사람이 있으면 사람을 보내 부를까요?"

나는 고개를 저었다.

"자신에 대해 어떤 설명을 할 수 있나요?" 어찌 되었든 나는 이 집의 문지방을 넘어 들어왔고 또 일단 집주인들과 얼굴을 맞댔으니, 이제 나는 추방자나 부랑자나 넓은 세상이 버린 인간이라는 생각은 더 이상 들지 않았다. 나는 감히 거지 몰골을 벗어버리고 내 본연의 모습과 성격을 되찾기로 했다. 나는 다시 내 자신을 알기 시작했다. 그래서 세인트 존 씨가 설명을 요구했을 때…… 그때로서는 너무 기운이 없어 말할 수도 없었지만…… 나는 잠시 생각하고 나서 말했다.

"선생님, 오늘 밤은 자세한 설명을 드릴 수 없습니다."

"그러면 오늘 밤," 그가 말했다. "우리가 당신을 위해 무엇을 해주기를 바라는 거요?"

"아무것도 없습니다." 내가 대답했다. 내 기력은 단지 짧은 대답이나 하기에 적당했다. 다이애나가 내 말을 받았다.

"그 말은 댁이 요구했던 것을 우리가 주었으니까 이 비 오는 밤중에 댁을 다시 밖으로 내보내도 좋단 말인가요?" 그녀가 물었다.

나는 그녀를 보았다. 그녀는 특이한 얼굴을 가졌다는 생각이 들었다. 힘과 선의가 겸비된 얼굴이었다. 나는 갑자기 용기를 냈다. 그녀의 동정 어린 눈길에 미소로 답하며 내가 말했다. "나는 당신을 믿어요. 설령 제가 주인 없는 길 잃은 개라도 오늘 밤은 이 방 난롯가에서 저를 내쫓지 않으실 거라고 생각해요. 사실 저는 전혀 걱정이 안 돼요. 저를 여러분 마음대로, 원하시는 대로 하세요. 그러나 말만은 많이 하지 않게 해주세요. 호흡이 가빠요. 말을 하면 경련이 일어나요." 세 사람은 나를 자세히 보더니 모두 침묵했다.

"한나." 마침내 세인트 존 씨가 말했다. "우선 이 아가씨를 여기 앉혀놔. 어떤 질문도 하지 마. 십 분 정도 뒤에 아까 그 우유와 남은 빵을 줘. 메리와 다이애나, 우리는 거실로 들어가서 이 문제에 대해 이야기하자."

그들이 방에서 나갔다. 곧 숙녀 중 하나가 돌아왔다. 어느 쪽인지 알 수가 없었다. 따뜻한 난롯가에 앉아 있었더니 기분 좋게 서서히 내 의식이 몽롱해지기 시작했다. 나지막한 목소리로 그녀가 한 나에게 뭐라고 지시했다. 얼마 안 있어 나는 가정부의 도움을 받으며 간신히 계단을 올라갔다. 물이 뚝뚝 떨어지는 옷이 벗겨지고 곧이어 따뜻하고 마른 침대가 나를 맞이했다. 나는 하느님께 감사를 올렸다. 말할 수 없는 탈진 상태에서 불타는 감사의 기쁨을 경험했다. 그러고는 잠들었다.

제29장

이 일에 이어진 약 사흘 밤낮에 대한 기억은 내 머릿속에 매우 희미하다. 그 기간 동안 느꼈던 몇 가지 기분은 기억할 수 있다. 그러나 무슨 생각을 했는지, 무슨 행동을 했는지는 기억에 남는 게 거의 없다. 나는 작은 방 좁은 침대 위에 있다는 것을 알고 있었다. 내가 자라서 그 침대가 되어버린 것 같았다. 나는 돌처럼 그 침대에 꼼짝 않고 누워 있었다. 그 침대에서 나를 떼어낸다면 그것은 나를 죽이는 일이나 다름없는 일이었을 것이다. 나는 시간이 흘러가는 것에 대한 감각이 없었다. 아침이 정오로 변하고 정오가 저녁으로 변하는 것을 통 느끼지 못했다. 누군가가 방에 들어오고 나가고 하는 것은 알고 있었다. 심지어 그들이 누구인지도 알 수 있었다. 내 가까이에서 누가 말을 하면 그 말하는 내용을 이해할 수 있었다. 그러나 대답은 할 수 없었다. 입술을 연다든지 사지를 움직이는 일은 다 불가능했다. 가정부 한나가 가장 빈번히 찾아온 사람이었다. 그녀가 방에 들어서는 것은 내게 방해가 되었다. 그녀가 나를 내보내고 싶어 한다는 것, 그녀는 나와 내 처지를 이해하지 못한다는 것, 또한 나에 대해 편견을 가지고 있다는 느낌을 받았다. 다이애나와 메리는 하루에 한두 번 방에 나타났다. 그들은 침대 곁에서 이런 말을 속삭이곤 했다.

"집에 들인 게 정말 다행이야."

"그래. 밤새도록 밖에 그냥 놔뒀더라면 아침에 분명 죽은 시체로 발견되었을 거야. 대체 무슨 일을 겪었는지 궁금해."

"기이한 고초를 겪은 것 같아. 불쌍하고 수척하고 창백한 떠돌이였어!"

"내 생각인데, 말하는 걸로 보면 교육을 받지 않은 여자가 아니야. 발음이 아주 명료했어. 벗은 옷도 흙탕물이 튀고 젖었지만 별로 낡은 게 아니고 좋은 옷이었어."

"얼굴도 특이해. 살이 없고 뼈만 앙상하지만 어쩐지 마음에 드는 얼굴이야. 건강을 회복하고 생기를 되찾으면 얼굴은 보기 좋은 인상을 줄 거야."

그들의 대화에서 내게 그들이 베풀어준 환대에 대해 후회하는 음절은 단 하나도 들어 있지 않았다. 나에 대한 의혹이나 혐오의 말은 하나도 없었다. 나는 위안을 느꼈다.

세인트 존 씨는 단 한 번 왔었다. 그는 내 무기력 상태가 지나치게 누적된 피로에서 오는 반작용의 결과라고 말했다. 의사를 부를 필요는 없다고 했다. 그냥 가만히 혼자 있게 내버려두어 자연히 치료되는 것이 제일 좋겠다고 그는 확신하고 있었다. 내 모든 신경이 어찌 된 일인지 지나치게 긴장되어 있어서 신체 조직 전체는 잠시 동면 상태로 남아 있어야 한다고 말했다. 병에 걸린 건 아니라고 했다. 일단 회복이 시작되면 아주 빠르게 이루어질 것이라고 그는 생각했다. 그는 이런 의견을 조용하고 낮은 목소리로, 그것도 몇 마디로 말했다. 잠시 말을 끊었다가 장황한 설명에 익숙하지 않은 사람의 말투로 이렇게 덧붙였다. "유별난 얼굴이야. 확실히 천박하거나 타락한 구석이 없는 인상이야."

"전혀 없어요." 다이애나가 대답했다. "사실 말이지, 세인트 존 오빠, 이 불쌍한 아가씨를 좀 따뜻하게 대해주고 싶어요. 계속해서 우리가 온정을 베풀 수 있으면 좋겠어요."

"그럴 가능성은 없을 거다." 오빠의 대답이었다. "이 아가씨는 가족 친척과 뭔가 오해가 생겨 아마 무분별하게 그네들한테서 뛰쳐나온 젊은 숙녀라는 게 밝혀질 거다. 고집만 부리지 않는다면 아마 우리가 그녀를 다시 가족에게 돌아가게 해줄 수 있을 거다. 한데 힘이 깃든 저 얼굴의 선을 보니 순순히 우리 말을 들을지 의심스럽구나." 그는 몇 분 동안 나를 찬찬히 살피고 서 있더니 덧붙였다. "영리하게 생겼지만 전혀 예쁜 얼굴은 아니야."

"몹시 아픈 몸이에요, 세인트 존 오빠."

"아프건 건강하건 늘 예쁘지 못한 축에 들었을 거야. 이목구비에 우아하고 조화로운 미가 결여되어 있어."

세 번째 날이 되자 나는 좀 더 나아졌다. 네 번째 날에는 말을 할 수 있었고 움직이고 침대에서 일어나 몸을 돌릴 수도 있었다. 저녁 식사 무렵이라고 생각되는 시간이었는데, 한나가 나에게 약간의 죽과 마른 토스트 빵을 가져왔다. 나는 맛있게 먹었다. 그 음식은 훌륭했다. 열 때문에 무엇을 먹든 쓴맛이 났는데, 이제 그렇지 않게 되었다. 그녀가 방에서 나갔을 때 나는 제법 힘이 나고 생기가 살아난 기분이었다. 얼마 안 있어 누워 있는 데서 오는 지루함과 움직이고 싶다는 욕망이 나를 자극했다. 나는 자리에서 일어나고 싶었다. 그러나 무엇을 입을 수 있단 말인가! 입고 땅바닥에서 자고 습지에도 빠졌던 그 축축하고 흙투성이가 된 옷밖에 없지 않은가! 그걸 입고 은인들 앞에 나타나기가 창피했다. 그런 굴욕은 면할 수 있었다.

 침대 옆 의자 위에 내 옷가지가 깨끗하고 마른 채 놓여 있었다. 검정색 실크 프록코트는 벽에 걸려 있었다. 습지에 빠진 흔적이 말끔히 없어진 상태였다. 비가 남겼던 구김살도 말끔히 펴져 있었다. 아주 단정했다. 신발과 스타킹도 깨끗이 세탁되어 사람들 앞에 내보일 수 있었다. 방에는 세수할 도구가 있었고 머리를 빗을 빗과 브러시가 있었다. 힘든 과정이 지나고 5분마다 쉬면서 나는 옷을 입는 데 성공했다. 옷이 헐거웠다. 살이 무척 빠졌기 때문이었다. 그러나 나는 그런 허점을 숄로 커버했다. 나는 내가 너무나 싫어하는 더러운 얼룩이나 칠칠치 못한 흔적이 없는 깔끔하고 품위 있는 예전 모습으로 되돌아와, 난간의 도움을 받아 돌계단을 천천히 내려왔고 좁고 낮은 복도에 이르렀다. 거기서 곧 부엌으로 통하는 길을 발견했다.

 부엌은 새로 굽는 빵의 향기와 넉넉한 난롯불의 온기로 가득 차 있었다. 한나가 빵을 굽고 있었다. 잘 알려져 있듯이 편견이란 것은 가슴에 박혀 있게 되면 거기서 뽑아내기가 무척 어려운 것이다. 왜냐하면 가슴이란 토양은 교육에 의해 부드러워지거나 비옥해지는 일이 없기 때문이다. 편견은 가슴속에서는 마치 돌밭 사이에서 자라는 잡초처럼 질긴 것이다. 사실 한나는 처음에 차갑고 뻣뻣하게 경직되어 있었다. 후에 가서는 그녀도 조금 누그러지기 시작했다. 그래서 내가 옷을 깨끗하고 단정하게 입고 나타나자 그녀는 미소까지 지어 보였다.

 "어머, 일어났어요?" 그녀가 말했다. "그러면 건강이 좋아졌군요. 원하면 난롯가 내 의자에 앉아도 좋아요."

그녀가 흔들의자를 가리켰다. 나는 거기 앉았다. 그녀는 부산스럽게 이러저리 돌아다니며 가끔 곁눈질로 나를 살펴보는 것이었다. 오븐에서 빵 조각 몇 개를 꺼내면서 퉁명스럽게 내게 물었다.

"이곳에 오기 전에도 구걸을 하고 다녔나요?"

나는 그 순간 화가 났다. 화를 낸다는 것은 말도 되지 않으며 사실 내가 그녀에게 걸인으로 보였겠다는 것을 기억하고 나는 조용히, 그러면서도 어느 정도 뚜렷한 단호함을 잃지 않고 대답했다.

"나를 거지로 생각한 건 아주머니가 잘못 본 거예요. 나는 거지가 아니에요. 아주머니나 이 댁 아가씨들이 거지가 아닌 것과 마찬가지예요."

잠시 말을 끊었다가 그녀가 말했다.

"나는 무슨 소린지 모르겠네요. 아가씨는 집도 없고 땡전도 한 푼 없는 것 같은데."

"집이나 땡전(그 땡전은 물론 돈이란 뜻으로 말하는 것 같은데)이 없다고 모두 다 아주머니가 말하는 그런 거지가 되는 건 아니에요."

"책을 읽어서 박식하신가 보지요?" 그녀가 곧이어 질문했다.

"네, 아주 많이요."

"하지만 기숙학교는 다니지 않으셨지요?"

"8년 다녔어요."

그녀는 눈을 휘둥그렇게 떴다. "아니, 그런데 어째서 혼자 벌어먹고 살지도 못하는 거죠?"

"이제까지 벌어먹고 살았어요. 앞으로 다시 벌어먹고 살 것이라고 믿어요. 이 구스베리 열매들로 무엇을 하려고 그러죠?" 그녀가 과일 바구니를 꺼내오자 내가 물었다.

"파이를 만들려고요."

"이리 주세요. 내가 열매를 따드릴게요."

"아니에요. 아무 일도 하지 않았으면 해요."

"무언가 해야겠어요. 하게 해줘요."

그녀가 허락했다. 심지어 옷을 가리고 하라고 깨끗한 수건까지 가져다주었다.

'옷에 뭐가 묻을까 봐' 그걸 하라는 것이었다.

"아가씨는 가정부가 하는 일엔 익숙하지 않을 거예요. 손을 보면 알지요." 그녀가 말했다. "혹시 양재사가 아니었나요?"

"아녜요. 잘못 짚으셨어요. 자, 이제 내가 뭘 했던 사람인가 하는 것엔 신경 쓰지 마세요. 더 이상 나 때문에 골치를 썩이지 말고 이 집 이름이나 일러주세요."

"어떤 사람은 '마시 엔드'〔습지의 끝〕라고 부르고 어떤 사람은 '무어 하우스'〔황야의 집〕라고 불러요."

"그럼 이곳에 사는 신사분 이름이 세인트 존 씨인가요?"

"아니에요. 그분은 여기 안 사세요. 잠시 머물고 계신 거예요. 그분이 집에 계시다고 말하면 그건 그분이 모턴에 있는 교구에 계시다는 뜻이에요."

"몇 마일 떨어져 있는 마을을 말하는 거예요?"

"네."

"그럼 그분은 뭐 하는 분이시죠?"

"교구 사제시죠."

나는 그 마을의 사제관에서 신부님이 어디 가셨느냐고 묻자 늙은 가정부가 했던 대답이 생각났다. "그럼 이 집은 그분 아버님 댁이었나요?"

"그래요. 리버스 어르신께서 여기 사셨지요. 그리고 그분의 아버지, 할아버지, 증조할아버지가 전에 사셨죠."

"그러니까 그 신사분 이름이 세인트 존 리버스 씨죠?"

"네, 맞아요. 세인트 존이라는 이름은 세례명이에요."

"그리고 여동생 분들의 이름은 다이애나하고 메리고요."

"네."

"그분들 아버님은 돌아가셨나요?"

"3주 전에 그만 뇌졸중으로 돌아가셨어요."

"어머니는 안 계시나요?"

"마님께서 돌아가신 지 여러 해 되었어요."

"아주머니는 여기 가족들과 함께 사신 지 오래됐나요?"

"여기서 30년 살았어요. 세 분 모두 제가 키웠어요."

"그건 아주머니가 정직하고 충실한 가정부였다는 걸 증명하는군요. 정말 아주머니는 훌륭한 분이라고 말씀드려야겠네요. 무례하게 저보고 거지라고 부르시긴 했지만요."

그녀는 다시 놀란 표정으로 나를 바라보았다. "제가 아가씨에 대해 정말 잘못 생각했군요." 그녀가 말했다. "하지만 주변에 사기꾼들이 하도 많아서 그랬던 것이니 용서하십시오."

"그래도 그렇지요." 내가 다소 엄한 말투로 계속해서 말했다. "개라도 쫓아내선 안 될 그런 밤에 아주머니는 나를 문밖으로 쫓아 버리고 싶어 하셨어요."

"그래요. 심했어요. 하지만 저 혼자 몸으로 어쩌겠어요? 저보다도 우리 아가씨들 생각을 해야지요. 가엾은 분들! 저 말고 그들을 돌볼 사람이 없으니까요. 전 경계하고 있는 모습을 보이려고 했던 거지요."

나는 잠시 동안 근엄한 침묵을 지켰다.

"제가 너무 가혹했다고 생각하면 안 돼요." 그녀가 다시 말했다.

"그래도 난 아주머니가 가혹했다고 생각하고 있어요." 내가 말했다. "그 이유를 말해드리겠어요. 아주머니가 내게 쉴 곳을 제공하기를 거절하고 나를 사기꾼으로 여긴 것 말고도 아까 '땡전'도 집도 없다고 나를 비난했기 때문이에요. 이제까지 살았던 가장 훌륭했던 사람들 중 몇몇 사람은 나처럼 가난했던 사람이었어요. 기독교인이라면 가난을 죄라고 생각하면 안 돼요."

"이제 안 그럴게요." 그녀가 말했다. "세인트 존 도련님도 제게 그렇게 말했어요. 제가 잘못 생각했다는 것을 알겠어요. 어쨌든 이젠 제가 생각했던 모습과 아가씨는 사뭇 다르게 보이네요. 완전히 단정하고 귀여운 아가씨로 보여요."

"그러면 됐어요. 이제 용서해주겠어요. 악수해요."

그녀는 밀가루가 묻은 굳은살 박인 손을 내 손 안에 밀어넣었다. 따뜻한 또 한 번의 미소가 그녀의 거친 얼굴을 밝게 조명했다. 그 순간부터 우리는 친구가 되었다.

분명히 한나는 이야기하기를 좋아했다. 나는 열매를 따고 자신은 파이 반죽을 하는 동안 그녀는 돌아가신 주인님과 마님, 그리고 '아이들'(그녀는 이 집의 자녀들을 그렇게 불렀다.)에 대한 온갖 세세한 이야기를 계속했다.

돌아가신 리버스 어른은 매우 평범한 분이었지만 세상에 둘도 없는 유서 깊은 가문의 신사였다고 했다. 마시 엔드 저택이 처음 지어졌을 때부터 그 저택은 리버스 가 소유였으며 2백 년은 족히 되었다고 주장하며 그녀는 이렇게 말을 이었다. "물론 이 집은 작고 소박하며, 모턴 계곡 아래쪽에 위치한 올리버 씨의 거대한 저택에 비하면 초라하긴 해요. 그러나 빌 올리버의 아버지는 바늘 만드는 떠돌이 장인이었지만, 리버스 가문은 먼 옛날 헨리 왕 시절부터 양반이었다는 것을 전 기억할 수 있어요. 모턴 성당 부속실에 있는 등기부를 보면 이 사실을 누구나 알 수 있어요." 그러나 그녀는 이런 사실만은 인정했다. "그러나 돌아가신 어른도 다른 여느 사람들과 똑같았어요. 평범한 생활 방식을 떠나지 못했다는 말이지요. 사냥과 농사에 푹 빠져 지내셨어요. 그러나 마님은 달랐어요. 독서를 많이 하시고 공부를 많이 하셨어요. 그래서 자손들이 어머니와 꼭 닮은 거였어요. 이 지역에 이 댁 자제분들 같은 아이들은 없어요. 그 이전에도 없었고요. 셋은 모두가 말을 할 수 있게 되자 곧 공부를 좋아했어요. 항상 각자 나름대로 '독특한 특징'을 지니고 있었어요. 세인트 존 도련님은 성장하자 케임브리지 대학에 가서 사제가 되었어요. 그리고 아가씨들은 학교를 마치자마자 가정교사 일자리를 얻었고요. 믿었던 사람이 파산하는 바람에 아가씨들의 아버지는 큰 재산을 잃었다고 사람들이 말해주었어요. 이제 딸들에게 재산을 물려줄 만한 돈이 없었기 때문에 자식들 모두 자립해야 했던 거예요. 그래서 세 분들은 한동안 집에 오지 못했어요. 그러다가 아버지가 돌아가시는 바람에 이제야 몇 주 묵으러 오신 거예요. 하지만 세 사람 모두가 이 마시 엔드 저택과 모턴 마을을 너무너무 사랑하고 계셔요. 그분들은 런던에도 살아보셨고 다른 대도시에서도 살아보셨어요. 서로 사이가 틀어지거나 다툰 적이 한 번도 없었어요. 화목하기로 말하면 이런 가족이 세상에 또 있을까 싶어요."

구스베리 열매 따는 일을 마친 나는 아가씨들과 오빠가 지금 어디 있느냐고 물었다.

"모턴으로 산책 나갔어요. 반 시간만 있으면 차를 마시러 돌아오실 거예요."

그들은 한나가 말한 시간에 돌아왔다. 그들은 부엌문을 통해 들어왔다. 세인트 존 씨는 나를 보았을 때 목례만 하고 그냥 지나쳤다. 두 숙녀는 내 앞에 섰다. 메리는 아래층으로 내려올 정도로 건강이 회복된 모습을 보니 기쁘다며 친절하고 차분한 몇 마디 말을 던졌다. 다이애나는 내 손을 잡고 나를 향해 고개를 저었다.

"내가 내려와도 좋다고 허락할 때까지 기다렸어야 했어요." 그녀가 말했다. "아직 몹시 창백해 보여요. 아주 수척해졌어요! 가엾기도 해라! 가엾은 아가씨!"

다이애나의 목소리는 내 귀에는 비둘기가 구구거리는 소리 같았다. 그녀는 마주치기만 해도 유쾌한 눈을 가지고 있었다. 내 보기에 그녀의 얼굴 전체가 매력으로 가득 차 있는 것 같았다. 메리의 얼굴 역시 언니와 똑같이 지적이고, 이목구비도 마찬가지로 예뻤다. 그러나 그녀의 인상은 좀 내성적이었고, 태도는 부드럽긴 했지만 다소 거리감이 느껴졌다. 다이애나의 말에는 권위가 배어 있었다. 분명히 그녀는 심지가 굳어 보였다. 나는 천성적으로 그녀와 같은 굳은 의지의 소유자에게 굴복하고, 적극적인 의지의 소유자에게 양심과 자존심이 허락하는 한 굽히는 행위에서 즐거움을 느끼는 사람이었다.

"그런데 부엌에 무슨 할 일이라도 있나요?" 그녀가 말을 이었다. "이곳은 아가씨가 올 곳이 아니에요. 메리하고 나는 가끔 이곳에 와 앉아 있곤 해요. 고향 집에 오면 자유롭고 싶고 심지어 방종에 빠지고 싶기도 해요. 하지만 아가씨는 손님이에요. 그러니 응접실로 가야 돼요."

"여기 있어도 전 좋아요."

"전혀 그렇지 않아요. 한나가 계속 부산을 떨면서 아가씨를 밀가루로 뒤집어씌우잖아요."

"또 난롯불도 아가씨에겐 너무 뜨거워요." 메리도 끼어들었다.

"맞아." 언니가 덧붙였다. "자, 우리 말을 들으세요." 여전히 내 손을 잡고 그녀는 나를 일으켜 세웠다. 그러고는 나를 안쪽 방으로 인도했다.

"거기 앉아 있어요." 나를 소파에 앉히며 그녀가 말했다. "그동안 우린 옷을 갈아입고 차를 준비할 테니까. 마음이 내키거나 한나가 빵을 굽거나 술을 담그거나 세탁이나 다리미질을 할 때는 직접 먹을 것을 챙겨 먹는 게 황야의 이 작은 집에서 우리가 누릴 수 있는 특권이에요."

그녀가 문을 닫고 나가자 방 안에는 맞은편에 앉아 있던 세인트 존 씨와 나, 단둘만 남게 되었다. 그는 손에 책인지 신문인지를 들고 있었다. 나는 먼저 응접실을 둘러보고 나서 그를 살펴보았다.

응접실은 좀 작은 방이었고 매우 소박한 가구들이 구비되어 있었다. 그러나 깨끗하고 단정해서 안정을 주는 방이었다. 구식 의자들은 매우 밝아 보였고 호두나무 탁자는 거울 같았다. 이상하면서 고풍스러운 옛 시절의 남녀 초상화 몇 점이 얼룩진 벽면들을 장식하고 있었다. 유리문이 달린 진열장에는 책 몇 권과 오래된 도자기 세트가 들어 있었다. 방에는 불필요한 장식물은 하나도 없었다. 반짇고리 한 쌍과 사이드 테이블 위에 놓인 자단 재목으로 만든 부인용 책상을 제외하면 현대식 가구는 하나도 없었다. 카펫과 커튼을 포함해서 모든 것이 제대로 낡아가며 동시에 제대로 보관되어 있었다.

벽에 걸린 어두운 초상화 한 점처럼 조용히 앉아, 읽고 있는 페이지에 시선을 고정하고 입술은 묵묵히 다물고 있는 세인트 존 씨는 관찰하기가 아주 편했다. 그가 사람이 아니라 석상이었다 하더라도 관찰하기가 지금보다 더 쉽진 않았을 것이다. 그는 젊었다. 아마 27세에서 30세 사이일 것이다. 키는 크고 체격은 호리호리했다. 얼굴에는 움푹 팬 눈이 박혀 있었다. 그 얼굴의 윤곽이 매우 깨끗하여 그리스 조각상의 얼굴 같았다. 코는 곧고 고전적이었고 입과 턱은 아테네 사람의 것과 같았다. 정말이지 영국 사람의 얼굴이 그처럼 고전 조각상과 닮는다는 것은 좀처럼 있기 어려운 일이다. 자신의 얼굴이 그처럼 조화의 미를 갖추었기 때문에 그가 내 멋대로 생긴 얼굴을 보고 다소 충격을 받았던 것은 당연한 일이었다. 그의 눈은 크고 파랬으며 눈썹은 갈색이었다. 그의 높은 이마는 상아처럼 색이 없었고 그 일부분은 아무렇게나 늘어진 금발의 머리카락들이 줄을 긋고 있었다.

이것은 온건한 묘사이다. 독자여, 그렇지 않은가? 그러나 그 묘사가 그려낸 인물은 온건하고 양보심이 강하고 다감하고 평온한 성격의 사람이라는 인상을 전혀 주지 않았다. 조용히 앉아 있는 그 순간에도 그의 콧구멍과 입과 이마에는 내가 느끼기에 불안하고 모질고 그게 아니면 열정적인 여러 요소들이 내재하고 있다는 것을 시사하는 그 무엇이 있었다. 그는 누이동생들이 돌아올 때까지 내게 한마디 말도 건네지 않고 눈길 한번 주지 않았다. 차를 준비하며 들락날락하던 다이애나는 오븐에서 구워진 작은 케이크를 내게 가져왔다.

"그걸 지금 먹어요." 그녀가 말했다. "배가 고플 거예요. 한나가 그러는데 아침 식사 후 약간의 죽밖에 먹은 게 없다던데."

나는 그걸 거절하지 않았다. 내 식욕이 깨어나 안달하고 있었기 때문이다. 이제 리버스 씨도 책을 덮고 탁자로 다가왔다. 그는 자리에 앉더니 파랗고 그림 같은 눈을 내게 완전히 고정시키는 것이었다. 이제 그의 시선에는 예의를 벗어난, 노골적으로 상대방을 탐색하는 듯한 단호하고 꾸준한 눈빛이 담겨 있었다. 그 눈빛은 이제까지 낯선 아가씨에게 눈길을 주지 않았던 것은 수줍어서가 아니라 의도적이었다는 것을 말해주고 있었다.

"배가 꽤 고팠군요." 그가 말했다. "네, 선생님." 이것이 내 습관이었다. 간결함에는 간결함으로, 직선적인 말에는 직선적으로 말하는 것이 본능적인 내 방식이었다.

"미열이 있어서 지난 사흘간 부득이 음식물 섭취를 자제한 것이 오히려 아가씨에게 잘된 일입니다. 처음에 식욕이 요구하는 대로 굴복했다면 위험이 있었을 것입니다. 이제 먹어도 됩니다. 물론 아직 마구 들라는 뜻은 아닙니다."

"선생님, 전 오래 폐를 끼치며 여기서 얻어먹진 않을 거라고 믿고 있습니다." 이것은 세련되지 못하게 얼른 꾸며낸 대답이었다.

"아닙니다." 그가 냉정하게 말했다. "가족이 사는 곳을 우리에게 알려주면 우리가 그들에게 소식을 전할 수 있을 것이고, 그렇게 되면 아가씨는 다시 집으로 돌아가게 될 겁니다."

"분명히 말씀드리지만 저로서는 그렇게 할 수 없습니다. 저는 집도 일가친척도 전혀 없는 사람이기 때문입니다." 세 사람은 나를 바라보았다. 그러나 미심쩍어하는 눈길은 아니었다. 그들의 시선에 아무런 의혹도 담겨 있지 않다고 나는 느꼈다. 그보다는 오히려 호기심이 서려 있었다. 특히 숙녀들의 시선이 그랬다. 세인트 존의 눈은 글자 그대로 맑았지만 속뜻을 헤아리기가 힘들었다. 그의 눈은 자신의 속마음을 드러내는 수단이라기보다는 다른 사람들의 속마음을 탐지하는 도구로 사용되는 것 같았다. 그런 식으로 예리함과 자제심이 조합되어 있었기 때문에 그의 시선은 상대방을 격려한다기보다는 당황하게 만들기 위해 의도된 것 같았다.

"아가씨의 말은," 그가 물었다. "모든 인간관계와 연줄에서 고립되었다는 뜻입니까?"

"그렇습니다. 저는 살아 있는 어느 인간과도 연줄이 없습니다. 영국의 어느 지붕 밑으로도 들어갈 권리가 없어요."

"아가씨 나이에선 매우 특이한 처지이군요."

이 순간 나는 그의 시선이 내 앞 탁자 위에 포개놓은 내 손을 향하고 있는 것을 보았다. 그가 내 손에서 무엇을 찾고 있는가가 궁금했다. 그의 말이 무엇을 찾고 있는지를 곧 설명해주었다.

"결혼하지 않았군요? 노처녀입니까?" 다이애나가 웃었다. "참, 세인트 존 오빠, 아직 열일곱이나 열여덟도 안 돼 보이는 아가씨한테." 그녀가 말했다.

"열아홉 가까이 됐어요. 그러나 아직 결혼은 안 했습니다. 안 했어요."

나는 얼굴이 확 달아오르는 걸 느꼈다. 결혼에 대한 언급이 쓰디쓴, 격동하는 회상을 불러일으켰기 때문이다. 그들 모두는 내가 당황하며 동요하는 모습을 목격했다. 다이애나와 메리는 자신들의 시선을 빨개진 내 얼굴이 아니라 다른 곳으로 돌려 내 당황을 덜어주었다. 그러나 그들보다 더 냉정하고 엄격한 오빠는 계속 나를 응시했고, 결국 그가 자극한 고통이 내 얼굴을 붉게 물들게 했을 뿐 아니라 눈물을 짜내는 것이었다.

"마지막으로 살았던 곳이 어딥니까?" 그가 다시 물었다.

"세인트 존 오빠, 너무 캐묻고 계시네요." 메리가 낮은 목소리로 중얼거렸다. 그러나 오빠는 탁자에 기대면서 두 번째로 단호하고 꿰뚫어 보는 표정으로 대답을 요구했다.

"제가 살았던 장소와 함께 살았던 사람의 성함은 비밀입니다." 나는 간결하게 대답했다.

"내 의견인데, 세인트 존 오빠에게든 다른 질문자에게든, 아가씨가 원하면 그 비밀은 말하지 않아도 될 권리가 아가씨에게 있는 거예요." 다이애나가 말했다.

"그러나 아가씨 자신이나 아가씨의 전력에 대해 내가 아무것도 모른다면 도와줄 수가 없습니다." 그가 말했다. "도움을 원한다고 말하지 않았소? 그렇죠?"

"도움이 필요합니다. 도움을 이제껏 찾고 있습니다, 선생님. 진정한 자선가가 나타나셔서 제가 할 수 있는 일자리를 얻어 그 일의 보답으로 살아갈 수 있기를 바라고 있습니다. 보답은 연명하는 데 필요한 최소한이면 됩니다."

"내가 진정한 자선가인지는 모르겠지만 내 능력이 닿는 한 최선을 다해 아가씨를 돕고 싶습니다. 매우 정직한 목적에서 그러고 싶습니다. 그러니 먼저 아가씨가 무슨 일을 익숙하게 해왔는지, 아가씨가 할 수 있는 일이 무엇인지 말해주세요."

나는 이제 차를 꿀꺽 삼켰다. 그걸 마시자 힘이 솟는 기분이었다. 포도주를 마신 거인처럼 힘이 솟는 것 같았다. 그런데 그 새로운 힘은 약해진 내 신경들에 새로운 긴장을 불어넣었고 상대방을 꿰뚫어 보는 이 젊은 심판관을 똑바로 쳐다보며 말할 수 있게 해주었다.

"리버스 씨." 그에게 몸을 돌리며 내가 말했다. 그가 나를 바라보는 것처럼 나도 터놓고 수줍어할 것 없이 그를 똑바로 쳐다보았다. "리버스 씨와 동생 분들께선 제게 큰 도움을 주셨습니다. 아마 인간이 동료 인간에게 베풀 수 있는 가장 큰 도움일 것입니다. 리버스 씨는 고귀하고 따뜻한 환대로 저를 죽음에서 구해주셨습니다. 베풀어주신 그 은혜로 말미암아 제 감사의 마음에 대해 무제한의 소유권을 주장하실 수 있습니다. 제 비밀에 대해서도 어느 정도까지는 알겠다는 주장을 하실 수 있습니다. 그러니 리버스 씨께서 보호해주신 방랑자의 전력에 대해 제 마음의 평화와 제 자신의 정신적 육체적 평화와 다른 사람들의 평화를 위태롭게 하지 않는 범위 내에서 말씀드리겠습니다.

저는 성직자의 딸로 태어난 고아입니다. 제 부모님들은 제가 얼굴도 알기 전에 돌아가셨습니다. 저는 친척 집에 얹혀살다가 그 후 어느 자선 기관에서 교육을 받았습니다. 거기서 학생으로 6년, 교사로 2년을 보낸 그곳의 이름은 말할 수 있습니다. ○○주에 위치한 로우드 고아 시설이란 곳입니다. 리버스 씨께서도 들어본 적이 있으시지요? 로버트 브로클허스트 목사가 재정 책임자입니다."

"브로클허스트 목사 이름은 들어봤습니다. 그 학교도 본 적이 있습니다."

"1년 전쯤 저는 그 학교를 떠나 어느 댁의 가정교사로 들어갔습니다. 좋은 일자리였고 행복했습니다. 이곳에 오기 나흘 전 저는 그 장소를 떠나야 했습니다. 떠난 이유는 설명할 수도 없고 설명을 해서도 안 됩니다. 소용없는 일이고…… 위험한 일입니다. 그리고 믿을 수 없는 소리로 들리겠죠. 제게 어떤 잘못도 전가할 수 없는 일이었습니다. 여기 세 분처럼 저도 어떤 죄에서도 자유롭습니다. 저는 지금 비참한 심경입니다. 한동안 그럴 수밖에 없을 것입니다. 제가 낙원이라고 생각했던 그 집에서 저를 내쫓은 파국적인 재앙은 정말 이상하고 무서운 성격을 띤 것이었습니다. 저는 그 집을 떠나는 계획에서 단 두 가지 사항만 지켰습니다. 신속함과 비밀이었습니다. 이 두 가지를 확보하기 위해 저는 작은 보따리 외엔 제가 가진 모든 것을 놔두고 떠나야 했습니다. 그런데 마음이 너무 급하고 괴로운 나머지 위트크로스까지 태워다 준 마차에 그만 그 짐 보따리를 두고 내린 겁니다. 그래서 완전히 거지꼴이 되어 이 근방까지 오게 된 것입니다. 저는 이틀 밤을 노숙했고 단 한 집 문턱도 넘어 보지 못하고 이리저리 방황하고 다녔습니다. 하지만 그동안 두 번인가 음식 맛을 보았습니다. 그러다가 굶주림과 탈진 상태와 절망이 거의 숨이 끊기는 직전으로 저를 몰아갔을 때, 선생님이, 리버스 씨께서 집 앞에서 제가 굶어 죽는 것을 허용치 않으시고 저를 이 지붕 밑 안식처로 데려오셨던 것입니다. 그 후 저는 동생 분들께서 제게 베풀어주신 모든 일들을 알고 있습니다. 의식이 혼미해 보였던 동안에도 저의 의식은 살아 있었기 때문입니다. 저는 진심에서 우러난 자발적이고 친절했던 두 분의 동정심에 빚을 지고 있는 것입니다. 선생님의 복음주의적 자비심에 대해 지고 있는 빚과 맞먹는 큰 빚을 진 것입니다.

"세인트 존 오빠, 이제 말을 그만하게 하세요." 내가 말을 멈추자 다이애나가 말했다. "분명히 아직 아가씨는 흥분하면 안 될 것 같아요. 자, 엘리엇 양, 이 소파로 와 앉으세요."

나는 엘리엇이라는 가명을 듣고 나도 모르게 놀라 움찔했다. 새 이름을 깜박 잊고 있었다. 무엇 하나 놓치지 않을 듯한 리버스 씨는 즉시 내 거동을 눈치챘다.

"이름이 제인 엘리엇이라고 하지 않았나요?" 그가 물었다.

"그렇게 말씀드렸습니다. 당분간은 그렇게 불리는 것이 편리할 것 같아서 생각해낸 이름입니다. 제 진짜 이름은 아닙니다. 그래서 제게도 낯설게 들렸던 것입니다."

"진짜 이름은 말하지 않겠다, 이거요?"

"네, 무엇보다 제 소재가 밝혀질까 두렵습니다. 그게 밝혀지게 되는 일은 무엇이든 전 피합니다."

"그러는 게 옳다고 나도 확신해요." 다이애나가 말했다. "오빠, 이제 제발 잠시라도 아가씨를 편안히 있게 하자고요."

그러나 세인트 존 씨는 잠시 곰곰이 생각하더니 전처럼 냉정하고 예리한 눈매를 지닌 채 다시 말을 시작했다.

"우리의 환대에 오래 의지하고 싶진 않은 것 같은데······. 내가 보기에 아가씨는 가능하면 빨리 내 동생들의 동정에서 벗어나고 싶고 무엇보다 내 자비심에서 벗어나고 싶어 하는 것 같군요.(내 동생들의 동정심과 내 자비심을 구분해서 말하는 것을 확실히 알았지만 난 그것 때문에 화를 내진 않겠소.) 우리한테서 독립하기를 원하는 거죠?"

"그렇습니다. 이미 그렇다고 말씀드렸습니다. 그러니 무슨 일을 해야 할지, 어떻게 일자리를 찾아야 할지 알려주십시오. 제가 지금 바라는 것은 그게 전부입니다. 아주 초라한 오두막집도 괜찮으니 그런 데라도 가게 해주십시오. 그러나 그때까지는 여기 머물도록 허락해주십시오. 다시 집도 없는 궁핍의 공포에 들어가는 시도는 무섭습니다."

"정말이에요. 여기 있게 해주겠어요." 다이애나가 자신의 흰 손을 내 손 위에 올려놓으며 말했다. "여기 있게 해주겠어요." 메리가 그 말을 반복했다. 그녀가 타고난 것 같은 가식 없는 진지함이 깃든 목소리로 말했다.

"보시다시피 동생들이 아가씨를 우리 집에 기꺼이 머물도록 하겠다고 하는군요." 세인트 존 씨가 말했다. "차가운 겨울바람에 쫓겨 격자창을 통해 날아들어온 몸이 반쯤 얼어붙은 새를 보살피고 품어주는 데서 기쁨을 느끼는 것이나 다름없군요. 나는 아가씨가 스스로 자립하도록 만들고 싶습니다. 스스로 자립하도록 노력하게 하고 싶습니다. 그러나 아시다시피 내 활동 영역은 좁아요. 나는 가난한 시골 교구 마을을 맡고 있는 사제입니다. 분명히 내 도움은 보잘것없는 것일 겁니다. 그러니 만약 자질구레한 일들이 이어지는 나날들을 경멸하는 성향이라도 있으면, 내가 제공할 수 있는 도움보다 더 효과적인 도움의 손길을 찾아보세요."

"아가씨는 자신이 할 수 있고 정직한 일이면 무엇이나 기꺼이 하겠다고 이미 말했어요." 다이애나가 내 대신 말했다. "세인트 존 오빠, 알다시피 아가씨는 도와줄 사람을 선택하고 뭐고 할 수 없는 처지예요. 오빠같이 까다로운 사람도 참아야 하는 처지라고요."

"옷 만드는 일도 좋고 하찮은 일이라도 하는 막일꾼도 좋고, 더 나은 일이 없다면 하녀나 애 보기도 하겠습니다." 내가 대답했다.

"좋습니다." 세인트 존 씨가 아주 냉정한 어조로 말했다. "그러한 정신이 있다면, 내 시간과 내 방식에 따라 도울 것을 약속하겠소."

그러고 나서 그는 차 마시는 시간 전까지, 그때까지 몰두해왔던 책을 다시 계속해 읽었다. 나는 곧 그곳에서 물러났다. 내 그때의 기력이 허용하는 한 말을 많이 하고 또 오랜 시간 앉아 있었기 때문이었다.

제30장

　무어 하우스의 사람들을 알면 알수록 나는 그들을 더욱 좋아하게 되었다. 며칠 후 나는 건강이 회복되어 하루 종일 앉아 있거나 가끔 산책을 나갈 수 있는 정도가 되었다. 다이애나와 메리가 하는 거의 모든 일에 동참할 수도 있었다. 그들이 원하는 만큼 대화를 나눌 수 있었고 그들이 허락하면 언제나, 어디서나 그들을 도울 수 있었다. 그들과의 교제에서는 새로운 기쁨이 되살아났는데, 그것은 내가 처음으로 맛본 새로운 기쁨이었다……. 취미와 감성과 원칙이 일치되는 데서 오는 기쁨이었다.

　그들이 읽기를 좋아하는 것은 나도 읽기를 좋아했다. 그들이 즐기는 것은 나를 즐겁게 했고 그들이 인정하는 것은 나도 존중했다. 그들은 두고 떠났던 이 고향집을 사랑했다. 나 역시 낮은 지붕과 격자무늬의 여닫이창과 헌 벽들과 오래된 전나무 숲길과…… 강한 산바람의 압력에 눌려 비스듬히 기울어진 나무들, 주목과 서양호랑가시나무로 어두컴컴한 데다가 극히 억센 꽃들 말고는 다른 꽃들은 전혀 피어나지 못하는 정원을 앞에 가지고 있는 이 고색창연한 구조물, 회색의 이 작은 구조물에서 강하고 영구적인 매력을 발견했다. 두 자매는 집 뒤편과 주변에 있는 자줏빛 황야에 애착을 가지고 있었고, 집 대문부터 자갈 덮인 마찻길이 죽 이어져 내려간 텅 빈 아래 계곡에 애착을 가지고 있었다. 그 계곡은 양치류로 뒤덮인 둑 사이로 구불구불 뻗어가다 황량한 히스 벌판이 그 가장자리를 에워싸고 있었는데, 이끼가 얼굴에 낀 것 같은 어린 새끼 양들을 거느리고 황무지에 사는 잿빛 양 떼에게 먹이를 제공하는 작고 거친 몇몇 목초지 사이로 이어졌다. 그 두 자매는 이런 풍경에 한없는 열정과 애착을 품고 있었다. 나도 그 느낌을 이해할 수 있었고 그 감정에 담긴 힘과 진실성을 공감할 수 있었다. 나는 그 지역 특유의 토속적 매력을 깨달았다. 고독하게 외따로 떨어져 있는 그곳의 성스러움을 깨달았다. 내 눈은 부풀어 오르는 지면과 평평하게 뻗어가는 지면이 그리는 지평선을 실컷 즐기며 잔치를 즐겼다……. 이끼, 히스꽃들, 꽃들이 흩뿌려진 풀밭, 찬란한 고사리 밭 그리고 부드러운 색깔을 띤 화강암 바위들이 거친 붓질로 그려내는 색채가 산마루와 골짜기까지 번져가는 모습을 마음껏 포식하고 있었다. 이 풍경의 세세한 품목들이 그들에게 주는 의미가 내게도 똑같이 느껴졌다. 그 의미는 너무나 순수하고 감미로운 기쁨의 원천이었다. 세찬 바람과 부드러운 미풍, 궂은 날과 평온한 날, 일출의 시간과 일몰의 시간, 달빛과 구름 낀 밤이 그들에게 했던 것처럼 내게도 이 지역에 대해 애착을 느끼게 했고, 그들의 마음을 사로잡았던 마법으로 내 오관을 휘감았다.

 집 안에서도 우리 셋은 밖에서처럼 마음이 잘 맞았다. 두 자매는 나보다 더 교양이 있었고 책을 많이 읽은 사람들이었다. 그러나 나는 나보다 앞서 그들이 밟았던 지식의 길을 열심히 따라갔다. 나는 그들이 빌려준 책들을 탐독했다. 그리고 낮 시간 동안에 읽었던 것을 저녁에 그들과 토론하는 것은 흐뭇한 만족이었다. 생각과 생각이 통했고 의견과 의견이 맞았다. 간단히 말해 우리는 완벽한 일치를 보았다.

우리 트리오에게 선배이자 지도자가 있다면 그건 바로 다이애나였다. 그녀는 신체적으로 나보다 훨씬 우월했다. 외모도 예뻤고 강건했다. 그녀의 발랄한 정신 속에는 나의 경외감을 자극하여 불러일으키는 풍부한 생명력과 자신만만한 달변이 담겨 있었다. 그 달변 앞에서 나의 이해력은 좌절을 맛보았다. 저녁이 시작되면 나는 얼마 동안은 말을 할 수 있었다. 그러나 초반에 활기차고 유창하게 발언하는 시간이 끝나면 나는 기꺼이 다이애나 발치에 놓인 걸상에 앉아 머리를 그녀의 무릎에 기대고 그와 메리의 대화를 교대로 경청했다. 그러는 동안 그들은 내가 겨우 손댄 화제에 대해 깊고 철저히 토론하는 것이었다. 다이애나가 내게 독일어를 가르쳐주겠다고 했다. 나는 그녀에게서 배우는 것이 좋았다. 선생 역할이 그녀를 기쁘게 하고 그녀의 취미에 맞는다는 것을 알았고, 또한 학생 역할이 그에 못지않게 나를 기쁘게 하고 마음에 맞는다는 것을 알았다. 우리 두 사람은 성격이 잘 맞았다. 그 결과 우리 둘 사이에 매우 강한 애정이 피어났다. 두 자매는 내가 그림을 그릴 줄 안다는 것을 알아냈다. 그들이 가진 화필과 그림물감이 곧바로 내게 주어졌다. 이 한 가지 점에서 그들보다 뛰어난 내 재주는 그들을 놀라게 했고 매료시켰다. 메리는 내 곁에 한 시간씩이나 앉아서 나를 지켜보곤 했다. 결국 그녀는 내게 그림 수업을 받게 되었다. 이런 일을 하며 모두가 즐거워하는 가운데 며칠이 몇 시간처럼, 몇 주가 며칠처럼 흘렀다. 세인트 존 씨에 대해 말하자면, 나와 그의 누이동생들 사이에 너무나 자연스럽고 급속하게 생겨났던 친밀감은 그에게까지 확대되진 않았다. 아직도 그와 나 사이에 눈에 띌 정도의 거리감이 있었던 이유는 그가 비교적 집에 붙어 있는 시간이 없었기 때문이다. 그는 대부분의 시간을 여기저기 흩어져 살고 있는 교구 마을의 병들고 가난한 사람들을 방문하는 일에 바쳐지는 것 같았다.

어떤 날씨도 그의 교구 순방을 방해하지 못하는 것 같았다. 비가 오는 날씨건 갠 날씨건 그는 아침 공부 시간이 끝나면 중절모를 쓰고, 돌아가신 부친의 늙은 애완견 카를로를 데리고 사랑과 의무감으로 가득 찬 자신의 의무를 수행하러 나가곤 했다. 나는 그가 자신의 그런 사명을 어떤 관점에서 생각하고 있는지 좀처럼 알 수 없었다. 가끔 날씨가 몹시 험악할 때는 그의 동생들이 그 방문을 만류했다. 그러면 그는 특유의 미소를 지어 보이며 명랑하다기보다는 엄숙한 태도로 말하곤 했다.

"바람 좀 분다고, 비 좀 뿌린다고 이런 쉬운 일들을 나 몰라라 제쳐둔다면, 그런 게으른 타성을 가지고 내가 내게 제안한 미래를 위한 준비를 어떻게 한다는 말이냐?"

이 질문에 대한 다이애나와 메리의 대답은 한숨을 내쉬는 것이었고 잠시 슬퍼하는 듯한 표정으로 명상에 잠기는 것이었다.

그러나 그가 자주 집을 비운다는 것 말고도 그와 나와의 우정을 방해하는 장벽이 또 하나 있었다. 그는 내성적이고 멍하니 있는 적이 많았으며 심지어 무엇을 혼자 깊이 생각하는 성격의 소유자라는 점이었다. 성직자의 고된 노동에 열정적이고 생활이나 습관 면에서는 흠잡을 데가 없었지만, 그는 진지한 기독교인들이나 실천적인 박애주의자들이 분명히 누리는 보상인 마음의 평화와 내면의 만족감을 즐기는 것 같지 않았다. 종종 저녁 시간에 책상과 서류를 앞에 놓고 창가에 앉아 있을 때, 그는 읽거나 쓰는 일을 정지하고 턱을 손으로 괸 채, 나로서는 그가 무슨 생각을 하는지 알 수 없는 그런 사색에 빠져들곤 하는 것이었다. 그러나 그의 눈빛이 자주 반짝이고 눈동자가 불안전하게 확대되는 것으로 미루어 그의 사색이 교란되고 있으며 그를 흥분시키고 있음을 알 수 있었다.

더욱이 누이동생들에게는 기쁨을 주는 보물인 자연이 그에게는 그렇지 않구나 하고 나는 생각했다. 이건 딱 한 번밖엔 없었던 일인데, 언젠가 그는 자신도 황량한 주변 언덕들이 풍기는 투박한 매력을 절실히 느끼고 있으며 자기 고향집이라고 자신이 부르는 이 집의 어두운 지붕과 해묵은 벽에 대해 타고난 애정을 가지고 있다고 말한 적이 있었다. 그러나 그런 감정을 표현하는 어조와 말에는 기쁨보다 우울함이 담겨 있었다. 인간을 위로해주는 황야의 침묵을 찾아 그 황야를 헤맨 적이 없는 것 같았고 황야가 주는 수많은 평화로운 기쁨을 찾거나 그것들에 대해 명상을 해본 적이 없는 것 같았다.

그와는 서로 의견을 나눌 기회가 없었지만, 어느 정도 시간이 흐른 후 나는 그의 마음을 헤아려볼 기회를 얻게 되었다. 그가 모턴에 있는 그의 교구 성당에서 행한 설교를 들었을 때 나는 처음으로 그가 어떤 인간인가를 파악하게 되었다. 그 설교를 묘사할 수 있었으면 좋겠다. 그러나 그건 내 능력으로는 불가능한 일이다. 심지어 그 설교가 내 마음에 미친 영향조차도 충실하게 표현할 수가 없다.

설교는 차분하게 시작되었다. 사실 말투와 목소리의 높낮이에 관한 한 그 설교는 끝까지 차분했다. 그렇지만 곧 그 분명한 어조에서 강렬하게 느껴지긴 하면서도 자제된 열정이 숨을 내쉬더니 강력한 언어가 솟아나왔다. 이 언어는 압축되고 응축되고 제어되면서 강력한 힘으로 변했다. 설교자의 힘에 의해 가슴은 떨리고 마음은 놀라움을 느꼈다. 가슴이고 마음이고 긴장에서 벗어날 수 없었다. 설교는 시종 이상하게 날이 서 있었고 위안을 주는 따뜻함이 없었다. 선택받은 인간들이니 예정론이니 정죄(定罪)니 하는 칼뱅주의 신학 이론에 대한 단호한 언사가 설교에 빈번히 등장했다. 이러한 점을 지적하는 각각의 발언은 마치 최후의 심판을 내리려는 것 같았다. 그가 설교를 끝냈을 때 나는 그의 설교에 의해 마음이 편안해지거나 차분히 가라앉거나 교화된 게 아니라 어떤 표현할 수 없는 슬픔을 느꼈다. 다른 사람들도 그랬는지 모르지만, 내가 줄곧 들은 그 웅변은 실망이라는 혼탁한 찌꺼기들이 가라앉은 심연에서 솟아난 것같이 느껴졌다……. 포식을 모르는 열망과 가라앉을 줄 모르는 갈망이라는 어지러운 충동들이 판을 치는 심연에서 솟아오른 것 같았다. 세인트 씨는 순수하게 살았고 양심적이고 열정적인 사람이지만 아직 인간의 이해를 초월하는 하느님의 평화*를 발견하지 못한 사람이라고 나는 확신했다. 그도 나만큼이나 아직 그런 평화를 찾지 못했다고 생각했다. 깨어진 우상과 잃어버린 낙원에 대해 내가 숨기고는 있지만 계속 나를 괴롭히는 후회, 최근에는 언급을 피했지만 무자비하게 나를 움켜쥐고 압박하는 후회를 안고 있는 나와 그는 다를 바가 없었다.

그러는 동안 한 달이 지났다. 다이애나와 메리는 곧 무어 하우스

---

* 빌립보서 4장 7절. "그리고 모든 이해를 초월하는 하느님의 평화가 예수 그리스도를 통해서 당신들의 가슴과 정신을 지켜주실 것입니다."에서.

를 떠나 가정교사로서 크고 상류에 속한 영국 남부 도시에서 그들을 기다리는 완전히 다른 생활과 무대로 가기로 되어 있었다. 각각 그곳 명문가 집안에서 일자리를 얻은 것이다. 그들은 부유하고 거만한 그곳 사람들에게 하찮은 객식구 대접을 받았다. 그 사람들은 두 자매의 타고난 훌륭한 자질은 알지도 못하고 찾으려고도 하지 않았으며 그저 하녀의 요리 솜씨나 취향을 평가하듯 자매가 후천적으로 습득한 교양들만 평가했다. 세인트 존 씨는 내게 구해주겠다고 약속한 일자리에 대해서는 아직까지 한마디도 하지 않고 있었다. 그러나 나로서는 종류를 불문하고 빨리 일자리를 구하는 게 급선무였다. 어느 날 아침, 잠시이긴 했지만 나는 우연히 그와 단둘이서만 거실에 있게 되었다. 나는 용기를 내어 창가 구석 자리로 갔다. 그의 탁자와 의자가 놓여 있어 일종의 서재로 격상된 장소였다. 그 같은 성격의 소유자를 늘 감싸고 있는 서먹서먹한 얼음판을 깨는 일은 어려운 일이어서 나는 어떤 말로 질문의 틀을 잡을지 몰랐다. 그렇지만 내가 말을 꺼내려는 순간 그가 먼저 대화를 시작하는 바람에 나는 수고를 덜었다. 내가 가까이 다가가자 고개를 들며 그가 말했다. "내게 물어볼 말이 있습니까?" 그가 말했다.

"네, 제가 맡아서 몸 바쳐 일할 곳에 대해 혹시 들으신 게 있나 해서요."

"3주 전 일자리 하나를 찾았습니다. 아니, 만들어냈습니다. 그런데 이곳에서 제인 양이 만족해하는 것 같아 보이고 행복해하는 것 같이 보이기도 해서, 다시 말하면 내 동생들이 눈에 띄게 제인 양에게 애착을 느끼고 함께 지내는 걸 특별히 즐거워하는 것 같아서 얘기를 미뤘던 것입니다. 동생들이 마시 엔드를 떠날 날이 다가오고 제인 양도 어쩔 수 없이 떠날 날이 다가올 때까지는 그 애들과 제인 양이 즐겁게 지내는 걸 방해하는 것은 적절치 못하다고 생각했던 겁니다."

"앞으로 사흘 후면 동생 분들이 떠나지요?" 내가 말했다.

"그렇습니다. 그들이 떠나면 나도 모턴의 사제관으로 돌아갈 겁니다. 한나도 나를 따라갈 겁니다. 그러면 이 오래된 집은 폐쇄될 겁니다."

나는 처음에 꺼낸 화제를 그가 계속 이야기할 것을 기대하며 잠시 기다렸다. 그러나 그는 다른 생각의 흐름으로 빠져든 것 같았다. 그의 표정은 나와 나의 용무를 벗어나 멍하니 다른 곳을 헤매고 있는 것을 드러냈다. 나는 어쩔 수 없이 내게 절실하고 초조한 관심사인 주제로 그의 관심을 돌리지 않을 수 없었다.

"리버스 씨, 염두에 두고 계신 일자리는 무언가요? 이렇게 늦추다 보면 혹시 일자리 얻기가 더 어려워지는 게 아닌지요?"

"오, 아닙니다. 그 일자리는 내가 제공하기만 하면 되고 제인 양은 받아들이기만 하면 되는 자리입니다."

그는 다시 말을 멈췄다. 말을 계속하는 것이 마음에 내키지 않는 모양이었다. 나는 초조해지기 시작했다. 한두 차례 안절부절 몸을 비틀고 애타게 답변을 바라는 눈빛을 그의 얼굴에 고정시켰더니, 그게 말보다 내 감정을 그에게 전달하는 데 더 효과적이고 덜 힘들었다.

"그렇게 서둘러 이야기를 들을 필요 없습니다." 그가 말했다. "제인 양에게 솔직하게 말하겠습니다. 사실 제인 양에게 적합하고 물질적 이득이 되는 일자리를 염두에 두고 있는 건 아닙니다. 설명에 앞서 제발 분명히 밝힌 내 경고를 기억하십시오. 다시 말해서 내가 만약 제인 양을 돕게 된다면 그건 분명히 장님이 절름발이를 돕는 것과 같다고 한 그 경고 말입니다. 나는 가난한 사람입니다. 아버지의 빚을 갚고 나면 내게 남는 유산이라고는 이 쓰러져가는 고택과 집 뒤편에 늘어선 전나무들, 황야의 땅 몇 뙈기, 집 앞에 있는 주목들과 호랑가시나무들뿐이라는 것을 깨달았기 때문입니다. 나는 이름도 없는 가문의 아들이 된 것입니다. 리버스 가문은 오래된 집안입니다. 그러나 그 가문에서 겨우 남은 세 명의 후손 중 둘은 낯모르는 사람들 사이에 끼여 객식구로 빵 값을 벌어야 할 처지고 나머지 한 명은 스스로가 모국을 떠날 이방인으로 생각하고 있는 것입니다. 살아 있는 동안뿐 아니라 죽어서도 그럴 것입니다. 그렇습니다. 그리고 그는 운명에 의해 영광을 부여받을 것이라고 생각하고 있으며 또 그렇게 생각해야만 합니다. 그리고 그는 육신의 속박과 결별하는 십자가가 어깨에 걸쳐지는 날, 그리고 비천한 일원으로 자신이 속했던 교회의 전사들 중 그 대장이 '일어나 나를 따르라!'고 명령을 내릴 날만을 열망하고 있을 뿐이지요."

세인트 존은 설교하듯 조용하고 굵고 낮은 목소리로 얼굴색 하나 변하지 않고 눈빛을 반짝이며 이렇게 말했다. 그가 다시 말했다.

"나 자신이 가난하고 이름이 없으니 제인 양에게도 그저 가난하고 이름이 따르지 않는 일을 마련해줄 수밖에 없습니다. 혹시 그 일이 제인 양의 품위를 떨어뜨리는 일이라고 생각할지도 모르겠습니다. 보다시피 제인 양이 지금 입고 있는 옷은 세상 사람들이 고급이라고 말하는 옷이고 제인 양의 취향도 이상적인 취향입니다. 그리고 제인 양이 함께했던 사람들은 적어도 교육을 받은 사람들임에 틀림없습니다. 그러나 나는 우리 인류를 향상시키는 일이라면 어떤 일도 맡아서 하는 사람의 품위를 깎아내리지 않는다고 생각합니다. 나는 기독교도 일꾼에게 경작하도록 할당된 땅이 더 척박하고 개간이 안 된 땅일수록, 그 노고에 대한 보상이 더 적으면 적을수록, 그 영광은 더 커진다고 생각합니다. 그런 상황에 처한 사람의 운명은 바로 개척자의 운명입니다. 그리고 복음에 나오는 최초의 개척자들이 바로 사도들입니다. 그들의 대장은 구세주이신 예수님이십니다."

"그래서요?" 그가 잠시 말을 멈췄을 때 내가 말했다. "계속 말씀해주세요."

그는 말을 시작하기 전에 나를 바라보았다. 마치 내 얼굴의 이목구비와 선이 책 페이지 위에 적힌 활자인 것처럼 실로 여유를 가지고 내 얼굴을 읽는 것 같았다. 이렇게 자세히 뜯어보고 얻어낸 결론을 그는 뒤에 이어진 말을 통해 부분적으로 표현했다.

"제인 양은 내가 제안한 일자리를 받아들일 거라고 생각합니다." 그가 말했다. "그리고 얼마 동안은 그 자리를 지킬 거라고 생각합니다. 그러나 영원히 지키지는 않을 겁니다. 내가 이 답답하고 편협한……, 평온하지만 은둔하는 이 영국 시골 교구 사제직을 영원히 지키지 못할 거라는 전망과 같은 것입니다. 제인 양의 본성에는 내 본성처럼 휴식을 못 견디는 그런 합금이 들어 있습니다. 물론 두 본성은 종류가 다르긴 합니다."

"설명하세요." 그가 다시 말을 멈추자 내가 재촉했다.

"설명하지요. 그러면 내 제안이 얼마나 형편없고…… 얼마나 하찮고, 얼마나 갑갑한 것인지 알게 될 것입니다. 아버지가 돌아가셨고 내가 내 주인이 되었으니 나는 모턴에 오래 머물지는 않을 것입니다. 아마 앞으로 열두 달 안에 이곳을 떠나게 될 것입니다. 그러나 머무르는 동안 이곳을 개선하기 위해 최선의 노력을 기울일 셈입니다. 2년 전 처음 이곳에 왔을 때 모턴 마을엔 학교가 없었습니다. 가난한 집 아이들은 발전에 대한 모든 희망에서 배제되어 있었습니다. 나는 남자 아이들을 위한 학교는 세웠습니다. 이제 여자 아이들을 위한 학교를 세울 예정입니다. 그런 목적을 위해 건물 한 채를 임대했고 거기에 여선생님 숙소로 쓸 방 두 칸짜리 작은 시골집이 딸려 있습니다. 아마 급료는 연봉 30파운드가 될 것입니다. 숙소가 될 그 집에는 이미 어느 숙녀분의 배려로 아주 소박하지만 충분한 가재도구가 비치되었습니다. 그 숙녀는 내 교구의 유일한 부자이신, 계곡 아래 있는 바늘 공장과 주물 공장 소유주 올리버 씨의 외동따님 올리버 양입니다. 올리버 양께서는 구빈원에서 데려온 한 여자 고아의 교육비와 의복비도 지원하실 겁니다. 여선생님의 숙소와 학교 일과 관련된 허드렛일을 돕도록 조치하는 조건입니다. 아이들을 가르치다 보면 선생님이 몸소 그런 일을 할 시간을 내기가 힘들기 때문입니다. 자, 제인 양이 이 학교의 여선생이 되어주시겠습니까?"

그는 좀 급히 서둘면서 이 질문을 던졌다. 아마 내가 그의 제안에 대해 화를 내거나 적어도 경멸에 차서 거절할지 모른다는 예상도 어느 정도는 하고 있었던 것 같았다. 좀 짐작은 했겠지만 내 생각과 감정을 완전히 몰랐기 때문에 그 일자리가 내게 어떤 식으로 생각될지 알지 못했던 것이다. 사실 초라한 일자리였다. 그렇긴 하지만 그건 안식처였다. 나는 안전한 피신처를 원하고 있었다. 그것은 고된 일자리였다……. 그러나 부잣집 가정교사 일자리에 비해

독립적인 일자리였다. 그리고 내 영혼에는 낯선 사람들에게 굴종하며 사는 것에 대한 두려움이 요지부동하는 쇳덩어리처럼 박혀 있었다. 그 일은 불명예스럽지 않았고 무가치한 것도 아니었고 정신적 타락도 아니었다. 나는 결정을 내렸다.

"리버스 씨, 그 제안에 대해 감사합니다. 온 마음을 다해 그 제안을 받아들이겠습니다."

"하지만 내 말을 다 이해한 겁니까?" 그가 말했다. "시골 마을 학교입니다. 학생들은 가난한 여자 아이들, 오두막에 사는 아이들, 기껏해야 농부의 딸들입니다. 뜨개질, 바느질, 읽기, 쓰기, 셈하기가 아마 제인 양이 가르칠 모든 과목일 겁니다. 제인 양이 배운 그 모든 교양은 어디 쓰지요? 제인 양의 능력과 생각과 취미 중 가장 큰 몫은 무얼 하지요?"

"필요할 때까지 저축해놓겠습니다. 그러면 계속 그냥 남아 있을 겁니다."

"그러면 무슨 일을 떠맡는지 안단 말이죠?"

"네."

이제야 그가 미소를 지었다. 그러나 그것은 쓴 미소나 서글픈 미소가 아니라 많이 기뻐하고 깊이 감사하는 미소였다.

"그러면 언제부터 선생님 역할을 담당하시겠습니까?"

"내일 숙소로 가서 원하시면 다음 주에 학교 문을 열겠습니다."

"좋습니다. 그렇게 하십시오."

그는 일어서서 방을 통해 걸어 나갔다. 그러다가 걸음을 멈추더니 다시 나를 바라보았다. 그러더니 고개를 젓는 것이었다.

"리버스 씨, 뭐가 못마땅하신 거죠?" 내가 물었다.

"제인 양은 모턴에 오래 머물지 않을 겁니다. 절대로, 절대로!"

"왜죠? 그렇게 말씀하시는 이유가 뭐죠?"

"제인 양의 눈에서 나는 그걸 읽고 있습니다. 그 눈은 평탄한 행로를 계속 가겠다고 약속하는 눈빛이 아닙니다."

"제겐 야망이 없는데요."

그는 '야망'이라는 말에 움찔했다. 그가 다시 반복했다. "맞아요, 야망이 없어요. 그런데 왜 야망이라는 말을 생각한 거지요? 누가 야망이 있다는 겁니까? 내게 야망이 있는 건 내가 압니다. 그런데 그걸 어떻게 알았지요?"

"전 그냥 제 자신에 대해 이야기한 것뿐입니다."

"그런데 제인 양은 야망을 품지 않았다면 그럼……." 그가 말을 멈췄다.

"뭐지요?"

"열정적이라고 말하려고 했던 것입니다. 그러나 열정적이라는 말을 제인 양이 오해하고 불쾌해할지도 모르겠습니다. 내 말은 인간에 대한 애정이나 동정심이 매우 강력하게 제인 양을 사로잡고 있다는 뜻입니다. 확신하건대 제인 양은 고독 속에서 여가를 보낸다든가 아무런 자극도 없는 단조로운 노동에 자신의 작업 시간을 바치는 데 오랫동안 만족하고 살 사람이 아닙니다. 내가 산으로 둘러싸인 이런 습지대에 파묻혀 사는 것에 만족하지 못하는 거나 마찬가지일 것입니다." 그는 힘주어 덧붙였다. "그렇게 사는 것은 하느님이 주신 본성에 위배되는 일이고, 하늘이 수여한 내 능력을 마비시키고 무용지물로 만드는 삶입니다. 제인 양은 내가 지금 얼마나 모순된 말을 하고 있는지를 듣고 있는 겁니다. 사람들에게는 소박한 운명에 만족하고 살라고 설교하고, 나무를 베고 물을 긷는 것도 천직이라고 정당화해주었습니다. 그런 생활도 하느님을 섬기는 일이라고 정당화했던 것입니다. 그런 내가, 서품을 받은 성직자인 내가 초조해서 지금 거의 헛소리를 하고 있는 것입니다. 그러니까 타고난 성향과 원칙은 어떤 수단을 쓰든 조화를 이루어야 합니다."

그는 방을 떠났다. 이 짧은 시간 동안에 나는 지난 한 달 동안 그를 알았던 것보다 그에 대해 더 많은 것을 알게 되었다. 그러나 여전히 그는 내게 수수께끼였다.

다이애나 리버스와 메리 리버스는 오빠와 고향집을 떠날 시간이 다가오자 점점 더 슬퍼하고 말수도 줄었다. 둘 다 평상시처럼 보이려고 노력은 했다. 그러나 그들이 맞붙어 싸우고 있는 그 슬픔은 완전히 진압되거나 숨겨지는 것이 아니었다. 다이애나는 이번 이별은 그들이 지금까지 알고 있던 어떤 이별과도 다른 것이 될 거라고 넌지시 말했다. 세인트 존으로서는 이번 이별이 아마 여러 해 동안의 이별이 될 것이다. 어쩌면 영원한 이별이 될지도 몰랐다.

"오빠는 오랫동안 품어왔던 결심을 위해 모든 것을 희생할 거야." 그녀가 말했다. "타고난 애정이나 감정이 아직은 더 강한 편이야. 제인, 세인트 존 오빠의 외모는 차분해 보여요. 하지만 몸속 깊은 곳에는 열병이 숨어 있어요. 제인은 그를 온화한 남자라고 생각할지 모르지만 어떤 일에서는 죽음처럼 냉혹한 사람이에요. 설상가상으로 오빠의 무서운 결심을 만류하는 일을 내 양심이 허락하지 않고 있어요. 오빠의 그런 결심에 대해 나는 단 한순간도 그를 비난할 수 없어요. 정당하고 고결하고 기독교인다운 결심이거든요. 그래도 오빠 생각만 하면 가슴이 찢어질 것 같아요." 이 말과 함께 그녀의 아름다운 눈에서는 눈물이 쏟아졌다. 메리도 하던 일감 위로 머리를 낮게 숙였다.

"이제 우리에겐 아버지도 안 계셔. 그리고 고향집도 오빠도 없어지겠지." 그녀가 중얼거렸다.

그 순간 작은 사건이 잇달아 일어났다. "불운은 결코 혼자 오지 않는다."는 속담의 진리를 증명하고, 또 두 자매의 고통에다 '이왕 넘어지는 나무 떠밀어버리자.'는 식의 화나는 일까지 더해주려는 목적으로 운명이 지령을 내린 것 같은 사건이었다. 세인트 존이 편지 한 통을 읽으면서 창가를 지나 방으로 들어왔던 것이다.

"존 외삼촌이 돌아가셨다." 그가 말했다.

두 자매는 깜짝 놀라는 것 같았다. 그러나 충격을 받았거나 질겁하는 건 아니었다. 그들의 눈빛으로 보아 그 소식은 괴로운 소식이라기보다는 오히려 어떤 중요한 의미를 가진 소식 같았다.

"돌아가셨다고요?" 다이애나가 물었다.

"그렇단다."

그녀는 무엇을 탐색하듯 오빠의 얼굴에 시선을 고정시켰다. "그래서 어떻게 됐는데요?" 그녀는 낮은 목소리로 물었다.

"다이애나, 그래서 어떻게 됐느냐고?" 그가 대리석 조각상처럼 요지부동 자세를 유지하며 대답했다. "그래서 어떻게 됐느냐고? 글쎄, 아무 일도 없다. 읽어봐라."

그가 그녀의 무릎 위로 편지를 던졌다. 그녀는 그것을 훑어보고 나서 메리에게 건넸다. 메리는 조용히 그것을 정돈하고 나서 오빠에게 돌려주었다. 세 사람은 서로를 바라보더니 모두가 미소를 지었다. 쓸쓸하고 우울한 미소였다.

"아멘! 우리는 살아갈 수 있어요." 마침내 다이애나가 말했다.

"어쨌거나 전보다 더 가난해지는 건 아니잖아." 메리가 말했다.

"혹시 우리에게 일어났을지도 몰랐던 일이 상상 속의 화면처럼 우리 머리에 떠오르게 할 뿐이야." 리버스 씨가 말했다. "그래서 우리의 현재 처지가 그 상상의 그림과 너무 생생하게 대조되는군."

그는 편지를 접어 책상 서랍에 넣고 다시 나갔다.

몇 분 동안 아무도 말을 하지 않았다. 그러다가 다이애나가 내 쪽을 향했다. "제인, 우리와 우리가 수수께끼처럼 행동하는 게 궁금할 거예요." 그녀가 말했다. "그런데 외삼촌이라는 가까운 친척이 돌아가셨는데 슬퍼하지도 않으니 우리를 무정한 사람이라고 생각할 거예요. 하지만 우리는 그분을 본 적도 없고 알지도 못해요. 그분은 우리 어머니의 남동생이었어요. 그런데 오래전에 우리 아버지와 그분 사이에는 다툼이 있었대요. 바로 그분의 조언에 따라 아버지가 재산 대부분을 투기사업에 투자하셨다가 그만 모두 날리신 거였어요. 두 분 사이엔 서로 비난이 오갔어요. 그리고 분노에 휘말려 결별하고 그 후 다시는 화해하지 않으셨어요. 그 후 외삼촌은 번창하는 사업에 뛰어드셨고 2만 파운드라는 거액의 재산을 일구셨던 것 같아요. 그분은 결혼도 안 하시고 가까운 친척이라야 우리들과 또 다른 친척 한 사람이 있었나 봐요. 외삼촌하고의 촌수가 우리와 같은 사람 말예요. 아버지께서는 늘 외삼촌이 재산을 우리에게 물려줌으로써 자기 잘못을 속죄할 거라고 생각하고 계셨어요. 그런데 그 편지에서 외삼촌은 단 한 푼 남기지 않고 다른 한 명의 친척에게 모든 것을 증여했다는 소식을 전했어요. 다만 추모 반지를 구입하라고 세인트 존, 다이애나, 메리에게 금 30기니를 나누어 쓰라는 소식만 있었어요. 물론 외삼촌은 자기 재산을 마음대로 처분할 권리를 가지고 계셔요. 그러나 막상 그런 소식을 접하니 우리 기분이 찬물을 맞은 듯 침울했던 거예요. 메리와 나는 적어도 일인당 천 파운드씩만 받아도 부자가 되었다고 생각했을 거예요. 그리고 세인트 존 오빠 역시 그 정도 액수면 아주 가치 있게 돈을 썼을 거예요. 그 돈이면 충분히 선행을 베푸는 게 가능했을 테니까요."

이런 설명이 끝나자 이 일은 더 이상 거론되지 않았다. 리버스 씨든 여동생들이든 누구도 더 이상 말하지 않았다. 다음 날 나는 마시 엔드를 떠나 모턴 마을로 갔다. 그리고 다음 날은 다이애나와 메리가 먼 B시로 떠났다. 그러고 일주일 후에는 리버스 씨와 한나가 교구 사제관으로 돌아갔다. 결국 고택은 버려졌다.

제31장

 그런데 마침내 내 집이라는 곳을 찾아갔을 때 그 집은 오두막이었다. 희게 칠한 벽과 모래색 나는 바닥으로 된 작은 방에는 새로 칠한 의자 네 개와 탁자 하나, 시계, 두세 개의 식기류와 접시들이 들어 있는 찬장, 그리고 델프트 토기로 된 찻잔 한 세트가 있었다. 위층에는 부엌과 크기가 같은 방이 하나 있었는데, 그 안에는 전나무로 짠 침대 틀과 작은 서랍장이 있었다. 서랍장은 작았지만 내 빈약한 옷가지를 넣기에는 너무 컸다. 물론 따뜻하고 관대한 친구들인 두 자매가 친절하게도 꼭 필요한 옷가지를 주는 바람에 옷 가짓수가 늘어나 있긴 했다.
 저녁 시간이다. 심부름하는 그 어린 고아 소녀에게 오렌지 한 개를 수고했다고 주고는 이미 집으로 돌려보냈다. 나는 난롯가에 혼자 앉아 있다. 오늘 아침 그 마을 학교 문을 열었다. 학생은 스무 명이다. 그러나 그중 세 명만이 글을 읽을 줄 안다. 쓰거나 셈을 할 줄 아는 아이는 한 명도 없다. 몇 명은 뜨개질을 하고 몇 명은 바느질을 좀 할 줄 안다. 아이들은 지독한 지방 사투리를 쓴다. 현재로서는 아이들과 나는 서로의 말을 이해하기가 어렵다. 아이들 중 일부는 무례하고 거칠고 말을 듣지 않고 무식하다. 그러나 다른 아이들은 온순하고 배우고 싶어 하고 나를 기분 좋게 만드는 기질을 나타낸다. 이렇게 초라하게 옷을 입은 작은 촌뜨기 여자 아이들도 가장 점잖은 혈통의 귀공자들 못지않게 훌륭한 살과 피를 가지고 있으며, 최상의 가문에서 태어난 자식들 못지않게 가슴속에 타고난 훌륭한 자질과 고귀함과 지능과 따스한 감정의 싹이 존재할 가능성이 높다는 사실을 잊지 말아야 한다. 이러한 싹을 키우는 것이 내 의무일 것이다. 분명히 나는 그 임무를 수행하면서 얼마간의 행복을 찾을 것이다. 나는 내 앞에 열려 있는 삶에서 큰 기쁨은 기대하지 않는다. 하지만 틀림없이 내 마음을 다스리고 마땅히 해야 할 만큼 내 힘을 발휘한다면 하루하루 살아나가기에 충분한 보람을 그 삶은 가져다줄 것이다. 그런데 오늘 아침과 오후, 저 건너편 저 텅 빈 초라한 교실에서 보낸 시간 동안 내가 과연 몹시 즐거웠고 안정감을 느꼈고 만족했던가? 스스로를 속이지 않으려면 "그렇지 않았어." 하고 대답해야 한다. 나는 어느 정도 적막감을 느꼈다. 난 바보야 하는 느낌이 들었다……. 타락했다고 느꼈다. 사회생활이라는 등급에서 위로 올라가는 게 아니라 밑으로 가라앉는 그런 조치를 취한 것이 아닌가 하는 의구심이 들었다. 나는 주변에서 보고 듣는 모든 아이들의 무지와 가난과 천함에 나약하게 낙심했었다. 이런 감정을 가졌다고 해서 내가 나 자신을 너무 미워하거나 경멸하지 않게 해 다오. 나는 그런 느낌은 잘못된 것임을 안다. 그걸 아는 것만으로도 크게 진일보한 것이다. 나는 그런 느낌을 극복하기 위해 노력할 것이다. 내일이면 내 믿건대 나는 그런 느낌을 부분적으로 눌러 이길 것이다. 또 몇 주가 지나면 완전히 진압해버릴 것이다. 몇 달 후에는 학생들이 발전하는 모습을 보고, 더 나아지는 쪽으로 변한 것을 보는 행복이 혐오감 자리를 만족감으로 대체하는 것도 가능할 것이다. 한편 한 가지 질문을 나 스스로에게 던져보겠다. 어느 쪽이 더 나은 삶일까? 유혹에 굴복하여 격정에 귀를 기울이고, 고된 노력은 전혀 안 하고 투쟁도 안 하고, 그냥 비단같이 부드러운 덫에 빠져 그것을 덮고 있는 꽃잎들 위에서 잠들었다가 따뜻한 남국의 날씨 속 호화로운 휴양지 별장에서 잠을 깨는 그런 삶이 더 나은 것이 아닐까? 다시 말해 지금쯤 로체스터 씨의 정부가 되어 프랑스에서 살면서 시간의 절반은 나에 대한 그의 사랑에 미친 듯 흥분하며 보내는 삶이 나을까? 왜냐하면 그는 나를 사랑했을 것이기 때문이다. 그렇다. 아, 그는 얼마 동안은 나를 사랑했을 것이다. 그는 정말 나를 사랑했다. 다시는 아무도 나를 그렇게 사랑하진 않을 것이다. 앞으로 다시는 아름다움과 젊음과 우아함에 그렇게 감미로운 경의를 표할 사람이 없을 것이다. 그 누구에게도 내가 그런 매력을 지닌 여자로 보이지 않을 테니까. 그는 나를 좋아하고 자랑스럽게 생각했다. 그 사람 말고는 다른 어떤 사람도 앞으로 영원히 그렇게 하지 못할 것이다. 그런데 나는 지금 어디를 방황하고 있는가? 그리고 무슨 말을 하고 있는가? 무엇보다도 나는 무엇을 느끼고 있는가? 마르세유의 바보의 천국에서 노예가 되어 한순간 망상적 행복이라는 열병에 걸렸다가 다음 순간 쓰디쓴 후회와 치욕의 눈물을 흘리면서 숨 막혀 하는 삶과, 영국의 건강한 중심부 산들바람 불어오는 산모퉁이에 위치한 마을 학교에서 선생이 되어 자유롭고 정직하게 사는 삶……. 이 두 가지 삶 중에서 어느 삶이 더 좋은지 나는 자문하고 있다.

그렇다. 나는 원칙과 법을 지키며, 격정의 순간 그 미친 강렬한 유혹을 경멸하고 박살내고 떠나던 그때, 내가 옳았다고 이제 느낀다. 하느님께서 나를 올바른 선택으로 인도하신 것이었다. 그런 인도에 대해 신의 섭리에 감사한다. 저녁 시간의 명상이 이런 시점에 이르게 하자 나는 일어나 문으로 갔다. 그러고는 내 작은 시골집 앞에 펼쳐진 추수철의 일몰과 조용한 들판을 바라보았다. 내 집은 학교와 함께 마을에서 멀리 떨어져 있었다. 새들이 그들의 마지막 가락을 노래하고 있었다.

대기는 온화하고 이슬은 향기로워.[*]

그 정경을 바라보는 동안 나는 내 자신이 행복하다고 생각했다. 그런데 얼마 후 내 눈에서 눈물이 나고 있는 것을 자각하고 깜짝 놀랐다. 왜 운단 말인가. 주인에게 매달리지 못하도록 그에게서 나를 강제로 떼어낸 운명 때문에 울었다. 더 이상 볼 수 없는 그 사람 때문에 울었다. 내가 떠나버린 결과이겠지만, 지금쯤 아마 올바른 길에서 그를 끌어내어 그가 도저히 다시 돌아갈 꿈도 꿀 수 없이 먼 길로 데려갔을지 모르는 그의 자포자기에 빠진 슬픔과 치명적인 분노 때문에 울었다. 이런 생각이 들자 나는 모턴 마을의 사랑스러운 저녁 하늘과 고적한 계곡에서 얼굴을 돌렸다. 고적하다고 나는 말한다. 그 까닭은 내 눈에 보이는 계곡의 굽은 지형 때문에, 나무에 가려진 교구 성당과 사제관을 제외하면 맨 끝자락에 위치한 부자 올리버 씨와 그의 딸이 살고 있는 베일 홀의 지붕만 보일 뿐 다른

---

[*] 월터 스콧의 〈마지막 음유시인의 노래〉에서 대충 인용한 것.

건물은 하나도 보이지 않았기 때문이다. 나는 눈을 감고 머리를 내 작은 집 돌 문설주에 기댔다. 하지만 곧 내 집의 작은 정원과 그 너머 목초지를 구분해주고 있는 쪽문 근처에서 무슨 가벼운 소리가 들려와 그리로 시선을 돌렸다. 개 한 마리가…… 리버스 씨의 늙은 사냥개 카를로라는 것을 나는 금세 알았는데…… 코로 문을 밀고 있었다. 그리고 세인트 존 씨가 팔짱을 끼고 그 문에 기대서 있었다. 이마를 찡그리고 거의 불쾌할 정도로 근엄한 시선을 내게 고정시키고 있었다. 나는 그에게 들어오라고 말했다. "아닙니다. 오래 머무를 수 없습니다. 여기 온 건 동생들이 제인 양에게 남기고 간 작은 꾸러미를 가져다주기 위해서입니다. 아마 물감 통과 화필과 화지가 들어 있는 꾸러미 같습니다."

나는 그에게 다가가서 그것을 받았다. 반가운 선물이었다. 가까이 갔을 때 그가 엄격한 눈매로 내 얼굴을 살핀다고 나는 생각했다. 분명 내 얼굴에 눈물자국이 선명하게 나 있는 것이 보였을 것이다.

"첫날 일이 예상보다 힘들었습니까?" 그가 물었다.

"아, 아니에요! 오히려 때가 되면 학생들하고 잘 지낼 수 있겠다고 생각했습니다."

"그러나 숙소와 시설, 즉 작은 시골집과 가재도구가 기대에 못 미쳐 실망했겠군요? 사실 빈약하기 짝이 없으니까요. 하지만……." 내가 말을 가로챘다. "집은 깨끗하고 비바람을 잘 막아줍니다. 가구도 충분하고 널찍합니다. 눈에 들어오는 모든 것이 실망을 주는 게 아니라 고마운 마음을 갖게 합니다. 저는 카펫, 소파, 은제 식기 같은 게 없는 것을 유감스럽게 생각하는 바보도 아니고 관능주의자가 절대 아닙니다. 게다가 5주 전만 해도 저는 가진 것이 아무것도 없었습니다. 저는 쫓겨난 존재, 거지, 부랑자였습니다. 그런데 지금은 친지와 집과 일자리를 갖게 되었습니다. 하느님의 친절하심에 놀랄 따름입니다. 지인들의 후의와 제 운명의 관대함에 놀랄 따름입니다. 저는 불평할 게 없습니다."

"그러나 고독의 압박을 느끼겠지요? 제인 양 뒤에 있는 저 작은 집은 어둡고 비어 있어서."

"아직은 고요함을 의식하며 그걸 향유할 시간이 없습니다. 더군다나 외로움을 의식하며 조바심을 낼 시간은 더욱 없습니다."

"좋습니다. 지금 표현한 말대로 마음으로도 느끼기를 바랍니다. 여하튼 제인 양은 훌륭한 분별력이 있으니까 앞으로 야금야금 다가올 공포에 롯의 아내*처럼 굴복하는 것은 아직 때 이른 일이라는 걸 알겠지요. 내가 제인 양을 만나기 이전의 과거에다 제인 양이 무엇을 두고 왔는지 나는 모릅니다. 그러나 뒤를 돌아보고 싶은 마음이 생기게 만드는 온갖 유혹을 굳은 마음으로 물리치라고 조언하는 바입니다. 적어도 몇 달만이라도 맡은 일을 흔들림 없이 계속해주세요."

"저도 그럴 생각입니다." 내가 대답했다. 세인트 존이 계속 말했다.

"타고난 기질의 작용을 억제하고 타고난 성향을 다른 데로 돌리는 일은 어려운 일입니다. 그러나 그럴 수 있다는 것을 저는 경험을 통해 알고 있습니다. 하느님께서는 우리에게 어느 정도 우리 자신

---

* 창세기 19장 26절. 재앙이 내린 소돔을 돌아보지 말라는 하느님의 명령을 어기고 무섭고 호기심에 이끌려 돌아본 탓에 소금 기둥으로 변한다.

의 운명을 개척해나갈 능력을 주셨습니다. 그리고 우리의 에너지가 그 자체로서는 얻을 수 없는 자양분을 원하는 것 같을 때, 또한 우리의 의지가 우리로서는 따라갈 수 없는 길을 가겠다고 발버둥 칠 때, 우리는 무기력하게 굶고 있을 필요가 없는 것이며, 절망에 빠져 조용히 서 있을 필요가 없습니다. 우리는 우리 마음에 필요한 다른 자양분을 찾기만 하면 됩니다. 맛보기를 갈망하는 금단의 음식처럼 강렬하고 어쩌면 더 순수한 자양분을 찾으면 됩니다. 그리고 모험을 찾아 나선 발걸음을 위해서는 운명의 여신이 우리 앞에 차단한 길처럼 곧고 넓은 어떤 길, 더 험준한 길일지라도 상관 말고, 그 새 길을 개척해야 합니다.

1년 전 나 자신도 몹시 비참했습니다. 성직에 들어선 것이 실수였다는 생각이 들었기 때문입니다. 성직과 관련된 천편일률적인 의무가 죽도록 지겨웠습니다. 좀 더 활동적인 세상 활동을 하고 싶은 열정이 내 속에서 불타고 있었습니다……. 좀 더 자극적인 문필 활동에 대한 열망……, 예술가, 작가, 웅변가, 성직자가 아닌 다른 운명에 대한 열망이 불타고 있었습니다. 그렇습니다. 정치가, 군인, 영광을 탐하는 자, 명성 추구자, 권력에 대한 욕망을 품은 자의 심장이 내 신부복 밑에서 고동치고 있었습니다. 나는 생각하고 또 생각했습니다. 내 인생이 너무 비참해서 그것을 바꿔야 했습니다. 그렇지 않으면 죽을 것 같았습니다. 어둠과 발버둥 치던 시간이 지나가자 빛이 터져 나오고 구원이 떨어지는 것이었습니다. 갑갑했던 내 삶은 단번에 경계도 없는 광활한 평원으로 뻗어나갔습니다. 하늘에서 일어나라는 부름 소리를 듣고 내 능력은 온 힘을 끌어모아 날개를 펼쳐 시야를 벗어난 곳까지 올라갔습니다. 하느님께서는 나를 위해 사명 하나를 준비해놓고 계셨습니다. 그 사명을 멀리 잘 전달하기 위해서는 기술과 힘, 용기와 웅변, 군인, 정치가, 웅변가에게 필요한 최고의 자질들이 다 필요했습니다. 훌륭한 선교사에게는 이런 모든 자질들의 집합이 필요하기 때문입니다.

선교사. 나는 선교사가 되기로 결심했습니다. 그 순간부터 내 마음의 상태는 변했습니다. 모든 기능에서 족쇄가 풀리며 떨어져나갔는데, 결박했던 굴레는 하나도 남기지 않고 그 결박했던 아픈 자국의 통증만 남겼습니다……. 그 통증은 시간만이 치유할 수 있는 통증입니다. 그런데 아버지는 제 결심에 반대하셨습니다. 이제 아버지가 돌아가셨으니 맞서 싸워야 할 합법적인 장애 요인이 없어졌습니다. 몇 가지 일들을 해결하고 모턴 마을 사제 후계자를 정하고 한두 가지 복잡하게 얽힌 감정의 끈들을 잘라내고는……, 인간적인 나약함과 마지막 갈등을 말하는 겁니다. 그러나 결국 그것들은 극복할 것이라고 생각합니다. 반드시 극복하겠다고 맹세했기 때문입니다……. 나는 유럽을 떠나 동양으로 갈 겁니다."

그는 독특하고 차분하면서도 강조가 섞인 목소리로 이 말을 했다. 말을 끝내고는 나를 바라보지 않고 그는 지는 해를 바라보았다. 나 역시 그 해를 바라보았다. 그와 나 두 사람은 들판을 따라 올라와서 쪽문으로 이어지는 길을 등 뒤로 하고 있었다. 그래서 우리는 그 길을 따라 올라오고 있는 발소리를 전혀 듣지 못했다. 계곡을 흐르는 물소리만이 그 시각 그 장면이 주는 하나의 자장가 같은 소리였다. 그래서 은종처럼 감미롭고 쾌활한 어떤 목소리가 외쳤을 때 우리가 놀란 것은 당연한 일이었다.

"좋은 저녁입니다, 리버스 씨. 그리고 안녕, 늙은 카를로. 신부님, 개가 저를 먼저 알아보네요. 제가 들판 저쪽 끝에 나타났을 때부터 귀를 세우고 꼬리를 흔들었어요. 신부님은 지금도 제게 등을 돌리고 있고요."

그건 사실이었다. 음악적인 어조의 목소리가 처음 들렸을 때 그는 마치 번개가 그 머리 위의 구름을 갈라놓기라도 한 것처럼 깜짝 놀랐지만, 목소리의 주인공이 말하는 문장이 다 끝나가고 있는데도 그는 여전히 처음 놀랐을 때와 똑같은 자세로 서 있었다. 여전히 문에 팔을 기대고 얼굴은 서쪽 하늘을 향하고 있었다. 마침내 그는 신중하게 생각하는 자세로 돌아보았다. 그 순간 내 눈에는 환영 하나가 그의 곁에서 솟아난 것 같았다. 그로부터 3피트쯤 되는 거리에 순백의 의상을 입은 사람의 모습이 나타났다. 젊고 우아한 형상이었다. 통통하지만 아름다운 체형이었다. 그녀가 카를로를 쓰다듬기 위해 굽혔다가 다시 머리를 들어 올리고 긴 베일을 뒤로 젖히자 완벽한 미모의 얼굴이 그의 눈 밑에서 꽃처럼 피어올랐다. 완전한 미라는 말은 강한 표현이다. 그러나 그 표현을 취소하거나 정정하지 않겠다. 그 이목구비는 영국의 온화한 기후가 만들어낼 수 있는 최고로 고운 모습이었고, 영국의 습기 찬 바람과 습기를 머금은 하늘이 만들어내고 보호할 수 있는 빛깔 중에서 최고로 깨끗한 장미와 백합 빛깔이었다. 그리하여 완벽한 미라는 표현을 정당화해주었다. 그녀에게는 어떤 매력도 부족함이 없었고 어떤 결점도 눈에 띄지 않았다. 그 젊은 여성은 고르고 섬세한 모양새를 가지고 있었다. 눈은 아름다운 그림에서나 보게 되는 모양과 빛깔이었고, 크고 검은 빛이 짙었다. 길고 그늘진 속눈썹은 매우 부드러운 매력을 발산하며 아름다운 눈을 에워싸고 있었고 눈썹도 아주 선명하게 연필로 그려져 있었다. 하얗고 매끈한 이마는 색조와 빛으로 이루어진 더욱 발랄한 이목구비의 각 아름다움에다 안정감을 더해주고 있었다. 타원형의 볼은 신선하고 부드러웠고 입술 역시 신선하고 붉고 사랑스러운 모양새다. 가지런하고 반짝이는 치아는 흠잡을 데 없었다. 작은 턱에는 보조개가 박혀 있었고 풍성하고 윤택한 머릿결은 장식품 같았다. 모두 합작하여 이상적인 미를 실현하는 이 모든 이점들은 모두 그녀의 것이었다. 이렇게 아름다운 피조물을 바라볼 때 내겐 경이감마저 들었다. 나는 마음에서 우러나오는 찬탄을 그녀에게 보냈다. 그녀를 창조하면서 자연의 여신이 편애의 감정을 가졌던 게 분명했다. 평소에는 인색한 계모같이 미모라는 선물을 나눠주던 습성을 깜빡 잊고 자연의 여신은 자신이 사랑하는 피조물에게는 할머니같이 너그럽고 후한 미를 선물했던 게 분명했다.

　세인트 존 리버스 씨는 이 지상의 천사를 보며 어떻게 생각했을까? 나는 그가 그녀 쪽으로 몸을 돌리며 그녀를 바라보는 모습을 지켜보면서 자연스럽게 그런 의문을 품어보았다. 또한 자연스럽게 그의 얼굴에서 그 대답을 찾으려고 했다. 그러나 그는 벌써 시선을 페리* 요정에서 철수시키고 쪽문 곁에서 자라고 있는 소박한 데이지꽃 덤불로 돌리고 있었다.

　"멋진 저녁입니다. 그러나 아가씨 혼자 외출하기는 늦은 시간입니다." 그는 꽃잎을 닫은 그 꽃들의 하얀 머리들을 발로 뭉개면서 말했다.

　"아, 아니에요. S시에 갔다가 오늘 오후에 돌아온 참이에요." 그

---

* 후기 페르시아 신화에 나오는 아름다운 요정.

녀는 20마일쯤 떨어진 큰 도시 이름을 댔다. "아빠가 신부님께서 학교를 열었는데 새 선생님이 왔다고 말씀하셨어요. 그래서 차를 마시고 나서 보닛을 쓰고 선생님을 보려고 계곡을 달려왔어요. 이분이 그 선생님이신가요?" 그녀가 나를 가리켰다.

"그렇습니다." 세인트 존이 말했다.

"모턴 마을을 좋아할 것 같아요?" 솔직하고 순진한 소박한 말투와 태도로 그녀가 내게 물었다. 어린애 같기도 했지만 마음에는 들었다.

"그렇게 되길 바라고 있습니다. 그렇게 될 요인이 많습니다."

"학생들이 기대했던 것만큼 공부에 주의력을 쏟던가요?"

"꽤 그랬습니다."

"숙소는 마음에 드세요?"

"아주 마음에 들어요."

"제가 가구를 잘 비치해놓았지요?"

"아주 잘하셨더군요."

"그리고 시중드는 앨리스 우드라는 아이도 잘 고른 거죠?"

"정말 잘 고르셨어요. 말도 잘 듣고 손재주도 좋아요." 그때서야 그녀가 바로 올리버 씨의 상속녀인 올리버 양이라고 생각했다. 자연이 주는 선물뿐 아니라 행운이 주는 선물까지 타고난 여자였다. 어떤 별들이 행복하게 결합하여 그녀의 탄생을 주관했을까? 나는 그게 궁금했다.

"가끔 찾아와서 학생들 가르치는 것을 도와드릴게요." 그녀가 덧붙였다. "이따금 선생님을 방문하는 것이 제게 기분 전환이 될 거예요. 저는 기분 전환을 좋아하거든요. 리버스 씨, S시에 갔던 일은 너무 즐거웠어요. 지난밤, 아니, 오늘 아침 2시까지 춤을 추었다니까요. 폭동이 있은 후 제○○○연대가 그곳에 주둔하고 있어요. 그런데 그 장교들은 정말이지 세상에서 가장 기분 좋은 사람들이에요. 칼이나 갈고 가위나 파는 장사꾼들을 모두 창피하게 만드는 사람이었어요."

세인트 존 씨의 아랫입술이 삐죽 나오고 일순간 윗입술도 일그러지는 것 같았다. 그가 입을 꽉 다물고 있는 것은 확실했다. 깔깔대며 웃는 이 아가씨가 소식을 전하는 순간 그의 아래쪽 얼굴이 유난히 엄격하고 각이 져 보였다. 그는 데이지꽃에 가 있던 시선을 들어 그녀에게 향했다. 미소 지으려는 기색이 전혀 없고 상대방을 탐색하는 의미심장한 시선이었다. 그녀는 그 시선에 두 번째 웃음으로 답했다. 그 웃음이 그녀의 젊음과 장밋빛 안색과 보조개와 반짝이는 눈과 잘 어울렸다.

그가 아무 말 없이 심각하게 서 있자 그녀는 다시 카를로를 쓰다듬기 시작했다. "가엾은 카를로는 나를 사랑하지요." 그녀가 말했다. "이 녀석은 친구에게 엄하거나 거리감을 두지 않고 대하지요. 말을 할 줄 알면 침묵은 지키지 않을 텐데."

그녀가 젊고 근엄한 개 주인 앞에서 타고난 우아한 자세로 몸을 굽혀 개의 머리를 쓰다듬을 때 개 주인의 얼굴에 홍조가 올라오는 것이 보였다. 그의 심각한 눈이 갑작스런 불길로 녹아내리고 어떻게 처리할 수 없는 감정으로 번뜩이는 것이 보였다. 그렇게 얼굴을 붉히고 눈에서 빛을 발하자, 그녀가 여자치고 아름다운 것처럼 그도 그만큼 남자로서 아름다운 남자로 보였다. 그의 가슴이 파도처럼 부풀어올랐다. 마치 그의 심장이 강압적인 위축과 속박에 지친 나머지 이제 자신도 모르게 팽창하고 자유를 쟁취하기 위해 힘차게 비약하려는 것 같았다. 그러나 단호한 승마 선수가 뒷다리로만 몸을 일으키려는 말에게 재갈을 물리듯이 세인트 존 씨가 자신의 심장에 재갈을 물리는구나 하고 나는 생각했다. 그는 자신에게 점잖게 접근하는 구애 표현에 말로도 그랬고 거동으로도 반응을 보이지 않았다. "아빠께서 신부님이 요즘 좀처럼 우리를 보러 오시지 않는다고 말씀하세요." 올리버 양이 그를 올려다보며 계속 말을 이었다. "베일 저택에 오시면 정말이지 낯선 분같이 되겠네요. 아빠는 오늘 저녁 혼자 시간을 보내게 되겠네요. 몸도 좋지 않으신데. 저와 같이 가셔서 아빠를 뵙지 않으시겠어요?"

"올리버 씨를 불쑥 찾아 뵙기는 적절한 시간이 아닌 것 같습니다." 세인트 존이 대답했다.

"적절한 시간이 아니라고요! 단언하건대 이건 적절한 시간이에요. 아빠가 말동무를 몹시 원하는 시간이 바로 지금이에요. 일과가 끝나서 별로 하실 일도 없는 시간이에요. 그러니, 리버스 씨, 부디 함께 가요. 왜 그렇게 수줍고 그리도 침울하신 거죠?" 그녀는 그의 침묵이 남긴 빈틈을 자문자답으로 채웠다.

"참, 깜빡했네요!" 스스로에게 놀란 듯 아름다운 고수머리가 덮인 머리통을 흔들며 그녀가 외쳤다. "제가 너무 경솔하고 생각이 없었어요. 제발 용서해주세요. 제 수다에 동참하고 싶지 않을 만한 충분한 이유가 있다는 걸 제가 그만 깜빡 잊고 있었어요. 다이애나와 메리가 떠났고 무어 하우스가 폐쇄되고 신부님께서 매우 외로우시다는 걸 깜빡 잊었어요. 정말 저는 신부님을 동정하고 있어요. 제발 가서 아빠를 뵈어요."

"오늘 밤은 안 가겠습니다. 로자몬드 양. 오늘 밤은 안 가겠습니다."

세인트 존 씨가 마치 자동 태엽 인형처럼 말했다. 그런 식으로 거절하는 일에 얼마나 지독한 노력이 드는지는 오직 그만이 알고 있었다.

"좋아요. 그렇게 완강하시니 전 그냥 가겠어요. 더 이상 머무를 수도 없어요. 이슬이 내리기 시작했어요. 그럼 안녕!" 그녀가 손을 내밀었다. 그는 그냥 그 손을 건드리기만 했다. "안녕히 가십시오!" 그가 낮고 메아리처럼 공허한 목소리로 반복해서 인사말을 던졌다. 그녀는 몸을 돌렸다가 곧 다시 돌아섰다. "건강은 괜찮으세요?" 그녀가 물었다. 그런 질문을 하는 것도 당연한 일이었을 것이다. 그의 얼굴이 그녀의 가운처럼 창백했기 때문이었다.

"아주 좋습니다." 그가 명확한 발음으로 말했다. 그러고 나서 그는 고개를 숙여 인사하고 문을 떠났다. 그녀는 한쪽 방향으로 가고 그는 다른 방향으로 갔다. 그녀는 요정처럼 경쾌한 발걸음으로 들판을 내려가면서 그를 보려고 두 번이나 뒤를 돌아보았다. 그러나 그는 굳건한 걸음으로 들판을 횡단해가면서 한 번도 뒤를 돌아보지 않았다.

다른 사람이 괴로워하며 자기희생을 하고 있는 모습을 보았을 때 나는 전적으로 내 생각에만 몰두할 수 없었다. 다이애나 리버스가 자기 오빠를 "죽음처럼 냉혹한 사람"이라고 부른 적이 있었다. 과장된 말이 아니었다.

제32장

나는 마을 학교 일을 할 수 있는 한 능동적으로 충실히 수행해 나갔다. 처음에는 정말 힘이 들었다. 온갖 노력을 쏟아부으며 어느 정도 시간이 흐른 뒤에야 비로소 나는 학생들과 그들의 성격을 파악할 수 있었다. 교육을 받아보지 못했고 모든 능력이 무기력 상태에 있었던 아이들은 가망 없는 바보들로 보였고 처음에는 모두가 다 바보 같았다. 그러나 잘못된 생각이었다는 것을 곧 나는 깨달았다. 교육을 받은 사람들 사이에서와 마찬가지로 이 아이들 사이에도 차이가 있었다. 내가 아이들을 알아가고 아이들도 나를 알게 되면서 이런 차이는 급속도로 모습을 드러냈다. 나와 내가 사용하는 말, 내 규칙과 생활 방식을 처음 보고 들었을 때 놀라던 아이들은 그 놀람이 가라앉자, 그토록 무기력하게 보이고 입만 헤벌어졌던 시골뜨기들 중 몇 명이 총명한 소녀로 깨어나는 모습을 발견했다. 많은 아이들이 예의 바르고 사랑스러운 모습도 보여주었다. 그리고 적지 않은 아이들이 천성적인 예절이나 자존심뿐만 아니라 훌륭한 능력을 갖추고 있다는 사실을 발견했다. 아이들의 그런 면모는 내 선의와 경탄을 사기에 충분했다. 그런 아이들은 곧 공부를 잘하게 되었고 몸을 단정히 하고 규칙적으로 과제를 배우고, 정숙하고 질서 있는 생활 태도를 습득하는 일에서도 기쁨을 느꼈다. 몇몇 아이들의 경우, 발전 속도가 놀랍기까지 했다. 나는 그런 결과에서 정직하고 행복한 자부심을 느꼈다. 게다가 나는 가장 뛰어난 몇몇 여학생들을 개인적으로 좋아하기 시작했다. 물론 그 애들도 나를 좋아했다. 학생들 중에는 농부의 딸이 몇 명 있었다. 거의 다 자란 어린 아가씨들이었다. 그들은 이미 글을 읽고 쓸 줄 알았고 바느질까지 할 줄 알았다. 그래서 나는 그들에게 따로 문법, 지리, 역사에 관한 초보적인 지식과 좀 더 섬세한 바느질을 가르쳤다. 그들 중에 특히 높이 평가할 만한 학생들이 있었다. 지식을 더 얻고 싶어 하고 향상을 도모하는 학생들이었다. 나는 여러 차례 그들의 집까지 찾아가 즐거운 저녁 시간을 보냈다. 그럴 때면 그들의 부모(농부와 그 아내였는데)들은 내게 지나친 관심을 보여 부담을 주곤 했다. 그런 학생들의 소박한 호의를 받아들이고 그것을 배려로 갚아주는 것……, 그들의 감정을 세심한 존중으로 갚아주는 일에는 즐거움이 있었다. 그들은 자기들을 매료시키면서 자기들에게 득이 되는 선생님의 그러한 배려에 익숙했던 적이 없었던 것 같았다. 그러한 배려는 그들 스스로 보기에 자신들이 향상된 것으로 보이게 만듦과 동시에, 자신들이 받은 정중한 대우에 걸맞은 학생이 되기 위해 더욱 열심히 하겠다는 마음을 갖게 했다.

나는 이웃들의 사랑을 받는 사람이 된 것을 느꼈다. 나들이를 나갈 때마다 나는 사방에서 진심 어린 인사말을 들었고 다정한 미소로 환영받았다. 비록 노동 계층의 존중이지만 여하튼 그런 전반적인 존중을 받으며 산다는 것은 "따뜻한 햇볕을 쬐며 편안하고 기분 좋게 앉아 있는 일"*과 비슷했다. 그런 햇볕 속에서는 평온한 내적 감정이 싹트며 꽃을 피우는 법이다. 내 인생에서 그 시기에는 낙담으로 가라앉기보다는 감사하는 마음으로 가슴이 벅차올랐던 적이 훨씬 더 많았다. 그러나 독자여, 사실을 말씀드리겠다. 이렇게 조용하고 유익한 삶의 한가운데서 낮 시간엔 학생들에게 보람차게 혼신의 힘을 쏟고 저녁이 되면 혼자서 만족스럽게 그림을 그리거나 책을 읽고 보냈지만, 밤만 되면 이상한 악몽으로 돌진해 들어가곤 했다. 다채롭고 감정을 흥분시키고 이상과 동요와 폭풍으로 가득 찬 꿈들이었다. 모험과 마음을 동요케 하는 위험과 낭만적인 기회가 가득 찬 이상한 장면 속에서 되풀이해서 로체스터 씨를 만나는 꿈이었다. 그것도 늘 결정적 위기의 순간에만 그를 만났다. 그때 그의 품에 안겨 있다는 느낌, 그의 목소리를 듣고 그의 눈을 마주하고 그의 손과 볼을 만지고, 그를 사랑하고 그의 사랑을 받는다는 느낌과…… 그의 곁에서 평생을 보내겠다는 희망이 전에 처음 그런 생각과 희망을 가졌던 때와 똑같은 힘과 흥분으로 되살아나곤 했다. 그러다 잠에서 깨곤 했다. 다음 순간 나는 지금 어디에 있고 어떤 처지에 있는지를 상기했다. 그러고는 커튼도 없는 침대에서 몸을 떨며 흔들거리며 일어났다. 그러고 나면 고요하고 어두운 밤이 그 발작과도 같은 절망을 지켜보며 폭발하는 격정을 듣고 있었다. 다음 날 아침 9시에 나는 정확히 학교 문을 열었다. 그리고 침착하고 안정된 마음으로 변함없는 그날의 일과를 준비했다.

    로자몬드 올리버는 나를 방문하겠다던 약속을 지켰다. 그녀의 학교 방문은 대개 그녀의 아침 승마 시간 도중에 이루어졌다. 그녀

---

*　토머스 모어의 〈랄라 루크〉 3부 346행.

는 말을 탄 정복 차림의 하인을 대동하고 자신의 조랑말을 타고 학교 문으로 보통 속도로 달려오곤 했다. 그녀의 뺨에 키스하며 어깨까지 흘러내린 긴 고수머리 위에 우아하게 놓여 있는 아마존 여전사 같은 검은 벨벳 캡 모자와 자색 옷을 입은 그녀의 모습을 볼 대면 그것보다 더 아름다운 모습을 상상할 수도 없었다. 그런 모습으로 그녀는 촌스러운 학교 건물로 들어와 눈이 부셔 어안이 벙벙한 마을 아이들의 대열 사이를 미끄러지듯 통과하곤 했다. 그녀는 대개 리버스 씨가 그날의 교리문답 수업에 열중하고 있는 시간에 찾아왔다. 이 여자 방문객의 눈빛이 날카로워 그 눈빛이 젊은 교구 사제의 심장을 관통하는 게 아닌가 걱정이 되었다. 그녀가 교실에 나타나기만 하면 설사 그가 그녀를 보지 않았더라도 일종의 본능 같은 것이 그에게 경고하는 것 같았다. 그녀가 나타났을 때 문과는 다른 곳을 바라보고 있을 때도 그의 볼은 벌겋게 달아올랐고, 대리석 조각상처럼 보이는 얼굴 모습도 긴장이 풀릴 정도는 아니었지만 표현할 수 없을 정도로 변했다. 그럴 때면 그의 얼굴은 무표정 속에서도 움직이는 근육이나 쏘아보는 눈초리가 나타내는 것보다 훨씬 강한 억제된 열정을 드러내는 것이었다.

물론 그녀는 자신의 위력을 알고 있었다. 사실 그도 그녀에게 그것을 감출 수 없기 때문에 감추지 않았다. 그의 기독교적 금욕주의에도 아랑곳하지 않고 그녀가 다가와서 면전에서 다정하게 말하거나 명랑하면서도 동시에 격려하듯 미소를 지으면 그의 손은 떨리고 눈에서는 불이 이글거리곤 했다. 비록 입술로는 말하지 않았지만 그는 결의에 찬 슬픈 표정으로 이렇게 말하는 것 같았다. "당신을 사랑합니다. 당신이 나를 좋아한다는 것을 압니다. 나를 벙어리로 만드는 것은 내 사랑이 실패할까 봐 절망하기 때문이 아닙니다. 내 마음을 당신에게 바치면 당신이 그것을 받아줄 거라는 걸 압니다. 그러나 내 마음은 이미 성스러운 제단에 바쳤습니다. 그 주변엔 불길이 에워싸고 있습니다. 내 마음은 곧 타 없어질 제물에 불과합니다."

그러면 그녀는 실망한 아이처럼 입을 삐죽 내밀고 침울한 구름이 반짝이던 그녀의 쾌활함을 약화시키곤 했다. 그녀는 급히 그의 손에서 손을 빼고, 일시적으로나마 앵돌아져 영웅 같고 순교자 같은 그의 모습을 외면하고 돌아서곤 했다. 그녀가 그렇게 떠나면 세인트 존은 분명히 세상을 다 바쳐서라도 그녀를 따라가 불러 세우고 그녀를 붙잡겠다고 말하고 싶었을 것이다. 그러나 그는 천국에 가는 단 한 번의 기회를 절대로 포기하지 못할 사람이었다. 또한 그녀와의 사랑이라는 세속의 낙원을 위해 진정하고 영원한 천국의 낙원에 대한 희망을 단 하나도 포기하지 못할 사람이었다. 게다가 그는 자기 본성에 들어 있는 많은 열정들, 이를테면 방랑자, 야심가, 시인, 성직자가 되고 싶은 열정들을 사랑이란 한 가지 열정의 지배 하에 둘 수가 없었다. 그는 베일 저택의 거실을 차지하겠다는 일념으로 험난한 벌판에서 벌어질 선교 전쟁의 사명을 포기할 수 없었다. 나는 그의 과묵함을 무릅쓰고 대담하게 그의 마음속으로 침입해 들어가서 그의 속마음을 알아낸 적이 있었다.

올리버 양은 여러 번 내 작은 시골집을 방문하여 나를 영광스럽게 했다. 그래서 나는 그녀의 모든 성격을 파악했다. 그녀의 성격에는 무슨 비밀이나 위장하는 면이 있었다. 그녀에겐 교태를 부리는 면이 있었지만 냉정하진 않았다. 까다로운 요구를 하긴 하지만 쓸데없이 이기적이진 않았다. 태어날 때부터 응석받이로 자랐지만 결코 버릇이 없는 여자는 아니었다. 그녀는 성급했지만 상냥했고, 허영심이 있었지만(거울을 볼 때마다 너무 예쁜 홍조가 얼굴에 나타나니 어쩔 수 없는 일이었을 것이다.) 가식적인 데는 없었다. 그녀는 인심이 후했고, 부자라는 자만심이 없었고, 천진난만했고, 충분히 지적인 면이 있었고, 명랑하고 활발했고, 사색에 깊이 빠지는 편은 아니었다. 간단히 말해 그녀는 나 같은 여자 관찰자, 즉 냉정한 관찰가 보기에도 너무 매력적인 여자였다. 그러나 그녀는 깊은 관심을 끄는 여자라거나 깊은 인상을 심어주는 여자는 아니었다. 예를 들면 그녀의 정신세계는 세인트 존 누이동생들의 정신세계와는 아주 다른 것이었다. 어쨌든 나는 가정교사 시절 학생이었던 아델을 좋아했던 것만큼 그녀를 좋아했다. 둘 다 비슷한 매력을 지녔지만 아무래도 매력 있는 성인 친구보다는 늘 지켜보며 공부를 가르치던 아이에게 더 친밀한 애정이 느껴진다는 것은 빼고 하는 말이다.

그녀는 내게 귀여운 변덕을 부렸다. 내가 리버스 씨와 닮았다는 것이다. 물론 그녀는 내게 "선생님은 비록 멋지고 훌륭한 영혼의 소유자이지만 외모에서는 그분의 10분의 1도 못 따라갈뿐더러 그분은 천사"라고 분명히 말했다. 하지만 나는 그처럼 착하고 똑똑하고 침착하고 단호하다고 말하는 것이었다. 그녀는 또 내가 시골학교 선생님으로는 아주 별난 '자연의 별종' 같다고 주장했다. 그녀는 만약 내 과거가 알려지면 재미난 소설이 될 것을 확신한다고도 했다.

어느 날 저녁이었다. 여느 때처럼 아이같이 행동하면서, 생각 없이, 그렇다고 불쾌하지는 않은 호기심을 발휘하며 내 찬장과 작은 부엌 탁자 서랍을 뒤지던 그녀가 프랑스 책 두 권과 실러의 작품 하나, 그리고 독일어 문법책과 사전을 찾아냈다. 다음으로 그녀는 내 그림 도구와 스케치 몇 장도 찾아냈다. 그중에는 아기 천사같이 예쁜 한 여학생의 머리를 그린 연필화 한 점과 모턴 계곡과 주변 황야를 그린 풍경화 몇 점이 들어 있었다. 그걸 본 그녀는 처음엔 놀라서 꼼짝 않고 서 있기만 했다. 그러더니 다음 순간 기뻐서 온몸에 전율을 일으켰다.

"이 그림들을 직접 그리셨어요? 프랑스어와 독일어도 아세요? 아, 멋져! 기적 같은 분이야! S시에서 처음 다녔던 학교 선생님보다 그림을 훨씬 더 잘 그리세요. 제 초상화도 그려줄 수 있어요? 아빠에게 보여주게요."

"기꺼이." 내가 대답했다. 오히려 나는 그토록 완벽하게 빛나는 모델을 그리게 되었다는 생각에 예술가다운 짜릿한 기쁨을 느꼈다. 그때 그녀는 감색 실크 드레스를 입고 있었다. 팔과 목은 맨살이었고 유일한 장식이라고는 자연스럽게 흐트러져 우아하게 어깨 위에서 물결을 이루고 있는 밤색 고수머리뿐이었다. 나는 질 좋은 마분지 한 장을 꺼내서 세심하게 밑그림을 그렸다. 그리고 그것을 색칠하는 기쁨을 나 자신에게 약속했다. 그날은 너무 시간이 늦었기 때문에 다른 날 다시 오라고 그녀에게 말했다.

그녀가 자기 아버지에게 나를 어찌나 치켜세워 이야기했던지 바로 다음 날 저녁 올리버 씨가 직접 그녀를 데리고 나타났다. 키가 크고 중후해 보이는 반백의 중년 신사였다. 그 옆에 선 귀여운 딸은 고색창연한 성탑 가까이에 피어난 한 송이 밝은 꽃 같아 보였다. 그는 과묵해 보였고 어쩌면 자부심이 강한 사람 같았다. 그러나 내게는 매우 친절했다. 딸 로자몬드의 초상화를 스케치한 것을 보고 몹시 기뻐했다. 그 그림을 반드시 완성해달라고 말했다. 그는 또한 다음 날 베일 저택에 와서 저녁에 놀다 가라고 힘주어 초대했다.

나는 갔다. 베일 저택은 주인의 엄청난 재산을 입증하는 증거들로 넘쳐나는 크고 아름다운 저택이었다. 로자몬드는 내가 거기에 머무는 동안 내내 희희낙락했다. 그녀의 아버지는 붙임성 있는 사람이었다. 차를 마시고 대화가 시작되었을 때, 그는 내가 모턴 학교에서 해온 일을 두고 과하다 싶을 정도로 칭찬했다. 그는 자신이 보고 들은 바에 비추어볼 때 그 자리를 맡기엔 내가 너무 과분한 선생님이 아닌지, 그래서 더 좋은 자리가 생기면 곧 떠나지나 않을지 걱정될 뿐이라고 말했다.

"진짜 그래요!" 로자몬드가 외쳤다. "아빠, 상류층 가정교사가 되고도 남을 만큼 똑똑한 선생님이에요."

나는 생각했다……. 이 지방 어떤 상류층 가정에 들어가 일하는 것보다 지금 있는 이곳에 있는 편이 낫겠다는 생각이 들었다. 올리버 씨는 리버스 씨와 리버스 가문에 대단한 존경심을 표하면서 이야기했다. 리버스 가문은 그 인근에서 매우 오래된 이름 있는 가문이며 그 선조들이 부자였고, 모턴의 모든 것이 한때는 그 가문의 소유였으며, 심지어 지금도 마음만 먹으면 그 가문의 장손이 최상의 가문과 연을 맺을 수 있을 거라고 생각한다는 것이었다. 그렇게 훌륭하고 재능 있는 젊은이가 선교사로 해외에 나갈 계획을 세우다니 이건 안타까운 일이라고 말했다. 그건 소중한 삶을 그냥 던져버리는 일이라고 했다. 그러니까 로자몬드의 아버지는 딸과 세인트 존의 결합에 방해 요인이 될 것 같지 않았다. 올리버 씨는 젊은 사제의 훌륭한 태생과 오래된 가문이라는 점과 성직이라는 직업이 재산만으로는 부족한 허점을 벌충할 것으로 생각하는 것이 분명했다.

　11월 5일은 휴일이었다. 어린 내 도우미 아이는 집 안 청소를 돕고 나서 수고비로 1페니를 받고는 좋아서 기뻐하며 돌아갔다. 바닥을 문질러 닦았고, 난로 쇠창살도 광을 냈고 의자들도 잘 문질러서 내 주변의 모든 것은 얼룩 하나 없이 반짝거렸다. 나도 내 몸을 깨끗이 했다. 이제 내 마음대로 보낼 수 있는 오후가 앞에 펼쳐져 있었다. 독일어 몇 페이지를 번역하는 일이 한 시간을 잡아먹었다. 그러고 나서 나는 팔레트와 연필을 집어 들고 번역 일보다 훨씬 쉽기 때문에 더 위안이 되는 일을 시작했다. 로자몬드의 세밀화를 완성하는 일 말이다. 머리 부분의 작업은 이미 다 완성된 상태였다. 배경에 색채를 넣고 옷 주름에 명암 처리할 일이 남아 있었다. 또한 붉고 탐스러운 입술에 양홍색 손질을 가하고, 머리 여기저기에 고수머리를 조금 더 추가하고 하늘색 눈꺼풀 밑 속눈썹 그림자에 좀 더 깊은 색조를 가미하기만 하면 되었다. 이런 세세한 부분들을 완성하느라 한창 열중하고 있을 때 누군가가 문을 급히 한 번 두드리는 소리가 나더니 곧 이어 세인트 존 씨가 들어서는 것이었다.

　"휴일을 어떻게 보내고 계시나 보러 들렀습니다." 그가 말했다. "상념에 빠져 있는 건 아니겠지요? 그건 아니군요. 그건 잘하는 일입니다. 그림을 그리는 동안은 외롭다는 느낌이 안 드실 테니까. 아시다시피 난 아직 제인 양을 믿지 않습니다. 제인 양이 아직까지는 놀라울 정도로 잘 견뎌왔습니다만. 저녁 시간에 위안이 될까 해서 책 한 권을 가져왔습니다." 그는 신간 서적 한 권을 탁자에 올려놓았다. 시집이었다. 현대문학의 황금기니 뭐니 뭐니 해도 그 당시에는 운 좋은 독자들이나 손에 넣을 수 있는 진본 출판물의 하나였다.

슬프게도 우리 시대의 독자들은 운이 나빴다. 그러나 용기를 가져라! 비난이나 불평을 하기 위해 글 쓰는 걸 중지하진 않겠다. 시는 죽지 않고 시정신이 사라지지 않은 것을 나는 안다. 또한 물욕과 재물의 신 마몬이 시와 시정신을 지배하는 힘을 얻어 그 둘을 다 눈멀게 하거나 베어 죽이지는 못할 것을 나는 안다. 시와 그 정신은 언젠가 때가 되면 다 자기들의 존재와 자리와 자유와 힘을 다시 주장할 것이다. 하늘에서 안정을 찾은 강력한 천사가 될 것이다! 욕심 많은 영혼들이 승리하고 나약한 영혼들이 그들의 죽음을 슬퍼하며 울고 있을 때 시와 시정신은 미소 지을 것이다. 시가 죽었다고? 시정신이 추방되었다고? 천만에! 속된 자들이여, 그건 천만의 말씀이다. 제발 부러워도 그런 생각 말기를 바란다. 그러지 말길 바란다. 시와 시 정신은 살아 있을 뿐만 아니라 여전히 군림하며 지위를 되찾고 있다. 도처에 펼쳐진 그들의 신성한 영향력이 없다면 너희들은 지옥에 떨어질 것이다……. 너희들의 천박함이 만든 지옥 말이다.

 세인트 존이 가져온 책은 《마르미언》이라는 시집이었는데, 내가 그 책에서 빛나는 몇 페이지에 온통 정신을 쏟고 있는 동안, 세인트 존은 몸을 굽혀 내 그림을 자세히 들여다보고 있었다. 갑자기 그가 깜짝 놀라며 큰 키를 일으켜 세웠다. 그는 아무 말도 하지 않았다. 그를 올려다보았다. 그는 내 눈길을 피했다. 나는 그의 생각을 잘 알고 있었다. 그의 마음을 명확히 읽을 수 있었다. 그 순간 나는 그보다 더 침착하고 냉정했다. 그리고 그때 나는 일시적이지만 그보다 유리한 고지에 있었다. 나는 할 수 있으면 그에게 도움이 되고 싶었다.

 '저렇게 단호하게 자제만 하고 있으니,' 하고 나는 속으로 생각했다. '자신을 지나치게 학대하는 거야. 모든 감정과 마음의 고통을 속에 가둬놓기만 하고, 아무것도 표현하지도 고백하지도 전달하지도 않고 있단 말야. 그는 로자몬드와 결혼해선 안 된다고 생각하겠지만, 저 그림 속 그녀에 대해 내가 몇 마디 말을 해주면 분명히 그에게 이로울 거야.'

나는 우선 이렇게 말했다. "의자에 앉으세요, 리버스 씨." 그러나 늘 그랬던 것처럼 그는 오래 머무를 수 없다고 대답했다. '좋아요.' 나는 속으로 대답했다. '원하시면 서 계세요. 그러나 난 아직 당신을 못 가게 하겠다고 결심했어요. 내게도 그런 것처럼 당신에게도 고독은 좋지 않아요. 당신 마음속 비밀의 원천을 알아내고, 당신의 대리석 조각 같은 가슴에 틈새는 없는지 오늘 한번 내가 확인해 보겠어요. 틈새가 있다면 그 속으로 내가 동정심이라는 향유 한 방울을 뿌려줄 수 있어요.'

"초상화가 실물과 닮았나요?" 내가 퉁명스럽게 물었다.

"닮았느냐고요? 누구를 닮았느냐고요? 자세히 보지 않았습니다."

"자세히 보시던데요, 리버스 씨."

그는 내 갑작스럽고 느닷없는 태도에 거의 놀란 기색이었다. 그는 놀라서 나를 바라보았다. '오, 아직 그건 아무것도 아닙니다.' 나는 속으로 중얼거렸다. '당신이 그렇게 좀 굳어졌다고 해서 그만둘 내가 아닙니다. 전 먼 길을 갈 준비가 돼 있어요.' 나는 계속 생각했다. '당신은 그것을 자세히, 꼼꼼히 관찰하셨습니다. 다시 보겠다고 하시면 반대하지 않겠습니다.' 나는 일어나서 그림을 그의 손에 놓아주었다.

"아주 잘 그린 그림이군요." 그가 말했다. "아주 부드럽고 깨끗한 색상으로 돼 있군요. 아주 우아하고 정확한 그림입니다."

"그래요. 물론 그래요. 저도 잘 알고 있습니다. 그런데 닮은 건 어때요? 누굴 닮은 것 같습니까?"

약간 망설이던 태도를 접고 그가 대답했다. "올리버 양을 닮은 것 같군요."

"물론입니다. 자, 신부님, 그러니 이제 정확히 짐작한 보답으로 이 그림과 똑같이 복사한 그림을 세밀하고 충실하게 한 장 더 그려 드리겠다고 약속하겠습니다. 그 선물을 기꺼이 받겠다고 하시면 그러겠다는 말입니다. 리버스 씨께서 쓸데없는 것으로 생각할 선물에다 시간과 노력을 낭비하고 싶진 않으니까요."

그는 계속 그 그림을 뚫어지게 들여다보았다. 오래 들여다보고 더 꽉 잡고 있을수록 그가 그 그림을 몹시 탐내고 있다는 것이 분명해졌다. "정말 똑같군!" 그가 중얼거렸다. "눈이 잘 처리되었어. 색상과 명암과 표정이 완벽해. 미소까지 짓고 있군!"

"그것과 똑같은 그림을 갖는 것이 리버스 씨에게 위안이 될까요, 아니면 상처가 될까요? 그걸 말씀해주세요. 마다가스카르나 희망봉이나 인도에 가시게 되었을 때 그 그림을 추억거리로 갖고 계시면 위로가 되지 않을까요? 아니면 그 그림이 리버스 씨의 기운을 빼앗고 고통스럽게 하는 추억만 불러올까요?"

그는 이제 슬그머니 눈을 들었다. 그는 우물쭈물 곤혹스러운 모습으로 나를 힐끗 쳐다보더니 다시 그림을 훑어보았.

"내가 그 그림을 갖고 싶은 건 확실한 사실입니다. 그것이 정당하냐, 현명하냐 하는 것은 별개의 문제입니다."

로자몬드가 그를 진정으로 사랑하고 있고 그녀의 아버지도 두 사람의 결혼을 반대할 것 같지 않다는 것을 이미 확인했으며, 내가 보기에 세인트 존보다 내가 덜 훌륭하더라도 마음속으로 그들의 결혼을 지지하고 싶은 생각이 강했다. 만약 그가 올리버 양의 막대한 재산을 소유하게 된다면, 해외로 나가 열대의 태양 아래서 자신의 능력을 시들게 만들고 기력을 탕진하는 것 못지않게 국내에서도 많은 선행을 베풀 수 있을지 모른다는 생각이 들었다. 그런 생각에 설득된 나는 이제 대답했다.

"제가 보는 한, 리버스 씨께서 이 그림의 주인공을 즉시 받아들이시는 게 더 적절하고 현명한 처사일 것 같습니다."

그는 이미 자리에 앉아 있었다. 그는 그림을 자기 앞 탁자에 올려놓고 있었다. 그리고 양손으로 이마를 받치고 다정하게 그림을 내려다보고 있었다. 이제 나는 그가 내 대담한 언행에 화를 내거나 충격을 받지 않았다는 걸 알아차렸다. 자신으로서는 접근도 하기 어려운 것으로 생각했던 화제가 이렇게 나를 통해 이야기되고 그처럼 자유롭게 다루어지는 것을 듣는 일은 새로운 즐거움이며 기대도 하지 못한 위안으로 느껴지기 시작했다는 것을 나는 알았다. 내성적인 사람들은 종종 활달한 사람들보다 더 자신의 감정과 슬픔이 솔직하게 토론의 대상이 되는 것을 필요로 한다. 아무리 엄격한 금욕주의자라 하더라도 결국엔 인간인 것이다. 그래서 선의를 가지고 '침묵의 바다'와 같은 그들의 영혼 속으로 과감하게 '난입해' 들어가는 것이 종종 그들에게 최고의 은혜를 베푸는 일이 되는 경우가 많다.

"분명히 올리버 양은 리버스 씨를 좋아하고 있어요." 그의 의자 뒤에 서서 내가 말했다. "그리고 그녀의 아버님도 당신을 귀하게 여기고 있어요. 더구나 그녀는 정말 사랑스러워요. 생각이 좀 없긴 하지만요. 그러나 자신을 위해서도 그렇고 그녀를 위해서도 그런데, 리버스 씨가 생각을 충분히 하시는 편이니까 상관없어요. 그러니 반드시 그녀와 결혼하셔야만 돼요."

"올리버 양이 정말 나를 좋아합니까?"

"물론이죠. 다른 사람보다 훨씬 더 좋아하고 있어요. 늘 리버스 씨 이야기만 하는 걸요. 그렇게 즐거워하며 자주 꺼내는 화제가 달리 없을 정도예요."

"그 말을 들으니 매우 기분이 좋군요." 그가 말했다. "아주 좋아요. 15분만 더 이야기를 계속하십시오." 그러면서 그는 정말 시간을 잴 요량으로 손목시계를 풀어 탁자 위에 올려놓았다.

"하지만 이야기만 계속 해봤자 무슨 소용 있나요?" 내가 물었다. "어쩌면 제 말을 반박할 철퇴를 준비하고 계시든지 아니면 심장에 채울 새로운 사슬을 주조하고 계실 텐데요."

"그런 굳고 강한 것들은 상상하지 마십시오. 지금처럼 양보하고 누그러진 나만 상상하십시오. 인간적 사랑이 새로 샘솟기 시작한 샘물처럼 내 마음속에서 일어나고 있는 것을 상상하십시오. 그 사랑이 그토록 조심하며 힘을 들여 준비하고 그토록 열심히 선의의 씨앗과 자기 부정적 계획의 씨앗을 뿌려온 들판에 달콤한 홍수를 동반하며 범람하는 모습을 상상해보십시오. 이제 그 들판은 꽃꿀의 홍수로 범람하고 있습니다. 어린 싹들이 다 잠겨버렸고 맛있는 독이 그 싹들을 썩히고 있습니다. 내 신부가 된 올리버 양의 발치에 놓인 의자, 베일 저택 거실의 긴 의자 위에 몸을 쭉 펴고 누워 있는 내 모습이 보입니다. 제인 양이 솜씨 좋게 너무나 훌륭히 그려낸 그 눈으로 그녀가 나를 내려다보며 그 산호 입술에 미소를 머금고 감미로운 목소리로 내게 말을 하고 있습니다. 그녀는 나의 것이고 나는 그녀의 것입니다. 이 현재의 생활과 스쳐 지나가는 세상이면 내게 충분합니다. 쉿! 아무 말도 하지 마십시오. 기쁨으로 가슴이 가득 차오르고 내 감각들은 황홀경에 빠져 있습니다. 내가 정한 15분이라는 시간이 부디 평화롭게 지나가게 해주십시오."

나는 그의 기분에 따랐다. 시계는 째깍거리고 있었다. 그는 빠르고 낮게 숨을 몰아쉬었다. 나는 말없이 서 있었다. 이런 정적 속에서 15분은 빠르게 지나갔다. 그는 시계를 팔목에 다시 차고 그림을 내려놓고 일어섰다. 그리고 난롯가에 가서 섰다.

"시간이 됐군." 그가 말했다. "그 짧은 시간 동안 나는 정신착란과 망상 상태에 빠져 있었습니다. 내 관자놀이를 유혹의 가슴 위에다 기대놓았습니다. 내 목을 의도적으로 그녀의 꽃 멍에 밑에 놓고 그녀의 술잔을 맛보았습니다. 베개가 불타고 있었습니다. 화환 속에는 코브라 한 마리가 있습니다. 술맛은 쓰더군요. 그녀의 약속은 공허했습니다. 그녀의 제안은 거짓이었습니다. 이 모든 것을 보면 압니다."

나는 무슨 소리를 하는지 의아해서 그를 응시했다.

"이상한 일입니다." 그가 계속했다. "정말이지, 그토록 아름답고 우아하고 매력적인 로자몬드 양에게서 내가 처음 느꼈던 강렬한 격정을 지니고 아직도 그녀를 미친 듯 사랑하는데도, 동시에 한편으로 나는 차분하고 굴절되지 않은 의식을 경험합니다. 그녀는 좋은 아내는 되지 못할 거다, 그녀는 내게 맞는 배우자가 아니다, 결혼 후 1년도 되지 않아 그런 사실을 깨닫게 된다는 그런 의식, 그리고 열두 달 동안은 황홀경에 빠져 살다 그 이후부터는 평생 후회가 이어질 거라는 의식을 경험한다는 말입니다. 이런 사실을 나는 알고 있는 것입니다."

"참, 이상도 하셔라!" 나는 소리를 지르지 않을 수 없었다.

"내 안의 무엇인가가," 그가 계속했다. "그녀의 매력을 예민하게 인식하는 반면, 또 다른 무언가가 그 못지않게 깊숙이 그녀의 결점을 느끼고 있습니다. 그 결점이란 내가 열망하는 어떤 일에도 그녀는 동조할 줄 모른다는 것, 또한 어떤 일에도 협조할 수 없다는 것입니다. 로자몬드가 수난자, 노동자, 여자 사도가 될까요? 로자몬드가 선교사의 아내가 될 수 있을까요? 절대 아니죠!"

"그러나 리버스 씨께서 꼭 선교사가 되셔야 할 필요는 없잖아요. 그 계획을 포기할 수도 있을 텐데요."

"포기라니! 무슨 말을! 내 천직을 말입니까? 내 위대한 임무를? 천국의 안식처를 위해 지상에 닦아놓은 기초를 말입니까? 모든 야망을 단 하나의 영광된 야망으로 통합한 성자 명단에 이름을 올리고 싶은 소망을 포기하란 말입니까? 동료 인간의 삶을 향상시키고, 무지몽매한 지역에 지식을 전파하고, 전쟁을 평화로, 속박을 자유로, 미신을 종교로, 지옥에 대한 공포심을 천국에 대한 희망으로 대체하겠다는 내 야망을 포기하란 말입니까? 그런 야망을 포기해야 합니까? 그것은 내 혈관 속 피보다 더 소중한 것입니다. 앞으로 내가 기대하며 기다리는 것이고 내 삶의 목적입니다."

꽤 오래 멈췄다가 내가 말했다. "그러면 올리버 양은요? 그녀의 실망이나 슬픔은 당신에게 아무 관심도 없는 것입니까?"

"올리버 양은 항상 구혼자와 아첨꾼들에게 에워싸여 있습니다.

그러니까 한 달도 안 돼 그녀의 가슴에서 내 모습은 지워질 것입니다. 그녀는 나를 잊을 것이고 나보다 더 행복하게 해줄 사람과 결혼할 것입니다."

"너무 냉정하게 말씀하시는군요. 하지만 리버스 씨도 갈등을 하며 괴로워하고 계세요. 몸도 야위어가고 있고요."

"아닙니다. 내 몸이 좀 빠졌다면 그건 아직 정해지지 않은 내 앞날에 대한 불안감 때문입니다. 출발이 계속 지연되고 있어요. 오늘 아침에야 겨우 내가 기다리는 후임자가 앞으로도 석 달간은 내 자리를 이어받을 준비를 할 수 없다는 소식을 받았을 뿐입니다. 게다가 그 석 달이 여섯 달로 늘어날지 모릅니다."

"올리버 양이 교실에 들어올 때마다 몸을 떨고 얼굴을 붉히셨잖아요."

다시 놀란 표정이 그의 얼굴을 스치고 지나갔다. 그는 여자가 감히 남자에게 그런 식으로 말한다는 것을 상상도 한 적이 없었다. 그러나 사실 나는 그런 식의 대화를 편안하게 생각하고 있었다. 나는 남자건 여자건, 강하고 신중하고 세련된 정신의 소유자와 대화를 나누게 되면, 그 사람의 인습적인 침묵의 성벽을 뚫고 들어가 그 비밀의 문턱을 넘고, 그의 심장 맨 밑바닥 돌 위에 자리 잡고 앉을 때까지는 결코 편안함을 느끼지 못하는 체질이었다.

"제인 양은 독특하군요." 그가 말했다. "그리고 수줍어하지 않는군요. 제인 양의 정신 속에는 용감한 데가 있고 눈에는 상대방을 꿰뚫어 보는 힘이 있군요. 하지만 제인 양이 내 감정을 편파적으로 잘못 해석하고 있다는 주장은 하겠습니다. 그것을 실제보다 훨씬 더 심오하고 강렬하다고 생각하고 있어요. 제인 양은 내가 내 것이라고 주장할 수 있는 것보다 더 많은 감정에 공감을 표명하고 있어요. 내가 올리버 양 앞에서 얼굴을 붉히고 몸을 떤다 해도 나는 나 자신을 동정하지는 않습니다. 나는 그런 나약함을 경멸합니다. 그걸 수치스럽게 생각합니다. 그건 단순한 육신의 열병입니다. 단언하지만 그건 영혼의 동요는 아닙니다. 내 영혼은 고요한 바다 깊은 곳에 굳건히 자리 잡은 바위만큼 확고부동합니다. 나의 참모습을 알아주십시오. 차갑고 모진 남자로 알아달란 말입니다."

나는 못 믿겠다는 미소를 지었다.

"제인 양은 갑자기 습격하여 내 비밀을 탈취해갔습니다." 그가 계속 말을 이었다. "그러니 이제 그 비밀을 마음대로 활용할 수 있겠군요. 내 본래의 모습을 말하자면 나는 기독교라는 종교가 인간의 결함을 가려주는 '피로 빨아 희게 만든 두루마기'*를 벗어버리면 그저 차갑고 모질고 야심에 찬 사람일 뿐입니다. 모든 감정 중에서 타고난 애정만이 내게 영원한 영향력을 행사합니다. 감정이 아니라 이성이 나의 안내자입니다. 내 야망은 한계가 없습니다. 남보다 더 높이 오르고 더 많은 것을 하려는 나의 욕망은 만족을 모릅니다. 나는 인내, 끈질긴 노력, 근면, 재능을 공경합니다. 이런 것들이야말로 위대한 목적을 달성하고 높고 뛰어난 위치로 올라가는 수단이기 때문입니다. 나는 제인 양이 하는 일을 관심 있게 주목하고 있습니다. 그건 제인 양이 근면하고 질서를 알고 활력 넘치는 여성의 표본이라는 생각이 들기 때문입니다. 제인 양이 그동안 겪어왔거나

---

* 요한계시록 7장 14절에 나오는 말. "(무죄가 입증된 사람들은) 어린 양이 흘리신 피에 자기들의 두루마기를 빨아 희게 만들었습니다." 세인트 존은 십자가에 못 박힌 그리스도의 은총을 언급하고 있다.

지금도 겪고 있는 일에 대한 동정 때문은 아닙니다."

"자신을 스스로 단순한 이단적 철학자라고 부르고 싶으시겠네요." 내가 말했다.

"아닙니다. 자연신론적 철학자와 나 사이엔 이런 차이가 있습니다. ˋ나는 신앙이 있습니다. 복음을 믿습니다. 제인 양은 용어를 잘못 택했습니다. 나는 이교도 철학자가 아니라 그리스도의 철학자입니다. 예수님의 종파를 추종하는 사람입니다. 그분의 제자로서 나는 그분의 순수하고 자비롭고 인자한 교리를 채택했습니다. 그리고 그 교리를 지지하고 그것을 전파하겠다고 맹세한 사람입니다. 어려서부터 종교에 심취되어 있었기 때문에 종교는 이처럼 내 타고난 특질들을 계발해주었습니다. 종교는 아주 작은 싹에 불과했던 타고난 내 애정을 무성한 그늘을 드리우는 인류애라는 거목으로 키워주었습니다. 종교는 인간의 정직함이라는 거친 실뿌리에서 신의 정의에 대한 정당한 의식을 길러냈습니다. 종교는 하잘것없는 내 일신을 위해 권력과 명성을 얻겠다는 야망을 버리고 주님의 왕국을 넓혀가고 십자가 군대를 위해 승리를 쟁취하라는 야망을 키워주었습니다. 종교는 내게 그토록 많은 일을 해주었습니다. 타고난 재질을 이용하여 최대한의 이득을 보게 해주었습니다. 내 본성을 다듬고 훈련시킨 겁니다. 그러나 종교도 내 본성을 근절해버리지는 못했습니다. '이 죽어갈 육신이 불멸의 옷을 입을 때까지는' 그 본성의 뿌리는 뽑히지 않을 겁니다."

이 말을 마친 후 그는 탁자 위 팔레트 옆에 놓인 중절모를 집어 들었다. 다시 한번 그는 초상화를 바라보았다. "그녀는 사랑스러워." 그가 중얼거렸다. "로자몬드[*]라는 이름이 잘 어울리는군!"

"그러니까 제가 그것과 똑같은 그림을 그려드려도 되겠지요?"
"퀴 보노?〔무슨 소용이 있겠소?〕 필요 없습니다."

그림을 그리다가 손을 좀 쉬게 하고 싶은 때 마분지 화지가 더럽혀지는 걸 방지하기 위해 내가 손을 올려놓는 얇은 벽지가 있었는데, 그는 그 백지로 초상화를 덮었다. 그런데 그 백지 위에서 무엇을 발견한 모양인데 나로서는 알 수가 없었지만 어쨌든 그 위의 무언가가 그의 눈길을 끈 것 같았다. 그는 그 종이를 잡아채어 들더니 그 가장자리를 바라보는 것이었다. 그러더니 표현할 수 없을 정도로 특이하고 극히 이해할 수 없는 묘한 시선을 내게 던졌다. 내 몸과 얼굴과 옷의 모든 것을 주시하고 주목하는 것 같은 시선이었다. 그 시선은 번갯불처럼 빠르고 날카롭게 스쳐갔다. 무슨 말을 할 것처럼 입술이 벌어졌다. 그러나 무슨 말을 하려 했는지 모르지만 그는 막 나오려던 그 문장을 자제했다.

"무슨 일이죠?" 내가 물었다.

"아무 일도 아닙니다." 그가 대답했다. 나는 그가 종이를 다시 제자리에 놓으면서 민첩하게 그 가장자리의 좁은 조각을 떼어내는 것을 보았다. 그 조각은 그의 장갑 속으로 사라졌다. 그러더니 황급히 고개를 끄덕여 "안녕히 계십시오." 하고 인사하고는 사라졌다.

"어떻게 된 거야!" 나는 지방 특유의 어법을 사용하여 외쳤다. "어쨌든 이건 너무하십니다!"

이번에 내가 종이를 꼼꼼히 살펴보았다. 연필에 물감을 묻혀 시험해보느라고 지저분하게 물감 얼룩이 지게 한 것 말고는 아무것도

---

* 로자몬드(Rosamond)는 세상의 장미라는 뜻을 지닌 이름이다.

눈에 띄는 것은 없었다. 나는 일이 분 동안 그의 수수께끼 같은 행동에 대해 생각했다. 그러나 그것은 풀 수 없는 것이며 그다지 중요하지도 않다는 확신이 들어 생각을 중지하고 이 문제를 잊어버렸다.

제33장

　　세인트 존 씨가 나갈 때 눈이 내리기 시작했다. 회오리치는 폭풍이 밤새 계속되었다. 다음 날 칼바람이 다시 앞이 안 보일 정도의 눈을 몰고 왔다. 땅거미가 질 무렵에는 계곡엔 온통 눈이 쌓여 통행이 불가능했다. 나는 덧문을 닫고 문 밑으로 불려 들어오는 눈을 막기 위해 매트를 문에다 대놓고, 난롯불을 정돈했다. 그리고 난롯가에 앉아 태풍의 소리를 억누르는 것 같은 분노에 한 시간 동안 귀를 기울이다가 촛불을 켜고 시집 《마르미언》을 펼쳤다. 시는 이렇게 시작되고 있었다.

　　성벽으로 둘린 노엄 성 절벽과
　　트위드의 깊고 넓은 아름다운 강과
　　고적한 체비엇 산맥에 해가 진다.
　　내성 안 육중한 성루들,
　　그것들을 둘러싼 측면 성벽이
　　황금색 광택 속에서 빛나고 있구나.

　　나는 곧 시의 운율에 취해 폭풍을 잊었다.

무슨 소리가 들렸다. 바람이 문을 흔드는 소리라고 나는 생각했다. 그게 아니었다. 세인트 존 씨였다. 그는 빗장을 열고 얼어붙은 태풍과 울부짖는 어둠에서 나와 내 앞에 섰다. 큰 키의 몸체를 덮고 있는 망토는 온통 빙하처럼 하얗게 보였다. 나는 놀라서 거의 정신을 잃을 뻔했다. 통행이 불가능한 그날 밤 손님이 찾아오리라곤 전혀 예상치 못했기 때문이다.

"무슨 안 좋은 소식이라도 있나요?" 내가 물었다. "무슨 일이 생겼습니까?"

"아닙니다. 어찌 그리 쉽게 놀랄까!" 망토를 벗어 문에 걸면서 그가 말했다. 그리고 자신이 들어오는 통에 위치가 흐트러진 매트를 차분하게 원상태로 돌려놓았다. 그는 발을 굴러 부츠의 눈을 털었다.

"깨끗한 바닥을 더럽히겠군요." 그가 말했다. "그러나 이번 한 번은 용서해야 됩니다." 그러고는 그는 난로로 다가갔다. "정말이지 여기 오는 데 애먹었습니다." 불에다 손을 녹이며 그가 말했다. "바람에 한번 눈이 밀리면 허리까지 눈이 차오르더군요. 다행히 아직 눈은 꽤 부드러운 상태더군요."

"그런데 무슨 일로 오신 거예요?" 나는 참지 못하고 말했다.

"손님에게 그렇게 물으면 좀 야박하게 들립니다. 하지만 질문을 하니 대답하겠습니다. 제인 양과 할 이야기가 좀 있어서 왔습니다. 말도 하지 않는 책들과 빈방이 지겨워져서요. 게다가 어제 이후 이야기를 반만 듣다 말아서 그 연속편을 듣고 싶어 안달하는 사람의 흥분 같은 것을 경험했기 때문입니다."

그는 자리에 앉았다. 나도 그의 야릇했던 어제의 행동을 상기했다. 또한 사실 그의 정신이 좀 이상해진 게 아닌가 염려가 되었다. 그러나 설사 그의 정신에 이상이 생겼다 하더라도 그건 아주 냉정하고 차분한 정신이상일 것이다. 그가 자기 이마에서 눈에 젖은 머리카락을 쓸어 넘기자 그 창백한 이마와 뺨에 그의 얼굴빛만큼 희미한 난롯불이 너울대며 빛을 발했다. 그 순간보다 더 그의 얼굴이 정으로 조각한 대리석 조각상처럼 보인 적이 없었다. 그의 얼굴에 선명하게 나 있는 움푹 팬 걱정과 슬픔의 흔적을 발견하고 나니 마음이 찡했다. 나는 적어도 내가 알아들을 수 있는 이야기를 할 것을 기대하면서 그의 말을 기다렸다. 그러나 그는 손으로 턱을 괴고 손가락을 입술에 대고 있을 뿐이었다. 뭔가 생각을 하고 있는 중이었다. 불현듯 그의 손도 얼굴처럼 야위어 보인다는 생각이 들었다. 전혀 요청도 하지 않은 연민의 정이 폭포처럼 내 가슴을 덮쳤다. 나는 울컥하는 감정에 복받쳐 이렇게 말했다.

"다이애나와 메리가 와서 리버스 씨와 같이 살았으면 좋겠습니다. 그렇게 혼자서만 사시니 너무 안돼 보여요. 게다가 리버스 씨는 본인 건강에 대해서는 분별이 없이 무심하시니까요."

"전혀 그렇지 않습니다." 그가 말했다. "필요하면 내 몸은 내가 챙깁니다. 난 지금 건강합니다. 뭐가 안 좋아 보입니까?"

그는 아무렇게나 멍하고 무관심한 태도로 이렇게 말하는 것이었다. 그러고 보니 내 염려가, 적어도 그가 생각하기에는 쓸데없는 과잉반응이라는 것을 드러내려고 한 모양이다. 나는 할 말이 없었다.

그는 여전히 손가락으로 자신의 입술을 천천히 문지르고 있었다. 그리고 여전히 멍한 시선을 벌겋게 달아오른 난로의 쇠창살 위에 고정시키고 있었다. 무슨 말이든 하는 게 시급하다는 생각이 들어 나는 곧 그의 등 뒤 문 밑으로 들어오는 바람이 차지 않느냐고 물었다.

"아닙니다. 괜찮습니다." 그는 짧게, 좀 무뚝뚝하게 반응했다.

'그래?' 나는 속으로 생각했다. '이야기하기 싫으면 조용히 있으라고요. 혼자 내버려두고 난 책이나 읽겠어요.'

그래서 나는 초 심지를 자르고 다시 《마르미언》을 읽기 시작했다. 그는 곧 몸을 움직였다. 즉시 내 눈은 그의 동작으로 끌려갔다. 그는 다만 모로코산 지갑을 꺼내더니 거기서 편지 한 통을 꺼냈다. 그 편지를 말없이 읽더니 접어서 지갑에 다시 넣고 상념에 빠져드는 것이었다. 앞에다 그렇게 수수께끼 같은 행동을 하며 움직이지 않는 형체를 두고 책을 읽으려 시도한다는 건 헛된 것이었다. 또한 초조해서 순순히 침묵만 지키고 있기도 불가능했다. 퇴짜를 놓고 싶으면 놓으라지 하고 나는 말을 할 심사였다.

"최근에 다이애나와 메리한테서 연락이 있었나요?"

"일주일 전에 제인 양에게 보여준 편지 이후로는 연락이 없었습니다."

"리버스 씨의 향후 계획에는 변화가 없었나요? 예상보다 일찍 영국을 떠나라는 명령을 받으신 건 아니겠지요?"

"실로 그런 건 없습니다. 그건 너무 좋은 행운이어서 나한테는 찾아오지 않을 겁니다." 그렇게 낭패에 부딪치자 나는 작전을 바꿨다. 그래서 학교와 학생들 이야기를 하기로 마음먹었다.

"메리 개럿 엄마의 건강이 좀 좋아졌어요. 그래서 메리는 오늘 아침 학교에 나왔습니다. 다음 주엔 파운드리 클로즈에서 여학생 네 명이 새로 올 거예요. 눈만 아니면 오늘 왔을 거예요."

"정말 그렇습니까!"

"올리버 씨가 두 학생 학비를 내신답니다."

"그래요?"

"그분께서는 크리스마스에 전교생에게 한턱낸다고 했어요."

"알고 있습니다."

"리버스 씨 제안이었나요?"

"아닙니다."

"그럼 누가 제안한 걸까요?"

"따님 제안일 거라고 생각됩니다."

"올리버 양답네요. 성품이 너무 착해요."

"그래요."

다시 대화의 공백이 찾아왔다. 시계가 8시를 쳤다. 그 시계 소리에 그의 정신이 든 모양이었다. 그는 꼬고 있던 다리를 풀고 똑바로 앉더니 나를 향해 몸을 돌렸다.

"책을 잠시 내려놓고 난로 쪽으로 가까이 와보세요." 그가 말했다.

나는 뭔지 궁금했다. 그 궁금증의 끝이 보이지 않아 나는 그의 말에 따랐다.

"반 시간 전에 나는 이야기의 속편이 듣고 싶어 안달이 났다는 말을 했었지요." 그가 말을 이었다. "그런데 생각해보니 내가 이야기하는 역할을 맡고 제인 양은 들어주는 사람으로 역할이 바뀐다면 일이 더 잘 풀릴 것 같다는 걸 알았습니다. 우선 이야기에 앞서 이 이야기가 제인 양의 귀에는 좀 진부하게 들릴 것이라고 미리 경고하는 것이 공평할 거라고 생각합니다. 그러나 그 진부하고 세세한 내용도 다른 사람의 입술을 통해 전달되면 종종 어느 정도 색다른 맛을 갖게 되는 법입니다. 진부하건 새롭건 나머지 이야기는 간단합니다.

　20년 전이었습니다. 한 가난한 교구 부목사가…… 지금 이 순간에는 그의 이름에는 신경 쓰지 마십시오……. 어떤 부잣집 딸과 사랑에 빠졌답니다. 그녀는 그와의 사랑에 빠져 결혼에 반대하는 모든 일가친척의 충고를 물리치고 그와 결혼했습니다. 가족들은 그녀와 인연을 끊었습니다. 그런데 2년도 지나기 전에 경솔했던 부부는 둘 다 세상을 떠나고 같은 묘지 석판 밑에 조용히 나란히 누워 있게 되었습니다.(나도 그 묘지를 본 적이 있습니다. ○○주에 있는 지나치게 커진 제조업 도시의 침울하고 숯검정처럼 까만 낡은 성당 주위의 거대한 공동묘지 귀퉁이에 있는 묘지였습니다.) 그들은 딸 하나를 남겼는데, 태어나자마자 자선 고아원 품에 안겼지요. 오늘 밤 내가 오도 가도 못하게 갇힐 뻔했던 쌓인 눈 더미만큼 차갑기 그지없는 고아원이었습니다. 결국 그 고아원은 오갈 데 없는 그 아기를 아기의 외가 쪽 부자 친척 집에 데려다 주었습니다. 그래서 아기는 (이제 이름을 말할 때가 되었군요.) 게이츠헤드 저택의 리드 부인이라고 하는 외숙모 손에 키워지게 되었습니다……. 놀라는군요……. 잡음이 들렸습니까? 아마 옆 교실 서까래 위를 뛰어다니는 쥐일 겁니다. 저 교실은 원래 헛간이었는데 내가 수리하고 개조했거든요. 헛간은 원래 쥐들의 소굴이지요. 이야기를 계속하겠습니다. 리드 부인은 그 고아를 10년 길렀습니다. 부인과 함께 살며 아이가 행복했는지 불행했는지는 들어본 적이 없어서 모르겠습니다. 그러나 그 기간의 끝에 가서 부인은 아이를 제인 양도 아는 곳으로 보냈습니다. 바로 로우드 자선학교였습니다. 그 학교는 제인 양이 오래 있었던 곳이지요. 그곳에서의 생활은 꽤 훌륭했던 것 같습니다. 제인 양처럼 그 아이는 학생에서 교사가 되었었지요. 정말이지 그 아이의 내력과 제인 양의 내력 사이에는 유사한 점이 많다는 생각이 드는군요. 결국 아이는 그 학교를 떠나 가정교사가 되었습니다. 이 점에서도 제인 양의 운명과 유사합니다. 로체스터 씨라는 사람이 후견인 역할을 하는 아이의 교육을 맡았다는 것이지요."

"리버스 씨!" 나는 그의 말을 막았다.

"제인 양의 마음을 나도 짐작할 수 있습니다." 그가 말했다. "하지만 잠시만 자제하고 계십시오. 거의 끝나가고 있습니다. 끝까지 들으세요. 로체스터 씨의 성품에 대해서는 나는 아무것도 모릅니다. 다만 그가 이 어린 아가씨에게 영광스러운 결혼을 하겠다고 공언했었다는 사실, 그런데 결혼식 당일 식이 거행되는 성당 제단 현장에서 비록 미친 여자이긴 하지만 그에게 살아 있는 아내가 있다는 사실이 밝혀졌다는 건 알고 있습니다. 그 후 그 남자가 어떻게 행동했고 무슨 제안을 했는지는 순전히 짐작만 할 수 있을 뿐입니다. 어쨌든 그 후 그 가정교사를 수소문하는 일을 불가피하게 만든 일이 일어났던 것입니다. 그녀가 없어졌다는 것이 밝혀졌던 것입니다……. 언제, 어디로, 어떻게 사라졌는지 아는 사람은 아무도 없었습니다. 그녀는 밤에 손필드 저택을 떠났는데, 아무리 그녀의 행방을 찾았어도 다 허사였습니다. 그 지역 일대를 멀리까지 폭넓게 샅샅이 뒤졌지만 그녀의 행방에 관한 자그마한 흔적도 알아낼 수 없었습니다. 그러나 그녀를 찾는 일은 심각하고도 긴급한 일이 되었습니다. 모든 신문에 그녀를 찾는 광고가 실렸습니다. 나 또한 브릭스 씨라는 사무 변호사에게서 편지 한 통을 받았습니다. 방금 이야기한 모든 내용이 담긴 편지입니다. 참, 기이한 이야기가 아닙니까?"

"이것만 이야기해주세요." 내가 말했다. "리버스 씨께서 그렇게 많은 것을 알고 계시니, 틀림없이 제게 말해줄 수 있을 거예요. 로체스터 씨는 어떻게 되셨나요? 어떻게 어디서 지내고 계시나요? 지금 무엇을 하고 계신가요? 몸은 괜찮으신지요?"

"로체스터 씨에 대해서는 전혀 모릅니다. 편지엔 내가 방금 말한 그 사기성 농후한 불법 결혼을 시도했다는 내용 이외엔 없었습니다. 차라리 그 가정교사의 이름이나 그녀가 나타나기를 필요로 하는 사건의 성격을 물어봐야 해요."

"그러면 손필드 저택엔 아무도 안 갔나요? 로체스터 씨를 본 사람이 아무도 없나요?"

"없을 겁니다."

"하지만 그분에게 편지는 보냈을 것 아닙니까?"

"물론이지요."

"그래, 그분이 뭐라고 하셨답니까? 그분 편지는 누가 가지고 있나요?"

"브릭스 변호사의 말로는 열심히 노력한 자신의 공로에 대한 답장이 로체스터 씨에게서 온 게 아니라 어떤 부인에게서 왔다고 하더군요. '앨리스 페어팩스 부인'이라고 서명이 돼 있었다는군요."

가슴이 서늘해지고 당혹감이 몰려왔다. 걱정했던 최악의 상황이 현실로 닥쳐온 것 같았다. 십중팔구 그는 영국을 떠나 무모한 자포자기에 빠져 옛날 유럽에서 자주 드나들던 곳으로 다시 돌아갔을 것이다. 자신의 뼈까지 아픈 고통을 치유하기 위해 어떤 아편을 그곳에서 찾았을까? 자신의 강렬한 격정을 위해 어떤 대상을 찾아다녔을까? 아, 한때 내 남편이 될 뻔한 가엾은 내 주인! 내가 종종 "사랑하는 에드워드!"라고 불렀던 그이!

"나쁜 사람이었던 게 분명합니다." 리버스 씨가 말했다.

"그분을 모르시잖아요. 그러니 함부로 말씀하지 마세요." 내가 다소 열을 내며 말했다.

"잘 알았습니다." 그가 조용히 대답했다. "사실 내 머리는 그 사람이 아니라 다른 생각을 하고 있었습니다. 내 이야기는 이제 끝부분만 남았습니다. 제인 양이 그 가정교사 이름을 묻지 않으니 내가 말을 해야겠습니다. 잠깐, 여기 그게 있습니다. 뭔가 중요한 사실은 말보다는 검고 하얀 글자로 아름답게 적혀 있는 걸 보는 것이 늘 더 만족스러운 겁니다."

그러면서 그는 신중하게 지갑을 꺼낸 후 그걸 열고 안을 뒤졌다. 그러고는 지갑 한 칸에서 급히 찢어낸 것 같은 지저분한 종이 쪼가리 하나를 꺼냈다. 나는 그 종이의 질감과 거기 얼룩진 군청색, 진홍색, 주홍색 물감 자국들을 보고 그 쪼가리가 올리버 양의 초상화를 덮고 있던 백지 가장자리에서 그가 급히 떼어간 것이라는 걸 알아차렸다. 그는 일어나서 그 쪼가리를 내 눈앞에 바싹 내밀었다. 나는 거기서 새까만 인디언 잉크로 내 손으로 쓴 '제인 에어'라는 글자를 찾아 읽었다. 의심할 것도 없이 멍했던 순간 내가 저지른 손작업의 소산이었다.

"브릭스 씨는 바로 제인 에어라는 아가씨에 대해 내게 편지를 써 보냈습니다." 그가 말했다. "신문 광고들도 제인 에어라는 사람을 찾고 있었습니다. 나는 제인 엘리엇이라는 사람은 알고 있었어요. 고백하는데, 나도 의심은 하고 있었습니다. 그러나 어제 오후에야 그 의심이 즉각적으로 확신으로 바뀌었던 것입니다. 이제 이름을 고백하고 가명은 버리시겠지요?"

"네, 그러겠어요. 하지만 브릭스 씨는 어디 계시나요? 그분이라면 아마 리버스 씨보다 로체스터 씨에 대해 더 많은 것을 알 것 같은데."

"브릭스 씨는 런던에 있습니다. 그 사람이 로체스터 씨에 대해 뭔가 알고 있는지 모르겠군요. 그 사람의 관심은 로체스터 씨가 아닙니다. 그런데 사소한 일들을 추궁하느라 진작 중요한 일들은 잊었었군요. 브릭스 씨가 왜 제인 양을 찾는지 제인 양은 묻지 않고 있군요. 그 사람이 제인 양에게서 무엇을 원하는지는 묻지 않는군요."

"왜 그분이 저를 찾은 거지요?"

"제인 양의 삼촌이신 마데이라의 에어 씨가 돌아가셨다는 소식을 전하기 위해서였지요. 그런데 그분께서 제인 양에게 전 재산을 남기셨어요. 그래서 제인 양은 이제 부자가 되었다는 소식을 전하기 위해서였어요. 그게 다입니다. 그 외엔 없습니다."

"제가요! 제가 부자가 됐다고요?"

"그렇습니다. 제인 양은 이제 부자입니다. 엄청난 유산을 상속받은 여자입니다."

침묵이 이어졌다.

"물론 제인 양은 자신의 신분을 입증해야 합니다." 세인트 존이 곧 말을 계속했다. "그건 어려울 것 없습니다. 그 절차 후에는 당장 유산을 소유하게 됩니다. 그 재산은 영국의 채권 형태로 되어 있습니다. 브릭스 씨가 유언장과 필요한 서류를 보관하고 있습니다."

여기 완전한 새 카드 패가 등장한 것이다! 독자여, 단 한순간에 가난에서 부로 올라간 것은 멋진 일이다. 그러나 그것은 당장 이해할 수 있거나 그 결과를 즐길 수 있는 일은 아니다. 또한 인생에는 그보다 더 짜릿하고 황홀한 기쁨을 주는 우연한 사건들이 많은 법이다. 이것은 딱딱한 실체이고 실제 세계에서 일어나는 일이다. 거기에는 이상이라는 게 없다. 그것이 연상시키는 것은 구체적이고 맨송맨송한 것이다. 그것이 표출되는 방식도 마찬가지다. 갑자기 막대한 재산을 갖게 되었다는 행운의 소식을 들으면 벌떡 일어나거나 뛰어오르거나 만세! 하고 외칠 일이 아니다. 오히려 그 책임을 깊이 생각하거나 할 일을 숙고하기 시작하는 법이다. 그리고 한결같은 만족감을 바탕으로 어떤 심각한 근심 걱정이 피어나는 법이다. 그리고 우리는 감정을 억누르고, 이마에 심각한 표정을 지으며 그 축복을 깊이 사색하게 된다.

게다가 유산이니 증여니 하는 말은 죽음이니 장례식이니 하는 말들과 나란히 움직이는 말이다. 나는 삼촌이 돌아가셨다는 말을 들은 것이다. 내 유일한 친척이었다. 그의 존재를 알고부터 나는 언젠가 그분을 만나게 될 것을 희망하고 있었다. 그런데 이제 다시는 그분을 만날 수 없게 된 것이다. 그리고 유산은 오직 나에게만 증여되었다. 나와 그 일을 함께 기뻐해줄 가족 모두에게가 아니라 오로지 외롭기 그지없는 나 혼자에게만 증여된 것이었다. 의심의 여지 없이 그것은 엄청난 혜택이었다. 또한 나의 자립은 찬란한 일일 것이다. 그렇다. 나는 그렇게 느꼈다. 그 생각이 내 가슴을 뿌듯하게 했다.

"이제야 이마를 펴는군요." 리버스 씨가 말했다. "메두사*가 제인 양을 쳐다봐서 제인 양이 돌로 변했나 하고 생각했습니다. 자, 이제 얼마나 되는 유산을 받게 되는지 물어보지 않을 겁니까?"

"얼마나 받게 되는데요?"

"오, 하찮은 것입니다! 물론 말로 할 것이 아닙니다……. 그들 말이 2만 파운드라고 하는 것 같습니다. 하지만 그게 뭐 대단한 것입니까?"

"2만 파운드라고요?"

이것은 또 한번 나를 어안이 벙벙하게 하는 일이었다. 나는 4천 파운드나 5천 파운드를 예상하고 있었다. 이 엄청난 새 소식이 실제로 내 호흡을 잠시 중지시키는 것이었다. 나는 전에 세인트 존 씨가 웃는 소리를 들어본 적이 없는데, 그때 그는 웃는 것이었다.

"만약 제인 양이 살인을 저질렀는데 내가 그 범죄가 발각되었다고 말했다고 칩시다. 그래도 지금처럼 놀란 표정은 짓지 못했을 겁니다."

"그건 큰 액수군요……. 혹시 무슨 착오가 있는 건 아닐까요?"

"착오란 전혀 없습니다."

"혹시 숫자를 잘못 읽으신 건 아닌지요……. 그건 2천 파운드일 수도 있어요."

"그건 숫자가 아니라 글자로 쓰여 있습니다. '이만 파운드'라고

---

* 그리스 신화에 나오는 뱀의 머리를 한 괴물. 자기를 쳐다보는 모든 사람을 돌로 만들었다는 여자 괴물.

요."

 나는 다시 한번 평범한 소화 기능을 지닌 사람이 백여 가지 진수성찬이 차려진 잔칫상을 혼자 받았을 때 느꼈을 그런 감정을 느꼈다. 이제 리버스 씨가 자리에서 일어나 망토를 걸쳤다.

 "이런 날씨가 험한 밤만 아니었다면 한나를 보내 제인 양과 함께 있으라고 했을 겁니다." 그가 말했다. "제인 양이 너무 애처로운 표정을 짓고 있어서 혼자 두고 가기가 어렵군요. 그러나 한나는 애석하게도 나처럼 이런 눈 더미 속을 헤치고 올 수가 없지요. 나처럼 다리가 길지 않다는 소리입니다. 그러니까 애처롭지만 혼자 두고 가야겠습니다. 잘 자요."

 그가 빗장을 올리고 있었다. 갑자기 어떤 생각이 내게 떠올랐다.
 "잠깐 기다리세요!" 내가 외쳤다.
 "무슨 일이죠?"
 "브릭스 씨가 왜 나에 대해 물어보려고 리버스 씨에게 편지를 냈지요? 그 사람이 리버스 씨를 어떻게 알죠?" 그리고 리버스 씨가 이렇게 외진 곳에 살고 있는데 어떻게 나를 찾는 데 도움이 될 거라고 생각한 거죠?"

 "저런! 나는 사제입니다." 그가 말했다. "이상한 일이 생기면 종종 사제에게 도움들을 청해요." 그가 다시 빗장을 덜거덕거렸다.

 "아녜요. 그런 말에 전 만족하지 않아요!" 나는 외쳤다. 정말이지, 황급하고 설명이 없는 대답 속에는 내 호기심을 진정시키는 것이 아니라 오히려 더 자극하는 뭔가가 들어 있었다.

 "참으로 이상한 일이에요." 내가 덧붙였다. "더 자세한 걸 알아야겠어요."

"다음번에 이야기합시다."

"아닙니다. 오늘 밤이어야 돼요!" 그가 문에서 몸을 돌려서 나가려고 하자 나는 문과 그 사이에 가서 섰다. 그는 좀 당황하는 것 같았다.

"사실을 다 말해주기 전에는 못 나가게 하겠어요!" 내가 말했다.

"지금은 말하고 싶지 않아요."

"말해야 돼요……. 반드시!"

"다이애나나 메리의 입을 통해 들었으면 좋겠습니다."

그가 이처럼 완강하게 거부하자 내 알고 싶은 욕망은 절정에 달했다. 반드시 내 욕망은 충족되어야 했다. 그것도 지체 없이 충족되어야 했다. 그래서 그렇게 말했다.

"그런데 나라는 사람은 무정한 사람이라고…… 설득하기 어려운 사람이라고 말했을 텐데요." 그가 말했다.

"저도 뒤로 미루는 게 불가능한 꿋꿋한 여자예요."

"그렇다면," 그가 계속했다. "나는 차가운 남자여서 어떤 열도 내게 전도되지 않을 겁니다."

"저는 뜨겁게 달아오른 이상 그 불로는 어떤 얼음도 녹일 수 있습니다. 저 난롯불이 리버스 씨 외투의 눈을 다 녹였지 않습니까. 그 증거로 저 바닥에 물이 흐르지 않습니까. 마치 사람 발이 밟은 거리같이 되었어요. 그러니 리버스 씨, 중죄인지 경범죄인지 모르지만 이 부엌 모래색 바닥을 더럽힌 죄를 용서받고 싶으시면 제가 알고 싶어 하는 사실을 말해주세요."

"좋습니다." 그가 말했다. "내가 양보하지요. 제인 양의 열망에 양보하는 것이 아니라 그 끈기에 양보하는 겁니다. 끊임없이 떨어

지는 물방울에 돌이 닿는 것처럼 말입니다. 게다가 어차피 언젠가는 제인 양이 분명히 알게 될 사실이니까요. 그러니 나중에 아나 지금 아나 마찬가지겠지요. 제인 양의 본명이 제인 에어지요?"

"물론입니다. 그건 이미 밝혀진 사실이잖아요."

"아마 내 이름도 그것과 같다는 것은 모르고 있었겠죠? 내 정식 이름이 세인트 존 에어 리버스라는 건 모르죠?"

"꿈에도 몰랐어요! 이제 생각나는 게 있어요. 여러 차례 제게 빌려주신 책들에 적힌 머리글자에 E자가 들어 있는 걸 본 기억이 나는군요. 그런데도 그것이 어떤 이름을 나타내는 머리글자인지 물어본 적은 없었어요. 하지만 그게 무엇을 나타내는 대문자지요? 분명 그건……."

나는 말을 멈췄다. 갑자기 떠오른 생각을 속에 담고 있을 수도 없었고 입을 열어 표현할 수도 없었다. 그 생각은 그 자체가 형태를 이루더니 순식간에 강력하고 확실한 개연성이 되어 내 앞에 서는 것이었다. 여러 정황이 저절로 짜 맞추기를 하더니 저절로 맞아떨어지며 질서를 형성하는 것이었다. 이제까지 아무런 형체도 없는 연결 고리의 무더기처럼 놓여 있던 사슬을 똑바로 잡아당기니 고리는 모두 완벽했고 연결이 완성되는 것이었다. 나는 세인트 존이 다른 말을 한마디도 입 밖에 내놓기 전에 본능적으로 일의 진상을 파악했다. 그러나 독자도 나와 같은 직관적 판단 능력을 가지고 있기를 기대할 수 없어서 세인트 존의 설명을 반복하지 않을 수 없다.

"우리 어머니의 이름이 에어였습니다. 어머니에겐 남동생이 두 분 계셨죠. 한 분은 게이츠헤드 저택의 제인 리드 양과 결혼한 사제였고 다른 한 분은 최근에 장례식을 치른 마데이라의 존 에어 씨였습니다. 에어 씨의 사무 변호사 브릭스 씨가 지난 8월 내게 외삼촌인 그분의 죽음을 알리고 사제였던 형님의 고아 외동딸에게 재산을 남긴다는 내용의 편지를 보냈던 겁니다. 외삼촌과 우리 아버지 사이에 있었던 불화를 결코 용서하지 않았기 때문에 우리는 완전히 무시해버렸지요. 그런데 그 변호사가 그 몇 주 후에 다시 편지를 보냈습니다. 재산 상속인인 그 고아 조카가 행방불명됐다는 내용이더군요. 종이 쪼가리에 무심코 쓰인 이름 하나가 그녀를 다시 찾게 해준 겁니다. 그 이후의 내용은 제인 양도 알고 있을 겁니다." 그는 다시 떠나려고 했다. 그러나 나는 문을 등지고 막아섰다.

"저 좀 말하게 해주세요." 내가 말했다. "잠깐 숨을 쉬고 생각할 시간을 주세요." 나는 말을 멈췄다. 그는 모자를 손에 들고 매우 침착한 모습으로 내 앞에 서 있었다. 내가 다시 말을 했다.

"그럼 리버스 씨 어머님이 우리 아버지의 누님이란 말이지요?"

"그렇지요."

"그럼 결과적으로 제 고모군요?"

그가 고개를 끄덕였다.

"그럼 저의 존 삼촌이 리버스 씨의 외삼촌이시겠네요? 리버스 씨, 다이애나 그리고 메리가 그분의 누님의 자식이고 저는 그분 형님의 딸이네요?"

"부인할 수 없습니다."

"그럼 리버스 씨 세 남매가 제 사촌이군요. 우리 피의 반이 같은 원천에서 나왔다는 거네요?"

"우리는 사촌지간입니다. 그렇습니다."

나는 그를 자세히 훑어보았다. 오빠 하나를 찾은 것 같았다. 자랑할 수 있는 오빠, 사랑할 수 있는 오빠였다. 또한 두 언니도 찾은 것 같았다. 남인 줄 알고 있었을 때도 내게 진심 어린 애정과 동정을 베풀어줄 정도로 따뜻한 심성을 지닌 언니들이었다. 젖은 땅에 무릎을 꿇고 앉아 관심과 절망이 쓰라리게 뒤섞인 감정으로 무어 하우스 부엌 낮은 격자 창문을 통해 들여다보았던 두 숙녀가 내 가까운 친척들이었다. 그리고 자기 집 문간에서 다 죽어가던 나를 발견했던 젊고 당당한 신사가 나와 한 핏줄이었다. 외롭고 비참한 나 같은 것에게 이 얼마나 영광된 발견인가! 실로 이런 것이 재산인 거다! 가슴을 위로하는 재산인 거다! 순수하고 티 없는 애정이 매장된 광산인 것이다. 이것은 밝고 생생하고 짜릿한 기쁨을 주는 축복이다……. 육중한 황금의 선물과는 질이 다르다. 황금이라는 선물도 나름대로 풍요롭고 반갑지만 그것의 무게로 인해 반성이 따르는 선물이다. 나는 그때 갑작스러운 환희 속에서 손뼉을 쳤다……. 맥박이 뛰고 온 혈관에 짜릿한 전류가 흘렀다.

"오, 전 기뻐요! 기뻐서 죽겠어요!" 내가 외쳤다.

세인트 존은 미소를 지었다. "앞서 제인 양은 하찮은 것들을 쫓다가 중요한 것들을 소홀히 한다고 내가 말하지 않았던가요?" 그가 말했다. "막대한 재산이 생겼다고 내가 말했을 때 제인 양은 심각했어요. 그런데 지금 별로 중요하지도 않은 일을 가지고 흥분하고 있군요."

"그게 무슨 뜻이지요? 어떻게 이 일이 중요하지 않을 수 있지요? 리버스 씨에겐 여동생이 있으니까 사촌은 관심도 없다 이겁니까? 하지만 제겐 아무도 없었어요. 그런데 이제 세 명의 어른 사촌 형제들이 제 세계에 태어난 겁니다……. 혹시 거기 끼기를 원하지 않으시면 두 명이 태어난 거예요. 다시 말하지만 전 너무 기뻐요!"

나는 빠른 걸음으로 방 안을 왔다 갔다 했다. 내가 받아들이거나 이해하거나 정리할 수도 없이 빠른 속도로 여러 가지 생각이 머리에 떠올라 도무지 숨이 막힐 지경이어서 발걸음을 멈췄다. 얼마 안 있어 혹시 일어날지도 모르는 일, 일어날 수 있는 일, 일어날 일, 마땅히 일어나야 할 일에 대한 여러 상념이었다. 나는 텅 빈 벽을 바라보았다. 그 벽은 떠오르는 별들이 총총히 박혀 있는 하늘 같았다……. 별 하나하나는 빛을 내게 던져 나를 어떤 결심, 또는 기쁨으로 이끌고 있었다. 내 목숨을 구해준 인간들, 내가 이제까지 빈손으로 사랑했던 인간들, 이들에게 이제 내가 은전을 베풀 수 있었다. 그들은 멍에를 짊어지고 살았다. 내가 그 멍에에서 그들을 풀어줄 수 있었다. 그들은 흩어져 살았다. 그들을 모여 살게 할 수 있었다. 독립된 삶, 풍요로운 삶이 내 것이 되었으니 그들의 것도 될 수 있었다. 다해봤자 네 명 아닌가? 2만 파운드를 똑같이 나누면 각각 5천 파운드씩을 가질 수 있었다. 그 정도면 충분하고 남는 액수다. 공정함이 구현되고 서로 간의 행복이 확보되는 것이다. 이제 그 재산은 그 무게로 나를 짓누르지 않았다. 이제 그 재산은 단순한 금전적 유산이 아니라 생명과 희망과 기쁨의 유산이었다.

이런 상념이 내 정신을 폭풍처럼 엄습하는 동안 내 모습이 어땠는지 나는 알 수 없다. 그러나 곧 나는 리버스 씨가 내 뒤에 의자를 갖다놓고 천천히 거기 앉히려 하고 있다는 걸 감지했다. 그는 나더러 마음을 진정시키라고 충고도 했다. 나를 무기력하게 하고 정신을 다른 데로 돌리려는 그 은근한 책략을 나는 무시하고 그의 손을 뿌리치고 다시 방 안을 이리저리 걷기 시작했다.

"내일 다이애나 언니와 메리 언니에게 편지하세요." 내가 말했다. "당장 집으로 돌아오라고 말하세요. 다이애나 언니는 자기들에게 천 파운드만 있어도 부자라 생각할 거라고 말했어요. 그러니 5천 파운드를 갖게 되면 정말 잘살아갈 거예요."

"물 한 잔 갖다주고 싶은데, 어디서 가져올 수 있는지 말해줘요." 세인트 존이 말했다. "정말이지 마음을 가라앉히려고 노력해야 되겠어요."

"말도 되지 않아요! 리버스 씨에게도 이 유산이 어떤 영향을 미칠까요? 그 돈이면 영국에 계속 계시면서 올리버 양과 결혼도 하고 보통 사람처럼 안정된 생활을 하실까요?"

"마음이 산만해지는군요. 머리가 혼란을 일으키고 있군요. 내가 너무 갑작스레 소식을 전한 것 같습니다. 그래서 제인 양을 감당할 수 없이 흥분시켰군요."

"리버스 씨! 저를 더 이상 참을 수 없게 하시네요. 저는 지금 충분한 이성이 있어요. 오해하는 편은, 아니, 그런 척하는 것은 리버스 씨예요."

"아까 한 말을 더 자세히 설명해준다면 더 잘 이해할 겁니다."

"설명이오! 설명할 게 뭐가 있어요? 문제의 2만 파운드를 그걸 주신 우리 삼촌의 남자 조카 한 명과 여자 조카 세 명이 균등하게 나눠 가지면 각자에게 5천 파운드가 돌아간다는 걸 모를 수가 있나요? 그리고 제가 바라는 건 빨리 동생분들에게 편지를 보내서 자신들에게 생겨난 재산에 대해 알리라는 거예요."

"제인 양에게 생겨난 재산이겠지요."

"그 일에 대한 제 의견은 이미 밝혔어요. 저는 잔인하게 이기적이거나 맹목적으로 부당하거나 악마처럼 배은망덕한 사람이 아니에요. 게다가 저는 제 집과 친척과의 연줄을 갖기로 결심했어요. 저는 무어 하우스가 좋아요. 그래서 무어 하우스에서 살 거예요. 다이애나와 메리 언니도 좋아요. 평생 언니들과 붙어살 거예요. 5천 파운드만 갖는 게 제겐 더 기쁘고 더 이익이 되는 일이에요. 만약 제가 2만 파운드를 전부 차지하면 그게 오히려 더 괴롭고 마음을 압박하는 일이 될 거예요. 게다가 그 재산은 법적으로는 제 재산일지 모르지만 정의라는 점에서는 절대로 제 재산이 아니에요. 그래서 그 절대적으로 넘치는 것을 사촌들에게 드리는 거예요. 더 이상 반대하거나 따지려 들지 마세요. 우리 서로 의견을 모아서 단번에 결정을 내리기로 해요."

"이것은 얼핏 충동에서 나온 처사입니다. 그 발언이 타당하다고 인정받기에 앞서 제인 양이 며칠 두고 숙고해야 합니다."

"오! 그렇게 의심하는 것이 제 진정성이라면 전 편합니다. 이 일 처리가 공명정대하다는 것은 아시겠지요?"

"어느 정도 공명정대함을 느끼긴 합니다. 그러나 모든 관례에 어긋나는 것입니다. 게다가 전 재산은 제인 양의 권리입니다. 외삼촌께서는 자기 노력으로 그것을 얻은 것입니다. 그러니까 그것을 자신이 원하는 사람에게 물려줄 자유가 있는 것입니다. 그분은 그것을 제인 양에게 남겼습니다. 결국 정의라는 관점에서도 제인 양이 전 재산을 소유할 수 있습니다. 그러니 양심에 거리낄 것 없이 전 재산이 제인 양의 것이라고 생각해도 됩니다."

"제게는," 내가 말했다. "이것이 양심의 문제이기도 하지만 그만큼 감정의 문제입니다. 저는 감정을 충족시키고 싶어요. 지금까지 저는 그런 일을 해볼 기회가 없었습니다. 리버스 씨께서 1년 내내 저와 논쟁하고 반대하고 귀찮게 구셔도, 저는 이제 겨우 힐끔 본 그 맛있는 기쁨 없이는 살 수가 없어요. 그 하늘 같은 은혜에 일부나마 보답하고 평생 같이 지낼 친구들을 얻는 기쁨을 놓치기 싫습니다."

"지금은 그렇게 생각할 겁니다." 세인트 존이 말에 끼어들었다. "하지만 그건 제인 양이 재산을 소유한다는 게 무언지, 또 재산을 소유한 결과 그것을 어떻게 향유하는 건지 모르고 있기 때문입니다. 제인 양은 2만 파운드가 가져오는 중대성에 대해 아직 개념조차 머리에 그리지 못하고 있는 겁니다. 그 돈이 제인 양으로 하여금 어떤 사회적 지위를 차지할 수 있게 해줄지, 어떤 앞날을 열어주게 될지 개념도 세우지 못하고 있는 겁니다. 제인 양은 또……."

"리버스 씨도," 내가 말을 가로챘다. "상상도 못하는 것이 있어요. 제가 형제와 자매의 사랑을 얼마나 열망했었는지 말예요. 저는 집이 없었어요. 형제나 자매를 가져본 적도 없어요. 이제 그런 것들을 가져야 하고 가지려 합니다. 저를 동생으로 받아들이고 동생으로 있게 하는 것을 꺼리십니까?"

"제인, 난 오빠가 되어주겠어요. 내 동생들도 언니들이 되어줄 겁니다. 제인의 정당한 권리를 희생하겠다는 조건을 달지 않아도 그렇게 될 겁니다."

"오빠라고 하셨나요? 그러면 몇천 마일 멀리 떨어진 곳으로 가버릴 오빠가 되는군요! 언니들? 그럼, 낯선 사람들 사이에서 노예 생활을 하는 언니들이 되는군요! 나 혼자만 부자가 되고 내 힘으로 벌지도 않았고 받을 자격도 없던 황금을 포식하라니! 오빠와 언니들은 무일푼인데! 대단한 평등 관계고 형제 관계로군요! 가까운 결합! 친밀한 애착이 생기겠네요!"

"하지만 제인, 가족 간의 유대나 가정의 행복에 대한 제인의 열망은 제인이 생각하고 있는 그런 방법이 아닌 다른 방법으로도 실현될 수 있어요. 결혼하면 돼요."

"또다시 말도 안 되는 말씀을 하시네요! 결혼이라니요! 저는 결혼하고 싶지 않아요. 또한 결코 결혼하지 않을 거예요."

"그건 지나친 말이군요. 그런 위험한 주장은 아직도 제인이 흥분 상태에 있다는 걸 증명하는 거예요."

"지나친 말이 아녜요. 저는 제 감정을 알고 있어요. 그리고 결혼이라는 생각만 해도 제게 얼마나 큰 혐오감이 생겨나는지 알고 있어요. 누구도 저를 사랑이란 명분으로 받아들일 수 없을 거예요. 또한 저라는 여자를 돈 투기라는 관점에서 바라보는 대상은 되지 않을 거고요. 저는 낯모르는 사람은 원하지 않아요. 나와 공감이 되지 않는 이방인, 나와 다른 사람은 원하지 않아요. 나는 단지 제 가족을 원해요. 저와 형제애를 완벽하게 나눌 수 있는 그런 사람들을 원해요. 제 오빠가 되어주겠다는 말을 한 번 더 해주세요. 그 말을 듣고 너무 좋았어요. 한 번만 다시 해주세요. 진지하게 반복할 수 있으면 말예요."

"그렇게 할 수 있어요. 나는 늘 동생들을 사랑해왔다는 것을 알고 있어요. 그리고 그 애들에 대한 내 사랑의 근거가 무언지도 알고 있어요. 그건 바로 그 애들의 됨됨이와 그들의 재능에 대한 존중이지요. 그런데 제인도 원리 원칙과 올바른 정신을 가지고 있는 여자예요. 게다가 취향과 습관도 다이애나와 메리를 닮았어요. 제인의 존재는 늘 내게 기분 좋은 일이었어요. 이미 제인과 몇 번 나누었던 대화에서 나는 유익한 위안을 발견했어요. 그러니 편안하고 자유스럽게 내 가슴속에 셋째 막내 여동생 자리를 만들 수 있을 겁니다."

"고맙습니다. 저는 그 말 덕분에 오늘 밤 내내 흐뭇할 거예요. 이제 그만 돌아가시는 게 좋겠어요. 더 오래 머무르시면 다시 어쩌면 의심에 찬 망설이는 말로 저를 화나게 하실 것 같아요."

"학교는 어떻게 할 거지요? 당장 문을 닫아야 하는 게 아닌가 생각됩니다."

"그건 아니에요. 대체 교사가 올 때까지 자리를 지키겠어요."

그는 동의한다는 미소를 지었다. 악수를 나누고 그가 떠났다.

유산과 관련된 문제를 내 뜻대로 처리하기 위해 내가 내세운 주장과 내가 쏟았던 노력들을 세세히 이야기할 필요는 없을 것이다. 그 일은 몹시 힘든 일이었다. 그러나 내 결심은 확고했다. 사촌들도 유산을 공정하게 4등분하겠다는 내 마음이 진심이고 요지부동한 것을 알았고, 또 속으로 내 의도가 공평하다는 것을 분명히 느끼고 있었다. 게다가 자기들이 내 위치였다 해도 내가 원하는 식으로 일을 처리했을 것을 본능적으로 알고 있어서 그들은 결국 마음을 굽히고 이 문제를 중재인들의 판단에 맡기는 데까지 동의했다. 올리버 씨와 한 유능한 변호사가 중재인으로 선정되었다. 그 두 사람은 다 내 생각에 찬성했다. 결국 내 의도대로 관철된 것이다. 증여는 문서로 작성되었고, 결국 세인트 존, 다이애나, 메리 그리고 나 네 사람 모두는 상당한 재산을 소유하게 되었다.

제34장

모든 일이 해결되었을 때 크리스마스가 바싹 가까이 와 있었다. 모든 사람들의 휴가 기간이 다가온 것이었다. 나도 이제 모턴 학교 문을 닫았다. 내 쪽에서 볼 때 학생들과의 작별이 삭막하지 않도록 나는 신경을 썼다. 행운이란 가슴뿐만 아니라 손도 멋지게 열어 보이는 법이다. 그리고 많은 것을 받았을 때 무언가를 베푸는 것은 유별나게 용솟음치는 감정에 배출구를 제공하는 법이다. 나는 많은 촌스러운 내 학생들이 나를 좋아한다는 걸 기쁜 마음으로 느껴온 지 오래다. 그런데 작별을 하게 되자 그 생각이 더욱 확고하게 자리 잡는 것이었다. 아이들은 솔직하고 강렬하게 애정을 표시했다. 아이들의 순진한 가슴속에 내가 정말 자리를 잡고 있다는 것을 알았을 때 깊은 만족감을 느꼈다. 나는 아이들에게 앞으로 한 주도 거르지 않고 학교에 들르겠다고 했고 그때마다 한 시간씩 수업을 하겠다고 약속했다.

나는 60명에 이르는 아이들이 내 앞으로 줄지어 나가는 모습을 보고 나서 학교 문을 잠그고 열쇠를 든 채 그중 가장 우수한 학생이었던 대여섯 명과 특별히 인사말을 나누고 있었다. 그때 리버스 씨가 찾아왔다. 그 여학생들은 영국 농민의 딸 중에서 아마 가장 예의 바르고 정숙하고 겸손하고 공부도 많이 한 학생들이었을 것이다. 물론 이 말에는 과장이 들어 있다. 사실은 결국 따지고 보면 유럽 농민들 중에서 영국 농민이 가장 훌륭한 교육을 받고 가장 예의 바르고 가장 자존심이 강하기 때문이다. 그 시절 이후 나는 프랑스 농민들과 독일 농민들을 관찰할 기회가 있었다. 그들 중 제일 나아 보이는 사람들조차도 내 모턴 학교 학생들에 비하면 무식하고 거칠고 얼빠진 것처럼 보였다.

"한 계절 동안 고생한 보답을 받았다고 생각해요?" 학생들이 가고 나자 리버스 씨가 물었다. "한창 젊은 시절에 뭔가 진정으로 유익한 일을 했다는 의식이 기쁨을 주지 않나요?"

"의심할 여지도 없어요."

"겨울 몇 달 땀을 흘렸는데도 그래요! 그러니 인류를 다시 태어나게 하는 데 평생을 바친다면 인생을 보람 있게 보내게 되는 게 아닐까요?"

"그래요." 내가 말했다. "그러나 저는 영원히 그런 생활은 못할 거예요. 저는 다른 사람들의 능력을 계발시켜주는 것도 좋지만 제 능력도 즐기고 싶어요. 이제 제 개인적인 능력을 즐겨야겠어요. 그러니 제 마음이건 몸이건 학교로 다시 불러들이지 마세요. 지금은 학교를 벗어나 명절 기간을 충분히 즐기고 싶어요."

그는 심각한 표정을 지었다. "지금 무엇을 하겠다고요? 갑자기 열정을 보이는 이유가 뭐지요? 무엇을 하려는 겁니까?"

"활동을 하는 거죠. 할 수 있는 한 활동을 하고 싶어요. 우선 한 나를 자유롭게 놔주세요. 오라버니 시중들 사람을 구하시라고 부탁하고 싶군요."

"한나가 필요한가요?"

"네, 함께 무어 하우스로 가게요. 일주일 후면 다이애나와 메리 언니가 집에 돌아와요. 그러니까 언니들이 도착하는 걸 대비해서 모든 걸 미리 정리해놓고 싶어요."

"알았어요. 나는 제인이 어디로 훌쩍 여행이나 떠나려나 생각했어요. 동생들 맞을 준비를 한다니 더 잘됐군요. 한나를 보내주겠어요."

"그러면 내일까지 준비하라고 말씀해주세요. 여기 학교 교실 열쇠가 있어요. 제 숙소 열쇠는 내일 아침에 드릴게요." 그는 열쇠를 받았다. "참 즐거운 마음으로 학교를 그만두는군요." 그가 말했다. "어찌 그리 홀가분한 마음을 가질 수 있는지 이해가 전혀 안 되는군요. 학교 일을 그만두고 그 대신 무엇을 하겠다고 마음먹고 있는지 알 수 없기 때문에 더욱 그렇군요. 대체 앞으로 무슨 목표와 무슨 목적과 삶에서 어떤 야망을 품고 산다는 거지요?"

"제 첫 번째 목표는 말끔히 만드는 거예요.('말끔히'라는 표현의 진정한 위력을 아세요?) 방에서 지하실까지 무어 하우스를 말끔히 만드는 거예요. 두 번째 목표는 집이 다시 번쩍번쩍 윤이 날 때까지 밀랍, 오일, 그리고 셀 수 없이 많은 수의 천 조각을 동원해서 문지르는 거예요. 세 번째는 모든 의자, 탁자, 침대, 카펫을 수학적 정밀도를 발휘하여 배치하는 일이에요. 다음에는 오라버니가 파산할 정도로 석탄과 토탄을 왕창 사용해서 모든 방에다 난롯불을 활활 타도록 피워놓는 거예요. 마지막으로 언니들 도착 예정일 이틀을 할애해서 한나와 함께 계란을 깨고, 건포도를 골라내고, 양념을 갈고, 크리스마스 케이크를 만들 반죽을 만들고, 고기 파이를 만들 재료를 자르고, 그러고는 의식을 치르듯 경건하게 다른 요리들도 준비할 거예요. 오라버니처럼 요리 경험이 없는 사람에겐 말로 설명해봤자 알아듣지 못할 거예요. 간단히 말해 제 목적은 다이애나 언니와 메리 언니를 맞을 준비를 철저히 완벽한 상태로 이뤄놓는 거지요. 그러니까 다음 목요일 전까지 말예요. 제 야망은 언니들에게 가장 이상적인 환영을 베푸는 일이에요."

세인트 존은 엷은 미소를 지었다. 그러나 여전히 불만스러운 표정이었다.

"모두가 지금 당장은 좋은 일이군요." 그가 말했다. "그러나 이건 진지한 발언인데, 그렇게 처음에 터져 나오는 활기가 사그라지고 나면 그런 가족 간의 정다움이나 집안 내에서의 기쁨보다는 좀 더 급이 높은 곳을 바라보게 될 거라고 나는 믿어요."

"바로 그런 것이 세상에서 가장 소중한 것이 아닌가요?" 내가 말을 채뜨렸다.

"아닙니다. 제인, 그건 아닙니다. 세상은 그런 기쁨만 있는 무대가 아닙니다. 그러니 세상을 그런 무대로 만들려고 하면 안 됩니다. 그리고 세상은 휴식만을 위한 곳이 아닙니다. 게으름뱅이가 되어서는 안 됩니다."

"저는 그 반대로 바쁘게 살려고 해요."

"제인, 당분간은 제인을 용서하겠소. 새로 얻은 지위를 마음껏 즐기고 뒤늦게 찾은 친척들과의 관계가 갖는 매력을 만끽할 두 달간의 호의는 배려하겠소. 그러나 그 후부터는 무어 하우스와 모턴 마을과, 동생들과 어울리는 일, 품위 있고 윤택한 생활이 주는 이기적이고 평온한 삶과 감각적인 위안을 벗어나서 더욱 먼 곳을 보고 살아가기를 희망하오. 제인의 에너지가 그때부터 다시 한번 그 강렬한 힘으로 스스로를 괴롭히기를 희망하오."

나는 놀라서 그를 바라보았다. "세인트 존 오라버니." 내가 말했다. "그렇게 말씀하시다니 정말 심술궂다는 생각이 드네요. 저는 여왕처럼 만족스럽게 살고 싶은데, 오라버니는 저를 자극하여 안절부절못하게 하려고 하시네요! 그러시는 목적이 뭐지요?"

"하느님께서 제인에게 보관하고 있으라고 맡겨놓았다가 언젠가 때가 되면 정확히 셈을 하시게 될 그 재능을 유익하게 쓰게 하려는 목적이오. 제인, 나는 앞으로 걱정스러운 마음으로 제인을 자세히 지켜본 것입니다. 그걸 경고해두는 거요. 그러니 너무 과도한 열의를 가지고 평범한 가정적 즐거움에 빠져드는 것을 막으려고 노력하겠어요. 육신의 연줄에 그렇게 집요하게 매달리지 말고 더 적절한 대의명분을 위해 지조와 열정을 비축하십시오. 하잘것없고 덧없는 대상에다 지조와 열정을 낭비하지 말아요. 제인, 내 말 듣고 있어요?"

"네, 오라버니가 그리스 말을 하는 것처럼 듣고 있어요. 제게는 행복하겠다는 적절한 대의명분이 있어요. 그러니까 행복해질 거예요. 안녕히 가세요!"

무어 하우스로 돌아오자 나는 행복했다. 나는 열심히 일했다. 한나도 마찬가지였다. 그녀는 뒤죽박죽이 된 어지러운 집 한가운데서도 내가 너무 즐거워하며 열심히 비질하고, 털고, 깨끗이 닦고 요리를 하는 모습에 매혹되어버렸다. 혼란 상태를 더 혼란스럽게 만든 하루 이틀이 지나자, 우리가 만든 혼돈에서 차츰 질서를 불러내는 일은 즐겁기 그지없었다. 나는 새 가구 몇 점을 구입하기 위해 벌써

S시에 갔다 온 적이 있었다. 언니들은 내가 원하는 대로 집을 바꾸도록 백지 위임장을 보냈고 거기 드는 비용은 따로따로 뽑아 둔 상태였다. 나는 평소에 쓰는 거실과 침실들은 거의 원래 모습대로 그냥 두었다. 다이애나와 메리가 이를 데 없이 화려한 새 물건들로 바뀐 모습보다는 옛 고향 집의 소박한 탁자와 의자들과 침대들의 모습에서 더 많은 기쁨을 얻을 거라는 생각이 들었기 때문이다. 그러나 그들의 귀향에 짜릿한 맛을 더해주기 위해서는 몇 가지 새로운 탈바꿈이 필요했다. 그 짜릿한 맛을 거기에 투입하고 싶었다. 짙은 색깔의 아름다운 새 카펫과 커튼, 조심스럽게 고른 도자기와 청동으로 된 고풍 어린 최상의 장식품, 새 침대보, 새 거울 그리고 화장용 탁자에 필요한 화장 케이스 같은 것들이 그런 취지에 부합되었다. 그것들은 그다지 화려하지 않으면서도 신선해 보였다. 나는 쓰지 않는 거실과 침실들은 오래된 진홍색 마호가니 가구들로 완전히 모습을 바꿔버렸다. 복도에는 캔버스를 덮고 계단에는 카펫을 깔았다. 모든 일이 끝나자 무어 하우스가 그 내부를 놓고 보면 밝고 수수한 아늑함의 표본이라는 생각이 들었다. 사실 이런 크리스마스 계절에 바깥은 겨울의 황량함과 황야의 음산함을 나타내는 하나의 견본이었기 때문이다.

마침내 그 중요한 목요일이 되었다. 두 자매는 어두워질 무렵에 도착할 예정이었다. 그래서 땅거미가 지기 전에 위층과 아래층에 난롯불이 지펴졌고 부엌도 완전히 정돈된 상태였다. 한나와 나는 옷을 차려입었고 모든 것이 준비된 상태였다.

세인트 존이 가장 먼저 도착했다. 나는 벌써 모든 준비가 완료되기 전까지는 집에 발을 들여놓지 말라고 간곡히 당부해놓았다.

사실 집 안에 지저분하고 하잘것없는 북새판이 벌어지고 있다는 생각만으로도 그의 발길을 돌리게 하기에 충분했다. 그는 부엌으로 들어와서 마침 그때 차를 마시며 먹을 케이크를 굽고 있는 나를 발견했다. 그는 난롯가로 다가와서 "드디어 하녀의 일에 만족하게 되었소?" 하고 내게 묻는 것이었다. 나는 내가 힘들여 이룩한 결과를 모두 점검하러 가자고 권유하는 말로 대답을 대신했다. 그 권유에는 좀 어려움이 따랐지만 그를 데리고 집 안 전체를 돌며 구경시켰다. 그는 내가 문을 열 때마다 그저 안을 들여다보았다. 위아래 층을 모두 어슬렁거리고 났을 때 그는 그렇게 짧은 기간 내에 그런 엄청난 변화를 일구어냈으니 몹시 피로했고 고생했겠다고 말했다. 그러나 더 멋있어진 집 안 모습에 대해 즐거움을 나타내는 말은 전혀 없었다.

이런 그의 침묵에 나는 기운이 쭉 빠지는 것이었다. 아마 그런 변화된 집 안 모습이 그가 소중히 여기는 옛 추억 거리를 훼손시킨 게 아닌가 하고 생각했다. 나는 혹시 그런 게 아니냐고 물었다. 분명히 그렇게 묻는 내 목소리는 풀이 죽어 있었다.

"그렇지 않습니다. 오히려 추억이 깃든 모든 물건들을 세심하게 존중한 것을 알 수 있습니다. 사실상 안 그래도 되는 물건까지 실제 가치보다 훨씬 많은 배려를 한 게 틀림없구나 하는 생각이 듭니다. 예컨대 이 방 정리를 연구하는 데만도 얼마나 많은 시간을 바쳤습니까? 그건 그렇고 내가 보던 그 책이 어디 있는지 알려주겠습니까?"

나는 그에게 그 책이 서가 위에 있다고 알려주었다. 그는 책을 꺼내더니 늘 가던 창가 구석 자리로 물러나서 읽기 시작했다.

자, 독자여, 나는 이런 모습이 싫었다. 세인트 존은 좋은 사람이었다. 하지만 나는 그가 스스로를 지칭하여 모질고 차가운 사람이라고 말한 게 진실을 말한 것이라는 생각이 들기 시작했다. 인정이 묻어나는 일이나 인생의 즐거운 일들은 그에게 아무런 매력이 없었다. 그것을 평화롭게 즐긴다는 것은 아무런 매력도 없는 것이었다. 문자 그대로 그는 확실히 선하고 위대한 일만을 열망하며 살았다. 그러면서도 그는 절대로 휴식을 취하지 않았고 주변에서 다른 사람들이 휴식하는 것도 못마땅하게 여겼다. 하얀 돌처럼 조용하고 창백한 그의 높은 이마와 독서에 몰두해 있는 그의 잘생긴 이목구비를 바라보면서 나는 불현듯 그는 결코 좋은 남편은 될 수 없으며 그의 아내가 된다는 것은 가시밭길에 들어서는 일이 될 것이라는 사실을 깨달았다. 나는 영감이라도 받은 듯 올리버 양에 대한 그의 사랑의 성격을 이해했다. 나는 그 사랑이 그저 감각적인 사랑일 뿐이라는 그의 생각에 동의했다. 나는 그 사랑이 그에게 행사하는 격정을 유발하는 힘 때문에 그가 자신을 얼마나 경멸했는지, 그가 그 사랑을 억누르고 지워버리기를 얼마나 간절히 원했는지, 또한 그 사랑이 그의 행복이나 그녀의 행복으로 영구히 이끌어갈 것이라는 믿음이 추호도 없다는 것을 이해했다. 그는 자연의 여신이 영웅들……, 기독교도이든 이교도이든……을 만들 때, 즉 입법가나 정치가나 정복자를 만들어낼 때 쓰는 재료로 만들어진 사람이라는 생각이 들었다. 큰일에 있어서는 의지할 튼튼한 성곽과 같은 사람이지만 난롯가에서는 자주 우울하고 어울리지 않는 기둥, 공연히 방해만 되는 차가운 기둥 같은 사람이라는 생각이 들었다.
　'이 응접실은 그의 활동 무대가 아니야.' 하고 나는 생각했다.

'히말라야 산맥이나 남아프리카 카피르 지방 숲 지대나 심지어 역병이 창궐하는 기니 해안 습지대가 그에게 더 잘 어울릴 거야. 그가 평온한 가정생활을 피하려고 하는 것은 당연한 일이야. 그의 본령이 아니니까. 거기서는 그의 모든 기능이 정체되어 부식될 거야. 발전도 없고 이득도 되지 못할 거야. 용기가 입증되고 에너지가 발휘되고 불굴의 인내가 시험받는 위험한 사투의 현장이라면 그는 가장 뛰어난 능력을 지닌 지도자가 되어 말과 행동을 할 거야. 이런 난롯가에서는 즐거운 어린아이가 그보다 유리한 고지를 점령할 거야. 그가 선교사란 직업을 택한 것은 옳은 일이야. 이제야 난 그걸 알겠군.'

"아가씨들 오세요! 아가씨들이오!" 한나가 거실 문을 요란하게 열며 외쳤다. 동시에 늙은 카를로도 기뻐서 짖어댔다. 나는 뛰어나갔다. 밖은 이제 어두웠지만 덜커덩거리는 마차 바퀴 소리는 들을 수 있었다. 한나는 곧 등에 불을 붙였다. 마차가 쪽문 가에 와서 섰다. 마부가 마차 문을 열었다. 먼저 친숙한 형태 하나가 내렸고 다음으로 또 하나가 내렸다. 나는 순식간에 그 두 사람의 보닛 밑으로 얼굴을 들이밀었다. 먼저 메리의 부드러운 뺨이 닿는 게 느껴졌고 다음엔 물결처럼 흐르는 다이애나의 머릿결이 느껴졌다. 그들은 웃음을 터뜨리고 내게 키스하고 다음으로 한나에게 키스했다. 또한 기뻐서 반은 야생동물이 된 카를로를 쓰다듬고는 모두들 안녕한지를 진지하게 물었다. 그렇다는 대답을 듣자 서둘러 집 안으로 들어갔다.

오랫동안 덜커덩거리며 위트크로스에서 달려왔기 때문에 그들의 몸은 굳어 있었고 얼음 같은 밤공기 때문에 식어 있었다. 그러나 그들의 유쾌한 얼굴은 힘차게 타고 있는 난로가 발하는 불빛 앞에서 활짝 피어났다. 마부와 한나가 짐 상자들을 들여오는 동안 그들은 세인트 존에 대해 물었다. 그러자 그때 그가 거실에서 나왔다. 그들은 즉시 오빠의 목을 팔로 감았다. 그는 두 여동생 각자에게 조용한 키스를 했고 낮은 목소리로 몇 마디 환영 인사를 했다. 그러고는 동생들의 말을 잠시 듣고 서 있다가 거실에서 다시 보자고 말한 뒤 곧 자신의 도피처로 다시 돌아갔다.

나는 위층으로 올라가기 위해 초에 불을 붙였다. 그러나 다이애나는 먼저 마부를 잘 대접하라고 친절하게 지시해야 했다. 그런 뒤에야 두 자매는 나를 따라왔다. 그들은 자기들 방이 새롭게 개조되고 장식된 것을 보고 기뻐했다. 새 커튼, 새 카펫 그리고 화려한 색깔의 도자기 꽃병들을 보고 아낌없이 만족을 표했다. 내가 준비하고 마련한 것들이 그들의 바람과 정확히 일치하며, 내가 한 일이 그들의 기쁜 귀향에 생생한 매력을 더해주었다는 것을 느끼고 무척 기뻤다.

그날 저녁은 즐거웠다. 환희로 가득 찬 사촌 언니들이 이야기와 평을 어찌나 웅변적으로 해대는지 그들의 그 유창한 발언으로 세인트 존의 과묵함이 드러나지 않았다. 세인트 존은 동생들을 보고 진심으로 기뻐했다. 그러나 동생들의 타오르는 열기와 쏟아내는 기쁨에는 동조할 수 없었다. 그날의 주요 사건, 즉 다이애나와 메리의 귀향은 그를 기쁘게 했다. 그러나 그는 그 후에 동반된 일들, 예컨대 즐거운 소동과 그들을 맞이하며 벌어진 깔깔대는 수다가 짜증스럽게 느껴졌다. 나는 그가 조용한 내일이 찾아오기를 바라고 있다는 것을 알았다. 차를 마시고 한 시간쯤 지나 즐거운 밤 시간이 절정에 다다랐을 때 누군가가 문을 톡톡 두드리는 소리가 들렸다. 한나가 들어와 알렸다. "아무도 찾아올 것 같지 않은 이런 밤 시간에 웬 불쌍한 소년이 찾아와 리버스 신부님을 모셔가겠대요. 자기 엄마가 돌아가시려고 하니까 좀 오셔서 봐주십사고요."

"한나, 어디 살고 있는 사람인데?"

"위트크로스 브로 맨 끝 마을이래요. 여기서 4마일은 가야 하는 곳이에요."

"간다고 해."

"도련님, 제 생각엔 가시지 않는 게 좋을 것 같아요. 어두워진 후에 가기엔 최악의 길이에요. 습지대 전체에 길도 나 있지 않을 거예요. 게다가 오늘은 험악한 밤이에요. 전에 없이 무서운 칼바람이 불고 있어요. 그러니 도련님, 내일 아침에 가시겠다고 말을 전하는 게 나을 것 같네요."

그러나 그는 벌써 외투를 걸치며 복도에 나가 있었다. 그리고 반대나 불평 한마디 없이 집을 나갔다. 그때가 9시였다. 그는 자정이 돼서야 돌아왔다. 몸이 얼어 손발에 감각을 잃고 피곤해 보였지만 집을 떠날 때보다 훨씬 행복해 보였다. 그는 자신의 의무를 행한 것이며 전력을 다한 것이었다. 일을 행하고 참을 것은 참는 자신의 능력을 감지했으므로 자신에게 만족하고 있었다.

그 후 이어진 한 주간은 그의 인내의 한계가 드러나는 긴 시간이 아닌가 하는 생각이 내게 들었다. 바로 크리스마스 명절 기간이었다. 우리는 어떤 일을 하기로 결정해놓지 않고 그저 집 안에서 즐겁고 재미나게 시간을 보냈다. 황야의 공기와 고향집의 자유로움과 동이 튼 풍요로운 생활에 대한 전망이 다이애나와 메리의 마음에 불로장생의 영약처럼 작용했다. 그들은 아침부터 정오까지, 다시 정오부터 밤까지 온종일 즐거웠다. 그들은 언제라도 이야기를 나눌 수 있었다. 기지에 넘치며 간결하고 독창적인 그들의 이야기가 나를 어찌나 매료시켰던지 나는 다른 어떤 일보다도 그들 대화에 귀를 기울이고 끼어드는 쪽이 좋았다. 세인트 존은 우리의 활기 넘치는 대화를 비난하지는 않았지만 그 분위기를 피했다. 그는 집에 붙어 있지 않았다. 그가 맡은 교구는 꽤 넓었고 교민들은 널리 흩어져 살았다. 그래서 그는 이렇게 다른 지역으로 흩어져 살고 있는 가난하고 병약한 사람들을 방문하는 일을 하며 일과를 보냈다.

어느 날 조반을 드는 자리에서 잠시 조금 수심이 깃든 표정을 짓다가 다이애나가 "오빠 계획은 아직도 변하지 않았어요?" 하고 오빠에게 물었다. "변하지 않았다. 변할 수도 없고." 그의 대답이었다. 게다가 그는 우리에게 영국을 출발할 날짜가 드디어 새해로 확정되었다고 알려주었다.

"그러면 로자몬드 올리버 양은요?" 메리가 말을 꺼냈다. 그 단어들은 얼떨결에 그녀의 입술에서 빠져나온 것 같았다. 그 말을 하자마자 그 말을 다시 주워 담으려는 동작을 취했기 때문이다. 세인트 존은 손에 책을 들고 있었다. 식사하면서도 늘 책을 읽는 것이 사교성 없는 그의 습관이었다. 그는 책을 덮고 올려다보았다.

"로자몬드 올리버는," 하고 그가 말했다. "그랜비 씨와 결혼할 예정이야. S시에서 가장 인척 관계가 좋고 가장 존경받는 집안 출신으로 프레더릭 그랜비 경의 손자이자 상속인이지. 어제 올리버 양의 아버지에게서 직접 들은 소식이야."

여동생들은 서로를 바라보았고 이어서 나를 바라보았다. 우리

셋은 모두 그를 바라보았다. 그는 유리처럼 평온했다.
 "결혼이 급하게 성사된 게 분명하네요." 다이애나가 말했다. "두 사람이 안 지 오래됐을 리가 없어요."
 "하지만 두 달은 됐어. 10월 S시에서 열린 지역 무도회에서 만났다는군. 어쨌든 이 결혼처럼 아무 장애물도 없고 모든 점에서 두 사람의 결합이 바람직한 경우엔 지연시킬 필요가 없는 거지. 그들은 프레더릭 경이 그들에게 선물한 S장의 수리가 끝나 그들을 맞을 준비가 되면 바로 결혼할 거야."
 이런 대화가 있은 후 처음으로 홀로 있는 그를 보게 되자 나는 그가 그 일 때문에 마음이 괴로운 건 아닌지 물어보고 싶은 유혹을 느꼈다. 그러나 그는 전혀 동정을 필요로 하는 것 같지 않아 동정을 베풀겠다고 나서기는커녕, 이미 얼마 전 내가 그에게 그런 질문을 겁없이 했던 것이 기억나서 창피한 생각까지 들었다. 게다가 그즈음 나는 그에게 말을 거는 게 점점 불편해져가고 있었다. 그는 또다시 침묵하며 얼어붙어 있었고 그런 침묵 속에서 그와 터놓고 이야기하고 싶다는 내 마음도 얼어붙어가고 있었다. 그는 나를 여동생으로 대해주겠다는 약속을 지키지 않았다. 그는 지속적으로 조금씩 냉담한 태도를 보이며 나와 친여동생들과의 사이에 차별을 두는 것이었다. 그런 차별이 그와 나 사이의 따뜻한 관계에 전혀 도움이 되지 않았다. 요컨대 나는 이제 그의 사촌 동생으로 인정받아 그와 한 지붕 밑에 살게 되었지만, 그가 나를 마을 학교 선생으로 알았을 때보다 오히려 두 사람 사이의 거리감이 더 커졌다고 생각했다. 한때 내가 그의 마음속 비밀을 들여다보도록 깊숙이 들어가는 것이 허용되었던 것을 기억해보니 그가 보여주는 현재의 냉담은 더 이해할 수 없었다.

사태가 그러했기 때문에 그가 고개를 숙이고 있던 책상에서 갑자기 고개를 들며 말을 시작하자 나는 몹시 놀랐다.

"제인, 이제 전투는 치러지고 승리를 거두었습니다."

나는 이런 말에 놀라서 얼른 대답을 하지 않았다. 잠시 머뭇거리다가 대답했다.

"너무 값비싼 대가를 치르고 승리한 정복자가 된 건 아니라는 확신을 가지고 있나요? 그런 전투를 또 하시는 날엔 스스로를 파멸에 몰아넣지 않을까요?"

"그렇게 생각하지 않지만 설령 그런 일이 생겨도 그리 중요한 의미가 있는 것은 아니오. 다른 전투를 치르도록 부름을 받지 않을 거요. 이번 싸움의 승리는 결정적인 것이었소. 이제 내 갈 길은 명확하오. 그에 대해 나는 하느님께 감사하고 있소!" 그렇게 말하고 그는 서류들과 침묵으로 돌아갔다.

다이애나, 메리 그리고 나, 이렇게 서로 간의 행복이 이제 안착되고 조금은 차분한 성격을 띠게 되면서 우리는 이제 일상적인 습관으로 돌아갔고 규칙적인 공부를 다시 시작하게 되었다. 세인트 존은 더 많은 시간을 집에 머물렀고 우리와 같은 방에 앉아 있기도 했다. 때로는 함께 몇 시간을 같이 있기도 했다. 메리는 그림을 그리고 다이애나는 연달아 백과사전적인 독서에 매진했다. 그에 대해 나는 놀라고 감탄을 금치 못했다. 나는 열심히 독일어 공부를 했다. 이러는 동안 세인트 존은 자신의 신비로운 공부에 열중했다. 어떤 동양 언어였는데, 그 언어의 습득이 자신의 여러 계획에 필수적인 것이라고 그는 생각하고 있었다.

자기가 늘 앉는 그 구석 자리에 앉아 그렇게 공부를 하고 있던 그의 모습은 더없이 차분하고 열의가 있어 보였다. 그러나 그의 파란 눈은 습관적으로 그 기이해 보이는 언어 문법 공부를 벗어나서 다른 곳을 배회하다가 호기심에 찬 강렬한 눈빛을 담고 동료 학생 격인 우리를 향하곤 했다. 그러다가 우리의 눈길과 마주치기라도 하면 그는 황급히 눈길을 거두었다. 그러나 그 눈길은 곧 우리들 탁자로 날카롭게 되돌아오곤 했다. 나는 그 눈길에 담긴 의미가 궁금했다. 또한 나에게는 별로 중요하지 않게 보였던 일, 이를테면 일주일에 한 번 내가 모턴 학교에 들르는 일에 대해 꼬박꼬박 만족감을 표명하는 일에 대해서도 나는 왜 그럴까 하고 궁금했다. 그리고 나를 더욱 당혹스럽게 하는 일이 있었다. 날씨가 궂은 날, 이를테면 눈이나 비가 온다든가 하는 날, 그의 동생들이 내게 학교에 가지 말라고 강요하면 그는 늘 그런 걱정을 일소에 부치고 내게 궂은 날씨와 상관없이 학교로 가서 임무를 완수하라고 격려하는 것이었다.

　"제인은 너희들이 생각하는 것만큼 나약하지 않아." 그가 말하곤 했다. "제인은 산바람이건 소나기건 흩날리는 눈발 같은 건 우리만큼 잘 견딜 수 있어. 체질이 건강하고 탄력이 있어. 건장해 보이는 많은 다른 사람들보다 변화무쌍한 날씨를 더 잘 견딜 수 있게 타고난 체질이야."

　그래서 나는 때로 엄청 피로한 채 비바람에 시달리다 돌아와서도 감히 불평하지 않았다. 불평해봤자 그의 화를 돋울 뿐이라는 생각이 들었기 때문이다. 모든 경우 불요불굴함이 그를 기쁘게 했고 그 반대의 모습은 각별한 화를 돋우게 했다.

　그러나 어느 날 오후 나는 집에 그대로 있어도 좋다는 허락을 받앉다. 정말로 감기에 걸렸기 때문이었다. 나 대신 그의 누이동생들이 모턴 학교에 갔다. 나는 실러의 작품을 읽으며 앉아 있었고 그는 난해한 동양어 두루마리를 해독하고 있었다. 번역을 하며 연습문제로 옮겨가다가 나는 우연히 그가 있는 쪽을 바라보았다. 그제야 나는 그가 그의 파란 눈으로 나를 주시하고 있었다는 사실을 발견했다. 그렇게 나를 유심히 구석구석 얼마나 오래 살펴보았는지는 알 수 없었다. 그 눈길이 어찌나 예리하고 차가운지 나는 그 순간 미신에 사로잡힌 기분이었다. 마치 방 안에 어떤 초자연적인 것과 함께 앉아 있는 것 같은 기분이었다.

"제인, 지금 무엇 하고 있어요?"

"독일어 공부요."

"독일어는 그만두고 힌두스타니어를 공부하면 좋겠소."

"진심이세요?"

"꼭 그걸 배우게 해야겠다는 생각이 들 정도로 진심에서 나오는 말이오. 또한 그 이유도 말해줄 것이오."

그러고는 그는 힌두스타니어란 현재 자기가 공부하고 있는 언어인데, 공부를 하다 보니 처음 기초 부분을 잊어버리는 경향이 있고 따라서 기초 내용을 복습할 수 있게끔 학생을 한 명 가르쳐서 그 내용을 자기 머릿속에 꼭 박혀 있게 하면 큰 도움이 될 것 같다고 말했다. 그는 나와 여동생들 중에서 누구를 학생으로 선택할까 한동안 고민했는데 결국 나로 정했다는 것이었다. 그 이유는 내가 셋 중에서 제일 끈기 있게 과제를 풀며 앉아 있을 수 있다고 생각했기 때문이라는 것이었다. 그러니 부탁을 들어주겠느냐고 했다. 그는 자신이 영국을 떠날 때까지 겨우 석 달밖에 남지 않았으니까 아마 그리 오래 희생하는 건 아닐 거라고도 말했다.

세인트 존은 쉽게 그가 한 부탁을 거절할 수 있는 사람이 아니었다. 그는 괴로운 일이건 즐거운 일이건 어떤 일에 대한 인상이 머리에 박히면 그것을 깊게 영구히 각인하는 사람이었다. 결국 나는 그의 제안을 받아들였다. 다이애나와 메리가 돌아왔을 때, 다이애나는 자기 학생이 자기에게서 오빠에게로 옮겨갔다고 웃어댔다. 그녀와 메리는 자기들 같으면 세인트 존이 그런 공부를 하라고 결코 설득하지 못했을 거라는 데 의견을 같이했다. 그가 조용히 답했다.

"그건 나도 안다."

그는 매우 끈질기고 자제력이 매우 강하지만 몹시 엄한 선생님이라는 사실을 나는 알게 되었다. 그는 내가 많은 것을 하리라고 기대했다. 그가 기대한 만큼 내가 성취하면 그는 나름대로의 방식으로 그렇게 인정해도 되는지를 놓고 충분히 테스트했다. 그는 나에게 서서히 영향력을 행사했으며 그러자 그것이 내 마음의 자유를 빼앗았다. 그의 칭찬과 주목은 무관심보다 더 나를 속박했다. 나는 그가 옆에 있을 때에는 이제 더 이상 자유롭게 말도 못하고 웃지도 못했다. 진저리가 나는 성가신 내 본능이 내게 상기시켜주는 것이 있었는데 내 쾌활함, 적어도 내 속에 자리한 그 쾌활함이 그에게는 못마땅한 것이라는 사실이었다. 다만 진지한 기분이나 일만이 그에게 용인된다는 것을 충분히 인식하고 있었기 때문에 그가 있을 때 다른 것을 지지하거나 따르려는 노력은 모두 허사가 되어버렸다. 마치 몸을 얼어붙게 만드는 마법에 걸린 것 같았다. 나는 그가 "가라" 하면 가고, "오라" 하면 오고, "이걸 해라" 하면 했다. 그러나 나는 그런 예속 상태가 마음에 들지 않았다. 차라리 그가 나를 계속 소홀히 대했더라면 좋았을 텐데 하는 생각을 나는 여러 번 했다.

어느 날 밤 취침 시간이었는데, 세인트 존에게 잘 자라는 인사를 하기 위해 여동생들과 내가 그의 주변에 서 있을 때였다. 그는 평소 습관대로 자기 동생에게 키스를 해주었다. 그리고 평소 습관대로 내게는 손을 내밀었다. 그런데 마침 장난기가 동한 다이애나가(그녀는 오빠의 의지에 의해 기가 꽉 죽는 여자가 아니었다. 그녀의 의지도 종류는 다르지만 오빠 못지않게 강했기 때문이다.) 소리쳤다.

"세인트 존 오빠! 제인을 세 번째 동생이라고 부르곤 하면서 실제로는 그런 대접을 안 하네요. 제인에게도 키스를 해줘야지요."

그러면서 그녀는 나를 그의 쪽으로 밀었다. 나는 다이애나가 사람을 화나게 하는구나 하고 생각하며 불편할 정도로 당황스러웠다. 그런 생각과 기분을 느끼고 있는 동안 세인트 존이 머리를 숙였다. 그리스 조각 같은 그의 얼굴이 내 얼굴과 수평을 이루었다. 그의 눈은 꿰뚫듯이 내 눈에 질문을 던지고 있었다……. 그는 내게 키스했다. 대리석 키스나 얼음 키스 같은 것은 존재하지 않는다. 혹시 존재한다면 나는 내 사촌 성직자의 키스가 바로 그런 급에 속하는 키스였다고 말하겠다. 그러나 실험적인 키스라는 것은 있을 수 있다. 그렇다면 그의 키스가 바로 실험적 키스였다. 키스를 한 뒤 그는 그 결과를 보려고 나를 쳐다보았다. 그의 키스는 전혀 놀랍지 않았다. 나는 얼굴을 붉히지 않았다고 확신한다. 오히려 어쩌면 안색이 창백해졌을 가능성이 많다. 그 키스는 안 그래도 내게 이미 채워진 족쇄에 더 확실하게 찍힌 인장이라는 생각이 들었기 때문이다. 그 뒤부터 그는 그 키스 의식을 결코 빼먹지 않았다. 그 의식을 내가 진지하고 묵묵히 따르는 것이 그의 위치에서는 뭔가 매력적인 것으로 느껴지는 모양이었다.

　사실 나는 매일 그를 더 기쁘게 해주고 싶었다. 그러나 그렇게 하기 위해서는 매일 점점 더 내 본성의 절반과 의절하고 내 재능의 절반을 질식시켜야 했고, 타고난 성향에서 내 취향을 떼어버린 채 타고난 적성과 맞지 않는 일을 하도록 자신에게 강요해야 한다고 생각했다. 그는 내가 결코 도달할 수 없는 높이까지 올라오도록 교육하려고 노력했다. 그가 높여놓은 수준까지 오르는 일은 실로 매 시간 고문이었다. 그것은 울퉁불퉁 멋대로 생긴 내 얼굴을 그의 얼굴처럼 고전 조각같이 반듯한 얼굴로 만드는 일만큼이나 불가능한 일이었고, 변화하기 쉬운 내 초록빛 눈에다 바다같이 파란 그의 눈의 색조와 엄숙한 눈빛을 입히는 일만큼이나 불가능한 일이었다.

　그러나 그즈음 그의 지배력만이 나를 속박에 처박는 것은 아니었다. 그즈음 나는 툭하면 슬픈 표정을 짓기 일쑤였다. 마음을 좀먹는 못된 병이 내 가슴에 자리 잡고 내 행복을 그 원천부터 빨아먹고 고갈시키고 있었다……. 불안이라는 못된 병이었다.

　독자여, 아마 당신은 거주지와 운명이 변하는 와중에 내가 로체스터 씨를 잊어먹었다고 생각할 것이다. 단 한순간도 그렇지 않았다. 여전히 그에 대한 생각은 나와 함께 있었다. 그것은 햇볕이 사라지게 분산시킬 수 있는 수증기가 아니었고 폭풍에 씻겨갈 수 있는 모래 위에 그린 초상화도 아니었기 때문이다. 그의 이름은 대리석 석판 위에 새겨진 이름이었고 그 대리석만큼이나 오래 지속될 운명의 이름이었다. 그가 어떻게 되었는지 알고 싶은 열망이 어디를 가나 나를 따라다녔다. 모턴에 있을 때도 나는 매일 저녁 오두막 숙소에 들어설 때마다 그를 생각했다. 그리고 무어 하우스에 살게 된 지금도 나는 매일 밤 잠자리를 찾아들어 그를 골똘히 생각했다.

유언장과 관련하여 필요한 연락을 하느라 나는 브릭스 씨와 서신 연락을 하는 과정에서 혹시 그가 로체스터 씨의 현주소나 건강 상태에 대해 아는 것이 있나를 문의해보았다. 그러나 그는 세인트 존의 짐작대로 로체스터 씨에 대해 아는 것이 전혀 없었다. 그래서 나는 페어팩스 부인에게 편지를 내어 그 알고 싶은 사항에 대한 소식을 부탁했다. 나는 이 방법이 내 목적을 달성해줄 거라고 생각하며 확신을 가졌다. 그리고 답장도 빨리 올 거라고 확신했다. 보름이 지나도록 아무 답장이 없어 나는 놀랐다. 그러나 두 달이 흘러가고 배달부는 아무런 소식도 가져오지 않고 왔다 가는 날이 하루하루 이어지면서 나는 가슴이 답답한 초조감에 사로잡히고 말았다.

나는 다시 편지를 썼다. 첫 번째 편지는 분실되었을 가능성이 있었다. 새로운 희망이 그 새로운 노력에 따라왔다. 그 희망은 몇 주 동안 첫 번째 것처럼 빛을 발했다. 그러나 그것도 첫 번째 것처럼 빛을 잃어가더니 깜박거리며 빛이 꺼져버렸다. 단 한 줄, 단 한마디도 내게 도달하지 않았다. 헛된 기대 속에서 반년이 탕진되자 내 희망은 죽어나갔고 나는 캄캄한 어둠을 느꼈다.

주변에는 내가 즐길 수도 없는 화창한 봄이 빛을 발하고 있었다. 여름이 다가오고 있었다. 다이애나는 나를 즐겁게 해주려고 애를 썼다. 그녀는 내가 아파 보인다고 말하면서 함께 바닷가로 갔으면 좋겠다고 했다. 세인트 존은 이런 생각에 반대했다. 그는 내가 휴식을 원하는 게 아니라 일을 원하고 있는 것이며, 현재의 내 삶이 아무런 목적이 없으니 내게는 어떤 목표가 필요하다고 말했다. 지금 생각해보니 그는 내 일의 결핍을 보충한답시고 힌두스타니어 공부 시간을 더 늘리고 그 성취도를 점검하는 것에 더 열을 올렸던 것 같다. 나는 바보처럼 그의 처사에 저항할 생각을 전혀 못 했다……. 나는 그와 대결할 수 없었던 것이다.

하루는 평소보다 더 울적한 기분으로 공부하게 되었다. 너무나 마음 아팠기에 실망감 때문에 공부할 의욕이 썰물처럼 나가버린 것이었다. 아침에 한나가 내게 편지가 왔다고 해서 나는 오랫동안 학수고대했던 소식이 이제야 왔다고 확신하고 그걸 받기 위해 아래로 뛰어 내려갔다. 가서 보니 용무 때문에 브릭스 씨가 보낸 중요하지 않은 편지였다. 쓰디쓴 좌절감이 내 몸에서 눈물을 짜내는 것이었다. 인도의 어떤 필경사가 쓴 난해한 동양 문자들과 화려한 수식어들을 들여다보려니 내 눈에는 다시 눈물이 고였다.

세인트 존이 자기 옆으로 와서 읽어보라고 나를 불렀다. 읽으려고 해봤지만 목소리가 나오지 않았다. 단어들이 흐느낌 속에서 길을 잃은 것이었다. 그 방에는 그와 나뿐이었다. 다이애나는 거실에서 음악을 연습하고 있었고 메리는 정원을 손질하고 있었다. 맑고 햇빛이 쏟아지면서 미풍이 산들산들 부는 정말 화창한 5월의 하루였다. 나의 이런 감정을 알아차리고도 세인트 존은 놀람을 나타내지 않았다. 또한 왜 그런지 묻지도 않았다. 그는 다만 이렇게 말했다.

"제인, 마음이 안정될 때까지 몇 분 기다립시다." 내가 급히 서두르며 발작적인 흐느낌을 가라앉히려고 노력하는 동안 그는 책상에 기대어 환자를 지켜보는 의사 같은 모습으로 나를 바라보았다. 마치 환자의 질병에 찾아온 위기를 예상하고 다 이해하고 있다는 과학자 같은 시선으로 나를 바라보며 침착하고 끈기 있게 앉아 있었다. 나는 흐느낌을 억누르며 눈물을 닦고 그날 아침 몸이 좋지 않다고 무언가 입으로 중얼거린 후 내 과제를 집어 들고 성공적으로 끝냈다. 세인트 존이 내 책과 자기 책을 치우고 책상을 열쇠로 잠그더니 말했다.

"자, 제인, 나와 함께 산책을 나갑시다."

"다이애나와 메리를 불러오겠어요."

"아니, 오늘 아침엔 한 사람하고만 나가고 싶습니다. 바로 제인하고 말입니다. 옷을 입고 부엌문으로 나가세요. 마시 계곡 첫머리로 가는 길로 가고 있으면 내가 금방 따라가겠어요."

나는 어중간한 태도는 모른다. 나는 평생 내 성격과 상반되는 적극적이고 무정한 성격의 소유자를 다루는 일이 생기면, 완전히 굴복하든지 아니면 단호하게 반항하든지 했지, 그 중간쯤 되는 어중간한 태도는 알지도 못했다. 늘 폭발 직전까지 전자의 태도를 충실히 고수하다가 급기야는 화산처럼 맹렬한 기세로 후자의 태도로 돌변하곤 했었다. 그러나 지금은 상황도 그렇고 내 기분도 그렇고 그런 반란을 일으킬 마음이 도무지 생기지 않았다. 따라서 나는 세인트 존의 지시에 조심조심 따르기로 했다. 10분이 지나자 나는 그와 나란히 거친 계곡 길을 걷고 있었다.

미풍이 서쪽에서 불어오고 있었다. 언덕들을 넘어온 그 바람은 히스와 골풀의 향기를 담고 있어 향긋했다. 하늘은 구름 한 점 없이 푸르렀다. 그동안 내린 봄비로 물이 불어난 계곡물은 황금빛 햇살과 창공의 사파이어빛 색조를 머금고 콸콸 소리 내며 맑게 흘러갔다. 우리는 앞으로 나아가다가 길을 벗어나 부드러운 풀밭을 밟고 걸었다. 풀밭은 이끼처럼 아름답고 에메랄드처럼 초록색을 띠고 있었으며 작고 흰 꽃들로 에나멜을 입힌 것 같았고 별같이 생긴 노란

꽃들로 금박을 박아놓은 것 같았다. 그러는 동안 언덕들은 우리를 안에 감금하듯 에워싸버렸다. 계곡의 정상 쪽을 향해 계곡은 구릉의 중심부까지 굴곡지며 뻗어 올라가고 있었기 때문이었다.

"여기서 좀 쉽시다." 한 떼의 바위 무리 중에서 첫 번째 낙오자에 속하는 바위들에 다다랐을 때 세인트 존이 말했다. 그 바위 무리들은 일종의 통로를 가로막고 보초를 서는 형국이었으며 그곳은 벽계수가 폭포가 되어 아래로 쏟아지는 곳이었다. 조금 더 가면 산이 풀밭과 꽃을 벗어버린 채 히스 옷만 입고 험상궂은 바위를 보석 삼아 달고 있는 곳이 나온다. 그곳은 산악이 야생을 지나치게 강조하다 보니 야만으로 바꿔놓고, 청순한 외모를 버리고 찡그린 흉악한 외모로 바꿔어버리고…… 고독이 외로운 희망을 지켜주고, 침묵이 숨을 마지막 은신처를 지켜주는 곳이었다. 나는 자리를 잡고 앉았다. 세인트 존은 내 가까이 서 있었다. 그는 산길을 올려다보다가 아래쪽 텅 빈 계곡을 내려다보았다. 그의 시선은 계곡물을 따라 방황하다가 다시 돌아와 그것을 물들이고 있는 구름 하나 없는 하늘을 횡단했다. 그는 모자를 벗어 산들바람이 머리칼을 흩날리게 하고 자기 이마에 키스하도록 방치했다. 그는 그곳을 자주 찾는 수호신과 교감을 나누고 있는 것 같았다. 또한 눈으로는 무언가와 작별 인사를 나누는 것 같았다.

"내가 갠지스 강가에서 잠들 때," 그가 큰 소리로 말했다. "다시 보게 될 것이다. 그리고 더 먼 미래에 더 어두운 강가에서 또 다른 잠이 엄습하면 그때 다시 볼 것이다."

이상한 사랑을 이상하게 고백하는 말 아닌가! 엄숙한 어떤 애국자의 조국을 향한 정열 아닌가! 그는 자리에 앉았다. 반 시간 동안 우리는 말을 하지 않았다. 그는 내게 말하지 않았고 나도 그에게 말하지 않았다. 그런 시간이 지나자 그가 말을 시작했다.

"제인, 6주 후면 난 떠납니다. 6월 20일 출항하는 이스트 인디어맨 호의 침대칸을 잡아놓았습니다."

"하느님께서 보호해주실 거예요. 하느님의 과업을 맡으셨으니까요." 내가 대답했다.

"그렇습니다." 그가 말했다. "거기에 내 영광과 기쁨이 있습니다. 나는 오류가 없으신 주인님의 하인입니다. 나는 인간의 안내를 받거나, 결함투성이의 법이나 오류투성이의 버러지같이 나약한 것들의 통제를 받아 해외로 나가는 게 아닙니다. 내 왕이시고 내 입법자이시고 내 대장이신 분은 완전무결하신 분입니다. 내 주변의 모든 사람들이 같은 깃발 아래 입대하고 같은 과업에 합류하겠다는 열망에 불타지 않는 것이 이상합니다."

"모든 사람이 오라버니 같은 능력을 지닌 게 아니지요. 그리고 나약한 자들이 강인한 사람들과 함께 진군하기를 바란다면 그건 어리석은 일이 될 것입니다."

"다만 나약한 자들에게 말하는 것이 아닙니다. 또는 그런 사람들을 생각하는 것도 아닙니다. 나는 오직 과업을 감당할 수 있는 사람, 그것을 완성할 능력이 있는 사람들만큼 말하고 있는 겁니다."

"그런 사람은 수도 얼마 되지 않고 찾기도 어렵겠지요."

"맞는 말입니다. 그러나 찾아낸다면 그 사람들을 격려하는 게 옳은 일입니다……. 그들에게 노력을 하도록 종용하고 강력히 촉구하고……, 자신들의 재능이 무엇이고 왜 그런 재능이 주어졌는지를 알려주고……, 그들의 귀에 하느님의 메시지를 들려주고……, 하느님의 뜻을 직접 받들어 그들에게 하느님이 선택하신 대열의 한 자리를 제공하는 것이 옳은 일입니다."

"만일 그런 과업에 자격이 있는 사람이라면 그들 자신의 마음이 그 사실을 가장 먼저 알려주지 않을까요?"

어떤 무서운 마력이 내 주변에 형성되면서 내 위로 덮치며 몰려오고 있다는 느낌이 들었다. 그리고 그 마력이 공표되면서 동시에 내게 못 박히듯 고정될 숙명적인 어떤 발언을 듣게 될까 봐 나는 몸이 떨렸다.

"그래, 제인의 마음은 지금 뭐라고 말하고 있습니까?" 세인트 존이 물었다. "제 마음은 아무 말도 없어요……. 제 마음은 말이 없습니다." 놀라서 전율을 느끼며 내가 대답했다.

"그러면 제인의 마음을 대신하여 내가 말하지요." 깊고 냉혹한 목소리가 말을 이었다. "제인, 나와 함께 인도로 갑시다. 내 조력자이자 동료 일꾼으로서 갑시다."

계곡과 하늘이 빙빙 돌고 언덕들이 위아래로 움직였다! 하늘의 부름 소리를 들은 것 같았다. 마케도니아의 전령* 같은 환영이 나타나 "같이 가서 우리를 도와요!" 하고 전언하는 것 같았다. 그러나 나는 바울 같은 사도가 아니었다. 나는 그런 전령을 볼 능력이 없는 사람이었고 그런 부름의 소리를 들을 능력도 없었다.

"오, 세인트 존 오라버니!" 내가 외쳤다. "제발 저는 빼주세요!"

자신의 의무라고 믿는 일을 수행할 때는 자비나 후회 같은 건 전

---

* 사도행전 16장 9절. 사도 바울이 환상 같은 마케도니아의 전령을 본다. "마케도니아로 와서 우리를 도와주십시오." 하는 말에 바울은 그 요청에 응한다.

혀 모르는 그런 사람에게 나는 애원했다. 그는 말을 계속했다.

"하느님과 자연의 여신이 제인을 선교사의 아내가 되도록 계획하신 겁니다. 그래서 제인에게 외모라는 선물을 주지 않고 정신적 능력이라는 선물을 주신 겁니다. 제인은 사랑이 아니라 노역을 위해 태어난 것입니다. 그러니 마땅히 선교사의 아내가 되어야 합니다……. 그렇게 되도록 해주겠습니다. 내 아내가 되어야 합니다. 내가 이런 것을 요구하는 것은 나의 기쁨을 위해서가 아니라 내 군주님께 봉사하기 위해서입니다."

"저는 그런 자리에 맞지 않아요. 사명감도 없고요." 내가 말했다.

그는 나의 이런 첫 번째 반대 이유를 짐작하고 있었다. 전혀 그 반대에 대해 화를 내지 않았다. 사실 뒤에 있는 바위에 등을 기대고 가슴에 팔짱을 낀 채 굳은 얼굴로 서 있는 그의 모습을 보면서 나는 그가 장황하고 견딜 수 없는 반대 논리를 준비하고 있다는 것을 알았다. 그리고 그는 그런 반대 논리를 끝까지 펴나갈 인내심을 비축하고 있으며 결국 나를 정복하는 결말로 이끌겠다는 그의 결심도 나는 알아차렸다.

"제인, 겸손은 기독교인이 지녀야 할 미덕의 기초지요." 그가 말했다. "자신이 그런 일에 맞지 않는다고 말하는 것은 옳은 일입니다. 그러면 그것에 누가 적임자입니까? 정말로 그런 자리에 부름을 받는다 해도 누가 자신이 그 부름을 받을 자격이 있다고 믿겠습니까? 예컨대 나도 먼지와 재에 불과합니다. 사도 바울처럼 나도 '죄인들 중에서 가장 큰 죄인'*이라는 것을 인정합니다. 그러나 나는

---

* 데모데 전서 1장 15절. 바울 자신이 자기가 죄인들 중 가장 큰 죄인이라고 말한다.

나 자신에 대한 이런 혐오감이 내 용기를 꺾도록 용납하지 않습니다. 나는 나를 인도하시는 분을 압니다. 그분은 힘이 있으실 뿐 아니라 정의로우십니다. 그분께서는 위대한 과업을 수행하기 위해 미약한 도구를 선택하셨으니 그 목적을 위해 그분의 무한한 섭리의 창고에서 부족한 자원을 꺼내다 메워주실 겁니다. 그러니까 나처럼 생각해요. 제인, 나처럼 믿음을 가져요. 영원한 반석이신 주님께 의지하라고 부탁하는 겁니다. 그 반석이 제인의 인간적 나약함이라는 점을 감당하게 거들어줄 것입니다."

"저는 선교사의 삶에 대해 모릅니다. 선교사가 하는 고된 일에 대해 공부한 적도 없고요."

"그 점에 관련해서는 미약하나마 내가 제인이 원하는 도움을 줄 수 있습니다. 내가 매 시간 할 일을 정해주고 늘 곁에 있으면서 순간순간 도와줄 것입니다. 처음에 그렇게 하게 되면 곧 (제인의 능력을 알고 있으니까 하는 말인데) 제인도 나처럼 강해지고 능력을 발휘할 것이고 내 도움을 필요로 하지 않을 것입니다."

"그렇지만 제 능력이 이 일에 무슨 쓸모가 있을까요? 전혀 실감할 수 없습니다. 오라버니께서 말씀하시는 동안에도 제 안에서 아무런 반응도 감흥도 일어나지 않습니다. 불이 켜지는 것, 생명력이 약동하는 것, 조언을 해주거나 용기를 불러일으키는 어떤 목소리도 감지할 수 없어요. 지금 이 순간 제 마음이 얼마나 깜깜한 지하 감옥 같은지 오라버니가 볼 수 있었으면 좋겠어요. 그 깊은 곳에 족쇄가 채워진 움츠린 공포를 머금고……, 도저히 수행할 수도 없는 일을 하라고 오라버니에게 설득받는 그 두려움을 품고 갇혀 있는 지하 감옥 말입니다!"

"대답을 해주겠으니 들어봐요. 처음 만났을 때부터 나는 제인을 지켜봤습니다. 열 달 동안 나는 제인을 내 연구의 대상으로 삼았습니다. 그 기간 동안 나는 온갖 테스트를 통해 제인의 됨됨이를 파악해왔습니다. 내가 보고 이끌어낸 것이 뭐냐고요? 마을 학교에서 나는 제인이 훌륭하고 정확하고 올바르게, 자신의 성향에 맞지 않는 고된 임무를 수행하는 것을 보았습니다. 유능하고 재치 있게 임무를 수행하는 것을 보았습니다. 제인은 억제하면서 승리를 거둘 수 있었습니다. 갑자기 부자가 되었다는 것을 알았을 때 보여준 침착성 속에는 데마의 악덕*이 전혀 없는 심성을 읽었습니다. 재물은 제인에게 부당한 위력을 발휘하지 못했습니다. 단호하고 흔쾌하게 자기 재산을 4등분하여 오직 그중 한 몫만 갖고 나머지는 추상적인 정의의 요구에 바치고 마는 태도에서, 나는 희생이라는 불꽃과 흥분에서 큰 기쁨을 느끼는 한 영혼을 알아보았습니다. 내가 원한다고 해서 자기의 흥미를 끌었던 공부를 그만두고 내가 흥미를 가지고 있다는 이유로 다른 공부를 채택한 그 순종하는 태도에서, 그 후 끈기 있게 열심히 공부해온 지칠 줄 모르는 근면과 공부 과정에서 직면하는 어려움에 대처하는 꺾일 줄 모르는 정력과 확고한 성품에서, 나는 내가 바라는 자질을 보충해주는 자질을 보았던 것입니다. 제인, 당신은 유순하고, 근면하고, 사심 없고, 충실하고, 한결같고, 용감하고, 매우 점잖고, 매우 영웅적인 사람입니다. 그러니 자신을 불신하는 일은 그만두십시오. 나는 솔직히 제인을 신뢰합니다. 인도 학교의 관리자로서, 그리고 인도 여성 사이에서 나를 도와줄 조

---

* 데모데 후서 4장 10절. 저속한 마음.

력자로서, 제인의 도움은 가치를 따질 수 없을 정도로 소중할 것입니다."

쇠로 만든 수의가 내 몸을 죄어왔다. 그의 설득이 느리면서도 확신에 찬 걸음걸이로 진격해왔다. 나는 눈을 감고 싶었지만 그의 마지막 말이 그동안 막혀 있는 것 같던 길을 비교적 명확하게 만드는 데 성공을 거둔 것이었다. 그가 말을 계속하는 동안 몹시 모호하고 절망적일 정도로 산만하게 분산되었던 내 임무가 응축되더니 모양을 빚어내는 그의 손 밑에서 구체적인 형체를 띠었다. 그는 대답을 기다리고 있었다. 나는 위험을 무릅쓰고 대답하기에 앞서 15분만 생각할 시간을 달라고 했다.

"기꺼이 그리하겠습니다." 그가 대답했다. 그는 자리에서 일어나 산길 위 조금 떨어진 곳으로 성큼 걸어가더니 히스 둔덕 위에 벌렁 누워 그곳에 조용히 누워 있었다.

'그가 해주길 원하는 일은 해줄 수 있어. 그걸 알아야 하고 인정해야 해.' 나는 명상에 빠져들었다. '물론 생명이 붙어 있으면 말이야. 그러나 내 생명은 인도의 태양 아래에서 오래 버티지 못할 거라는 생각이 드는걸. 그러면 어떻게 될까? 그는 그런 거 상관하지 않을 거야. 내가 죽을 시간이 다가오면 그는 담담하고 성스럽게 내게 생명을 주셨던 하느님께 나를 양도할 거야. 그러나 앞으로 내 앞에 벌어질 상황은 분명해. 만약 내가 영국을 떠난다면 사랑은 하지만 텅 빈 땅을 떠나는 게 되지. 로체스터 씨가 없으니까. 그러나 설사 그가 있다 해도 그게 무슨 의미가 있지? 대체 무슨 의미를 지닐 수 있느냐고? 지금 내가 할 일은 그 사람 없이 사는 거야. 그와 다시 결합할지 모른다는 불가능한 상황 변화를 기다리며 하루하루 시간만 질질 끄는 삶보다 더 어리석고 나약한 삶은 없을 거야. 세인트 존이 언젠가 말했듯이 나는 당연히 내 잃어버린 삶의 관심사를 대체할 다른 관심사를 찾아야 해. 그가 조금 전에 제안한 일이 실로 인간이 선택하거나 하느님이 명하신 일 중에서 가장 영광스러운 일이 아닐까? 고귀한 노역과 숭고한 결과로 볼 때 그 일은 찢긴 애정과 허물어진 희망이 남겨놓은 텅 빈 내 삶의 공간을 가장 잘 메워줄 수 있는 일이 아닐까? 세인트 존더러 '네 가겠어요' 하고 대답해야 한다고 믿어지는군. 그러나 소름이 끼쳐. 아아! 세인트 존과 함께 떠나면 나는 내 절반을 포기하는 거야. 내가 인도에 가면 때 이른 죽음으로 가는 거야. 그리고 영국을 떠나 인도로 출발하는 시간부터 인도에서 다시 묘지로 향하는 시간, 그사이는 무엇으로 어떻게 채워질까? 아, 난 잘 알지. 그 시간 역시 선명하게 그려볼 수 있어. 세인트 존을 위해 육신이 쑤시고 아프도록 노력함으로써 그를 만족시킬 거야. 그가 기대하는 것의 가장 세부적인 지점과 가장 먼 변두리 부분까지 만족시킬 거야. 만일 그와 함께 떠나서 그가 종용하는 희생을 정말로 하게 되는 상황이 닥치면 나는 철저히 희생할 거야. 완벽한 희생물이 되어 내 심장, 오장육부, 내 모든 걸 제단 위에 내던질 거야. 그는 결코 나를 사랑하지 않을 거야. 그러나 나를 인정은 하겠지. 나는 그에게 아직 보여주지 않은 내 정력과 그가 생각조차 하지 못한 내 자질들을 보여줄 거야. 그래, 나도 그 사람 못지않게 열심히 불평 없이 일할 수 있어.

그러니까 그의 요구에 응하는 건 당연한 일이야. 한 가지 조건, 그 한 가지 끔찍한 조건만 아니면 말야. 그건 그가 내게 자기 아내가 되어달라고 요청한 것이야. 저기 저 계곡을 따라 거품을 일으키며 흘러가는 시냇물이 시작된 저 바위, 저 얼굴을 찡그린 바위와 마찬가지로 남편으로서의 정은 하나도 가지고 있지 않으면서 말야. 그가 나를 소중히 여기는 것은 군인이 훌륭한 무기를 소중히 여기는 것과 같아. 그게 다야. 그와 결혼하지 않는다 해도 나는 슬퍼할 게 하나도 없어. 그러나 그가 계산을 마치고 냉정하게 자기 계획을 실천에 옮기고…… 결혼식을 거행하도록 내가 그냥 허용할 수 있을까? 그에게서 결혼반지를 받고 온갖 사랑의 예절을 참아내고,(분명 그는 세심하게 그런 건 지킬 테지…….) 그러면서도 그의 영혼은 온통 다른 데로 가 있다는 걸 내가 인정할 수 있을까? 그의 모든 애정 표현도 실은 원리 원칙에 입각한 희생물이라는 의식을 내가 참아낼 수 있을까? 못 참지. 그런 순교자적인 희생은 망측한 것이야. 그런 일은 결코 난 체험하지 않겠어. 그의 여동생으로서는 그를 따라갈 수 있어. 그러나 그의 아내로서는 절대 안 돼. 그렇게 대답해야지.'

나는 둔덕 쪽을 바라보았다. 그곳에 그가 누워 있었다. 여전히 엎드려 있는 기둥같이 누워 있었다. 그의 얼굴이 나를 향했다. 그의 눈은 나를 지켜보며 날카롭게 빛을 발하고 있었다. 그는 벌떡 일어나더니 내게 다가왔다.

"인도로 갈 마음의 준비는 되었습니다. 단, 자유로운 위치에서 갈 수 있다면요."

"그건 설명이 필요한 대답이군요." 그가 말했다. "명료하지가 않군요."

"지금까지 오라버니는 제 수양 오라버니였습니다. 저는 수양 여동생이고요. 그러니 앞으로 그렇게 지내요. 오라버니와 저는 결혼하지 않는 편이 나아요."

그는 고개를 저었다. "수양 남매 관계는 이번 경우에는 도움이 되지 않을 겁니다. 제인이 내 친동생이라면 또 사정이 달라질 겁니다. 난 제인을 데리고 가야 하고 다른 아내를 찾아서는 안 돼요. 현재로서는 우리의 결합이 결혼에 의해 성스러워지고 확실히 보증되든가, 아니면 아예 같이 가지 말든가, 그 둘 중 하나입니다. 그 밖에 다른 계획에는 실질적인 장애물이 나타나기 마련이에요. 제인, 그걸 모르겠어요? 잠시 잘 생각해봐요. 제인의 강한 분별력이 인도해 줄 거예요."

나는 곰곰이 생각했다. 그러나 변변치 않은 내 분별력이 가리키는 사실은, 우리 두 사람은 남편과 아내 사이에 마땅히 있어야 하는 그런 사랑을 서로 하고 있지 않다는 것뿐이었다. 그렇기 때문에 우리는 결혼해서는 안 된다는 것을 암시하고 있었다. 그래서 나는 말했다. "세인트 존 오라버니," 하고 내가 응답했다. "전 오라버니를 그저 오빠로만 여기고 있어요. 오라버니도 저를 동생으로만 여기고 계시고요. 그러니까 앞으로도 계속 그렇게 지내요."

"그럴 수 없습니다……. 그럴 수 없어요." 그가 짧고 예리한 결심을 드러내며 말했다. "그건 도움이 안 됩니다. 제인은 나와 인도로 가겠다고 말했어요. 그렇게 말한 것을 잊지 말아요."

"조건부였어요."

"그건 그랬었지. 그러나 나와 함께 영국을 떠나 내 미래의 과업에 협조하겠다는 그 제일 중요한 사항에 대해서는 반대하지 않는다는 거지요? 이제 제인은 손에 쟁기를 잡은 것*이나 마찬가지입니다. 제인은 두말하지 않는 사람이니까 한 말을 취소하진 않겠지요. 한 가지 목표만 염두에 두면 됩니다. 어떻게 하면 맡은 일을 가장 잘 할 수 있느냐 하는 거지요. 복잡한 이해관계, 감정, 생각, 소망, 목표를 단순화하고 그 모든 고려 사항을 한 가지 목적에 통합하십시오. 위대하신 주님의 사명을 효과적으로 힘차게 완수한다는 목적 말입니다. 그러기 위해서는 반드시 도와줄 사람이 필요합니다. 오빠가 필요한 게 아닙니다. 그것은 느슨한 유대 관계이니까요. 남편이 필요한 겁니다. 나 역시 여동생은 필요하지 않습니다. 여동생은 언제고 나한테서 누가 데려가버리니까요. 아내를 원합니다. 평생 내가 능률적인 영향을 미칠 수 있고 죽을 때까지 절대적으로 보유할 수 있는 유일한 협력자가 되어주기 때문입니다."

그가 말하고 있을 때 나는 몸서리쳤다. 나는 골수 속에서 그의 영향력을 느꼈다. 사지마저 그가 움켜잡고 있는 기분이었다.

"세인트 존 오라버니, 나 말고 다른 사람 중에서 그런 사람을 찾으세요. 오라버니에게 적합한 사람이오."

"내 목적에 부합하는 사람을 찾으라는 뜻이군요. 내 천직에 적합한 사람을 찾으라 이거지요. 다시 말하지만 나는 하찮은 보통 개인을 찾는 게 아닙니다. 이기적인 감각기관들만 가진 단순한 인간을 찾는 게 아닙니다. 나는 짝이 될 사람과 결혼을 원합니다. 그게 선교 활동입니다."

"그래요. 제가 그 선교 활동에는 제 에너지를 바치겠습니다. 그게 선교사가 원하는 전부니까요. 그렇지만 나 자체를 원하진 않잖아요. 그건 낱알에다 껍질과 깍지를 도로 붙여놓는 일에 불과할 거

---

* 누가복음 9장 62절. "쟁기를 잡고 뒤를 돌아보는 사람은 천국에 들어갈 자격이 없다."는 예수의 말.

예요. 그런 깍지나 껍질은 선교사에겐 필요 없어요. 제가 그런 것은 보관하고 있을게요."

"그럴 수는 없고 그래서도 안 되지요. 하느님께서 그런 반쪽짜리 희생에 만족하시리라 생각하세요? 그분께서 그처럼 잘린 희생물을 받아들이실까요? 내가 표방하는 것은 하느님의 대의입니다. 그분의 군대 깃발 아래 제인을 입대시키려는 겁니다. 그분을 대신하여 나는 조각난 충성심은 받아들일 수 없습니다. 온전한 충성심이어야 합니다."

"오! 전 제 마음을 하느님께 바칠 겁니다." 내가 말했다. "오라버니는 제 마음은 원하지 않으시잖아요."

독자시여, 당신은 내가 이 말을 뱉었을 때 그 어조와 그것에 동반된 감정에 조금은 자제한 냉소가 섞여 있지 않았다고 장담하지 못할 것이다. 나는 지금까지는 은연중에 세인트 존을 두려워하고 있었다. 그것은 내가 그를 이해하지 못하고 있었기 때문이었다. 그동안 나는 무서워하면서 그를 대했다. 그건 그가 나를 알쏭달쏭한 상태에 머물도록 하고 있었기 때문이었다. 지금까지 나는 그가 어느 정도까지 성인군자이고 어느 정도까지가 평범한 인간인가를 구별할 수 없었다. 그러나 이 대화 속에서 무언가 실체가 드러나는 것이었다. 내 눈앞에서 그의 본성에 대한 분석이 진행되고 있었다. 그의 결점이 보였다. 나는 그 결점을 이해했다. 그곳 히스 둔덕 위에 앉아 있는, 내 앞의 잘생긴 남자도 나처럼 오류를 범할 수 있는 나와 똑같은 인간이라는 것을 깨달았다. 내가 바로 그런 인간의 발치에 앉아 있었다. 엄격하고 전제적인 그의 모습에서 베일이 벗겨져 나갔다. 이런 특질이 있다는 것이 감지되자 그의 불완전성도 감지

되었다. 내게 용기가 솟아올랐다. 결국 나는 나와 동등한 사람과 같이 있는 것이었다. 논쟁을 할 수 있고, 이익이 된다고 생각되면 저항할 수도 있는 상대였다.

내가 마지막 말을 다 끝내자 그는 말이 없었다. 그러자 나는 곧 눈을 들어 그의 얼굴을 과감히 바라보았다. 내게 향했던 그의 눈은 굳고 놀란 표정과 날카로운 의혹을 표출하고 있었다. '아니, 냉소를 던지는 거야? 그것도 내게 냉소를!' 이렇게 그의 눈이 말하는 것 같았다. '대체 저 눈빛은 무얼 뜻하지?'

"이 일은 경건한 일이라는 것을 잊지 맙시다." 얼마 지나자 그가 말했다. "죄의식을 느끼지 않고 가볍게 생각하고 말할 수 없는 일 중의 하나지요. 제인, 하느님께 자신의 마음을 바치겠다고 말했을 때 그게 진심이었다고 나는 믿어요. 그게 내가 바라는 전부요. 당신의 육신에서 마음을 떼내어 창조주에게 고정시키면 창조주의 영적인 왕국이 지상으로 도래하게 되는데, 그것이야말로 제인 당신의 주된 기쁨이 될 것이고 노고의 결실이 될 것입니다. 제인, 우리 둘이 결혼을 통해 육체적으로나 영적으로 결합한다면 그것은 둘이서 하게 될 고된 노역에 얼마나 큰 동력이 될지 알게 될 겁니다. 결혼이란 인간의 운명과 계획에 영원한 일치라는 특성을 부여하는 유일한 결합입니다. 그러나 모든 사소한 변덕…… 모든 하찮은 어려움과 미묘한 감정…… 단지 개인 성향의 정도나 종류, 강점 또는 약점 같은 온갖 것들에 대한 모든 망설임을 초월한다면……, 제인은 당장 그런 결합으로 뛰어들려고 서둘게 될 것입니다."

"제가 그렇게 될까요?" 나는 간결하게 말했다. 나는 그의 얼굴 생김새를 바라보았다. 조화를 이루고 있는 것이 아름다웠지만 그

고요한 엄격함 속에는 이상하게 무서운 것이 있었다. 이마는 당당하지만 솔직한 맛이 없었다. 눈은 밝고 깊고 날카로웠지만 부드럽지 않았다. 나는 크고 당당한 그의 모습도 바라보았다. 그러면서 그의 아내가 된다는 생각을 해보았다. 오, 그건 결코 안 될 일이었다! 그의 보좌신부로서, 그의 동료로서는 모든 게 괜찮았다. 그런 자격이라면 그와 함께 대양을 건너갈 것이다. 그런 직책이라면 그와 함께 동양의 햇살 아래에서, 아시아의 사막에서 고역에 참여할 것이다. 그의 용기와 헌신과 활력을 찬양하고 열심히 흉내 내고, 지배자로서의 그의 권위에 묵묵히 순응하고, 그의 뿌리 깊은 야망에 방해받지 않고 미소를 짓고, 보통 사람과 기독교인을 구분하여 기독교인은 깊이 존경하고 보통 사람은 넓은 도량으로 용서할 것이다. 물론 그런 자격으로 그를 따라가도 분명히 자주 고통을 겪게 될 것이다. 내 육신은 좀 엄중한 멍에를 짊어져야 할 것이다. 그러나 내 마음과 정신은 자유로울 것이다.

내게는 여전히 내가 의지할 말라죽지 않은 자아가 있었다. 고독의 순간에도 이야기를 나눌 타고난 감정들, 노예처럼 예속되지 않는 내 감정들이 있었다. 내 마음속에는 오로지 나 혼자만 누릴 수 있을 뿐 그가 결코 들어오지 않은 후미진 구석이 남아 있을 것이다. 그 구석에서 싱싱하고 아늑하게 자라나는 감정들은 그의 엄숙한 태도가 말려 죽이지 못할 것이고 그의 질서정연한 투사 같은 발걸음이 짓밟지 못할 것이다. 그러나 그의 아내로서 간다면 나는 늘 그의 옆을 지키면서 늘 억눌리고 늘 억압을 받을 것이다. 또한 내 타고난 열정의 불꽃을 끊임없이 억지로 타오르게 만들어야 하고, 안에서만 타도록 강요해야 하고, 비명 소리 한마디도 지르지 못하도록 해야 할 것이다. 감옥에 갇힌 거나 진배없는 그 불꽃이 내 안의 핵심 장기들을 하나둘씩 다 소진시켜버린다 해도 속수무책으로 있어야 하는 일이었다. 이런 일은 정말 견딜 수 없는 일이었다.

"세인트 존 오라버니!" 내 상념이 거기에 이르렀을 때 나는 외쳤다.

"말해봐요." 그가 냉랭하게 대답했다.

"다시 되풀이하겠어요. 동료 선교사로서 가는 데는 기꺼이 동의하겠어요. 그러나 아내로선 아니에요. 저는 오라버니와 결혼할 수 없고 오라버니의 일부가 될 수 없어요."

"제인은 내 일부가 되어야 합니다." 그는 흔들림 없이 말했다. "그렇지 않으면 모든 약속도 소용없는 것이 됩니다. 결혼을 하지 않은 상태라면 아직 서른이 안 된 내가 열아홉의 아가씨를 어떻게 인도로 데려갑니까? 결혼도 안 하고 우리 둘이 어떻게 영원히 함께할 수 있겠습니까? 때로는 고독할 때도 있을 테고 때로는 야만인 종족 속에 있게 될 텐데…… 그런데도 결혼하지 않은 채 어찌 살 수 있겠습니까?"

"잘살 수 있어요." 내가 간단히 말했다. "그런 상황에서도 오라버니의 친동생처럼 지낼 수 있고 아니면 그저 평범한 보통 사람과 성직자이신 오라버니 사이의 관계로 잘 지낼 수 있어요."

"제인이 내 친동생이 아니라는 것은 이미 다 알려진 사실입니다. 그러니 친동생이라고 소개할 순 없습니다. 그런 시도를 한다면 우리 둘에게 아주 해로운 의심의 눈이 따라다닐 것입니다. 그리고 다른 일의 경우도 그래요. 비록 제인이 남자같이 힘차고 좋은 머리를 가지고 있다 해도 마음은 여자의 마음입니다. 그런 것으로는 충분치 않은 것입니다."

"충분할 거예요." 나는 좀 경멸하는 태도를 보이며 말했다. "아주 완벽하게요. 제가 여자의 마음을 가졌다는 건 사실이에요. 그러나 오라버니와 관계된 곳에서는 그렇지 않아요. 오라버니를 위해서는 저는 동료로서의 지조, 동료 병사로서의 솔직성과 충성심과 전우애만을 가질 것이고, 원하시면 사제님을 향해 초보자가 갖는 존경심과 복종하는 태도를 가질 것입니다. 그 이상은 갖지 않겠어요. 그러니 염려하지 마세요."

"그게 내가 원하는 겁니다." 그는 자기 자신에게 중얼거리듯 말했다. "바로 그것이 내가 원하는 겁니다. 그런데 그런 식으로 가면 장애물들이 생깁니다. 우리는 그 장애물들을 베어내야 합니다. 제인, 나와 결혼한 것을 후회하지 않을 겁니다. 그걸 확신하십시오. 우리는 결혼해야만 합니다. 반복해서 말합니다. 다른 방도가 없습니다. 이건 틀림없는 일인데, 결혼하게 되면 충분한 사랑이 뒤따라와서 제인이 보기에도 그 결합은 옳았다고 느껴질 것입니다."

"사랑에 대한 오라버니의 생각을 전 경멸해요." 나는 벌떡 일어나 그의 앞으로 가 바위에 기대고 서서 이러한 발언을 내뱉지 않을 수 없었다. "오라버니가 내놓는 그 거짓 감정을 경멸해요. 그래요, 세인트 존 오라버니. 그런 감정을 내놓는 오라버니를 경멸해요."

그는 뚫어지게 나를 쳐다보았다. 그렇게 쳐다보며 잘생긴 입술을 꽉 다물고 있었다. 화가 난 것인지 놀란 것인지 아니면 다른 무엇인지 구별할 수 없었다. 그는 자신의 얼굴을 철저히 통제할 줄 아는 사람이었다.

"제인에게서 그런 표현을 들으리라고는 예상치 못했습니다." 그가 말했다. "나는 경멸이라는 표현을 들을 만한 행동이나 말을 하지 않았다고 생각하는데……." 그의 그 부드러운 말투에 가슴이 찡해지고 그의 고고하고 침착한 태도에 은근히 겁까지 났다.

"세인트 존 오라버니, 그 말을 용서해주세요. 하지만 그렇게 함부로 말하도록 화를 돋운 것은 오라버니 잘못이에요. 우리 둘의 성격에 맞지 않는 화제를 꺼낸 건 오라버니예요. 우리가 토론해서는 안 될 화제 말예요. 사랑이라는 바로 그 말은 우리 사이에 분쟁의 씨앗이에요. 그게 현실이라면 우리는 무엇을 해야 하나요? 우리가 어떤 감정을 가져야 하나요? 사랑하는 사촌 오라버니, 결혼 계획은 포기하세요……. 잊으세요."

"잊지 않을 겁니다." 그가 말했다. "그건 오랫동안 마음에 품어왔던 내 계획이며 내 큰 목표를 달성시킬 수 있는 유일한 계획입니다. 그러나 지금은 더 이상 종용하지 않겠습니다. 내일 나는 집을 떠나 케임브리지에 갑니다. 그곳에는 내가 작별 인사를 나누고 싶은 친구들이 많아요. 그래서 보름 정도 집을 떠나 있을 겁니다. 그 시간을 이용해서 내 제의를 깊이 생각해보세요. 만약 그걸 거부하면 나를 거부하는 것이 아니라 하느님을 거부하는 것이라는 사실을 잊지 마십시오. 하느님은 나라는 수단을 통해 제인에게 고귀한 행로를 열어주시는 것입니다. 오직 내 아내로서만 그 행로로 들어갈 수 있는 것입니다. 내 아내가 되는 것을 거절한다면 그것은 영원히 이기적인 안락과 메마른 천민 같은 삶으로 자신을 한정시키는 일일 겁니다. 그럴 경우 신앙심도 잃고 이교도들만도 못한 인간 대열에 끼게 될까 봐 몸이 떨릴 겁니다!"

그는 말을 마쳤다. 나에게서 몸을 돌려 다시 한번

"강을 바라보고 언덕을 바라보았다."*

그러나 이번엔 그는 자신의 감정들을 모두 가슴 안에 가두었다. 나는 그 감정이 발언될 때 그걸 들을 자격도 없었다. 그의 곁에 서서 집으로 돌아오면서 나는 강철같이 굳은 그의 침묵 속에서 그가 내게 대해 품고 있는 감정을 충분히 읽을 수 있었다. 그처럼 엄격하고 전제적인 본성을 가진 사람이 당연히 복종을 기대했던 사람의 저항에 직면했을 때 느끼는 실망감을 읽었다. 또한 그처럼 냉정하고 융통성 없는 판단력을 가진 사람이 자기로서는 공감할 능력이 없는 다른 감정과 견해를 탐지했을 때 느끼는 불만감을 읽었다. 간단히 말해서 만일 그가 보통 남자였다면 강제로라도 나를 복종시키고 싶었을 것이다. 내 고집을 그토록 참을성 있게 참아내면서 내게 깊이 생각하고 회개하라고 그토록 긴 시간을 허용한 것은 순전히 그가 진지한 기독교인이었기 때문이다.

그날 밤 동생들에게 키스하고 나서 그는 나와는 악수조차 잊는 것이 적절하다고 생각한 것 같았다. 그는 말없이 방을 떠났다. 비록 그를 사랑하진 않았지만 큰 우정을 가지고 있던 나는 그가 노골적으로 나를 빼먹는 것에 마음이 아팠다. 어찌나 마음이 아픈지 내 눈에는 눈물이 맺히기 시작했다.

"황무지를 산책하면서 오빠와 싸움을 했군, 제인." 다이애나가 말했다. "하지만 쫓아가봐. 아마 복도에서 너를 기다리며 머뭇거리고 있을 거야. 화해를 하려고 할 거야."

---

* 월터 스콧의 〈마지막 음유 시인의 노래〉에서. (5권 21연 1행)

나는 그런 상황에서는 자존심 같은 건 그다지 내세우지 않는 편이다. 나는 늘 내 위엄을 지키는 쪽보다 마음 편한 쪽을 택하는 사람이다. 그래서 나는 그를 뒤쫓아갔다. 그는 계단 발치에 서 있었다.

"안녕히 주무세요, 세인트 존 오라버니." 내가 말했다.

"잘 자요, 제인." 그는 조용히 말했다.

"그럼 악수해요." 내가 덧붙였다.

이건 악수가 아니었다. 그저 내 손가락을 차갑게 건성으로 살짝 누르는 게 아닌가! 그는 그날 일어난 일로 심기가 매우 불편했다. 나의 진심은 그의 마음을 녹이지 못했고 나의 눈물도 그를 감동시키지 못했다. 행복한 화해는 그에게서 나오지 않았고 격려의 미소나 관대한 말도 얻어낼 수 없었다. 그러나 이 기독교인은 여전히 인내심을 유지했고 차분했다. 내가 용서해주겠느냐고 묻자 그는 자기에게는 화나는 일에 대한 기억을 마음에 담아두는 습관이 없으며 화가 난 적도 없으니 용서해주고 말고 할 게 없다고 대답했다.

그는 그 대답과 함께 자리를 떴다. 차라리 그가 나를 때려눕히기라도 했으면 좋겠다는 생각이 들었다.

제35장

다음 날 그는 가겠다고 말했던 것과는 달리 케임브리지로 떠나지 않았다. 그는 꼬박 일주일 동안 출발을 연기했다. 그 기간 동안 그는 선량하지만 엄하고 양심적이지만 가혹한 남자가 자기 마음을 상하게 한 사람에게 가할 수 있는 가혹한 벌을 실감하도록 만들었다. 그는 노골적인 적대 행동이나 비난의 말은 한마디도 하지 않으면서 내가 자신의 호의의 한계를 넘어섰다는 확신을 시시각각으로 심어주려고 노력했다. 세인트 존이 비기독교적인 앙심을 품고 있었다는 말이 아니다. 또한 그에게 그럴 힘이 충분히 있다 해도 내 머리카락 한 올이라도 손상시키려 했다는 말도 아니다. 그는 천성적으로나 원칙적으로나 복수를 통한 야비한 만족을 얻는 그런 차원은 넘어선 사람이었다. 그는 그와 그의 사랑을 경멸한다고 말한 나를 용서해주었다. 그러나 그 말은 결코 잊지 않았다. 그리고 그와 내가 살아 있는 한 그는 그 말을 결코 잊지 않을 것이다. 그가 고개를 내 쪽으로 돌릴 때 그의 표정을 보면 나는 그와 나 사이에 가로놓인 공기 속에 그 말이 늘 쓰여 있는 것을 볼 수 있었다. 내가 말을 할 때마다 내 목소리에 그 말이 실려 그의 귀에 울렸고 그의 모든 대답에서도 그 말의 메아리가 울려오는 것 같았다.

그는 나와의 대화를 자제하지는 않았다. 심지어 평소처럼 나를 자기 책상으로 불러 함께하기까지 했다. 그런 때면 그의 내부에 자리한 타락한 남자가 기독교인이라면 들어보지도 참여하지도 않았을 어떤 쾌감을 즐기고 있는 게 아닌가 하는 두려움이 나를 엄습했다. 겉으로는 평소처럼 행동하고 말하면서도 그의 모든 행동과 말을 통해 나에 대한 관심과 찬성이라는 알코올 주정(酒精)을 자신이 얼마나 솜씨 있게 짜낼 수 있는 사람인가를 과시하는 데서 오는 쾌감을 즐기는 것 같았다. 이전에는 그런 관심과 찬성의 표명은 그의 말과 태도에 근엄한 매력을 부여했다. 사실 그는 내게 더 이상 육신을 지닌 인간이 아니라 그냥 대리석 조각이었다. 그의 눈은 차가웠으며, 빛을 발하는 푸른 보석이었고, 그의 혀도 말하는 도구이지 그 이상의 아무것도 아니었다.

이 모든 것이 나에게는 고문이었다. 세련되고 질질 끄는 고문이었다. 그 고문은 서서히 타오르는 분노와 몸을 떨게 하는 비탄의 고통을 지속시켰고 그 분노와 슬픔은 합작해서 다시 나를 괴롭히며 밟아 뭉개고 있었다. 만일 내가 그의 아내가 된다면 햇볕도 들지 않는 깊은 샘물의 원천처럼 깨끗하기만 한 이 남자가 내 혈관에서 피 한 방울 빼내지 않고 자신의 수정 같은 양심에는 희미한 오점 같은 죄의식 하나 느끼지 않으면서 나를 얼마나 빨리 죽음으로 몰아갈까를 나는 감지했다. 특히 나는 그의 마음을 풀어주려고 할 때마다 그런 느낌을 느꼈다. 그는 내 슬픔에 아무 응답이 없었다. 그는 이런 소원해진 관계를 전혀 괴롭게 느끼지 않았고 화해하고 싶다는 갈망을 표하지 않았다. 그리고 여러 번 내 눈에서 떨어진 눈물방울이 우리 둘이 고개를 숙여 들여다보고 있는 책 페이지 위에 자국을 만들었지만, 그는 가슴이 돌이나 쇠붙이로 만들어진 사람처럼 전혀 영향을 받지 않았다. 한편 그는 자기 여동생들에게는 평소보다 더 자상하게 대해주는 것이었다. 내게 단순히 차갑게 대하는 것만으로는 내가 자신에게서 얼마나 철저히 추방되고 파문당했는지를 충분히 확신시키지 못했다는 듯이 이렇게 대조의 힘까지 동원했다. 물론 악의에서가 아니라 원리 원칙에 입각하여 그렇게 했을 것을 나는 확신한다.

그가 집을 떠나기 전날 밤 나는 우연히 정원을 산책하고 있는 그의 모습을 보았다. 그의 모습을 지켜보다가 문득 비록 소원한 관계가 되었지만, 그는 이전에 내 생명을 구해준 사람이고 또 내 가까운 친척이라는 사실이 머리에 떠올랐다. 나는 그의 우정을 되찾기 위한 마지막 시도를 해봐야겠다는 결심을 했다. 나는 밖으로 나가 작은 문에 기대고 서 있던 그에게 다가갔다. 나는 즉시 본론으로 들어갔다.

"세인트 존 오라버니, 오라버니께서 아직도 화를 풀지 않으셔서 전 불행해요. 우리 다시 친구로 지내요."

"우리가 친구이기를 난 바라고 있습니다." 그는 무뚝뚝하게 대답했다. 그리고 내가 다가갈 때와 마찬가지로 아직도 떠오르고 있는 달을 바라보았다.

"아니에요, 세인트 존 오라버니. 우린 예전같이 사이가 좋지 않아요. 그건 오라버니도 아시잖아요."

"안 좋은가요? 그건 잘못된 일이지요. 난 제인에게 나쁜 일이 있기를 바라지 않고 좋은 일이 있기만을 바라고 있습니다."

"세인트 존 오라버니, 저도 그 말을 믿어요. 오라버니는 누구도 불행해지기를 바라는 분이 아니라는 걸 확신하니까요. 하지만 저는 오라버니의 사촌이니까 낯모르는 남들에게 베푸시는 일반적인 박애보다 좀 더 큰 애정을 주시기를 바라고 있어요."

"그건 물론입니다." 그가 말했다. "그런 소망은 당연한 것입니다. 그리고 나는 제인을 결코 남이라고 생각하지 않습니다."

차갑고도 가라앉은 어조로 한 이 말이 나를 충분히 분하게 만들고 좌절시켰다. 자존심도 상하고 분하기도 했지만 그런 감정에 따라 행동했다면 나는 당장 그 자리를 떠나버렸을 것이다. 그러나 다른 감정이 그런 감정들보다 더 강력하게 내 속에서 작용했다. 나는 내 사촌의 재능과 그의 원리 원칙을 존경하고 있었다. 그와 사이좋게 지내는 것은 소중한 일이었다. 그런 우정을 잃는 것은 내게 큰 고통을 주는 일이었다. 그런 관계를 되찾기 위한 시도를 그렇게 빨리 포기할 수는 없었다.

"이런 식으로 우리가 헤어져야 하나요, 세인트 존 오라버니? 인도로 떠나시는 마당에 이제까지 하셨던 말보다 더 친절한 말 한마디 없이 저를 떠나실 건가요?"

그는 이제 달에서 완전히 몸을 돌려 나를 향했다.

"인도로 가면서 제인을 두고 떠나다니? 그게 무슨 소리요! 제인, 인도에 가지 않는다는 말입니까?"

독자여, 이런 냉혹한 유형의 사람들이 얼음처럼 차가운 자신의 질문 속에 얼마나 무서운 공포를 불어넣는지 당신도 나처럼 알고 있습니까? 그들이 분노하면 얼마나 큰 눈사태가 일어나고, 그들이 불만에 빠지면 얼마나 무섭게 얼음 바다가 깨지는지 알고 있습니까?

"그래요. 세인트 존 오라버니. 저는 오라버니와 결혼하지 않을 겁니다. 제 결심을 고수할 거예요."

눈사태가 일어나더니 조금 앞쪽으로 미끄러져 내려왔다. 그러나 완전히 무너지지는 않고 있었다.

"다시 한번 묻겠습니다. 왜 이렇게 거절하는 겁니까?" 그가 물었다.

"전에 말씀드린 대로 오라버니는 저를 사랑하지 않기 때문입니다. 지금은 오라버니가 저를 거의 증오하기 때문이라고 대답하겠습니다. 제가 오라버니와 결혼한다면 오라버니는 저를 죽음으로 몰아넣으실 겁니다. 지금도 저를 죽음으로 몰고 계세요."

그의 입술과 뺨이 하얗게 변했다. 정말로 창백했다.

"내가 제인을 죽음으로 몰 거라고! 지금도 죽이고 있다고? 그런 말은 사용해서는 안 되는 말입니다. 폭력적이고 여자답지 않고 사실도 아닌 말입니다. 그 말이 불행한 심리 상태를 드러내고 있습니다. 그런 말은 가혹한 비난을 받아 마땅한 말입니다. 용서할 수 없는 말처럼 들릴 수도 있을 겁니다. 그러나 동료 인간을 용서하는 것이 인간의 의무라면 일곱 번씩 일흔 번이라도 용서해야지요."

이제 내 용무는 끝난 것이었다. 그의 마음속에 내가 전에 남겨놓은 과오의 흔적을 지워버리기를 간절히 원했던 내가 오히려 그 완강한 표면에다 훨씬 더 깊은 다른 흔적 하나를 찍어놓은 것이다. 아니, 거기다 불을 붙인 것이다. "이제 정말 저를 미워하시겠군요." 내가 말했다. "화해하려던 시도가 헛수고가 되고 말았어요. 영원한 원수를 만든 것 같군요."

이 말이 다시 새로운 잘못을 저지른 셈이었다. 바로 진실을 건드렸기 때문에 더욱 큰 잘못이었다. 핏기가 사라진 그의 입술이 순간적으로 경련을 일으켰다. 나는 쇠붙이같이 차디찬 그의 분노를 자극했다는 것을 깨달았다. 가슴이 이어지듯 아팠다.

"제 말을 전적으로 오해하셨어요." 즉시 그의 손을 잡으며 내가 말했다. "오라버니 마음을 아프게 하거나 고통을 안겨드리려는 의도는 전혀 없었어요. 정말 의도한 건 아니었어요."

그는 몹시 씁쓸한 미소를 지었다. 그는 단호하게 내 손을 뿌리쳤다. "이제 약속을 철회하고 인도에는 가지 않겠다는 뜻이군요." 한참 말을 끊었다가 그가 말했다.

"아녜요. 가겠어요. 오라버니의 조수로요." 내가 대답했다.

꽤 긴 침묵이 이어졌다. 그동안 그의 내면에서 타고난 천성과 하느님의 은총 사이에 어떤 투쟁이 벌어지고 있는지 나는 알 수가 없었다. 그의 눈에 묘한 광채가 번뜩이고 얼굴에는 이상한 그림자가 스치고 있었다. 마침내 그가 입을 열었다.

"일전에 제인처럼 어린 독신녀가 내 나이의 독신 남자를 따라 해외로 나가는 일이 얼마나 어리석은 짓인가를 내가 설명했습니다. 그런 계획을 다시는 입에 담지 못하도록 할 정도로 심한 말을 쓰면서 설명했습니다. 그런데 유감스럽게도 제인이 그런 말을 또 하는군요. 그것도 오로지 자신을 위해서 하는 말이군요."

나는 그의 말을 가로챘다. 나를 향한 비난이다 싶은 말은 들으면 즉시 나는 용기가 샘솟았다. "세인트 존 오라버니, 상식을 벗어나지 마십시오. 지금 하신 말씀은 거의 터무니없는 말에 가깝습니다. 오라버니는 제가 한 말에 충격을 받은 척하시고 계세요. 사실은 전혀 그렇지 않으시면서 말예요. 오라버니처럼 뛰어난 머리를 가진 분이

제 말의 뜻을 잘못 이해할 정도로 어리석을 리 없고 변덕에 빠질 리 없어요. 다시 말씀드리겠어요. 원하시면 보좌신부는 되어드리지만 아내는 되지 않겠어요."

다시 그의 얼굴은 납처럼 창백해졌다. 그러나 그는 전과 마찬가지로 그의 격정을 완벽하게 억제했다. 그는 강조하는 어조였지만 침착성을 잃지 않고 대답했다.

"아내가 아닌 여성 보좌신부는 내게 맞지 않을 겁니다. 그러니까 제인은 나와 함께 갈 수 없겠군요. 그러나 진심으로 자원한다면 내가 런던을 들르게 될 때 기혼 선교사 한 분에게 알아보겠습니다. 그 사람 아내가 조수 한 명을 필요로 한다고 했으니까요. 그렇게 되면 제인의 개인 재산이 있으니까 제인은 선교회의 원조와 무관하게 독립적으로 활동할 수 있을 겁니다. 그렇게 되면 약속을 어겼다거나 가입을 약속했던 선교회를 버렸다는 불명예를 피할 수 있을 겁니다."

독자 여러분도 알다시피 지금까지 나는 어떤 공식적인 약속도 한 적이 없었고, 어떤 계약도 한 적이 없었다. 그러니까 그의 말은 이 상황에서 너무 심한 말이었고 독재적인 말이었다. 내가 대응했다.

"이 일에 불명예스러운 것은 아무것도 없어요. 약속을 어긴다거나 선교회를 버리고 뭐고 없어요. 저는 사실 인도에 갈 이유가 전혀 없습니다. 특히 모르는 사람들하고는요. 오라버니와 함께였다면 많은 모험을 감수했겠죠. 오라버니를 존경하고 신뢰하고 누이로서 사랑하니까요. 그러나 언제 누구와 그곳에 같이 가든지 간에 그런 풍토에서는 저는 오래 살지 못할 거라고 확신해요."

"아하! 자신의 몸을 걱정하고 있군요." 그가 입술을 일그러뜨리며 말했다. "그래요. 하느님께서 제게 생명을 주신 것은 버리라고 주신 게 아니에요. 그러나 제가 오라버니께서 원하는 대로 한다면 그건 거의 자살을 하는 거나 마찬가지라는 생각이 들기 시작했어요. 더구나 저는 영국을 떠나기로 확고한 결심을 하기에 앞서, 과연 떠나는 것보다 그냥 남아 있는 게 더 도움이 되는 일인지 어쩐지 분명히 알아볼 일이 있어요."

"대체 그게 무슨 소립니까?"

"설명해도 소용이 없는 일일 거예요. 어쨌든 오래전부터 고통스럽게 궁금해하면서 그냥 참기만 해왔던 일이 하나 있어요. 그러나 어떤 수단을 쓰더라도 그 궁금증이 풀릴 때까지는 저는 아무 데도 갈 수 없어요."

"제인의 마음이 어디에 가 있는지, 어디에 매달려 있는지 알고 있습니다. 그러나 제인이 품고 있는 관심은 불법적이고 성스러운 것이 못됩니다. 오래전에 그런 관심은 없애버렸어야 합니다. 그런 말을 하는 것도 부끄러워해야 합니다. 로체스터 씨를 생각하고 있는 거지요?"

사실이었다. 나는 침묵으로 그렇다고 고백했다.

"로체스터 씨를 찾으러 가겠다는 말입니까?"

"그분이 어떻게 되었는지 알아야 해요."

"그러면 내게 남은 일은," 그가 말했다. "기도 속에서 제인을 기억하는 일이군요. 그리고 열심히 제인이 길 잃은 양이 되지 않게 해 달라고 하느님께 애원하는 일이고요. 나는 제인에게서 하느님이 선택하신 선민 중 한 사람을 발견했다고 생각했었습니다. 그러나 하느님은 인간이 보는 것과는 달리 보십니다. 그분의 뜻이 이루어질 것입니다."

그는 문을 열고 거기를 통과해 나가더니 계곡 쪽으로 천천히 내려갔다. 그리고 곧 시야에서 사라졌다.

거실에 들어서자마자 나는 다이애나가 창가에 서 있는 것을 발견했다. 무슨 깊은 상념에 빠져 있는 모습이었다. 다이애나는 나보다 키가 훨씬 컸다. 그녀가 내 어깨 위에 손을 얹고 몸을 숙이며 내 안색을 살폈다.

"제인," 그녀가 말했다. "늘 안절부절못하는 모습이더니 지금은 창백하군. 분명 무슨 일이 있는 거야. 세인트 존 오빠와의 사이에 무슨 일이 있는 건지 말해봐. 반 시간 동안 창가에서 지켜봤어. 몰래 훔쳐본 걸 용서해줘. 하지만 오래전부터 두 사람 사이에 무슨 일이 있는지 알 수 없다는 생각을 했거든. 세인트 존 오빠는 좀 이상한 사람이야……."

그녀는 말을 멈췄다. 나는 아무 말도 하지 않았다. 그녀가 다시 말을 이었다. "우리 오빠는 제인한테 어떤 특별한 견해를 가지고 있어. 오래전부터 다른 사람들에게는 한 번도 보인 적이 없는 주의와 관심으로 너를 특별하게 생각하고 있었던 게 확실해. 왜 그럴까? 너를 사랑하고 있으면 좋겠네. 제인, 그런 거야?"

나는 그녀의 찬 손을 내 뜨거운 이마에 갖다 댔다. "아니에요, 다이애나 언니. 전혀 그렇지 않아요."

"그러면 오빠가 왜 그런 눈으로 너를 줄곧 지켜보고, 왜 그렇게 자주 너를 옆에 두고 단둘이서만 있으려 했지? 메리와 나는 오빠가 너와 결혼하고 싶어 하는 거라고 결론 내렸어."

"그건 맞아요. 오라버니가 내게 아내가 돼달라고 청하셨어요."

다이애나가 손뼉을 쳤다. "그게 바로 우리가 바라고 생각했던 거야! 제인, 오빠와 결혼하는 거지? 그렇지? 그러면 오빠는 영국에 그냥 있을 거고."

"전혀 그렇지 않아요, 다이애나 언니. 오빠가 나에게 청혼한 유일한 목적은 인도에서 할 고생에 적합한 동료 일꾼을 얻는 거예요."

"뭐라고! 오빠가 너와 함께 인도에 가기를 원한다고?"

"네."

"미쳤어!" 그녀가 외쳤다. "분명히 말하지만 넌 그곳에 가면 석 달도 못 살아. 절대로 가면 안 돼. 동의하진 않았겠지. 그렇지, 제인?"

"청혼은 거절했는데……."

"그래서 그 결과 오빠 마음을 상하게 했다 이거지?" 그녀가 암시했다.

"몹시요. 나를 결코 용서하지 않을까 봐 두려워요. 하지만 누이로서는 함께 가겠다고 했어요."

"제인, 그건 말도 안 되는 어리석은 짓이야. 네가 맡을 일을 생각해봐. 끊임없는 피로가 이어지는 일이야. 그렇게 피로가 누적되면 건강한 사람도 살 수 없는 곳이야. 게다가 넌 몸도 약해. 너도 알겠지만 세인트 존 오빠는 너에게 불가능한 일들을 강요할 거야. 햇볕이 내리쬐는 시간에도 네게 어떤 휴식도 허락하지 않을 거야. 불행하게도 나는 오빠가 네게 강요하는 일을 네가 꼼짝없이 해내는 것을 지켜봤어. 네가 오빠의 청혼을 거절할 용기를 냈다는 것이 놀라워. 제인, 그러면 오빠를 사랑하지 않는 거야?"

"남편으로서는 사랑하지 않아요."

"하지만 잘생긴 남자잖아."

"다이애나 언니도 보다시피 난 너무 못생겼어요. 우린 결코 어울리지 않아요."

"못생겼다고? 네가? 전혀 그렇지 않아. 넌 너무 예쁘고 착해서 캘커타에 가서 산 채로 구워지긴 아까워." 그러면서 그녀는 다시 한 번 자기 오빠와 해외로 나가겠다는 생각은 포기하라고 간절히 당부했다.

"정말 인도로 가는 건 포기해야겠어요." 내가 말했다. "방금 전에 오라버니에게 보좌신부 자격으로 가서 돕겠다고 다시 제의하자 내 무례함에 충격을 받는 것 같았어요. 결혼을 하지 않고 따라가겠다고 제안한 게 무례를 범했다고 생각하시는 것 같아요. 마치 내가 처음부터 세인트 존 오빠를 오라버니로 생각하지 않은 것처럼 말씀하셨어요. 그것도 습관적으로 그랬다고 생각하시는 것 같았어요."

"제인, 오라버니가 널 사랑하지 않는다니 그건 어떻게 된 거니?"

"그 얘기는 오라버니에게 직접 들으셔야 해요. 오라버니에게 배우자가 필요한 건 자기가 맡은 소임 때문이지 자기 자신 때문이 아니라는 소리를 몇 번이나 하셨어요. 내가 사랑이 아니라 고된 일을 위해 태어난 사람이라고도 말씀하셨어요. 그건 맞는 말예요. 하지만 내 생각으로는 내가 만일 사랑을 위해 태어난 사람이 아니라면 당연히 결혼을 위해 태어난 사람도 아닐 거예요. 다이애나 언니, 평생 자신을 유용한 도구로만 여기는 남자에게 얽매여 산다면 이상한 일 아니겠어요?"

"그건 참을 수 없고 자연의 원리에도 어긋나고 말도 되지 않는 소리야!"

"그런데" 하고 내가 계속했다. "비록 지금은 오라버니에 대해 여동생으로서의 애정만 가지고 있지만 어쩔 수 없이 그의 아내가 된다면, 그에 대한 피할 수 없고 야릇하고 고통스러운 사랑이 생길 거라는 상상은 할 수 있어요. 오라버니는 재능이 많은 분이니까요. 게다가 오라버니의 표정과 태도와 언변에는 분명히 영웅적인 위엄이 담겨 있어요. 어쨌든 그렇게 되면 내 운명은 말할 수 없는 비참한 불행에 빠질 거예요. 만약 내가 사랑의 감정을 드러내면 그에게는 필요 없고 내게도 어울리지 않는 사치라고 내게 인식시킬 거예요. 난 오라버니가 그럴 거라는 걸 알아요."

"그러나 세인트 존 오빠는 착한 사람이야." 다이애나가 말했다.

"착하고 위대한 분이죠. 그러나 자신의 큰 목표를 추구하느라 보잘것없는 사람들의 감정이나 주장은 냉혹하게 묵살하세요. 그러니까 하찮은 사람들은 그가 가는 길에서 비켜나는 것이 상책이지요. 전진하는 그의 발에 짓밟힐지도 모르니까요. 저기 오시네요! 자리를 떠나야겠어요, 다이애나 언니." 그가 정원으로 들어오는 모습을 보자 나는 급히 위층으로 올라갔다.

그러나 저녁 식사 자리에서 그를 다시 만나지 않을 수 없었다. 식사하는 동안 그는 평소와 다름없이 차분해 보였다. 나는 그가 내게 좀처럼 말을 걸지 않을 거라고 생각했다. 그리고 이제 결혼 계획 같은 것은 추구하지 않으리라고 확신했다. 그러나 그 뒤에 이어진 상황은 그 두 가지 모두를 잘못 생각했다는 것을 보여주었다. 그는 정확하게 평상시와 같은 태도로, 다시 말해 최근 들어 평상시에 보여왔던 극히 예의 바른 태도로 내게 말을 했다. 분명히 그는 내가 자극한 분노를 억누르기 위하여 성령의 도움을 간절히 기원했을 것이고 그 결과 나를 다시 한번 용서해주기로 했을 것이다.

저녁 기도 전의 성서 봉독 시간에 그는 요한 계시록 21장을 선택했다. 그의 입술을 통해 나오는 성서 말씀을 듣는 일은 늘 즐거운 일이었다. 하느님의 말씀을 전하는 성서의 내용을 봉독할 때보다 그의 목소리가 더 달콤하고 풍부했던 적은 없었고, 그의 태도가 더 고상하고 소박하고 인상적이었던 적이 없었다. 커튼을 치지 않은 창문을 통해 5월의 달빛이 흘러들어와 탁자의 촛불 불빛을 불필요하게 만들고 있는 오늘 밤, 그가 둘러앉은 가족들 한가운데 앉아 낡고 두터운 성서 위로 몸을 굽히고 그 안에 적힌 새로운 천국과 새로운 지상 세계에 관한 설명을 하고 있을 때, 그리고 하느님께서 인간과 함께 사시기 위해 어떻게 오시게 되었는지, 그들의 눈물을 어떻게 닦아주시게 되었는지, 또한 더 이상 죽음도 슬픔도 울음도 없고, 이 세 가지가 없어졌기 때문에 고통도 없게 될 거라고 어떻게 약속하셨는지에 관해 이야기를 하고 있을 때, 세인트 존의 목소리는 평소보다 훨씬 엄숙한 어조를 띠고 있었고 태도에도 전율을 일으키는 의미가 담겨 있었다.

그 뒤에 이어진 성서 내용을 그가 봉독할 때 나는 이상하게도 오싹하는 전율을 느꼈다. 특히 설명할 수 없는 미묘한 목소리 변화에 의해 그가 내용을 봉독하며 시선을 내게로 향하고 있다는 것을 느껴지는 순간이 그랬다.

"승리하는 자는 이것들을 차지하게 될 것이며, 나는 그의 하느님이 되고 그는 내 아들이 될 것이다." 여기까지 그는 천천히 또박또박 읽었다. "그러나 비겁한 자와 믿음이 없는 자, 그런 자들이 차지할 곳은 불과 유황이 타오르는 바다뿐이다. 이것이 둘째 죽음이다." 이 구절이 낭송되자 나는 세인트 존이 내게 앞으로 찾아올 운명을 걱정하고 있다는 것을 알았다.

차분하면서 억제된 승리감이 간절한 열망과 혼합되어 그 장의 마지막 구절을 낭송하는 그의 어조에 배어 있었다. 성서를 봉독하던 그는 자기 이름이 이미 "어린 양의 생명의 책"[*]에 적혀 있다고 믿고 있었다. 그리고 그는 지상의 왕들이 그들의 영광과 명예를 가져다 바치고, 하느님의 영광이 비치고 어린 양이 그곳의 빛이기 때문에 해도 달도 빛을 발할 필요가 없는, 새로운 예루살렘으로 그를 들어가게 해줄 시간을 갈망하고 있었다.

성서 봉독에 이어진 기도에서 그는 있는 모든 정력을 끌어모았고 그의 무서운 열의를 다 동원했다. 그는 진지하게 정성을 들여 기도하며 승리를 다짐하는 것이었다. 나약하고 용기도 없는 자들에게는 힘을 주시고, 양 우리를 벗어나 방황하는 양 떼들은 인도해주십사 간절히 기도했다. 그리고 최후의 순간일망정 세속과 육체의 유혹에 넘어가 정의의 길을 벗어난 좁고 험한 길을 헤매고 있는 자들을 돌아오게 해달라고 기도했다. 그는 불 속에서 건져낸 부지깽이[**]의 은혜를 요청하고 역설하고 주장했다. 간절함이란 늘 심오한 엄숙함을 지닌다. 그의 간절한 기도를 들으면서 나는 처음에는 그의 간절함에 놀랐다. 그러다가 기도가 계속되고 그 소리가 높아지면서 나는 감동을 받기 시작했다. 그리고 마침내는 두려움을 느꼈다. 그는 너무나 진지하게 자신의 목표가 위대하고 훌륭하다고 느끼고 있

---

[*] 요한 계시록 21장 27절.
[**] 아모스서 4장 11절. "나는 소돔과 고모라를 뒤엎어버리듯, 너희를 불 속에서 끄집어낸 부지깽이처럼 만들리라."

었다. 그 목표를 위해 그처럼 애원하는 그의 기도 소리를 들은 다른 사람들도 그렇게 느끼지 않을 수 없었다.

기도가 끝나자 우리는 그와 작별 인사를 했다. 그는 다음 날 아침 일찍 떠날 예정이었다. 다이애나와 메리가 먼저 방을 나갔다. 오빠의 속삭이는 귀띔에 응해서 그런 것 같다는 생각이 들었다. 나는 악수를 청하며 즐거운 여행이 되기를 바란다고 말했다.

"제인, 고맙습니다. 전에 말했듯이 보름 정도 있다가 케임브리지에서 돌아올 겁니다. 그러니 제인에게 아직 생각할 시간이 그만큼 남은 것입니다. 만일 내가 인간적인 자존심에만 귀를 기울인다면 제인에게 나와 결혼하자는 말을 더 이상 하지 않을 겁니다. 그러나 나는 하느님의 영광을 위한 모든 일을 하기 위해 내 의무에만 귀를 기울이고 끊임없이 나의 첫 번째 목표를 염두에 두고 있습니다. 내 주인님께서는 오랫동안 수난을 겪으셨으니 나도 그럴 겁니다. 나는 제인이 하느님의 노여움을 받는 진노의 그릇이 되어 나락으로 떨어지도록 방치할 수 없습니다. 시간이 아직 남았을 때 회개하고 결심하십시오. '아무도 일할 수 없게 되는 밤이 온다'는 경고를 유념하고 아직 낮일 때 일을 하라는 명령을 받았다는 사실을 기억하십시오. 현세에서 좋은 것들을 마음껏 누렸던 부자의 운명을 기억하십시오. 하느님께서는 절대로 빼앗기지 않을, 더욱 훌륭한 삶을 선택할 힘을 제인에게 주셨습니다!"

그는 마지막 말을 하면서 내 머리에 손을 얹었다. 그의 말에는 열성이 들어 있었지만 온화했다. 그의 표정은 실로 연인을 바라보는 사랑하는 남자의 표정이 아니라 길 잃은 양을 부르는 목자의 표정이었다. 더 좋게 표현하면 자신이 책임지고 있는 영혼을 지켜보는 수호천사의 표정이었다. 감정이 있는 사람이건 아니건, 광신적인 사람이건 열성에 찬 사람이건, 독재적인 사람이건 간에 재능이 있는 사람들은 모두 진지한 순간에 처하면 자신들의 숭고한 시간을 갖는 법이다. 특히 그들이 우리를 압도하거나 지배할 때 그렇다. 나는 세인트 존에게 존경을 넘어 숭배라는 의식을 느꼈다. 그 느낌이 너무 강렬해서 그 힘이 즉시 나를 내가 오랫동안 피해왔던 지점으로 밀어붙일 정도였다. 나는 그와의 싸움을 멈추고 그의 의지라는 격류에 몸을 던져 그의 삶의 심연에 빠져들어 내 삶을 잃어버리고 말자는 유혹에 빠져들었다. 이전에 방법은 다르지만 또 한 남자에 의해 꼼짝 못할 정도로 포위당한 적이 있듯이 나는 그에 의해 포위된 상태였다. 나는 두 번 모두 바보였다. 그때 굴복을 했더라면 나는 도덕적 원칙을 어기는 오류를 범했을 것이다. 지금 굴복을 한다면 그것은 판단의 오류를 범하는 일일 것이다. 지금 이 시각에 시간의 조용한 매개체를 통해 회상했을 때 그런 오류를 범했다는 생각이 들었다. 그 순간만큼은 나는 내 우둔성을 의식하지 못했다.

나는 신비 의식을 집전하는 사제와도 같은 그의 손에 머리를 맡기고 움직이지 않은 채 서 있었다. 나의 거절은 잊혔고 두려움도 극복되었으며 씨름할 힘도 마비되어 있었다. 불가능, 다시 말해 세인트 존과의 결혼이라는 불가능이 빠른 속도로 가능으로 변하고 있었다. 모든 것이 단숨에 완전히 변하고 있었다. 종교가 부르고 천사들이 오라고 손짓하고 하느님이 명령하고…… 삶이 두루마리처럼 동그랗게 말리고…… 죽음의 문이 열리며 그 너머에 펼쳐진 영원의 세계를 보여주었다. 내세에서의 안정과 축복을 얻기 위해서라면 이 현세의 모든 것 따위 순식간에 희생할 수 있었다. "이제 결정을 내릴 수 있습니까?" 그 선교사가 물었다. 부드러운 어조로 말한 질문이었다. 그는 나를 부드럽게 자기 쪽으로 끌었다. 오, 이 부드러움! 이 부드러움은 강압적인 힘보다 얼마나 더 강력한가! 나는 세인트 존의 분노에는 저항할 수 있었다. 그러나 그의 친절함 밑에서는 갈대처럼 유연했다. 그러나 그러는 동안에도 내내 나는 만약 지금 굴복한다면 언젠가 때가 되어 앞서 반항했던 일을 적잖이 후회하게 될 것이라는 것을 알고 있었다. 단 한 시간의 경건한 기도로 그의 본성이 변한 것은 아니다. 다만 좀 격상되었을 뿐이었다. "확신만 할 수 있으면 결정할 수 있을 것 같아요." 내가 대답했다. "오라버니와의 결혼이 하느님의 뜻이라는 확신만 선다면 지금 이 자리에서 오라버니와 결혼하겠다고 맹세할 수 있어요. 결과가 어찌 되든 간에요!"

"마침내 내 기도에 응답이 온 겁니다!" 세인트 존이 외쳤다. 그는 내가 자기 것인 양 내 머리 위에 있는 손을 더 힘껏 눌렀다. 거의 나를 사랑하는 것처럼 그의 팔로 나를 감싸 안았다. (그때 나는 이미 사랑을 받는다는 것이 무엇인지 알고 있는 몸이었기에 '거의'라는 말을 사용했다. 그의 사랑과 내가 경험한 사랑의 차이를 나는 알고 있던 것이다. 그러나 나는 그처럼 이제 사랑은 문제가 되지 않는다고 생각하며 오직 의무만 생각하고 있었다.) 나는 아직 구름이 뭉게뭉게 앞을 가리는 내 마음속 희미한 환영과 싸우고 있었다. 나는 진지하게, 깊이, 열렬하게, 옳은 일을 하기를 갈망했다. 오직 그것뿐이었다. '제게 길을 보여주소서……, 보여주소서!' 나는 하늘에 대고 애원했다. 나는 어느 때보다 더 흥분된 상태였다. 따라서 그 이후에 따라온 일이 그 흥분 탓인지 어떤지는 독자가 판단하게끔 하겠다.

제35장 349

온 집 안이 고요했다. 세인트 존과 나를 제외하고는 모두가 잠자리에 들었다고 나는 믿고 있다. 유일하게 켜져 있던 촛불마저 꺼져가고 있었다. 방 안은 달빛으로 가득 차 있었다. 내 심장은 빠르고 답답하게 뛰었다. 그 박동 소리가 들렸다. 갑자기 표현할 수 없는 느낌이 엄습하여 심장이 멈추는가 싶더니 그 느낌이 심장을 찌르륵하고 관통한 후 내 머리와 팔다리로 전해졌다. 전기 충격과는 달랐다. 그러나 전기 충격을 받았을 때처럼 예리하고 낯설고 깜짝깜짝 놀라게 하는 그런 느낌이었다. 그리고 그 느낌은 지금까지 지극히 활발하게 움직여왔던 내 감각 활동이 마비 상태에 불과했다는 듯이 내 감각기관들에 작용하고 있었다. 그리고 그 감각들을 마비 상태에서 불러내어 강압적으로 깨어나게 하고 있었다. 감각들은 기대감에 차서 일어나고 있었다. 내 눈과 귀는 기다리고 있었고 내 살은 내 뼈 위에서 떨고 있었다.

"무슨 소리를 들었습니까? 뭘 보고 있는 겁니까?" 세인트 존이 물었다. 나는 아무것도 본 것이 없었다. 그러나 나는 어디선가 큰 소리로 부르는 소리를 들었다.

"제인! 제인! 제인!" 더 이상은 없었다.

"오, 하느님! 그게 무슨 소리입니까?" 나는 숨을 헐떡였다.

"그게 어디서 나는 소리입니까?" 하고 말했어도 좋았을 것이다. 그 소리는 방 안에서나, 집 안에서나, 정원에서 나는 소리 같지가 않았기 때문이다. 또 그 소리는 허공에서도, 땅에서도, 머리 위에서 들려오는 소리도 아니었다. 나는 분명히 그 소리를 들었다. 언제 어디서 들려오는 소리인지 영원히 알 수 없는 그 소리를! 그 소리는 사람 목소리였다. 내가 잘 알고, 내가 사랑하고, 내가 너무나 너무나 잘 기억하는 목소리, 바로 에드워드 페어팩스 로체스터의 목소리였다. 그 목소리가 고통과 슬픔에 빠져, 거칠게, 오싹하게, 다급하게 나를 불렀던 것이다.

"제가 갈게요!" 나는 소리쳤다. "기다리세요! 제가 가요!" 나는 문으로 쏜살같이 뛰어갔다. 복도를 살펴보았다. 캄캄한 어둠뿐이었다. 나는 정원으로 달려 나갔다. 역시 아무도 없었다.

"어디 계세요?" 내가 외쳤다.

마시 글렌 계곡 너머의 산들이 희미한 메아리로 "어디 계세요?" 하고 대답을 보냈다. 나는 귀를 기울였다. 바람이 전나무들 사이에서 낮게 한숨을 내쉬고 있었다. 사방이 황무지의 고독과 한밤중이 내뱉는 정적으로 싸여 있었다. "미신은 꺼져!" 대문의 검은 주목 나무 곁에서 시커먼 망령이 몸을 일으키기에 내가 말했다. "망령아, 이건 너의 기만행위가 아니야. 너의 마법도 아니야. 이건 자연의 여신이 하는 일이야. 자연이 깨어나 행한 일이야……. 자연이 기적을 행한 게 아니라…… 최선을 다한 거야."

나는 내 뒤를 따라와 나를 붙들려고 했던 세인트 존을 뿌리쳤다. 내가 우세한 위치에 설 차례였다. 내 능력이 활동하고 힘을 쓸 차례였다. 나는 그에게 질문이나 말을 삼가라고 했다. 그냥 나를 혼자 두고 가길 바란다고 했다. 나는 혼자 있어야만 했고 혼자 있고 싶었다. 그는 즉시 내 말에 따랐다. 충분히 명령을 내릴 에너지가 있으면 복종은 틀림없이 따라오는 법이다. 나는 내 방으로 올라가 문을 잠갔다. 나는 무릎을 꿇고 내 식으로 기도를 올렸다. 세인트 존과는 다른 방식이지만 나름대로 효과적인 방식이었다. 나는 어떤 강력한 성령 가까이까지 파고들어간 것 같았다. 그러자 내 영혼은 성령의 발치에서 감사의 말을 쏟아냈다. 감사 기도를 마치고 일어난 후 한 가지 결심을 했다. 그러고는 아무 두려움 없이 밝아진 마음으로 어서 날이 새기만을 바라며 잠자리에 누웠다.

제36장

날이 밝았다. 나는 새벽에 일어났다. 나는 한두 시간 동안 부지런히 방 안과 서랍과 옷장에 든 내 물건들을 내가 잠깐 집을 비운 사이에 두고 싶은 모습대로 정리했다. 그러는 동안 나는 세인트 존이 자기 방에서 나오는 소리를 들었다. 그는 내 방 앞에서 멈춰 섰다. 나는 그가 노크할까 봐 겁이 났다. 노크는 없었다. 그러나 종이 한 장이 문 밑으로 들어오는 것이었다. 집어 들었더니 이런 글이 적혀 있었다.

어젯밤 내게서 너무 갑작스럽게 떠났습니다. 조금만 더 머물렀더라면 제인은 그리스도의 십자가와 천사의 왕관을 손에 잡았을 것입니다. 2주 후 오늘 내가 돌아왔을 때 제인의 명확한 결심을 기대하겠습니다. 그동안 유혹에 빠지지 않도록 깨어나 기도하십시오. 마음에는 원이로되 육신이 약하다고 믿고 있겠지만 나도 제인을 위해 매 시간 기도를 올리겠습니다.

당신의 세인트 존

'내 마음은,' 나는 마음속에서 답했다. '옳은 일을 기꺼이 하고 싶어 합니다. 또한 바라건대 내 육신도 하늘의 뜻을 충분히 실천할 정도로 강건합니다. 그 하늘의 뜻이 무엇인지 내게 알려지기만 하면 그렇다는 말입니다. 어쨌든 이 육신은 의문의 구름을 빠져나갈 출구를 찾아 확신이라는 밝은 대낮을 찾아 나서고 묻고 더듬어 갈 수 있을 정도로 강건합니다.'

6월 1일이었다. 그러나 아침은 잔뜩 흐리고 쌀쌀했다. 비가 내 여닫이창을 세차게 때리고 있었다. 나는 현관문이 열리고 세인트 존이 나가는 소리를 들었다. 창문을 통해 내다보았더니 그가 정원을 횡단하는 모습이 보였다. 그는 안개 낀 황야를 지나 위트크로스 쪽으로 가고 있었다. 그곳에서 역마차를 탈 것이다.

'몇 시간 후면 나도 그 길을 따라갈 거예요, 사촌 오라버니.' 내가 속으로 말했다. '나도 위트크로스에 나를 맞을 역마차가 있습니다. 나도 영원히 영국을 떠나기 전에 만나보고 안부를 물을 사람이 있어요.'

아침 식사 시간까지는 아직 두 시간이 남아 있었다. 나는 그 막간의 시간 동안 조용히 방 안을 거닐며 내 계획을 지금의 방향으로 틀어버린 그 신비한 소리의 출현에 대해 곰곰이 생각했다. 내가 경험한 그 내적 느낌을 상기해보았다. 말로 표현할 수 없는 신기함이 내포된 그 야릇한 느낌을 기억할 수 있었기 때문이었다. 나는 내가 들었던 목소리를 상기했다. 그 소리가 어디서 온 것인지 자문해보았지만 소용이 없었다. 그 소리는 외부 세계에 있는 것이 아니라 내 내면에서 나온 것 같았다. 그것이 단순히 불안에서 생겨난 인상, 그러니까 망상이 아닐까 하고 자문해보았다. 그러나 그건 상상할 수도, 믿을 수도 없는 일이었다. 그것은 오히려 영감에 더 가까운 것이었다. 불가사의한 감정의 충격이 사도 바울과 실라가 투옥되었던 감옥의 지반을 뒤흔들었던 지진처럼 내게 찾아왔던 것이다. 그 감정이 내 영혼의 감옥 문을 열고 내 영혼을 묶고 있던 포승줄을 풀어준 것이었다. 그 감정이 내 영혼을 잠에서 깨우자 내 영혼은 깜짝 놀라 떨리는 몸으로 귀를 기울이며 감옥에서 뛰쳐나온 것이었다. 그러고는 놀란 내 귀에, 떨리는 내 가슴에, 내 마음을 관통하며 울려 퍼지는 세 번의 부름 소리를 만들어낸 것이다. 그러나 내 마음은 두려워하지도 않았고 냉정을 잃지도 않았다. 오히려 내 마음은 주체스러운 육신의 구속에서 벗어나 자신의 특권처럼 부여받았던 노력이 성공한 것을 즐거워하듯 크게 기뻐하고 있었다. '며칠 안 있으면,' 나는 상념을 마치며 말했다. '지난밤 나를 부른 것 같았던 그 목소리의 주인공에 대해 뭔가 알게 되겠지. 편지는 아무 소용없었어. 편지를 대신해서 내가 직접 알아봐야지.'

아침 식사 자리에서 나는 다이애나와 메리에게 여행을 떠날 예정이며 적어도 나흘 동안은 집을 비울 거라고 알렸다.

"제인, 혼자서?" 그들이 물었다.

"한 번 보든지 아니면 소식이라도 알아야 할 친구가 있어요. 그 친구 때문에 한동안 마음이 편치 않았어요."

두 언니들은 자기들 말고는 내게 친구가 없다고 믿고 있었을 것이다. 분명 그들이 그렇게 생각했으리란 게 내 생각이었다. 사실 나는 종종 친구가 하나도 없다고 말해왔기 때문이다. 그러나 그들은 진실하고 친절한 심성을 타고난 사람들이었기 때문에 내 말에 다른 언급을 자제했다. 다만 다이애나가 여행을 해낼 만큼 몸이 괜찮으냐고 물었을 뿐이다. 내 안색이 매우 창백해 보인다고 그녀는 말했다. 나는 마음이 초조한 것 말고 아픈 데가 없으며 그 초조감도 곧 없어질 것이라고 대답했다.

그 후 여행 준비를 하는 일은 쉬웠다. 더 이상의 질문이나 추측으로 시달리지 않았기 때문이다. 두 사람에게 지금 당장은 내 계획을 자세히 설명할 수 없다고 일단 설명하자 그들은 따뜻하고 지혜롭게 내가 그들에게 원하는 침묵을 지켜주었다. 나 또한 내게 자유롭게 행동할 특권을 부여한 그들의 뜻에 묵묵히 따랐다. 아마 입장이 바뀌었더라도 나 또한 그들에게 그런 특권을 부여했을 것이다.

나는 오후 3시에 무어 하우스를 떠났다. 4시가 좀 지나서 위트크로스의 도로 푯말 아래에서 나를 그 먼 손필드 저택으로 데려다 줄 역마차를 기다리며 서 있게 되었다. 고적한 길과 황량한 주변 언덕들의 적막을 뚫고 멀리서 마차 달려오는 소리가 들렸다. 1년 전 어느 여름날 저녁 나를 그곳에 내려주었던 바로 그 마차였다. 그때 얼마나 쓸쓸했으며 희망을 잃고 목표도 잃은 처지였던가! 손짓을 보내자 마차가 와서 멈췄다. 나는 마차에 올랐다. 이번에는 마차 삯으로 내 전 재산과 작별하는 일은 없었다. 다시 한번 손필드 저택으로 가는 길에 오르자 나는 집으로 날아 돌아가는 비둘기, 배달 임무를 띤 비둘기가 된 기분이었다.

서른하고 다시 여섯 시간이 걸리는 여행이었다. 위트크로스를 떠난 게 화요일 오후였다. 마차는 목요일 이른 아침 말에게 물을 먹이기 위해 길가의 한 여관에 멈춰 섰다. 여관은 초록빛 산울타리들과 넓은 들판들, 전원의 낮은 언덕들, 한복판에 위치해 있어, 주변 풍경이 마치 옛날부터 잘 알던 낯익은 얼굴처럼 내 눈에 들어왔다. 모턴이라는 북부 내륙에 위치한 황량한 황야에 비하면 이 얼마나 온화한 모습이며 빛깔 또한 얼마나 푸르렀던가! 그렇다. 나는 이곳 풍경의 특성을 알고 있었다. 이제 목적지에 거의 다 왔다는 것을 확신했다.

"여기서 손필드 저택까지 얼마나 되나요?" 나는 여관 마부에게 물었다.

"들판 저편으로 2마일가량 됩니다."

'내 여행은 끝났군!' 나는 속으로 말했다. 마차에서 내린 후 나는 짐을 여관 마부에게 맡기고 찾으러 올 때까지 맡아달라고 했다. 역마차의 마부에겐 마차 삯을 듬뿍 주어 그를 흡족하게 해주었다. 밝아 오는 아침 햇살이 여관 간판 위에서 빛을 발하고 있었다. 간판 위에는 황금색 글자로 '로체스터 암스'라고 쓰여 있었다. 내 심장이 뛰기 시작했다. 이미 나는 내 주인의 땅 위에 와 있었다. 심장은 다시 박동을 멈췄다. 그의 땅에 들어왔다는 생각이 심장을 때린 것이다.

'네 주인은 어쩌면 영국 해협 너머 외국에 가 있을지도 몰라. 그런데 네가 급히 가고 있는 손필드 저택에 그가 있다고 해도 그분 말고 거기에 누가 있지? 미친 그의 아내가 있는 거지. 그러면 너는 그분과 할 일이 아무것도 없는 거야. 넌 감히 그에게 말을 걸 수도 없고 그분이 어디 있는지 찾지도 못해. 넌 공연히 헛수고만 한 거야……. 더 이상 가지 않는 게 좋아.' 마음속 충고자가 간곡히 알려주고 있었다. '여관 사람들에게 미리 알아봐. 그들이 네가 찾는 정보를 죄다 알려줄 수 있을 거야. 그들은 즉시 네 의문을 풀어줄 수 있어. 저기 저 사람한테 가서 로체스터 씨가 집에 있는지 물어보라고.'

그런 제안에는 일리가 있었다. 그러나 나는 그 제안을 따르도록 나 자신을 강요할 수 없었다. 나는 나를 절망으로 으깨버릴 어떤 대답이 나올까 봐 몹시 두려웠다. 궁금증을 연장하는 것은 희망을 연장하는 것이었다. 아직은 별빛을 받고 있는 손필드 저택을 한 번 더 볼 수 있을지도 몰랐다. 내 앞에는 울타리가 있었다……. 그리고 손필드 저택에서 도망쳐 나오던 날 아침 복수심으로 가득 찬 분노의 여신이 나를 쫓아오며 괴롭히고 있다는 생각에 눈멀고 귀먹고 넋 나간 채 급히 달려 횡단했던 바로 그 들판이 펼쳐져 있었다. 어떤 길을 택할까를 결정하기도 전에 나는 이미 그 들판 한가운데에 와 있었다. 얼마나 빨리 걸었던가! 때로 얼마나 빨리 달렸던가! 친숙한 저택 숲을 한시바삐 보게 되기를 얼마나 고대했던가! 내가 아는 따로따로 서 있는 나무들, 그 친숙한 목초지, 그 사이사이의 구릉들을 만날 때 내 기분은 어떠했겠는가!

마침내 숲이 모습을 드러냈다. 당까마귀 떼가 시커멓게 무리 지어 있었다. 까악까악 하는 시끄러운 소리가 아침의 정적을 깨고 있었다. 야릇한 기쁨이 나를 휘감았다. 나는 걸음을 재촉했다. 또 하나의 밭을 횡단하고 오솔길 하나를 빠져나오자 마당 담장이 있었다. 저택 뒤편의 경비실이 있었다. 저택 자체는 당까마귀 떼에 가려 아직 보이지 않았다. '저택의 정면 모습을 제일 먼저 봐야지.' 나는 결심했다. '그곳의 대담하게 솟은 흉벽이 즉시 고고하게 내 눈에 띄겠지. 거기서 난 주인 방 창문을 식별해낼 수 있지. 어쩌면 주인이 창가에 서 있을 거야. 일찍 일어나는 분이니까. 아마 지금쯤 과수원 안이나 집 앞 포장길을 산책하고 있을지도 몰라. 그를 볼 수 있다면! 잠깐만이라도! 그렇게 되더라도 그에게 달려가는 그런 미친 짓은 안 하겠지? 알 수 없지. 만일 그런다면 그 다음에는? 몰라! 그 다음엔? 그의 눈길이 내게 줄 수 있는 그 생기를 내가 다시 한번 맛본다고 해서 누구의 마음이 상하겠는가? 내가 헛소리를 하고 있군. 어쩌면 그는 피레네 산맥 너머나 남쪽 지방의 잔잔한 바다 위로 떠오르는 해를 바라보고 있을지도 몰라.'

나는 과수원의 낮은 담장을 따라 걷다가 그 모퉁이를 돌았다. 그곳에는 둥근 돌을 왕관처럼 위에 올려놓은 거대한 돌기둥 두 개에 달린 저택 대문이 있었다. 대문은 풀밭으로 이어져 있었다. 나는 그 돌기둥 하나 뒤에 숨어 저택 정면 전부를 훔쳐볼 수 있었다. 나는 침실 창문 차양이 올려진 방이라도 있나 확인하고 싶어서 조심스럽게 저택 안으로 머리를 들이밀었다. 그러자 저택의 흙벽과 창문 그리고 긴 정면 모습이 이 안전한 은신처에서 모두 보였다. 내가 이렇게 살피고 있는 동안 내 머리 위를 운행하는 까마귀들이 나를 지켜보았다. 그것들이 무슨 생각을 했을지 궁금하다. 틀림없이 내가 처음에는 아주 조심하면서 소심하게 굴다가 점점 대담해지고 무모해져 간다고 생각했을 것이다. 나는 처음에는 살짝 들여다보다가 다음에는 한참 동안 응시했다. 그런 다음 나는 돌기둥 뒤 은신처에서 나와 저택 정면의 풀밭으로 걸어 들어갔다. 그러다가 거대한 저택 정면이 다 보이는 곳에서 발걸음을 멈추고 한참 저택을 뚫어지게 바라보았다. "그러면 처음에는 왜 그렇게 소심한 척한 거야?" 까마귀들이 이렇게 물었을지도 모른다. "지금은 왜 그렇게 바보같이 조심을 안 하지?"

독자여, 여기서 비유적인 이야기 하나를 들려드리겠다.

사랑에 빠진 한 남자가 이끼 낀 제방 위에서 사랑하는 여인이 잠들어 있는 걸 발견한다. 그는 그녀의 잠을 깨우지 않고 아름다운 그녀의 얼굴을 살짝 보고 싶어 한다. 그는 소리가 나지 않게 조심하며 풀밭 위를 살금살금 걸어간다. 잠시 걸음을 멈춘다. 그녀가 몸을 뒤척인다는 생각이 들었기 때문이다. 무슨 일이 있어도 그는 자신의 모습을 들키고 싶지 않다. 사방이 고요하다. 그는 다시 전진한다. 그녀 위로 몸을 굽힌다. 그녀의 얼굴 위엔 가벼운 베일이 덮여 있다. 그는 그 베일을 걷어 올리고 더 낮게 몸을 굽힌다. 이제 그의 눈은 그녀의 아름다운 모습을 보게 되리라 잔뜩 기대에 차 있다. 따뜻하고 활짝 피고 사랑스러운 잠자는 모습이다. 최초의 눈길은 얼마나 서두르는 눈길이었던가! 그러나 그 눈길이 얼어붙는 모습은! 그가 놀란 정도는 어떤가! 조금 전만 해도 감히 손가락 하나 건드리지 못했던 그녀의 몸을 그가 얼마나 허겁지겁 격렬하게 양 팔로 안는가! 그가 얼마나 큰 소리로 그녀의 이름을 부르며 안고 있던 그녀의 몸을 내려놓고 미친 듯이 들여다보는가! 그는 그녀를 안았다가 울부짖다가 뚫어지게 들여다본다. 이제 그가 내는 어떤 소리도, 그가 하는 어떤 동작도 그녀의 잠을 깨울 거라는 걱정은 하지 않아도 된다. 그는 애인이 깊은 잠에 빠졌다고 생각했었다. 그런데 그녀가 돌처럼 차갑게 죽었다는 사실을 발견한 것이다.

나는 겁은 났지만 즐거운 심정으로 당당한 저택을 바라보았다. 그러나 검게 변한 폐허만이 눈에 보였다.

이건 정말, 대문 기둥 뒤에서 겁을 먹고 있을 필요가 전혀 없었다! 누군가가 움직이고 있을지 모른다는 두려움을 안고 침실 격자문을 몰래 올려다볼 필요도 없었던 거다! 문이 열리는 소리가 들리나 해서 귀를 기울일 필요도, 마당 포장길이나 자갈길을 걷는 소리가 들릴지도 모른다는 상상도 전혀 할 필요가 없었던 거다! 잔디밭과 정원 마당은 망가지고 황폐해 있었다. 현관문은 휑하니 입을 벌리고 있었다. 건물 정면은 높기만 할 뿐 창유리가 모두 없어져 구멍만 숭숭 나 있었고, 전에 내가 꿈속에서 보았던 것처럼 허약하기 그지없는 조개껍데기 같은 담벼락만 남아 있었다. 지붕과 굴뚝과 흉벽은 모두 보이지 않았다. 모든 것이 안쪽으로 무너져 내린 상태였다.

또한 그 주변은 죽음의 정적이 지배하고 있었다. 적막한 야생의 고독이 감돌고 있었다. 이곳 사람들에게 보낸 내 편지들에 답장이 오지 않은 것은 당연했다. 성당 측면 복도에 설치한 지하 묘지에다 편지를 발송한 거나 마찬가지였다. 까맣게 그을린 불길한 석재들은 저택이 무슨 운명을 맞아 폐허가 되었는지를 말해주고 있었다. 대화재였다. 그러나 어떻게 해서 화재가 일어났단 말인가? 이 재난에 무슨 이야기가 담겨 있는 것일까? 그 화재로 인해 회벽, 대리석, 목조 구조물 말고도 또 무슨 손실이 뒤따랐단 말인가? 재산이 손실되었으면 그와 마찬가지로 생명도 손실되었단 말인가? 그렇다면 누구의 생명이 손실되었단 말인가? 끔찍한 질문이었다. 그것에 답을 줄 사람은 여기엔 아무도 없었다. 심지어 무언의 신호도 무언의 표식도 없었다.

부서져 내린 담벼락들 사이와 폐허가 되어버린 집 안 내부를 헤매다가 나는 이 끔찍한 화재가 최근에 일어난 것이 아니라는 증거를 찾았다. 겨울에 내린 눈이 열린 아치문을 통해 흩날려 들어왔고, 겨울비 또한 구멍 난 여닫이창들을 통해 들이쳤다는 사실을 알아냈다. 흠뻑 젖었던 폐기물 더미 사이사이로 봄이 식물을 알뜰하게 키우고 있었기 때문이었다. 돌 더미와 넘어진 서까래 사이 여기저기에 풀과 잡초가 자라고 있었다. 그런데 아! 그러는 동안 이 폐허의 불운한 주인은 어디로 갔단 말인가? 어느 나라로 갔단 말인가? 누구의 보호를 받고 있단 말인가? 나도 모르게 내 눈은 대문 근처에 있는 회색빛 마을 성당 첨탑 쪽으로 옮겨 갔다. 나는 자문했다. '주인이 자기 조상 데이먼드 로체스터와 함께 저 마을 성당 좁은 대리석 지하 납골당을 함께 쓰고 있는 것이 아닐까?'

이런 질문들에 대해 뭔가 답변을 들어야만 했다. 여관 말고는 어디서도 그런 답변을 들을 수가 없었다. 그래서 나는 곧바로 여관으로 돌아왔다. 여관 주인이 직접 응접실로 내 아침 식사를 가져왔다. 나는 그에게 물어볼 말이 좀 있으니 문을 닫고 앉으라고 부탁했다.

그러나 그가 내 부탁에 응했을 때 나는 이야기를 어떻게 시작할지 난감했다. 혹시 끔찍한 대답을 듣게 될까 봐 몹시 겁이 났다. 그러나 방금 전에 보고 떠나온 황량한 모습이, 불행한 이야기라도 들어야겠다고 어느 정도 마음의 준비를 하게 해주었다. 여관 주인은 점잖게 생긴 중년 남자였다.

"당연히 손필드 저택을 아시겠지요?" 마침내 내가 겨우 말을 꺼냈다.

"네, 아가씨, 한때 거기서 살았습죠."

"그래요?" 내가 그 집에 있을 때는 아닌데 하고 생각했다. '댁은 처음 보는 사람이군요.' 하고 나는 생각했다.

"나는 돌아가신 로체스터 어른의 집사였습니다." 그가 덧붙였다.

돌아가셨다고! 나는 내가 그렇게 피하려던 강타를 제대로 맞은 것 같았다. 그것도 있는 힘을 다해 날린 강타였다. "돌아가시다니요!" 나는 숨을 헐떡였다. "그분이 돌아가셨나요?"

"제 얘기는 현재의 지주이신 에드워드 씨의 아버님을 말한 겁니다." 그가 설명했다. 나는 다시 숨을 내쉬었다. 피가 다시 돌기 시작했다. 에드워드 씨……, 나의 로체스터 씨가 적어도 살아 있다는 말에 나는 안심이 되었다……. 어디에 살아 있든 하느님의 가호가 있기를! 요컨대 '현재 지주이신 신사'가 살아 있다는 것이다. 기쁘게 만드는 어휘가 아닌가! 이제 뒤에 이어질 말이 무슨 말이든, 무슨 사실이 밝혀지든 비교적 차분하게 모두 들을 수 있을 것 같았다. 그가 무덤 속에 들어가 있지 않은 이상, 설사 그가 지구 정반대 쪽에 가 있다 하더라도 견딜 수 있다는 생각이 들었다.

"로체스터 씨는 지금 손필드 저택에 살고 계시나요?" 내가 물었다. 물론 무슨 대답이 나올지 알고 있었다. 그러나 그가 지금 어디 있는지 곧바로 물어보는 걸 미루고 싶어서 던진 질문이었다.

"아닙니다, 아가씨. 오, 그건 아닙니다! 그곳에는 아무도 살지 않습니다. 이 지역에 처음 오신 모양이군요. 그렇지 않으면 지난가을에 일어난 일을 들으셨을 텐데요. 손필드 저택은 완전히 폐허가 되어버렸습니다. 추수철에 화재가 나서 완전히 무너져 내렸어요. 끔찍한 참사였어요! 엄청나게 많은 귀중한 물건들이 다 타버렸어요. 가구 한 점 구할 수 없었으니까요. 화재는 쥐죽은 듯 고요한 한밤중에 일어났어요. 밀코트에서 소방대가 도착하기도 전에 이미 저택은 거대한 불기둥에 휩싸였지요. 정말 끔찍한 광경이더군요. 제가 직접 목격했지요."

"죽은 듯 고요한 한밤중이었다고!" 나는 중얼거렸다. 그렇다. 그 시간은 손필드 저택에서는 늘 재앙의 시간이었다. "화재가 어떻게 해서 일어났는지 밝혀졌나요?" 내가 물었다.

"사람들이 추정한 겁니다, 아가씨. 그저 추정할 뿐입니다. 사실 의심의 여지도 없는 사실이라고 저는 말씀드리고 싶습니다. 그 댁에는 한 여자가 있었지요……. 저, 미친 여자가 숨겨져 있었다는 건 아마 모르고 계셨겠지요?" 그는 의자를 탁자 쪽으로 가까이 붙이면서 말했다.

"조금 들은 적이 있어요."

"미친 여자가 빈틈없는 감시를 받으며 감금되어 있었답니다, 아가씨. 여러 해가 지나도록 사람들은 그런 여자가 집에 있다는 것을 까맣게 모르고 있었지요. 아무도 본 사람이 없었어요. 그저 소문으로만 그런 사람이 손필드 저택에 산다고 알고 있었을 뿐이지요. 그 여자가 누구인지 무엇 하는 사람인지 짐작하기도 힘들었습니다. 사람들 말로는 에드워드 씨가 해외에서 돌아올 때 데려온 여자라더군요. 어떤 사람들은 그 여자가 그의 정부라고도 했고요. 그러나 1년 뒤 이상한 일이 벌어졌지요. 아주 이상한 일이었어요."

나는 내 이야기를 듣게 되는 게 아닌가 걱정이 되었다. 나는 그가 본론으로 돌아가게 하려고 노력했다.

"그래 그 숙녀가 어쨌다는 거죠?"

"그 숙녀는, 아가씨," 그가 대답했다. "로체스터 씨 부인이라는 것이 판명되었지요. 그 사실이 이상하기 짝이 없는 방식으로 밝혀졌어요. 당시 저택에서 가정교사로 일하던 젊은 아가씨가 하나 있었는데, 로체스터 씨가 그만 그녀와……."

"화재 이야기나 하세요." 내가 주장했다.

"곧 그 이야기로 돌아갈 겁니다, 아가씨. 로체스터 씨가 그만 그 가정교사 아가씨와 사랑에 빠졌답니다. 하인들 말로는 로체스터 씨만큼 열렬한 사랑에 빠진 사람은 세상에서 한 번도 본 적이 없답니다. 하인들이란 본시 주인을 예의 주시하는 사람들이지요. 아가씨도 알겠지만 그들은 원래 그런 사람들이니까요. 그분은 세상의 무엇보다 그녀를 소중히 여겼답니다. 그 아가씨를 예쁘다고 생각한 사람은 로체스터 씨 말고는 아무도 없었지만 말입니다. 사람들 말로는 그 아가씨는 체구가 작고 꼭 아이 같았대요. 저는 한 번도 본 적이 없습니다. 하지만 그 댁 가정부였던 레아가 그 아가씨 말을 하는 걸 들었지요. 레아는 그 아가씨를 무척 좋아했어요. 로체스터 씨는 마흔 살가량이었고 그 가정교사 아가씨는 스무 살도 안 됐답니다. 아시다시피 그런 나이의 남자가 어린 아가씨와 사랑에 빠지면 종종 마법에 홀린 것처럼 행동하는 법이지요. 어쨌든 그분은 그 아가씨와 결혼까지 할 생각이었지요."

"그 이야기는 다른 때 해주세요." 내가 말했다. "하지만 화재에 대해서는 모든 것을 듣고 싶은 특별한 이유가 있어요. 그래, 그 미친 로체스터 부인이 화재와 연관되었다는 의혹을 받았나요?"

"정확히 짚으셨습니다, 아가씨. 바로 그 여자가, 다름 아닌 그 광녀가 불을 질렀다는 게 거의 확실합니다. 그녀에게는 풀 부인이라는 간병인이 있었습니다. 그 계통에서는 능력을 인정받는 부인이었습니다. 한 가지 단점만 아니면 매우 믿을 만한 사람이었습니다. 간병인이나 간병부들이 공통으로 갖는 단점이지요. 몰래 술병을 갖고 있었던 겁니다. 가끔 과음을 했던 거지요. 하지만 용서해줄 만한 일이긴 했지요. 그만큼 힘들었으니까요. 하지만 그건 여전히 위험천만한 일이었던 거지요. 그녀가 진과 물을 잔뜩 섞어 마시고 잠이 들었을 때, 마녀 못지않게 교활했던 미친 여자가 그녀의 주머니에서 열쇠 꾸러미를 훔쳐 자기 방을 나와서 집 안을 돌아다니며 생각나는 대로 광기 어린 못된 짓을 하곤 했기 때문이었지요. 사람들 말로는 한 번은 침대에서 자고 있던 남편을 불태워 죽일 뻔했던 적도 있다고 합니다. 그러나 저는 그 일은 잘 모릅니다. 그러나 이 문제의 화재가 일어난 날 밤, 그녀는 자기 옆방의 커튼에다 불을 질렀던 것입니다. 그러고 나서 아래층으로 내려와서 가정교사가 썼던 방으로 갔다는군요.(이 미친 여자는 그동안 무슨 일이 진행되고 있었는지 어느 정도 알고 있었고 그 선생에게 앙심을 품고 있었던 모양입니다.) 그리고 그 방 침대에도 불을 붙였지요. 그러나 다행히 그 침대엔 아무도 자고 있지 않았습니다. 가정교사가 두 달 전에 도망가버렸기 때문이지요. 가정교사가 없어지자 로체스터 씨는 그녀가 마치 세상에서 자기가 가진 가장 귀중한 보물이라도 되는 양 그녀를 찾아 나섰지만 단 한마디 소식도 들을 수 없었지요. 그러자 로체스터 씨는 포악해지기 시작했지요. 실망 때문에 아주 포악해진 것이지요. 본래 그는 온화한 사람은 아니었고 그녀를 잃고 나자 위험한 사람으로 변한 것입니다. 또한 그는 혼자서만 있으려고 했답니다. 그는 가정부인 페어팩스 부인을 먼 곳에 살고 있는 그녀의 친구들에게로 보냈습니다. 하지만 그 일은 참 잘 처리했습니다. 그녀가 평생 먹고 살 연금을 마련해주었던 것이죠. 부인은 그런 대우를 받을 자격이 있었지요. 참으로 착한 사람이었지요. 로체스터 씨가 보호하던 아델 양은 학교로 보냈습니다. 이렇게 모든 것을 처리하고 나서 그는 모든 사람과 접촉을 끊어버렸습니다. 은둔자처럼 손필드 저택에 자신을 감금해버렸지요."

"뭐라고요! 그분이 영국을 떠나지 않았다고요?"

"영국을 떠나다니요? 천만에요, 아닙니다. 저택 문 앞의 섬돌도

넘으려고 하지 않았어요. 밤만 빼고요. 밤만 되면 그분은 유령처럼 정원을 돌아다니고 제정신이 아닌 사람처럼 과수원을 걸어 다녔습니다. 제정신이 아니었다고 한 것은 제 생각이고요. 그 가정교사가 배신하기 전까지는 그분보다 더 활기차고 대담하고 예리한 신사는 저로서는 본 적이 없어서 하는 말입니다. 그분은 보통 사람들처럼 술이나 도박이나 경마에 빠지는 분이 아니었습니다. 그분은 또한 그다지 잘생긴 사람이 아니었어요. 그러나 누구 못지않게 용기와 의지가 있는 분이었습니다. 나는 그분이 소년이었을 때부터 그분을 알고 있습니다. 저는 에어 선생이라는 사람이 손필드 저택에 오기 전에 차라리 바다에 빠져 죽었더라면 좋았겠다는 생각을 종종 했습니다."

"그러면 화재가 났을 때 로체스터 씨는 집에 계셨나요?"

"네, 분명 집에 계셨습니다. 그래서 위아래의 모든 것이 타오르고 있을 때 그분은 다락방으로 뛰어올라 갔습니다. 그러고는 자고 있던 하인들을 깨워 아래층으로 내려가도록 도우셨습니다. 그리고 미친 아내를 골방에서 데리고 나오려고 다시 올라갔어요. 그때 사람들이 그녀가 지붕으로 올라간 것을 그분께 알려줬어요. 그녀는 지붕 흉벽 위에 올라서서 양팔을 벌리고 서 있었어요. 그녀는 있는 힘껏 비명을 질렀습니다. 그 소리가 1마일 밖에서도 들릴 지경이었습니다. 저도 이 눈으로 그녀의 모습을 보고 그 소리를 들었습니다. 그녀는 몸집이 컸고, 길고 검은 머릿결을 가지고 있더군요. 지붕 위에 서 있을 때 그 머릿결이 불길을 향해 물결치는 것을 볼 수 있었습니다. 저와 몇 사람은 그때 로체스터 씨가 지붕 채광창을 통해 지붕으로 올라가는 모습을 목격했습니다. 우리는 그분이 '버사!'라고 외치는 소리를 들었고 그분이 그녀에게 다가가는 것을 보았습니다. 그런데 말입니다, 아가씨. 그녀가 요란한 고함을 내지르더니 하늘로 튀어오르는 것이었습니다. 다음 순간 그녀는 포장길 위에 온몸이 으깨진 채 누워 있더군요."

"죽었나요?"

"죽었냐고요? 물론이죠. 그녀의 뇌와 피가 여기저기 흩어지고 그녀는 돌처럼 죽어 있었습니다."

"세상에!"

"그렇게 말씀하시는 것도 당연합니다, 아가씨. 무서운 광경이었어요!" 그는 몸서리를 쳤다.

"그리고 다음엔 어떻게 됐죠?" 나는 재촉했다.

"그 다음에는 어떻게 됐느냐면, 아가씨. 집이 타서 무너져 내렸습니다. 이제 겨우 벽의 일부만 서 있는 거지요."

"누구 또 목숨을 잃은 사람은 없나요?"

"없습니다. 그러나 차라리 죽은 사람이 더 있었다면 더 나았을지도 모릅니다."

"그게 무슨 소립니까?"

"가엾은 에드워드 씨!" 그가 탄식을 발했다. "그런 모습을 보게 될 줄은 꿈에도 몰랐어요! 그게 그가 첫 번째 결혼을 비밀에 부치고 아내가 살아 있는데도 다른 아내를 가지려고 한 것에 대한 정당한 심판이라고 말하는 사람도 있기는 하지만 제가 보기엔 그분이 불쌍할 뿐입니다."

"그분은 살아 계시다고 말하지 않았어요?" 내가 큰 소리로 외쳤다.

"네, 그렇게 말했지요. 그분은 살아 계십니다. 그러나 많은 사람들이 그분이 돌아가셨더라면 더 나았을 거라고 말하지요."

"왜요? 어째서요?" 내 피는 다시 싸늘하게 흘렀다.

"어디 계시지요?" 내가 물었다. "영국에 계신가요?"

"네, 네, 영국에 계십니다. 제 생각인데 그분은 영국에서 나가실 수 없습니다. 그분은 지금 붙박이 가구나 마찬가지 신세입니다."

이렇게 고통을 주는 말이 어디 있는가! 여관 주인은 말을 뒤로 미루기로 결심한 사람 같았다.

"그분은 눈이 완전히 멀었습니다." 마침내 그가 말했다. "그렇습니다……. 완전히 장님입니다……. 에드워드 씨 말입니다." 사실 나는 그보다 더 나쁜 상황을 두려워하고 있었다. 그가 미쳐버린 게 아닌가 걱정했던 것이다. 다시 남은 기운을 짜내어 어떻게 해서 그런 재앙이 발생했는지를 물었다.

"이건 순전히 용기가 원흉이었습니다, 아가씨. 어떤 사람은 남들에게 잘해주려는 친절한 마음씨가 죄였다고 말할지도 모르겠습니다. 불이 났을 때 그분은 집 안의 모든 사람이 집 밖으로 나갈 때까지 자기는 나가려고 하지 않았던 것입니다. 그러다가 로체스터 부인이 자진해서 흉벽에서 뛰어내린 뒤에야 저택의 큰 계단을 내려오셨습니다. 그런데 그 순간 집이 와르르 무너져 내린 겁니다. 그분은 건물 잔해 밑에서 겨우 목숨만 부지한 채 구출되었지만 이미 중상을 입은 상태였습니다. 나무 기둥 하나가 그분을 덮쳤는데 그게 일부는 그분의 몸을 보호해주는 형태로 떨어지긴 했지만 그 타격으로 말미암아 한쪽 눈이 튕겨져 나갔고 한쪽 손은 완전히 부서졌지요. 카터 의사가 곧바로 그 손을 절단해야 했습니다. 나머지 한쪽 눈도 불길에 타버려서 그쪽 시력도 잃으셨습니다. 정말 이제 그분은 무력한 신세가 되었습니다. 앞도 못 보고 불구의 몸이 되셨으니……."

"어디 계시나요? 지금 그분이 사는 곳이 어디지요?"

"펀딘에 계십니다. 그곳에 소유한 농장 저택에 계세요. 약 30마일 되는 곳인데 아주 쓸쓸한 곳입니다."

"누가 그분과 함께 있나요?"

"늙은 존 부부가 같이 있습니다. 그 밖에 다른 사람은 결코 곁에 두려고 하지 않습니다. 사람들 말로는 몸이 몹시 쇠약해지셨다고 하더군요."

"혹시 이 여관에 마차가 있나요?"

"경마용 이륜마차가 한 대 있습니다, 아가씨. 아주 멋진 경마용입니다."

"그걸 즉시 준비해주세요. 그리고 안내인을 붙여서 오늘 날이 어두워지기 전에 나를 펀딘에 데려다 주면 아저씨와 그 안내인에게 정상 운임의 두 배를 지불하겠어요."

제37장

펀딘 장원은 상당히 오래되고 적당한 크기의 건물이었고 건축상의 허세를 전혀 부리지 않았으며 숲 속에 깊이 파묻힌 저택이었다. 나는 전에 그 집에 대해 들어본 적이 있었다. 로체스터 씨가 자주 이야기했고 이따금 가기도 하는 곳이었다. 로체스터의 부친께서 사냥감들에게 몸을 숨기고 접근하기 위해 구입한 집이었다. 그는 집을 세놓으려고 했지만 적절한 임차인을 구하지 못하고 있었다. 위치도 적절치 않고 건강에도 이롭지 못한 집터였기 때문이었다. 그래서 펀딘 저택엔 그 후 아무도 살지 않았고 가구도 비치되어 있지 않았다. 다만 로체스터 씨가 사냥철에 사냥을 갔을 때의 편의를 위해 사용하는 두세 개의 방만 예외였다. 나는 어두워지기 직전에 그 집에 도착했다. 슬픈 하늘과 차가운 바람과 몸을 계속 파고드는 가는 빗줄기가 특징을 이루는 저녁이었다. 마지막 1마일이 남았을 때 약속한 대로 운임을 두 배로 쳐서 마부에게 지불한 뒤 마차와 마부는 보내고 나는 걸어가기로 했다. 저택에서 아주 가까운 곳까지 당도했는데도 아무것도 보이지 않았다. 저택 주변의 음산한 숲에서는 나무들이 촘촘히 어둡게 자라고 있었다. 두 개의 화강암 기둥 사이에 달린 철문이 어디로 들어가야 하는지를 알려주었다. 그 문을 들어서자 곧바로 빽빽이 늘어선 나무들이 만드는 희미한 어둠 속에 휘말렸다. 옹이가 잔뜩 박힌 회백색 나무 둥치들 사이, 그러면서도 아치를 이룬 나뭇가지들 밑으로 길 하나가 내려오고 있었는데 그 길에는 잡초가 무성했다. 나는 곧 사람이 사는 집에 도달하리라 기대하며 그 길을 따라갔다. 그러나 그 길은 계속 뻗어갔고 꾸불꾸불 멀리, 더 멀리 도망갔다. 가옥이나 마당의 흔적은 보이지 않았다.

나는 잘못된 방향으로 와서 길을 잃은 것이라고 생각했다. 날이 저물면 찾아오는 자연스러운 어둠과 숲의 어둠이 나를 포위하고 있었다. 나는 다른 길을 찾아 둘러보았다. 아무 길도 없었다. 주변은 온통 얽혀 있는 나무줄기와 거대한 나무둥치, 무성하게 우거진 여름의 신록뿐이었다. 어디에도 열린 공간이 없었다.

나는 계속 전진했다. 마침내 내 길이 열렸다. 나무들의 밀도가 조금 엷어졌다. 이윽고 울타리가 보이고 다음으로 집이 보였다······. 어두컴컴해서 집이라야 나무들과 거의 구별되지 않았다. 부식되고 있는 벽은 습기를 머금고 있었고 초록빛이었다. 빗장 하나가 겨우 걸려 있는 대문 안으로 들어서자 곧바로 사방이 나무들로 에워싸인 공간 한가운데에 서 있게 되었다. 반원형의 공간을 그곳에 남기고 숲이 휩쓸고 지나간 것 같았다. 꽃도 없었고 정원 화단도 없었고 다만 잡초 밭을 에워싸고 있는 넓은 자갈길뿐이었다. 물론 이 자갈길도 울창한 숲 한가운데에 나 있었다. 저택 정면에 뾰족한 박공이 두 개 만들어져 있었다. 창문은 격자가 쳐져 있었고 좁았다. 현관문 역시 좁았고 한 계단만 밟으면 현관으로 들어갈 수 있었다. 로체스터 암스 여관 주인의 말처럼 저택의 전체적인 인상은 '꽤 쓸쓸한 장소'였다. 저택은 마치 평일의 교회처럼 고요했다. 숲의 나뭇잎들 위로 떨어지는 빗줄기 소리만이 그 근처에서 들을 수 있는 유일한 소리였다.

"이런 곳에 생명체가 살 수 있을까?" 나는 자문했다.

살 수 있지. 어떤 생명체가 있었다. 어떤 움직이는 소리가 내 귀에 들렸기 때문이다. 좁은 앞문이 열리고 어떤 형체가 그 농장 저택에서 나오려고 하고 있었다.

문이 천천히 열리더니 한 인간의 형상이 어스름한 빛 속으로 나와 계단 위에 서는 것이었다. 모자를 쓰지 않고 있었다. 그는 비가 오는지를 감촉으로 알기 위해 손을 앞으로 뻗쳤다. 어둑어둑했지만 나는 그를 금방 알아보았다. 바로 내 주인, 에드워드 페어팩스 로체스터 씨였다. 다른 사람이 아니었다.

나는 발걸음을 멈췄다. 호흡도 거의 멈췄다. 그냥 서서 그를 지켜보았다. 몸을 숨긴 채 찬찬히 살펴보았다. 아 참! 내 몸이 그에게는 보이지 않지! 이것은 뜻밖의 만남이었다. 미칠 듯한 기쁨을 고통에 의해 쉽사리 제압할 수 있는 만남이었다. 나는 어렵지 않게 탄성을 지르려는 내 목소리를 죽이고 달려나가려는 내 발걸음을 막았다.

그의 형체는 옛날처럼 강하고 튼튼한 모습이었다. 자세는 똑바르고 머리도 여전히 새까맸다. 얼굴 모습 또한 변하거나 야윈 데가 없었다. 1년이라는 기간 동안 아무리 슬픈 일이 있었어도 그런 것으로 인해 그의 운동선수 같은 체력이 고갈되고 한창때의 기력이 시들어 버리지는 않은 것 같았다. 그러나 그의 얼굴에서는 변화가 보였다. 절망과 수심에 차 있는 모습이 학대를 당하거나 쇠줄에 묶인 야생 짐승이나 새를 연상시켰다. 극도로 비통한 울분에 빠져 있어 접근하는 게 위험한 그런 야생동물 같았다. 금빛 테를 두른 두 눈을 잔인하게 뽑힌 채 새장에 갇혀 있는 독수리의 모습……, 바로 그런 모습이 저기 저 시력을 잃은 삼손*의 모습이라고 말할 수 있었다.

　독자여, 눈이 멀어 사납게 보이는 그를 내가 두려워하고 있다고 생각하는가? 만일 그렇게 생각했다면 독자 당신은 나라는 인간을 모르고 있는 것이다. 나는 슬펐지만 그 슬픔에는 부드러운 희망이 섞여 있었다. 곧 바위 같은 그의 이마와 그 밑에 엄격하게 다물고 있는 입술에 과감히 키스를 하겠다는 희망이 일었다. 그러나 아직은 아니다. 아직은 그에게 가서 말을 걸고 싶진 않았다. 그는 그 한 개의 계단을 내려와 천천히 더듬으면서 풀밭 쪽으로 걸어갔다. 당당했던 발걸음은 지금 어디로 가버렸는가? 그는 어느 쪽을 향해 가야 할지 모르겠다는 듯 멈춰 섰다. 그는 머리를 들더니 눈꺼풀을 열었다. 멍하니 앞을 응시하더니 애써 하늘을 보고 원형극장 같은 나무숲 쪽을 바라보았다. 그에게는 모든 것이 텅 빈 어둠이라는 것을 알 수 있었다. 그는 오른손을 앞으로 뻗었다.(절단된 팔은 가슴 속에 감추고 있었다.) 손의 감촉으로 주변에 뭐가 있나를 알려고 하는 것 같았다. 그러나 그는 여전히 텅 빈 허공만 마주하고 있었다. 나무숲은 그가 서 있는 곳에서 몇 야드 떨어져 있었다. 그는 그러한 노력을 포기하고 팔짱을 낀 채 조용히, 아무 말 없이 빗속에 서 있었다. 이제 비가 모자를 쓰지 않은 그의 머리 위로 세차게 내리고 있었다. 이 순간 존이 어디선가 나타나 그에게 다가왔다.

　"제 팔을 잡으시겠습니까, 주인님?" 그가 말했다. "소나기가 억

---

* 판관기 16장 21절. "블레셋 사람들은 그를 잡아 눈을 뽑은 다음 가자로 끌고 내려가 놋사슬 두 줄로 묶어 옥에서 연자매를 돌리게 하였다.

수로 쏟아지려 합니다. 들어가시는 게 낫지 않겠습니까?"

"나 혼자 있게 놔둬." 이게 대답이었다.

존은 나를 보지 못한 채 물러갔다. 로체스터 씨는 이제 여기저기 걸어서 돌아다니려고 노력했다. 허사였다. 모든 게 자신이 없어 보였다. 그는 더듬거리며 집으로 돌아가기 시작했다. 집으로 다시 들어가더니 문을 닫았다.

그제야 나는 집으로 다가가 노크했다. 존의 아내가 문을 열었다.

"메리, 잘 있었어요?" 내가 말했다. 그녀는 귀신이라도 본 것처럼 깜짝 놀랐다. 나는 그녀를 진정시켰다. 그녀는 "이게 정말 선생님이세요? 이런 '외진 곳'을 이렇게 늦은 시간에 찾아오시다니, 정말 선생님이세요?" 하고 황급히 물었다. 나는 그녀의 손을 쥐는 것으로 대답을 대신했다. 나는 그녀를 따라 부엌으로 들어갔다. 존이 활활 타고 있는 난롯가에 앉아 있었다. 나는 그들에게 내가 손필드 저택을 떠난 후 거기서 일어난 일을 모두 들었으며, 로체스터 씨를 만나러 왔노라 몇 마디로 설명했다. 그리고 존에게 이륜마차를 돌려보냈던 통행세 받는 곳에 가서 내가 그곳에 맡기고 온 트렁크를 가져다달라고 부탁했다. 그리고 나서 보닛과 숄을 벗으면서 메리에게 그날 밤 그 집에서 묵을 수 있는지 물었다. 어렵긴 하지만 나를 재우기 위한 준비가 불가능하진 않다는 걸 알고 나서 나는 그녀에게 그곳에서 자겠다고 말했다. 그때 응접실 벨이 울렸다.

"들어가서," 내가 말했다. "주인님께 어떤 사람이 드릴 말씀이 있어 뵙고 싶어 한다고 말씀드리세요. 내 이름은 말하지 말고요."

"아마 만나려 하지 않으실 거예요." 그녀가 대답했다. "누구든 다 거절하시는걸요."

그녀가 돌아오자 그가 뭐라고 했느냐고 물었다.

"이름과 용건을 전하시랍니다." 그녀가 대답했다. 그러고 나서 그녀는 컵에 물을 따른 후 그걸 촛대와 함께 쟁반 위에 올려놓는 것이었다.

"벨을 울린 건 그걸 가져오라는 것이었어요?" 내가 물었다.

"네, 눈이 멀고도 어두워지면 꼭 초를 가져오라고 하셔요."

"그 쟁반 이리 주세요. 내가 가져가겠어요."

나는 그녀의 손에서 쟁반을 받았다. 그녀가 응접실 밖까지 안내해주었다. 들고 있는 쟁반이 마구 떨렸다. 잔에서 물이 흘렀다. 내 심장이 요란한 소리를 내며 갈비뼈를 강타하고 있었다. 메리가 나를 위해 문을 열어주고 다시 뒤에서 닫아주었다.

이 응접실은 음울해 보였다. 홀대받은 듯 약한 불길이 난로 받침대 위에서 약하게 타오르고 있었다. 구석으로 만든 높은 벽난로 맨틀피스에 머리를 기대고 불 쪽으로 몸을 굽힌 그 방의 주인, 그 눈먼 주인의 모습이 보였다. 그의 늙은 애완견 파일럿이 한쪽에 누워 있었다. 그놈은 본의 아니게 밟힐까 봐 걱정이 되었던지 비켜나 움츠리고 있었다. 내가 들어가자 파일럿은 귀를 쫑긋 세웠다. 그러더니 벌떡 일어나 한 번 짖더니 낑낑거리며 내게 달려들었다. 그놈이 쟁반을 내 손에서 떨어뜨릴 뻔했다. 나는 쟁반을 탁자에 놓고 나서 그놈을 쓰다듬었다. 그러고는 "앉아!" 하고 가만히 말했다. 로체스터 씨는 이게 무슨 난리인가 해서 기계적으로 몸을 돌렸다. 그러나 아무것도 보이지 않자 다시 몸을 원상태로 돌리고는 한숨을 내쉬었다.

"메리, 그 물을 줘." 그가 말했다.

나는 이제 반밖에 안 남은 잔을 들고 그에게 다가갔다. 파일럿은 아직도 흥분하여 나를 따라왔다.

"무슨 일이 있나?" 그가 물었다.

"앉아, 파일럿!" 내가 다시 명령했다. 그는 물을 입술로 가져가다가 멈췄다. 귀를 기울이는 것 같았다. 물을 마신 후 잔을 내려놓았다. "메리, 자네 아닌가? 아니야?"

"메리는 부엌에 있습니다." 내가 대답했다.

그는 매우 빠른 동작으로 손을 내밀었지만 내가 어디 서 있는지를 볼 수 없었기 때문에 나를 만지지 못했다. "이게 누구야? 이게 대체 누구야?" 그가 물었다. 그는 보이지 않는 눈으로 나를 보려고 애쓰는 것 같았다. 하지만 아무 소용이 없었고 괴로운 시도일 뿐이었다! "대답해봐……, 다시 말해봐!" 그는 전제군주처럼 큰 소리로 명령했다. "물을 좀 더 드시겠습니까, 주인님? 잔의 물 절반을 제가 엎질렀습니다." 내가 말했다.

"누구냐니까? 뭐 하는 사람이오? 대체 지금 말하는 게 누구야?"

"파일럿은 저를 알아보는군요. 존과 메리도 제가 여기 온 걸 압니다. 오늘 저녁 막 도착했습니다." 내가 대답했다. "맙소사! 이젠 헛것이 다 보이는군! 웬 달콤한 광기란 말인가?"

"헛것이 아닙니다. 광기도 아닙니다. 주인님의 정신은 망상에 빠져들기엔 너무 강하십니다. 주인님의 건강은 너무 좋으셔서 광기에 빠지지 않습니다."

"그런데 말하고 있는 사람, 대체 어디에 있는 거요? 단지 목소리뿐인가? 오! 볼 수가 없어. 만져봐야 돼. 그러지 않고는 내 심장이 멈추고 내 머리는 터져버릴 거야. 당신이 무엇이든, 누구이든…… 내 감촉으로 알아볼 수 있게 해줘요. 그렇지 않으면 난 살 수 없소!"

그는 앞을 더듬었다. 나는 허공을 방황하는 그의 손을 잡아 내 양손 속에 그걸 가둬버렸다.

"바로 그 손가락이야!" 그가 외쳤다. "그 작고 가는 손가락! 그렇다면 이거 말고 그녀가 더 있을 텐데."

힘이 있는 그의 손이 내 보호를 뿌리쳤다. 내 팔이 잡히고⋯⋯ 내 어깨, 목, 허리가 잡혔다. 그는 나를 잡아 자신 쪽으로 끌어갔다.

"이게 제인인가? 이게 무엇이지? 이건 그녀의 형체인데⋯⋯, 크기도 제인의 크기이고⋯⋯."

"이 목소리도 그녀의 목소리예요." 내가 첨가했다. "그녀는 몽땅 여기 왔어요. 그녀의 마음도 왔어요. 하느님의 축복이 주인님께 내리시기를 빌어요, 주인님! 이렇게 다시 곁에 있게 되어 기뻐요."

"제인 에어! 제인 에어!" 이게 그가 말한 전부였다.

"사랑하는 주인님," 내가 대답했다. "제가 제인 에어예요. 제가 주인님을 찾아냈습니다⋯⋯. 저는 주인님께 돌아온 겁니다."

"정말이오? 육신을 지니고? 살아 있는 나의 제인으로 말이오?"

"주인님, 지금 저를 만지고 계시잖아요. 저를 잡고 계세요. 그것도 아주 빨리요. 전 시체처럼 차갑지 않지요? 공기처럼 텅 비지 않았지요?"

"살아 있는 내 사랑하는 사람아! 이건 틀림없이 제인의 팔다리고 이건 그녀의 이목구비야. 그러나 그렇게 비참한 일을 당한 후인데 이런 축복은 받을 리 없지. 이건 꿈이야. 밤마다 꾼 그런 꿈이야. 지금처럼 꿈에서 그녀를 꼭 안고 이처럼 키스도 했었지⋯⋯. 그녀가 나를 사랑한다고 느꼈고 나를 떠나지 않으리라고 믿었었지."

"주인님, 오늘 이날부터는 절대로 그런 일은 없을 거예요."

"절대로 없다고? 지금 환영이 말하고 있는 거지? 늘 꿈에서 깨고 나면 그저 아무것도 없는 허공이 나를 조롱했었소. 그러면 쓸쓸하고 버려진 느낌이었지. 인생이 어둡고 외롭고 절망적인 것으로 느껴졌어……. 목이 타지만 마시는 게 금지된 내 영혼……, 아무리 허기져도 음식 하나 제공받지 못하는 내 마음이었지. 지금 내 품속에서 둥지를 틀고 있는 온화하고 부드러운 꿈인 제인도 결국 날아가버리겠지. 제인보다 먼저 제인의 자매들이 다 날아가버린 것처럼……. 하지만 가기 전에 내게 키스를 해줘요. 제인, 나를 안아요."

"자, 주인님……. 자, 됐어요?"

나는 한때는 빛을 발했었지만 이제 빛이 없어진 그의 눈을 내 입술로 눌렀다. 나는 그의 이마에서 머리카락을 뒤로 젖힌 뒤 그곳에 다가도 키스했다. 그가 갑자기 몸을 일으켜 세우려는 것 같았다. 이 모든 것이 꿈이 아닌 현실이라는 확신이 그를 사로잡는 것이다.

"당신이군. 제인이지요? 그러면 나에게 돌아온 거요?"

"네, 그래요."

"그러면 어느 냇물 밑 어떤 도랑에 죽어 누워 있지 않다 이거요? 바싹 마른 추방자가 되어 낯선 사람들 사이에서 살고 있지 않다 이거요?"

"그런 신세가 아닙니다, 주인님. 저는 이제 자립해서 살고 있습니다."

"자립하다니! 제인, 그게 무슨 소리요?"

"마데이라에 사시던 제 삼촌께서 돌아가시면서 제게 5천 파운드나 되는 유산을 남겨주셨어요."

"아하, 그건 실질적이군……. 현실적인 이야기군!" 그가 소리쳤다. "그런 꿈은 나는 못 꾸니까 실제로 있는 이야기군요. 게다가 그녀의 독특한 목소리가 들리는군요. 부드럽고 활기차고 톡 쏘는 그 목소리까지 들리는군. 그 목소리가 시들어버린 내 심장에 힘을 주는군요. 생명을 불어넣고 있소. 뭐라고 했지, 자네트? 자립한 여자라고! 부자가 되었다고?"

"아주 부자지요, 주인님. 저를 여기서 함께 살게 해주고 싶지 않으시면 주인님 집 바로 옆에다 제 집을 짓겠어요. 그러면 저녁에 말벗이 필요하실 땐 건너오셔서 제 응접실에 앉아 계셔도 돼요."

"자네트, 이제 부자가 되었으니 틀림없이 제인을 돌봐주고, 제인이 나 같은 눈먼 장애인에게 헌신하는 것을 허용치 않는 친구들도 있을 텐데. 안 그렇소?"

"부자가 되었을 뿐만 아니라 누구에게도 의지할 필요 없이 독립된 삶을 살 수 있게 되었다고 했잖아요, 주인님. 이제 저 자신의 주인은 저예요."

"그럼 나와 함께 지낼 거요?"

"물론이지요…… 반대만 하시지 않으면요. 주인님의 이웃이 되고 간호인이 되고 가정부가 되겠어요. 주인님이 외로우시다는 것을 알았어요. 주인님의 말벗이 되고, 책도 읽어드리고, 함께 산책도 하고, 같이 앉아 있고, 시중들어드리고, 주인님의 눈과 손이 되어드리겠어요. 그러니 사랑하는 주인님, 그렇게 우울한 표정은 짓지 마세요. 제가 살아 있는 한 주인님을 쓸쓸하게 내버려두진 않을 거예요."

그는 응답을 하지 않았다. 그는 심각한 표정이면서도 멍한 표정이었고 한숨만 내쉬었다. 무슨 말을 하려는 듯이 입을 반쯤 열었다가 다시 다물었다. 나는 좀 당황스러웠다. 아마 말벗이 되어주고 도움을 주겠다고 한 내 제안에는 너무 주제넘은 데가 있었는지도 몰랐다. 어쩌면 나는 인습의 벽을 너무 성급하게 뛰어넘었는지도 몰랐다. 또한 그도 세인트 존처럼 내 경솔한 발언에서 부적절한 점을 발견했는지도 몰랐다. 사실 나는 그가 내게 자기 아내가 되어주길 바라고, 의당 그렇게 해달라고 요청할 것이라 예상해서 그런 제의를 했던 것이다. 그가 즉시 나를 자기 것이라고 주장하리라는 기대감, 그의 입에서 말로 표현되지 않았기에 더 확고한 기대감이 내 마음을 잔뜩 부풀려놓았던 모양이다. 그러나 그에게서 그런 취지의 암시가 전혀 나오지 않았고 안색 또한 점점 어두워지고 있었기 때문에, 나는 갑자기 내가 생각을 잘못했으며 따라서 나도 모르게 어쩌면 바보짓만 한 게 아닌가 하는 생각이 들었다. 그의 팔에서 몸을 살그머니 빼려고 하자 그는 나를 더욱 강하게 끌어당겼다.

"안 돼, 안 돼, 제인. 가면 안 돼. 당신을 만졌고, 당신 목소리를 들었고, 이렇게 같이 있는 데서 위안을 느꼈고, 당신의 위로가 주는 감미로움을 느끼고 있어요. 이런 기쁨은 포기할 수 없는 것이오. 내게는 남은 게 거의 없소······. 당신을 가져야겠소. 세상 사람들이 비웃고 나를 어리석고 이기적이라고 부를지 몰라요. 그러나 그런 건 중요한 게 아니오. 바로 내 영혼이 당신을 요구하고 있소. 그 영혼은 충족되어야 해요. 그렇지 않으면 그 영혼은 그 껍데기인 나에게 치명적인 복수를 해올 것이오."

"알았어요, 주인님. 곁에 머물겠어요. 이미 그렇게 말씀드렸어요."

"그렇게 말했어요. 그러나 제인이 나와 함께 머물겠다고 말할 때 제인의 생각과 내가 그 말을 이해하는 의미는 전혀 별개의 뜻인 것 같군요. 아마 제인은 내 손과 의자 주변에 있으면서 친절하고 어린 간호인으로 나에게 시중들겠다는 결심은 할 수 있었을 거요. 제인은 애정 어린 마음과 관대한 정신을 가졌으니 그런 마음과 정신이 불쌍한 사람을 위해 희생하라고 제인을 부추기고 있는 거요. 물론 그것만으로도 분명 내게는 과분한 일이오. 그러니 이제 나는 제인에 대해 아버지 같은 감정만 품어야지 다른 감정을 품어서는 안 될 것 같군요. 제인도 그렇게 생각해요? 자, 말해봐요."

"주인님이 원하시는 대로 생각하겠어요. 주인님께서 제가 간호인으로 있는 게 더 낫다고 생각하시면 전 다만 그런 것으로도 만족해요."

"그러나 언제까지나 내 간호인으로 있을 수는 없어요, 자네트. 아직 어리니까…… 언젠가는 결혼해야 해요."

"결혼에 대해서는 신경 쓰지 않아요."

"신경 써야 해요, 자네트. 내가 옛날의 나라면 신경 쓰게 만들려고 노력할 텐데…… 그러나…… 이제 앞도 못 보는 멍청이가 되었으니!"

그는 다시 침울해졌다. 그와 반대로 나는 더욱 명랑해지고 새로운 용기가 솟아나고 있었다. 그의 마지막 말이 어디에 문제가 있는가 하는 것에 대한 통찰력을 내게 선사했기 때문이다. 그런데 그 어려움이 내게는 전혀 아무것도 아니었기 때문에 나는 좀 전의 당혹감을 깨끗이 해소할 수 있었다. 나는 더욱 명랑한 어조로 다시 대화를 시작했다.

"누군가가 주인님을 다시 인간의 모습으로 되돌리는 일을 맡아서 할 때가 되었어요." 나는 오랫동안 자르지 않아 길어진 그 더부룩한 머릿결을 가르면서 말했다. "주인님은 사자나 그 비슷한 것으로 변신하고 계시군요. 주인님 모습은 들판에서 풀을 뜯어 먹던 느부갓네살*과 닮은 데가 있어요. 주인님 머리를 보니 독수리 깃털이 생각나네요. 손톱도 새 발톱같이 자랐는지는 아직 보지 못했고요."

"이 팔엔 손도 손톱도 없어요." 그는 가슴속에서 절단된 팔을 꺼내어 내게 보이며 말했다. "그저 잘린 밑동에 불과해요. 징그러운 모습이지! 제인, 그렇게 생각하지 않나요?"

"그걸 보면 가슴이 아파요. 주인님의 눈을 봐도 가슴이 아파요. 이마에 난 화상 자국도 그렇고요. 그런데 제일 가슴 아픈 것은 그런 모습에도 주인님을 너무 사랑하고 너무 소중히 여길 위험에 빠진다는 거예요."

"제인, 내 팔과 얼굴에 남은 흉터의 모양을 보고 당신이 메스꺼워할 거라고 생각했어요."

"그런 생각을 하셨다고요? 그런 말씀 마세요. 주인님의 판단력을 깔보는 무슨 말이 나오지 않도록 말예요. 잠시 주인님 품을 떠나겠어요. 불 좀 더 지펴서 난롯불을 활활 타오르게 할게요. 난롯불이 잘 타는 건 알아볼 수 있어요?"

"알아요. 오른쪽 눈으로 그 불빛을 볼 수 있어요. 붉은 안개 같아요."

"그럼 촛불도 보시나요?"

---

* 다니엘서 4장 30절. 오만함으로 인해 하느님에게 벌을 받아 황야로 쫓겨나 소처럼 풀을 먹고 사는데 머리는 독수리 깃처럼 길어지고 손톱은 새의 발톱처럼 변한다. 그 결과 그는 하느님의 뜻을 이해하고 축복을 얻는다.

"아주 희미하게. 촛불 하나하나는 빛을 발하는 구름이지."

"저도 볼 수 있으세요?"

"아니. 내 요정 아가씨. 그러나 당신 목소리를 들을 수 있고 당신을 만질 수 있는 것만으로도 더없이 감사하고 있어요."

"저녁 식사는 언제 하시나요?"

"저녁은 절대 안 먹어요."

"하지만 오늘 밤엔 좀 드세요. 제가 배가 고파요. 아마 주인님도 배가 고프실 거예요. 잊고 계실 뿐이지."

메리를 불러 나는 곧바로 방을 더욱 명랑한 분위기로 만들었다. 또한 나는 그에게도 더욱 편안한 식사가 되도록 준비했다. 내 기분은 흥분 상태여서 나는 식사하면서 즐겁고 힘 안 들이고 그에게 이야기를 했다. 식사를 마치고도 오랫동안 이야기했다. 골치 아픈 구속도 느끼지 않았고 그와 함께 나누는 명랑한 대화나 즐거운 웃음을 억제할 필요가 없었다. 왜냐하면 내가 그에게 어울리는 사람이기 때문에 그와 함께 있는 것이 극히 편했기 때문이다. 내가 하는 모든 말과 행동이 그를 위로하거나 그를 소생시키는 것 같았다. 유쾌한 의식! 이 홀가분한 의식이 내 모든 본성을 살아나게 했고 빛을 발하게 했다. 그가 곁에 있어서 나는 완전히 살아난 것이었고, 내가 곁에 있어서 그도 살아난 것이었다. 앞은 보이지 않지만 그의 얼굴에는 미소가 감돌고 그의 이마엔 기쁨이 떠올랐다. 그의 이목구비 모두가 펴지고 따뜻해졌다.

저녁 식사 후 그는 내게 많은 질문을 하기 시작했다. 그동안 어디서 지냈는지, 무얼 했는지, 자기를 어떻게 찾아냈는지를 물었다. 그러나 나는 다만 극히 일부만 대답했다. 그날 밤은 시간이 너무 늦어서 구체적인 부분까지 이야기할 수는 없었다. 게다가 나는 그의 예민한 심금을 건드리고 싶지 않았다. 또한 그의 가슴속에 새로운 감정의 샘물이 솟아나게 하고 싶지 않았다. 내 유일한 당면 목표는 그의 기분을 북돋는 것이었다. 내가 말한 것처럼 그의 기분이 명랑해지긴 했지만 아직은 간헐적인 것이었다. 잠시라도 침묵이 대화를 중지시키면 그는 불안해져서 나를 만지며 "제인"을 불러댔다.

"제인, 당신 진짜로 사람이지? 그건 확신하고 있지?"

"양심에 손을 대고 그렇게 믿습니다, 로체스터 주인님."

"그러나 어떻게 이렇게 어둡고 음울한 저녁에 외로운 내 난롯가에 그렇게 불쑥 나타날 수 있단 말이오? 나는 고용한 도우미 여자에게서 물잔을 받으려고 손을 내밀었었는데 그 잔을 제인이 주었단 말이오. 당연히 존의 아내가 대답하리라 기대하며 질문을 던졌더니 제인 목소리가 내 귀에 들렸거든."

"메리 대신 제가 쟁반을 들고 왔던 거예요."

"지금 당신과 함께 있는 바로 이 시간에도 무슨 마법이 내게 작용하고 있는 것 같소. 지난 몇 달 동안 내가 얼마나 어둡고 끔찍하고 절망적인 삶을 질질 끌며 살아왔는지 누가 알 수 있겠소? 아무 일도 하지 않고, 아무것도 기대하지 않고 밤과 낮을 구별도 못했소. 난롯불이 꺼지면 춥다는 감각만 느끼고 먹는 것을 잊고 있다가는 배고픈 걸 느낄 뿐이었소. 그러면서 슬픔은 끊일 줄을 몰랐고 때로는 나의 제인을 다시 보고 싶다는 정신착란 같은 욕구에 빠져들 때도 있었소. 그래요. 나는 그녀를 되찾기를 갈망했소. 그것은 내 잃어버린 시각을 되찾고 싶다는 욕망보다 더 강렬한 갈망이었소. 그런데 그런 제인이 지금 나와 함께 있고 나를 사랑한다고 말하다니

이게 어찌 된 일이오? 올 때처럼 갑자기 사라지는 건 아니겠지? 내일이면 그녀를 다시 보지 못할까 봐 두렵소."

그런 심리 상태에 빠진 그를 그처럼 연속되는 혼란된 생각에서 벗어나게 하려면 평범하고 실용적인 대답이 최선이고 가장 확실하다는 생각이 들었다. 나는 내 손가락으로 그의 눈썹을 눌렀다. 그러고는 그곳이 불에 타서 없어졌으니까 예전처럼 까맣고 무성하게 자라도록 무언가를 발라주겠다고 말했다. "착한 요정 아가씨, 어떤 방법을 동원해서 나를 이롭게 해준다 한들 어떤 결정적 순간에 다시 나를 버리고 떠난다면 그게 다 무슨 소용이 있겠소? 어디로 갔는지, 어떻게 갔는지 알 수 없게 그림자처럼 사라지면 말이오. 그래서 또다시 도저히 찾을 수 없게 된다면 무슨 소용이냔 말이오."

"주인님, 혹시 머리빗을 가지고 계세요?"

"제인, 그건 왜?"

"이 맹수의 갈기같이 헝클어진 검은 머리를 빗겨드리려고요. 가까이서 자세히 보고 전 좀 놀랐어요. 저보고 요정이라고 말씀하셨지만 이제 보니 주인님은 오히려 농가를 드나든다는 작은 요정 같은걸요."

"제인, 내 모습이 끔찍해요?"

"정말 그래요, 주인님. 늘 그랬어요, 스스로도 아시죠?"

"쳇! 어디서 살다 왔는지는 몰라도 그 심술궂은 성격은 아직 없어지지 않았군요."

"하지만 전 아주 좋은 사람들과 살았어요. 주인님보다 훨씬 좋은 분들이죠. 백 배는 더 훌륭해요. 주인님이 평생 품어보지 못한 생각과 견해를 가진 사람들이지요. 아주 세련되고 고상한 분들이었어요."

"제기랄. 누구와 같이 살았다는 거요?"

"그렇게 비비 꼬듯 말씀하시면 머리에서 머리카락을 뽑아버릴 거예요. 그러면 제가 실제로 있는 사람인가 아닌가 하는 의심도 품지 않게 될 거예요."

"제인, 그분들이라는 게 대체 누군데 함께 있었소?"

"오늘 밤은 아무리 그러셔도 그 이야기는 못 들으실 거예요, 주인님. 내일까지 기다리셔야 해요. 이야기를 절반쯤 남겨놓으면* 나머지를 끝내기 위해서라도 아침 식사에 나타나는 게 보장된다는 것쯤은 주인님도 아시잖아요. 그건 그렇고 식사 자리에 달랑 물 한 잔만 들고 주인님 난롯가에 등장하지 않도록 주의하겠어요. 햄 튀김 한 조각은 물론 적어도 계란 한 개라도 가지고 와야 되겠어요."

"당신은 요정의 아기로 태어났으나 바꿔치기 되어 사람이 키운 꼬마 요정이오! 사람 흉내를 잘 내는 요정 말이오. 지난 열두 달 동안 내가 느껴보지 못한 느낌을 맛보게 하니 하는 말이오. 사울 왕에게 다윗 대신 당신이 있었다면 하프 연주를 할 필요도 없이 악령을 쫓아낼 수 있었을 거요."**

"자, 다 했습니다, 주인님. 머리를 빗었더니 말쑥하시네요. 이제 가봐야겠어요. 지난 사흘 동안 줄곧 여행만 했더니 무척 피곤한 것 같아요. 안녕히 주무세요."

---

* 《아라비안나이트》의 셰헤라자데는 이야기를 남겨놓는 방식으로 천 일 동안 처형을 지연시킨다.
** 사무엘서 16장 23절. 하느님이 보낸 악령이 사울을 덮쳤을 때 다윗이 하프를 들고 연주한다. 사울이 완쾌되어 소생하자 악령이 그를 떠났다는 이야기.

"한마디만 더 하겠소, 제인. 그 묵었다던 집엔 숙녀분들만 있었소?"

나는 웃으면서 방을 나왔다. 계단을 올라가면서도 여전히 웃었다. "좋은 생각이 떠올랐어!" 나는 즐겁게 웃으며 생각했다. "앞으로 얼마 동안 저 사람을 약 올려서 우울증에서 벗어나게 하는 방법이 생각났어."

다음 날 아침 아주 이른 시간인데 그가 일어나서 부스럭거리며 이 방 저 방을 헤매는 소리를 들었다. 메리가 내려오자마자 질문하는 소리가 들렸다. "제인 양이 여기 있나?" 다음에는 "제인 양은 어느 방에 모셨나? 방에 습기는 없었나? 일어났나? 가서 혹시 필요한 게 있는지 물어봐. 그리고 내려오면……." 아침 식사가 들어올 시간이라는 생각이 들자마자 나는 내려왔다. 조용히 방 안으로 들어가자마자 내가 온 것을 그가 알아차리기 전에 내가 그를 먼저 보았다. 그처럼 원기왕성했던 사람이 신체장애라는 것에 굴복한 모습을 목격하니 참으로 애처로웠다. 의자에 앉아 조용히 있었지만 불안한 모습이었다. 분명히 무엇을 기다리는 모습이었다. 이제 습관처럼 슬퍼하다 보니 주름이 생겨 그의 강인했던 이목구비에 새겨져 있었다. 그의 얼굴은 꺼졌다가 다시 불이 당겨지기를 기다리는 램프의 얼굴을 연상시켰다. 아아! 하지만 이제 그 얼굴에 불을 붙여 활기차게 만들어줄 사람은 그 자신이 아니었다. 그렇게 되기 위해서는 다른 사람에게 의존해야 되지 않는가! 나는 쾌활하고 긴장을 푼 자세를 취하겠다고 마음먹고 있었다. 그러나 강했던 인간의 그러한 무기력은 내 가슴의 심장부까지 아프게 찌르는 것이었다. 나는 할 수 있는 한 명랑하게 그에게 말을 걸었다.

"밝고 화창한 아침이에요, 주인님." 내가 말했다. "비는 그치고 날이 개었어요. 뒤이어 햇살이 부드럽게 빛나고 있어요. 곧 산책을 나가야지요."

잠자던 그의 안색을 내가 깨웠다. 얼굴에서 빛이 났다.

"오, 정말 당신 여기 왔군, 나의 종달새! 이리 와요. 가지 않았군요. 사라지지도 않고! 한 시간 전 당신과 비슷한 종류의 새 한 마리가 숲 위 높은 공중에서 지저귀는 소리를 들었어요. 그러나 그 노랫소리는 내겐 음악이 아니었어요. 마치 떠오르는 해가 빛을 갖지 못한 거나 마찬가지였어요. 내 귀에는 지상의 모든 멜로디가 제인의 혀에만 응집되어 있어요.(그 혀가 천성적으로 조용한 혀가 아닌 것이 다행한 일이오.) 내가 감지할 수 있는 모든 햇살은 그녀가 있는 곳에 담겨 있어요." 내게 의지하겠다는 이런 고백을 듣자 내 눈에 눈물이 고였다. 마치 횃대에 묶인 당당한 독수리가 참새에게 제발 자신의 식료품 조달업자가 돼달라고 애원하는 형국이었다. 그러나 나는 눈물을 보이고 싶지 않았다. 나는 소금 방울 같은 눈물을 얼른 닦고 분주하게 아침 식사를 준비했다.

아침나절 대부분은 옥외에서 보냈다. 나는 습기가 많은 야생의 숲에서 그를 데리고 나와 유쾌한 들판으로 갔다. 나는 들판이 얼마나 눈부신 초록빛인지, 꽃들과 울타리들이 얼마나 신선한 모습인지, 하늘은 얼마나 눈부신 파란색인지 그에게 설명해주었다. 나는 외지고 사랑스러운 장소에서 그가 앉을 만한 자리를 찾았다. 마른 나무 그루터기가 있었다. 로체스터가 그곳에 앉으면서 자기 무릎 위에 나를 앉히는 걸 나는 거절하지 않았다. 그나 나나 떨어져 있는 것보다 가까이 붙어 있는 게 더 행복한데 왜 거절하겠는가? 파일럿이 우리 옆에 누웠다. 모든 게 조용했다. 나를 팔에 안고 있다가 그가 갑자기 말을 꺼냈다.

"잔인하고 잔인한 도망자! 아! 제인, 당신이 손필드 저택에서 도망친 것을 발견하고 어디서도 당신을 발견할 수 없었을 때, 내 기분이 어땠겠소? 당신 방을 살피고 나서 당신이 돈이나 그에 상응할 물건은 아무것도 갖지 않고 떠났다는 것을 확인했을 때 내 기분이 어땠겠소? 내가 준 진주 목걸이는 손도 안 대고 보석함에 그대로 놓여 있었고 여행 가방은 신혼여행을 위해 꾸려놓았던 그대로 끈으로 묶이고 잠긴 채 놓여 있었소. 아무것도 없고 돈 한 푼 없이 떠난 내 사랑하는 사람이 무엇을 할 수 있을까를 난 자문했소. 그래 무엇을 했소? 지금 들어봅시다."

이렇게 채근을 당하자 나는 지난 1년 동안 내가 겪었던 일을 이야기하기 시작했다. 처음 사흘 동안 헤매며 굶주렸던 것과 관련된 부분은 많이 누그러뜨려 이야기했다. 모든 사실을 솔직하게 이야기하면 그에게 불필요한 고통을 줄 것 같았기 때문이다. 내가 아주 작은 부분만 이야기했는데도 그것이 그의 충직한 마음을 내가 바랐던 이상으로 찢어놓고 있었다.

살아갈 아무 방편도 없이 그처럼 자기를 떠나서는 안 되는 것이었다고 그가 말했다. 내 의도를 자기한테 말했어야 했다고 했다. 내가 자기를 믿었어야 했다는 것이다. 자기는 나에게 정부가 되어달라고 강요할 생각이 없었다는 것이다. 그는 절망에 빠져 자신이 난폭하게 보이기는 했지만 나를 너무나도 진정으로 애틋하게 사랑했기 때문에 나의 폭군이 될 수 없었다고 말했다. 내가 이 넓은 세상에서 친구 하나 없이 내동댕이쳐지는 것을 보느니 차라리 자기 재산의 절반이라도 떼어주었을 것이라고 말했다. 그 보답으로 키스 한 번도 요구하지 않았을 것이라고 했다. 그는 내가 말한 것보다 훨씬 많은 고초를 겪었을 것으로 믿는다고 했다.

"제가 겪은 고생이 어떤 것이었든 간에 어쨌든 그 기간은 아주 짧았어요." 내가 대답했다. 그러고 나서 무어 하우스에서 내가 어떤 대접을 받았는지를 계속해서 이야기했다. 나는 학교 선생 자리를 얻게 된 일, 그 밖의 일들, 재산을 상속받은 일, 사촌들을 찾게 된 일을 순서대로 이야기했다. 물론 이야기하는 과정에서 세인트 존 리버스의 이름도 여러 차례 등장했다. 그 이름이 즉각적으로 이야기의 대상이 되었다.

"그 세인트 존이라는 사람이 제인의 사촌 오빠요?"

"네."

"그 사람 이야기를 자주 하던데 그 사람을 좋아했어요?"

"아주 좋은 분예요, 주인님. 좋아하지 않을 수가 없었어요."

"좋은 분이라? 그럼 그분이 존경스럽고 예의 바른 오십쯤 된 사람이란 소리요? 아니면 무슨 뜻이오?"

"세인트 존 오라버니는 겨우 스물아홉밖에 안 됐어요, 주인님."

"프랑스인들의 말을 빌리면 죈 앙코르〔아직 애〕군. 키가 작고 무뚝뚝하고 못생긴 남자요? 좋은 분이라는 게 미덕을 발휘하는 힘이 있다기보다 악한 일을 안 한다는 그런 의미요?"

"그분은 지칠 줄 모르고 활동하세요. 그분은 위대하고 고귀한 일을 수행하려고 인생을 사시는 분이에요."

"하지만 그 사람 머리는? 아마 좀 아둔한 편이겠지? 본인은 좋은 뜻으로 말하지만 듣는 사람은 어깨를 으쓱하며 경멸을 표해야 되겠지?"

"그분은 말을 많이 하는 분이 아닙니다, 주인님. 말을 하면 핵심을 찔러요. 머리는 최상급이라고 생각돼요. 감수성이 강하진 않지만 박력이 있어요."

"그럼 유능한 사람이란 말이오?"

"정말 유능한 분이에요."

"교육도 철저히 받았소?"

"세인트 존은 교양 있고 심오한 학자예요."

"그 사람의 태도는 제인 취향에 맞지 않는다고 말한 것 같은데? 까다롭고 사제답다고 했던 것 같은데?"

"그분의 태도에 대해서는 말한 적이 없는 것 같아요. 그런데 제 취향이 아주 나빠서 그렇지, 만일 그렇지 않았다면 그분의 태도가 제게 잘 맞았을 거예요. 그분의 태도는 세련되고 침착하고 신사다워요."

"그럼 외모는? 외모에 대해 제인이 설명한 걸 잊어먹었소. 아마 미숙한 보좌신부 같은 외모일 듯한데? 하얀 네커치프로 목을 반쯤 졸라매고 두꺼운 굽이 달린 높은 장화를 신고 마치 죽마라도 탄 것같이 뽐내는 사람 아니오?"

"세인트 존 오라버니는 옷을 잘 입어요. 미남이에요. 키가 크고 금발에다 파란 눈을 가졌고 그리스 조각 같은 옆얼굴을 가졌어요."

그가 독백하는 것이었다. "젠장!" 그리고 다시 나에게 말했다. "제인, 그래 그 사람을 좋아했소?"

"네, 로체스터 님. 그분을 좋아했어요. 그건 벌써 물어보셨잖아요?"

물론 나는 질문하는 상대방의 감정이 서서히 변하고 있다는 것을 감지했다. 질투심이 그를 사로잡고 있었다. 질투심이 그를 마구 쏘아대고 있었다. 그러나 그 침은 고마운 것이었다. 그 침이 그를 갉아먹는 독이빨 같은 그의 우울증을 잠시 정지시켜 주었기 때문이다. 그래서 나는 그 질투심이라는 뱀을 당장 다른 것으로 현혹시킬 생각은 없었다.

"에어 양, 어쩌면 더 이상 내 무릎에 앉고 싶지 않은지도 모르겠소." 다소 의외의 말이 그의 입에서 나온 것이었다.

"왜요? 더 있으면 안 되나요, 로체스터 님?"

"당신이 방금 그린 그림이 너무 압도적인 대조를 제시하는군요. 당신이 지금 한 말은 우아한 아폴로 신을 아름답게 묘사한 말이오. 그 사람은 당신의 상상 속에 박혀 있군요. '키가 크고 금발에 파란 눈에다 그리스 조각의 옆얼굴'이 박혀 있겠군요. 그런데 지금 당신의 눈은 불카누스*같이 생긴 자를 보고 있는 것이오. 갈색의 피부에 넓은 어깨를 하고 눈이 멀고 게다가 덤으로 절름거리기까지 하는 진짜 대장장이를 바라보고 있군요."

"전 한 번도 그런 생각을 한 적이 없어요. 하지만 듣고 보니 주인님은 분명 불카누스를 닮았군요."

"그렇다니까. 그러니 아가씨, 무릎에서 내려가도 돼요. 그러나 내려가기 전에(그러면서 전보다 더 나를 힘껏 안았다.) 한두 가지 질문에 답을 주시오." 그는 잠시 말을 멈췄다.

---

* 그리스 신화에 나오는 대장장이 신. 강하고 땅딸막하고 가무잡잡한 모습에 다리를 저는 신. 그의 아내 아프로디테는 몰래 바람을 피우곤 하는 여신으로 알려져 있다.

"무슨 질문이지요, 로체스터 님?"

그러자 이런 심문이 뒤따랐다.

"세인트 존이 당신을 모턴 학교 선생으로 만든 것은 그가 당신이 사촌이란 걸 알기 전 일이오?"

"네."

"그 사람을 자주 만났소? 그 사람이 이따금 학교를 방문했소?"

"매일같이요."

"그 사람이 당신의 운영 계획에 찬성했소, 제인? 당신은 재능 있는 사람이니 그 계획도 빈틈없었겠지."

"그럼요. 찬성해주었어요."

"그 사람은 기대하지도 못했던 많은 것들이 당신에게 있는 것을 발견했겠지요? 당신이 가진 교양의 어느 부분은 흔한 것이 아닌데."

"그건 잘 모르겠네요."

"당신 말로 학교 근처에 작은 시골집 숙소가 있다고 했지요? 그 사람이 그곳에 들른 적이 있소?"

"이따금씩 들렀어요."

"저녁에 왔소?"

"한두 번 그랬어요."

잠시 말이 없었다.

"사촌 관계가 밝혀지고 나서 그 사람 그리고 그 여동생들과 얼마 동안 살았소?"

"다섯 달이오."

"리버스는 자기 여자 식구들과 많은 시간을 보내는 사람이오?"

"네. 집 뒤편에 있는 응접실이 그분의 서재이자 우리의 서재였어요. 그분은 창문 곁에 앉았고 우리는 탁자 옆에 앉았었죠."

"그 사람 공부를 많이 하는 사람이오?"

"엄청 많이 해요."

"무슨 공부를 하는데?"

"힌두스타니어요."

"그럼 그동안 제인은 뭘 했소?"

"전 처음에는 독일어를 공부했어요."

"그 사람이 당신을 가르쳤소?"

"그분은 독일어는 못해요."

"그 사람이 당신에게 아무것도 안 가르쳤소?"

"힌두스타니어를 조금 가르쳤어요."

"리버스가 당신에게 힌두스타니어를 가르쳤다고?"

"네, 주인님."

"그럼 자기 여동생에게도 가르쳤소?"

"아뇨."

"당신에게만 가르쳤다는 거요?"

"저만요."

"당신이 배우겠다고 부탁했소?"

"아뇨."

"그 사람이 당신을 가르치길 바란 거요?"

"네."

두 번째 침묵이 흘렀다.

"왜 그가 가르치고 싶어 했지요? 힌두스타니어가 당신에게 무슨 소용이 있다고?"

"그분은 저와 함께 인도에 갈 생각이었어요."

"아하! 이제야 내가 사건의 뿌리에 다다랐구나. 그 사람이 당신에게 자기와 결혼해주길 원했던 거군?"

"제게 결혼하자고 했어요."

"그건 지어낸 이야기군……. 나를 약 올리려고 뻔뻔스럽게 만들어낸 이야기군."

"죄송하지만 그건 하나도 거짓이 없는 진실입니다. 그분은 여러 번 제게 결혼하자고 했습니다. 그분도 주인님 못지않게 완강히 그 점을 관철시키려고 노력했습니다."

"에어 양, 다시 반복하지만 이제 내려가도 좋아요. 몇 번이나 같은 말을 해야 하오? 내 무릎에서 떠나라고 경고를 했는데 왜 그렇게 끈질기게 무릎 위에 앉아 있는 거요?"

"이곳이 편해서요."

"아니야, 제인, 편할 리가 없소. 당신 마음이 내게 있지 않아요. 당신 마음은 그 사촌, 세인트 존에게 가 있어요. 오, 이 순간까지도 내 귀여운 제인은 완전히 내 것인 줄 알았소! 그녀가 나를 떠났을 때조차도 그녀가 나를 사랑한다고 믿었어요. 수많은 고통 속에서도 그게 한 톨의 달콤한 행복이었소. 비록 오랫동안 헤어져 있었고 그 헤어진 것을 두고 뜨거운 눈물을 흘렸지만, 그녀의 손길을 슬퍼하는 동안 그녀가 다른 남자를 사랑하고 있을 줄은 꿈에도 생각하지 못했어! 하지만 슬퍼해봤자 소용없는 일이지. 제인, 나를 떠나요. 가서 리버스와 결혼해요."

"그러면 주인님, 저를 떨쳐버리세요……. 저를 밀어내세요. 자발적으로는 절대로 주인님을 떠나지 않겠어요."

"제인, 난 언제나 당신의 목소리가 좋소. 여전히 그 목소리는 희망을 일깨우고, 정말 진실로 가득 찬 것처럼 들려요. 그 소리를 들으면 그 소리는 나를 1년 전으로 되돌아가게 하는군요. 당신이 새로운 인연을 만든 것을 잊고 있군. 그러나 나는 바보가 아니오……. 가서……."

"주인님, 어디로 가야 하나요?"

"당신이 갈 길…… 당신이 선택한 남편과 함께 말이오."

"그게 누군데요?"

"알지 않소? 그 세인트 존 리버스란 사람."

"그 사람은 제 남편이 아니에요. 앞으로도 절대로 남편이 되지 않아요. 그 사람은 저를 사랑하지 않아요. 그 사람도 사랑은 할 수 있어요. 그런데 주인님 사랑 같은 그런 사랑이 아니에요. 그 사람은 로자몬드라는 아름다운 젊은 숙녀를 사랑해요. 그 사람이 저와 결혼하기를 원했던 것은 제가 단지 선교사의 아내로서 적임자라고 생각했기 때문이었어요. 그 아가씨는 그런 아내가 될 수 없는 여자였어요. 물론 그 사람은 훌륭하고 위대하지요. 하지만 냉혹해요. 제겐 빙산처럼 차디찬 사람이에요. 그 사람 옆에 있으면 저는 행복하지 않아요. 가까이 있거나 함께 있으면 행복하지 않아요. 그 사람은 제 응석을 받아주지도 않고 귀여워하지도 않아요. 제게 있는 매력을 보지 않아요. 심지어 제 젊음도 보지 못해요. 몇 가지 유용한 정신적인 점들만 볼 줄 알아요. 그런데도 저는 주인님을 떠나 그런 사람에게 가야 하나요?"

나도 모르게 몸서리가 쳐졌다. 그러고는 앞은 못 보지만 내 사랑하는 주인에게 본능적으로 바싹 매달렸다. 그가 미소를 지었다.

"아니, 제인! 그 말이 사실이오? 그것이 정말 당신과 리버스 사이의 실상이란 말이오?"

"그게 정확한 실상입니다, 주인님. 그러니 질투하실 필요 없어요! 주인님의 슬픔을 덜어드리려고 주인님을 약 좀 오르게 하고 싶었던 거예요. 분노가 슬픔보다 나을 거라고 생각했어요. 하지만 주인님이 제가 사랑하기를 원하시고, 제가 주인님을 얼마나 사랑하는지 아실 수만 있다면, 주인님은 자부심을 느끼며 만족하실 거예요. 제 마음 전부는 주인님 거예요. 제 마음은 주인님에 속한 거예요. 운명이 제 몸의 나머지 전부를 주인님 곁에서 추방한다 해도 그 마음은 영원히 주인님과 함께 머물 거예요."

그가 내게 키스할 때 다시금 고통스러운 생각이 떠올랐는지 그의 모습이 어두워졌다.

"타 없어진 내 시력! 불구가 된 내 몸의 기력!" 그는 후회하듯 중얼거렸다.

나는 그를 달래기 위해 그를 쓰다듬었다. 나는 그가 무슨 생각을 하고 있는지 알았기 때문에 대신 말해주고 싶었다. 그러나 감히 그러지 않았다. 그가 잠시 얼굴을 돌리고 있는 동안 닫혀 있는 그의 눈꺼풀 밑으로 눈물 한 방울이 미끄러져 내려와 남자다운 그의 뺨 위로 떨어지는 것이 내 눈에 보였다. 내 가슴도 북받쳐올랐다.

"나는 손필드 과수원의 벼락맞은 늙은 밤나무보다도 나을 게 없어요." 그가 이윽고 말했다. "그런 폐품이 새싹이 돋는 인동 덩굴더러 자신의 썩은 부분을 덮어달라고 명령할 권리가 어디 있겠소?"

"주인님은 폐품이 아닙니다. 벼락맞은 나무가 아닙니다. 주인님은 파랗고 힘이 넘치세요. 주인님이 요청하건 안 하건 뿌리 주변에

초목이 자랄 거예요. 그 풍성한 그늘을 즐길 테니까요. 그리고 점점 자라면서 주인님께 몸을 기대고 감아주며 올라갈 거예요. 주인님은 이 덩굴들에게 매우 안전한 버팀목이 되어줄 테니까요."

그는 다시 미소를 지었다. 나는 그를 위로했다.

"제인, 당신은 친구들 이야기를 하고 있군?" 그가 물었다.

"네, 친구들에 대해 말한 거예요." 나는 좀 머뭇거리며 대답했다. 친구 이상의 의미가 담긴 말을 했다는 것은 나도 알고 있었다. 그러나 친구라는 말을 빼고 어떤 딴 용어를 사용해야 할지 알 수 없었다. 그가 나를 거들었다.

"아! 제인. 하지만 내가 원하는 건 친구가 아니라 아내요."

"그래요, 주인님?"

"그렇소. 그게 당신에겐 처음 듣는 뉴스인가요?"

"물론이죠. 이제껏 그런 이야기는 전혀 하지 않으셨잖아요?"

"달갑지 않은 뉴스요?"

"상황에 따라서는 그럴 수 있지요. 주인님 선택에 달렸어요."

"내 대신 당신이 그 선택을 해줘요, 제인. 당신의 결정을 따르겠소."

"그렇다면 주인님. 주인님을 가장 사랑하는 여자를 택하세요."

"나는 적어도 내가 가장 사랑하는 여자를 택하겠소. 제인, 나와 결혼해주겠소?"

"네, 주인님."

"당신이 손을 잡고 이리저리 안내해야 하는 눈먼 남자인데도?"

"네, 주인님."

"당신보다 스무 살이나 많고 당신이 시중을 들어줘야만 하는 장애인인데도?"

"네, 주인님."

"제인, 진심이오?"

"비할 데 없는 진심입니다, 주인님."

"오! 내 사랑! 하느님께서 당신을 축복하시고 보상할 것이오!"

"로체스터 주인님, 제가 이제까지 착한 일을 한 게 있다면, 착한 생각을 했거나 진지하고 맑은 기도를 올린 적이 있다면, 정당한 소망을 품은 적이 있다면, 바로 그 보상을 지금 받고 있는 것입니다. 당신의 아내가 되는 것이 제게는 지상에서 가장 큰 행복이기 때문입니다."

"당신은 희생을 낙으로 생각하는 사람이기 때문이오."

"희생이라니요! 제가 뭘 희생한다고 그러세요? 배고파서 음식을 갈구하고 만족을 기대하고 있을 뿐이에요. 제가 귀하게 여기는 대상을 팔로 감싸 안을 특권을 얻는 일, 사랑하는 사람에게 제 입술을 밀착시키는 일, 신뢰하는 사람 위에서 휴식을 취하는 일, 그런 것이 희생을 하는 건가요? 그렇다면 전 분명히 희생을 낙으로 삼는 사람이군요."

"제인, 때론 내 불구의 몸을 참고 견뎌야 하고 내 결함을 못 본 체하는 일도 있겠지."

"그런 것은 제게는 아무것도 아닙니다, 주인님. 주인님이 베푸는 자이자 보호하는 자의 역할 말고는 다른 모든 역할을 멸시하시던 그때, 혼자 힘으로 자랑스럽게 사는 상태였을 때 제가 사랑했던 것보다 이제 주인님께 진정으로 도움이 될 수 있는 지금 오히려 주인님을 더 사랑합니다."

"지금까지 나는 남의 도움을 받는다는 것, 다른 사람에게 이끌리는 것을 싫어했었소. 앞으로는 더 이상 싫어하지 않을 거요. 나는 시중을 드는 하녀의 손에 내 손이 잡히는 것을 좋아하지 않았소. 그러나 제인의 그 조그만 손가락이 내 손을 감싸는 느낌은 너무 즐겁소. 나는 끊임없이 하인의 시중을 받는 것보다 철저히 혼자 있는 것을 더 좋아했었소. 그러나 제인의 부드러운 시중은 영원한 내 기쁨이 될 거요. 제인은 내게 꼭 맞는 사람이오. 그러나 나는? 그녀에게 꼭 맞는 사람일까?"

"제 본성의 가장 섬세한 조직까지 딱 맞는 분이십니다, 주인님."

"현실이 그렇다면 우리는 세상에서 더 이상 기다릴 게 아무것도 없소. 당장 결혼해야 해요."

그의 표정과 말에는 열의가 있었다. 옛날에 그랬듯 그의 성급함이 발동하고 있었다.

"제인, 더 이상 지체할 것 없이 우리 하나의 몸이 됩시다. 인가장만 얻으면 되니까 결혼합시다."

"로체스터 주인님, 해가 정점에 있다가 많이 기울어진 것을 저도 방금 발견했어요. 파일럿도 밥을 먹으러 집으로 돌아갔어요. 시계 좀 보여주세요."

"자네트, 그걸 허리띠에 차고 앞으로는 그걸 가지고 다녀요. 나한테는 소용없는 물건이니까."

"주인님, 오후 4시가 다 됐어요. 배 안 고프세요?"

"오늘부터 사흘 후가 우리 결혼식 날짜가 될 거요, 제인. 이제 좋은 옷이니 보석이니 하는 것들은 신경 쓰지 말아요. 모두가 눈곱만큼의 가치도 없는 것이오."

"햇빛을 받아 모든 빗방울이 말라버렸군요, 주인님. 바람도 조용하고 날이 꽤 덥군요."

"제인, 지금 이 순간에도 당신의 작은 진주 목걸이가 내 삼각 스카프 밑 황동색 목에 걸려 있는 걸 알고 있어요? 내 유일한 보물을 잃어버린 날부터 줄곧 그걸 차고 다녔소. 그녀에 대한 추억거리로."

"숲을 가로질러 가기로 해요. 거기가 제일 그늘진 길이니까요."

그는 내게는 신경도 안 쓰고 자신의 생각을 좇고 있었다.

"제인! 당신은 아마 나를 종교도 없는 강아지 같은 인간으로 생각하고 있을 거요. 그러나 지금 내 가슴은 이 지상의 하느님, 그 자비로운 하느님을 향한 감사의 마음으로 벅차오르고 있소. 그분은 인간이 보는 것과 달리 보시며 훨씬 명료하게 보시는군요. 또한 인간이 판단하는 것과는 달리 판단하시며 훨씬 현명하게 판단하시는군요. 나는 잘못을 저질렀던 것이오. 나는 내 순진한 꽃을 더럽히고 그 순수함 위에다 죄악의 숨결을 내뿜으려 했었소. 그러나 전능하신 분이 그 꽃을 내게서 잡아채가셨던 거요. 나는 목을 뻣뻣이 세우고 반항하며 그 하느님의 섭리를 거의 저주하다시피 했던 거요. 하느님의 명령에 굴복하지는 않고 그에 도전했던 거요. 하느님의 판결은 유예도 없이 그대로 내려졌소. 재앙이 까맣게 내게 몰려왔소. 나는 죽음의 그늘진 골짜기를 통과해야만 했소.* 그분의 응징은 강력한 것이오. 그 응징 한 가닥이 나를 치자 나는 영원히 겸손해지고 말았소. 당신도 알지만 나는 내 힘을 자랑삼던 사람이오. 어린아이가 나약해서 그러듯, 나는 그 힘을 다른 사람의 도움에 넘겨버렸으

---

* 시편 23장 4절.

니 그 힘이고 뭐고가 무슨 소용 있겠소? 최근에…… 겨우 얼마 전에…… 내 운명을 좌우하는 하느님의 손을 알아보았소. 이제야 나는 후회와 회개를 체험하기 시작했고 나의 창조주와 화해하고 싶다는 소망을 갖게 되었소. 때로 기도도 하기 시작했소. 아주 간단한 기도였지만 진심에서 나온 기도였소.

며칠 전, 아니, 날짜를 기억할 수 있는데…… 나흘 전이었소. 지난 월요일 밤이었으니까. 묘한 감정이 나를 엄습했소. 미칠 듯한 분노 대신 슬픈 감정이…… 우울한 감정 대신 슬픔이 나를 엄습했다는 말이오. 이미 오래전에 당신을 어디서도 찾을 수 없게 되자 당신은 죽은 게 틀림없다는 생각을 품고 있었소. 그날 밤 늦게…… 아마 11시에서 12시 사이였을 텐데…… 나는 내 끔찍한 잠자리에 들기 전에 하느님께 애원했소. 만일 그게 더 낫다고 생각되시거든 나를 이 지상의 삶에서 곧 데려가셔서 다가올 저세상으로 들여보내달라는 애원이었소. 그곳에 가면 제인과 다시 만나리라는 희망이 아직 있었던 거요.

나는 내 방 열린 창가에 앉아 있었소. 향긋한 밤공기를 느끼는 것이 위안이 되더군. 별을 볼 수 없는 처지였지만 뿌연 빛을 가진 안개만으로 달이 떠 있다는 것을 나는 알고 있었소. 자네트, 나는 당신을 애타게 그렸소! 아아, 그날 밤 내 영혼과 육신을 다 동원하여 당신을 그리워했던 거요! 나는 고통과 겸손을 동시에 느끼면서 하느님께 물었소. 이 정도면 내가 고독과 고통과 번민을 겪을 만큼 오래 겪은 게 아니냐고 물었소. 그 정도면 곧 축복과 평화를 다시 한번 누려도 되지 않겠느냐고 물었소. 내가 그동안 참아낸 모든 고통은 받아도 싼 것이라고 인정했었소. 그래서 더 이상은 참을 수 없다고 애원했소. 그러자 내 마음속 소망의 알파요 오메가가 나도 모르게 내 입술에서 말이 되어 터져 나왔소……. 제인! 제인! 제인!이라고."

"그 말을 큰 소리로 외치셨나요?"

"그랬소, 제인. 누가 내 소리를 들었다면 아마 나를 미쳤다고 생각했을 거요. 정말이지 미친 듯이 힘차게 외쳤으니까."

"그게 월요일 밤 자정 무렵이었다고요?"

"그래요. 그러나 시간은 중요하지 않아요. 다음에 일어난 일이 이상하니까 내 이야기를 들으면 내가 미신에 사로잡힌 사람이라 생각할 거요. 사실 내 핏속에는 미신을 신봉하는 구석이 약간 있긴 해요. 늘 그랬었지요. 하지만 그건 사실이오. 내가 지금 이야기하는 것은 내 귀에 들려온 것이어서 적어도 사실이오.

'제인! 제인! 제인!' 하고 내가 외치던 순간 어떤 목소리가…… 대체 어디서 들려오는지는 몰랐지만 누구의 목소리인지는 난 알았는데…… 대답하더군요. '제가 갈 테니 기다리세요.'라고. 그리고 잠시 뒤에 바람을 타고 '어디 계세요?' 하는 소리가 들려오는 것이었소.

할 수만 있다면 그 말들이 내 마음에 열어준 생각, 아니, 그림을 제인에게 지금 말해주고 싶은데, 내가 표현하고 싶은 것을 표현하기가 어렵소. 이곳 펀딘은 알다시피 울창한 숲에 묻혀 있는 곳이오. 그래서 소리가 그냥 죽으면서 울리지도 않고 사라지는 곳이오. '어디 계세요?'라는 소리는 산악 속에서 외친 소리 같았소. 산에 부딪쳐 튀어나온 메아리가 그 말을 되풀이하는 것을 내가 들었기 때문이오. 그 순간 내 이마 위로 더 시원하고 신선한 바람이 와 닿는 것 같았소. 나는 어떤 황량하고 고적한 장면 속에서 나와 제인이 만나고 있다는 생각도 할 수 있었을 것이오. 믿건대 우리는 영혼으로나마 만났음에 틀림없소. 제인, 당신은 그때 정신없이 자고 있었을 거요. 그러나 당신의 영혼이 내 영혼을 위로하기 위해 당신의 몸통에서 밖으로 나와 방황했을지도 모르오. 들렸던 말은 당신의 어조였소. 내가 지금 살아 있는 것이 확실한 것처럼 그건 사실이오. 그건 당신의 목소리였소!"

독자여, 내가 그 신비한 부름 소리를 들은 것 또한 바로 그 월요일 밤 자정 무렵이었다. 그 부름에 내가 대답한 말이 '어디 계세요'였다. 나는 로체스터 씨의 이야기를 경청하고 있었지만 그 말에 대한 응답으로 무슨 말도 하지 않았다. 그와 나에게 일어난 이 우연한 일치는 너무 오싹하고 설명할 수 없는 충격을 주었기 때문에 그것에 대해 의견을 나누고 토의할 수가 없었다. 내가 무슨 말이라도 하면 분명히 불가피하게, 그걸 듣는 그의 정신에 심각한 인상을 남길 만한 이야기가 될 것 같았다. 게다가 그의 정신은 아직 고통을 겪고 있어 걸핏하면 우울증에 빠질 가능성이 많았기에 공연히 더 깊은 초자연적 그늘을 덮어씌울 필요가 없었다. 그래서 나는 이 일들을 혼자만 간직하고 마음속에 새겨놓았다.

"이제 이상하게 생각하지 않겠지요?" 내 주인이 말을 계속했다. "어젯밤 당신이 느닷없이 내 앞에 나타났을 때 내가 당신을 단순한 목소리나 환상이 아닌 것으로 믿기가 어려웠던 것을 이해하지요? 나는 내가 들었던 그 한밤중의 대답 소리와 산속의 메아리 소리가 차차 사라져버리듯 어젯밤의 당신도 침묵과 소멸로 사라져버릴 존재로 생각했던 거요. 이제 난 하느님께 감사하고 있소! 일이 달리 돌아가지 않으리라는 것을 나는 알고 있소. 그래요. 하느님께 감사하고 있소!"

그는 무릎에서 나를 내려놓고 일어섰다. 그리고 경건하게 이마에서 모자를 벗고 보지도 못하는 눈을 땅 쪽으로 향하고 말없이 기도하며 서 있었다. 그 기도의 마지막 말만 들을 수 있었다.

"심판을 하시느라 여념이 없으신 중에도 자비를 잊지 않으신 창조주께 감사합니다. 제가 이제까지 살아왔던 삶보다 훨씬 깨끗한 삶을 영위해나갈 힘을 주십사고 구세주께 겸손한 마음으로 간청합니다!"

그러고 나서 그는 내게 인도해달라고 손을 내밀었다. 나는 그 사랑하는 손을 잡고 잠시 그것을 내 입술에 갖다 댔다. 그러고는 그 손으로 내 어깨를 감싸게 했다. 그보다 키가 훨씬 작았기 때문에 나는 그의 버팀목 겸 안내인이 되어주었다. 우리는 숲으로 들어가서 집으로 향했다.

제38장 결론

　독자여, 나는 그와 결혼했다. 우리의 결혼식은 조용했다. 그와 나, 교구 사제와 서기만이 참석했다. 성당에서 돌아와 장원의 부엌으로 들어갔다. 그곳에서 메리는 식사를 준비하고 존은 칼들을 씻고 있었다. 내가 말했다.

　"메리, 오늘 아침 나는 로체스터 씨와 결혼했어요." 가정부와 그녀의 남편은 점잖고 말수가 적은 편에 속하는 사람들이었다. 그들에게는 언제고 굉장한 소식이라도 마음 놓고 알려줄 수 있었다. 알려줘도 날카롭게 터져 나오는 비명으로 귀청이 나갈 염려가 없었고 뒤이어 폭포처럼 쏟아지는 탄성으로 귀가 멍멍해질 염려도 없었다. 메리는 고개를 들더니 나를 빤히 쳐다보는 것이었다. 불에다 굽고 있는 닭 두 마리 위에 양념을 부으려던 국자가 3분가량 허공에서 정지했다. 또한 그러는 동안 존도 갈던 칼들을 잠시 숫돌에 가는 과정을 멈추는 것이었다. 그러나 메리는 닭구이 쪽으로 몸을 굽히면서 다만 이렇게 말했다.

　"그랬어요, 선생님? 틀림없겠네요!" 잠시 시간이 흐른 뒤 그녀가 다시 말했다. "선생님이 주인님과 함께 나가시는 것을 봤지만 두 분께서 성당에 결혼식을 하러 가시는 건지는 몰랐네요." 그녀는 닭에다 양념을 발랐다. 내가 존을 향했을 때 그는 입이 귀에 걸린 듯 웃고 있었다.

"메리에게 일이 어떻게 돌아갈지를 말했습니다." 그가 말했다. "저는 에드워드 씨가 이러실 거라는 걸 알고 있었어요."(존은 늙은 하인이었다. 그는 주인이 그 집 막내아들이었던 시절부터 알고 있었기에 종종 그를 이름으로 불렀다.) "나는 에드워드 씨가 어떻게 할 건지 알고 있었어요. 그렇게 오래 기다리지도 않을 거라고 확신했어요. 내가 알기로는 잘하신 것 같습니다. 선생님, 축하합니다!" 존은 자기의 앞머리를 잡아당겨 시골 사람 특유의 공손한 인사를 했다.

"고마워요, 존. 로체스터 씨께서 존과 메리에게 이걸 주라고 하셨어요." 나는 그의 손에 5파운드 지폐를 건네주었다. 더 이상 그들의 말을 들을 것 없이 나는 부엌을 나왔다. 얼마 후 다시 부엌문 앞을 지나다가 나는 이런 말을 들었다.

"아마 어떤 대단한 숙녀들보다 선생님이 주인님께 더 잘하실 걸." 그리고 다시 말을 이었다. "설사 선생님이 아주 예쁜 미녀는 아니지만 아주 못생긴 편은 아니야. 성품이 착하시고, 주인님 눈에는 선생님은 아주 아름답게 보여. 그건 누가 봐도 알 수 있어."

나는 당장 무어 하우스와 케임브리지에 편지를 써서 내가 한 일을 알렸다. 또한 내가 왜 그렇게 행동했는가도 충분히 설명했다. 다이애나와 메리는 기탄없이 내 행동에 찬성했다. 다이애나는 신혼 기간을 즐길 시간을 주겠지만 그 기간만 끝나면 바로 와서 나를 보겠다고 말했다.

"제인, 언니께서는 그때까지 기다리지 않는 게 나을 거요." 편지 내용을 읽어주자 로체스터 씨가 말했다. "그때까지 기다리면 너무 늦을 거요. 왜냐하면 우리의 신혼은 우리 평생 계속될 테니까. 그 빛이 퇴색하는 건 당신 무덤이나 내 무덤 위에서일 거요."

세인트 존이 내 소식을 어떻게 받아들였는지 나는 모른다. 그는 내가 결혼을 알린 편지에는 답장을 하지 않았다. 그러나 그로부터 6개월이 지난 후에야 그의 편지가 왔는데 로체스터 씨의 이름을 거론하거나 내 결혼 생활에 대한 언급은 단 한마디도 없었다. 그의 편지는 차분하고 매우 진지했지만 친절했다. 그는 그 이후로도 자주는 아니지만 정기적으로 편지를 보내고 있다. 그는 내가 행복하기를 바라고 있고 내가 이 세상에서 하느님을 잊고 오직 세속적인 일만 생각하고 사는 사람들 사이에 끼지 않았다고 믿고 있다.

독자여, 당신은 어린 아델을 까맣게 잊지는 않았을 것이다. 나도 잊지 않았다. 나는 바로 로체스터 씨에게 부탁하여 여가를 청한 후 그가 아델을 입학시켰다는 학교로 아이를 만나러 갔다. 나를 다시 만나 미칠 듯 기뻐하는 아델을 보니 가슴이 찡했다. 아델은 창백하고 야위어 보였고 행복하지 않다고 말했다. 나는 아델 또래의 아이에겐 그 학교의 규율이 너무 엄하고 교과 과정이 너무 어렵다는 사실을 알았다. 나는 아델을 집으로 데려왔다. 나는 다시 한번 아델의 가정교사가 되어줄 참이었다. 그러나 나는 곧 그게 불가능하다는 것을 알았다. 내 시간과 보살핌이 다른 사람에게 필요했기 때문이다. 내 남편에게 그 모든 것이 필요했던 것이다. 그래서 나는 관대한 체제에 입각하여 운영되는 학교를 찾아냈다. 그 학교는 내가 자주 방문할 수 있고 가끔 아이를 집으로 데려올 수 있게끔 충분히 가까운 곳에 있는 학교였다. 나는 그 아이의 안락한 삶에 도움이 되는 것은 무엇이든 절대 부족함이 없도록 배려했다. 아이는 곧 새 학교에 정착했고 그곳에서 매우 행복을 느꼈으며 학업에도 많은 진전을 보였다. 아이가 성장함에 따라 건전한 영국식 교육이 아이의 프랑스식 결함도 상당한 정도까지 교정했다. 학교를 졸업하자 아델은 나를 즐겁게 하는 고마운 말벗이 되었다. 온순하고 심성이 착하고 절도 있는 말벗이 되었던 것이다. 나와 내 남편에게 보여주는 감사와 관심을 통해, 아델은 그동안 내가 능력이 닿는 한 베풀어주었던 사랑, 모든 사소한 사랑에 대해 오랜 시간을 두고 충분히 보답해오고 있다.

이제 내 이야기는 결말에 다다르고 있다. 내 결혼 생활에 대해 한마디 하고 이 이야기 속에 이름이 자주 등장했던 사람들의 운수팔자에다 눈을 잠깐 던져보면 나는 할 말을 다한 것이 된다.

이제 나는 결혼한 지 10년이 되었다. 나는 이 세상에서 내가 가장 사랑하는 사람을 위해 모든 것을 바치며 함께 산다는 것이 무엇인지 알게 되었다. 나는 내 자신을 가장 축복받은 사람이라고 생각한다. 말로 표현할 수 없을 정도로 축복받았다고 생각한다. 남편이 완전히 내 삶인 것처럼 나는 그의 삶 자체였기 때문이다. 어느 여자도 나보다 더 가까이 자기 배우자와 살았던 사람은 없었다. 나는 누구보다 완벽하게 남편의 뼈에서 나온 뼈였고 남편의 살*에서 나온 살이었다. 나는 남편 에드워드와 함께 있으면 전혀 지루함을 모른다. 우리 각자가 서로의 가슴에서 뛰고 있는 심장의 고동 소리에서 따분함을 느끼지 않는 것과 마찬가지다. 따라서 우리는 늘 같이 붙어 있다. 함께 붙어 있다는 것은 우리에게는 혼자 있을 때와 마찬가

---

* 창세기 2장 23절.

지로 자유롭고 동시에 여러 사람과 같이 있을 때와 마찬가지로 즐거운 일이다. 나는 우리 두 사람이 하루 종일 대화를 나눈다고 생각한다. 서로 이야기를 나눈다는 것은 더욱 활기차고 귀에 들리는 사유 활동을 한다는 것일 뿐이다. 나의 모든 신뢰는 그에게 전해지는 것이었으며 그의 모든 신뢰가 내게 부여되는 것이었다. 우리는 성격이 정확히도 맞는다. 완벽한 일치가 그 결과다.

로체스터 씨는 우리의 결혼 생활 초반 2년 동안은 계속 앞을 보지 못했다. 바로 그런 여건이 어쩌면 우리를 가깝게 붙어 지내게 했고 그토록 서로를 실로 꿰매놓은 듯이 밀착시켰던 모양이다. 지금도 그의 오른손이듯이 그동안 나는 그의 눈이었다. 문자 그대로 나는 그의 눈동자였다. 그가 나를 두고 자주 사용하는 표현이다. 그는 나를 통해 자연을 보았고, 나를 통해 책을 읽었다. 나는 그를 대신해서 들판, 나무, 마을, 강, 구름, 햇살……, 이렇게 우리 앞에 있는 풍경을 보고 그것들의 효과를 말로 표현하는 일을 지루해한 적이 한 번도 없었다. 또한 우리를 둘러싼 날씨를 설명해주었고, 빛이 더 이상 그의 눈에 인상을 심어줄 수 없어도 소리로 그의 귀에 그 인상을 전해 주었다. 나는 그에게 책을 읽어주는 일을 결코 지루해하지 않았고, 그가 가고 싶어 하는 곳으로 인도하는 일도 지루해한 적이 없었다. 그가 해줬으면 하는 일을 해주는 일도 지루해하지 않았다. 그를 위한 이런 봉사에는 비록 슬프긴 했지만 극히 가슴이 뿌듯하고 짜릿한 기쁨이 있었다. 그 까닭은 그가 이러한 봉사를 고통스러운 수치심이나 기를 죽이는 굴욕감이 없이 당당하게 요구했기 때문이다. 그는 나를 진정으로 사랑했기 때문에 거리낌 없이 내 시중에서 득을 얻었다. 내가 그를 너무나 애틋하게 사랑했기 때문에 순순히 내 시중을 받는 것이 내 달콤한 소망을 충족시켜주는 일이라고 생각하고 있었다.

그 두 해가 끝나갈 무렵 어느 날 아침 그가 불러주는 내용을 편지에 받아 적고 있을 때 그가 다가와서 내 위로 몸을 굽히며 말했다.

"제인, 지금 당신 목에 반짝이는 장신구를 달고 있는 거요?"

나는 금시곗줄을 걸고 있었다. "네" 하고 나는 대답했다.

"지금 당신 연푸른색 옷을 입고 있소?"

그런 옷을 입고 있었다. 그러자 그는 얼마 전부터 눈을 가렸던 뿌연 안개가 점점 엷어지고 있다고 내게 알렸다. 그건 확실하다고 했다.

그와 나는 런던으로 갔다. 그는 저명한 안과 의사의 진료를 받았다. 그는 결국 한쪽 눈의 시력을 회복했다. 지금도 아주 선명하게 볼 수는 없다. 읽거나 쓰는 일은 많이 할 수 없다. 그러나 그는 내 손에 이끌리지 않고도 혼자서 길을 찾아갈 수 있다. 하늘도 그에게 더 이상 텅 빈 공백이 아니다. 땅 또한 더 이상 텅 빈 공간이 아니다. 자신의 첫아이를 품에 안았을 때 그는 그 사내 아기가 자신의 눈, 한때 크고 반짝이고 까맣던 자기 눈을 빼닮았다는 것까지 볼 수 있었다. 그때 그는 다시 벅찬 가슴으로 심판과 자비를 알맞게 섞으셨다는 점을 하느님께 시인했다.

이래서 나의 에드워드와 나는 행복하다. 우리가 가장 사랑하는 사람들도 우리와 마찬가지로 행복하니까 더욱 그렇다. 다이애나와 메리는 다 결혼했다. 그리고 매년 번갈아 두 사람이 한 번씩 우리를 보러 온다. 또한 우리도 그들을 보러 간다. 다이애나의 남편은 해군 대위다. 용감한 장교이며 착한 남자다. 메리의 남편은 오빠의 대학

친구인 성직자다. 학식이나 생활신조로 볼 때 메리와 결혼할 자격이 충분한 사람이다. 피스제임스 대위와 워턴 씨 모두 아내를 사랑하고 아내에게 사랑을 받고 있다.

세인트 존의 경우를 말하자면, 그는 영국을 떠났다. 인도로 간 것이다. 그는 스스로 그어놓은 길로 들어서서 아직도 그 길로 매진하고 있다. 수많은 난관과 위험 한가운데에서 일한 사람치고 그보다 더 결심이 굳고 지칠 줄 모르는 개척자는 없었다. 굳건하고 충실하고 헌신적이며 정력과 열정으로 넘쳐나는 그는 자신이 인도하는 민족을 위해 열심히 노력하고 있다. 그는 그 민족이 걷는 고통스러운 길을 깨끗이 치워주면서 그들을 향상으로 이끌고 있다. 그는 그걸 방해하는 교리와 카스트 제도의 편견들을 베어버리고 있다. 그는 엄격할지 모른다. 까다로운 요구를 하고 있는 건지도 모른다. 그러나 그의 엄정함은 바로 악마 아폴리온의 습격에서 순례자의 호위대를 지켜주는 투사 그레이트하트*의 엄정함이다. 그의 까다로운 요구는 "나를 따르려는 자는 자신을 버리고 자기 각자의 십자가를 지고 따르라."고 말씀하실 때의 그리스도만을 대신해서 말하는 사도로서의 요구이다. 그의 야망은 이 지상에서 구원받은 사람들, 하느님의 옥좌 앞에 죄 없이 서 있을 사람들, 어린 양의 강력한 최후 승리를 함께 나눌 사람들, 하느님의 부름과 선택을 받는 충성스러운 사람들, 바로 그런 사람들의 첫 번째 대열에 자리를 차지하려는 목표를 가진 고귀한 영도자의 야망이다.

---

* 〈천로역정〉 2부에서 순례자 크리스티아나와 그 일행을 보호한 사람. 그는 죽음의 그늘 계곡으로부터 그들을 악마 아폴론에게서 지켜준다.

세인트 존은 결혼하지 않았다. 지금으로 봐서는 결코 결혼하지 않을 것이다. 이제껏 자기 혼자서도 충분히 노역을 감당해온 것이다. 그런데 그 노역은 결말에 가까워지고 있다. 그의 영광스러운 태양이 서둘러 저물고 있다. 그에게서 마지막으로 받은 편지가 내 눈에서 인간으로서의 눈물을 짜냈다. 그러나 그 편지는 내 가슴을 성스러운 기쁨으로 채워주었다. 그는 그의 확실한 보상, 썩어 없어질 수 없는 왕관을 기대하고 있었다. 나는 그 편지 다음에는 낯선 필체로 쓰인 편지가 도착하여, 그 착하고 충성스러운 종이 마침내 주님의 기쁨 속으로 소환되었다는 소식을 전할 것을 알고 있다. 그러나 그런 일이 일어나도 눈물을 흘릴 이유가 어디 있는가? 죽음에 대한 어떤 공포도 세인트 존의 마지막 순간을 침울하게 만들지 못할 것이다. 그의 정신은 구름이 개듯 활짝 갤 것이다. 그의 마음은 두려워하지 않을 것이다. 그의 희망은 흔들리지 않을 것이다. 그의 신앙은 한결같을 것이다. 그 자신의 말이 그것의 보증이다. "나의 주님께서는," 그가 말한다. "나에게 미리 경고하셨습니다. 주님은 매일같이 더욱 명확히 선언하십니다. '틀림없이 나는 빨리 가겠다!' 그러면 나는 더욱 간절히 응답합니다. '아멘, 그렇게 임하옵소서, 주 예수여!"

작품 해설

I

이《제인 에어》라는 방대한 작품을 대한 독자는 거의 예외 없이 감동에 사로잡히면서 감탄을 연발하며 제인이라는 한 여성의 정신적 발달 과정 내지 정신적 모험을 추적해왔을 것이다. 마지막 장이 너무나 가슴을 치며 감동을 주어 그 이전 사건들이 흐려지고 기억의 뒷전으로 밀려날 정도다. 호머의《오디세이아》에서 오디세우스가 겪는 모험에 못지않은 정신적 경험을 관통해 마침내 제인이 사랑하는 이의 품으로 돌아오는 '귀향'은 오디세우스의 귀향 못지않은 감동의 드라마다.

따라서 역자는《제인 에어》의 방대한 줄거리를 5막으로 줄여서 독자의 기억에 저장시키려는 노력을 하려고 한다. 다시 말해서《제인 에어》를 5막짜리 연극이라 생각하기로 하자. 1막은 게이츠헤드 저택, 2막은 로우드 자선학교, 3막은 손필드 저택, 4막은 무어 하우스, 5막은 펀딘이 무대가 된다.

1막의 막이 오른다. 제인 에어라는 고아가 등장한다. 제인이 갓난아이 때 그녀의 부모는 선교 사업을 하다가 전염병으로 세상을 떠나고, 제인은 게이츠헤드 저택의 리드 부인, 즉 외삼촌의 부인인 외숙모의 집에 맡겨진다. 외삼촌은 죽기 전에 부인에게 제인을 친자식 세 명과 똑같이 잘 돌보라고 신신당부했다. 그러나 제인은 외숙모 집에서 괄시와 학대를 받으며 열 살 난 소녀가 된다. 어느 날 사촌 오빠가 제인을 때리며 바닥에 내동댕이쳤을 때, 제인이 대들어 싸우자 리드 외숙모가 남편이 죽은 후 사용하지도 않는 음산한 방에 제인을 감금하는 벌을 내린다. 제인은 그 어두운 방에 갇혀 음식도 먹지 못한 채 공포에 떨다가 급기야 기절하고 만다. 그 끔찍한 경험 후 제인은 시름시름 앓게 되는데 정 많은 베시라는 하녀의 간호를 받아 서서히 회복된다. 베시는 이 지옥 같은 집에서도 제인에게 잘해주었고 밤에는 책도 많이 읽어주며 제인의 정신 성장에 기여한 육아를 담당한 하녀다.

골칫거리 제인을 이제 집에 두고 기를 필요가 없다고 느낀 리드 부인은 제인을 고아들을 맡아 교육하는 로우드 학교로 보낼 수속을 밟는다. 어느 날 새벽 제인은 작별 인사도 하지 못하고 게이츠헤드 저택을 떠나 50마일 떨어진 로우드 학교로 간다.

1막이 끝나고 2막의 막이 오른다. 로우드 학교는 사이비 성직자 브로클허스트가 경영하는 학교이다. 자선 기관들이나 아이를 맡긴 유지들에게서 기부받은 돈을 횡령하느라 학생들에게는 먹을 수도 없는 태운 죽을 식사로 제공하며 아무리 추워도 제대로 따뜻하게 입히지도 않는 또 하나의 지옥이다. 로우드 학교에서 제인은 열심히 공부하며 상급생들의 사랑과 특히 템플 교장이라는 훌륭한 선생의 사랑을 받게 된다. 이 학교에서 학생으로 6년 그리고 교사로 2년을 보내게 된 제인은 어엿한 처녀가 된다. 그곳에서 가장 불행한 일은 제인이 학생으로 있는 동안 학교에 발진티푸스라는 전염병이 창궐하여 많은 학생이 죽어간 일이다. 당국의 조사가 실시되고 학교 운영은 많이 개선된다. 8년이라는 세월을 이곳에서 보낸 제인은 그곳에 진력을 느껴 가정교사 구인 광고를 낸다.

한편, 제인은 로우드 학교에서 결핵에 걸려 죽음을 앞두고도 늘 마음이 행복하고 죽음을 두려워하지 않는, 정신적·신앙적으로 성숙한 헬렌이라는 친구를 사귄다. 제인은 헬렌에게서 많은 것을 배운다. 또한 템플 교장의 인격에 감복된다.

3막은 손필드 저택이다. 제인은 그곳 가정부의 연락을 받고 그 저택의 가정교사로 입주한다. 그 집에서 가르칠 학생은 아델이라는 프랑스 출신의 아이로, 저택의 주인 에드워드 로체스터가 데려다 기르는 아이였다. 아델이라는 아이는 로체스터가 파리에서 좋아하며 사귀던 프랑스 무희의 딸로, 로체스터를 배신하고 바람을 피우던 무희가 돌보지 않아 고아가 되어 있던 상황이었다. 가정부 페어팩스 부인을 통해 들은 바로는 주인 로체스터는 여행을 많이 하는 사람이라 이곳 손필드 저택에는 잘 오지 않는다고 했다. 제인은 아름답고 고색창연한 저택과 정원, 책이 가득한 서재와 자신의 안락한 방이 있는 이 조용한 시골 생활에 큰 기쁨을 맛본다.

제인이 주인 로체스터를 처음 만난 것은 그녀가 산책 삼아 외출했을 때였다. 사람을 태우고 달려 내려오던 말이 제인의 앞쪽에서 살얼음을 밟고 넘어진다. 제인은 그 사람을 도와주려고 급히 달려가는데 그것이 로체스터 씨라는 주인과의 첫 대면이다. 얼굴이 거무스름하고 시무룩하고 말도 퉁명스럽게 내뱉는, 다소 변덕스럽고 잘생기지도 못한 남자다. 그러나 로체스터는 아델을 잘 지도한다고 칭찬하며 아델이 이곳에 온 경위를 솔직히 털어놓는다. 그러나 제인은 그 남자의 침울한 성격이 어디서 비롯되었는지 알 길이 없는 상태다.

이 손필드 저택에서는 기묘한 일들이 일어났다. 어느 날 밤 이상한 소리에 잠을 깨었을 때 로체스터의 방문이 열려 있고 그의 침대에서 불이 난 것을 제인은 발견한다. 식구들을 모두 깨우려고 하자 로체스터 씨는 제인에게 가만히 있으라고 명령한다. 제인은 다음 순간 그 저택 3층에는 가끔 미친 사람처럼 웃는 사람이 있다는 사실을 알게 된다. 제인은 그 미친 사람이 그레이스 풀이며 그녀는 로체스터가 바느질 담당 하인으로 고용한 사람이라고 믿게 된다.

로체스터 씨는 파티에 자주 참석했는데 그건 잉그램 부인의 딸 블랑시 잉그램 양에게 구애하기 위한 것이 틀림없어 보였다. 어느 날 손필드 저택에서 각지에서 찾아온 손님들로 성대한 파티가 열리게 된다. 파티에는 물론 인기 있는 잉그램 양이 참석했다. 파티가 진행되는 동안 로체스터는 제인에게도 파티장에 내려오라고 명령한다. 손님들은 제인이 보잘것없는 가정교사라는 것을 알고 제인을 멸시하는 어조와 태도를 보인다. 당시는 부잣집 가정교사가 하인보다도 못한 양말짝 정도로 여겨지는 시대였다. 그런데 제인은 속으로 이미 로체스터에게 마음을 몽땅 빼앗기고 있는 상태였다. 남자답고 음악에 조예가 깊고 노래도 잘하고 또한 제인이 좋아하는 미술 작품을 감상하고 평할 수 있는 로체스터를 자신도 모르는 사이에 좋아하고 있었다. 그러나 로체스터는 아름다운 잉그램 양에게만 관심이 있는 것 같았다. 어느 날 로체스터가 다른 볼일로 집을 비운 사이 메이슨이라는 낯선 사나이가 로체스터를 만나러 온다. 그날 밤 메이슨이 3층의 신비한 거주자에 의해 이상하게 큰 부상을 입는 일이 발생했다. 부상당한 사람은 해가 뜨기 전에 몰래 집 밖으로 끌려나간다.

그러던 어느 날 게이츠헤드 저택에서 제인을 찾아온 하인이 제인에게 외숙모인 그 악독한 리드 부인이 임종을 앞두고 제인을 보고 싶어 한다는 말을 전한다. 제인은 자신이 자란 옛집을 방문한다. 죽어가는 외숙모는 제인에게 3년 전에 받은 편지를 내준다. 그 편지는 마데이라에 있는 존 에어에게서 온 편지였고 내용은 조카 제인을 양녀로 삼고 싶으니 자신에게 보내라는 편지였다. 자신의 모든 재산도 제인에게 상속하겠다는 것이었다. 리드 외숙모는 제인이 로우드 학교에서 전염병에 걸려 죽었다고 답장했음을 제인에게 털어놓았다. 친척, 양녀로 삼는 것, 재산상속 등에 관한 소식을 제인에게 비밀로 숨긴 죄의식이 죽어가는 그녀의 마음에 부담이 되었다는 것이다.

리드 외숙모의 장례식을 치룬 제인은 손필드 저택으로 돌아온다. 어느 날 밤 정원에서 로체스터는 제인을 품에 안고 사랑을 고백하며 청혼한다. 속으로 사랑하며 존경하던 그의 청혼을 받아들여 제인은 그 마을 성당에서 식을 올릴 계획을 세운다. 또한 삼촌에게 편지를 보내 리드 외숙모가 이제껏 자기를 속였다는 사실과 곧 로체스터 씨와 결혼한다는 사실을 알린다.

결혼식이 다가오던 어느 날 제인은 괴로운 일을 체험한다. 밤에 눈을 떴을 때 낯설고 구역질나게 생긴 여자가 자기 방에 들어온 것을 발견한 것이다. 침입자는 제인의 면사포를 써보더니 발기발기 찢어버린다. 로체스터는 그게 모두 상상이 만들어낸 헛것이라고 제인을 위로한다. 그러나 아침이 되고 제인은 찢어진 면사포를 두 눈으로 똑똑히 보게 된다. 성당에서 결혼 서약이 진행되던 도중, 낯선 사람이 이 결혼에 이의를 제기한다. 그는 메이슨이 채용한 변호사였는데, 그의 손에는 메이슨, 즉 얼마 전 손필드 저택에서 부상당했던 사나이가 직접 서명 날인한 결혼 증명서가 들려 있었다. 로체스터가 이미 메이슨의 여동생인 버사 메이슨과 결혼했다는 것을 증명하는 서류였다. 15년 전 자메이카의 스패니시타운에서 거행된 결혼이었다. 로체스터 씨도 그 사실을 시인했다. 그러고는 일행은 손필드 저택 3층으로 갔다. 그곳에는 미친 버사 메이슨과 그녀를 감시하고 돌보는 그레이스 풀이 있었다. 로체스터 씨의 아내는 바로 제인이 자기 방에서 본 여자였다.

제인은 즉시 손필드 저택을 떠나야겠다고 마음먹고 다음 날 날이 밝자마자 사랑하는 로체스터의 곁을 도망치듯 떠난다.

4막의 막이 올라간다. 이틀 후 제인은 북부 중간 지점에 있는 황야에 와 있다. 굶을 대로 굶은 제인은 사실상 구걸에 나섰다가 문을 열어주지 않는 어느 집 앞에서 기진하여 쓰러져 있었다. 성직자인 세인트 존 리버스 씨와 그의 여동생 다이애나와 메리는 제인을 집으로 들여 극진히 간호해서 건강을 회복시킨다. 제인 에어 대신 제인 엘리엇이라는 이름으로 위장한 제인은 로우드 학교와의 관계 외에는 어떤 사실도 밝히지 않는다. 세인트 존 신부는 여학교를 하나 만들어 제인에게 교사 자리를 마련해준다.

얼마 후 세인트 존 리버스 신부는 자기의 가족 변호사에게서 존 에어 씨가 마데이라에서 죽으면서 2만 파운드나 되는 재산을 제인 에어에게 상속했다는 소식을 접한다. 제인의 행방을 전혀 알 수 없었던 변호사가 그 다음으로 가까운 친척인 세인트 존에게 문의하여 혹시 그녀의 소재를 찾을 수 있나를 타진해왔던 것이다. 이제 로우드 학교와의 관계를 통해 제인의 신분이 완전히 드러난다. 제인은 세인트 존과 그 누이동생들이 자기의 친사촌이라는 것을 알고 깜짝 놀란다. 그리고 자신이 받은 유산을 사촌들과 똑같이 5천 파운드씩 나눠 가짐으로써 우애를 나눈다.

세인트 존은 선교사로 인도에 가기로 오래전부터 결심했는데, 제인에게 자신의 아내가 되어 같이 가자고 청한다. 그리고 제인을 사랑해서가 아니라 그녀의 능력과 봉사가 꼭 필요해서라고 솔직히 털어놓는다. 제인은 목숨을 구해준 그의 친절과 도움에 큰 빚을 졌기 때문에 어떻게든 은혜를 갚고 싶은 마음이 있었지만 세인트 존의 제의는 받아들일 수 없었다.

어느 날 밤 제인은 로체스터가 "제인!" 하고 세 번 부르는 소리를 꿈결에서 듣는다. 나중에 알고 보니 같은 시간에 로체스터도 제인이 "어디 계세요?" 하고 부르짖는 소리를 들었다고 한다. 제인은 다음 날 지체 없이 손필드 저택으로 간다. 하지만 손필드 저택은 화재로 폐허가 되어 있었다. 어느 폭풍우가 불던 날 밤 로체스터의 미친 아내가 불을 질렀다는 것이다. 로체스터의 아내는 불길을 뚫고 지붕에 올라가 떨어져 죽고, 그녀를 구하려던 로체스터의 노력은 허사가 되었다. 로체스터는 그날의 사고로 한쪽 팔과 눈을 잃었다는 것이었다.

마지막 5막의 막이 오른다. 제인은 퍼딘에 살고 있는 로체스터를 찾아간다. 그곳은 손필드에서 여러 마일 떨어진 숲에 둘러싸인 한적한 농장이다. 그곳에서 쓸쓸하게 지내던 로체스터를 찾아간 제인은 서로의 사랑을 다시 확인한다. 그리고 제인은 로체스터와 결혼하여 그의 눈과 손이 되어준다. 마지막 장은 독자가 읽은 지 얼마 되지 않았을 테니까 여기서 더 기술할 필요가 없을 것이다. 두 사람의 행복한 결혼 생활은 계속되고 결혼한 지 2년 후에는 로체스터가 한쪽 눈의 시력을 회복하여 자신의 첫 아기를 알아보게 되어 더욱 행복을 누린다는 이야기다.

II

이상 제인의 성장 그리고 그에 따른 지적·감성적·정신적 성장 과정과 사랑의 승리를 지켜보았다. 감동과 격찬이 저절로 튀어나오게 하는 샬럿 브론테의 입담과 아름답고 시원한 문체, 풍부한 감정과 그 감정의 오묘하고 정확한 표출, 심오한 사색을 통한 사물, 사건, 인간 감정의 움직임과 그 작용과 반작용의 충돌에 대한 관찰, 번뜩이는 생활 속에 담긴 진리 등 이루 다 열거할 수 없을 정도의 진실에 대한 발언과 선언에, 이 방대한 소설은 한번 잡으면 손에서 쉽게 내려놓기가 힘들 정도다.

이렇게 《제인 에어》가 선풍을 일으키며 수많은 독자의 마음을 사로잡고, 출판과 독서계를 휩쓰는 등 인기의 열기가 끝도 없이 퍼져 나가자, 대부분의 평론가나 문학자는 아니지만 전혀 다른 시각으로 이 작품에 접근하는 평자와 학자가 나타났다. 후자에 속하는 비평가는 이 작품의 구석구석을 뒤지며 뭔가 달리 말할 게 없을까 하고 분석의 칼을 드는 경우가 생겨났다.

이 번역본은 '옥스퍼드 클래식'을 번역한 것이다. 앞머리에는 셜리 셔틀워스(Sally Shuttleworth)라는 비평가의 글이 실려 있다. 본문보다 앞에 있으면 대개 '서문'이니 '머리말'이라는 제목을 붙이는 것이 관례인데 이 《제인 에어》의 3판에는 거창하게도 '소개의 글(introduction)'이라는 제목이 달려 있다.

셔틀워스의 날카롭고 학구적인 연구 자세는 존경을 받을 만하다. 1막과 2막에 관해서는 역자가 앞에서 줄거리를 요약한 것과 같은 자세로 작품을 바라보고 있다. 다시 말해 1막에서는 무대가 게이츠헤드(Gateshead)니만큼, '게이트'는 문이며 '헤드'는 머리라는 뜻이므로 1막은 무대의 이름이 나타내듯 액면 그대로 '고생문', '고난의 문'이 된다. 제인은 외숙모와 사촌들에게 왕따를 당하고 샌드백처럼 얻어맞는다. 얻어맞다 보니 샌드백의 속이 다져지듯 제인은 강인하고 반항적(revolting)인 소녀가 된다. 셔틀워스는 1막에서 제인의 반항의 모습에만 관심이 있을 뿐, 제인이 베시라는 유모 겸 하인을 통해 긍정적으로 세상을 보는 자세는 완전히 무시한다.

2막에서 제인은 더 넓은 무대에 올라 있다. 하지만 그 반항적 기질은 약화되지 않았고, 사기꾼 같은 로우드 학교 운영자의 가식과 사욕을 채우는 횡령 과정을 지켜보며 반항적 기질은 더욱 확고해지고 더욱 똑똑한 지성으로 성장한다. 또한 여기서 제인은 신앙심 깊은 헬렌이라는 선배와의 친교와 사별을 통해, 그리고 템플 교장의 훌륭한 교육과 배려를 통해 반항뿐 아니라 순응(conformity)을 터득하는 냉철한 지성인으로 자란다. 여기까지는 셔틀워스도 대부분의 비평가나 언론들과 비슷하게 말하고 있다.

그러나 3막에 이르러 로체스터가 숨겨놓은 미친 부인 버사가 등장하자 셔틀워스는 이 정신이상이라는 주제를 물고 늘어진다. 대부분의 독자들은 예상치도 못한 주제일 것이다.

이 비평가는 미친 버사라는 부인과 제인과의 공통점을 찾는 데 주력한다. 버사가 3층 구석방에 감금된 것처럼 제인도 게이츠헤드 1막에서 '붉은 방'에 감금된 적이 있었다. 뒤늦게 로체스터의 결혼 사실이 밝혀져 무산된 결혼식을 포기하고 3층으로 올라갔을 때 버사는 '네 발로 기어' 로체스터에게 달려든다. 제인도 4막에서 허기지고 기진하여 시골 들판에서 '네 발로 긴다.' 이 감금(imprisoned)되었다는 것과 네 발로 바닥을 기었다는 것이 버사와 제인의 공통분모다. 그 밖에도 '불과 폭력'이라는 개념이 두 여자의 공통분모가 된다. 셔틀워스는 이러한 공통분모로 인해 버사는 제인의 '또 하나의 자아', 즉 동전의 앞뒷면에 해당한다는 이론을 전개하고 있다.

셔틀워스는 이렇게 보물을 찾듯 두 여인 사이에서 발견된 동일한 처지나 행동을 예로 들며 버사는 정신이상이 양성으로 나타난 사례인 반면 제인에겐 그 증상이 억제되어 음성으로 잠복하고 있다고 말한다.

이렇게 제인을 버사의 복사판으로 만든 것까지는 좋다. 그런데 제인을 그렇게 변형시킨 작업이 《제인 에어》라는 애정물을 다루는 작업에서 무슨 역할을 담당한단 말인가? 3막은 로체스터와 제인의 사랑이 싹터서 무럭무럭 자라는 아름다운 정원 아닌가! 다른 어떤 소설에서도 만나볼 수 없는 한 급 높은 대화가 이어지는 명장면의 연속이 아닌가? 그 멋있는 순애보라는 아름다운 기와집의 기둥을 썩은 재목으로 건립할 수 있을까? 역자는 셔틀워스의 비평을 읽고 실망이 컸고 이 작품을 혹시 잘못 이해하는 것이 아닌가 하는 우려까지 해보았다.

　필자의 눈에 버사의 등장은 크게 두 가지 역할을 담당하고 있었다. 첫째, 미친 여자를 설정한 목적은 제인의 정신이상을 증명하기 위한 것이 아니라, 전혀 다른 곳에 있다고 생각한다. 우선 독자들은 무뚝뚝하면서 건장하고, 잘생기진 않았지만 교양이 풍부하고 예술을 사랑하는 남자, 그러면서도 남자의 냄새가 풍기는 남자, 세인트 존처럼 미남 조각상은 아니지만 남자 냄새가 없는 차가운 남자와는 전혀 다른 이 남자에게 3막 중반에 이르러서는 호감을 느끼지 않을 수 없는 지경이 되고 이 남자와 제인의 결합을 은근히 응원하는 심정을 갖기에 이른 상태다. 15년 전에 결혼한 법적인 기혼자라는 약점은 있지만 제인에게 청혼하는 것이 파렴치한 인간, 일부다처주의자, 아랍의 음탕한 술탄처럼 보이지 않게끔, 그러니까 제인에게 청혼할 자격이 있는가 여부를 독자가 판단하도록 샬럿 브론테가 소설의 기법상 도입한 주제가 아닌가 하는 것이 역자의 생각이다.

　둘째, 작가는 또 다른 의도를 가진 듯하다. 즉 로체스터가 미친 여자와 결혼하게 된 어떤 남자(물론 그 남자는 로체스터 본인이다.)에 대한 이야기를 비유적으로 들려준다. 여자는 대대로 미친 피가 혈관에 흐르는 집안의 딸이다. 그 이야기를 듣고 제인은 중대한 발언을 한다. "그녀는 미치지 않을 수 없네요(She can not help being mad.)." 이 말은 애매하지만 음미할 가치가 있다. "당연히 미쳐야지요." 또는 "미쳐도 싸다."로 이해할 수 있지만 제인은 그녀가 미치게 된 것이 그녀의 책임이나 잘못이 아니라는 동정 어린 발언을 하는 것이다. 역자는 브론테가 이 발언을 통해 제인의 선한 천성을 부각시키려는 목적이 있었다고 해석하고 싶다.

셔틀워스는 1권 10장에 나오는 브론테의 말에도 주목했어야 했다.

나는 다만 살아가면서 내가 보인 반응들 중에서 어느 정도 흥미를 자아낼 것으로 믿어지는 기억만을 끄집어내야겠다.

그렇다. 작가가 독자여! 하고 독자를 부르면서까지 선언한 위의 말을 비평가들은 잊지 말아야 한다. 다시 말해서 반감으로 시작했지만 타고난 성실한 성격과 노력으로, 독립, 여권신장, 인권 신장, 무엇보다 자아(selfdom)의 추구, 발견, 확립을 달성하고 경제적 자립까지 달성한 후 제인은 로체스터라는 남자에 대한 순수하고 애틋한 사랑을 위해, 자아 포기, 자기 부정(self-denial)을 실천한다. 그러고는 눈이 멀고 팔 한쪽이 없어진 로체스터를 다시 찾아가 그의 눈이 되고 팔이 되고 그의 삶이 되는 이 순수한 사랑, 박계주라는 소설가의 표현을 빌리면 '순애보'를 이룩하는 극적인 여정은 그야말로 감동적이다. 오늘날의 표현을 빌리면 그들 사랑이 지닌 전파의 주파수가 워낙 고주파였기 때문에, 먼 곳에 위치한 제인에게 로체스터가 부르는 소리가 들렸던 것이다. 원래 의학적으로 보아도 여성은 남성보다 직감이 더 발달하고 미신을 좋아한다. 이는 여성은 남성이 하지 않는 생리를 하기 때문에 자신들이 어떻게 저지할 수도 참을 수도 없는 피를 보는 데서 그런 현상이 일어난다는 해석이 있기도 하다. 게다가 제인은 '붉은 방'에 갇혀 기절한 경험에다 손필드 저택에 왔을 때 무서운 웃음소리를 여러 번 들었던 전력이 있기에, 거의 신들린 경지에 있는 여자라서 '제인, 제인, 제인' 하는 소리를 들었다고 이해해줄 만하다. 로체스터가 '어디 계세요?' 하는 제인의 목소리를 들었다는 데 이르러서는 미신적이기까지 한 초과학적이고 초자연적인 동화 속의 이야기 같다고 생각하면서도 독자는 매혹당하여 책 속으로 빨려 들어간다. 샬럿 브론테의 필력은 그만큼 놀랍다.

진정으로 순수한 사랑은 빈부 차, 신분 차, 심지어 연령 차까지도 전혀 상관하지 않고 생김새도 아무런 영향을 주지 못한다. 그야말로 시와 음악이 흐르는 애틋한 사랑, 정말 사랑이라는 표현을 붙여도 되는 사랑이란 이런 것임을 보여줌으로써 세계 도처의 독자들, 그리고 그 아들딸들, 그리고 그 아들딸들의 아들딸들에게도 영원히 감동을 안겨줄 작품이라는 데 의심의 여지가 없다.

이 작품을 번역하면서 역시 활자 예술이 어떤 영상 예술도 압도하는구나 하는 생각을 했다. 이 책의 활자를 읽는 동안 독자인 나는 여기 등장하는 주인공 역을 직접 연기하고 연출하고 감상했다. 특정한 탤런트의 목소리와 모습을 본 것이 아니다. 자신이 상상 속에서 창조하는 주인공들의 목소리를 직접 만들어내며 직접 듣는 기분이었다. 독자를 훌륭한 연기자와 연출가로 만들려면 각본이 좋아야 한다는 생각이 들었다. 《제인 에어》는 좋은 각본이었다.

III

다음은 동시대 언론의 평가다. 지면이 허락하는 만큼만 번역 소개해본다.

《이그재미너》

　《제인 에어》가 매우 기발하게 쓰여진 작품이라는 데는 이론의 여지가 없다. 정말 이 작품은 강력한 힘을 가졌다. 여기에 담긴 사상은 진실되고 건전하고 독창적이다. 문체는 여기저기 투박하고 세련미가 없지만, 단호하고 솔직하고 적절하다. 지금 당장이라도 지적할 수 있는 단점들이 있지만 그에 못지않게 많은 아름다움이 존재하는 책이다. 그리고 작품의 목적과 교훈이 훌륭하다. 터놓고 교훈적인 의도는 보이지 않지만, 지성과 흔들림 없는 성실성이 출생이나 재산이라는 우연의 결과인 지배력, 즉 사회를 지배하는 영향력에 의해 억압받으면서도 결국은 승리할 수 있음을 보여주려는 작가의 의도가 엿보인다. (이건 여성에 대한 이야기이지만 여성이 쓴 것이라고 믿기지 않는데) 이 자서전 속에 모든 유리한 조건들이 한쪽으로만 기울어져 있는 시합에서는 반드시 발생하기 마련인 투쟁과 혼란과 불안이 들어 있는 것은 사실이다. 그러나 종국에 가서는 여주인공의 정직함, 친절한 심성, 그리고 그녀의 인내심이 온갖 장애를 극복하고 승리한다. 약자들을 옹호하는 투사로서 이 전장의 일선에 자신을 내던진 저자를 좋아한다고 고백하지 않을 수 없다. 또한 이런 과업이 대담하고 능숙한 군인 정신으로 수행되는 것을 보면서 존경을 표하지 않을 수 없다.
　이 작품에 약점이 없다고는 할 수 없지만 누구도 이 작품이 약하다 혹은 지루하다고 주장할 수는 없다. 이 작품은 현재의 유행을 따르는 소설은 결코 아니다. 주인공으로 패니 경 같은 사람이 등장하는 것도 아니고 고귀함의 표본으로 공작부인이 등장하지도 않는다. 사건의 무대도 런던의 벨그레브나 그로스브너 광장이 아니다. 작품에는 프랑스어도 별로 나오지 않고 라틴어는 전혀 없다. 마라단 부인 이야기는 없고 렌 강의 꽃다발 냄새도 맡을 수 없다. 반대로 여주인공은 인생의 가시나무 덩굴과 들장미 떨기 속으로 던져진 몸이다. 고아일 뿐이다. 돈도 없고 미모도 없고 친척도 없이 기아에 시달리는 자선 학교에 던져져, 거기서 몇몇 과목들의 지식을 얻은 후 가정교사로서 삶을 헤쳐나간다. 그렇게 불러도 될지 모르지만 남자 주인공은 중년의 나이다.(아니면 중년이 되어간다.) 그 남자는 손이 잘리고 눈이 멀고, 엄격하고 괴팍하다. 작품의 문장은 간결한 영어로 되어 있고, 작품에서 접할 수 있는 유일한 향기라고 해봤자 흔해 빠진 정원의 꽃향기와 로체스터가 피우는 시가 냄새뿐이다.

소설 작품으로 볼 때도 그렇고 사건을 기록한 역사물로 볼 때도 그렇고 이 작품은 명백히 결함을 지니고 있다. 그러나 한 인간의 정신을 분석한 글로, 아니면 그 인간이 어린 시절부터 성인이 될 때까지 성장한 과정을 설명한 해명서로 볼 때 이 작품은, 이런 계열의 어느 작품과도 당당히 비교될 수 있을 것이다. 이 작품은 월터 스콧 경이나 에드워드 린튼 경이나 디킨스 씨의 작품들과 페이지별로 비교 검토할 책이 아니다. 그들의 작품과는 전혀 다른 작품이기 때문이다.(물론 인물의 성격을 묘사한 문장을 제외하고 하는 말이다. 그런 문장들은 저자의 비범한 능력을 우리에게 즉각 상기시킨다.) 오히려 이 작품은 고드윈이나 그 추종자들의 자서전 옆에 놓고 비교되어야 하는 작품이다. 그렇게 되면 이 작품의 상대적 가치가 편견이나 편애 없이 평가될 수 있을 것이다. 이 작품에는《플리트우드》나《멘드빌》의 저자가 습관적으로 보여주는 유창한 웅변이나 수사적 기교는 덜 등장하며 인간의 내면적 성장 내력에 대한 예리한 분석도 부족할지 모른다. 그러나 이 작품에는 그런 작품들에 비하면 훨씬 더 많은 회화적 매력이 있고, 더욱 진지한 인간적 목표 의식과 더욱 다양하고 생생한 인간과 사물에 대한 묘사가 담겨 있다.

이 작품에는 대단히 유려하고 웅변적인 문장이 자주 등장하는데, 그것이 무의식적이면서 자연스럽게 흘러나오는 것 같아서 더욱 효과적이다.

모든 것을 고려할 때 우리는 독자들에게 시간이 나는 대로 지체 없이 이 세 권짜리 제인 에어의 자서전을 꼭 읽어보라고 권하는 바이며 나아가서 엄선 애독서 목록에 반드시 포함시킬 것을 일관되게 추천하는 바이다.

《프레이저스 매거진》

이 작가는 우리가 소설가에게 요구하는 거의 모든 것을 갖춘 작가다. 인물에 대한 인식 능력, 그것을 묘사하는 힘, 정열과 인생에 대한 지식이 바로 그것이다. 유난히 흥미로운 스토리가 자연스럽게 전개되면서 끝까지 우왕좌왕함 없이 독자의 주의를 움켜잡고는 절대로 놓아주지 않는다. 읽고 나서 책을 덮어도 그 마력은 지속된다. 독자의 흥미는 끝나지 않는다. 현실감, 즉 심오하고 의미심장한 현실이 이 저서의 특징이다. 이것은 자서전이다. 어쩌면 있는 그대로의 사실과 여건을 담고 있는 것이 아니라 실제의 정신적 고통과 경험을 담은 자서전이다. 이런 점이 이 저서에 매력을 부여한다. 이것은 영혼이 영혼에게 하는 말이다. 이것은 투쟁하고 고통을 겪고 무던히도 인내하는 정신의 깊은 저변에서부터 터져 나오는 발언이다. 심오한 곳에서 오는 신음(suspiria de profundis)이다.

《위클리 크로니클》

 이 작품에 대해 우리가 할 말은 몇 마디로 요약할 수 있다. 지난 여러 해에 걸쳐 출판된 작품 중에서 가장 특출한 작품이라는 것이다. 우리는 이 세 권짜리 작품이 보여주는 것 같은 힘을 지닌 저자를 본 적이 없다. 그리고 현대 문학에서 두드러진 현상인 깜짝 놀랄 어휘 구사나 푸른 불꽃이 나올 듯한 미사여구에 의존하지 않고 차분한 정신적 어조를 유지하면서 이토록 깊은 흥미를 자아내는 저자를 본 적이 없다. 우리는 저자인 '커러 벨'이라는 인물이 누구인지 알지 못한다. 그러나 그 이름은 문학계에서 매우 높은 위치를 점하게 될 것이다. 우리는 마시 부인이 편집자로 위장하여 자신의 정체를 숨기고 있는 게 아닌가 믿고 싶은 충동을 여러 번 느꼈다. 이 자서전이 단순하고 예리한 그녀의 특성을 지니고 있고 그녀의 자연에 대한 사랑이 곳곳에서 공유되는 듯하기 때문이다. 그러나 남성의 강한 필체가 감지된다는 생각이 들기도 한다.
 첫 페이지부터 마지막 페이지까지 시종일관 똑같은 활력이 넘치며 모든 상황에서 상세하고 세밀한 묘사가 넘치고 있는《제인 에어》는, 이 인생을 그린 화폭을 지난 몇 년간 출간된 어느 작품보다도 더 진실되고 흥미로운 작품으로 만들어주고 있다.

《아틀라스》

 이 작품은 단순히 장래가 촉망되는 작가의 작품에 그치는 것이 아니다. 완벽하게 이루어낸 작품이다. 이 작품은 여러 해에 걸쳐 출간된 국내 소설 중에서 가장 강력한 매력을 지닌 작품 중 하나이다. 이 작품에는 낡은 관습의 흔적이 거의 없거나 전혀 없다. 낡은 상상의 혈관에서 나오는 지루하고 고갈된 특질들이나, 해묵은 사건들과 인물들을 새로 조합하여 재생하는 작업은 없다. 그 대신 이 작품은 젊은 활력, 신선미, 창의성, 힘찬 언어, 집중된 흥미들로 가득 차 있다. 사건들은 충격적이지만 작품의 주제에 종속되어 있다. 작품의 주제는 사건이 아닌 등장인물의 성격 발전에 바탕을 두고 있다. 이 작품은 열정에 대한 이야기이지 행동에 관한 이야기가 아니다. 그런데 그 열정은 때로 비극적인 강도의 절정으로까지 상승하여 거의 숭엄하기까지 하다. 이 작품은 맥박을 빨리 뛰게 하고 심장을 고동치게 만들고 눈에 눈물이 고이게 한다.

　우리는 이 강렬한 이야기가 어떻게 젊은 작가의 펜촉에서 나왔는지 알지 못한다. 젊음의 싱싱함이, 젊은이 특유의 미숙함이 어느 정도는 발견된다. 그러나 인생이라는 고해 속에서 오랫동안 쓰디쓴 경험을 해보지 않고는 좀처럼 터득될 수 없는 심오한 인간 감정의 깊은 샘물에 대한 지식이 여기에 있다. 이야기에 나오는 행위는 때로 부자연스럽지만 열정은 늘 진실된 것이다. 작품의 지엽적인 결점은 쉽게 지적할 수 있을 것이다. 그러나 이 작품의 장점들이 무척 두드러지기 때문에 그 장점들을 아무런 단서를 달지 않고 아낌없이 수용하는 것이 기쁨이 될 정도다. 이것은 그 안에 위대한 가슴을 담고 있는 작품이다. 어설픈 가짜나 위조지폐 같은 것이 아니다.

《크리틱》
　《제인 에어》는 뛰어난 소설이며 모든 관점에서 문학 담당 기자들이 매 시즌 정독해야 하는 평년작들보다 훨씬 상위에 있는 작품이다. 이 작품은 압도적인 흥미를 자아내는 이야기며, 첫 장부터 독자의 관심을 대못 박듯 견고하게 사로잡는다. 그리고 실로 우리 현대 영국 소설가들에게서는 거의 찾아볼 수 없는 풍성한 사건들로 독자들을 끝까지 붙잡고 놓지 않는다. 우리는 진심으로 독자 여러분께 《제인 에어》를 도서대여 목록 맨 윗자리에 놓아야 할 작품으로 추천하고, 순회도서관 주인들이 안심하고 주문해도 되는 작품으로 추천한다. 이 작품의 수요는 급증할 것이다.

《이코노미스트》

지난 여러 해에 걸쳐 우리가 읽어온 모든 소설 중에서 가장 감동적인 작품이다. 또한 가장 재미있는 작품이란 말도 덧붙이겠다. 등장인물의 성격뿐 아니라 문체까지도 진부하지 않고 완벽하리만치 참신하며 실제 삶과 닮아 있다. 그리고 이 작품은 철저하게 영국적이다. 이야기 전개는 예술적으로 처리되어 있고 인물들은 대담하고 활기차게 묘사되어 있다. 작품 전체가 독자에게 흥미를 주고 독자를 사로잡기 위해 설계된 작품이다.

《타블렛》

'제인 에어'라는 여자의 자서전은 단순히 한 인간의 정신 발전상이다. 강한 의지가 뒷받침하는 강력한 지성의 소유자의 성장 과정, 힘, 자제력, 방향 설정, 감정 억제력, 또한 그것들이 형성되는 과정에서의 교육과 인내 등을 다룬 작품이다. 스토리는 독자를 인간의 마음속 가장 깊숙이 자리한 곳으로 초대한다. 그러고는 강력한 스토리의 힘으로 가장 신비로운 그곳의 비밀을 독자가 풀어헤칠 때까지 억류한다. 스토리의 실줄에는 진주들이 매달려 있다. 사상과 감정의 진주알들이다. 그 실줄은 이성과 애정 주위를 감고 회전한다. 이런 작품을 읽는 일은 건강에 유익한 정신 활동이다. 우리는 이 작품이 유리한 만큼이나 매력적인 작품으로 판명되기를 진심으로 희망한다.

《제럴드 뉴스페이퍼》

《제인 에어》는 독창적이고 박력이 있으며 교훈적인 데다 짜릿할 정도로 재미있다. 주요 등장인물들과 작품의 플롯은 아주 독창적이다. 어찌 보면 플롯 자체는 단순하다. 사상에 힘이 넘치고 그 결과 문체에도 힘이 넘친다. 강력한 사상을 지닌 사람은 누구나 유약한 문체로 글을 쓰지 않는 법이다. 이 작품은 도전적인 진정성이나 아름다움으로 인해 교훈적이다. 그리고 그 독창성, 활력, 도덕적 교훈 때문에 독자의 마음을 빼앗을 정도로 재미있다.

《제럴드 매거진》

《제인 에어》는 신선하고 유익한 내용을 많이 담고 있으며 사려 깊고 사색하는 인간의 경험을 분명히 보여준다. 이 작품은 책이라는 안경을 쓰고 인간의 본성을 바라본 결과가 아니며, 개개인의 삶에서 이끌어낸 강렬한 성격 묘사와 명료하게 전개시킨 진리에서 나온 강렬하고 힘 있는 매력을 지닌 작품이다.

《모닝 포스트》

《제인 에어》는 소설 작품이 인기를 끌 만한 많은 특성들을 가지고 있다. 작품에 도입된 인물들은 특징이 뚜렷하다. 사건들은 다양하며 공감을 끌어낼 만하다. 문체는 신선하고 힘차며 과장이 거의 없다. 흔히 보는 플롯은 없다. 그러나 각각 분할된 스토리가 짜릿한 흥미를 자아낸다. 몇 개로 나뉜 부분들은 연속성을 이룰 만큼 충분히 짜 맞춰져 있어서 끝에 위치한 대단원이 가능케 해준다.

《옵서버》

이 책의 내용과 교훈은 유익하며 문체 또한 힘이 있고 인상적이다. 이런 부류의 작품치고는 아주 특이하다고 할 수 있다. 또한 주제가 매우 고귀하고 매우 독창적이다. 저자는 장래가 촉망된다. 모두가 즐겁게 읽고 내려놓을 때는 아쉬움을 느끼게 할 만한 작품이다.

《스펙테이터》

이 픽션은 인간의 정신에 대한 세밀한 분석이 사건보다 우위에 있는 작품군에 속한다. 사건이 등장인물의 성격 묘사나 제시에 종속되어 있기 때문이다. 이 작품은 설계에 있어 상당한 기술과 뛰어난 힘을 보여준다. 그 기술과 힘은 내용 속에서보다 문장을 엮는 작업에서 더욱 확연하게 드러난다. 이러한 작품의 박력이 끝까지 나름대로의 흥미를 유지시킨다.

《선》

흥미로 가득 차고 독창성에 있어 부족함이 없다.《제인 에어》라는 자서전은 매력적인 특질을 가지고 있으며 그 매력은 다양한 모험을 자연스럽고 단순하게 이야기하는 방식과, 감정과 열정을 활기 있게 묘사하는 방식에 의해 크게 고조된다. 그러나 가장 칭찬할 만한 특징은 인물의 성격 묘사를 감탄스러울 정도로 잘했다는 점과 인간 성격의 차이를 탁월하게 판별한다는 점이다.

《모닝 애드버타이저》

넘치는 박력, 커다란 장래성이 흥미진진함과 흥분을 자아내는 소설이다. 저자는 자연스럽고 가식 없는 문체로 글을 쓰고 있지만 이 작품 속에는 시종일관 독자들이 거부할 수 없는 진지함과 심오한 감정이 묘사되어 있다. 이 작품의 위대한 장점 가운데 하나는 의심할 여지 없이 그 독창성이다. 이 작품은 구성과 소재 면에서 매력적이고 신선한 외형을 가지고 있다. 사실과 허구, 현실과 로맨스가 뒤섞여 깊이 있고 지루하지 않은 흥미진진함을 유지시키는 데 이바지하고 있다. 이렇게 독창성을 발휘하고 성공을 거둔 작업을 해낸 저자는 칭찬받아 마땅하다.

《이어러》

사고력과 표현을 놓고 따지면 현대의 문학 작품 중에서 이 작품에 필적할 만한 작품을 본 적이 없다. 이 작품의 이야기는 가슴에서 우러나온 이야기이며 자연스러운 애정을 통해 하나의 교훈을 빚어낸 작업이다. 이 작품은 정신이 물질을 누른 승리담이며, 부자연스러운 희생을 치르지 않고도 이성이 감정을 눌러 압도한 이야기다. 저자는 인간의 삶 속으로 깊이 파고들며 동시에 자신이 생각하고 느끼는 대로 쓸 수 있는 재능을 얻어낸 사람이다. 스토리 자체도 독특하다. 능숙하게 기술된 페이지 속에는 깊이 숙고하고, 기뻐하고, 눈물을 흘릴 부분이 많이 있다. 많은 감정이 베일을 벗고 노출되고,

정신이 탐색되고, 많은 시련과 유혹이 등장하고, 불굴의 정신과 체념이 등장하고, 건전한 분별력과 기독교 정신이 등장한다. 그러나 유순한 구석은 드러나지 않는다.

《가디언》

이보다 더 재미있는 스토리를 우리는 거의 접해본 적이 없다. 묘사가 생생하고 감동적이며, 독자 앞에 인물과 사물을 보기 드물 정도로 실감나게 내놓는다. 인물들은 하나하나 명확하게 그려져 감탄을 자아낸다. 대화는 자연스럽고 알아듣기 쉽고 지루하지 않다. 그리고 작품 속에 담긴 신비함은 가장 예민한 후각을 가진 독자라도 당황하게 만들 만한 신비함이다.

《하우위츠 저널》

오랜만에 읽어보는 신선하고 진실된 작품 가운데 하나다. 이 작품은 강렬한 흥미로 가득 찬 국내 소설이지만 단순한 소재로 이루어져 있다. 그 소재의 가치는 그 진실성에 있다.

《피플즈 저널》

이 작품은 지난 여러 해 동안에 걸쳐 출간된 가장 주목할 만한 국내 소설 중 하나다. 《제인 에어》는 매우 눈길을 끄는 놀라운 작품이다. 문체는 대담하고 명료하고 예리하다. 사건은 다양하고 감동적이고 낭만적이다. 인물 묘사는 방대하고 독창적이고 다양하다. 정신적 감정은 순수하고 건강하다. 작품 전체는 독자의 관심을 사로잡고, 공감을 자아내고, 심장을 뛰게 하고, 두뇌를 정지시키도록 설계되었다.

《쉐필드 아리리스》

이것은 평범한 작품이 아니다. 이것은 통상적인 현대 소설 양식으로 출간되었다. 그러나 그 주요 내용은 전혀 다른 성격을 지닌다. 이 세 권으로 된 작품의 큰 목표 가운데 하나는 외적인 미는 가슴속 아름다움보다 못하며, 인습적인 교양이란 것도 지고한 도덕적 목표와 결합된 깊고 독창적인 정신과 비교하면 보잘것없는 것이라는 사실을 보여주려는 데 있다. 《제인 에어》는 매우 기분 좋은 책이다. 문체는 세련되고 웅변적이며, 대화는 활기가 넘친다. 인물들은 살아 움직이며 각자 언어라는 매개 수단을 통해 나름대로의 방식으로 자신의 개성 있는 자질을 보여준다. 사건은 매우 힘차게 짜여 있고, 다양하고 훌륭하게 연결되며, 항상 흥미가 넘친다. 풍요롭고 열정에 넘치고 유려한 페이지 하나하나를 자세히 읽는 독자에게는 흔치 않은 특식이 나오는 한턱이 마련되어 있다.

《노팅엄 머큐리》

거장의 연주 같은 것이다. 앞으로 이 저자는 소설 문학에서 가장 출중한 경쟁자들 중 한 명이 될 것을 기약하고 있다. 비슷한 종류의 훌륭한 많은 작품들 중에서 우리는 《제인 에어》보다 더 스릴 넘치고 교훈적이고 마음을 정화시키는 특징을 지닌 작품을 읽어본 적이 없다. 점잔 빼는 말투에 조금도 의존하지 않으면서 이 작품은 뛰어나게 종교적이다. 감상주의에 억지로 호소하지 않고도 이 작품은 진실로 애감이 흐른다.

《글래스고 이그재미너》

새로운 소설가의 첫 작품이다. 압도적인 힘과 흥미가 넘치는 작품이다. 처음부터 끝까지 스토리가 놀랄 만치 훌륭하게 지속된다. 구체적인 상황 묘사가 지극히 회화적이며, 각 장면과 사건들이 비범한 힘과 효과를 발휘하도록 묘사되어 있다.

《스코츠맨》

놀랍고 강렬한 소설이다. 보통의 세 권으로 된 소설 작품들과는 확연히 구분되는 독특한 특징이 있어서 상당한 독창성과 힘을 지닌 사람이 쓴 작품이라는 것을 시사하고 있다.

《리버풀 스탠다드》

이 작품은 여러 해에 걸쳐 우리의 관찰 대상이었던 가장 놀라운 작품에 속할 만한 작품이다. 이 소설은 독창적인 대화와 독특한 성격의 등장인물, 이따금씩 강력한 힘을 발휘하는 생생한 묘사로 가득 차 있다. 저자는 인간의 심성을 충분히 연구한 사람임이 분명하다. 여주인공의 성격이 서서히 밝혀지는 과정은 뛰어나게 묘사되어 있다. 우리가 아는 한 어떤 자서전도 이를 능가하지 못한다.

《처치 오브 잉글랜드 저널》

오랜만에 등장한 이런 장르에 속한 훌륭한 수작들 중 하나다. 문체는 신선하고 힘이 넘치며, 전체적인 작품의 격조가 진지하다. 작품 전체에 걸쳐 묘사되고 있는 인간 본성에 대한 지식은 저자의 관찰력과 성격 분석 능력이 섬세하고 세밀하고 탁월한 동시에 포괄적이라는 것을 말해준다. 극적으로 플롯을 짜내는 능력뿐만 아니라 인물들에게 개성을 부여하는 능력에 있어서도 탁월한 저자다. 요컨대 이 작품은 빼어난 가치를 지닌, 매우 흥미로운 작품이다.

《웨스트민스터 리뷰》

결정적으로 이번 시즌의 가장 훌륭한 작품이다. 더욱이 이야기 전체에 스며 있는 자연스러운 품격과 문체의 독창성, 신선함 등에 비춰볼 때 오늘날 이런 부류의 작품들에서 거의 만날 수 없는 장점을 지닌 작품이라고 할 수 있다. 저자가 누구이건 간에 그의 같은 펜 끝에서 나올 이런 작품들을 더 보게 되기를 기대한다.

옮긴이

작가 연보

1816년 4월 21일, 패트릭 브론테와 마리아 브론테의 셋째 딸로 요크셔 주 손턴 브래드포드에서 태어났다.

1817년 6월 26일, 패트릭 브란웰 브론테가 태어난다.

1818년 7월 30일, 에밀리 제인 브론테가 태어난다.

1820년 1월 17일, 앤 브론테가 태어난다. 4월 20일, 가족이 요크셔 주 하워스로 이사한다. 그곳에서 부친이 부사제로 근무한다.

1821년 9월 15일, 브론테 부인이 세상을 떠난다.

1824년 8월 10일, 랭카셔 주에 있는 코원 브리지 학교에 간다.(에밀리 브론테도 12월 25일에 그 학교에 입학한다.)

1825년 5월 6일, 큰언니 마리아가 결핵으로 죽는다. 5월 31일, 엘리자베스가 학교에서 집으로 돌아온다. 6월 1일, 아버지가 샬럿과 에밀리를 하워스의 집으로 데려온다. 6월 15일, 엘리자베스 브론테도 결핵으로 죽는다.

1825~1830년 브론테 가의 자식들은 집에서 이모인 브란웰에게 교육을 받는다.

1826년 6월 5일, 동생 브란웰이 받은 장난감 병정들에서 영감을 얻어 남매들이 공동으로 〈젊은이들의 이야기 12〉라는 모험담을 합작한다.

1829년　1월,《브란웰의 블랙우드 매거진》이 나오는데, 샬럿이 그 잡지를 떠맡아《젊은이들의 잡지》라고 이름을 바꾼다.

1831년　1월 17일, 머필드 인근 로헤드에 있는 미스 울러의 학교에 입학한다. 이곳에서 엘런 내시를 만나 평생 편지를 주고받는다.

1832년　5월, 로헤드를 떠난다. 7~8월,〈혼례식〉을 쓴다. 9~10월, 처음으로 엘런 내시의 집을 방문한다.

1833년　5월,〈아서에 관한 일〉, 5~6월〈죽은 아이〉, 9월〈초록색 난장이〉, 11월〈비밀〉과〈릴리하트〉라는 글을 창작한다.

1834년　1월,〈열어보지 않은 책의 한 페이지〉, 2~3월〈버더볼리스에서의 높은 삶〉, 5~6월〈그림책 열람〉, 6~7월〈마법〉, 10월〈나의 앤그리아와 앤그리언들〉 등을 창작한다.

1835년　7월 29일, 교사가 되어 학교로 돌아온다. 에밀리는 학생으로 언니를 따라온다. 10월, 에밀리가 병이 들어 하워스의 집으로 돌아오고 막내인 앤이 로헤드 학교의 언니 자리를 대신한다.

1836년　4월,〈지나가는 사건들〉을 집필한다. 12월, 시를 몇 편 동봉한 편지를 시인 로버트 사우디에게 보낸다.

1837년　12월, 앤이 병에 걸려 로헤드에서 돌아온다.

1838년　1월,〈미나 로리〉를 집필한다. 앤을 떼놓고 로헤드로 돌아간다. 2~3월, 로헤드 학교가 듀스베리 무어로 이사한다. 12월 듀스베리 무어를 떠난다.

1839년　2~3월,〈헨리 해스팅즈〉를 집필한다. 3월 5일, 친구 엘런 내시의 오빠 헨리 내시의 청혼을 거절한다. 5월, 스톤 개프에 있는 시즈위크 부인 집 가정교사로 들어가지만 7월 19일, 그곳을 떠난다. 부사제였던 프라이스 씨의 청혼을 거절한다. 9~10월, 휴가차 5주간에 걸쳐 친구 엘런 내시와 함께 최초의 기차 여행을 떠나 바다를 구경한다.

1841년 3월 2일, 브래드포드 가까이에 있는 로던 소재 어퍼우드 하우스에 있는 화이트 부인 댁에 가정교사로 들어갔다가 12월 24일, 그만둔다.

1842년 2월 12일, 에밀리와 함께 외국어 공부를 위해 브뤼셀의 에제 기숙학교로 간다. 10월, 브란웰 이모가 하워스에서 세상을 떠난다. 두 자매는 브뤼셀에서 집으로 돌아온다.

1843년 1월 28일, 교사로서 브뤼셀 에제 기숙학교로 돌아간다.

1844년 1월 1일, 브뤼셀을 떠나 하워스로 돌아온다. 7월, 하워스의 사제관에 학교를 설립할 계획을 세운다. 브뤼셀 시절의 선생이었던 에제 선생에게 여러 차례 편지를 보낸다.

1845년 6~7월, 엘런 내시와 함께 해더세이지를 방문한다. 7월 17일, 브란웰이 가정교사 자리에서 해고당한다. 가을, 에밀리가 쓴 시집을 발견하여 자기 시와 합본하여 시집을 발간할 계획을 세운다.

1846년 5월, 샬럿과 에밀리와 앤은 각각 커러 벨, 엘리스 벨, 액턴 벨이라는 가명으로 시 모음집을 발간한다. 《교수》라는 작품도 출판을 의뢰했지만 거절당한다. 가을, 《제인 에어》를 집필하기 시작한다.

1847년 10월 19일, 《제인 에어》가 출간된다. 12월, 에밀리 브론테의 《폭풍의 언덕》과 앤 브론테의 《아그네스 그레이》가 출간된다.

1848년 6월, 앤의 《와일드펠 저택의 거주자》가 출간된다. 7월, 샬럿은 앤과 더불어 '벨'이 가명이었으며 자기들은 각기 다른 개인들이라는 것을 입증하려고 런던을 방문한다. 9월 24일, 남동생 브란웰이 죽고 12월 19일에 에밀리 브론테도 세상을 떠난다.

1849년 5월 28일, 막내 앤이 죽는다. 10월 26일, 《셜리》가 출간된다. 5월, 런던을 방문한다. 윌리엄 새커리와 해리엇 마티노를 처음 만난다.

1850년 5~6월, 런던을 방문하여 화가 리치몬드에게 자신의 초상화를 그리게 한다. 7월 3~6일, 에든버러를 방문한다. 8월, 호수 지방에 있는 케이 셔틀워스를 방문하는 동안 엘리자베스 개스켈과 만난다. 12월, 앰블사이드에 있는 해리엇 마티노를 방문한다.

1851년 4월, 제임스 테일러와의 결혼 가능성을 타진한다. 5~6월, 데이비드 브루스터의 안내로 런던 대박람회를 방문한다. 조지 스미스와 함께 어떤 골상학자를 방문한다.

1852년 《빌레트》를 쓴다.

1853년 1월, 마지막으로 런던을 방문한다. 1월 28일, 《빌레트》가 출간된다. 4월, 맨체스터에 있는 엘리자베스 개스켈을 방문한다.

1854년 6월 29일, A. B. 니콜스 신부와 결혼한다.

1855년 3월 31일, 하워스에서 생을 마감한다.

1857년 《교수》가 사후에 출간된다. 엘리자베스 개스켈의 《샬럿 브론테의 생애》가 출간된다.

옮긴이 **이덕형**

서울대학교 사범대학 영어교육과와 동 대학원을 졸업하고 이화여고, 동성고등학교, 서울사대 부속고등학교 교사를 역임한 후, 서울대학교 강사와 연세대학교 교수를 지냈다. 편저로《한 권으로 읽는 세계 문학 60선》, 옮긴 책으로는《가시나무새》,《호밀밭의 파수꾼》),《페이터의 산문》,《르네상스》,《센토》,《돌아온 토끼》,《멋진 신세계》,《어둠의 속》,《허클베리핀의 모험》,《톰 소여의 모험》,《월든》,《제인에어》,《이솝 우화》외에 다수가 있다.

제인 에어 2

1판 1쇄 발행 2011년 4월 30일
2판 1쇄 발행 2025년 8월 18일

지은이 샬럿 브론테 | 옮긴이 이덕형
펴낸곳 (주)문예출판사 | 펴낸이 전준배
출판등록 2004. 02. 11. 제 2013-000357호 (1966. 12. 2. 제 1-134호)
주소 04001 서울시 마포구 월드컵북로 21
전화 02-393-5681 | 팩스 02-393-5685
홈페이지 www.moonye.com | 블로그 blog.naver.com/imoonye
페이스북 www.facebook.com/moonyepublishing | 이메일 info@moonye.com

ISBN 978-89-310-2561-3 04800
ISBN 978-89-310-2365-7 (세트)

• 잘못 만든 책은 구입하신 서점에서 바꿔드립니다.

문예출판사® 상표등록 제 40-0833187호, 제 41-0200044호

■ 문예세계문학선

★ 서울대, 연세대, 고려대 필독 권장 도서 ▲ 미국대학위원회 추천 도서
● 《타임》 선정 현대 100대 영문 소설 ▽ 《뉴스위크》 선정 세계 100대 명저

	1 젊은 베르테르의 슬픔 괴테 / 송영택 옮김		34 지상의 양식 앙드레 지드 / 김붕구 옮김
▲▽	2 멋진 신세계 올더스 헉슬리 / 이덕형 옮김		35 체호프 단편선 안톤 체호프 / 김학수 옮김
▲●▽	3 호밀밭의 파수꾼 J. D. 샐린저 / 이덕형 옮김		36 인간 실격 다자이 오사무 / 오유리 옮김
	4 데미안 헤르만 헤세 / 구기성 옮김		37 위기의 여자 시몬 드 보부아르 / 손장순 옮김
	5 생의 한가운데 루이제 린저 / 전혜린 옮김	●▽	38 댈러웨이 부인 버지니아 울프 / 나영균 옮김
	6 대지 펄 S. 벅 / 안정효 옮김		39 인간 희극 윌리엄 사로얀 / 안정효 옮김
●▽	7 1984 조지 오웰 / 김승욱 옮김		40 오 헨리 단편선 오 헨리 / 이성호 옮김
▲●▽	8 위대한 개츠비 F. 스콧 피츠제럴드 / 송무 옮김	★	41 말테의 수기 R. M. 릴케 / 박환덕 옮김
▲●▽	9 파리대왕 윌리엄 골딩 / 이덕형 옮김		42 파비안 에리히 케스트너 / 전혜린 옮김
	10 삼십세 잉게보르크 바흐만 / 차경아 옮김	★▲▽	43 햄릿 윌리엄 셰익스피어 / 여석기 옮김
★▲	11 오이디푸스왕 · 아가멤논 · 코에포로이		44 바라바 페르 라게르크비스트 / 한영환 옮김
	소포클레스 · 아이스킬로스 / 천병희 옮김		45 토니오 크뢰거 토마스 만 / 강두식 옮김
★▲	12 주홍글씨 너새니얼 호손 / 조승국 옮김		46 첫사랑 이반 투르게네프 / 김학수 옮김
▲●▽	13 동물농장 조지 오웰 / 김승욱 옮김		47 제3의 사나이 그레이엄 그린 / 안흥규 옮김
★	14 마음 나쓰메 소세키 / 오유리 옮김	★▲▽	48 어둠의 심장 조지프 콘래드 / 이덕형 옮김
	15 아Q정전 · 광인일기 루쉰 / 정석원 옮김		49 싯다르타 헤르만 헤세 / 차경아 옮김
	16 개선문 레마르크 / 송영택 옮김		50 모파상 단편선 기 드 모파상 / 김동현 · 김사행 옮김
★	17 구토 장 폴 사르트르 / 방곤 옮김		51 찰스 램 수필선 찰스 램 / 김기철 옮김
	18 노인과 바다 어니스트 헤밍웨이 / 이경식 옮김	★▲▽	52 보바리 부인 귀스타브 플로베르 / 민희식 옮김
	19 좁은 문 앙드레 지드 / 오현우 옮김		53 페터 카멘친트 헤르만 헤세 / 박종서 옮김
★▲	20 변신 · 시골 의사 프란츠 카프카 / 이덕형 옮김	★	54 몽테뉴 수상록 몽테뉴 / 손우성 옮김
★▲	21 이방인 알베르 카뮈 / 이휘영 옮김		55 알퐁스 도데 단편선 알퐁스 도데 / 김사행 옮김
	22 지하생활자의 수기 도스토옙스키 / 이동현 옮김		56 베이컨 수필집 프랜시스 베이컨 / 김길중 옮김
★	23 설국 가와바타 야스나리 / 장경룡 옮김	★▲	57 인형의 집 헨리크 입센 / 안동민 옮김
★▲	24 이반 데니소비치의 하루	★	58 소송 프란츠 카프카 / 김현성 옮김
	알렉산드르 솔제니친 / 이동현 옮김	★▲	59 테스 토마스 하디 / 이종구 옮김
	25 더블린 사람들 제임스 조이스 / 김병철 옮김	★▽	60 리어왕 윌리엄 셰익스피어 / 이종구 옮김
★	26 여자의 일생 기 드 모파상 / 신인영 옮김		61 라쇼몽 아쿠타가와 류노스케 / 김영식 옮김
	27 달과 6펜스 서머싯 몸 / 안흥규 옮김	▲▽	62 프랑켄슈타인 메리 셸리 / 임종기 옮김
	28 지옥 앙리 바르뷔스 / 오현우 옮김	▲●▽	63 등대로 버지니아 울프 / 이숙자 옮김
★▲	29 젊은 예술가의 초상 제임스 조이스 / 여석기 옮김		64 명상록 마르쿠스 아우렐리우스 / 이덕형 옮김
▲	30 검은 고양이 애드거 앨런 포 / 김기철 옮김		65 가든 파티 캐서린 맨스필드 / 이덕형 옮김
★	31 도련님 나쓰메 소세키 / 오유리 옮김		66 투명인간 H. G. 웰스 / 임종기 옮김
	32 우리 시대의 아이 외된 폰 호르바트 / 조경수 옮김		67 게르트루트 헤르만 헤세 / 송영택 옮김
	33 잃어버린 지평선 제임스 힐턴 / 이경식 옮김		68 피가로의 결혼 보마르셰 / 민희식 옮김

(뒷면 계속)

- ★ 69 **팡세** 블레즈 파스칼 / 하동훈 옮김
- 70 **한국단편소설선** 김동인 외 / 오양호 엮음
- 71 **지킬 박사와 하이드** 로버트 L. 스티븐슨 / 김세미 옮김
- ▲ 72 **밤으로의 긴 여로** 유진 오닐 / 박윤정 옮김
- ★▲▽ 73 **허클베리 핀의 모험** 마크 트웨인 / 이덕형 옮김
- 74 **이선 프롬** 이디스 워튼 / 손영미 옮김
- 75 **크리스마스 캐럴** 찰스 디킨슨 / 김세미 옮김
- ★▲ 76 **파우스트** 요한 볼프강 폰 괴테 / 정경석 옮김
- ▲ 77 **야성의 부름** 잭 런던 / 임종기 옮김
- ★▲ 78 **고도를 기다리며** 사뮈엘 베케트 / 홍복유 옮김
- ★▲▽ 79 **걸리버 여행기** 조너선 스위프트 / 박용수 옮김
- 80 **톰 소여의 모험** 마크 트웨인 / 이덕형 옮김
- ★▲▽ 81 **오만과 편견** 제인 오스틴 / 박용수 옮김
- ★▽ 82 **오셀로·템페스트** 윌리엄 셰익스피어 / 오화섭 옮김
- ★ 83 **맥베스** 윌리엄 셰익스피어 / 이종구 옮김
- ▽ 84 **순수의 시대** 이디스 워튼 / 이미선 옮김
- ★ 85 **차라투스트라는 이렇게 말했다** 니체 / 황문수 옮김
- ★ 86 **그리스 로마 신화** 이디스 해밀턴 / 장왕록 옮김
- 87 **모로 박사의 섬** H. G. 웰스 / 하동훈 옮김
- 88 **유토피아** 토머스 모어 / 김남우 옮김
- ★▲ 89 **로빈슨 크루소** 대니얼 디포 / 이덕형 옮김
- 90 **자기만의 방** 버지니아 울프 / 정윤조 옮김
- ▲ 91 **월든** 헨리 D. 소로 / 이덕형 옮김
- 92 **나는 고양이로소이다** 나쓰메 소세키 / 김영식 옮김
- ★ 93 **폭풍의 언덕** 에밀리 브론테 / 이덕형 옮김
- ▲ 94 **스완네 쪽으로** 마르셀 프루스트 / 김인환 옮김
- ★ 95 **이솝 우화** 이솝 / 이덕형 옮김
- ★ 96 **페스트** 알베르 카뮈 / 이휘영 옮김
- ▲ 97 **도리언 그레이의 초상** 오스카 와일드 / 임종기 옮김
- 98 **기러기** 모리 오가이 / 김영식 옮김
- ★▲ 99 **제인 에어 1** 샬럿 브론테 / 이덕형 옮김
- ★▲ 100 **제인 에어 2** 샬럿 브론테 / 이덕형 옮김
- 101 **방황** 루쉰 / 정석원 옮김
- 102 **타임머신** H. G. 웰스 / 임종기 옮김
- ● 103 **보이지 않는 인간 1** 랠프 엘리슨 / 송무 옮김
- ● 104 **보이지 않는 인간 2** 랠프 엘리슨 / 송무 옮김
- ▲ 105 **훌륭한 군인** 포드 매덕스 포드 / 손영미 옮김
- 106 **수레바퀴 아래서** 헤르만 헤세 / 송영택 옮김
- ▲ 107 **죄와 벌 1** 표도르 도스토옙스키 / 김학수 옮김
- ▲ 108 **죄와 벌 2** 표도르 도스토옙스키 / 김학수 옮김
- 109 **밤의 노예** 미셸 오스트 / 이재형 옮김
- 110 **바다여 바다여 1** 아이리스 머독 / 안정효 옮김
- 111 **바다여 바다여 2** 아이리스 머독 / 안정효 옮김
- 112 **부활 1** 레프 톨스토이 / 김학수 옮김
- 113 **부활 2** 레프 톨스토이 / 김학수 옮김
- ▲● 114 **그들의 눈은 신을 보고 있었다** 조라 닐 허스턴 / 이미선 옮김
- 115 **약속** 프리드리히 뒤렌마트 / 차경아 옮김
- 116 **제니의 초상** 로버트 네이선 / 이덕희 옮김
- 117 **트로일러스와 크리세이드** 제프리 초서 / 김영남 옮김
- 118 **사람은 무엇으로 사는가** 레프 톨스토이 / 이순영 옮김
- 119 **전락** 알베르 카뮈 / 이휘영 옮김
- 120 **독일인의 사랑** 막스 뮐러 / 차경아 옮김
- 121 **릴케 단편선** R. M. 릴케 / 송영택 옮김
- 122 **이반 일리치의 죽음** 레프 톨스토이 / 이순영 옮김
- 123 **판사와 형리** F. 뒤렌마트 / 차경아 옮김
- 124 **보트 위의 세 남자** 제롬 K. 제롬 / 김이선 옮김
- 125 **자전거를 탄 세 남자** 제롬 K. 제롬 / 김이선 옮김
- 126 **사랑하는 하느님 이야기** R. M. 릴케 / 송영택 옮김
- 127 **그리스인 조르바** 니코스 카잔차키스 / 이재형 옮김
- 128 **여자 없는 남자들** 어니스트 헤밍웨이 / 이종인 옮김
- 129 **사양** 다자이 오사무 / 오유리 옮김
- 130 **슌킨 이야기** 다니자키 준이치로 / 김영식 옮김
- 131 **실종자** 프란츠 카프카 / 송경은 옮김
- 132 **시지프 신화** 알베르 카뮈 / 이가림 옮김
- 133 **장미의 기적** 장 주네 / 박형섭 옮김
- 134 **진주** 존 스타인벡 / 김승욱 옮김
- 135 **황야의 이리** 헤르만 헤세 / 장혜경 옮김
- 136 **피난처** 이디스 워튼 / 김욱동